EXCALIBUR

Herausgegeben von
Melissa Anderson
und
Gerd Rottenecker

Mark Anthonys Meisterwerk bei *Excalibur*

Die letzte Rune 1 – Das Ruinentor
Die letzte Rune 2 – Der Fahle König
Die letzte Rune 3 – Der Runensteinturm
Die letzte Rune 4 – Die Flammenfestung
Die letzte Rune 5 – Der Tod der Götter
Die letzte Rune 6 – Die sterbende Stadt
Die letzte Rune 7 – Die schwarzen Ritter
Die letzte Rune 8 – Das Schwert von Malachor

Weitere Bände sind in Vorbereitung.

Über den Autor

Der Paläontologe Mark Anthony wuchs in Colorado auf und gehört heute zu den erfolgreichsten Fantasyautoren der USA. Mehr Informationen finden Sie auf der offiziellen Homepage des Autors: www.thelastrune.com

Mark Anthony

DIE LETZTE RUNE
8

Das Schwert von Malachor

Aus dem Amerikanischen von
Andreas Decker

Knaur

Die amerikanische Originalausgabe erschien 2002 unter dem Titel *Blood of Mystery* bei Tor, New York. In der Reihe *Excalibur – Fantasy bei Knaur* wird *Blood of Mystery* mit freundlicher Genehmigung des Autors in zwei Bänden – *Die letzte Rune 7: Die schwarzen Ritter* und *Die letzte Rune 8: Das Schwert von Malachor* – erscheinen.

Besuchen Sie uns im Internet:
www.knaur-fantasy.de
Sagen Sie uns die Meinung zu diesem Buch:
fantasy@droemer-knaur.de

Deutsche Erstveröffentlichung 2003

Umschlagkonzept: Melissa Andersson
Umschlaggestaltung: ZERO Werbeagentur, München
Umschlagabbildung: © Agentur Schlück, Garbsen
Lektorat: Ralf Reiter
Satz: Ventura Publisher im Verlag
Druck und Bindung: Nørhaven Paperback A/S
Printed in Denmark
ISBN 3-426-70208-8

2 4 5 3 1

Für Esther Elizabeth Anthony
In liebevollem Gedenken

KARTE

DAS WINTERMEER
Ur-Torin
DIE FROSTEBENE
TORINGARTH
Fal Imbri
IMBRIFALE
Das Runentor
Fal Threndur (Eisenzahnberge)
DIE SCHATTENKLUFT
Burg Todesfaust
Der Fluß Fellgrim
(MALACHOR)
EMBARR
DIE ÖDNIS
Kelcior
Barrsunder
Der Schlangenschwanzfluß
Der Winterwald
Der Fluß Farwander
Der Weiße Turm
EREDANE
Spardis
Fal Erenn (Morgenrotberge)
PERRIDON
KÜSTE
Galt
GALT
Erendel
Westwald
Dämmerwald
Der Graue Turm
DIE STURM-
Fal Sinfath (Zwielichtberge)
Calavere
Ar-Tolor
DAS MEER DER MORGENRÖTE
CALAVAN
TOLORIA
Der Königinnenpfad
Der Fluß Dimduorn
Der Schwarze Turm
Borelga
Der Fluß Kelduorn
Gendarra
DIE FREIEN STÄDTE
Weißsteingipfel
Der Große
BRELEGOND
Die Schleierberge
Nach Tarras
DAS SOMMERMEER
DIE DOMÄNEN
und Umland
Meilen
0
25
50

EINLEITUNG

In einer Herbstnacht verändert sich das Leben von Travis Wilder, einem Saloonbesitzer in der kleinen Stadt Castle City, für alle Zeiten. Sein Freund Jack Graystone bittet ihn, einen unscheinbaren Stein zu hüten, und stirbt Augenblicke später beim Angriff unheimlicher Wesen. Nur die Hilfe des mysteriösen Wanderpredigers Bruder Cy rettet Travis das Leben. Cy befördert ihn nach Eldh, einer Welt voller Magie, deren Entwicklung dem irdischen Mittelalter entspricht – und von der Jacks Mörder kommen.

Zur gleichen Zeit stößt in Denver die Ärztin Grace Beckett auf die Männer mit den Eisenherzen. Für die Waise ist eine Halskette mit einem seltsamen Metallfragment voller Runen die einzige Erinnerung an ihre Eltern – und macht sie plötzlich zur Gejagten. Die Flucht führt auch sie nach Eldh.

Die beiden Menschen von der Erde stehen plötzlich an vorderster Front im Kampf gegen den Fahlen König. Vor tausend Jahren raubte er die drei Großen Steine, um mit ihrer elementaren Macht die Welt zu zerstören und dem schrecklichen Gott Mohg die Rückkehr zu ermöglichen. Er wurde im Krieg der Steine besiegt und für immer in sein eisiges Reich Imbrifale eingesperrt. Aber nach dem Untergang des Königreichs von Malachor, das nach dem Sieg über das Böse von König Ulther von Toringarth und Kaiserin Elsara von Tarras gegründet wurde, ist die Runenmagie in Vergessenheit geraten und der Kerker nicht mehr sicher.

Travis muss zu seinem Schrecken entdecken, dass sein Freund Jack der Hüter eines der Großen Steine war und ihn zusammen mit seiner Macht als Runenmeister an ihn weitergegeben hat. Und Grace, die man auf der rückständigen Welt für eine Herzogin hält, gebietet plötzlich wie die Hexen von

Eldh über die *Gabe,* mit der sie sich die *Weltenkraft* zunutze machen kann, das magische Netz, das alle lebenden Dinge verbindet.

Unterstützt von dem Barden Falken Schwarzhand, der geheimnisvollen Lady Melia und dem aufrechten Ritter Beltan, nehmen sie gezwungenermaßen den Kampf auf. Travis kann das Gefängnis des Fahlen Königs mit *Sinfathisar,* dem Stein des Zwielichts, erneut versiegeln.

Aber das ist nicht das Ende. Es ist der Anfang.

Ungeheuer aus dem Krieg der Steine sorgen für Schrecken und Chaos. Der Fahle König zwang einige der Neuen Götter in seine Dienste und verwandelte sie in die Nekromanten. Ihre Brüder und Schwestern stellten sich ihrem Terror entgegen. Melia war eine von ihnen; sie opferte ihre Göttlichkeit und lebt nun als Unsterbliche unter Menschen.

Doch einige der Nekromanten haben überlebt. So wie Dakarreth. Als er mit Hilfe des Großen Steins *Krondisar* die Macht ergreifen will, kann Travis das unter Einsatz seines Lebens verhindern – er wird von *Krondisars* Feuer verschlungen und wieder geboren. Der magische Stein aber verbindet sich mit dem stummen Mädchen Tira, das ihn als Göttin am Himmel in Sicherheit aufbewahrt.

Aber die beiden Welten werden nicht nur von dem Fahlen König bedroht. Schon seit langer Zeit gibt es zwischen der Erde und Eldh eine Verbindung. Auf dem Kontinent Moringarth erschufen einst die mächtigen Gottkönige von Amún Tor-Artefakte, die mit magischem Blut betrieben werden. Sie ermöglichen den Transfer zwischen den Welten. Die Gottkönige sind längst ein Mythos, aber ihr Erbe ist noch lebendig. Die Zauberer von Scirath und die Nachkommen der magischen Stadt Morindu die Finstere, die als das Volk der Mournisch ruhelos durch die bekannte Welt ziehen, liefern sich einen erbitterten Kampf um die Artefakte. Und jetzt haben sich die Zauberer auf der Erde mit dem Konzern Duratek verbündet, der Eldh erobern will.

Grace und ihre Freunde werden in diese Auseinandersetzung verwickelt. Sie lernen Vani kennen. Sie ist eine *T'gol*, eine Meuchelmörderin. Die junge Frau aus dem Volk der Mournisch ist ihnen schon lange auf der Spur, denn sie will eine uralte Prophezeiung erfüllen. Ihr zufolge sollen Grace und Travis die verschollene Stadt Morindu die Finstere zu neuem Leben erwecken.

In der alten Kaiserstadt Tarras findet Sareth, Vanis Bruder, ein Artefakt aus Morindu. Die Suche kostet ihn ein Bein, denn er erweckt eine magische Waffe aus der Vergangenheit zu neuem, schrecklichem Leben, einen Dämon, der Zeit und Raum verschlingt. Nur mit vereinten Kräften können die Gefährten das unheimliche Wesen besiegen.

Bei der Flucht durch ein magisches Tor finden sich Travis, Durge, Lirith und Sareth auf der Erde wieder, in Castle City. Mehr als hundert Jahre in der Vergangenheit.

Man schreibt das Jahr 1887, die Zeit der Silberminen und der Revolvermänner. In der Stadt geht die Angst um. Ein Vigilantenkomitee terrorisiert die Straßen. Und da kommen die Fremden von Eldh gerade richtig. Aber Travis und seine Freunde können die Stadt nicht verlassen. Zwar besitzen sie noch immer den magischen Skarabäus mit einem Tropfen Blut des Gottkönigs Orú, der sie nach Eldh bringen könnte. Aber die Zeitdifferenz können sie aus eigener Kraft nicht überbrücken.

Travis setzt seine ganzen Hoffnungen auf seinen alten Freund Jack Graystone, der bald in Castle City eintreffen wird. Sie finden neue Freunde, wie Sheriff Tanner und Maudie, eine ehemalige Prostituierte, die eine kleine Pension führt. Die Magie der Silbermünze ermöglicht es den Menschen von Eldh, sich in dem für sie fremden Land zu verständigen. Und sie finden sogar Arbeit. Travis arbeitet wieder im Mine Shaft Saloon hinter der Theke, die dunkelhäutige Hexe Lirith, der die magische Münze den Namen Miss Lily verlieh, findet eine Stellung an den Spieltischen, und Durge, der stoische Ritter von Embarr, der hier als Mr. Dirk bekannt ist, wird Deputy.

Aber dann kommt die Nacht, in der Sareth in eine Schießerei verwickelt wird und einen Mann tötet. Die aufgehetzten Bürger von Castle City wollen ihn am nächsten Baum aufhängen, was der Sheriff verhindern kann. Doch von nun an gleicht die Stadt einem Pulverfass, das jeden Augenblick zu explodieren droht – und der Runenmeister Jack Graystone lässt auf sich warten.

Auf Eldh geht in der Zwischenzeit die Suche nach den verschollenen Gefährten weiter. Grace, Aryn, Falken, Melia und vor allem Beltan geben nicht auf. Grace findet in der Universität von Tarras ein über hundert Jahre altes Buch, in das allem Anschein nach Travis etwas gekritzelt hat. Aber wie kann das sein?

Unerwartete Hilfe kommt von Himmel, dem stummen Diener der Runensprecher, der einst Travis zur Flucht verhalf. Mitten in der Nacht taucht er verwundet in Tarras auf und überbringt Grace die Nachricht, dass sie Travis und die anderen am Tag der Wintersonnenwende im Schwarzen Turm der Runenbrecher finden werden.

Aber bis dahin ist noch Zeit. Zeit, die der unsterbliche Barde Falken nutzen will. Er will das legendäre magische Schwert Fellring finden, mit dem König Ulther das Eisenherz des Fahlen Königs spaltete und das dabei zersplitterte. Die Teile der Klinge sollen im sagenumwobenen Toringarth aufbewahrt sein – bis auf den einen Splitter, der an Graces Kette hängt.

Sie ist die wahre Königin des untergegangenen Reiches von Malachor. Auf Eldh geboren, schickten Falken und Melia sie mit Hilfe der Neuen Götter zur Erde, als ihre Eltern von mysteriösen schwarzen Rittern ermordet wurden. Schwert und Thron sind ihr Erbe.

Und so brechen sie auf. Aber ohne Aryn. Die junge Baronesse und Hexe muss zurück zum Hof von Calavan, denn sie soll verheiratet werden. Gehorsam fügt sie sich und nimmt von Melia begleitet Abschied von ihren Freunden.

Die Reise nach Toringarth steht jedoch unter keinem guten Stern. Die schwarzen Ritter, die bereits mehrere der Domänen unter ihre Kontrolle gebracht haben, machen Jagd auf Grace. Sie wollen ihr Werk endlich vollenden und die letzte Erbin von Malachor töten. Auf der Flucht über das stürmische Wintermeer erleiden Grace und ihre Freunde Schiffbruch. Auf Burg Meerwacht in Embarr finden sie Unterschlupf.

Doch ihre Sicherheit ist trügerisch, denn in dem vergangenen Jahr hat der Fahle König wieder an Macht und Einfluss gewonnen. Sein Rabenkult ist zu neuem Leben erwacht, und in den Domänen halten Fanatiker wieder Ausschau nach Grace, der einzigen Person, die ihm außer dem Runenbrecher Travis Wilder gefährlich werden kann, denn als Königin von Malachor gebietet sie über das Schwert Fellring. Ihre Zuflucht verwandelt sich in eine Falle, als die Eisenherzen kommen. Meerwacht geht in Flammen auf, Grace und ihre Freunde können im letzten Augenblick fliehen. Aber die schwarzen Ritter warten schon auf sie ...

ERSTER TEIL

Das Weiße Schiff

1

Travis saß auf einem wackeligen Stuhl auf der Veranda des Bluebell, auf dem Schoß die zusammengerollte Miss Guenivere, und betrachtete die dunklen Wolken, die aus dem Westen nahten.

Der Sommer hatte die Berge für sich beansprucht. Der vierte Juli war gekommen und gegangen, und fast jeden Nachmittag bildeten sich auf den Hängen des Castle Peak Gewitterwolken, die das Tal mit dem fernen Dröhnen indianischer Kriegstrommeln erfüllten. Meistens blieben die Wolken in der Nähe des uralten Berges, aber manchmal erreichten sie im Verlauf des Nachmittags auch das Tal und entluden sich mit dem Donnern einer Dynamitexplosion, so dass ein Regenschauer niederging, dessen Tropfen so groß und so kalt waren, dass jeder von ihnen an einen mit geschmolzenem Schnee gefüllten See denken ließ.

Der Regen trommelte zehn Minuten mit der Lautstärke einer Herde Maultiere auf die Zinndächer Castle Citys und verwandelte die staubigen Straßen in rote, strömende Bäche. Dann hörte der Regen so plötzlich wieder auf, wie er angefangen hatte. Die Wolken schwebten aus dem Tal, die Sonne drang durch die dünne Bergluft und leckte die Pfützen auf. Und Erde und Himmel wurden so grün und blau wie die Glockenblumen, die im Schatten der Pension wuchsen und die Pate für deren Namen gestanden hatten.

Manchmal, wenn Travis auf der Veranda saß, verspürte er den Wunsch, dass der Regen doch nur seine sämtlichen Sorgen wegspülen könnte, so wie er den Staub von der Grant Street fortgespült hatte, und ihm einen sauberen Anfang verschaffen könnte.

Und was würdest du mit einem sauberen Anfang machen, Travis? Hier in Castle City bleiben, in diesem Jahrhundert?

In gewisser Weise war das verführerisch. Er wohnte gern bei Maudie, und er hatte seinen Job im Mine Shaft. Darüber hinaus würde Jack Graystone bald in der Stadt eintreffen. Er stellte sich vor, wie Jack ihn bei der Arbeit im Saloon besuchte und um Hilfe beim Transport von Messinglampen oder mottenzerfressenen Stühlen bat oder welche unhandliche Ladung Antiquitäten er auch immer gerade erstanden hatte. Es würde wie in alten Zeiten sein.

Zu alte Zeiten. Du gehörst hier nicht hin. Der Mine Shaft gehört dir nicht. Du kannst nicht bei Maudie bleiben, weil sie bald sterben wird. Und sie werden Sareth hängen.

Er wartete den ganzen Nachmittag, aber an diesem Tag kam der Regen nicht. Nur die Wolken und der Donner, die die Luft mit einer knisternden Energie füllten wie kurz vor einem Blitzschlag.

Um fünf Uhr drang der Geruch von gebratenem Fisch aus der Vordertür des Bluebell. Guenivere gähnte und sprang von Travis' Schoß, zweifellos wollte sie sich auf die Suche nach Maudie und ein paar Stücken Regenbogenforelle machen. Travis griff in die Tasche und holte den Skarabäus hervor.

Das insektenhafte Schmuckstück krabbelte über seine Handfläche, tastete mit den feinen goldenen Beinen. Der auf seinem Leib eingelassene Rubin glitzerte so rot wie der einzelne Blutstropfen, der sich noch in dem Skarabäus befand. Das Blut konnte sie nach Eldh transportieren, wenn sie das Tor-Artefakt benutzten, das oben zwischen den Deckenbalken ihres Zimmers sicher verborgen war. Aber welche anderen Wunder konnte man wohl mit ihm wirken? Sareth hatte erzählt, dass ein einziger Tropfen Blut des Gottkönigs Orú so mächtig wie das Blut von tausend Zauberern war. Und Travis war Zeuge geworden, welche Verwandlung das Blut des Skarabäus bei dem Mournisch Xemeth ausgelöst hatte.

Und was hatte er von dieser Macht gehabt? Der Dämon

hatte Xemeth verschlungen. Orú selbst war von seinen eigenen Priestern in Ketten gelegt worden. Trotz seiner Macht – vielleicht auch gerade deswegen – war Orú in einen endlosen Schlaf gefallen, und seine Priester hatten sein Blut getrunken, um selbst magische Kräfte zu gewinnen; sie hatten die rote Flüssigkeit in diesen Skarabäen aufbewahrt. Vielleicht war Macht am Ende bloß so etwas wie ein Kerker. Oder ein Todesurteil.

Seine rechte Hand kribbelte, als der Skarabäus darüber krabbelte; er konnte das unter seiner Haut eingebettete Symbol spüren. Jetzt war es unsichtbar, aber in dem Augenblick, in dem er eine Rune sprach, würde es silbern erstrahlen.

Und was ist mit deiner Macht, Travis? Wird sie am Ende deinen eigenen Untergang besiegeln? Oder den deiner Welt?

Bevor er auf diese Frage eine Antwort fand, erschien eine Gestalt mit hängenden Schultern auf der Grant Street und erklomm die Treppe zur Veranda. Es war Durge, und er blutete.

Travis sprang auf die Füße und schob den Skarabäus in die Tasche. »Durge, alles in Ordnung?«

Auf der linken Seite von Durges faltigem Gesicht waren kleine Schnitte zu sehen, auf dem Wangenknochen bildete sich eine Schwellung.

»Es ist nichts«, sagte der Ritter mit seiner tiefen Stimme. »Eine von einem Unruhestifter geworfene Flasche, das ist alles. Sie traf mich, als ich Sareth das Essen ins Gefängnis brachte, und es war meine eigene Schuld, dass ich mich nicht schnell genug geduckt habe. Ich habe Sir Tanner gesagt, dass es keinen Grund gäbe, nicht mit meinem Tagwerk weiterzumachen, aber er hat mir befohlen, hierher zurückzukehren, und ich bin durch meinen Eid verpflichtet, ihm zu gehorchen.«

Travis wusste, dass der stoische Ritter niemals zugeben würde, verletzt zu sein, und zweifellos hatte Tanner das ebenfalls erkannt. »Der Sheriff hat Recht«, sagte Travis, nahm

Durges Arm und steuerte ihn auf die Tür zu. »Lirith sollte sich das besser mal ansehen.«

Sie fanden die Hexe zusammen mit Maudie in der Küche.

»Herr im Himmel!«, rief Maudie, als sie Durge sah. »Mr. Dirk, was ist denn mit Ihnen passiert?«

Die Magie der Silbermünze hatte ihnen allen – mit Ausnahme von Travis – Decknamen verliehen. Travis hatte aufgehört, sich darüber zu wundern.

Lirith eilte auf den Ritter zu. Sie hob die Hände, zögerte dann aber. Durge nickte unbehaglich, und Lirith berührte seine Wange und untersuchte sie behutsam.

Die Hexe öffnete die Augen. »Es sind keine Knochen gebrochen, das ist schon mal gut. Aber in einigen der Schnitte sind Glassplitter. Wir müssen sie herausbekommen, oder die Wunden heilen nicht.«

Sie setzten Durge an den Küchentisch. Maudie kochte eine Pinzette ab, und nachdem sie abgekühlt war, benutzte Lirith sie, um die Splitter aus den Schnitten zu pflücken. Sie tat es mit energischen Bewegungen, und es lag nicht in der Natur des Ritters, zu klagen, trotzdem zuckte er jedes Mal zusammen, wenn sie einen Splitter herausholte.

»Es werden Narben bleiben«, sagte Lirith, als sie die Wunden mit einem Tuch abtupfte und reinigte.

Durge zuckte zusammen. »Vielleicht wird das eine Verbesserung meines Erscheinungsbildes zur Folge haben.«

»Entschuldigen Sie meine Ausdrucksweise«, sagte Maudie, »aber das ist ein Haufen Bullenscheiße, Mr. Dirk. Sie haben ein schönes Gesicht. Es ist stark und nachdenklich. Ich würde sogar behaupten, dass es edel ist. Und das ist bei weitem besser als ein hübsches Gesicht. Jede Wette, dass irgendwo eine Süße auf Sie wartet – kommen Sie mir nicht damit, dass das nicht so ist. Und Sie wären ein verdammter Narr, wenn Sie sie noch länger warten lassen, nur weil Sie glauben, sie verdient jemanden, der besser aussieht.«

Durge wandte sich ab, aber es war zu spät, um die Röte zu verbergen, die neben der Schwellung in seinen Wangen aufstieg.

Danach halfen Travis und Lirith Maudie, das Abendessen aufzutischen, während Durge nach oben ging, um sein blutverschmiertes Hemd zu wechseln. Während der Mahlzeit wurde nur wenig gesprochen; Travis war sich der drei Minenarbeiter, die am Tisch saßen, nur zu sehr bewusst. Aber sobald die Männer gegangen waren – in den Saloon –, gab Maudie deutlich zu verstehen, dass sie genau wissen wollte, was Durge passiert war.

Aber da gab es nicht mehr viel zu erzählen. Durge hatte nicht gesehen, wer die Flasche geworfen hatte, und falls ein anderer den Übeltäter erkannt hatte, hatte er ihn nicht verraten. Nicht, dass das Travis überraschte. Die Empörung wegen der Geschehnisse im Mine Shaft Saloon am vierten Juli hatte sich in der seitdem vergangenen Woche etwas abgekühlt, so wie sich ein Teich wieder beruhigte, wenn man einen Stein hineinwarf, aber unter der Oberfläche floss noch immer eine zornige Strömung. Den Bürgern von Castle City war eine Lynchparty verweigert worden, und das gefiel ihnen nicht. Allerdings musste man dazusagen, dass die ganze Sache möglicherweise in Vergessenheit geraten wäre, wären da nicht jene gewesen, die sie immer wieder aufgebracht und den Leuten ihren Zorn ins Gedächtnis zurückgerufen hatten.

»Haben Sie heute den *Castle City Clarion* gelesen?«, fragte Travis den Ritter. Durge schüttelte den Kopf.

Maudie schlug mit der Hand auf den Tisch. »Ich habe Ihnen doch gesagt, dass ich diesen Schmutz nicht in meinem Haus tolerieren werde!«

Ein paar Tage zuvor hatte Maudie im Bluebell alle Zeitungen eingesammelt und auf dem Hof verbrannt. Aber einer der Minenarbeiter hatte die heutige Ausgabe im Wohnzimmer vergessen, und Travis hatte sie vor Maudie gefunden. Er lief in ihr Zimmer hinauf, holte die Zeitung, kehrte zurück und entfaltete sie auf dem Tisch. Maudie wandte sich ab, weigerte sich, auch nur einen Blick darauf zu werfen, aber die anderen beugten sich darüber und lasen den Artikel auf der Titelseite.

SHERIFF SCHÜTZT WEITERHIN MÖRDER

In einem weiteren Beweis der Tatsache, dass es in dieser Stadt keine Gerechtigkeit gibt – zumindest nicht, soweit es die Justizbehörden betrifft –, beschützt unser eigener Sheriff, der einen Eid geschworen hat, uns zu dienen und zu beschützen, einen wohl bekannten Straftäter in dem Gefängnis, das die Bürger dieser Stadt mit ihrem Gold bezahlt haben. Besagter Straftäter – ein gewisser Mr. Samson, dessen Herkunft unbekannt und zweifelhaft ist – hat am vierten Juli unter den Augen vieler Bürger Mr. Calvin Murray, einen der prächtigsten und viel versprechendsten jungen Männer dieser Stadt, kaltblütig ermordet.

Selbst wenn die Gesetze Colorados verlangen, dass dieser Mörder bis zum Eintreffen des Bezirksrichters in zwei Wochen hinter Gittern bleibt – und es ist nicht eindeutig, ob die Gesetze dies bei einem solch außergewöhnlichen und ungeheuerlichen Akt der Niedertracht tatsächlich vorschreiben –, verlangen sie aber mit Sicherheit nicht, dass der Gefangene auf eine Weise untergebracht wird, die eher einem Silberbaron im Silver Palace Hotel angemessen wäre als einem Herumtreiber und Killer.

Dennoch berichten verlässliche Zeugen, dass der Gefangene in einem weichen Bett schläft, den besten

Whiskey trinkt und nur mit den Fingern zu schnippen braucht, damit ihm die Deputys dieser Stadt teure Mahlzeiten aus Steak und Kartoffeln bringen. Liebe Bürger, teilt uns doch mit, ob ihr in diesen Tagen auch so gut esst. – Die Redaktion.

Travis seufzte. »Jetzt wissen wir vermutlich, warum Sie jemand mit einer Flasche beworfen hat, Durge. Waren Sie nicht gerade dabei, Sareth sein Essen zu bringen?«

»Ein Mann muss essen«, sagte Durge. »Im Gefängnis gibt es keine Kochgelegenheit, also kaufen wir seine Mahlzeiten in Mrs. Vickerys Restaurant, da sie uns einen guten Preis macht. Aber Mrs. Vickery ist keineswegs eine gute Köchin. Ich glaube nicht, dass sie außer Rindfleisch und Kartoffeln etwas zubereiten kann.«

Travis wandte sich Maudie zu. »Haben Sie nicht ein Federbett ins Gefängnis geschickt?«

»Es ist alt, und die Hälfte der Federn fehlen«, sagte Maudie. »Aber ich habe mir Sorgen gemacht, dass Mr. Samson auf der nackten Pritsche schlafen muss. Er ist nicht gesund.«

»Und Sie haben Durge Whiskey für ihn mitgegeben, Lirith, nicht wahr?«

Die Augen der Hexe funkelten. »Das war nicht zu Sareths Vergnügen. Das ist ein Kräuterelixier für seine Atmung. Der Alkohol ist lediglich die Basis für das Elixier, das ist alles.«

»Also stimmt alles.« Travis faltete die Zeitung zusammen und verbarg den Artikel. »Und es steht alles hier.«

Lirith ballte die Hände zu Fäusten. »Wie können sie die Wahrheit nur so ... so schrecklich verdreht klingen lassen?«

»Sie beherrschen eben ihren Job«, sagte Travis. »Und ihr Job ist es nun einmal, Zeitungen zu verkaufen.«

Durge strich sich den Schnurrbart. »Mich würde interessieren, woher die Verfasser dieser Worte all diese Dinge erfahren haben. Ich glaube, ich sollte mich mal mit dem Besitzer dieser Zeitung unterhalten.«

»Nein, Mr. Dirk!«, rief Maudie mit weit aufgerissenen Augen. »Mortimer Hale gehört fast die halbe Stadt. Er ist der mächtigste Mann von Castle City, und einer der härtesten. Das weiß ich aus eigener Erfahrung. Gehen Sie nicht zu ihm. Versprechen Sie mir das!«

Aber Durge schwieg und mied ihren Blick. Maudie schlug eine Hand vor den Mund, unterdrückte ein Keuchen und eilte in die Küche.

»Ich will ihn sehen«, sagte Lirith und stand auf. »Ich will Sareth sehen. Sofort.«

Durge schüttelte den Kopf. »Vielleicht morgen, falls es keinen weiteren Artikel gibt. Im Augenblick ist es nicht sicher, Mylady.«

»Und was ist mit Sareth?« Lirith zitterte am ganzen Leib. »Ist es für ihn sicher?«

»Sir Tanner bewacht ihn. Deputy Wilson ist auch im Gefängnis. Sareth ist dort sicherer als an jedem anderen Ort, Mylady.«

Lirith atmete tief aus. »Ich weiß, Durge.« Ihre Stimme war jetzt ganz leise. »Ich weiß das. Danke.«

Travis stand auf und legte Lirith die Hand auf die Schulter. »Wir sollten jetzt zum Mine Shaft gehen.«

»Ja. Ich wasche mir nur noch schnell das Gesicht.«

Während Travis wartete, setzte er sich wieder an den Tisch und blätterte in der Zeitung. Außer dem Artikel über Sareth gab es nur wenig Interessantes. »Morgendliche Ruhestörung« berichtete über Wölfe in der Umgebung, da man auf einer Ranch südlich der Stadt zwei Stück Vieh gefunden hatte, die offensichtlich gerissen worden waren. Aber es waren nicht die Raubtiere außerhalb der Stadt, die Travis Sorgen bereiteten.

Lirith kehrte mit frisch gewaschenem Gesicht und tapferer

Miene zurück. Travis nahm ihren Arm, und sie verließen die Pension, gingen zur Elk Street und dann über den Gehsteig zum Saloon.

Travis war sich der gelegentlichen Blicke in ihre Richtung durchaus bewusst. Aber das war nicht ungewöhnlich; sowohl er als auch Lirith neigten dazu, aus der Menge hervorzustechen. Soweit er wusste, war es nicht weithin bekannt, dass Sareth ihrer aller Freund war.

Und für einige mehr als ein Freund.

»Ihr liebt ihn, nicht wahr?«, sagte er. »Sareth.«

Lirith verlor den Rhythmus, dann ging sie mit starr geradeaus gerichtetem Blick weiter. »Es spielt keine Rolle, ob ich ihn liebe oder nicht. Wir werden niemals zusammenkommen. Es ist den Männern der Mournisch verboten, außerhalb ihres Clans zu heiraten.«

Travis verspürte plötzlich eine wilde Wut. Er hasste solche Dinge: Willkürliche, von der Gesellschaft aufgezwungene Regeln, die einen zwangen, sein Leben ohne jeden Grund auf eine bestimmte Weise zu leben, und das nur, weil andere das so wollten.

»Warum verlässt er seinen Clan dann nicht?«

»Wenn er kein Mournisch mehr wäre, wäre er dann noch immer Sareth?« Sie schüttelte den Kopf. »Möglicherweise würde er das für mich aufgeben. Und wenn er es täte, würde ich mir das niemals verzeihen. Ich könnte ihm niemals mehr in die Augen sehen, ohne dort zu lesen, dass ich ihn dazu brachte, all das aufzugeben, was er war, was sein Blut bedeutete, nur um mit mir zusammen zu sein.«

»Aber vielleicht will er ja genau das.«

»Vielleicht würde er das sogar glauben. Zumindest eine Zeit lang. Aber am Ende würde es wie eine Schlange an seinem Herzen nagen.« Sie seufzte. »Nein, ich liebe ihn zu sehr, um diejenige zu sein, die ihn vernichtet.«

»Aber sein Clan ist eine Welt weit weg, Lirith.«

»Ändert das etwas an dem, was er ist? Oder ändert es etwas an dem, was ich bin? Es gibt mehr Dinge als seinen Clan, die uns auseinander halten. Es ist ...«

Sie presste die Lippen aufeinander und hielt sich den Leib. Was hatte sie sagen wollen? Travis konnte sich nicht überwinden, sie zu fragen. Er verstärkte den Griff um ihren Arm, und sie lehnte sich an ihn, während sie weitergingen.

Der Gehsteig war voller Leute, was für einen Freitagabend durchaus normal war, aber die Menge schien ruhiger als gewöhnlich, die Gesichter waren stiller und gedämpfter als sonst. Vielleicht war es der Zorn, der das Leben aus der Luft gesogen hatte – Zorn wegen Sareth und Sheriff Tanner.

Vielleicht war es aber auch Angst.

Das Erste, was Travis auffiel, war eine Gruppe von Menschen, die dicht zusammengedrängt auf dem Gehsteig stand. Erregtes Gemurmel ertönte, gelegentlich auch eine höhnische Bemerkung. Ein unterdrückter Schrei erklang, und ein Mann führte hastig eine Frau weg, die sich eine Hand vor den Mund hielt.

»Was ist da los?«, fragte Lirith.

Travis verspürte ein ungutes Gefühl im Magen. »Ich weiß es nicht. Ich sehe mal nach.«

Er ließ Liriths Arm los und drängte sich an den Menschen vorbei, sich bewusst, dass die Hexe ihm folgte. Die Menge stand um eine Gassenmündung versammelt. In dem Raum zwischen den Gebäuden war etwas. Es baumelte wie ein an einem Zaun aufgehängter Haufen Lumpen.

»Geschieht ihm recht!«, rief ein Mann.

»Sünder!«, zischte die Frau an seiner Seite mit freudigem Gesichtsausdruck.

Die beiden wandten sich ab und gingen. Travis und Lirith drängten sich nach vorn, dann sahen sie, was die Menge anstarrte. Niles Barrett hing an zwei gekreuzt in die Erde gerammten Holzbalken in der Gasse.

Die Arme des Engländers waren weit gespreizt und mit Seilen an dem Kreuz festgebunden; er war nach vorn gesackt, so dass man sein Gesicht nicht sehen konnte. Er bewegte sich nicht. Seine Stirn war blutverschmiert, mehrere seiner Finger standen gebrochen in schiefen Winkeln ab.

»Wer hat das getan?«, stieß Travis hervor. Der Mann neben ihm zeigte auf Barretts Jackett. Dort war ein Blatt Papier befestigt, auf dem ein paar sauber geschriebene Worte geschrieben standen.

DU SOLLST DEINEN VATER EHREN
UND DEINE MUTTER.

Und darunter stand in kleineren Buchstaben:

IN DIESER STADT GIBT ES EIN NEUES GESETZ.
DAS GESCHIEHT DENEN, DIE SICH DEM KREUZZUG
FÜR ANSTAND ENTGEGENSTELLEN.

»Travis!« Lirith packte seinen Arm. »Er lebt noch.«

Barretts Kopf drehte sich. Ein Stöhnen entschlüpfte den blutigen Lippen. Der Mann neben Travis lachte. Travis drehte sich um und starrte ihn an.

»Holen Sie Sheriff Tanner«, knurrte er. »Sofort!«

In Travis' Tonfall musste Autorität erklungen sein, denn das Lachen des Mannes verstummte. Er sah ihn einen Augenblick lang an, dann drehte er sich, rannte den Gehsteig entlang und rief nach dem Sheriff.

»Verschwindet, aber alle!«, sagte Travis, und seine Stimme hob sich. »Ich sagte, verschwindet!«

Ein Donnern erschütterte die Luft, und Travis war nicht

davon überzeugt, dass es vom Himmel kam. Er spürte, dass seine rechte Hand kribbelte. Erschrocken eilten die Ersten los. Obwohl einige nicht weit gingen und auf dem Gehsteig stehen blieben, um mit einem harten Ausdruck im Gesicht zuzusehen. In Travis' Innerem brannte heiße Energie, die mit aller Macht aus ihm hervorbrechen wollte. Alles, was er tun musste, war eine Rune zu sprechen.

Nein, er würde niemanden verletzen; er war nicht wie sie. Er biss die Zähne zusammen, dann fingen er und Lirith an, Barrett loszubinden.

2

Lirith schloss die Schlafzimmertür leise, obwohl Lord Barrett sie nicht hören konnte, und ging nach unten. Hätte sie doch nur Graces Fertigkeiten als Heilerin besessen oder gar Aryns ungezähmte, aber grenzenlose Kraft. Liriths größtes Talent lag in der Kunst der Sicht. Aber nicht einmal sie konnte voraussehen, ob er leben oder sterben würde. Sie hatte alles getan, was in ihrer Macht stand; jetzt konnten sie nur abwarten.

Sie fand die anderen im Wohnzimmer des Bluebell.

»Wie geht es ihm?«, fragte Travis und stellte eine angeschlagene Porzellantasse mit Kaffee ab.

Lirith öffnete den Mund, um ihm zu antworten, und gähnte stattdessen. Die Sonne war gerade erst aufgegangen; sie hatte die ganze Nacht nicht geschlafen. »Seine Wunden bluten nicht länger, und ich habe die gebrochenen Finger geschient. Ich glaube, er wäre ein paarmal fast aufgewacht. Er murmelte ein paar Worte, wie im Traum, bevor er wieder im Schlaf versank. Ein Wort habe ich verstanden. Ich glaube, es war *Gold.*«

Durge nickte grimmig. »Vermutlich haben die Männer, die ihm das angetan haben, sein Gold geraubt.«

Travis warf dem Ritter einen Blick zu. »Glaubt Ihr wirklich, dass das ganz gewöhnliche Diebe waren, Durge?«

Der Ritter blies Luft durch seinen Schnurrbart.

Lirith setzte sich und nahm die Tasse Kaffee entgegen, die Travis für sie eingeschenkt hatte. Kaffee war kein *Maddok* – er war viel bitterer und hatte nicht diesen charakteristischen würzigen Beigeschmack des anderen Getränks –, aber sie konnte nicht bestreiten, dass seine Kraft beträchtlich war. Nach ein paar Schlucken spürte sie ein willkommenes Kribbeln in der Brust.

»Wie war Eure Arbeit im Saloon gestern Abend?«, fragte sie Travis.

Nachdem sie Niles Barrett mit der Hilfe des Sheriffs und Deputy Wilsons in die Pension gebracht hatten – Durge hatte im Gefängnis Sareth bewacht –, war Travis zum Mine Shaft gegangen, um Mr. Manypenny von dem Vorfall zu berichten und Lirith zu entschuldigen.

Travis seufzte und fuhr sich mit der Hand über den rasierten Schädel. »Ich hätte eigentlich gar nicht bleiben müssen. Es war so gut wie leer. Nicht mal der alte Ezekial Frost ist vorbeigekommen.«

»Vielleicht waren die Menschen der Meinung, es sei ein guter Abend, um daheim zu bleiben«, sagte Durge und spreizte den kleinen Finger ab, als er eine der zerbrechlichen Kaffeetassen mit übertriebener Vorsicht anhob.

Vermutlich hatte Durge Recht. Nachdem sich herumgesprochen hatte, was Lord Barrett zugestoßen war, waren die Leute schnell wieder nach Hause gegangen. Travis hatte Lirith erzählt, dass die an Barrett festgesteckte Botschaft von einer Liste mit zehn solchen Geboten stammte, die ein Gott dieser Welt vor langer Zeit verkündet hatte. Und wer in dieser Stadt hatte nicht irgendwann mindestens eines dieser Gebote gebrochen?

Lirith stellte die Tasse ab. »Ich bin nicht davon überzeugt, dass ich alles für Lord Barrett getan habe, was möglich war. Sollten wir nicht nach dem Arzt dieser Stadt schicken?«

»Nein, Miss Lily«, sagte Maudie von der Wohnzimmertür aus. Sie ging weiter zum Tisch und stellte eine frische Kanne Kaffee ab. »Es ist besser, Sie kümmern sich um Mr. Barrett, als dass es Dr. Svensson tut.«

Durge warf ihr einen prüfenden Blick zu. »Warum sollten wir nicht den Doktor holen, Lady Maudie?«

»Darum.« Sie warf eine Ausgabe des *Castle City Clarion*

neben die Kaffeekanne. »Dr. Svensson ist mit Bertha Hale Svensson verheiratet. Mortimer Hales Schwester.«

Lirith verstand, worauf Maudie hinauswollte. Mortimer Hale war der Verleger des *Clarion*, und Travis war der Ansicht, dass Hale hinter dem Vigilantenkomitee steckte – oder dem Kreuzzug für Anstand, wie er sich letzte Nacht genannt hatte. Natürlich trug das, was Lord Barrett zugestoßen war, die gewalttätige Handschrift Lionel Gentrys. Aber Gentry konnte für Hale arbeiten. Und Dr. Svensson auch, wegen seiner verwandtschaftlichen Beziehungen.

Travis schnippte die Zeitung an. »Ich dachte, Sie hätten den *Clarion* in Ihrem Haus verboten, Maudie.«

»Das habe ich auch. Ich habe eins der Gästezimmer oben aufgeräumt. Und die Zeitung landet direkt im Ofen.«

Sie nahm die Zeitung, bevor sie den Artikel auf der Titelseite lesen konnten, aber Lirith bekam die Schlagzeile mit:

ENDLICH GERECHTIGKEIT

Durge stand auf und setzte seinen Hut auf. Für ihn war es Zeit, zum Gefängnis zu gehen und Sheriff Tanner abzulösen. Travis gähnte – offensichtlich hatte er vergangene Nacht ebenfalls nicht geschlafen – und ging auf sein Zimmer, um sich auszuruhen. Lirith hätte seinem Beispiel folgen sollen, sie war erschöpft. Aber der Kaffee hatte seine Arbeit getan, und sie verspürte nervöse Energie. Besser, sie zu nutzen. Sie nahm die leeren Tassen und ging in die Küche, um Maudie mit dem Frühstücksgeschirr zu helfen.

Maudie begrüßte sie mit einem Lächeln, als sie eine Schürze umband, und dann arbeiteten die beiden Frauen in jener fleißigen, angenehmen Art von Schweigen, das aus einfacher Arbeit und behaglicher Kameradschaft entsteht. Als alles sauber war, toastete Maudie Brotscheiben auf dem Ofen und stellte sie zusammen mit einem Glas Erdbeermarmelade auf den Tisch.

»Wenn man früh aufgestanden ist, braucht man zweimal Frühstück«, sagte sie.

Lirith knurrte der Magen, und sie widersprach nicht.

»Es ist eine Schande, was sie dem armen Mr. Barrett angetan haben«, sagte Maudie und seufzte. »Nach allem, was er in seinem Leben schon erlitten hat.«

Lirith hob eine Braue. »Was meinen Sie?«

»Sie müssen wissen, er wurde nach Amerika verbannt«, sagte Maudie. »Sein Vater ist ein englischer Graf, und Niles ist der älteste Sohn. Aber vor ein paar Jahren hat ihn sein Vater enterbt, ihn auf ein Schiff nach New York gesetzt und ihm befohlen, niemals zurückzukehren.«

Lirith dachte an den Zettel, den man an Barretts Jackett befestigt hatte. *Du sollst deinen Vater ehren und deine Mutter.* »Warum hat sein Vater ihn verbannt?«

»Ich schätze, es gibt in der Stadt nur wenige, die die ganze Geschichte kennen. Natürlich wissen die meisten, dass Barrett nichts für Damen übrig hat. Er kam ins Bluebell, aber immer nur um etwas zu trinken und sich zu unterhalten, nie um eines meiner Mädchen zu besuchen.« Maudie lachte in glücklicher Erinnerung. »Er sagte, ihm gefiele das Ambiente.«

Lirith lächelte. Sie griff über den Tisch hinweg und nahm Maudies Hand.

»Er hat es mir eines Nachts erzählt«, fuhr Maudie fort. »Wir tauschten traurige Geschichten aus, nachdem wir zu viel Gin getrunken hatten. Ich habe ihm die Geschichten eines jeden meiner Ehemänner erzählt. Und dann ...« Sie seufzte. »Er war Lieutenant in der Royal Navy. Niles hat mir ein Bild von ihm gezeigt, und er war der hübscheste junge Mann, den Sie sich vorstellen können. Augen so tief und ruhig wie das Meer. Erst da fand Lord Barrett die Briefe, die sie sich geschrieben hatten.

Niles' Offizier wurde seines Ranges enthoben und auf einen Posten in Australien geschickt. Und Niles schickte man hierher.«

»Ich verstehe nicht«, sagte Lirith. »Warum hat man Niles Barrett und seinen Lieutenant gezwungen, auseinander zu gehen?«

Maudie schaute sie ungläubig an. »Wenn Sie das nicht wissen, müssen Sie aus einer anderen Welt kommen, Miss Lily. Die Gesellschaft behandelt jene, die außerhalb ihrer Grenzen leben, sehr streng. Vermutlich weiß ich das genauso gut wie Mr. Barrett. Ich habe es aufgegeben, die Damen der Stadt zum Essen einzuladen. Vermutlich sind sie der Ansicht, dass man zwar die Frau aus dem Bordell holen kann, aber nicht das Bordell aus der Frau.«

Lirith versteifte sich, und Maudie betrachtete sie mit stillem Verständnis. Aber woher konnte Maudie von den Jahren wissen, die Lirith in Gulthas' Haus als Tanzmädchen verbracht hatte? Niemand wusste das. Aber aus irgendeinem unerfindlichen Grund wusste sie Bescheid.

Lirith wollte ihre Hand wegziehen, aber Maudie hielt sie fest. »Schenken Sie jenen, die so etwas sagen, keinen Glauben, Miss Lily. Sie sind durch und durch eine gute Frau. Das kann ich sehen. Mr. Samson kann sich glücklich schätzen, Sie zu haben.«

»Tatsächlich?«

Maudie ließ ihre Hand los. Lirith drückte sie auf den Leib. Sie konnte ihn fühlen: den dunklen Raum in ihrem Inneren, der niemals mit Leben gefüllt werden würde. Was konnte sie Sareth schon geben außer dem, was sie all den Männern gegeben hatte, die in Gulthas' Haus kamen?

Aber vielleicht war das die Antwort. Sareth konnte keine Frau nehmen, die nicht aus seinem Clan stammte. Aber was war mit einer Geliebten? Wie Maudie schon gesagt hatte, es gab jene, die ihr Leben außerhalb des Kreises lebten, der von den anständigen Männern und Frauen gezogen worden war. Lebte sie nicht schon lange außerhalb jener Grenzen?

Sie stand auf, von einer Energie beflügelt, die nicht nur von dem Kaffee kam. »Ich muss Sareth besuchen.«

»Sind Sie sicher, dass das eine gute Idee ist, Miss Lily?«, fragte Maudie besorgt. »Mr. Dirk meinte, dass es für Sie nicht sicher ist, das Gefängnis zu betreten. Sie wissen, dass die Leute immer noch verlangen, Mr. Samson aufzuhängen. Sie wollen doch die Sache nicht noch schlimmer machen, indem Sie Aufmerksamkeit auf ihn ziehen.«

Aber Lirith hörte ihr nicht zu. Sie band die Schürze ab und warf sie auf den Tisch. »Auf Wiedersehen, Lady Maudie«, sagte sie und eilte ohne auf eine Erwiderung zu warten aus der Küchentür.

Sie lief die Grant Street entlang. Das Gefängnis lag am anderen Ende der Stadt, eine Meile entfernt. Sie rannte, bis ihre Lungen brannten, ging dann weiter, bis sie wieder zu Atem gekommen war, und rannte erneut. Sie spürte, dass man ihr neugierige Blicke zuwarf, aber das war ihr egal. Die Grant Street endete an dem Mietstall als Sackgasse. Sie betrat eine schmale Seitenstraße, um zur Elk Street zu kommen.

Und stieß mit Ezekial Frost zusammen.

»Vorsicht, Missy. Wohin so schnell?«

Knochige, aber starke Hände verhinderten ihren Sturz. Sie fand sich Angesicht zu Angesicht mit dem alten Trapper. Unter einer Mütze aus räudigem Pelz ragten weiße Haarsträhnen hervor. Bart und Zähne waren vom Tabak gebräunt, und seine Augen waren gelblich – zweifellos durch zu viel Alkohol.

»So, so, es ist die süße Miss Lily aus dem Mine Shaft, die mich über den Haufen rennen will.«

»Entschuldigung«, sagte sie und befreite sich aus seinem hartnäckigen Griff. »Ich habe es eilig.«

Ein verschlagenes Funkeln stahl sich in seinen Blick. »Ich habe es auch eilig, Miss Lily. Ich muss zurück.«

Etwas von ihrer Eile wurde von Verblüffung ersetzt. Irgendwie erschienen die Worte des Alten wichtig. »Was meinen Sie?«

Er lachte meckernd und schlug sich auf die Schenkel. »Sie sind clever, Miss Lily, so die Dumme zu spielen. Aber ich weiß, dass Sie alles über die Sieben Städte wissen, genau wie ich.«

»Welche Sieben Städte?«

»Na, die Städte von Cibóla. Die Städte aus Gold, die seit fünfhundert Jahren gesucht werden, zuerst von den Spaniern, dann von denen, die nach ihnen kamen. Aber keiner von ihnen hat den Weg gefunden, das habe nur ich. Ich war dort, und ich hätte sie niemals verlassen sollen.« Er fixierte sie. »Ich weiß, dass Sie auch dort waren, Miss Lily. Ich habe Sie kommen gesehen, genau wie den Goldmann. Ich muss seinesgleichen hier aufspüren. Er wird nach einem Rückweg suchen. Aber wenn er ihn öffnet, werde ich vor ihm hineinschlüpfen, wie ein Hase.« Der Alte griff nach ihrem Arm. »Ich nehme Sie mit, Miss Lily, wenn es das ist, was Sie wollen.«

Frosts Atem stank nach Schnaps und Verfall. Sie wich vor ihm zurück. »Ich muss gehen«, sagte sie, und diesmal rannte sie die Straße entlang, bevor der Trapper etwas sagen konnte.

Als sie zum Sheriffbüro kam, erwartete sie Durge oder den jungen Deputy Wilson hinter dem abgenutzten Schreibtisch vorzufinden, stattdessen saß dort Sheriff Tanner. Er hob die Brauen, als er sie sah.

Vermutlich sah sie schrecklich aus. Sie gab sich Mühe, ihr Kleid zu richten. »Ich will Sareth besuchen.«

»Gut, Miss Lily«, sagte der Sheriff in seinem bedächtigen Tonfall. »Er darf Besucher empfangen. Aber nur zehn Minuten, und Sie werden nicht durch das Gitter greifen oder ihm etwas geben. Das ist das Gesetz, und ich weiß, dass Sie als anständige Frau das respektieren werden.«

Sie nickte knapp. Alles, um Sareth zu sehen.

Tanner stand auf und begab sich zu einer Tür im hinteren Teil des Raumes. Sie bestand aus Holz mit einem eisenverstärkten Rechteck, das den Blick in das Gefängnis gestattete. Tanner nahm einen Schlüsselring vom Gürtel und wählte einen aus. Lirith fiel auf, dass er verhältnismäßig lange brauchte, um den Schlüssel ins Schloss zu bekommen. Er öffnete die Tür.

»Ich hole Sie, wenn die Zeit um ist.«

Sie trat hindurch, Tanner schloss die Tür hinter ihr, dann drehte sich der Schlüssel.

»Beshala«, sagte eine leise Stimme.

Ihre Augen gewöhnten sich an das Dämmerlicht; es gab drei Zellen, deren Türen aus Gitterstäben bestanden. Zwei der Zellen waren leer, aber in einer stand eine schattenhafte Gestalt. Hatte sie ihn nicht genauso das erste Mal gesehen – wie er unterhalb von Ar-Tolor im Schatten der Bäume stand?

Lirith ging zum Gitter. Sie hatte ihn seit dem Abend von Calvin Murrays Tod nicht mehr gesehen, und sie wusste, dass die dunklen Ringe unter seinen Augen und die hohlen Wangen nicht vom schlechten Licht des Gefängnisses herrührten.

Etwas schnürte ihr die Brust zusammen. »Sareth, es geht Euch nicht gut.«

»Jetzt doch, wo ich Euch sehe.« Er trat näher an die Gitterstäbe heran, aber dabei zuckte er zusammen.

»Euer Bein«, sagte sie. »Es bereitet Euch Schmerzen, nicht wahr?«

»Ich war der Meinung, die Wunde wäre geheilt. Aber seit wir durch das Tor auf diese Welt gekommen sind, spüre ich sie ständig mehr. Aber das ist nicht wichtig, *Beshala.* Eine Erinnerung an den Schmerz, das ist alles. Und im Augenblick kann ich nichts außer Freude verspüren.«

Sie griff zwischen den Gitterstäben hindurch, zuckte dann aber zurück. »Der Sheriff sagt, ich darf dich nicht berühren.«

»Und mein Volk sagt, dass ich dich nicht berühren darf.«

Lirith verschränkte die Arme vor der Brust, als wollte sie ihr Herz verstecken. Die Gesetze seines Volkes waren wie die Gitterstäbe, dazu gemacht, sie voneinander fern zu halten. Aber Lirith wusste, dass es jetzt einen anderen Weg gab.

Sie wich seinem Blick aus. »Ich kann dich nicht heiraten, Sareth. Und ich kann dir kein Kind schenken, denn in meinem Körper wird niemals wieder Leben seine Wurzeln schlagen, das weiß ich genau. Aber es gibt eine Sache, die ich dir geben kann.«

Sie fühlte seine Verwirrung. »Wovon redest du, *Beshala?«*

Sie hob das Kinn, zwang sich dazu, ihm in die Augen zu sehen. »Ich würde deine Hure sein, Sareth. Ich kann dir weder Liebe noch Leben geben. Aber ich kann dir meinen Körper geben, denn der ist alles, was mir noch geblieben ist. Und ich gebe ihn freiwillig, damit du alles damit machen kannst, was du willst. Nicht einmal die Gesetze deines Clans können dieses Geschenk verbieten.«

Er umklammerte die Gitterstäbe, ein Stöhnen entschlüpfte seinen Lippen, als er den Kopf schüttelte. Ein scharfer Schmerz durchzuckte sie. Das einzige Geschenk, das sie ihm geben konnte, lehnte er es etwa ab?

»Oh, *Beshala.«* Seine tiefe Stimme war voller Qual. »Ich würde dein Herz mit Freuden nehmen, wenn es die Gesetze meines Clans doch nur erlauben würden. Ich würde deine Liebe in Ehren halten wie einen kostbaren Edelstein. Nur dass ich ihn nicht wegschließen würde. Ich würde ihn am Hals tragen, damit alle sein helles Strahlen sehen könnten. Aber dein Körper ist ein Schatz, den ich mir nicht nehmen kann.«

Nein, das würde sie nicht akzeptieren. »Aber sicherlich

erlauben die Gesetze deines Clans doch, dass du dir eine Geliebte nimmst.«

»Das tun sie.«

»Dann würde ich den Mournisch wie ein Geist folgen, immer in der Dunkelheit und Kälte jenseits der Wärme ihrer Lagerfeuer schweben. Das kümmert mich nicht. Ich würde auf die Augenblicke warten, in denen du dich fortstehlen kannst in die Schatten, um mich mit deiner Wärme zu erfüllen.«

»Und das ist die eine Sache, die ich nicht tun kann, *Beshala.*«

Sie starrte ihn wortlos an.

Er legte den Kopf gegen die Gitterstäbe. »Es war der Dämon, *Beshala*. Er hat mir nicht nur das Bein gestohlen. Er hat auch meine Kraft als Mann geraubt.«

»Du meinst ...«

Ein bitteres Lächeln umspielte seine Lippen. »Nein, *Beshala*. Abgesehen von meinem Bein ist mein Körper unversehrt. Aber das macht keinen Unterschied. Keine Leidenschaft, ganz egal, wie stark sie auch ist, erregt mich so, wie es bei einem Mann sein sollte. So ist es seit dem Tag, an dem Xemeth und ich den Dämon fanden und ich von ihm berührt wurde.«

Es war zu grausam. Lirith wollte lachen, aber es wurde ein Schluchzen daraus. »So ist das eine Geschenk, das ich dir geben kann, das eine, das dir nichts bedeutet.«

Sein Blick fing sie ein, hielt sie fest. »Nein, *Beshala*. Du hast mir das schönste Geschenk gemacht, nach dem ich jemals hätte verlangen können. Welcher Mensch kennt schon sein Schicksal genau? Aber hier ist mein Schicksal, das Gestalt angenommen hat, weil du vor mir stehst. Dann ist es eben bitter, und wenn schon. Wenigstens kenne ich es, und es ist meins.«

Sie drückte das Gesicht gegen das Gitter, so nahe neben seinem, dass sie die Hitze spüren konnte, die von seiner

Wange ausging und ihre Haut wie eine intime Liebkosung berührte.

»Ich werde dich für immer lieben, Sareth.«

»Und ich liebe dich in diesem Augenblick«, sagte er.

Sie blieben so stehen, bis es an der Tür klopfte.

»Es ist Zeit, Miss Lily«, sagte Tanner.

Das Schloss drehte sich, die Tür öffnete sich. Wortlos wandte sich Lirith ab und ließ ihr Herz hinter sich in den Schatten zurück.

3

Durge kniete sich in das Gebüsch, um das tote Lamm näher in Augenschein nehmen zu können. Die Sonne stach wie ein heißes Messer durch die dünne Bergluft, Bremsen schwirrten in trunkenen Kreisen umher. Die Nagetiere hatten den kleinen weißen Kadaver erst vor kurzem entdeckt und waren nicht sehr zahlreich. Noch ein paar Stunden in dieser Hitze, und das würde sich ändern, wie Durge nur zu gut wusste.

»Was glauben Sie, Senor Dirk, waren das Wölfe oder Coyoten?«, fragte der Mann, der neben ihm kniete. Er war drahtig und kompakt gebaut, sein Haar war schwarz und seine Haut ein von den Elementen aufgerautes Braun. Sein Name war Manuel Dominguez, und Durge nahm an, dass er aus der Domäne *Meksako* kam, die Sir Tanner zufolge südlich von *Youssay* lag.

Durge studierte das Muster der Wunden, die die Haut des Schafes zerrissen und Fleisch und Knochen entblößten. Auf dem Rücken des Tieres waren tiefe Risse, an seiner rechten Seite noch tiefere Löcher. Die Kehle war das Schlimmste; sie war so brutal zerfetzt, dass der Kopf nach hinten gedreht und nur noch durch einen schauerlichen Streifen aus Sehnen und Knochen mit dem Körper verbunden war. Die beiden anderen Schafe hatten ähnliche Verstümmelungen aufgewiesen.

»Für mich sieht das wie das Werk von Wölfen aus«, sagte Durge und zeigte auf den zerfetzten Hals des Lamms. In Embarr gab es gewaltige graue Wölfe, die im Winter aus den Bergen kamen, um die Heide zu durchstreifen, und er hatte den Schaden gesehen, den sie bei Schafen oder anderem Vieh anrichten konnten. »Aber die Wunden auf dem Rücken sehen eher aus wie von einer großen Katze verursacht.«

Dominguez schaute auf. »Würde sich ein Berglöwe so tief ins Tal hinunterwagen?«

Durge balancierte auf seinen Fersen und beschattete die Augen. Dominguez' kleine Schaffarm befand sich in der Mitte der beifußbewachsenen Ebene, die den Talboden ausmachte; die Berge waren zwei Meilen weit entfernt, vielleicht auch drei.

»Einer würde vielleicht so weit kommen, wenn er Hunger hat«, sagte Durge. »Aber es ergibt keinen Sinn, dass ein Wolf und ein Löwe zusammen jagen. Und ich glaube nicht, dass diese Wunden überhaupt von einem Tier verursacht wurden.« Er zeigte auf die tiefen Wunden in der Seite. »Die sehen aus wie mit einem Messer gemacht. Hat einer der Männer, die für Sie arbeiten, angefangen, das Schaf auszuweiden?«

Dominguez schüttelte den Kopf. »Ich habe keine Angestellten, für mich arbeiten nur meine Söhne. Und ich habe die Lämmer gefunden.«

Durge war von dem Vorgefundenen verwirrt. Das Tier war durch Krallen, Zähne und eine Klinge getötet worden – jede Waffe war anscheinend von einer anderen Kreatur benutzt worden. Aber was noch seltsamer war, warum hatte das Raubtier nicht von dem Lamm gefressen, nachdem es dieses getötet hatte? Durge strich mit den Fingern über die Erde, die das Lamm umgab. Sie war hart und trocken, keine Spur von Blut. Vielleicht hatte der Jäger ja doch gefressen. Aber welches Geschöpf tötete, um dann nur das Blut zu trinken? Kein Durge bekanntes Tier verhielt sich auf diese Weise.

»Ich werde dem Sheriff berichten, was hier geschehen ist«, sagte Durge zu dem Rancher, als sie wieder standen. »Ich vermute, er wird Männer losschicken, die das Tier jagen, das das hier angerichtet hat.«

Dominguez nickte dankbar. »Ich danke Ihnen, Senor Dirk. Meine Ranch ist klein, genau wie meine Herde. Vor nicht langer Zeit hat ein Mann mir das Angebot gemacht, mir das Land abzukaufen. Wenn ich noch mehr Schafe verliere, werde ich das Angebot annehmen müssen.«

Durge verspürte Mitgefühl mit dem Rancher. In Embarr gab es keine größere Schande, als ein Freisasse ohne Land zu sein, es sei denn, man war Diener oder Bettler. »Wer ist der Mann, der Ihnen das Kaufangebot unterbreitet hat?«

»Ich kenne seinen Namen nicht. Er kam von dort.«

Dominguez zeigte nach Osten. Durge kniff die Augen zusammen und konnte ihn in der Ferne sehen: einen Zaun, der sich Meile über Meile erstreckte, und dahinter die Umrisse von Scheunen, Ställen und einem riesigen Haus mit vielen Flügeln und spitzen Türmen, das Durge an die Herrenhäuser Eldhs denken ließ. Hier musste ein örtlicher Lord wohnen. Das ergab einen Sinn. Es war bösartig, aber nicht ungewöhnlich von einem Adligen, das Land eines Freisassen aufzukaufen, der ihm Geld schuldete, und dem Mann dann zu gestatten, das Land zu bearbeiten, das ihm einst gehört hatte, ihn auf diese Weise praktisch zu einem Diener zu machen.

Durge verabschiedete sich von dem Rancher, dann stieg er auf das Pferd, mit dem er aus der Stadt gekommen war, und trieb es an. Sir Tanner hatte drei Pferde im Mietstall, und auch wenn es durchaus prächtige Tiere waren, hatte keines von ihnen auch nur den Bruchteil der Kraft oder des Temperaments seines Schlachtrosses Schwarzlocke. Vermutlich war Schwarzlocke noch immer in den Ställen von Ar-Tolor, wo Durge ihn zurückgelassen hatte. Würde er jemals wieder nach Eldh zurückkehren, um ihn zurückzuholen?

Vermutlich wird Schwarzlocke alt werden und sterben, während er auf dich wartet.

Der düstere Gedanke war pure Gewohnheit. Es lag in seiner Natur, immer das Schlimmste anzunehmen; auf diese Weise konnte eine Enttäuschung nie zur Tatsache werden. Aber aus irgendeinem Grund ärgerte der Gedanke Durge heute. Welchen Sinn hatte es, sich vorzustellen, dass Schwarzlocke sich in seinem Stall nach ihm verzehrte? Warum sollte er nicht nach Eldh zurückkehren? Demzufolge, was Travis gesagt hatte – und Durge hatte Travis immer als äußerst zuverlässig erlebt –, war sein Freund Jack Graystone ein Runenmeister, und so wenig Durge auch von Magie hielt, war es immerhin Magie gewesen, die sie hergebracht hatte, und mit Sicherheit würde ihnen ein so mächtiger Zauberer helfen können.

Du wirst nach Eldh zurückkehren, versuchte sich Durge einzureden, und der Gedanke fühlte sich seltsam gut an. *Du wirst einen Rückweg finden, und du wirst deinen alten Freund Schwarzlocke wieder sehen.*

Durge ertappte sich dabei, dass er grinste, auch wenn sich das seltsam anfühlte, so als hätten seine Gesichtsmuskeln vergessen, wie das ging. Dann blitzte ein Bild vor seinem inneren Auge auf, und es handelte sich nicht um das große Schlachtross. Es war eine majestätische junge Frau mit dunklem Haar und saphirblauen Augen.

Durges Grinsen zersplitterte wie Glas.

Du bist ein Narr, alter Mann. Du bist ein kompletter Narr, wenn du hoffst, eine so junge Frau könnte dich lieben.

Und dennoch hoffte er, nicht wahr? Sosehr er sich wünschte, es abstreiten zu können, die alte Mournisch, die ihm sein Schicksal vorhergesagt hatte, hatte Recht. Er liebte Lady Aryn, so albern das auch war, und er hätte eher den Herbst daran hindern können, zum Winter zu werden, als diese zarten Gefühle für sie nicht zu empfinden.

Dann ist es vielleicht besser, du kehrst nicht nach Eldh zurück.

Und obwohl er wusste, dass es eine Lüge war, hielt er an dem Gedanken fest, ließ ihn sein Herz panzern. Denn es war besser, niemals seine Heimat oder sein Pferd wieder zu sehen, als das Entsetzen in ihren Augen lesen zu müssen, wenn sie die Wahrheit seiner Gefühle für sie entdeckte.

Als Durge nach Castle City hineinritt, war es früher Nachmittag. Die Elk Street wimmelte von Menschen und Tieren wie der Hof einer großen Burg, aber trotz der Aktivitäten schien ein Leichentuch wie Rauch über der Stadt zu schweben. Mittlerweile wusste jeder Bewohner der Stadt, dass man Lord Barrett zusammengeschlagen hatte. Und auch wenn nur wenige etwas für den Engländer übrig hatten, hatten doch viele Angst, wen dieser so genannte Kreuzzug für Anstand wohl als nächsten traf.

Durge brachte das Pferd in den Stall zurück, dann ging er zum Sheriffbüro. Bei seinem Eintreten fand er den vorderen Raum menschleer vor; weder Sir Tanner noch der junge Deputy Wilson saßen hinter dem Tisch. Vielleicht war einer von ihnen im Gefängnistrakt?

Als sich Durge in Bewegung setzte, fiel ihm ein Funkeln ins Auge. Er kniete nieder. Neben dem Tisch lag ein kleines Glasfläschchen auf dem Boden. Von ein paar Tropfen einer am Boden befindlichen dunklen Lösung abgesehen war es leer. Durge hob es auf, dann ging er zur Verbindungstür zu den Zellen und schaute durch das Gitter.

In einer der Zellen lag Sareth auf der mit Maudies Federbett bedeckten Pritsche. Der Mournisch schien jeden Tag mehr zu schlafen. Durge war kein Heiler, nicht so wie seine edle Herrin Lady Grace, aber er wusste auch so, dass Sareths Krankheit sich verschlimmerte. Wenn er noch lange im Gefängnis blieb, hatte Durge die Befürchtung, dass er sterben würde.

Andererseits, sollte er das Gefängnis verlassen, war sein Tod eine Sicherheit. Das Vigilantenkomitee würde Sareth in dem Augenblick aufhängen, in dem er freikam. Und niemand würde sie aufhalten. In den letzten Tagen waren viele Bürger zu Sir Tanner gekommen und hatten ihn gebeten, Sareth zu entlassen. Hinter vorgehaltener Hand hieß es, dass der Kreuzzug seine Existenz mit dem Überfall auf Lord Barrett nur deshalb enthüllt hätte, weil Sir Tanner Sareth hinter Schloss und Riegel hielt. Es wurde allgemein befürchtet, dass die Dinge nur noch viel schlimmer werden würden, bis der Kreuzzug Sareth für den Mord an Calvin Murray gelyncht hatte. Durge wusste, dass sie in einem Punkt Recht hatten: Die Dinge würden tatsächlich noch viel schlimmer werden.

Bis auf Sareth war das Gefängnis leer. Im Moment gab es keine Gesetzesbrecher, die eingesperrt werden mussten – keine Diebe, keine Betrüger, keine Herumtreiber. Der Kreuzzug hatte alle aus der Stadt vertrieben. Oder sie erschossen und ihre Leichen in Schluchten oder von Klippen geworfen, selbst wenn ihre Verbrechen nicht mehr als öffentliche Trunkenheit oder Diebstahl gewesen waren. Durge war der festen Überzeugung, dass Männer für ihre Verbrechen bestraft werden sollten. Aber der Kreuzzug für Anstand schien für alle Gesetzesübertretungen nur eine Strafe zu kennen, ganz egal, wie geringfügig sie waren – oder auch nur eingebildet.

Wo steckte Sir Tanner? Bestimmt hätte der Sheriff Sareth nicht allein gelassen. Dann hörte er ein leises Geräusch: das Klirren von Glas auf Metall. Es war aus dem an das Gefängnis angebauten Schuppen gekommen, in dem man im Winter die Kohlen für den Ofen aufbewahrte. Durge ging zu der schmalen Tür; sie stand einen Spaltbreit offen, und er blickte hindurch.

Sir Tanner stand im Schuppen, den größten Teil des Rückens Durge zugewandt. Er beugte sich vor, die schmalen Schultern verkrümmt, als hätte er Schmerzen. In seinen Händen konnte Durge zwei Gegenstände erkennen: einen Zinnbecher und ein kleines Glasfläschchen, das dem ähnelte, das Durge auf dem Boden gefunden hatte, nur dass dieses bis zum Rand mit der dunklen Flüssigkeit gefüllt war. Tanner versuchte, etwas von der Flüssigkeit einzugießen, aber seine rechte Hand zitterte stark, und das Fläschchen schlug gegen den Becherrand. Endlich schaffte er es, die Flasche still zu halten, und er goss etwas in den Becher. Tanner hob ihn und leerte ihn. Einen Augenblick lang stand er völlig still da, dann verkorkte er das Fläschchen mit nun endlich ruhigen Händen.

Durge war klar, dass er gerade etwas gesehen hatte, das er nicht hätte sehen sollen. Er schob das leere Fläschchen in die Tasche und schlich leise zur Eingangstür des Büros. Jede Falschheit war seiner Natur zuwider, trotzdem öffnete er die Tür und warf sie laut ins Schloss. Er ging zum Tisch und sorgte dafür, dass seine Stiefel auf dem Boden aufstampften.

Tanner trat aus der Seitentür. »Hallo, Mr. Dirk«, sagte der Sheriff in seinem ruhigen Tonfall. »Ich habe Sie nicht so früh von der Dominguez-Ranch zurückerwartet.«

»Ich glaube, ich habe dort alles gesehen, was es zu sehen gab«, sagte Durge und beschrieb die drei gerissenen Lämmer, die der Rancher ihm gezeigt hatte.

Tanner hörte aufmerksam zu, auch wenn sein Gesicht die Schatten der bei ihm stets gegenwärtigen Müdigkeit aufwies. Er schien in den letzten Tagen schmaler geworden zu sein; der Anzug hing an seinem Körper wie auf dem Bügel eines Schneiders.

Du solltest später mit Lady Lirith darüber sprechen, dachte Durge. *Wenn etwas mit Sir Tanner nicht stimmt, dann hat sie es bestimmt gesehen.*

Der Nachmittag war lang und beunruhigend.

Kurz nach Durges Eintreffen stürmte Deputy Wilson ins Büro, die runden Wangen vom Laufen gerötet. Drüben auf der Aspen Street fand irgendein Aufruhr statt.

Durge und Tanner ließen Wilson im Gefängnis Wache schieben und liefen mehrere Häuserblöcke weit. Zuerst sahen sie die Menge, sie drängten sich hindurch und fanden einen schrecklichen Anblick vor. Eine der Häuserfassaden, die die Straße säumten, war völlig verschwunden. Allein die Rückseite des Gebäudes war übrig geblieben, der Boden war mit zerborstenen Planken und Glassplittern übersät. Rauch hing in der Luft, und Durge roch den scharfen Gestank von Schwefel, der ihn an seine alchemistischen Experimente erinnerte.

Nachdem Durge und Tanner einige der Umstehenden befragt hatten, konnten sie sich zusammenreimen, was geschehen war. Das Haus war ein von einer Familie aus der Domäne China geführtes Spielcasino gewesen, in dem ein Glücksspiel namens Pai-Gow geboten wurde. Das Gebäude war von einer Explosion zerfetzt worden – die zweifellos von dem gleichen explosiven Schwarzpulver verursacht worden war, das man für Feuerwerk und Minensprengungen benutzte.

Erstaunlicherweise war bei der Sprengung niemand ernstlich verletzt worden. Ein paar Passanten hatten Schnitte von umherfliegendem Glas davongetragen, aber keines der Familienmitglieder, die das Kasino führten, hatte sich im Inneren des Hauses aufgehalten. Durge sprach mit dem Familienoberhaupt, einem kleinen alten Mann mit einem langen weißen Zopf und Augen, die beinahe zwischen den Falten der Haut verschwanden.

Dem Alten zufolge waren zwei Männer mit schwarzen Masken in das Kasino gekommen, das zu dieser Zeit geschlossen war, und hatten mit ihren Waffen gedroht. Einer der Männer hatte die furchterfüllte Familie hinten hinausgedrängt. Ein paar Minuten später war der zweite Mann herausgestürmt, und die beiden Fremden waren lachend weggeritten und hatten dabei in die Luft geschossen. Bevor die Familie das Gebäude wieder betreten konnte, hatte die Explosion es in Stücke gerissen.

»Meine Tochter hat das hier gefunden, bevor die Männer

kamen«, sagte der Alte und gab Durge ein Stück Papier. »Es war an die Tür genagelt, aber ich kann es nicht lesen.«

Durge warf einen Blick auf den Zettel. Dort stand lediglich: *Du sollst nicht stehlen.* Also nur ein weiteres ihrer Gebote. Aber hatte der Kreuzzug dieser Familie nicht gerade alles gestohlen? Anscheinend wollten die Kreuzritter bloß, dass andere den Geboten folgten; sie selbst sahen keinen Anlass, die Regeln zu befolgen.

»Was steht dort?«, wollte der Alte wissen.

Durge knüllte das Papier zusammen. »Dort steht, dass böse Männer dies hier getan haben.«

Der Alte nickte traurig, dann kehrte er zu seiner Familie zurück.

Tanner warf Durge einen neugierigen Blick zu, als sie zurück zum Gefängnis gingen. »Ich wusste gar nicht, dass Sie Chinesisch sprechen können, Mr. Dirk.«

Überrascht wurde Durge bewusst, dass der Alte eine andere Sprache als die hier übliche gesprochen haben musste. Aber mit dem Fragment der Silbermünze in der Tasche hatte Durge den Eindruck, dass jedermann in der Sprache der Domäne sprach, obwohl er wusste, dass das nicht der Fall war. So wie sie ihn andere und auch die Gefährten unterschiedlich ansprechen ließ, je nachdem, wer in der Nähe war.

Da er sich nicht sicher war, was er darauf erwidern sollte, entschied er sich, gar nichts zu sagen. Beim Gefängnis angekommen schickte Tanner Deputy Wilson los, um ein paar Dinge zu erledigen; er sollte dafür sorgen, dass die chinesische Familie eine Unterkunft fand, außerdem sollten ein paar Arbeiter die Trümmer der Explosion aufräumen. Durge fragte sich, was Tanner wohl vorhatte. Sicherlich konnte der Sheriff etwas gegen diesen Kreuzzug unternehmen, da sie so offen zugeschlagen hatten. Aber Tanner sagte nichts, außer Durge nach Hause zu schicken.

»Ich glaube, ich würde in dieser Nacht lieber im Gefängnis Wache halten«, erwiderte Durge und musterte Tanners müdes Gesicht. »Sie können mich am Morgen ablösen.«

»Was ist mit dem Abendessen, Mr. Dirk. Und Schlaf?«

»Mrs. Vickery macht immer genug für zwei.« Das entsprach zwar nicht ganz der Wahrheit, aber Durge wusste, dass Sareth kaum etwas essen würde. »Und ich habe das Gefühl, dass ich heute Nacht sowieso keinen Schlaf finden werde.«

Tanner sah aus, als wollte er protestieren, dann seufzte er, und es hatte den Anschein, als würde die Müdigkeit gewinnen. »Also gut, Mr. Dirk. Ich gehe auf dem Heimweg im Bluebell vorbei und lasse Maudie wissen, dass sie nicht mit Ihnen zu rechnen braucht. Sonst wird sie böse.«

Gerade in dem Augenblick, in dem sich der Schatten des Castle Peak auf die Stadt legte, brachte Mrs. Vickerys Ehemann ein Tablett. (Nach dem Zwischenfall mit der geworfenen Flasche bezahlte Tanner Mrs. Vickery zusätzlich dafür, die Mahlzeiten zu liefern.) Durge brachte es nach hinten in den Zellentrakt, weckte Sareth und deckte das Tablett ab.

Wie gewöhnlich handelte es sich um Rindfleisch und Kartoffeln – das Erstere war so übergar, wie das Letztere zu kurz gekocht war. Durge schob eine Bank zurecht, so dass sie zusammensitzen und sich die Mahlzeit teilen konnten, und bis auf die trennenden Gitter war es fast so wie ein Essen in der Pension. Sareth knabberte an einer Kartoffel herum, verschmähte aber das Fleisch. Durge aß das, was Sareth übrig ließ – obwohl sein Kiefer schmerzte, als er das Rindfleisch endlich zu Ende gekaut hatte –, dann stand er auf, um das Tablett wegzubringen.

»Ich werde es nicht schaffen, Durge, oder?«, fragte Sareth.

Durge blieb in der Tür stehen, drehte sich um. Sareth saß mit gefalteten Händen am Pritschenrand. Sein Gesicht lag in den Schatten verborgen, allerdings konnte Durge das Glitzern seiner kupferfarbenen Augen sehen.

»Lady Lirith ist eine fähige Heilerin«, sagte Durge. »Ich bin sicher, dass Ihr unter ihrer Pflege nicht dahinsiechen werdet.«

Durge hatte die Worte tröstend gemeint. Aber Sareth zuckte zusammen, als wäre er geschlagen worden.

»Das habe ich nicht gemeint.« Die Stimme des Mournisch war leise und heiser. »Sie werden mich bald holen kommen. Gentry und Ellis und ihre Bande. Versprecht mir, dass Ihr Euch ihnen nicht in den Weg stellt, um mich zu beschützen. Lirith braucht Euch und Travis auch.« Sareth stand auf und umklammerte die Gitterstäbe seiner Zelle. »Kämpft nicht um meinetwegen. Versprecht mir das.«

Durges Tonfall war streng. »Ich werde Euch nichts dergleichen versprechen. Ich bin Ritter und Lord von Embarr. Es steht Euch nicht zu, mir zu sagen, wie ich mein Schwert zu führen habe.«

Durge verließ das Gefängnis ohne jedes weitere Wort und verschloss die Tür hinter sich.

Draußen vor dem Fenster erschien die Mondsichel. Mitternacht kam und ging wie ein Geist. Durge saß steif hinter dem Schreibtisch, die Augen nach vorn gerichtet. Es bereitete ihm keine Mühe, die ganze Nacht Wache zu halten; im Verlauf der Jahre hatte er das zahllose Male getan. Gelegentlich hatten ihn jüngere Ritter gefragt, worin der Trick bestünde, wie er wach blieb, während die Stunden verstrichen. Es ist ganz einfach, pflegte Durge dann zu sagen. Der Wille, seine Pflicht zu erfüllen, muss stärker sein als das Verlangen nach Schlaf. Durges Willen war das immer.

Oder er war es zumindest immer gewesen.

Glas zerbrach klirrend. Durge riss den Kopf hoch, und erst da wurde ihm bewusst, dass er auf der Tischplatte geschlafen hatte.

Du wirst alt, Durge von Steinspalter. Alt und hinfällig. Es ist Zeit, deine Jahre in eine Decke gehüllt vor dem Kamin zu verbringen, Suppe aus einer Holzschale zu schlürfen, die du mit zitternden Händen hältst. Fall du nicht zuvor getötet wirst.

Trotz seiner Nachlässigkeit war er in Bewegung, bevor die Glassplitter den Boden erreicht hatten. Das Lampenlicht zeigte ihm alles. Eine der Scheiben des vorderen Fensters war zerbrochen. Der Stein, der dafür verantwortlich war, lag auf dem Boden, an ihm festgebunden war ein kleines Stück Papier.

Durge begab sich ans Fenster und spähte hinaus, aber die Straße lag verlassen da. Er bückte sich mit knirschenden Knien und hob den Stein auf. Die Botschaft auf dem Papier war in sauberer Handschrift verfasst. *Lasst den Zigeuner frei, sonst bricht hier die Hölle los.*

Durge legte das Stück Papier auf den Schreibtisch, dann öffnete er die Vordertür und trat hinaus. Ihm war klar, dass er wegen des innen brennenden Lichts als Silhouette erscheinen und ein leichtes Ziel bieten würde. Aber er wusste auch, dass ihm nichts geschehen würde. Nicht heute Nacht. Sie wollten eine Botschaft schicken, das war alles.

In der Luft hingen die blecherne Musik eines Pianos sowie in der Ferne ertönendes Gelächter. Und da war noch etwas anderes. Ein leises Schnauben. Dann sah Durge im Augenwinkel eine Bewegung. Er wandte den Kopf noch rechtzeitig, um einen Schatten auf die Gassenmündung zujagen zu sehen. Zuerst hielt er es für ein großes Tier, da es auf allen vieren zu rennen schien. Erst dann erhob sich der Schatten auf die Hinterbeine und bewegte sich mit trottenden Bewegungen, und Durge erkannte, dass es sich um einen Menschen handelte.

Jedenfalls größtenteils um einen Menschen.

Bevor der Schatten die Gasse erreichte, passierte er den Lichtschein, der aus einem Fenster im ersten Stock fiel. Der

Mann trug zerlumpte, schmutzige Kleidung, und seine Füße waren nackt. Sein linkes Handgelenk umgab eine blutige Linie, unterhalb der Wunde endete der Arm statt in einer Hand in einer großen Klaue, deren gekrümmte Krallen ausgefahren waren.

Durge stieß einen leisen Fluch aus. Die Gestalt drehte den Kopf, und einen Herzschlag lang konnte Durge ihr Gesicht sehen. Unter einem Schopf aus rotem Haar blickten grüne Augen, aber dort, wo ein normaler menschlicher Mund hätte sein sollen, schob sich eine lange Schnauze mit scharfen Zähnen nach vorn. Schwarze Lippen waren wie in einem Krampf zurückgezogen. Dann verließ das Ding das Licht und verschwand in der Gasse.

Durge wich zurück, das Blut in seinen Adern fühlte sich wie Eiswasser an.

Aber er griff nicht wegen der Krallen oder der Reißzähne Halt suchend nach dem Geländer des Gehsteigs. Sondern weil er trotz der Entstellungen den Mann hinter dem Wolfsgesicht erkannt hatte.

Und dieser Mann war Calvin Murray.

4

Travis lag auf dem Bett und ließ sich von dem durch das Dachbodenfenster einfallenden Sonnenlicht das Gesicht wärmen. Solange er hier blieb, solange er die Augen geschlossen hielt, konnte er so tun, als würde er noch immer träumen.

Es war ein wunderbarer Traum gewesen. Jack Graystone war endlich in die Stadt gekommen, grauhaarig und professorenhaft aussehend, genau wie Travis ihn in Erinnerung hatte. Travis hatte Jack die Hand geschüttelt, und mit einem Krachen wie bei einem Blitzeinschlag war die ganze in Travis befindliche Macht aus ihm herausgeströmt und in Jack geflossen. Als Travis die rechte Hand hob, war von der in seiner Handfläche eingegrabenen silbrigen Rune keine Spur mehr zu sehen. Er war einfach nur wieder Travis. Harmlos.

Die Bettfedern quietschten, und Travis spürte ein Gewicht auf der Brust. Er schlug die Augen auf und blickte in ein zartes Katzengesicht.

»Ich vermute, du willst mir sagen, dass es Zeit ist, mit dem Träumen aufzuhören und aufzuwachen, was?«

Miss Guenivere leckte sich bloß die Pfote. Travis seufzte und setzte sich auf. Er hielt sich die kleine Katze an die Brust und rollte sich vom Bett, dann setzte er sie in dem Rechteck aus Sonnenlicht ab. Sie rollte sich neben seinem Kissen zusammen und fing sofort an zu schlafen.

»Also war das die ganze Zeit dein Plan.«

Travis zog seine Tageskleidung an – Denimjeans und Kattunhemd – und spritzte sich etwas von dem am gestrigen Abend übrig gebliebenen Waschwasser in der Schüssel ins Gesicht. Als er zur Tür ging, bemerkte er, dass Durges Bett noch immer ordentlich gemacht war; der Embarraner war am vergangenen Abend nicht ins Bluebell zurückgekehrt. Travis schluckte die Sorge herunter und ging nach unten.

Er kam zu spät zum Frühstück. Die Minenarbeiter, die im Bluebell wohnten, waren alle zu den Silberfeldern aufgebrochen. Er konnte Maudie in der Küche summen hören, während sie das Geschirr spülte, und Lirith faltete gerade die Tischdecke zusammen. Zu Travis' Erleichterung saß Durge am Tisch und hielt eine Tasse Kaffee in den Händen.

»Guten Morgen«, sagte Travis.

Durge schaute auf. Das Gesicht des Ritters war verhärmt und sorgenvoll. Travis' Erleichterung verflüchtigte sich. Er sah Lirith an; die Hexe sah ernst aus.

»Was ist passiert?«, fragte er.

»Ihr setzt Euch besser«, sagte Durge mit seiner ernsten Stimme.

Travis gehorchte. Durge erzählte, was in der Nacht im Sheriffbüro passiert war. Eine Woge der Übelkeit stieg in Travis empor, die so stark war, dass er fürchtete, sich übergeben zu müssen, und er war froh, dass er zu spät gekommen war, um etwas zu essen zu bekommen.

»Seid Ihr sicher, dass es Calvin Murray war?«, sagte Travis, als der Ritter geendet hatte. Er bezweifelte Durges Worte nicht, sie waren nur so schwer zu verstehen.

»Er war es.« Travis hatte den Ritter nur selten erschüttert gesehen, aber nun lag auf seinem Gesicht ein gehetzter Ausdruck. »Ich habe ihn ... trotz dessen erkannt, was man ihm angetan hat.«

Travis schüttelte den Kopf. »Calvin Murray ist im Mine Shaft gestorben. Ihr habt es überprüft, Lirith. Ihr habt gesagt, er sei tot.«

»Das war er auch«, sagte die Hexe. »Und ich würde dafür einstehen, dass er es noch immer ist, dem zum Trotz, was Durge gesehen hat.«

Travis erschauderte. Wie konnte ein Toter einen Stein durch ein Fenster werfen? Und wieso konnte dieser Tote die Pranken eines Berglöwen und die Schnauze eines Wolfes aufweisen? Eines stand fest: Jetzt wussten sie, wer – oder was – das Vieh gerissen hatte.

Die Küchentür flog auf, und Maudie kam herein; sie stützte sich auf ihren Stock, und ihre Sporen klirrten. »Da sind Sie ja, Sie Faulpelz«, sagte sie zu Travis. »Ich habe Ihnen ein paar Biskuits verwahrt. Ich bringe sie Ihnen mit etwas Stachelbeermarmelade. War es ein langer Abend im Saloon?«

Travis nickte, obwohl es nicht stimmte. Der Mine Shaft war fast völlig leer gewesen. Nach dem Zwischenfall in dem Pai-Gow-Kasino in der Aspen Street schienen die Leute zu zögern, irgendwelche Vergnügungsbetriebe zu betreten. Travis konnte es ihnen nicht verdenken. Keiner konnte sagen, wo der Kreuzzug als Nächstes zuschlug.

Maudie brachte die Biskuits und die Marmelade, dann kehrte sie in die Küche zurück. Durch die Tür hörten sie einen langen Hustenanfall.

Travis stellte Durge noch mehr Fragen über das, was er vergangene Nacht gesehen hatte, aber sie fanden keine Erklärung für das, was man Calvin Murray angetan hatte. Sie wussten nur, dass der junge Mr. Murray selbst im Tod noch für das Vigilantenkomitee arbeitete.

»Kann ich die Botschaft sehen, die an dem Stein befestigt war?«, bat Travis.

Durge zog den Fetzen Papier aus der Tasche und reichte ihn herüber. Travis glättete ihn auf dem Tisch und entzifferte ihn mühsam. *Lasst den Zigeuner frei, sonst bricht hier die Hölle los.*

Durge wandte sich Lirith zu. »Mylady, da gibt es noch etwas, das ich Euch zeigen wollte, aber nach den Ereignissen der letzten Nacht war es mir entfallen.«

Der Ritter hatte zusammen mit dem Zettel eine kleine Glasflasche aus der Tasche gezogen. Er reichte sie Lirith.

»Was ist das?«, fragte die Hexe.

»Ich bin mir nicht sicher. Ich glaube, irgendeine Medizin. Am Boden kleben noch ein paar Tropfen. Ich dachte, Ihr könntet mir vielleicht sagen, was das ist.«

Lirith entkorkte das Fläschchen und hielt es sich unter die Nase. Sie fuhr mit dem Finger um die Flaschenöffnung, dann führte sie ihn zur Zungenspitze. Ihre Brauen hoben sich.

»Das ist eine starke und gefährliche Mixtur«, sagte sie dann und stellte das Fläschchen auf den Tisch. »Eine kleine Menge kann Schmerzen betäuben und angenehme Träume bringen. Zu viel davon bringt dunkle Visionen oder vielleicht sogar den Tod. Und je mehr man von der Droge nimmt, desto mehr verlangt der Körper danach.«

»Was ist es?«, fragte Travis.

»Eine Tinktur aus der Mohnblume.«

Durge runzelte die Stirn. »Eine Tinktur aus der Mohnblume?«

»Laudanum«, sagte Maudie von der Küchentür. »Sie meint Laudanum.«

Sie fuhren herum, als Maudie das Esszimmer betrat. Sheriff Tanner stand mit nachdenklicher Miene neben ihr.

»Das ist ein Gebräu des Teufels«, sagte Maudie mit harter Stimme. »Es hat zu viele meiner Mädchen auf dem Gewissen. Ein Kunde machte sie damit bekannt, und sobald sie auf den Geschmack gekommen waren, konnten sie nicht mehr damit aufhören. Zumindest nicht, bis sie die Kamelien gegen Lilien eintauschten und in die kalte Erde gebettet wurden. Wo haben Sie es her?«

Tanner trat vor und nahm das Fläschchen. »Ich glaube, Mr. Dirk hat es in meinem Büro gefunden.«

Alle starrten Tanner an, alle bis auf Lirith, die nur nickte. Sie stand auf und trat vor den Sheriff.

»Wie lange nehmen Sie es schon?«, fragte die Hexe.

Tanner starrte an ihnen vorbei die Wand an. Dann richteten sich seine wässrigen blauen Augen auf Lirith, und er seufzte.

»Fünf Jahre. Ich nehme Laudanum jetzt schon seit fünf Jahren, Miss Lily. Jeden Tag wache ich auf und sage mir, heute höre ich auf. Manchmal versuche ich es sogar. Aber gegen Mittag bin ich nass geschwitzt und zittere wie ein neugeborenes Fohlen, und es fühlt sich an, als würde in meinem Kopf eine Sprengung stattfinden, um eine Mine in mein Gehirn zu graben. Und dann kann ich nicht schnell genug den Korken rausziehen.«

Der Sheriff setzte sich an den Tisch und stellte die Flasche vor sich hin. Lirith zögerte, dann legte sie ihm die Hand auf die Schulter.

»Warum?«, fragte sie leise.

»Es war in San Francisco. Ich war damals Deputy-US-Marshall. Ein Arzt verschrieb mir Laudanum, als meine alte Schulterverletzung mir wieder Ärger machte, die Wunde, die ich im Krieg davontrug.«

»Welcher Krieg war das?«

»Nun, der Krieg zur Sklavenbefreiung, Miss Lily«, sagte er, schaute zu ihr hoch, und sie nickte. »Ich hätte niemals kämpfen dürfen, schätze ich. Ich war nicht alt genug – ich war gerade mal sechzehn, als ich von zu Hause fortlief und mich der Unionsarmee anschloss. Aber ich habe einige Schlachten erlebt, bevor ich auf dem Schlachtfeld von Gettysburg einen Stich mit einem Bajonett davontrug. Die Verletzung hat mir nie große Beschwerden bereitet, nicht, bevor ich älter wurde. Dann ging ich zum Arzt, und er gab mir Laudanum. Aber ich nahm es noch lange, nachdem die Schmerzen aufgehört hatten. Es war das Einzige, das die Erinnerungen verhinderte ... es war das Einzige, das meine Revolverhand ruhig hielt. Aber schon bald brauchte ich immer mehr davon, um das Zittern aufzuhalten, und ich wusste, dass es nur eine Frage der Zeit war, bis es die Marshalls herausfanden und mir den Stern wegnahmen. Also gab ich ihn zurück, bevor sie es konnten, und ich stieg in einen Zug nach Castle City, als ich hörte, dass hier ein Sheriff gesucht wurde.« Er ließ den Kopf hängen. »Aber wie es aussieht, werde ich auch diesen Stern zurückgeben.«

In Maudies Augen schimmerten Tränen. Sie setzte sich an den Tisch. »Oh, Bart, warum hast du mir das nie erzählt?«

Er mied ihren Blick. »Und was hättest du dann von mir gehalten, Maude?«

»Ich hätte gedacht: Maudie, hier ist jemand, der deine Hilfe braucht. Also solltest du dich besser um ihn kümmern. Denn du wirst keinen besseren Mann finden, nicht für alles Gold, das von hier bis Kalifornien im Boden liegt.« Sie ergriff seine Hand und hielt sie so fest, dass sie unmöglich zittern konnte. »Das ist es, was ich denke, Bart.«

Er schaute auf, und ihre Blicke trafen sich, und erst in diesem Augenblick erkannte Travis, dass sich Tanner und Maudie liebten. Er fragte sich, warum er so lange gebraucht hatte, das zu sehen. Aber zweifellos hatten sie sich alle Mühe gegeben, es zu verbergen, sogar voreinander. Schließlich war er der Sheriff, und bis vor kurzem war sie die Madame eines Bordells gewesen. Was hätten wohl die Damen von Castle Citys Gesellschaft zu ihren Männern gesagt, wenn Tanner und Maudie geheiratet hätten? Travis bezweifelte, dass Tanner danach noch lange Sheriff geblieben wäre.

»Mr. Dirk«, sagte Tanner und stand auf. »Ich muss Ihnen jetzt meinen Revolver und mein Abzeichen geben. Sie werden der Sheriff von Castle City sein, bis die County-Verwaltung einen neuen einstellen kann. Und wenn sie es tun, hoffe ich, dass sie genug Verstand haben, Ihnen den Job zu geben.«

Der Ritter schüttelte den Kopf. »Ich habe einen Eid geschworen, Ihnen zu dienen, Sir Tanner, und ich breche mein Wort nicht. Aber es ist mehr als das. Wenn diese Stadt Sie je gebraucht hat, dann jetzt. Sie sind wie ich ein Mann des Krieges, und das heißt, Sie können es wie ich fühlen. Eine Schlacht kommt auf uns zu.«

Einen Augenblick lang war Travis überrascht, wie sehr Tanner mit seinem langen Schnurrbart und den ernsten Augen wie ein Ritter von Embarr aussah. Kein Wunder, dass Durge ihn *Sir* nannte.

»Falls Sie Recht haben, Mr. Dirk, und es kommt eine Schlacht, dann werde ich in dem Kampf nicht von geringstem Nutzen sein.« Tanner hob die rechte Hand, die Finger bebten wie die Flügel eines Kolibris. »Ob ich nun Laudanum nehme oder nicht, ich kann nichts mehr mit einem Revolver anfangen.«

»Es gibt andere Möglichkeiten, um zu kämpfen.«

»Nicht gegen solche Männer. Selbst Sie hätten Mühe, sie aufzuhalten, Mr. Dirk, und nicht nur, weil Sie sich weigern, den Revolver an Ihrer Hüfte zu laden. Ich glaube nicht, dass es irgendetwas gibt, das ein Sheriff tun kann.«

»Aber du bist in dieser Stadt das Gesetz«, sagte Maudie jetzt indigniert. »Du kannst sie alle ins Gefängnis werfen!«

»Und dann würden andere Männer kommen und sie befreien.« Tanner schüttelte müde den Kopf. »Gesetze spielen nur dann eine Rolle, wenn sie die stärkste Autorität darstellen, die es gibt, Maudie. Aber in Castle City gibt es eine andere Autorität, und das ist der Kreuzzug. Die Leute mögen das Gesetz respektieren, aber das Vigilantenkomitee fürchten sie mehr. Nur jemand außerhalb des Gesetzes kann solche Männer aufhalten.«

Maudie sah über die Schulter, dann nahm sie den Kopf zurück. »Meinst du wie in diesen Geschichten, die ich in der Stadt gehört habe? Man erzählt sich, er würde kommen. Tyler Caine, der Friedensstifter.«

Ein Kribbeln durchfuhr Travis. War es Furcht? Oder etwas anderes?

»Ich habe die Geschichten auch gehört«, erwiderte Tanner. »Und ich wünschte, ich könnte sie glauben. Er wird in fünf Staaten und Territorien wegen Mordes gesucht. Trotzdem würde ich seinen Anblick willkommen heißen. Aber es heißt, dass Tyler Caine tot ist.«

Travis wollte fragen, warum alle glaubten, dass dieser Tyler Caine die Macht hatte, Männer wie Lionel Gentry aufzuhalten. Aber bevor er etwas sagen konnte, keuchte Lirith auf. Die Hexe erstarrte, drückte den Rücken durch. Sie griff nach einer Stuhllehne und warf mit geschlossenen Augen den Kopf in den Nacken.

Maudie eilte zu ihr. »Miss Lily, alles in Ordnung? Was ist los?«

Lirith erschlaffte, und Durge bewegte sich, bevor Travis reagieren konnte, ergriff ihre Schultern und hielt sie aufrecht. Sie schlug die Augen auf, blinzelte.

»Ich habe es gesehen«, sagte sie. »Es war so klar.«

Maudie rang die Hände. »Wovon sprechen Sie da, Süße? Sind Sie krank?«

Travis wusste es besser. Lirith war nicht krank. Die Hexe hatte die Fähigkeit, manchmal einen Blick in die Zukunft werfen zu können. Sie hatte es gerade getan – die Sicht hatte ihr etwas gezeigt.

»Was ist, Lirith?«, fragte Travis. »Was war zu sehen?«

»Er war es. Er kommt.«

Tanner schüttelte den Kopf. »Von wem sprechen Sie, Miss Lily? Wer kommt?«

»Tyler Caine.« Aber sie sah nicht Tanner an, sondern Travis. »Er wird kommen und gegen die Männer des Kreuzzugs kämpfen. Und da ist noch jemand, gegen den er kämpfen wird, aber ich konnte nicht erkennen, wer es war.«

Travis ballte die rechte Hand zur Faust. Tyler Caine war tot; darin stimmten alle überein. Er konnte unmöglich nach Castle City kommen, aber selbst wenn es ihm möglich gewesen wäre, was konnte er schon ausrichten? Lirith hatte einmal erklärt, dass die Macht der Sicht alles andere als perfekt war; ihre Vision konnte ein Irrtum sein.

Travis hatte keine Lust mehr, über Laudanum oder Tyler Caine oder den Kreuzzug für Anstand zu sprechen. Er blickte zu Tanner herüber. »Sheriff, gibt es eigentlich einen Grund für Ihren Besuch?«

Tanner nickte. »Ich wollte es Ihnen sagen, bevor Sie es von jemand anderem hören. Ich weiß, dass er eine Art Freund für Sie war, Mr. Wilder. Zumindest, soweit er Freunde hatte.«

Travis schüttelte verwirrt den Kopf. »Wovon reden Sie?«

»Edward Strange Owl hat ihn heute Morgen gefunden, in seinem Tipi oben auf der Signal Ridge«, sagte Tanner. »Ezekial Frost. So wie es aussieht, wurde er zu Tode gebissen.«

5

Lirith zog Travis und Durge in das spitzengefilterte Licht des Wohnzimmers. Travis konnte hören, wie sich Maudie und Tanner leise im Esszimmer unterhielten. Nach dem Klang ihrer Stimme zu urteilen, schien sie über seine Worte nicht erfreut zu sein. Zwei Katzen lagen auf einem zerschlissenen Samtsofa und dösten in einem verirrten Sonnenstrahl.

»Was ist denn?«, fragte Travis die Hexe und bemühte sich dabei um einen leisen Tonfall, ohne eigentlich zu wissen, warum er das tat. Da war etwas in Liriths Miene. War es Furcht?

»Ich habe ihn getroffen. Gestern, auf dem Weg ins Gefängnis, als ich Sareth besuchte. Er hat so seltsame Dinge gesagt. Ich hätte ihm zuhören sollen, ich hätte wissen müssen, dass etwas nicht stimmt. Aber ich war so wegen Sareth besorgt, und ich bin einfach losgeeilt, ohne weiter nachzudenken.«

»Von wem sprecht Ihr, Mylady?«, fragte Durge.

»Von Ezekial Frost.«

Travis und Lirith setzten sich auf das mit Pferdehaar gepolsterte Sofa, und Durge ging auf und ab, während die Hexe ihre Begegnung mit dem alten Trapper schilderte. Sie schloss die Augen und gab ihr Bestes, Frosts Worte genau zu wiederholen. Travis hörte zu, zuerst voller Unverständnis, dann mit wachsendem Entsetzen.

Ich weiß, dass Sie alles über die Sieben Städte wissen ... die Städte aus Gold, die seit fünfhundert Jahren gesucht werden ... ich habe Sie kommen gesehen, genau wie den Goldmann. Ich muss seinesgleichen hier aufspüren. Er wird nach einem Rückweg suchen ...

»Seid Ihr sicher?«, sagte Travis mit trockenem Mund, als Lirith zu Ende kam. »Seid Ihr sicher, dass das Ezekials genaue Worte waren?«

Sie nickte. »Was hat das zu bedeuten, Travis? Worum handelt es sich bei diesen Sieben Städten, von denen er gesprochen hat?«

»Es ist eine Legende. Vor Jahrhunderten, als die ersten Entdecker von der anderen Seite des Ozeans eintrafen, erzählten ihnen die Eingeborenen Geschichten über sieben mit Reichtümern angefüllte Städte, Städte, deren Straßen mit Gold gepflastert waren. Die Entdecker waren gierige Männer, und sie haben Jahrhunderte lang nach den Sieben Städten von Cibóla gesucht, sie aber nie gefunden.«

Lirith nickte verstehend. »Ich bin nie in Al-Amún gewesen – in dem Land, das im Süden liegt, auf der anderen Seite des Sommermeers. Aber es ist für seine Städte berühmt, die die ältesten auf Eldh noch existierenden Städte sind. Ich habe gehört, dass es sieben große Städte gibt und dass sie aus weißem Stein erbaut wurden.« Sie holte tief Luft. »Stein, den das Licht der Sonne wie Gold glänzen lässt. So lauten jedenfalls die Geschichten.«

Travis bezweifelte keine Sekunde lang, dass die Geschichten der Wahrheit entsprachen. Er wusste nicht, wie es hatte geschehen können, aber er konnte es sich vorstellen: Ezekial Frost, der in eine Schlucht stürzte oder in der einsamen Wüste des südwestlichen Colorados in eine vergessene Höhle stolperte und das von blauem Feuer umzüngelte Fenster dort in der Luft schweben fand. Auf seiner Wanderschaft musste der Trapper auf einen Weg gestoßen sein, der noch offen war.

Wo sich das Tor befand oder wie es entstanden war, das würden sie vermutlich nie erfahren. Aber nachdem die Zauberer von Al-Amún die Tor-Artefakte erschaffen hatten, würden sie sie nicht dazu benutzt haben, die Welten jenseits des Nichts zu erforschen, so wie die Konquistadoren die Länder der Neuen Welt erforscht hatten? Zauberer konnten den Weg hierher gefunden haben. Und vielleicht waren auch Menschen in die andere Richtung gegangen? Fünfhundert Jahre vor dem Eintreffen der Spanier in Colorado war ein ganzes Volk spurlos verschwunden – die Anasazi.

Travis stand auf. »Wir müssen ins Gefängnis. Wir müssen es Sareth erzählen.«

Durge unterbrach seinen Marsch. »Ihm was erzählen?«

»Dass ein Zauberer uns durch das Tor gefolgt ist.«

Eine Viertelstunde später platzten Travis, Lirith und Durge in das Sheriffbüro. Eines der Vorderfenster war mit Planken zugenagelt. Deputy Wilson saß hinter dem Schreibtisch und las in einer Dime Novel. Auf der einen Seite war die Tuschezeichnung eines Revolverhelden, der sich tödlich getroffen an die Brust packte. Wilson schaute auf, auf seinem rosigen, dicken Gesicht zeichnete sich Verwirrung ab.

»Was ist los, Mr. Dirk?«, fragte er, die Dime Novel noch immer in Händen.

Durge wischte sich ein paar Schweißperlen von der Stirn. »Die Schlüssel zum Gefängnis, Deputy. Sofort.«

Wilson starrte ihn einen Augenblick lang an, dann sprang er auf und fummelte den Schlüsselring von seinem Gürtel. Schließlich bekam er ihn frei und gab ihn Durge. Der Ritter schloss die Tür zu den Zellen auf. Wilson sah mit offen stehendem Mund zu, wie die drei eintraten. Durge schloss hinter ihnen die Tür.

Sareth stand auf, als sie hereinkamen. Er und Lirith tauschten einen langen Blick aus, dann schauten sie zur Seite. Worüber hatten sich die beiden am Vortag unterhalten? Travis hatte den Eindruck, dass in ihrer beider Augen Trauer lag.

Aber darüber konnte er später nachdenken. Sie schwebten in Gefahr, und Sareth musste darüber informiert werden; der Mournisch wusste mehr über die Scirathi als sie alle zusammen. Mit kurzen Worten klärte Travis ihn darüber auf, was sie erfahren hatten.

Sareth lehnte sich gegen die Gitterstäbe; seine Miene war ernst. »Nachdem Ihr den Dämon vernichtet habt, Travis, muss es noch einen Scirathi in der Etherion gegeben haben. Die Trümmer müssen ihn vor uns verborgen haben. Und nachdem wir durch das Tor gegangen sind, muss uns der Zauberer gefolgt sein.«

»Aber hätten wir ihn dann nicht gesehen?«, sagte Durge mit finsterem Blick.

Sareth umklammerte die Gitterstäbe. »Seine Art ist an Zauberei gewöhnt. Wir waren nach dem Durchgang durch das Tor für kurze Zeit benommen. Der Zauberer hätte sich viel schneller erholt. Das hätte ihm Zeit zur Flucht gegeben.«

»Ich habe ihn gefühlt«, sagte Lirith und verschränkte die Arme, ihr Kleid knisterte, als sie auf und ab ging. »In dieser zweiten Nacht in der Hütte.«

Travis erinnerte sich. Lirith hatte etwas außerhalb der Hütte gespürt, aber als sie die Tür geöffnet hatten, war niemand da gewesen.

»Ich vermute, der Zauberer hat uns in dieser Nacht belauscht«, sagte Durge mit einem grimmigen Funkeln in den Augen. »Wir müssen davon ausgehen, dass er alles weiß, was wir besprochen haben.«

Travis schluckte, aber er konnte den metallischen Geschmack der Furcht in seinem Mund nicht loswerden. Wenn der Zauberer sie belauscht hatte, dann bedeutete das, dass er über das Tor und den Skarabäus Bescheid wusste.

»Ich hätte wissen müssen, dass es einer der Scirathi war.« Sareth spuckte das Wort förmlich aus, als würde es sich um Gift handeln. »Nur ein Zauberer könnte aus einem Toten ein Ungeheuer erschaffen. Seit Tausenden von Jahren verrichten sie ihr abscheuliches Werk an Tieren, verschmelzen verschiedene Raubtiere zu einem. Es dürfte für mich keine Überraschung sein, dass sie das Gleiche mit einem Menschen machen. Auch wenn ich nicht wusste, dass sie mit totem Fleisch arbeiten können.«

Travis' Magen verkrampfte sich. »Vielleicht war Murray noch ... frisch genug, als der Zauberer ihn in seine Hände bekam. Erinnert ihr euch, was Gentry an dem Abend gesagt hat? ›Wir kümmern uns um unseren Jungen?‹ Ich vermute, er und Ellis haben Murray sofort zu dem Zauberer gebracht.«

»Wollt Ihr damit sagen, dass dieser Zauberer Eurer Meinung nach mit Gentry im Bunde steht?«, fragte Durge entsetzt.

»Nein, ich meine, dass er sich mit Gentrys Auftraggeber verbündet hat.« Es war der einzig logische Schluss. »Seht mal, der Zauberer hat Calvin Murray in ... das verwandelt, was auch immer er darstellt. Und es war Murray, der den Stein durch das Fenster geworfen hat. Es besteht kein Zweifel, dass die Botschaft an dem Stein von dem Vigilantenkomitee kommt. Irgendwie arbeiten der Zauberer und der Kreuzzug zusammen.«

»Aber warum?« Durge runzelte finster die Stirn. »Will der Zauberer nicht bloß das Tor-Artefakt und den Skarabäus haben?«

Sareth nickte. »Er würde sie haben wollen, ja. Um jeden Preis.«

»Warum sollte er sich dann mit diesen Männern verbünden? Ich kann ja verstehen, wie das Vigilantenkomitee von den Fähigkeiten des Zauberers profitieren könnte. Aber was hat der Zauberer davon?«

Sareth verzog angewidert die Lippen. »Die Scirathi machen sich nicht gern die Hände schmutzig. Sobald er von dem Kreuzzug erfuhr, wird er sich vermutlich gedacht haben, dass es für ihn nicht schwer sein wird, ihn für seine eigenen Zwecke umzufunktionieren.«

Aber was waren das für Pläne? Wenn der Scirathi bloß auf

das Tor-Artefakt und den Skarabäus aus war, hätte er sie doch einfach in der Nacht in der Hütte angreifen können. Also gab es einen Grund, warum er das nicht getan hatte. Travis teilte den anderen diese Überlegungen mit.

»Vielleicht war der Zauberer schwach, als er durch das Tor kam«, sagte Sareth. »Er könnte in der Etherion verwundet worden und erst jetzt wieder zu Kräften gekommen sein. Schließlich sind wir einen Monat hier, und der Scirathi hat sich erst jetzt gezeigt.«

Lirith stützte das Kinn auf die Hand. »Vielleicht. Vielleicht befindet er sich auch in der gleichen Zwangslage wie wir. Wenn er uns belauscht hat, dann weiß er, dass wir über das Meer der Zeit getrieben sind. Wenn er mit dem Tor-Artefakt nach Eldh zurückkehrt, wird er dort über ein Jahrhundert vor seiner Abreise ankommen. Vermutlich will er das genauso wenig wie wir.«

Plötzlich hatte Travis eine Eingebung. »Natürlich. Er hat alles gehört. Und das bedeutet, er wartet auf dasselbe, auf das wir warten – Jack Graystone.«

»Und während er auf die Ankunft des Runenmeisters Graystone wartet, benutzt er das Vigilantenkomitee, um Macht zu erlangen«, grollte Durge. »So kann er sich sicher sein, dass er auch das bekommt, was er will, wenn der Zeitpunkt kommt.«

Lirith seufzte. »Ezekial muss gesehen haben, wie wir alle durch das Tor traten. Vermutlich hat er sich auf die Suche nach dem Zauberer gemacht, in der Hoffnung, einen Rückweg nach Al-Amún und seinen Sieben Städten zu finden.«

»Und Frost muss ihn gefunden haben«, sagte Sareth.

»Da ist eine Sache, die ich noch immer nicht verstehe«, sagte Durge. »Warum will der Zauberer, dass wir Sareth aus dem Gefängnis entlassen?«

Travis rieb sich den rasierten Schädel. »Die Botschaft muss

nicht von dem Zauberer gekommen sein. Möglicherweise hat er ihnen Murray bloß geliehen. Es könnten Gentry und der Kreuzzug sein, die Sareth wollen.«

»Nein, er ist es.«

Die anderen sahen Sareth an. Die Ringe unter seinen Augen waren so schwarz wie Blutergüsse. »Mein Volk und das seine sind uralte Feinde. So wie Magie in seinem Blut liegt, so ist dort auch Hass auf mich. Er würde mich tot sehen wollen, bevor er geht.«

»Dann werde ich ihn zuerst tot sehen!«, sagte Lirith mit lauter Stimme und geballten Fäusten.

Die drei Männer starrten die Hexe an; ihre Augen funkelten wie schwarze Opale. Travis hatte sie noch nie so gesehen. Solange er sie kannte, hatte Lirith immer eine profunde und tiefe Hochachtung für das Leben gezeigt. Er hätte nie geglaubt, dass sie den Willen oder die Macht hatte, den Tod zu bringen. Zumindest nicht bis zu diesem Augenblick.

»Beshala.«

Sareth sagte es ganz leise. Wie eine Bitte. Oder ein Gebet. Lirith holte fahrig Luft, dann lehnte sie sich an das Gitter.

»Ich werde dich nicht verlieren, Sareth«, flüsterte sie wild und entschlossen. »Das lasse ich *nicht* zu.«

Er hob die Hand und berührte eine dunkle Locke, die zwischen die Gitterstäbe gefallen war. »Du könntest mich nie verlieren, *Beshala.«*

Für den Augenblick war alles gesagt, sie konnten nicht mehr tun. Sareth war noch immer im Gefängnis am sichersten aufgehoben – falls er überhaupt irgendwo sicher war. Durge öffnete die Gefängnistür, und sie traten wieder in das Büro. Deputy Wilson las noch immer in der Dime Novel. Der junge Mann musste ein langsamer Leser sein, denn sie war noch immer auf der Seite mit dem sterbenden Revolvermann aufgeschlagen. Aus irgendeinem Grund flößte Travis das Bild Unbehagen ein.

»Ich werde zum Essen nicht in der Pension sein«, sagte Durge. »Aber ich will versuchen, heute Abend in den Saloon zu kommen, um nach euch zu sehen.«

Travis und Lirith kehrten ins Bluebell zurück und verbrachten den Nachmittag in der stickigen Luft des Wohnzimmers. Eine Zeit lang unterhielten sie sich leise, aber bald ging ihnen der Gesprächsstoff aus, und nachdem sie schwiegen, hing jeder seinen eigenen Gedanken nach. Die Stille wurde vom gelegentlichen Rattern eines Wagens draußen auf der Straße oder von Maudies Husten im Obergeschoss unterbrochen.

»Es geht ihr schlechter, nicht wahr?«, sagte Travis und kraulte Miss Guenivere zwischen den Ohren. »Es wird nicht mehr lange dauern.«

»Nein«, erwiderte Lirith. »Das wird es nicht.«

»Ich frage mich, ob Tanner es weiß.«

»Das tut er.«

Travis nickte. Die kleine Katze schnurrte und drückte den Kopf gegen seine Hand.

Die Hitze ließ gegen fünf Uhr nach, und eine Stunde später kam Liza ins Wohnzimmer, um ihnen zu sagen, dass das Abendessen fertig war. Sie taten ihr Bestes, um für Maudie ein fröhliches Gesicht aufzusetzen. Aber Maudies grüne Augen blickten in die Ferne, und beim Servieren hätte sie beinahe mehr als einmal einen Teller fallen lassen, und Travis wusste, dass sie an Bartholomew Tanner dachte.

Nach dem Essen gingen sie nach oben, um sich für den Saloon umzuziehen. Lirith sah nach Niles Barrett, aber es gab nur wenig für sie zu tun. Liza hatte sich seiner angenommen, sie hielt ihn sauber und wechselte die Verbände. Der Engländer war noch immer bewusstlos. Er versuchte nicht länger zu sprechen und lag ganz ruhig da. Travis fragte sich, ob er jemals wieder aufwachen würde.

»Lasst ihm Zeit«, sagte Lirith, als Travis seine Befürchtung aussprach. »Lord Barrett ist stärker, als Ihr glaubt.«

Um sieben gingen Travis und die Hexe zum Saloon. Der Rummel auf der Elk Street legte sich bereits. Zweifellos hatte sich die Nachricht, was mit Ezekial Frost passiert war, bereits in der ganzen Stadt verbreitet; danach würden nur noch wenige den Wunsch verspüren, nach Einbruch der Dunkelheit auf der Straße angetroffen zu werden. Nur die, denen Whiskey mehr bedeutete als die eigene Haut.

Als sie sich dem Mine Shaft näherten, sahen sie ein Stück Papier neben der Tür hängen. Travis' Herz schlug ihm bis zum Hals, als er den Text las.

Du sollst kein falsches Zeugnis geben
wider deinen Nächsten.

Er riss den Zettel herunter und zerknüllte ihn in der Faust, dann schob er sich durch die Schwingtür, Lirith direkt hinter sich.

Ein halbes Dutzend Männer verteilten sich in dem Saloon und hockten über ihren Gläsern. Manypenny stand hinter der Bar und polierte das glänzende Holz gedankenverloren mit einem Lappen. Sein für gewöhnlich joviales Gesicht war ernst, und seine roten Wangen unverhältnismäßig blass. Sein gestärktes weißes Hemd wies Schweißflecken auf.

»Was ist los, Mr. Manypenny?«, fragte Travis und strich das zusammengeknüllte Stück Papier auf der Bar glatt.

Manypenny warf einen Blick auf das Papier, aber seine Augen schienen ins Leere zu starren. Er schaute wieder auf. »Ich hätte ihnen sagen sollen, was sie wissen wollten. Aber ich bin ein guter Mann, oder bei Gott, ich versuche es zu sein. Täuschungen liegen nicht in meiner Natur, ganz egal, was sie auch behaupten mögen.«

Lirith legte ihre Hand auf die seine. »Wer, Mr. Manypenny? Wer hat mit Ihnen gesprochen?«

Der Saloonbesitzer blinzelte, als sähe er die beiden erst jetzt. »Sie waren es, Miss Lily. Sie trugen Masken, aber ich habe sie erkannt, und ich glaube nicht, dass es sie gestört hat. Lionel Gentry und Eugene Ellis. Sie waren vor ein paar Stunden hier. Sie haben mich gefragt, was ich dem Bezirksrichter sagen will, wenn er in die Stadt kommt.«

»Was Sie ihm worüber sagen wollen?«, fragte Travis. Trotz des Schweißes, der ihm den Körper herunterrann, war ihm kalt.

»Über die Nacht, in der Mr. Murray starb. Ich sagte ihnen, dass ich vorhabe, die Wahrheit zu sagen, so wie immer, und dass ich nicht gesehen habe, wer Mr. Murray erschossen hat. Aber dann sagte Gentry, dies sei nicht die Wahrheit, dass ich in Wahrheit gesehen hätte, wie Mr. Samson Mr. Murray erschoss. Und dass wenn ich nicht ... wenn ich nicht ...«

Manypenny sackte zusammen und stützte sich auf dem Tresen ab; seine gewaltigen Schultern zitterten.

Lirith hielt seine Hand fester. »Was hat er Ihnen gesagt?«

Die Stimme des Saloonbesitzers war ein heiseres Flüstern. »Ich habe mich immer für einen starken Mann gehalten. In meiner Jugend konnte ich jeden Mann mit einem auf den Rücken gebundenen Arm zu Boden ringen. Aber mit solchen Männern kann ich nicht ringen. Sie haben gesagt, meinen Saloon würde ein Blitz treffen, er würde das Haus niederbrennen, wenn ich nicht das sage, was sie wollen. Dass es Gottes Strafe sein würde.« Er zog die Hand unter ihrer hervor und hielt sie sich vors Gesicht. »Es ist alles, was ich habe, Miss Lily. Meine Stärke ist weg, falls ich sie je hatte. Ich kann den Saloon nicht verlieren.«

»Das werden Sie auch nicht«, sagte Lirith resolut. »Diese Männer sind Feiglinge, und sie werden es sein, die niedergestreckt werden.«

Travis knüllte das Papier wieder zusammen, sein Zorn verrauchte, Müdigkeit trat an seine Stelle. Er ging, um seine Schürze umzubinden und Gläser zu spülen, während Lirith leise auf Manypenny einredete. Was auch immer sie sagte, es musste den Saloonbesitzer beruhigt haben, denn eine Zeit lang später lachte er und seine Wangen nahmen wieder die übliche rote Farbe an. Travis warf ihr einen dankbaren Blick zu, als sie zum Farotisch ging.

Die Abenddämmerung brach herein und brachte eine willkommene Abkühlung, wenn auch nicht viele Gäste. Ganz wie Travis vermutet hatte, traten nur die härtesten Trinker und Spieler durch die Schwingtür des Saloons. Jedoch kamen Aaron Locke und seine Schalterbeamten von der First Bank of Castle City um neun Uhr herein, pünktlich wie immer.

Travis war froh, sie zu sehen. Sie waren stets höflich und fröhlich, und ihre Anwesenheit hob sowohl Manypennys Stimmung wie auch die des Saloons. Aaron Locke kam zur Bar, ein Lächeln auf dem jungenhaften Gesicht, und bestellte eine Lokalrunde.

»Ich finde, wir alle könnten heute einen Drink vertragen«, sagte Locke mit einem Funkeln in den Augen, die von einer in Gold eingefassten Brille eingerahmt wurden. Das rief lauten Jubel hervor. Der Lärm zog einige Männer aus benachbarten Saloons an, und bald war der Mine Shaft zwar nicht überfüllt, aber immerhin nicht mehr leer. Travis erlaubte sich den Gedanken, dass sich die Dinge vielleicht doch noch zum Guten wenden würden. Er lächelte Locke an, und der Bankier tippte seine Hutkrempe an.

»Sie ist so nett, dass sie einem das Verlieren beinahe leicht macht«, sagte ein bärtiger Minenarbeiter zu einem anderen, als sie Liriths Tisch verließen und zur Bar gingen.

»Aber nur beinahe«, erwiderte der andere und warf einen Blick in seine fast leere Notenbörse.

Travis schenkte zwei Glas Whiskey ein. »Keine Sorge, Gentleman. Heute Abend bezahlt Mr. Locke den Whiskey.«

»Gott segne ihn!«, sagte der erste Arbeiter.

»Na, genauso sollte sich ein Mann mit Geld auch benehmen«, sagte der andere und stellte das Glas wieder ab. »Nicht wie dieser Mortimer Hale. Ihm gehört die halbe Stadt, aber er hat nie auch nur eine Münze in der Tasche für eine alte Frau oder einen Mann, der Pech gehabt hat.«

»Na, ich habe gehört, dass der alte Hale es letztens abends heimgezahlt bekommen hat.«

»Wie das?«

Travis war weitergegangen, um noch mehr Drinks einzugießen, aber er hielt das Ohr in Richtung der beiden Minenarbeiter. Sie sprachen jetzt leiser.

»Ich habe gehört, dass Hale beim Pai-Gow verloren hat. Und zwar fair und ordentlich. Zehntausend Dollar.«

»Zehntausend? Grundgütiger Gott, wie viel Whiskey man damit kaufen könnte.«

»Ich habe gehört, dass Hale außer sich war. Aber ich sage, es geschieht ihm recht. Die Hälfte von dem Land, das ihm gehört, hat er den Leuten abgeschwindelt. Er hat Abraham Jesco dazu gebracht, ihm den Mietstall zu verkaufen, indem er ihm drohte, seinem Bruder sonst die Hypothek für dessen Farm zu kündigen. Und ich habe gehört, dass er Miss Ladyspur dazu gebracht hat, das Bluebell mit dem Versprechen an ihn zu übertragen, sie zu einer Dame der Gesellschaft zu machen. Er ist ein Lügner und ein Dieb.«

»He, pass auf, was du über Hale sagst«, sagte der erste Minenarbeiter und sah über die Schulter. »Er hat überall Ohren in der Stadt. Und du weißt, was mit Leuten passiert, die ihm in die Quere kommen.«

Die Männer gingen zurück zum Farotisch. Travis sah ihnen nach. Also hatte Mortimer Hale Maudie um ihr Haus betrogen.

Aber warum überraschte ihn das? Die Zeichen waren eindeutig: Hale war der Mann hinter dem Kreuzzug. Und er war ein Bündnis mit dem Zauberer eingegangen. Warum sollte der *Castle City Clarion* sonst diese Artikel drucken?

»Travis.«

Es war Lirith; er war so in Gedanken versunken gewesen, dass er die Hexe nicht hatte kommen sehen. Ihre dunklen Augen waren weit aufgerissen.

»Was ist?«

Sie drückte beide Hände gegen die Bar. »Er kommt. Ich glaube, er nimmt eine Kutsche vom Zugdepot. Sein Faden ist so hell, noch viel heller als Ihrer. Er ist wie ein Blitz an einem wolkenlosen Himmel.«

»Wessen Faden, Lirith?« Aber er hatte die Worte noch nicht ausgesprochen, als er es auch schon wusste.

»Es ist Ihr Freund«, sagte die Hexe. »Der Runenmeister, Jack Graystone.«

Fünf Minuten später stand Travis vor dem Silver Palace Hotel. Er hatte Manypenny gesagt, er müsste mal kurz an die frische Luft, und die Laune des Saloonbesitzers hatte sich so gebessert, dass er es Travis einfach mit einem Wink gestattet hatte.

Travis spähte in den Abend. Bis auf den Schatten eines Hundes und dem gelegentlichen Minenarbeiter, der von einem Saloon zum nächsten torkelte, war die Elk Street leer. Dann hörte er es: das Donnern der Hufe, das Rattern der Räder.

Er sah die Laterne der Kutsche, als sie um die Ecke jagte. Der Fahrer zog an den Zügeln, die Pferde kamen zum Stehen. Eine Staubwolke hüllte Travis ein. Als sie sich senkte, war der Fahrer abgestiegen, um die Tür der Postkutsche zu öffnen.

»Das ist es, Sir«, sagte der Mann. »Castle City.«

»Bei den geflügelten Füßen von Merkur, hätten Sie unterwegs nicht ein paar Schlaglöchern ausweichen können?«, sagte eine sanfte und vertraute Stimme. Bei dem Klang machte Travis' Herz einen Freudensprung.

»Tut mir Leid, Sir«, erwiderte der Fahrer gleichgültig.

Ein Mann stieg aus der Kutsche. Die Tasche, die er trug, blieb in der Tür hängen, und er zerrte vergeblich. Der Fahrer half ihm, die Tasche zu drehen, und sie kam so plötzlich frei, dass der Mann beinahe die Stufen heruntergestolpert wäre. Nur ein günstig platzierter Zügelbalken verhinderte, dass er auf die Straße stürzte. Der Fahrer schloss die Tür, kletterte auf den Kutschbock, und die Kutsche ratterte los.

»Gesegnete Isis, ich dachte schon, ich schaffe es nie«, sagte der Mann, richtete sich auf und versuchte vergeblich, die Falten aus seinem Wollanzug zu streichen. Er war ein älterer Gentleman, seinem Äußeren nach vielleicht sechzig Jahre alt, von blendendem Aussehen und mit lebhaften blauen Augen. Sein weißes Haar stand ihm wild vom Kopf ab. »Zeus hilf mir, was für ein barbarisches Land!«

Er nahm seine Tasche, stieg die Stufen zum Gehsteig hinauf und lief prompt in Travis hinein. Er trat zurück und murmelte weitere Verwünschungen, die an seit langem vergessene Götter gerichtet waren. Travis freute sich. Es war Jack Graystone. Sein alter Freund, der genauso aussah, wie Travis ihn in Erinnerung hatte.

Der weißhaarige Gentleman schaute mit gerunzelter Stirn zu Travis hoch. »Entschuldigen Sie, mein Freund, aber ich hatte eine schrecklich lange Reise, und ich ...« Er legte den Kopf schief, seine blauen Augen funkelten. »Entschuldigen Sie, aber kenne ich Sie?«

Travis konnte das breite Grinsen auf seinem Gesicht nicht verhindern. »Nein«, sagte er. »Aber Sie werden es.«

6

Der metallische Gestank von heißem Stahl hing in der Luft und versengte Graces Lungen. Oben auf ihrem Hügel loderte Burg Meerwacht wie ein Alchemistenkessel voller Kerosin. Aber es war keine Zeit, an Lord Elwarrd zu denken, der in der Burg zurückgeblieben war, oder sich zu fragen, ob die Dienstmagd Mirdrid entkommen war. Im blutigen Feuerschein konnte Grace ihren verzweifelten Blick sehen, der sich auf den polierten Oberflächen von zehn schwarzen Harnischen widerspiegelte. Mit blanken Klingen in den Fäusten trieben die Ritter ihre Pferde an und schlossen den Kreis.

Grace griff nach dem Messer, das in ihrem Stiefel steckte, hielt dann aber inne. Das war doch lächerlich. Was wollte sie damit anfangen? Durch ihre Rüstung schneiden, als wäre es Käse? Sie ließ das Messer los und griff mit ihren Gedanken zu, packte die glühenden Lebensfäden um sie herum, ohne darauf zu achten, wem sie gehörten: Männern, Pferden, den vom Wind verkrüppelten Pflanzen, die in der harten Erde des Heidelands ihr kümmerliches Dasein fristeten. Sie wusste nicht, was sie mit den Fäden anstellen sollte, nur, dass ihr bloß Augenblicke blieben, um sie zu einem Zauber zu verweben.

Sie war sich vage bewusst, dass die anderen ein Dreieck um sie herum bildeten. Beltan hielt das Schwert, das Elwarrd ihm gegeben hatte. Vanis goldene Augen leuchteten in der Dunkelheit, ihre Hände waren erhoben, zum Schlag bereit. Falken hielt nur einen schmalen Dolch in der Silberhand. Er hätte genauso gut seine Laute halten können, was den Nutzen anging.

Der riesige Ritter – der mit den drei Kronen des Anführers auf dem Harnisch – war ihr am nächsten, die drei anderen standen dicht hinter ihm. Die übrigen sechs Ritter bewegten sich ebenfalls, aber der Anführer hob die freie Hand und hielt sie zurück. Zweifellos wollte der riesige Mann etwas Raum für sich und die anderen drei haben, um die Schwerter schwingen zu können. Selbst mit Beltan und Vani an ihrer Seite wusste Grace, dass vier Ritter mehr als ausreichten. Schließlich brauchte man nur einen, um ihr den Kopf abzuschlagen. Und das war es doch, was sie wollten, oder? Sie wollten nicht die anderen, sie wollten nur sie – die Erbin von Malachor. Sie hatten versucht, sie zu töten, seit sie ein Säugling war. Und jetzt würden sie es endlich schaffen.

»Mach dich bereit«, knurrte Beltan an ihrer Seite.

Grace umklammerte die Kette an ihrem Hals und webte hektisch die Fäden der Weltenkraft. Nebel stieg aus dem feuchten Boden auf. Ja, sie konnte mit dem Nebel einen Zauber weben. Sie hatte es schon zuvor getan, auf dem Dorfplatz von Falanor. Sie benutzte die Macht der Weltenkraft, um den Nebel zusammenzuziehen, ihn dichter zu machen, ihn zu sich zu ziehen. Von den Rittern unbemerkt stieg hinter ihnen eine graue Mauer auf. Wenn es ihr gelang, sie näher kommen zu lassen, die Ritter damit einzuhüllen, ihnen die Sicht zu rauben, dann hatten sie vielleicht eine Chance, hier wegzukommen.

Der Anführer der Ritter brachte sein Schlachtross vor ihr zum Stehen; in seiner schwarzen Rüstung sah er mehr wie eine Maschine als wie ein Mensch aus. Seine drei Gefährten ritten an seine Seiten, die anderen hielten den weiten Kreis aufrecht, aus dem es kein Entkommen gab.

»Ihr wisst, was zu tun ist, Brüder!«, rief der Hüne. »Die Zeit ist gekommen, dass der Tod jene trifft, die ihn verdient haben. Jetzt!«

Beltan hob das Schwert. Vani setzte sich in Bewegung, ihre dunkle Gestalt verschmolz mit dem Zwielicht. Wie einstudiert hoben die vier Ritter die Schwerter ...

... und trieben die Pferde an, um sich ihren sechs Brüdern zuzuwenden. Der Hüne stieß einen ohrenbetäubenden Schrei aus, trieb das Schlachtross an. Die drei Ritter an seiner Seite folgten seinem Beispiel.

Grace starrte ihm nach, der Zauber löste sich auf, als ihr Verstand zu begreifen versuchte, was hier geschah. Offensichtlich hatten die sechs Ritter genauso wenig mit dieser Wendung der Ereignisse gerechnet wie Grace. Bevor einer von ihnen eine Bewegung machen konnte, schwang der Hüne sein Schwert. Ein helles Klirren hallte durch die Luft. Ein Helm fiel zu Boden, mitsamt dem darin befindlichen Kopf, ein lebloser Körper folgte, die Rüstung schepperte wie ein Haufen Schrott.

Jetzt reagierten die übrig gebliebenen fünf Ritter. Laute Flüche ausstoßend richteten sie ihre Schwerter gegen die Angreifer. Aber sie waren nicht schnell genug. Ein weiterer kippte vom Pferd und stürzte zu Boden, wo er reglos liegen blieb.

Es war das blanke Chaos. Reiterlose Pferde wieherten. Der Nebel, den Grace herbeigerufen hatte, zerbrach in rasende Wirbel, die die Sicht versperrten. Wieder und wieder erklang der Laut von Stahl auf Stahl.

»Was passiert da?«, rief Falken.

»Ich kann nichts sehen«, rief Beltan zurück.

Ein Nebelwirbel zerriss, ein Pferd brach aus ihm hervor und galoppierte direkt auf Grace zu. Der Reiter holte mit dem Schwert aus und schlug nach ihr, um sie niederzustrecken. Sie konnte nur zusehen, wie die Klinge auf ihren Hals zuraste.

Ein heller Laut ertönte. Funken flogen, als das Schwert Falkens Silberhand traf, die er in den Weg der Klinge gestoßen hatte. Er taumelte zu Boden, und das Schwert schoss vorbei – eine Handbreit. Eine Locke fiel in Graces ausgestreckte Hand. Der Ritter fand das Gleichgewicht wieder, hob das Schwert zum nächsten Schlag.

Über ihm entfaltete sich die Dunkelheit wie eine schwarze Rose. Vani fiel auf den Ritter und stieß ihn aus dem Sattel. Mit einem lauten Grunzen landete er auf dem Boden. Bevor er sich rühren konnte, war Beltan da. Er trat mit einem Fuß auf den Brustharnisch des Mannes, dann stieß er die Schwertspitze durch die Visierschlitze des Ritters. Beltan biss die Zähne zusammen und stemmte sich mit seinem gesamten Gewicht gegen die Klinge. Ein Knirschen ertönte. Der Ritter zuckte einmal wie ein Fisch auf dem Trockenen, dann lag er reglos da.

Stille kehrte in die Nacht ein, nur unterbrochen vom Tosen der Flammen in der Burg. Beltan riss das Schwert frei; die Spitze war dunkel von Blut. Vani spähte in den Nebel. Falken war wieder auf den Beinen, er nahm Graces Arm. Dann hörten sie es; Hufschlag auf hartem Boden. Der Nebel teilte sich, vier Ritter kamen zum Vorschein.

Einer von ihnen war der Hüne mit den Kronen auf dem Harnisch. Bei den anderen schien es sich um die drei zu handeln, die ihm bei dem Angriff gefolgt waren. Grace fühlte, wie sich die anderen versteiften. Was wollten die vier Männer? Führten sie etwas Schreckliches im Schilde, dem sich die anderen in den Weg gestellt hätten? Als sich der Nebel auflöste, sah Grace sechs schwarze Gestalten auf dem Boden, die zwischen den verkrümmten Kadavern der *Feydrim* lagen. Hinter ihr verschlang die Burg sich selbst. Ruß flatterte schwarzen Schneeflocken gleich zu Boden.

Die vier Ritter blieben ein paar Schritte entfernt stehen. Falken stellte sich vor Grace.

»Was wollt ihr von uns?«, fragte der Barde.

Die Ritter schwiegen. Dann fing der Hüne plötzlich an zu lachen. Es dröhnte aus seinem Visier hervor, laut und wild. Als er das Wort ergriff, war seine Stimme genauso laut und tief wie sein Gelächter.

»Bei der schaumigen Mähne von Jorus, ich hätte nie gedacht, den Tag zu erleben, an dem ich dem grimmigen Barden den Hals rette. Ich hatte immer gedacht, ich würde ihn ihm stattdessen umdrehen.«

Beltan senkte das Schwert. Falken starrte mit offen stehendem Mund. Vani warf ihm einen verblüfften Blick zu.

»Was denn, Falken Schwarzhand«, donnerte der Hüne in der Rüstung, »erkennst du deinen Beschützer nicht?«

Und mit diesen Worten zog sich der Mann den Helm vom Kopf. Eine so massige rote Haarmähne flutete hervor, dass sich Grace unwillkürlich fragte, wie sie wohl darunter gepasst hatte. Der Bart des Mannes sah aus, als könnte er mehrere Vogelnester beherbergen; darüber waren nur seine Nase und die Augen zu sehen.

Falken machte einen taumelnden Schritt zurück. »König Kel!«

Der Hüne grinste. »Also erkennst du mich doch. Das heißt wohl, dass ich dich nicht umbringen muss.«

Er klang etwas enttäuscht. Die drei Männer hatten ebenfalls die Helme abgenommen, und auch wenn keiner von ihnen so gewaltig oder zottelig wie der Mann war, den Falken König Kel genannt hatte, sahen sie doch trotzdem wild aus.

Falken sank auf die Knie, und Grace vermochte nicht zu sagen, ob es ein Zeichen des Gehorsams darstellte, oder ob der Barde einfach wegen eines Schocks zusammensackte. Trotzdem folgte sie seinem Beispiel, und Beltan und Vani ebenfalls, obwohl die *T'gol* auch weiterhin misstrauisch blickte.

Dieser Anblick schien den Hünen unendlich zu begeistern, denn er warf den Kopf in den Nacken und lachte wieder, und das Lachen übertönte das Prasseln der Flammen und füllte die Nacht mit seiner Heiterkeit.

7

Als sie endlich König Kels Lager erreichten, war die Nacht schon weit fortgeschritten.

Stundenlang hatte sich Grace auf dem Rücken des Schlachtrosses festgeklammert, das einem der erschlagenen schwarzen Ritter gehört hatte. Das Pferd war so groß, dass sie nicht richtig darauf sitzen konnte, sondern auf dem Sattel durchgeschüttelt wurde, und sein Schritt war grob und schwankend und schaukelte auf und ab wie das Deck der *Schicksalsläufer*. Nach einer Weile versank Grace in einen Halbschlaf, in dem sie träumte, auf der Suche nach Travis über eine leere Ebene zu laufen. Aber das Land unter ihren Füßen bäumte sich auf und warf sie herum wie ein Steinchen auf einer Trommel.

Ein einsames Heulen erfüllte die Luft, der Ruf eines Wolfes. Grace zuckte zusammen und war wieder wach.

»Das ist einer meiner Tiermänner«, sagte eine tiefe Stimme. »An dieser Stelle haben meine Leute das Lager aufgeschlagen.«

Zuerst glaubte Grace, sie wäre von dem Schlachtross in trockenes Gras gefallen, aber dann erkannte sie, dass sie mit dem Gesicht in der Pferdemähne lag. Sie spuckte Haare aus und setzte sich auf, und einen Augenblick lang fragte sie sich, ob ihr Traum Wahrheit geworden war. Der angeschwollene Mond schwebte tief am westlichen Himmel und erhellte eine von Schluchten durchzogene Felsebene, deren Kargheit von ein paar vom Wind zerzausten Büschen aufgelockert wurde.

»Du kannst jetzt runterkommen, Mädchen.«

Einer von Kels Kriegern, der noch immer die schwarze Rüstung trug, griff mit der Hand nach ihr. Sie schwang sich aus dem Sattel. Aber sie konnte ihren Abstieg von dem riesigen Pferd nicht kontrollieren. Sie rutschte, dann fiel sie. Der

Krieger fing sie in seinen starken Armen auf, er entblößte schiefe Zähne zu einem breiten Grinsen, als er seine Hände an Stellen über ihren Körper wandern ließ, die er vermutlich nicht ausgesucht hatte, um sie besser tragen zu können.

»Lasst sie los«, knurrte Beltan, glitt von seinem Pferd und marschierte auf sie zu. Seine rechte Schulter war blutverkrustet. »Ich sagte, lasst sie los, Mann. Ihr seid es nicht wert, eine Königin zu berühren.«

Der Krieger fletschte die Zähne, aber König Kel machte eine scharfe Geste. Sofort ließ der Mann Grace los, und sie konnte noch gerade rechtzeitig die Füße unter den Körper bekommen, um nicht der Länge nach hinzuschlagen. Der Krieger stapfte davon und warf dabei Teile seiner Rüstung zu Boden.

»Alles in Ordnung?«, fragte Beltan und stützte sie.

Grace hob eine Hand an den Hals. »Mir geht es gut, wirklich. Ich glaube, er wollte bloß ... freundlich sein.«

»Ich würde sagen, etwas zu freundlich.«

»Nun, sie haben eben unser Leben gerettet. Was macht deine Schulter?«

Beltan berührte die Wunde, die Leweth verursacht hatte, und zuckte zusammen. »Ich werde es überleben.«

Vani und Falken stiegen geschickter von ihren Pferden als Grace. Kel und die anderen Männer befreiten sich von ihren schwarzen Rüstungen und warfen die Teile zu Boden, als würde ihre Berührung ihnen Ekel einflößen. Darunter trugen sie einfache Wämser. Nicht weit entfernt entdeckte Grace das flackernde Licht eines Feuers.

»Hier entlang.« Kel bedeutete ihnen, ihm zu folgen. »Meine Männer werden sich um die Pferde kümmern. Wir wollen uns aufwärmen. *Melindis* sollte uns dabei helfen.«

Vani bedachte den haarigen König mit einem skeptischen Blick. »Ihr wollt, dass wir Alkohol trinken? Aber es ist fast Morgen.«

»Na gut, du kleine Dirne, dann beeilen wir uns eben«, sagte Kel und hieb Vani mit seiner gewaltigen Hand auf den Rücken.

Die Meuchelmörderin stolperte, ihre Augen traten hervor, aber Grace vermochte nicht zu sagen, ob das von dem freundlichen Schlag des Königs gegen ihren mitgenommenen Rücken kam oder von der Tatsache, dass er sie gerade als *Dirne* bezeichnet hatte. Beltan fing an zu lachen, aber Vani warf ihm einen mörderischen Blick zu, und er machte schnell den Mund zu.

»Wo sind wir?«, murmelte Grace, während sie weitergingen.

»Am Rand der Ödnis, glaube ich«, sagte Falken. »Ich kann verstehen, warum König Kel seinen Männern befohlen hat, sich hier zu verbergen. In der ganzen Geschichte Falengarths hat noch nie jemand an diesem Ort gelebt.«

Sie erreichten das Lagerfeuer, das in einer Senke brannte, die den größten Teil des schneidenden Windes abhielt. Etwa ein Dutzend Gestalten lagen in Decken gehüllt um das Feuer herum, und sie bewegten sich verschlafen, als der König zwischen sie trat. Er versetzte einem scheinbaren Lumpenbündel einen freundlichen Tritt. Das Bündel stieß einen Laut aus, dann eilte es auf allen vieren zu den Füßen des Königs.

»Es ist nicht richtig, einen Hund zu treten«, sagte Grace.

Falken kicherte leise. »Glaub mir, Kel würde niemals einen seiner Hunde treten. Er liebt sie mehr als alles andere. Vermutlich mal abgesehen von Bier.«

»Aber was ...?« Grace verstummte, als der zerzauste Hund zu ihr aufschaute und sie sah, dass es gar kein Hund war, sondern ein Mann. Sein Haar war schlammverkrustet, und er lächelte sie an und entblößte Zähne, die spitz zugefeilt waren. Unter dem Dreck konnte sie die wirbelförmigen Tätowierungen ausmachen, die seine Arme, den Hals und sogar sein Gesicht bedeckten.

»Das ist einer von Kels Tiermännern«, sagte Falken als Antwort auf ihre unausgesprochene Frage. »Sie leben in dem abgelegenen Hochland der Fal Erenn. Die meisten von ihnen meiden die Zivilisation und bleiben unter sich, aber Kel weiß mit ihnen umzugehen.«

Der König zog etwas aus der Tasche, das wie ein Stück sehniges Trockenfleisch aussah. Er warf es zu Boden, und der Tiermann schnappte danach und huschte dann zur Seite, um darauf herumzukauen.

»Das sehe ich«, meinte Grace trocken.

Alle Mitglieder von Kels kunterbunter Truppe waren aufgewacht und kamen taumelnd auf die Füße. Die meisten waren rau aussehende Krieger so wie die, die die schwarzen Ritter besiegt hatten, aber es gab noch einen Tiermann sowie mehrere vollbusige Frauen mit schmutzigen Haaren, einem dreisten Lächeln und rosigen Wangen. Grace hatte das Gefühl, dass keine von ihnen etwas gegen die Bezeichnung *Dirne* einzuwenden gehabt hätte. Im Gegenteil, danach zu urteilen, dass sich keine von ihnen die Mühe gemacht hatte, die Oberteile ihrer schmutzigen Kleider zuzuschnüren, schien das genau das Aussehen zu sein, das sie anstrebten.

Die Atmosphäre um das Feuer war lebhaft und ungestüm, wie bei einem Gelage. Jubel ertönte, als Kel befahl, den zuvor genannten Beerenschnaps zu holen. Hände zogen Grace auf den Boden in die Nähe des Feuers, jemand drückte ihr einen Holzbecher in die Hand. Sie trank, dann hätte sie die Flüssigkeit beinahe sofort wieder ausgehustet; sie schmeckte so ähnlich wie außerordentlich schlechter Gin. Aber jemand klopfte ihr herzlich auf den Rücken, und sie würgte sie herunter.

Sofort stieg Wärme in ihr auf. Falken und Beltan nahmen dankbar Becher mit dem primitiven, aber effektiven Schnaps entgegen, und selbst Vani verweigerte das Angebot ihres Gastgebers nicht. Nach einem misstrauischen Schnüffeln kippte die *T'gol* die Flüssigkeit mit einem Schluck herunter, ohne auch nur mit der Wimper zu zucken, was um das Feuer herum zustimmendes Gejohle auslöste.

Grace starrte in die Flammen und sah zu, wie das Holz in Asche verwandelt wurde. Ob in Meerwacht alles auf ähnliche Weise verschlungen worden war? Sie dachte daran, wie sich Elwarrds Lippen auf den ihren angefühlt hatten. Ein Teil von ihr wollte verzweifelt glauben, dass der Graf noch am Leben war; trotzdem wusste sie, dass dem nicht so war. Er war zurückgeblieben, damit sie fliehen konnten - die erste und letzte edle Tat in seinem Leben.

Und was hat er davon gehabt, Grace? Seine Mutter war verrückt, aber auf ihre Weise wollte sie ihm helfen, ihn beschützen. Stattdessen hast du ihn umgebracht.

Aber das stimmte nicht. Grace vermochte nicht zu sagen, ob sie Elwarrd geliebt hatte - sie war sich nicht einmal sicher, ob sie dazu überhaupt in der Lage war. Aber er hatte Gefühle zum Leben erweckt, die sie vor langer Zeit für gestorben und begraben gehalten hatte. Und im Gegenzug hatte sie ihm einen Weg aus den Schatten verschafft, wo zuvor keiner gewesen war. Ganz egal, was auch geschehen war, sie würde nicht zulassen, dass sie es bedauerte, Lord Elwarrd von Meerwacht kennen gelernt zu haben.

Zwischen Falken und Beltan sitzend hörte sie zu, wie Kel seinen Untertanen auf großspurige und zweideutige Weise erzählte, was geschehen war, seit sie ihn das letzte Mal gesehen hatten. Aus Rücksicht auf die Neuankömmlinge berichtete er auch, wieso er sich in diesem Teil der Welt aufhielt, denn der König und seine Leute waren weit von ihrem Zuhause entfernt.

Grace konnte sich vom Rat der Könige dunkel an Kels Namen erinnern. Soweit sie wusste, beherrschte er keine Domäne, darum hatte man ihn auch nicht zu dem Rat eingeladen. Die anderen Herrscher hatten von ihm als einem Emporkömmling gesprochen, was bedeutete, dass er gar kein echter Adliger war, sondern ein selbst ernannter Monarch, der über eine kleine Gruppe von Menschen herrschte. Eher etwas wie ein Kriegsherr. Aber als Grace jetzt den riesigen Bären von einem Mann betrachtete, fiel es ihr schwer, ihn als *Emporkömmling* zu bezeichnen.

Kel hatte Kelcior beherrscht, das, soweit Grace verstand, eine alte Festung nördlich von Eredane war, auf den westlichen Hängen der Fal Erenn. Anscheinend war vor zwei Monaten eine Truppe Männer in schwarzen Rüstungen in Kelcior eingefallen. Sie hatten eine Flagge getragen, die noch nie jemand zuvor gesehen hatte – eine schwarze Krone auf blutrotem Grund, die einen silbernen Turm umgab. Kels Tiermänner hatten sie kommen gesehen, und der König hatte sofort gewusst, dass keine Aussicht bestand, sich gegen sie wehren zu können. Die Ritter hatten zweihundert Mann gezählt, waren mit geschmiedeten Rüstungen ausgerüstet gewesen und hatten schwere Schlachtrösser geritten. Kel verfügte lediglich über die Hälfte an Kriegern, sie besaßen keine Rüstungen und ritten nur ausdauernde Ponys (die besser für das felsige Terrain geeignet waren). Kel war mutig, aber er war nicht dumm. Er gab schnell seine Befehle. Seine Leute rafften alles zusammen, was möglich war, dann eilten sie in die Berge und benutzten verborgene Pfade, die die schwarzen Ritter auf ihren Pferden niemals bezwingen konnten.

Im Verlauf der nächsten Wochen kamen Kel und einige seiner Männer regelmäßig aus den Bergen und beobachteten die schwarzen Ritter, die die Festung besetzt hatten, und versuchten ihre Ziele zu ergründen. Kel schien es vor allem zu genießen, die verschiedenen Überraschungsangriffe und mitternächtlichen Scharmützel zu beschreiben, mit denen er und seine Männer die Ritter heimgesucht hatten. Sie hatten Mäuse gefangen und sie im Kornspeicher ausgesetzt, Salz in den Brunnen geschüttet oder außerhalb der Pfeilschussweite mit den Schwertern geklirrt und Beleidigungen gebrüllt. Die Tiermänner hatten sich zwischen ihre Pferde geschlichen und deren Schwänze zusammengeknotet. Und einmal hatten sie mit provisorischen Katapulten brennende, schnapsgetränkte Haufen von Pferdedung über die Festungsmauern geschleudert.

Ihre Taten hatten die Ritter bis aufs Blut gereizt, aber wenn sie endlich mit gezogenen Schwertern auf ihren Pferden aus der Festung geritten kamen, waren Kel und seine Männer wieder im Labyrinth der Berge verschwunden. Ganz egal, wie lange die Ritter auch suchten, das Versteck ihrer Feinde fanden sie nie.

»Habt Ihr etwas erfahren?«, fragte Grace, als Kel in seiner Erzählung kurz innehielt. »Habt Ihr je herausgefunden, was sie wollten?«

Die Fröhlichkeit verschwand aus Kels Gesicht. Er sah ernst und bedrohlich aus. »Das haben wir. Wenn sie die Festung verließen, haben sich meine Tiermänner in den Büschen versteckt und ein paar ihrer Worte aufgeschnappt. Zum einen haben wir erfahren, dass sie aus dem fernen Westen kommen, von einem Ort namens ...«

»Ewigsee«, murmelte sie.

Kel hob eine buschige Braue. »Woher weißt du das, Mädchen?«

»Glück beim Raten«, stieß sie zwischen zusammengebissenen Zähnen hervor.

Beltan stellte seinen leeren Becher ab. »Habt Ihr irgendeine Vorstellung, warum sie in die Domänen gekommen sind?«

»Das habe ich in der Tat«, sagte Kel. »Ihr General – sie nennen ihn Gorandon – will das Königreich von Malachor wiederauferstehen lassen.«

Falken stieß einen Fluch aus, dann beherrschte er sich wieder. »Ich vermute, irgendwie ergibt das sogar einen Sinn. Wenn sie wirklich aus Ewigsee kommen, dann sind sie Nachfahren der Menschen Malachors. Sie könnten es als ihr Recht – möglicherweise sogar ihr Schicksal – ansehen, das Königreich wieder zu errichten. Und Kelcior war einst ein Teil von Malachor.«

Vanis Augen funkelten im Flammenschein. »Aber was ist mit den anderen Domänen? Wenn das stimmt, was ich gelernt habe, dann waren sie niemals ein Teil dieses Malachors, sondern kamen erst später. Also warum wollen die schwarzen Ritter sie erobern?«

Beltan grunzte. »Das ist leicht. Außer Ruinen und Trümmern ist nichts von Malachor übrig geblieben. Selbst der größte Teil Kelciors ist verfallen. Da bleibt nicht viel übrig, aus dem man ein Königreich errichten könnte. Aber in gewisser Weise *sind* die Domänen aus Malachor entstanden. Die meisten Leute können zumindest einen Zweig ihres Stammbaums zu dem Königreich zurückverfolgen. Also werden die Ritter die Domänen erobern, auf allen sieben ihre Flagge hissen und es als das wieder geborene Malachor bezeichnen.«

»Nur dass ihre Flagge nicht die Flagge von Malachor ist«, sagte Falken. »Mit diesem Turm wird es wohl die Flagge von Ewigsee sein. Allerdings vermute ich, dass die Krone uns etwas verrät: Dieser Gorandon will herrschen.«

Vani schüttelte den Kopf. »Aber das ergibt doch keinen Sinn. Wenn diese Ritter wirklich ein neues Malachor schaffen wollen, warum wollen sie dann die letzte überlebende Erbin töten?« Sie sah Grace an.

König Kel stieß einen leisen Pfiff aus. »Deswegen sind sie also hinter deinem Fell her, Mädchen. Ich dachte, Sir Beltan wäre bloß ein Ehrenmann, als er dich als Königin bezeichnete. Bist du wirklich die Thronerbin von Malachor?«

Grace berührte ihre Halskette, ein bitteres Lächeln auf den Lippen. »Zumindest behaupten das alle.«

Kel fuhr mit seiner Geschichte fort. »Vor fünf Tagen beobachteten wir, wie einer von ihnen nach Kelcior geeilt kam. Sein Pferd war zu Schanden geritten, ich vermute, er war lange Strecken ohne Pause unterwegs. Fast augenblicklich verließ eine Gruppe von Rittern die Festung, sie trieben ihre Schlachtrösser zum Galopp an. Nach dem zu urteilen, was wir belauscht hatten, sollten sie sich am Ufer des Fellgrim mit vier anderen Rittern treffen und dann eine wichtige Mission erfüllen. Ich hielt das für eine gute Gelegenheit, näher an sie heranzukommen und zu erfahren, was sie eigentlich wollen, also nahm ich ein paar meiner Leute und eilte ihnen voraus.«

Beltan runzelte die Stirn. »Sie hatten Schlachtrösser. Wie konntet Ihr ihnen vorauseilen?«

»Gute Frage, Junge.« Kel grinste. »Wir wussten, dass die Ritter nach Norden um den Berg reiten mussten. Also haben wir den geraden Weg genommen.«

»Das ist unmöglich«, sagte Falken. »Es existiert kein Pass durch die Fal Erenn. Schon seit Jahrhunderten sucht man danach, aber man hat nie einen gefunden. Weil es nämlich keinen gibt.«

»Tatsächlich gibt es ihn doch«, sagte Kel. »Wir haben von den Maugrim davon erfahren.«

Falken sah ihn ungläubig an. »Die Koboldmenschen? Es tut mir Leid, Kel, aber ich habe nicht genug getrunken, um daran zu glauben. Die Maugrim sind vor tausend Jahren verschwunden, als die Alten Götter und das Kleine Volk ins Zwielichtreich eingingen.«

Der König zuckte mit den breiten Schultern. »Mich schert es keine Mausescheiße, ob du mir glaubst, Falken. Wir haben die Maugrim nie zu Gesicht bekommen, aber wir wissen, dass sie in den Bergen leben. Manchmal lassen wir ihnen Lebensmittel da, und sie sind immer weg, wenn wir zurückkommen. Und wir wissen, dass es keine Tiere sind, die sie sich holen, denn die Maugrim lassen dafür Dinge zurück, die sie gefertigt haben.«

Kel zog ein Steinmesser aus seinem Wams – es hing an einer Lederschnur. Das Messer war auf primitive Weise aus einem Stück Feuerstein gefertigt. Eine Seite war unbearbeitet gelassen, um für einen Griff zu sorgen, die andere schien mit einem Stein zurechtgehauen worden zu sein. Grace hatte in Museen Pfeilspitzen gesehen, die kunstvoller gefertigt worden waren.

»Also haben wir gerufen und ihnen begreiflich gemacht, was wir brauchten«, fuhr Kel fort, »und es dauerte nicht lange, bevor wir die Zeichen entdeckten – hier ein Ast, dort ein Stapel Tannenzapfen, und wir folgten ihnen durch die Berge bis zum Oberlauf des Fellgrim.«

Falken sah noch immer skeptisch aus, aber er hatte keine Einwände mehr.

»Was ist dann passiert?«, fragte Grace gebannt.

»Wir haben ein Floß gebaut und sind den Fellgrim runtergefahren«, sagte Kel. »Wir waren schon fast in Omberfell, als wir die vier Ritter entdeckten, die auf ihre Brüder aus der Festung warteten. Wir lagen auf der Lauer, bis sie die Rüstungen ablegten, um sie zu säubern. Ohne die Rüstung war es leicht, sie zu überfallen, sie mit Schwertern zu durchbohren und im Fluss zu versenken. Dann nahm ich meine besten drei Männer, und wir zogen ihre Rüstungen an, nachdem ich dem Rest meiner Leute befahl, in diese Richtung weiterzuziehen und ein gutes Versteck zu finden.«

»Einer der Ritter hatte tatsächlich Eure Größe?«, fragte Vani ungläubig.

»Fast, aber nicht ganz, Mädchen.« Kel schnaubte. »Glück für mich. Trotzdem ... es war ganz schön eng. Ich weiß nicht, ob ich in absehbarer Zeit noch ein paar Welpen zeugen kann, wenn du weißt, was ich meine.«

Mit einer Grimasse richtete er seine Hosen, und Vani sah beflissen zur Seite.

Beltan rollte seinen leeren Becher zwischen den Händen. »Und wann sind dann die anderen Ritter, die aus Kelcior, am Treffpunkt aufgetaucht?«

»Erst heute Morgen«, sagte Kel. »Sie waren in großer Eile, daher war es einfach, sie in dem Glauben zu lassen, wir wären ihre Brüder und ich der Anführer der Gruppe. Wir erfuhren schnell, was sie vorhatten. Anscheinend war da diese Frau, die sie um jeden Preis finden und töten wollten, und sie hatten Grund zu der Annahme, dass sie nicht weit von hier an die Küste gespült worden war. Falls sie nicht bereits tot war, wollten sie die Sache vollenden.«

Vani nickte. »Es ist eine Woche her, dass ihr Schiff uns entdeckt hat. Sie könnten angenommen haben, dass wir untergegangen sind, aber es war ihnen unmöglich, an Land zu gehen, um zu sehen, ob du noch lebst, Grace.«

»Also landeten sie in Omberfell und schickten einen Boten nach Kelcior, um bei der Suche nach Grace zu helfen«, sagte Beltan.

Falken rieb sich das Kinn. »Aber an Bord des Schiffes befanden sich mindestens hundert Ritter. Warum nicht einfach eine Abteilung von ihnen auf die Suche nach uns schicken?«

Vani zuckte mit den Schultern. »Vielleicht wurden das Schiff und die Männer woanders gebraucht.«

Das war durchaus möglich, aber Grace wusste, dass es einen Teil der Geschichte gab, der ihnen verborgen blieb. Falls die schwarzen Ritter sie so verzweifelt suchten, warum dann nicht die ganze Schiffsbesatzung nach ihr ausschicken?

Die Frage würde warten müssen. Der Horizont verfärbte sich grau, und Grace merkte, dass ihr Kopf nach unten sackte.

Falken stieß die angehaltene Luft aus. »Ganz egal, warum die Ritter so handelten, wir schulden Euch unser Leben und unsere Dankbarkeit, König Kel.«

Der große Mann grinste, sichtbar erfreut, diese Worte zu hören. »Und das werde ich dich auch nicht vergessen lassen. Ich hätte wissen sollen, dass du irgendwie in diese Sache verwickelt bist. Dunkelheit folgt dir so wie eine Wolke dem Blitzschlag, Falken Schwarzhand.« Er kratzte sich den Bart. »Auch wenn deine Hand nicht mehr schwarz ist. Oder es vermutlich nie war.«

Falken bewegte die silbernen Finger. Die Hand war unversehrt, obwohl er damit eine Schwertklinge abgewehrt hatte.

»Nein, das ist sie nicht.« Der Barde seufzte und schaute auf. »Und was werdet Ihr jetzt tun, Kel?«

Der König runzelte die Stirn. »So weit habe ich noch gar nicht gedacht. Warte!« Er schnippte mit den Fingern. »Ich weiß es – ich frage meine Hexe.«

Falken riss die Augen weit auf, aber bevor er etwas hervorbringen konnte, stand Kel auf den Beinen und brüllte: »Wo steckt Grisla? Jemand soll mir meine Hexe herschaffen.«

Ein ramponiert aussehender Busch schüttelte sich. Erst einen Augenblick später begriff Grace, dass es sich gar nicht um einen Busch handelte, sondern um eine in Lumpen gehüllte Frau.

»Ich bin direkt hier, Euer Ungebärdigkeit«, sagte die Hexe krächzend und mit klagendem Tonfall. Sie sah älter als alt aus. Ihr Rücken war ein knorriger Buckel, das graue Haar so schlaff wie nasse Spinnweben, und ein hervorquellendes Auge schien kurz davor zu stehen, ihr jeden Augenblick aus dem Kopf zu fallen.

Falken stöhnte. »Nicht du schon wieder. Was tust du denn hier?«

Die Hexe humpelte herbei und machte eine spöttische Verbeugung. »Ich bin wie ein Ausschlag, Lord Katastrophe.«

»Und wieso?«

»Ich bin überall da, wo man mich nicht haben will.«

Falken murmelte wütend etwas Undefinierbares, und die Alte schnalzte mit der Zunge.

»Eine solche Ausdrucksweise, Lord Fluch. Ihr seid sehr unfreundlich zu einer alten Hexe. Und das, nachdem eine meiner Schwestern für Euch diese hübsche Silberhand gemacht hat.«

Falken starrte sie finster an. »Die Hexe, die sie für mich gemacht hat, war freundlich und wunderschön.«

Die alte Vettel strich über ihr faltiges Gesicht. »Die Jungen werden alt, freundliche Herzen verhärten sich, Schönheit schwindet dahin. Woher wollt Ihr wissen, dass ich nicht sie bin? Vielleicht bin ich es ja.«

»Das glaube ich kaum.«

Der Barde verschränkte die Arme und drehte ihr den Rücken zu. Grace wiederum konnte sie bloß anstarren. Die Alte erinnerte sie an Vayla, die alte weise Frau, die sie in dem Dorf am Fuß von Calavere kennen gelernt und zuletzt vor einem Jahr im Ratsgemach des Schlosses gesehen hatte. Aber es war unmöglich, dass das dieselbe Frau war. Calavere war weit weg. Und Vayla war nie so ... impertinent gewesen. Außerdem hatte Kel sie Grisla genannt, und es hatte den Anschein, als würde die Alte dem selbst ernannten König schon einige Zeit dienen. Schließlich hatte Falken sie erkannt. Die Ähnlichkeit musste ein Zufall sein.

»Und was starrt Ihr so an, Lady Zerbrochenes Schwert?«

»Nichts«, stotterte Grace überrascht. »Ich habe nur ... das heißt ...«

Die Hexe schnaubte und sah Falken an. »Wenn Ihr mir die Bemerkung gestattet, sie ist ein bisschen dumm für eine Königin. Aber Schlagfertigkeit war wohl noch nie eine Voraussetzung für das Königtum.« Sie rollte mit dem einen Auge und deutete damit auf Kel.

Der König schien es nicht zu bemerken. »Lies für mich die Knochen, Hexe.«

Grisla ging in die Hocke und holte eine Hand voll dünne, vergilbte Gegenstände aus einem Lederbeutel. Grace hielt sie für Metakarpale – Mittelhandknochen. Jeder war mit einem eckigen Symbol versehen. Die Alte hielt die Knochen in den Händen und murmelte ein paar Worte, dann warf sie sie zu Boden.

Sie blies die Luft aus, ihre Lippen flatterten.

Kel beugte sich neugierig herunter. »Was ist?«

»Ein großer Schlamassel.«

Kels Gesicht verdunkelte sich. »Nun, dann wirf sie eben noch mal, wenn die Magie nichts taugt.«

»Euer Gehirn taugt nichts, so wie ein Stück Fleisch, das in der Sommersonne gelegen hat.« Die Hexe ließ die gekrümmten Finger über die Knochen flattern. »Ihr habt Euch in einen Schlamassel reingeritten. Wenn Ihr zurück nach Kelcior geht, schwebt Ihr in schrecklicher Gefahr, und Ihr werdet mit an Sicherheit grenzender Wahrscheinlichkeit auf schreckliche und peinliche Weise sterben.«

Der König verschränkte die Arme. »Nun, das hört sich nicht viel versprechend an. Und was, wenn ich in Embarr bleibe?«

»Noch schlimmer.«

Kel fuhr sich mit einer Hand durchs Haar. »Wenn ich nicht zurück kann, und wenn ich auch nicht hier bleiben kann, dann schätze ich, dass ich woanders hingehen muss.«

Die Hexe rollte mit dem Auge. »Welch brillante Schlussfolgerung, Euer Offensichtlichkeit.«

»Sagen dir die Knochen, wo ich hingehen soll?«

Grisla schnaubte angewidert. »Ich bin eine Hexe, ich plane

keine Landpartie. Das müsst Ihr schon allein entscheiden.« Sie sammelte die Knochen wieder ein.

Die anderen fingen eine Unterhaltung mit dem König an, aber Grace schob sich näher an die Hexe heran. »Das sind Runen, oder? Die Symbole auf Euren Knochen. Ihr habt einmal Travis einen davon gegeben, die Rune der Hoffnung.«

»Und, hat er sie noch?«

»Die Rune?«

»Nein, Hoffnung.«

Grace dachte darüber nach. »Ich glaube, ich habe Hoffnung für ihn.«

»Wie wir alle«, murmelte Grisla und stopfte die Knochen zurück in den Beutel. »Wie wir alle.«

»Ich wusste gar nicht, dass das möglich ist.« Grace deutete auf den Beutel. »Ich wusste nicht, dass Hexen Runen benutzen können. Ich glaubte, Frauen können nicht mit ihnen umgehen.«

Grisla schenkte ihr einen durchbohrenden Blick. »Können nicht mit ihnen umgehen? Oder dürfen es nicht?«

Das war eine gute Frage. Wie viele Berufe hatte man Frauen im Laufe der Jahrhunderte auf der Erde verboten auszuüben, und zwar nicht, weil sie sie nicht ausüben konnten, sondern weil sich die Männer geweigert hatten, ihnen den Zugang zu gewähren? Vielleicht hatten die Runensprecher einfach nur keine Frauen in ihren Orden aufnehmen wollen. Aber was war mit dem Gegenteil?

»Es stimmt, mir ist nie eine Runensprecherin begegnet«, sagte sie. »Aber ich habe auch nie einen Hexer gesehen.«

Grisla zeigte ein lückenhaftes Gebiss, als sie grinste. »Tatsächlich nicht, Mädchen? Das glaube ich aber doch, obwohl es stimmt, dass er dich nicht sehen konnte. Zumindest nicht mit sterblichen Augen.«

Grace fröstelte. »Ihr meint Daynen, nicht wahr?« Sie wusste, dass der Junge, den sie in Falanor gefunden hatten, eine Vision seines eigenen Todes gesehen hatte, eine Vision, die sich später bewahrheitet hatte.

»Du wirst noch einen anderen sehen«, sagte Grisla jetzt mit sanfter Stimme, und wieder wurde Grace an die alte weise Frau Vayla erinnert. »Diesmal keinen Jungen, sondern jemanden, der gerade erst zum Mann wurde. Sein Talent ist stark ausgeprägt – so stark wie deines. Aber ein Hammer muss genauso stark sein wie der Amboss, auf den er schlägt, nicht wahr?«

Grace war sich nicht sicher, was sie damit meinte. Sie legte die Arme um die Knie und zog sie an die Brust; dabei fragte sie sich, ob das alles wirklich der Wahrheit entsprechen konnte. »Also können Männer Hexer sein«, murmelte sie. »Und Hexen können Runen sprechen. Aber ich verstehe es nicht. Sie scheinen so unterschiedlich zu sein. Runenmagie und die Weltenkraft, meine ich.«

Grisla zuckte mit den knochigen Schultern. »Manchmal stellt sich heraus, dass zwei Dinge, die verschieden zu sein scheinen, in Wahrheit genau dasselbe sind.«

Grace fiel nichts ein, bei dem das stimmte. Oder doch? Sie starrte die Hexe an. »Vayla?«, flüsterte sie.

Die Alte lachte leise. »Leb wohl, Tochter.« Dann drehte sie sich um, humpelte fort und verschwand im grauen Licht der Morgendämmerung.

8

Am späten Morgen des folgenden Tages erreichten sie die Hafenstadt Omberfell. Sie brachten ihre vier gestohlenen schwarzen Schlachtrösser auf einer mit Gestrüpp bewachsenen Anhöhe südlich der Stadt zum Stehen. Unter ihnen erstreckte sich ein farbloser Flickenteppich aus Feldern, der an der zerklüfteten Küste endete. Dahinter lag nur noch der Ozean, so stumpf und flach wie eine Platte primitiv geschmiedetes Eisen.

Der Tiermann, der sie geführt hatte, grunzte und zeigte auf die Stadt. Dann zog er wortlos die räudigen Pelze enger um den Körper, ließ sich auf alle viere nieder und verschwand im Unterholz.

»Gesprächiger Bursche, was?«, sagte Beltan und betrachtete die Büsche, in denen der Tiermann verschwunden war. »Ich glaube, das Einzige, was er gesagt hat, war sein Name. Ghromm.«

Falken warf dem Ritter einen Blick zu. »Bist du sicher, dass das wirklich sein Name war? Ich dachte, er würde bloß die Federn aus dem Hals würgen, nachdem er diesen Spatzen mit einem Bissen runtergeschlungen hatte.«

»Stimmt«, gab Beltan ihm Recht.

Vani wandte sich dem Ritter zu. »Schweigsamkeit ist eine bewundernswerte Eigenschaft, die andere lieber nachahmen sollten.«

Beltan wollte eine erregte Erwiderung von sich geben, aber Grace drückte die Flanken ihres Schlachtrosses und schaffte es, das Tier zwischen den Ritter und die *T'gol* zu lenken. »Ich wünschte, wir hätten Ghromm etwas geben können«, sagte sie zu Falken. »Als Belohnung, dass er uns hergeführt hat.«

Der Barde schüttelte Tautropfen von seinem blauen Umhang. »Gold bedeutet seinesgleichen nichts. König Kel wird schon wissen, wie er ihn belohnen muss.«

Zweifellos mit ein paar Happen Fleisch. Als sie am Vortag den selbst ernannten König Kel verlassen hatten, hatte er dem Tiermann ein paar Stücke ranziges Wildbret zugeworfen und ihm befohlen, sie ungesehen nach Omberfell zu bringen.

»Es könnten noch mehr dieser schwarzen Ritter in der Nähe sein«, hatte Kel mit seiner schroffen Stimme gesagt. »Und in diesem Heideland lauern noch andere Gefahren.«

Grace hatte an die *Feydrim* gedacht, die ihnen in Meerwacht begegnet waren, und sie bezweifelte die Worte des Königs keinen Augenblick lang.

»Was werdet Ihr tun, Euer Majestät?«, fragte sie Kel beim Abschied.

Der König kratzte sich den buschigen roten Bart. »Meine Hexe sagt, ich kann nicht hier bleiben, aber ich kann auch nicht nach Kelcior zurück. Also werde ich wohl anderswo hingehen müssen.«

»Und wohin?«, wollte Falken wissen.

Kel lachte dröhnend und hieb ihm auf den Rücken. »Glaubst du, das verrate ich dir, mein guter grimmiger Barde? Der Ärger klebt an dir wie Moosbeeren an einem Bullen.«

Die Analogie ließ Falken das Gesicht verziehen, aber Grace musste lächeln. Sie mochte den großen, ungestümen König, und sie hoffte, sie würde ihn eines Tages wieder sehen. Und nicht nur ihn. Aber so sehr sie sich auch umsah, als sie auf die schwarzen Schlachtrösser stiegen, sie konnte Grisla nirgendwo entdecken.

Kels Tiermann hatte die Straßen gemieden und sie stattdessen über gewundene Wildpfade und quer durch die Heide geführt; dabei hatte er alle Anzeichen von Besiedlung gemieden. Grace vermochte nicht zu sagen, ob es dem Geschick des Tiermannes oder Glück zuzuschreiben war, aber sie waren keinem Menschen begegnet und auch keinem Tier, das größer als die paar Vögel war, die der Tiermann mit bloßen Händen fing und roh fraß.

Jetzt war er zurück zu König Kel unterwegs. Und Grace wusste, dass es für sie und die anderen nur eine Richtung gab. In die Stadt und dann nach Norden über das Meer.

»Lasst uns weitergehen«, sagte Beltan. »Es bringt nichts, hier in der Kälte herumzustehen, nicht, wenn Bier so nahe ist.«

»Woher weißt du das?«, fragte Grace neugierig.

Der blonde Ritter zuckte mit den Schultern. »Städte haben Tavernen. In Tavernen gibt es Bier. Das ist mir im Laufe der Jahre aufgefallen.«

Falken richtete die Lumpen, die seine Silberhand verbargen. »Jeder muss auf der Hut sein. Nach den Geschehnissen auf Meerwacht ist wohl allen klar, dass wir in Embarr niemandem vertrauen können.«

Es war schwer, einen guten Blick auf Omberfell zu werfen, bevor sie ganz nahe an der Stadt waren. Die Luft wurde von einem Schimmer erfüllt, der alle Farben zu einem Grau dämpfte, aber Grace konnte nicht sagen, ob das vom Nebel oder vom Qualm kam. Die Stadt befand sich am Rand einer breiten Flussmündung; hier strömte der Fellgrim in das Wintermeer. Dahinter konnte Grace gerade eben noch Reihen von Docks und die hohen Maste von Schiffen ausmachen, die sich im Nebel wie ein blätterloser Wald erhoben.

Als sie sich der Stadtmauer näherten, verschmolzen sie mit einem stetigen Strom von Menschen, der sich auf die Tore zu bewegte, zweifellos um Handel zu treiben. Zu Graces Erleichterung erweckten die Menschen nicht den Eindruck, schmutziger oder ernster als die Bevölkerung von Calavan oder Toloria zu sein. Sie wusste nicht, was sie eigentlich erwartet hatte – vielleicht die gleiche Verzweiflung, wie sie in Galspeth zu sehen gewesen war.

Obwohl die zum Tor führende Hauptstraße dicht bevölkert war, ging alles mit überraschender Effizienz. Natürlich war das hier Embarr. Vermutlich war selbst der durchschnittliche Leibeigene genauso sehr Baumeister wie Bauer. Logik und Ordnung wurden verehrt, und die trostlose Landschaft war mit Sicherheit nicht dazu geeignet, die Bevölkerung zu irgendwelchen verrückten Ideen zu inspirieren.

Sie nahmen ihren Platz in der Reihe der Leute ein, die darauf warteten, ihre Waren untersuchen zu lassen, bevor sie das Tor passieren durften. Aber ein streng aussehender Wächter winkte ihnen zu, und einen Augenblick lang verspürte Grace Panik. Ihre Kriegspferde überragten die hölzernen Wagen und zotteligen Ponys und machten den Wächter misstrauisch; sie hätten sie besser vor der Stadt zurücklassen sollen.

Sie konnten dem Wächter nur gehorchen und lenkten ihre Reittiere in seine Richtung.

»Mylady, es ist nicht nötig, dass Ihr und Euer Gefolge in dieser Schlange wartet«, sagte der Wächter. »Ihr dürft hier sofort in die Stadt.« Er zeigte auf ein kleineres Seitentor.

Grace konnte ihn bloß anstarren. Aber Falken mischte sich geistesgegenwärtig ein.

»Die Gräfin dankt dir. Sie ist müde von der Reise und freut sich darauf, sich ausruhen zu können.«

»Seid ihr Gäste des Herzogs?«

»Noch nicht«, sagte Falken. »Meine Herrin kommt aus eigenem Antrieb, um eine Audienz zu erbitten.«

»Dann wollt ihr sicherlich ins Zeichen des Silbernen Grals«, sagte der Wächter.

Falken nickte. »Das ist die beste Unterkunft in der Stadt, nicht wahr?«

»Das ist sie, Mylord. Alle Adligen, die nach Omberfell kommen, steigen dort ab, bis der Herzog sie in seine Burg befiehlt.«

Der Mann erklärte Falken, wie sie zum Silbernen Gral kamen, und der Barde bedankte sich mit einer Münze. Als sie durch das Seitentor ritten, stieß Grace den Atem aus, den sie angehalten hatte. Jetzt, wo sie darüber nachdachte, war es kein großes Wunder, dass der Wächter sie für Adlige gehalten hatte. In den Domänen konnten sich nur Adlige leisten, Pferde wie die Schlachtrösser, auf denen sie saßen, zu halten.

Der Silberne Gral befand sich ziemlich genau in der Stadtmitte, nicht weit von der Festung entfernt, die sich auf einem Hügel über Omberfell erhob. Zweifellos war das die Burg des Herzogs. Zu Graces Erleichterung waren die Flaggen auf den Türmen der Festung purpurn, nicht blutrot.

Schiefergedeckte Häuser drängten sich zu beiden Seiten der schmalen, mit Kopfstein gepflasterten Straßen, durch die sie ihre Pferde führten. Die Stadt hatte große Ähnlichkeit mit den anderen Städten, die Grace in den Domänen gesehen hatte. Aber bei näherer Betrachtung fiel ihr auf, dass alles erstaunlich sauber und ordentlich erschien. Auf den Straßen lag kein Müll, und öfters erscheinende Eisengitter so wie das allgemeine Fehlen schmutzüberfüllter Gossen war ein deutlicher Hinweis, dass eine Art Kanalisation geschaffen worden war. Die Häuser waren zwar alle ziemlich grau, aber sie wurden in Ordnung gehalten, ihre Türen waren braun oder moosgrün lackiert. Die Passanten, die ihnen begegneten, machten allesamt einen ernsten Eindruck, aber keinen verstohlenen oder gar furchtsamen, und weder trödelten sie bei den Dingen herum, die sie zu erledigen hatten, noch zeigten sie unverhältnismäßige Eile.

Falken lenkte sein Pferd an Vanis Seite. »Gibt es irgendwelche Hinweise, dass hier schwarze Ritter sind?«

»Ich kann nichts dergleichen entdecken«, sagte die *T'gol* und musterte die Straßen. »Hätten die Ritter diese Stadt belagert, müsste man meiner Meinung nach Kampfspuren sehen können. Aber alles scheint in Ordnung zu sein.«

Beltan schnaubte. »Alles scheint langweilig zu sein, meint Ihr wohl. Ich will Durge keineswegs schlecht machen, aber ich hatte ganz vergessen, wie langweilig und berechenbar Embarraner sein können.«

»Immerhin fahren die Züge vermutlich pünktlich«, sagte Grace mit einem Lächeln.

Sie kamen zu der Straße, die der Wächter beschrieben hatte, und entdeckten ein Schild, auf das ein Pokal gemalt war, der eher grau als silbern war. Aber das dreistöckige Gebäude war stabil aus Stein erbaut, und trotz der Jahreszeit blühten in den Blumenkästen unter jedem der Fenster Stiefmütterchen.

Als sie das Gasthaus betraten, kam ein weißhaariger Mann auf sie zugeeilt und verbeugte sich tief. Nachdem Falken ihre Geschichte erzählt hatte, war der Wirt, dessen Name Farrand war, mehr als glücklich, die reisende Gräfin – die aus heiklen politischen Gründen nicht ihren Namen enthüllen konnte, bevor sie den Herzog gesehen hatte – zu bedienen.

Wieder einmal wurde sich Grace bewusst, dass die einfachen Menschen Adlige niemals in Frage stellten. Farrand akzeptierte die fantastische Geschichte des Barden, ohne auch nur mit der Wimper zu zucken. Er befahl einem Jungen, sich um ihre Pferde zu kümmern, dann führte er sie zu ihren Zimmern in der dritten Etage. Sie waren geräumig und sauber, wenn auch etwas spärlich möbliert. Grace glaubte langsam, dass Beltan Recht hatte, was die langweilige Natur der Embarraner anging. Wussten diese Leute nicht, wie man sich amüsierte? Andererseits war Durge trotz seiner ernsten Natur alles andere als langweilig.

Vielleicht ist Durge ja die Ausnahme. Möglicherweise war er der Flatterhafte der Familie.

Dieser Gedanke ließ sie laut lachen, aber als die anderen sie anstarrten, erwiderte sie dies nur mit einem Lächeln. Es tat ihr gut, an den phlegmatischen embarranischen Ritter zu denken.

Nachdem sie ihre paar Besitztümer verstaut und sich den Reiseschmutz von den Händen und Gesichtern gewaschen hatten, gingen sie hinunter in den Gemeinschaftsraum des Gasthauses, um etwas zu essen zu finden. Und Bier für Beltan.

Das Mittagsmahl war schon lange vorbei, und der Gemeinschaftsraum war zu dieser Stunde leer. Aber Farrand kümmerte sich gern um ihre Bedürfnisse. Sie wurden an einen abgeschiedenen Tisch in der Ecke gesetzt und aßen ein reichhaltiges Mahl aus Fasanpastete, mit Kräutern gesottenen Hasen und getrockneten Aprikosen mit Sahne. Grace fragte sich, wie viel Gold sie das wohl kosten und ob genug für die Schiffspassage übrig bleiben würde. Aber sie hatte sich als Gräfin ausgegeben, und zweifellos würde es Verdacht erregen, wenn sie nicht wie eine aß.

Nachdem Diener das Geschirr weggeräumt hatten, tranken sie das warme Bier, das Beltan für sie alle bestellt hatte.

»Das schmeckt wie Eberkotze«, sagte Vani nach dem ersten Schluck.

Sie schob den Becher von sich. Beltan nahm ihn schnell; seiner war bereits leer.

Grace sah Falken an. »Und was machen wir jetzt?«

Der Barde zupfte an dem Stoff herum, der seine silberne Hand verbarg. »Ich sollte runter zu den Docks gehen und nach einem Schiff suchen, das uns über das Wintermeer bringt. Ich hatte gehofft, vor dem Ersten des Valdath nach Omberfell zu kommen, aber das war vor einer Woche.«

Grace war sich nicht bewusst gewesen, dass bereits so viel Zeit vergangen war. Der Wintersonnenwendtag war weniger als einen Monat entfernt. »Ist das ein Problem?«

»Schon möglich. Je weiter der Valdath fortschreitet, desto

mehr Eis bringen die Strömungen aus dem Norden. Gibt es zu viel davon, wird kein Kapitän bereit sein, uns über das Meer zu bringen.«

»Und wenn wir ein Schiff finden sollten, Falken?«, sagte Grace. Die Diener befanden sich auf der anderen Seite des Gemeinschaftsraums, und sie hielt ihre Stimme gesenkt. »Woher wissen wir, dass die schwarzen Ritter uns nicht wieder folgen?«

»Sie können nicht wissen, dass wir hier sind«, meinte Beltan und wischte sich Schaum aus dem Schnurrbart. »Sie können uns unmöglich gefolgt sein.«

»Sie sind uns zur *Schicksalsläufer* gefolgt«, sagte Vani scharf.

Grace tastete nach der Halskette, die unter dem Stoff ihres Gewandes lag. »Es war das Mädchen in Galspeth, das im Kleiderladen. Sie war Mitglied des Rabenkultes – nach dem, was wir auf Meerwacht erlebt haben, bin ich mir da sicher. Und sie hat meine Kette gesehen. Die Ritter müssen sie befragt haben. Vielleicht sind sie ja auch mit dem Fahlen König verbündet, so wie der Rabenkult. Vielleicht sind die Ritter so etwas wie die heiligen Krieger des Kultes.«

»Möglicherweise«, sagte Falken, aber seine Stimme klang skeptisch. »Aber wenn die schwarzen Ritter dem Fahlen König dienen, warum haben sie dann auf Meerwacht die *Feydrim* getötet? Das ergibt doch keinen Sinn.«

Beltan stellte den leeren Becher ab. »Das ist nicht das Einzige, das keinen Sinn macht. Wir wissen, dass die schwarzen Ritter dich töten wollen, Grace. Aber du hast gehört, was die alte Gräfin von Meerwacht gesagt hat. Sie hat behauptet, der Fahle König wolle dich aus irgendeinem Grund lebendig. Also wie können die Ritter und der Fahle König auf ein- und derselben Seite stehen?«

Grace fröstelte. Was konnte der Fahle König von ihr wollen? Sie war Ulthers einzige Erbin. Machte sie das nicht zu Berashs Todfeindin? Das behaupteten zumindest die Legenden.

»Ich bin mir nicht sicher, was das alles bedeutet«, sagte Falken. »Aber ich glaube, es ist wichtiger als je zuvor, dass wir Fellring finden. Und das bedeutet, wir müssen ein Schiff finden ...«

Leises, melodisches Gelächter ertönte. Der Laut kam aus einem von Schatten verhüllten Alkoven, der Grace zuvor überhaupt nicht aufgefallen war. Sie strengte die Augen an und glaubte, dort eine schattenhafte Gestalt sitzen zu sehen.

Beltan griff nach dem Gürtelmesser. Vani war bereits auf den Füßen.

»Zeigt Euch«, befahl die *T'gol*.

»Wie Ihr wünscht, Mylady«, sagte eine Stimme, die so hell wie das Lachen klang. »Aber ich bitte Euch, mir nicht das Genick zu brechen, jedenfalls nicht, bevor Ihr meine Entschuldigung für das Lauschen gehört habt.«

Ein Mann trat aus dem Alkoven. Er sah atemberaubend attraktiv aus.

Groß und schlank war der Fremde, ganz in Grau gekleidet, und er bewegte sich so anmutig wie ein Tänzer. Sein schulterlanges Haar war silbergrau, aber es musste vorzeitig ergraut sein, denn der Glätte seines Gesichts nach zu urteilen, war er nicht älter als Grace. Seine Züge waren fein, beinahe schon zart, und seine Augen waren von einem strahlenden, goldgesprenkelten Grün, was sie wie Smaragde im Sonnenschein aussehen ließ.

»Wer seid Ihr?«, knurrte Beltan. »Und warum habt Ihr uns belauscht?«

»Ich fürchte, ich kann nicht einfach behaupten, ein Freund zu sein, oder?« sagte der Mann. »Aber trotzdem kann ich euch helfen. Ich sage euch geradeheraus, dass ihr kein Schiff finden werdet, das euch über das Wintermeer bringt. Und der Grund, aus dem ich gelauscht habe ...« Er zuckte mit den Schultern. »Das war reiner Zufall. Ich hatte mich nach dem Essen in den Alkoven zurückgezogen, um etwas zu dösen. Dann weckte mich der Klang eurer Stimmen. Und ich hoffe, ihr vergebt mir, dass ich mich nicht sofort bemerkbar gemacht habe. Aber ihr habt von so faszinierenden Dingen gesprochen ...«

Grace warf Falken einen erschrockenen Blick zu. Der Mann hatte jedes ihrer Worte gehört. Trotzdem verspürte sie aus irgendeinem Grund keine Angst. Da war etwas an dem Fremden – seine Stimme, vielleicht auch seine bemerkenswerten Augen –, das ihr beinahe vertraut erschien. Hatte sie ihn schon irgendwann einmal gesehen?

Das ist unmöglich. Er ist der hübscheste Mann, der dir je begegnet ist. An den würdest du dich erinnern.

»Keine Angst, Mylady«, sagte der Mann und nickte ihr zu. »Ich weiß, wie man ein Geheimnis bewahren muss. Ich werde nicht enthüllen, was ich gehört habe. Darum würde ich es zu schätzen wissen, wenn Ihr Eure Gefährten beruhigt.«

Grace sah Beltan und Vani an, dann schüttelte sie den Kopf. Widerstrebend trat die *T'gol* zurück, und der Ritter ließ das Messer los. Grace bedeutete dem Mann, sich an ihren Tisch zu setzen.

»Wie heißt Ihr?«, fragte sie.

»Ihr könnt mich Sindar nennen. Der Name ist so gut wie jeder andere.«

Seine Worte hätten sie beunruhigen sollen, aber sie taten es nicht. »Warum glaubt Ihr nicht, dass wir eine Schiffspassage buchen können?«

»Der Hafen wurde geschlossen«, sagte Sindar. »Auf Befehl des Herzogs. Kein Schiff darf den Hafen verlassen oder dort vor Anker gehen.«

Grace kaute auf ihrer Unterlippe herum. Das hätte eine

Erklärung sein können, warum die schwarzen Ritter nicht in Omberfell gelandet waren. Bestenfalls wären sie in der Lage gewesen, einen Ritter heimlich mit einem Ruderboot an Land zu bringen, der dann in Kelcior Verstärkung geholt hatte.

»Ich habe nichts von einem solchen Befehl gehört«, sagte Falken.

Sindar deutete mit der langen Hand auf die Tür. »Geht zu den Docks und erkundigt Euch selbst. Aber verschwendet nicht zu viel Zeit. Denn ich muss vor Sonnenuntergang mit meinem eigenen Schiff absegeln.«

Falken grinste, und es lag kein Humor in dem Lächeln. »Ihr seid sehr wortgewandt, Sindar. Aber jetzt erkenne ich Eure wahren Absichten. Ich bin Barde, also lasst mich Euch eine Geschichte erzählen. Zuerst drückt Ihr Euch in einem Gasthaus herum, das für seine adlige Kundschaft bekannt ist. Dann belauscht Ihr eine Gruppe Neuankömmlinge und erfahrt von Ihrem Vorhaben, ein Schiff zu mieten. Also sagt Ihr ihnen, dass kein Schiff den Hafen verlassen kann, mit Ausnahme von praktischerweise Eurem Schiff. Als Nächstes bietet Ihr den Reisenden an, sie für eine bescheidene Summe an ihr Ziel zu bringen, dann führt Ihr sie zu Eurem Schiff. Nur, Ihr besitzt gar kein Schiff, und wenn die glücklosen Fremden die Docks erreichen, springen die Schurken, die mit Euch zusammenarbeiten, aus ihrem Versteck und rauben sie aus. Nun, es tut mir Leid, Euch das sagen zu müssen, aber solche Reisende sind wir nicht.«

Die Worte schienen Sindar zu verblüffen. »Nein, das glaube ich auch nicht.« Er stand auf. »Und Ihr habt Recht, was einen Aspekt meiner Geschichte angeht. Ich habe ein Schiff, und es kann den Hafen verlassen – im Gegensatz zu jedem anderen Schiff, das Ihr in Omberfell finden werdet. Aber ich habe es nicht nötig, Euch in einer Gasse auszurauben, denn ich kann es in aller Öffentlichkeit tun. Mein Preis, euch nach Toringarth zu bringen, ist alles andere als bescheiden. Und mein Schiff legt bei Sonnenuntergang ab. Seid eine Stunde vorher da, wenn ihr wirklich dorthin wollt.«

Und er verbeugte sich elegant, drehte sich um und verließ das Gasthaus.

Beltan stieß einen Pfiff aus. »Das war ja ein merkwürdiger Bursche. Du glaubst doch wohl nicht, dass das mit dem herzoglichen Befehl die Wahrheit war, oder?«

»Nein, nie im Leben«, sagte Falken. »Trotzdem gehe ich zu den Docks und finde es heraus.«

»Ich begleite Euch«, sagte Vani. »Ich will sehen, ob uns dieser Dieb folgt.«

Grace schaute zu der Tür, durch die Sindar gegangen war. »Kam er einem von euch bekannt vor?«

»Nein«, sagte Beltan und kratzte sich am Kinn. »Obwohl, seine Augen hatten fast die gleiche Farbe wie deine, Grace.«

9

Es war früher Nachmittag, als Grace und Beltan im Nieselregen durch saubere, ordentliche Straßen zum Stadtmarkt gingen.

Vani war mit Falken zu den Schiffsanlegestellen gegangen, um dem Barden zu helfen, ein Schiff zu mieten, und Grace hatte Beltan gebeten, sie beim Einkauf zu begleiten. Wenn sie auf eine lange Reise gingen, würde es nützlich sein, zusätzliche Verpflegung zu haben. Außerdem schien dies eine hervorragende Gelegenheit zu sein, den Ritter und die Meuchelmörderin eine Zeit lang voneinander zu trennen.

Sie fanden den Markt auf einem großen Platz, und er wurde genauso effizient geführt wie alles andere in Omberfell. Die Stände waren nach ihren Gütern organisiert, die Preise waren fair, und die Leute warteten geduldig in ihren Schlangen, um ihre Münzen zu bezahlen und ihre Ware entgegenzunehmen. Bald trugen Grace und Beltan mehrere mit Tüchern eingewickelte Päckchen, in denen sich harter Käse, Nüsse und getrocknete Feigen befanden.

»Das war der schlimmste Markt, den ich je gesehen habe«, knurrte Beltan, als sie weitergingen.

Grace sah ihn überrascht an. »Wirklich? Und ich war glatt der Meinung, seit meiner letzten Stippvisite im Safeway nicht mehr so problemlos eingekauft zu haben.«

»Oh, klar.« Beltan schaute finster drein. »Wenn du ausgezeichnete Ware zu billigen Preisen suchst, dann war er wohl in Ordnung. Aber hast du es nicht bemerkt? Keiner hat Bier verkauft.«

»Beltan, du hast eben erst im Gasthaus was getrunken.«

»Und, worauf willst du hinaus?«

Sie verlagerte die Päckchen auf dem Arm. »Ich bin mir nicht sicher.«

»Ich sage dir, Grace, an dieser Stadt stimmt was nicht. Mir ist egal, wie ordentlich sie ist oder wie gut sie riecht, auf diesem Markt hätte es Bier geben sollen. Es ist, als wollten sie nicht, dass sich die Leute hier vergnügen. Hier sind dunkle Mächte am Werk.«

Grace konnte nicht behaupten, dass sie seinen Eindruck teilte. Soweit sie es zu sagen vermochte, wenn man mal die vorherrschende Vorliebe für Grau beiseite ließ, war Omberfell eine der schönsten Städte, die sie in den Domänen kennen gelernt hatte. Sie hoffte beinahe, dass Falken und Vani ein paar Tage benötigen würden, um ein Schiff zu finden. Die Reise war lang und ermüdend gewesen, und sie war noch lange nicht vorbei. Das wusste sie. Es wäre schön gewesen, eine Pause zu machen und sich erholen zu können, und wenn auch nur für eine kleine Weile. Davon abgesehen war sie zwar noch immer keine Meisterin darin, die Natur anderer Menschen zu beurteilen, aber sie hatte das Gefühl, dass Beltans finstere Laune nicht unbedingt etwas mit Bier zu tun hatte.

»Warum hasst du sie?«, fragte sie, bevor sie über die Klugheit dieser Frage nachdenken konnte. »Vani hat uns allen mehr als nur einmal das Leben gerettet.«

Beltan schaute zu Boden. »Ich hasse sie nicht.«

»Aber du benimmst dich so.«

»Ihr irrt Euch, Euer Majestät.«

Die Schärfe in seinem Tonfall ließ Grace innerlich zusammenzucken, aber sie hatte nicht vor, ihn so leicht davonkommen zu lassen. »Es ist Travis, nicht wahr? Er liebt dich – das weißt du genau. Aber vielleicht hast du ja Angst, er könnte auch Vani lieben. Darum kannst du sie nicht ausstehen.«

Beltan blieb so abrupt stehen, dass Grace beinahe mit

seiner Schulter zusammengestoßen wäre. Er sah sie an, und sie schluckte. Es war lange her, dass sie den Ritter wirklich wütend gesehen hatte, und jetzt wünschte sie sich, sie hätte seine Wut nicht so leichtfertig entfacht. Sein Gesicht war hart; in diesem Augenblick wurde sie daran erinnert, dass er ein Mann des Krieges war.

»Weißt du, es könnte so einfach sein, sie zu hassen«, sagte Beltan mit rauer Stimme. »Wäre sie hinterhältig, wäre sie dumm, würde sie uns durch ihre Handlungen immer wieder in Gefahr bringen, dann würde ich sie verabscheuen. Aber sie ist nichts davon, oder?« Er seufzte, seine Wut verrauchte. »Sie ist wunderschön und stark, und, wie du mich erinnert hast, hat sie ihr Leben aufs Spiel gesetzt, um unsere Leben - mein Leben - mit ihren Taten zu retten. Wie könnte ich sie da hassen? Und wie könnte ich es Travis zum Vorwurf machen, sollte er sie mir vorziehen? Schließlich ist sie die Prinzessin eines uralten Volkes. Und ich bin bloß ein Bastard, der seinen eigenen Vater ermordet hat.«

Graces Herz zog sich qualvoll zusammen. Sie wollte sagen: *Beltan von Calavan, du bist einer der besten Männer, die ich je kennen gelernt habe, und Travis liebt dich.* Aber bevor sie das konnte, ertönte der tiefe Klang einer Glocke.

Der Glockenschlag dröhnte erneut, diesmal nur näher, und hallte von den Schieferdächern wider. Die Menschenmenge, die die Straße gefüllt hatte, rückte auseinander, die Leute drückten sich zu beiden Seiten eng an die Häuser und räumten die Mitte der Straße.

»Was ist hier los?«, fragte Grace.

Beltan schaute sich zum. »Sieht so aus, als würden sie Platz für irgendeine Art von Prozession machen. Wer auch immer da kommt, ich finde nicht, dass wir ihm im Weg stehen sollten.«

Sie eilten auf die eine Straßenseite, aber da die Passanten

schon dicht gedrängt nebeneinander standen, fanden sie sich in der ersten Reihe am Straßenrand wieder.

»Seid vorsichtig, Mylady«, sagte ein Mann, der neben Grace stand. Seiner gut geschnittenen wenn auch schlichten Kleidung nach zu urteilen, war er Kaufmann. »Wenn er kommt, dürft Ihr nicht weiter auf der Straße stehen als jene um Euch herum. Unsere Reihe muss schnurgerade sein.«

Sie schüttelte den Kopf. »Wenn wer kommt?«

»Der Herzog, Mylady.«

Also hatte Beltan Recht – eine Prozession kam, geführt vom Herzog von Omberfell.

Der Kaufmann verdrehte den Hals, als könnte er es nicht erwarten, die kommende Parade zu sehen. »Der Herzog hat sich auf große Prüfungen vorbereitet, Mylady. Es heißt, er würde bald in den Krieg ziehen.«

»Krieg?« Sie drückte die Päckchen an die Brust, als sie von hinten gestoßen wurde. Beltan streckte einen Arm aus und versuchte, die Menge daran zu hindern, ihr zu nahe zu kommen. »Krieg gegen wen?«

Der Kaufmann schien von ihren Worten verblüfft zu sein. »Natürlich gegen die Feinde des Meisters.«

»Der Meister? Ihr sprecht vom Herzog?«

»Nein, Mylady. Der Herzog dient dem Meister, so wie wir das tun. Aber das müsst Ihr doch wissen.« Ein Funken Misstrauen schlich sich in seinen Blick. »Ihr wisst es doch, oder?«

»Ich bin neu in der Stadt«, sagte sie in der Hoffnung, dass das als Entschuldigung für ihre Unwissenheit reichte.

Die Glocke ertönte erneut. Diesmal sah Grace sie. Vier Männer trugen ein Holzgestell, in dem die Glocke hing. Ein anderer Mann schritt hinter ihr her und schlug in genauen Abständen mit einem Hammer dagegen. Die Männer waren dreckig, ihre Rücken gekrümmt. Die zerfetzten Wämser waren blutverkrustet, Ketten klirrten an ihren Fußgelenken, während sie sich vorwärts schleppten.

»Wer sind sie?«, flüsterte Grace gedankenverloren. Aber der Kaufmann hatte sie gehört und beantwortete ihre Frage.

»Sie sind die Missetäter.«

Sie sah den Mann an. »Die Missetäter?«

»Die, die gegen die Edikte verstoßen haben.« Er kniff die Augen zusammen. »Ihr kennt doch die Edikte, oder?«

Plötzlich fühlte sie eine Beklemmung in der Brust; sie kämpfte um Luft. »Ich bin mir nicht ... das heißt, ich ...«

Trotz des Drucks der Menge trat der Kaufmann einen Schritt zurück; er riss die Augen weit auf. »Jeder kennt die Edikte, Mylady. Selbst kleine Kinder.« Er drückte die Hände zusammen und fing an, schnell zu murmeln, so als würde er die Worte einer Litanei sprechen. »Man darf dem Willen des Meisters nicht widerstehen. Man darf keine Dinge tun, die die Mehrzahl nicht tut. Man muss sein Herz geben, sollte es der Rabe verlangen ...«

Grace schlug eine Hand vor den Mund, aber sie konnte ein Aufstöhnen nicht verhindern. Beltan warf ihr einen besorgten Blick zu. Bevor sie etwas sagen konnte, hob der Kaufmann den Arm und zeigte mit einem zitternden Finger auf sie.

»Ihr seid eine Häretikerin«, flüsterte er. »Ihr befolgt die Edikte nicht, genau wie diese Missetäter. Aber ich werde mich nicht von Euch anstecken lassen.« Seine Stimme hob sich zu einem schrillen Gezeter. »Häretikerin!«

Bis zu diesem Augenblick hatten die Leute die Straße beobachtet, aber jetzt wandten sich mehrere Köpfe in Graces Richtung.

Beltan lehnte sich zu ihr. »Wir sollten besser hier verschwinden.«

Aber in diesem Augenblick kam die Prozession um die Ecke und marschierte die Straße entlang. Voraus ritt ein Mann auf einem grauen Pferd, und es bestand nicht der geringste Zweifel, dass er der Herzog war. Er trug elegante schwarze Kleidung, mit einem langen Umhang, der hinter ihm herwehte, und sein Ausdruck war stolz und wild. An seiner Seite hing eine verzierte Schwertscheide, an seinen Fingern funkelten Edelsteine. Aber Grace starrte nicht seine prächtige Aufmachung an. Es war das Symbol, das mit Asche auf seine Stirn gemalt war. Es war der Flügel eines Raben. Oder ein blindes, starrendes Auge.

Hinter ihm marschierten sie in Viererreihen, und Grace konnte das Ende der Prozession nicht sehen: Reihen von Gestalten in Schwarz. Ihre Kutten wiesen schwere Kapuzen auf, aber ein paar von ihnen hatten die Kapuzen zurückgeschlagen, und auf der Stirn trugen sie das gleiche Symbol wie der Herzog. Nur dass einige von ihnen nicht mit Asche gezeichnet waren, sondern mit einem wulstigen Brandmal.

Aus der Mitte der Prozession erhob sich eine Reihe von Pfählen, die jeweils von mehreren Kuttenträgern gehalten wurden. Oben an den Pfählen waren schlaffe Gestalten festgebunden, die wie mit Wasser gefüllte Ledersäcke hin- und herschwankten. Grace brauchte eine lange Sekunde, bevor ihr klar wurde, dass es sich um Menschen handelte. Oder dass es zumindest einmal welche gewesen waren, bevor man ihnen Hände und Füße abgehackt und die Augen ausgestochen hatte. Sie verspürte einen Brechreiz.

Darum sind in dieser Stadt die Dinge so geordnet und effizient. Wenn du es wagst, gegen die Regeln zu verstoßen, wenn du es wagst, irgendwie anders zu sein, dann passiert dir das hier.

Noch mehr Kuttenträger in Schwarz kamen um die Ecke. Ein Gesang erklang.

Atme das Feuer,
Trink das Eis,
Der Schatten sei dein Geliebter.

Lege den Verstand in Ketten,
Bring das Herz zum Verstummen.
Dunkelheit herrscht für alle Ewigkeit.

Die meisten Leute sahen sich die Prozession an, aber noch mehr hatten den anklagenden Finger des Kaufmanns bemerkt. Er schwieg jetzt, sein Gesicht eine Grimasse des Abscheus, und zeigte noch immer auf sie. Andere zeigten ebenfalls in Graces Richtung. Wütendes Gemurmel wie *Häretikerin* und *Hexe* ertönte.

Beltan nahm die Päckchen, die er hielt, unter den anderen Arm und schnappte sich Grace, schob sie in die Menge hinein und knurrte die Leute an, ihnen den Weg frei zu machen. Die meisten gehorchten und wichen voller Furcht vor dem großen Ritter zurück, aber ein paar leisteten Widerstand. Grace wurden die Päckchen aus den Händen geschlagen. Sie stolperte darüber und wäre gefallen, hätte Beltan sie nicht gehalten.

Jetzt nahmen andere den Ruf des Kaufmanns auf.

»Sie hat die Edikte gebrochen!«

»Häretikerin! Du beschmutzt den Namen des Raben!«

»Schnappt euch die Hexe!«

Beltan drängte nicht länger nur. Er schwang die Päckchen mit den Lebensmitteln und stieß mehrere Leute zur Seite, dann ließ er sie fallen. Ein Mann wollte Grace packen, und Beltan schlug ihm mitten ins Gesicht. Blut und Zähne flogen durch die Luft. Jemand schrie.

Grace sammelte ihren Willen. Wenn man sie schon beschuldigte, eine Hexe zu sein, dann konnte sie das Verbrechen auch genauso gut begehen. Aber es gab keinen Nebel, den sie zu einer Mauer weben konnte, wie sie es zuvor schon getan hatte. Was konnte sie sich sonst zunutzen machen? Dann fühlte sie die Lebensfäden, die um sie herum voller Furcht und Wut vibrierten, und sie wusste es. Sie griff mit ihrem Bewusstsein zu, packte die Lebensfäden der Menschen und knotete sie mit einem Gedanken zusammen.

Sofort fingen die Leute an, übereinander zu fallen und mit rudernden Armen auf die Straße zu stürzen. Die geordnete Reihe der Zuschauer verwandelte sich in eine sturmgepeitschte See. Schreie voller Schmerz und Verwirrung ertönten. Auf der Straße blieben ein paar Kultanhänger stehen und starrten in ihre Richtung.

»Jetzt, Beltan«, sagte Grace und packte die Hand des Ritters.

Er brüllte auf, stieß mit der freien Hand einen Mann aus dem Weg und zog Grace auf eine Gassenmündung zu. Hier war es kühl und dunkel. Sie rannten weiter, und der Lärm der Menge hallte hinter ihnen her. Nach ein paar Dutzend Metern kamen sie zu einer Kreuzung. In welche Richtung sollten sie gehen? In wenigen Momenten würde der Mob sehen, wo sie hin waren, und ihnen folgen.

»Hier entlang«, sagte eine melodische Stimme.

Grace drehte sich um und sah ihn in einem im Schatten liegenden Torbogen stehen. Mit seinem dunklen Umhang war er kaum zu sehen, aber silbergraues Haar blitzte auf, dann lebhafte, grüngoldene Augen. Beltan holte zischend Luft.

Der Mann winkte ihnen zu, drängte sie, in den Torbogen zu kommen. »Schnell. Sie kommen.«

Dann war er weg.

Grace spürte Beltans Zögern. Aber hinter ihnen ertönten Rufe. Es gab keinen anderen Weg. Sie fasste die Hand des großen Ritters fester, und gemeinsam liefen sie in den Torbogen hinein und folgten Sindar.

10

Mehr als einmal fürchtete Grace, ihren geheimnisvollen Retter im Gassenlabyrinth verloren zu haben. Sindar bewegte sich schnell, und oft sah Grace nur noch ein silbergraues Aufblitzen, bevor er um die Ecke oder in einer Öffnung verschwand, so dass ihr und Beltan nichts anderes übrig blieb, als ihm hinterherzurennen oder sich hoffnungslos zu verirren.

Und verirren wollten sie sich auf gar keinen Fall. Omberfell war sauberer und ordentlicher als sämtliche ihr bekannten Städte in den Domänen erschienen, aber jetzt war ihr klar, dass sie nur die Oberfläche gesehen hatte. Schmutz, Armut und Leid waren einfach außer Sicht gebracht worden – in dieses verwickelte Netz aus Hintergassen, in denen sie und Beltan oftmals nicht einmal mehr nebeneinander gehen konnten.

Ratten huschten ihnen über die Füße und rasten zwischen verfaulenden Müllhaufen her. Abwasser bildete stinkende Pfützen, die sie aufwirbelten. Augen blickten aus Fenstern, die niemals der Sonne oder dem blauen Himmel geöffnet worden waren, dreckverkrustete Hände streckten sich aus Türöffnungen und griffen nach Graces Umhang, während Stimmen um Almosen und Gnade bettelten. Beltan schlug die Hände beiseite und zog Grace weiter. Erst nach einiger Zeit erkannte sie, dass viele der vermeintlichen Müllhaufen in Wahrheit Menschen waren. Aber sie vermochte nicht zu sagen, ob sie lebendig oder tot waren. Den Ratten schien das egal zu sein.

Schließlich eilten sie durch einen Torbogen und fanden sich auf einer sauberen, breiten Straße nicht weit vom Silbernen Gral entfernt wieder. Sindar war verschwunden.

»Komm schon«, drängte Beltan und zerrte an Graces Arm. »Wir müssen rein, bevor man uns entdeckt.«

Als sie sich dem Gasthaus näherten, rechnete Grace damit,

eine Reihe von Gestalten in schwarzen Kutten vorzufinden, die anklagend auf sie zeigten. Aber die Straße war menschenleer. Sie sahen sich nach allen Seiten um, dann stahlen sie sich in das Gasthaus und eilten auf ihre Zimmer.

Falken und Vani waren bereits da.

»Was ist passiert?«, wollte Falken nach einem Blick auf ihre Kleidung wissen. »Du siehst aus, als hättest du dich in einem Schweinestall gesuhlt. Und wo sind die Lebensmittel, die du kaufen wolltest? Nicht, dass das eine Rolle spielt. Unser geheimnisvoller Freund hatte Recht – die Docks sind geschlossen worden. Auf Befehl des Herzogs darf kein Schiff in den Hafen einfahren oder ihn verlassen.«

»Genau wie ich Euch gesagt habe.«

Alle drehten sich um und sahen zu, wie Sindar hinter sich die Tür schloss; Grace hatte nicht gehört, wie sie sich geöffnet hatte. Genauso wenig wie Vani, wenn man nach dem Zorn auf ihrem Gesicht urteilte. Sie bewegte sich auf den schlanken Mann zu.

Grace hielt eine Hand hoch. »Vani, nein – er hat uns gerade das Leben gerettet.«

Falken runzelte die Stirn. Grace holte tief Luft und erklärte dann, was passiert war. Als sie geendet hatte, ging Vani zum Fenster und schaute hinaus.

In Falkens wässrigen blauen Augen schimmerte Niedergeschlagenheit. »Wie es scheint, sind die Dinge schlimmer, als ich befürchtet habe. Vor einem Jahr agierte der Rabenkult im Geheimen. Der Fahle König muss mutig geworden sein, seinen Kult jetzt so offen wirken zu lassen. Kein Wunder, dass die Männer, mit denen wir im Hafen gesprochen haben, so furchtsam reagierten, wenn ich auch nur eine Schiffspassage behutsam erwähnte. Vermutlich könnte allein schon eine Unterhaltung darüber die Befehle des Herzogs zu missachten, ihnen den Tod bringen.«

Grace machte einen Schritt auf Sindar zu. »Wo seid Ihr gewesen?«

»Genau das wollte ich auch fragen«, knurrte Beltan. »In den Gassen hattet Ihr es ganz schön eilig. Ich glaube beinahe, Ihr wolltet uns abschütteln.«

Sindar lachte. »Ich verspreche, Ihr von allen Leuten hättet mich gefunden.« Er wandte sich Grace zu. »Und was die Frage betrifft, wo ich gerade war, ich habe mich vergewissert, dass man euch nicht gefolgt ist.«

Vani wandte sich vom Fenster ab. »Und, ist man?«

»Nein, aber ihr könnt nicht mehr lange hier bleiben. Der Herzog wird es nicht zulassen, dass in seiner Stadt Unruhestifter so einfach davonkommen. Es wird eine Suche geben.«

»Sie wissen, wie wir aussehen«, sagte Beltan und ging auf und ab. »Eine Menge Leute haben unsere Gesichter gesehen. Es wird nicht lange dauern, bevor die Männer des Herzogs an die Tür des Gasthauses klopfen. Und sie werden auch die Stadttore bewachen.«

Grace hielt sich den schmerzenden Kopf. »Wenn wir nicht durch das Tor können und kein Kapitän den herzoglichen Befehl missachten wird, wie kommen wir dann aus der Stadt?«

Sie alle sahen Sindar an. Der attraktive Mann breitete die Hände aus und lächelte. »Mein Angebot steht noch immer.«

»Es gefällt mir nicht«, sagte Beltan, als wäre Sindar nicht im Raum. »Wir wissen rein gar nichts über ihn. Und es erscheint doch schrecklich praktisch, dass er zufällig unsere Unterhaltung mitbekommt und dann auch noch eine Möglichkeit hat, die Blockade zu umgehen. Ich bin fest davon überzeugt, dass er etwas verschweigt.«

»Ich bin derselben Meinung«, sagte Vani und starrte Sindar finster an.

»Was meinst du?«, fragte Falken.

Jetzt schaute jeder Grace an, und sie hasste die Aufmerksamkeit. »Ich glaube nicht, dass wir eine Wahl haben. Selbst wenn er uns belogen hat, setze ich mich lieber mit einem Schwindler auseinander als mit dem Rabenkult. Und er hat Beltan und mir geholfen, dem Mob zu entkommen.« Sie schenkte Sindar ein zaghaftes Lächeln. »Ich nehme an, wir werden Euch wohl vertrauen müssen.«

In Minutenschnelle hatten sie ihre Sachen geholt und waren bereit. Vani berichtete, dass die Straße vor dem Gasthaus noch immer frei war.

Falken schwang sich den Lautenkasten über die Schulter. »Es wäre schön, wenn wir hier wegkämen, ohne dass Farrand oder einer seiner Diener uns sieht.«

Grace nickte. »Dafür kann ich sorgen.«

Sindar öffnete die Tür und verneigte sich vor Grace. »Nach Euch, Euer Majestät.«

Sie zuckte zusammen. »Woher wisst Ihr das?« Sie musterte Sindars Gesicht, wieder von einem unbehaglichen Gefühl der Vertrautheit heimgesucht. »Wie lange folgt Ihr uns wirklich?«

»Wir müssen gehen«, erwiderte Sindar und ging ihr voraus durch die Tür.

Es war erschreckend einfach, ohne gesehen zu werden aus dem Gasthaus zu entkommen. Grace webte die Fäden der Weltenkraft wie einen Umhang um sie und verbarg sie vor allen Augen, die möglicherweise in ihre Richtung geblickt hätten. Sie gingen die Treppe hinunter und dann durch den Gemeinschaftsraum aus der Vordertür. Weder Farrand noch einer seiner Diener blickten auch nur von ihrer Arbeit auf.

Sie verließen das Gasthaus zu Fuß – sie würden die Pferde nicht brauchen –, und Grace hielt die Illusion während des Weges durch die Stadt aufrecht. Einmal durchzuckte sie die Angst, als sie um eine Ecke bogen und drei Männer in schwarzen Kutten auf sich zukommen sahen. Sie erstarrten, aber die Männer gingen einfach schnell an ihnen vorbei. Grace zwang sich dazu, sich zu konzentrieren und den Griff um den Zauber aufrechtzuerhalten.

Sie erreichten den Hafen. Hier waren viele Männer – zweifellos von den Schiffsmannschaften der Dutzenden von Schiffen, die nicht ablegen durften –, aber die schienen nicht viel anderes zu tun, als Karten oder Würfel zu spielen. Hier und da schlenderten Wächter umher und beobachteten alles mit harten Augen. Sindar schob sich in den engen Spalt hinter einem Kistenstapel, und die anderen folgten ihm.

Sobald sie hinter den Kisten waren, ließ Grace die Weltenkraft los. Noch nie zuvor hatte sie einen Zauber so lange aufrechterhalten. Obwohl, wie sie jetzt bemerkte, nachdem sie ihn losgelassen hatte, sie sich nicht erschöpft fühlte. Im Gegenteil, sie fühlte sich lebendig, wenn nicht sogar aufgeregt.

Vani spähte an den Kisten vorbei. »Ich frage mich, warum der Herzog den Hafen hat schließen lassen. Könnte es sein, dass sie das Schiff der schwarzen Ritter entdeckt haben? Wir wissen jetzt, dass die Ritter Feinde des Fahlen Königs sind.«

»Ich glaube, da könntet Ihr Recht haben«, sagte Sindar.

Falken hob eine Braue. »Ihr wisst von den schwarzen Rittern?«

»Jeder Kapitän, der in diesen Gewässern segelt, weiß über diese Piraten Bescheid. Wenn man ihnen nicht ein Drittel seines Ladungswertes in Gold zahlt, versenken sie das Schiff und schicken einen auf den Grund des Ozeans.«

Beltan fuhr sich durch das dünner werdende Haar. »Das macht Sinn. Die schwarzen Ritter glauben, sie würden Malachor wieder aufbauen, also halten sie den Fahlen König automatisch für ihren Feind. Aber der Rabenkult hat Omberfell in seiner Gewalt, und der Kult dient dem Fahlen König. Nicht einmal die hundert Ritter auf dem Schiff würden ausreichen, um eine feindliche Stadt dieser Größe zu erobern. Sie würden mindestens das Doppelte an Männern brauchen.«

»Es steckt vielleicht noch mehr dahinter«, sagte Sindar. »Wie ich gehört habe, verabscheuen die schwarzen Ritter den Kult des Raben. Ich habe es sogar selbst gesehen. Aber sie haben gewaltige Anstrengungen unternommen, Konflikten mit ihnen aus dem Weg zu gehen. Es ist fast so, als würden die Ritter den Kult für ihre eigenen Zwecke benutzen.«

Falken nickte. »Ich verstehe es jetzt. Die Ritter lassen den Rabenkult in Embarr Chaos und Terror verbreiten und schwächen es damit, machen es reif zur Invasion. Und um sämtliche Hexen, Runensprecher oder sonstige Leute loszuwerden, die sich ihnen ansonsten in den Weg stellen könnten. Sobald die Ritter die Domänen übernommen haben, werden sie den Kult ausmerzen. Das haben sie in Eredane und vermutlich auch in Brelegond gemacht.«

»Ihr könnt euch noch später darüber unterhalten«, sagte Sindar und blickte in den wolkenverhangenen Himmel. »Die Sonne geht bald unter. Dann müssen wir auf meinem Schiff sein.«

Vani ließ den Blick über die Docks schweifen. »Welches davon ist denn Euer Schiff?«

»Keins davon«, erwiderte Sindar mit einem Lachen. Er wandte sich von den Kisten ab und ging zu einem großen Sturmkanal. Er war mit einem Eisengitter gesichert, das an Ort und Stelle festgeschraubt war. Das Eisengitter sah neu aus.

»Das gab es noch nicht, als ich das letzte Mal hier war«, sagte Sindar und zeigte auf das Gitter. Er sah Beltan und Vani an. »Wärt ihr so freundlich?«

Der Ritter und die *T'gol* ergriffen das Eisengitter. Beltan biss die Zähne zusammen, und Vani schloss die Augen. Für Grace sah es so aus, als würde das Gitter unter Vanis Händen Wellen schlagen. Mit einem Grunzen riss Beltan es aus seiner Verankerung.

»Hier entlang«, sagte Sindar und führte den Weg in den Sturmkanal an.

Sie folgten ihm gebeugt, da der Kanal kaum höher als anderthalb Meter war. Beltan kam als Letzter und zog hinter ihnen das Gitter wieder über die Öffnung.

Der Tunnel war feucht und rutschig und führte in einem sanften Schwung abwärts. Ihr Abstieg kam Grace wie Stunden vor, auch wenn es vermutlich nur Minuten dauerte. Die Wände rückten näher und erschwerten das Atmen. Aber vermutlich war das gar nicht so schlecht, weil sie sonst geschrien hätte.

Nach hundert Metern hätte es in dem Tunnel pechschwarz sein müssen, aber aus irgendeinem Grund gab es genug Licht, um die Umrisse der anderen vor ihr und hinter ihr ausmachen zu können. Und endlich - sie stand kurz davor, sich umzudrehen und den Tunnel zurückzulaufen - erschien vor ihnen ein grauer Torbogen. Sie beschleunigten die Schritte, und Grace atmete erleichtert auf, als sie das Ende erreichten. Sie kamen zu einer schmalen, steinernen Kante. Das Tosen des Meeres dröhnte in der Luft, salzige Gischt spritzte Grace ins Gesicht und befeuchtete ihre Wangen, als wären es Tränen.

»Und jetzt?«, fragte Beltan und schaute Sindar finster an.

Grace blinzelte Wasser von ihren Wimpern, dann begriff sie. Der Tunnel endete an der Klippe. An beiden Seiten erhoben sich vertikale Steinwände. Aus dem Tunnel sickerte Wasser und floss über die Kante in die kalten Wellen, die drei Meter tiefer gegen den Felsen schlugen.

»Unsere Transportgelegenheit kommt bereits«, sagte Sindar.

Er streckte die Hand aus, und im ersten Augenblick war Grace verwirrt. Es sah wie ein riesiger Vogel aus, der auf dem Ozean schwebte, den Hals gekrümmt, den Kopf auf die Brust gedrückt, die weißen Flügel angelegt. Erst nach einem Augenblick wurde ihr klar, dass es sich um ein Schiff handelte.

Falken stieß einen leisen Fluch aus.

»So ein Schiff habe ich noch nie zuvor gesehen«, sagte Vani.

Sindar lächelte. »Nein, das habt Ihr nicht.«

Das Schiff kam auf sie zu. Es war nicht so groß wie die *Schicksalsläufer,* aber unendlich anmutiger. Das Schiff war nicht weiß angemalt, seine Farbe kam von dem Silberholz, aus dem es konstruiert worden war. Es kam näher.

»Die See ist zu unruhig«, sagte Beltan. »Es wird an der Klippe zerschellen.«

Aber das tat es nicht. Das Schiff segelte ganz ruhig, als würde es die Macht der Wellen nicht spüren. Es trieb nahe an den Felsen heran, bis es nur noch wenige Schritte entfernt war, dann hielt es an. Erst jetzt wurde sich Grace bewusst, dass es weder Masten noch Segel oder Ruder gab. Wie wurde das Schiff angetrieben?

Im schwindenden Licht sah sie Gestalten an Deck umhereilen. Einige waren klein und verkrümmt, andere wiederum hoch gewachsen und schlank wie junge Weiden. Scheinbar wuchsen manchen Geweihe aus der Stirn oder Blumen aus dem Haar. Grace fröstelte. Sie hatte solche Wesen schon zuvor gesehen. Bei der vergangenen Wintersonnenwende, als Trifkin Moosbeeres Schauspielertruppe im Großen Saal von Calavere ihr Spiel aufgeführt hatte.

Eine Planke schob sich aus dem Schiff und erreichte die Steinkante. Grace fühlte sich seltsam unbeschwert, ihre Nerven vibrierten. Sie sah Sindar an. Seine Augen funkelten im geisterhaften Licht.

»Wer seid Ihr?«, flüsterte sie. »Wer seid Ihr wirklich?«

»Ich glaube ... ich glaube, ich bin ein Freund.«

Sindar betrat die Planke und schritt leichtfüßig zum Schiff. Grace sah die anderen an, musterte ihre Gesichter, aber es blieb ihnen nichts anderes übrig, als ihm zu folgen. Einer nach dem anderen betraten sie das Deck. Die seltsamen Gestalten setzten sich eilig in Bewegung, die Planke wurde wieder eingezogen. Und das anmutige Schiff bewegte sich von der Klippe fort auf das offene Meer, in die hereinbrechende Nacht hinein.

11

Die Türen von Calaveres Großem Saal schlugen mit einem dröhnenden Knall zu. Aryn hatte das Gefühl, gerade von einem Blitz getroffen worden zu sein. Sie hatte endlich den Namen des Mannes erfahren, der ihr Gemahl werden sollte, und es war kein anderer als König Boreas' Sohn, Prinz Teravian.

Sie war mit dem König allein. Die Diener hatten sich zurückgezogen und Königin Ivalaine und Schwester Mirda in ihre Gemächer gebracht. Aryn wünschte sich, sie wären geblieben; sie hatte so viele Fragen an die beiden Hexen.

Später, Schwester, hatte Mirdas sanfte Stimme über das Netz der Weltenkraft gesagt, als die Frauen den Saal verließen. *Kommt in unsere Gemächer, wenn der Mond aufgegangen ist und sein Licht über die Schlossmauern scheint. Dann unterhalten wir uns.*

Aryns Herz pochte wie ein verschreckter Vogel gegen ihre Brust. Sie war sich der Blicke des Königs schmerzhaft bewusst. Es stand außer Frage, seinem Befehl nicht zu gehorchen; sie musste heiraten, wie es der König befahl. Aber Teravian? Hätte es nicht jemand anders sein können? Sogar der uralte Herzog Calentry hörte sich jetzt gar nicht mehr so übel an.

»Sagt mir, Mylady«, knurrte der König, bevor sie ihre Gedanken sammeln konnte. Er stieg die Stufen des Podestes herunter; dabei bewegte er sich mit der mörderischen Anmut eines Raubtiers, das seine Beute jagte. »Was haltet Ihr von meiner Wahl Eures Gemahls?«

Aryn wusste, dass diese Worte eine Herausforderung waren; Boreas forderte sie heraus, sich ihm zu widersetzen. Das war eine Falle, in die sie nicht tappen würde. Sie zwang ihr Kinn in die Höhe, befahl sich, seinen Blick zu erwidern, und antwortete: »Ich glaube, Euer Majestät, dass Ihr, sobald ich den Prinzen geheiratet habe, nicht nur mehr der Vater meines Herzens seid, sondern auch mein richtiger Vater, und das erfreut mich so sehr, dass ich es nicht in Worte zu kleiden vermag.«

In den Worten schwang die Macht der Wahrheit mit. Weil sie die Wahrheit waren. Was auch immer sie von Prinz Teravians Charakter hielt – oder dem Mangel daran – und ganz egal, wie sehr sie den König fürchtete, sie liebte Boreas als den einzigen Vater, den sie je gekannt hatte.

Boreas blinzelte, als hätte man ihn geohrfeigt, dann grinste er breit. Wäre dies eine Schlacht und sie ein General, der taktische Sieg wäre ihrer – selbst wenn nicht die geringste Hoffnung bestand, den Krieg gegen eine solch gewaltige Übermacht gewinnen zu können.

Der König strich ihr über die Wange, und als er sprach, war seine sonst so dröhnende Stimme heiser. »Glaubt nicht, dass ich nicht über die Fehler meines Sohnes Bescheid wüsste, Mylady. Hätte ich sie in seiner Abwesenheit vergessen, wären sie mir in dem Moment schmerzhaft bewusst gemacht worden, in dem er den Fuß in diesen Saal setzte. Aber es ist kein schlimmes Los, einen Prinzen zu heiraten, selbst einen, der so verstockt ist. Und es ist meine Hoffnung, dass er mit einer Kombination aus Stärke und Temperament an seiner Seite eines Tages noch lernt, ein Mann und ein König zu sein.«

Aryn fand keine Worte.

»Ihr müsst bald mit Lord Farvel sprechen. Ihr müsst ihm sagen, wie Eure Hochzeit sein soll. Jetzt geht.« Er beugte sich vor und küsste sie auf die Stirn. »Tochter.«

Er zog sich zurück, und sie machte einen tiefen Hofknicks und beugte den Kopf, damit er die Tränen nicht sehen konnte, von denen sie wusste, dass sie ihr in die Augen traten; Generäle weinten nicht. Wortlos drehte sich Aryn um und eilte aus dem Großen Saal.

Sie wanderte durch das Schloss, da es sonst nichts für sie zu tun gab. Mirda hatte ihr gesagt, bei Mondaufgang zu kommen, aber bis dahin waren es noch Stunden. Und so ergeben sie ihrer adligen Pflicht auch war, war sie doch noch lange nicht so weit, mit Lord Farvel die Hochzeitspläne zu besprechen.

Du solltest dich glücklich schätzen, Aryn von Elsandry, schalt sie sich, als sie sich auf eine Fensterbank setzte. Jenseits des gewellten Glases erstreckte sich das Land in Reihen graugrüner Hügel. *Du hattest Angst, der König würde dich mit jemandem verheiraten, der dreimal so alt wie du ist und das Gesicht einer Steckrübe hat. Nun, Teravian ist nicht alt. Er ist zwei Winter jünger als du, und er sieht sogar ganz gut aus. Wenn er nicht gerade finster dreinschaut.*

Sie seufzte. *Also gut, er schaut immer finster drein. Aber vielleicht hat Boreas ja Recht – vielleicht besteht Hoffnung, dass er sich ändert.*

»Was ist los, Mylady?«, sagte eine fröhliche Stimme. »Hattet Ihr ein Stück schlechten Käse zum Frühstück?«

Aryn wandte sich vom Fenster ab und schaute auf. Sir Tarus stand über ihr. Der Ritter trug lederne Reitkleidung. Seine Stiefel waren schlammbespritzt, sein rotes Haar dunkel vom Regen.

Sie schüttelte den Kopf. »Käse?«

»Oder vielleicht eine flaue Nuss? Ihr habt geseufzt und Euch den Leib gehalten. Ich dachte, Ihr hättet vielleicht etwas gegessen, das Euch im Magen liegt.«

Sie seufzte erneut. »Es ist nichts, was ich gegessen habe.«

Der Ritter hob eine Braue.

Vermutlich war es sinnlos, es ihm nicht zu sagen. »Der König hat mir gerade mitgeteilt, wer mein Gemahl sein wird.«

Tarus stieß einen leisen Pfiff aus. »Und Ihr seid nicht glücklich darüber, nehme ich an?«

»Ich vermute, es ist eher umgekehrt.«

Tarus sagte nichts. Aryn vermutete, dass er das nur schwer verstehen konnte. Für einen Mann von adliger Abstammung war eine unglückliche Ehe keine große Bürde; er hatte andere Aktivitäten, mit denen er sich beschäftigen konnte – Politik, die Jagd, Krieg –, und er konnte sich immer eine Geliebte nehmen. Aber einer Frau von Adel war lediglich erlaubt, Ehefrau zu sein.

Und stimmt das? Glaubst du wirklich, Teravian könnte dich daran hindern, eine Hexe zu sein?

Darüber hinaus waren für Tarus die Dinge vermutlich anders als für andere Männer. Sie schaute wieder aus dem Fenster.

»Verratet mir etwas, Sir Tarus«, sagte sie. »Die Krieger von Vathris ... heiraten sie jemals? Oder tut ihr bloß ... das heißt, ihr miteinander ...!«

Er kicherte, und sie hörte, wie er näher kam. Er roch nach Nebel und Pferden. »Wir sind Männer des Krieges, Mylady. Wir verbringen nicht unsere ganze Zeit damit, mit Lendenschurzen bekleidet um ein Feuer zu tanzen und einander den Po zu versohlen. Wirklich nicht.«

Unwillkürlich musste Aryn lachen; sie konnte es nicht verhindern. Sie drehte sich wieder um. »Aber ich dachte immer, ihr alle ... ich meine, dass ihr keine Frauen ...«

»Sagt mir, lehnen alle Eurer Hexenschwestern die Gunst von Männern in ihren Betten ab?«

Aryn kaute auf der Unterlippe herum. »Einige von ihnen schon, das weiß ich. Sie behaupten, die Berührung eines Mannes würde ihre Magie schwächen, auch wenn ich mir nicht vorstellen kann, wie das funktionieren soll. Und dann gibt es welche, die mit jedem schlafen, den sie lieben. Aber ich glaube, die meisten Hexen sind wie die meisten Frauen, und dass sie sich im Bett die Berührung eines Mannes wünschen.«

Ihre Wangen wurden ganz heiß. Sie hatte kaum mit anderen Frauen so offen über derartige Dinge gesprochen, ganz zu schweigen von einem Mann. Aber bei Sir Tarus fühlte sie sich sicher. Und sie erkannte, dass das einer der Gründe war, warum sie den Ritter mochte. Sie fühlte sich bei ihm auf eine Weise sicher, die ihr kein anderer Mann bieten konnte. Oder eine Frau, was das anging. Er war stark wie jeder Mann, aber er würde ihr niemals wehtun.

Sie bedeutete ihm, sich neben sie auf die Bank zu setzen, und er gehorchte, auch wenn er darauf achtete, seine schlammverschmierte Kleidung von den Falten ihres Gewandes fern zu halten. Ihr fiel ein, dass sie Tarus in den vergangenen zwei Tagen nicht gesehen hatte; er musste im Auftrag des Königs unterwegs gewesen sein.

»Die Krieger unterscheiden sich nicht viel von Euren Hexen«, sagte er. »Ich kann Euch nichts über unsere geheimen Riten erzählen, aber so viel darf ich sagen: Es gibt gewisse Initiationen, denen sich alle jungen Männer unterziehen müssen, wenn sie sich dazu entscheiden, den Mysterien von Vathris zu folgen, Rituale, bei denen ihnen jemand an die Seite gestellt wird, der älter und weiser ist und als ihr Mentor dient. Aber es stimmt auch, dass die große Mehrzahl der Männer von Vathris Ehen schließen und Kinder zeugen. Nur ein paar von ihnen hören je den Ruf des Stiers.«

»So wie Ihr. Und Sir Beltan.«

Der Ritter schaute zur Seite, und Aryn zuckte zusammen. Sie wusste, dass Tarus etwas für Beltan empfunden hatte, so wie sie wusste, dass Beltans Herz für einen anderen schlug. Vielleicht sollte sie das Thema ruhen lassen. Aber sie fand es zu faszinierend, um jetzt damit aufzuhören.

»Seid Ihr und Beltan dann Priester von Vathris?«

Tarus wandte ihr wieder das Gesicht zu, diesmal mit uncharakteristisch ernster Miene. »Für gewöhnlich sind es die, die den Ruf vernommen haben, die in den Inneren Kreis aufgenommen werden, da es einem Priester verboten ist zu heiraten. Wenn ich älter und weiser bin, entscheide ich mich vielleicht dazu, Priester zu werden. Aber ich kann mir nicht vorstellen, dass Beltan das jemals tun wird. Gebete zu sprechen ist nicht seine Sache – er kämpft lieber. Aber ich glaube, ich könnte es eines Tages leid werden. Das Kämpfen, meine ich.«

Aryn dachte über seine Worte nach. Sie wusste, dass Tarus ihr ein seltenes Geschenk machte – einen Blick in das von Rauch verhüllte Labyrinth, in dem der Kult von Vathris Stiertöter seine Mysterien wirkte. Und es war noch kostbarer, weil er wusste, dass sie eine Hexe war.

»Ich habe gehört, dass König Boreas den Innersten aller Kreise erreicht hat«, sagte sie mehr zu sich selbst als an Tarus gerichtet.

Der Ritter musste lachen. »Die Gemahlin des Königs ist gestorben, Mylady, und er hat sich in ihrem Gedenken dazu entschieden, sich nicht wieder zu verheiraten. Also steht es ihm frei, den Innersten aller Kreise zu betreten. Aber ich glaube, solltet Ihr nachts den König mal ausspionieren, würdet Ihr eine hübsche Frau in seinem Bett finden, keinen stattlichen Mann. Andererseits, wenn ich ...«

Plötzlich schien der Blick des Ritters in die Ferne zu schweifen, als wäre ihm etwas eingefallen. »Was ist?«, fragte Aryn.

»Ich weiß es nicht genau.« Tarus zuckte mit den Schultern. »Sie werfen Kiefernzweige ins Feuer, so dass die Luft rauchverhüllt ist, und sie geben dir starken Wein. Und der, den sie für dich auswählen, trägt eine Maske, die wie ein Stierschädel geformt ist.«

Aryn hatte unvermittelt das Gefühl, etwas zu hören, das nicht für sie bestimmt war. Es war zu geheim, zu privat. »Solltet Ihr mir das erzählen, Mylord?«

»Vermutlich nicht. Aber ...« Er schüttelte den Kopf. »Aber ich mag Euch, Mylady, und ich mag Lady Lirith. Und es spielt keine Rolle, was Ihr seid. Oder was ich bin. Ganz egal, dass sie behaupten, wir wären Feinde.«

Also sprachen die Krieger über die Hexen, genau wie Aryn und ihre Schwestern von den Männern von Vathris sprachen. Sie alle wussten, dass ein Konflikt kam. Die Letzte Schlacht, wie es die Krieger nannten.

»Sind wir das?«, fragte sie leise. »Feinde, meine ich.«

»Was sagen Eure Schwestern?«

»Vermutlich das Gleiche wie Eure Brüder.«

Eine lange Minute kehrte Schweigen ein. Draußen vor dem Fenster verfolgte ein Falke eine Taube.

»Lasst uns einen Pakt schließen, Mylady«, sagte Tarus plötzlich. »Sollten wir uns in der Zukunft auf gegenüberliegenden Seiten wiederfinden, werden wir trotzdem Freunde sein. Und wir werden ehrlich zueinander sein. Zumindest so ehrlich, wie wir sein können, ohne einen der anderen Schwüre zu brechen, die wir geleistet haben.« Er stand auf und streckte die Hand aus. »Wollt Ihr diesen Pakt mit mir schließen?«

Aryn zögerte nicht. Sie stand auf und schlug mit der linken Hand ein. »Ich akzeptiere Euer Wort, Mylord, und Ihr habt im Gegenzug das meine. Ich schwöre es im Namen von Sia.«

»Und ich schwöre es im Namen von Vathris.«

Wärme durchströmte Aryn und neue Hoffnung. Erst in diesem Augenblick erkannte sie, wie tief die Quelle ihrer Verzweiflung doch war, jetzt, da ein neuer Hoffnungsfunke hineinschimmerte. Wenn es unter den Kriegern Männer wie Tarus und Beltan gab, warum mussten die Hexen dann ihre Feinde sein?

Aber Aryn kannte die Antwort auf diese Frage. So wie Liendra und ihre Fraktion sich nach dem Konflikt sehnten, wollten die meisten der Anhänger von Vathris vermutlich das Gleiche. Aber so lange es Hexen wie Mirda, Lirith und sie selbst gab, und Krieger wie Tarus und Beltan, war vielleicht noch nicht alles verloren.

»Nun«, sagte Tarus und zog die Hand zurück, »das wäre damit erledigt.«

Aryn nickte. »Ihr solltet lieber zum König gehen. Ich bin sicher, er wartet auf Euren Bericht.«

Tarus öffnete den Mund, dann schüttelte er den Kopf und ging. Aryn lächelte. Nur weil sie Freunde waren, bedeutete das noch lange nicht, dass sie ihre geheimnisvolle Art vollständig aufgeben musste. Sie hatte bloß die sichtbaren Hinweise zusammengezählt und angenommen, dass er im Auftrag des Königs unterwegs gewesen war, und in diesem Fall würde er natürlich Bericht zu erstatten haben. Aber sollte er doch ruhig glauben, dass sie über die Sicht verfügte. So würde er sich auch an ihren Pakt halten.

Und du, Aryn? Wirst du dich an dein Versprechen halten und die Wahrheit sagen, ganz egal, was auch passiert? Selbst wenn es gegen das Muster verstößt?

Ja. Sie würde ihren Schwur halten, ganz egal, was es sie kostete. Denn sie war nicht nur eine Hexe; sie war Baronesse und bald auch Königin. Sie würde ihr Wort nicht brechen.

12

Der Tag verging langsam und ohne ein Zeichen von Prinz Teravian. Dafür war Aryn dankbar, auch wenn seine Reaktion sie sich schuldig fühlen ließ. Eigentlich hätte sie sich für ihre Worte im Großen Saal entschuldigen sollen. Es spielte keine Rolle, dass er derjenige war, der einfach gegangen war; wenn sie schon verheiratet werden sollten, dann sollten sie zumindest lernen, höflich miteinander umzugehen.

Aber der Prinz war nirgendwo in Sicht. Dafür sah sie Lord Farvel in der Ferne, wie er mit einem Diener sprach, und sie hörte ihren Namen leise durch den Korridor hallen. Der Diener drehte sich um und zeigte auf sie, aber Aryn eilte davon, bevor sich der alte Seneschall in ihre Richtung bewegen konnte.

Es war unmöglich, an diesem Abend dem Abendessen im Großen Saal zu entgehen. Aryn fand sich an der Hohen Tafel am entgegengesetzten Ende von Ivalaine und Mirda platziert. Die Königin saß zur Linken des Königs und Teravian zu seiner Rechten, direkt neben Lord Farvel. Glücklicherweise saßen zwei zu Besuch weilende Grafen zwischen Aryn und dem Seneschall, und die paar Male, die der Seneschall versuchte, an den Adligen vorbei mit ihr zu sprechen und sie etwas wegen der bevorstehenden Hochzeit zu fragen, täuschte sie Taubheit vor, lächelte bloß und hob ihren Pokal, um auf seine Gesundheit zu trinken.

Boreas schien ungewöhnlich still, und Aryn fragte sich, was Sir Tarus ihm gesagt hatte. Der rothaarige Ritter saß nicht am Tisch, obwohl für ihn am Ende der Tafel ein Platz reserviert war, direkt neben Melia, die auf elegante Weise gelangweilt aussah. Boreas lehnte sich oft zu Ivalaine herüber, um etwas so leise zu sagen, dass man es nicht mithören konnte. Aber Ivalaine ging auf die Worte des Königs niemals ein. Sie betrachtete bloß den Saal, und ihre Augen glitzerten wie die Opale, die in ihr flachsblondes Haar geflochten waren. Aryn riskierte nur einmal einen Blick auf Teravian, aber der Prinz erwiderte ihn nicht. Die Augenbrauen zu einer Linie zusammengezogen, schaute er finster drein, ohne jemand bestimmtes im Auge zu haben.

Bei der ersten möglichen Gelegenheit verabschiedete sich Aryn von der Tafel und hatte den Saal verlassen, bevor Lord Farvel von seinem Stuhl aufstehen konnte. Sie überlegte, sich auf die Suche nach dem Spinnenmann Aldeth zu machen. Aber sie wusste nicht genau, was sie dem Spion eigentlich sagen wollte. Und sie konnte nicht in ihr Gemach zurück; das war der erste Ort, an dem Farvel nach ihr suchen würde. Und so fand sie sich vor Melias Tür wieder, ohne richtig darüber nachgedacht zu haben.

»Kommt rein«, sagte eine helle Stimme jenseits der Tür, bevor Aryn überhaupt die Hand gehoben hatte, um zu klopfen.

Sie trat ein und fand Melia über ihre Stickereiarbeit gebeugt sitzen. Das schwarze Kätzchen spielte auf dem Teppich vor dem Feuer mit einem Knäuel Garn.

Aryn räusperte sich. »Ich habe mich gefragt ...«

»Natürlich, meine Liebe«, sagte Melia. »Ich bin sicher, hier wird Euch niemand finden.«

Aryn war zu dankbar, um die Lady zu fragen, wieso sie sich da so sicher sein konnte. Sie setzte sich auf einen Stuhl in der Nähe des Feuers und bereute es sofort, als sie zu schwitzen begann.

»Seid Ihr glücklich, meine Liebe?«, fragte Melia, den Blick auf die Stickerei gerichtet.

Aryn wäre beinahe vom Stuhl gesprungen. Was konnte Melia denn damit meinen? Natürlich – sie bezog sich auf die Neuigkeit, wer ihr Gemahl sein würde.

»Ich habe Glück, dass mich der König für wert befindet, seinen Sohn zu heiraten«, sagte Aryn.

Melia schaute von ihrer Arbeit auf. »Das habe ich nicht gefragt.«

Aryn stand auf und ging zum Fenster. »Habt Ihr etwas dagegen? Hier drin ist es etwas warm.«

»Aber natürlich, meine Liebe.«

Aryn zog den Vorhang zur Seite und öffnete das Fenster einen Spaltbreit. Die kühle Herbstluft fühlte sich gut auf ihrem Gesicht an, aber sie war mehr daran interessiert, am Vorhang vorbeisehen zu können.

Sie verbrachten die Zeit schweigend. Melia arbeitete weiter an ihrer Stickerei, und Aryn wickelte in dem Versuch, sich nützlich zu machen, Garn auf Spulen, auch wenn das Kätzchen den größten Teil ihrer Arbeit wieder zunichte machte. Schließlich brannte das Feuer nieder, und das Kätzchen sackte zu einem Häufchen Fell und Garn zusammen und schlief, den Schwanz an der Nase.

»Ist es nicht Zeit, dass Ihr geht, meine Liebe?«, sagte Melia. »Ihr wollt doch nicht zu spät kommen.«

Aryn zuckte beim Klang ihrer Stimme zusammen. Sie musste gedöst haben. Sie warf einen schnellen Blick aus dem Fenster. Ein Splitter hellen Silbers schob sich gerade über die östliche Schlossmauer.

Aryn drehte sich um und sah den bernsteinfarbenen Blick der Lady auf sich ruhen. Also hatte Melia die ganze Zeit gewusst, warum Aryn das Fenster wirklich geöffnet hatte.

»Seid vorsichtig, meine Liebe«, sagte Melia. »Magie zu benutzen macht große Freude. Aber es liegen auch große Gefahren darin. Wie Königin Ivalaine meiner Überzeugung nach nur zu gut weiß.«

Was meinte sie denn damit? Aryn war zu überrascht um zu fragen, also verabschiedete sie sich murmelnd und eilte los.

Sie lief leere Korridore entlang und kam zu Ivalaines Gemächern. Sie klopfte leise, und eine junge Dienerin im grünen Kleid, kaum älter als ein Mädchen, öffnete die Tür. Die Dienerin führte Aryn in einen gemütlichen Raum, dessen Wände mit Wandteppichen geschmückt waren.

»Du darfst jetzt gehen«, sagte Mirda zu der Dienerin. »Ich werde dich rufen, falls die Königin dich oder deine Schwestern heute Abend noch einmal brauchen sollte.«

Das Mädchen machte einen Hofknicks und verließ den Raum durch eine Seitentür. Einen Augenblick lang erhaschte Aryn durch die offene Tür einen Blick auf ein halbes Dutzend neugieriger Gesichter, die hinausschauten. Die Dienerinnen der Königin. Zweifellos waren die jungen Frauen in der Hoffnung in Ivalaines Dienste getreten, etwas über Magie zu lernen. Falls dem so war, wurden ihre Hoffnungen für diese Nacht enttäuscht. Die Tür schloss sich, und Mirda und Aryn waren allein.

»Wo ist die Königin?«, fragte Aryn und blickte sich um.

»Reiche ich Euch nicht als Lehrerin, Schwester?«

Aryn zuckte innerlich zusammen. So hatte sie das nicht gemeint. Dann sah sie das Lächeln auf Mirdas Lippen und das Funkeln in ihren mandelförmigen Augen, und sie wusste, dass die ältere Hexe ihr nicht böse war.

Die Gefühle übermannten Aryn. »Schwester Mirda, was Ihr in jener Nacht getan habt, als wir das Muster webten, es war ...« Sie schüttelte den Kopf, da ihr die Worte fehlten, um ihre Empfindungen zu beschreiben. Also sprach sie stattdessen durch die Weltenkraft, denn auf diese Weise konnten ihre Gefühle so klar übertragen werden wie ihre Gedanken.

Es war wunderbar. Mehr als wunderbar. Es war wie eine Kerze, die mitten in der dunkelsten Nacht leuchtet. Wärt Ihr nicht gewesen, hätte Schwester Liendra ...

Mirda ergriff ihre Hände. *Lasst uns nicht von dem spre-*

chen, was vorbei ist. Ich habe nur das getan, was ich tun musste. Und das werdet Ihr auch tun.

»Aber Ihr habt Eure Studien mit Schwester Lirith zu lange vernachlässigt«, sagte Mirda laut. »Darum hat mich die Königin gebeten, sie zu begleiten, als sie ihr Mündel nach Calavere brachte. Wir wissen, was in Tarras geschehen ist – König Boreas hat es der Königin beim Essen berichtet. Es ist eine düstere Geschichte, so viel steht fest, und wir können nur zu Sia beten, dass unsere Schwester Lirith heil nach Hause zurückkommt. Aber in der Zwischenzeit werde ich Eure Lehrerin sein. Eure Vermählung wird Euch zur Königin machen, aber Ihr seid von Geburt eine Hexe, und das ist etwas, das Ihr niemals vergessen dürft.«

Aryn nickte, aber etwas in Mirdas Worten ergab keinen rechten Sinn. Doch sie kam nicht darauf, was es war.

»Habt Ihr einen Umhang mitgebracht?«, fragte Mirda.

Aryn schüttelte den Kopf. Hier war es behaglich warm. Wozu auf Eldh sollte sie einen Umhang brauchen?

»Einige Dinge lernt man am besten im Mondlicht«, beantwortete Mirda Aryns unausgesprochene Frage. »Aber keine Angst, Ihr werdet nicht frieren. Ich habe einen, den ich Euch leihen kann.«

Sie öffnete einen Schrank und wühlte in den dort verstauten Kleidern herum. Wieder einmal fragte sich Aryn, wie alt Mirda wohl war. Um ihre Augen und den Mund gab es feine Fältchen, und eine einzelne weiße Locke bot einen ausdrucksvollen Kontrast zu ihrem pechschwarzen Haar. Doch Mirda konnte unmöglich älter als fünfunddreißig Winter sein. Andererseits verriet ihr Blick eine Tiefe und eine Weisheit, die Aryn an Melia erinnerte. Und Melia war vor über zweitausend Jahren geboren worden.

Bevor Aryn weiter darüber nachdenken konnte, zog Mirda einen Wollumhang aus dem Schrank und half ihr, ihn sich über die Schultern zu legen. Dann nahm sie ihren eigenen Umhang. Als sie das tat, drang ein leiser Laut aus einer der Türen des Gemachs. Nicht die Tür, hinter der die Dienerinnen schliefen, sondern eine andere.

»Was war das?«, fragte Aryn überrascht.

Der Laut ertönte wieder, diesmal deutlicher. Es war eine Frauenstimme; sie stöhnte, als litte sie Schmerzen. Aryn begriff plötzlich.

»Es ist die Königin!« Sie wollte auf die Tür zugehen.

Mirdas Berührung an Aryns Arm war so leicht wie der Flügelschlag eines Kolibris, aber sie hielt sie dennoch auf. »Die Königin ist müde, das ist alles. In letzter Zeit schläft sie schlecht, denn sie hat große Sorgen. Aber sie hat sich heute Abend einen Trank zubereitet, und ihr Schlaf darf nicht gestört werden.«

Der Laut ertönte nicht noch einmal; Ivalaine musste sich im Schlaf beruhigt haben.

»Ist sie krank?«, fragte Aryn.

»Nein, Schwester. Nicht auf die Weise, wie Ihr vielleicht denkt.«

Was konnte es dann sein? Aryn kam ein schrecklicher Gedanke. »Ist es sicher für sie, Ar-Tolor verlassen zu haben?«

»Kommt«, sagte Mirda und ging zur Tür. »Der Mond ist aufgegangen. Es ist Zeit, mit Eurem Unterricht zu beginnen.«

Mirda eilte mit schnellen Schritten durch das Schloss, ihr Umhang flatterte wie blaue Flügel, und Aryn musste beinahe rennen, um mit ihr mithalten zu können; es gab keine Gelegenheit für weitere Fragen. Aber Aryn konnte den Verdacht nicht abschütteln, dass sie einen Nerv getroffen hatte.

Boreas hatte Teravian zurück an den Hof befohlen, und das Protokoll verlangte, dass derjenige, der den Prinzen in den letzten Jahren aufgezogen hatte, ihn bei seiner Rückkehr präsentierte. Calavan war Tolorias ältester Verbündeter; es wäre eine ernste Beleidigung gewesen, hätte sich Ivalaine der Tradition verweigert. Also war die Königin gezwungen gewesen, Ar-Tolor zu verlassen. Aber wen hatte sie zurückgelassen? Mit Sicherheit Tressa, ihre Ratgeberin, denn die rothaarige Hexe war nicht nach Calavere gekommen. Gab es sonst noch jemanden? Die meisten der Hexen, die am Großen Hexenzirkel teilgenommen hatten, waren nach dem Weben des Musters sofort wieder in ihre Heimatländer zurückgekehrt. Aber eben nicht alle. Und Aryn hatte das Gefühl, dass sich unter denen, die zurückgeblieben waren, mit Sicherheit auch Schwester Liendra befunden hatte. Schließlich war Brelegond in die Hände der schwarzen Ritter gefallen, also hatte sie nicht nach Hause zurückkehren können.

Was hat sie vor? Was tut Liendra auf Ar-Tolor, solange die Königin fort ist? Sie kann unmöglich Gutes im Schilde führen. Ist Ivalaine deshalb so besorgt?

Hier gab es etwas Wichtiges, das mit dem in Verbindung stand, über das sie zuvor nachgedacht hatte. Was hatte Mirda noch einmal gesagt? Bevor es Aryn wieder einfiel, öffnete Mirda eine Tür in den Oberen Burghof. Sie ging zu dem Torbogen, der den Eingang zum Schlossgarten bildete. Trotz der späten Jahreszeit hing der Geruch von grünen, lebenden Dingen in der Luft.

Aryn folgte Mirda einen Steinpfad entlang. Calaveres Garten stellte förmlich eine undurchdringliche Wildnis dar; es war ein Ort, der nicht gepflanzt, sondern vielmehr sich selbst überlassen worden war. Er hatte eine Ungezähmtheit an sich, die Aryn an den Zwielichtwald erinnerte, den Wald nördlich vom Schloss, den die meisten Menschen in Calavan als einen Ort der Schatten mieden. Natürlich war der Garten weder so groß noch so laut. Trotzdem hatte sie das Gefühl, dass Trifkin Moosbeere und seine Schauspielertruppe sich hier zu Hause gefühlt hätten.

Sie hatten fast den Eingang zu dem Heckenlabyrinth erreicht, als Mirda stehen blieb. Die beiden Frauen standen auf einer Lichtung, die von schlanken *Valsindar*-Bäumen umringt wurde. Die Baumrinde leuchtete hell im Mondlicht, genau wie die Statue in der Mitte der Lichtung. Aryn hatte sie schon zahllose Male zuvor gesehen, aber noch nie im Licht des fast vollen Mondes. In dem unheimlichen Schimmer erschien die Statue beinahe lebendig.

Sie setzte sich aus zwei Figuren zusammen. Die eine war ein wilder und attraktiver Mann. Unter der Steinhaut schienen die Muskeln zu wogen, Haar und Bart kräuselten sich, da sie nach hinten gedrückt wurden, als stünde er mitten in einem Sturmwind. Die andere Figur war ein Stier, eine Bestie so stark wie der Mann, der gegen ihn kämpfte. Mit einer Hand hielt der Mann ein Horn gepackt und zwang den Schädel des Stiers zurück, so dass das Tier das Maul zu einem stummen Brüllen öffnete. In seiner anderen Hand war ein Schwert, das in die Stierkehle stach. Aus der Wunde strömte ein Schwall dunkler Flüssigkeit: kein Blut, sondern Wasser.

Aryn warf Mirda einen Blick zu. Warum hatte die Hexe sie ausgerechnet an diesen Ort geführt – zu einer Statue von Vathris Stiertöter, dem Gott des Mysterienkults der Krieger?

»An was denkt Ihr, wenn Ihr ihn anseht?«, fragte Mirda.

Aryn zog den Umhang enger um sich und betrachtete die Statue. Aus irgendeinem Grund wusste sie, dass Mirda keine oberflächliche Antwort haben wollte, sondern die Wahrheit.

»Ich finde ihn wunderschön. Und gefährlich. Wunderschön, weil ich mir nicht vorstellen kann, dass ihm jemand, egal ob Mann oder Frau, auch nur etwas abschlagen könnte, wenn er danach fragt. Nicht ihre Loyalität, nicht ihren Körper und auch nicht ihr Blut. Und er ist gefährlich, weil er alles nehmen würde, es freudig nehmen würde, selbst wenn es sich bei dem Angebot um ein Leben handelt.«

Mirda kam näher. »Ja, er ist gefährlich. Seht, wie er lächelt, während er den Stier, ein lebendes Geschöpf, tötet.«

»Aber in der Geschichte heißt es, er hätte mit seinem Opfer ein sterbendes Königreich gerettet.« Ein Wolkenfetzen trieb vor den Mond und warf Schatten, und Aryn konnte sich beinahe vorstellen, wie sich die Statue im geisterhaften Licht bewegte. »Es heißt, aus dem Stierblut wurde ein gewaltiger Fluss, der einem verdorrten Land das Leben zurückbrachte.«

»Ja, so heißt es in den Geschichten.« Mirda umrundete die Statue ganz langsam, als wäre sie misstrauisch. »Aber erzählen sie auch, warum das Land zur Wüste wurde? Wurde sein Königreich nicht wegen der von ihm geführten Kriege erst zur Ödnis?«

Aryn schüttelte den Kopf. »Ich weiß es nicht. Aber selbst wenn dem so wäre, der Tod des Stiers hat das Leben zurückgebracht.«

»Wirklich?« Mirda blieb stehen, ihre Augen funkelten im Sternenlicht. »Glaubt Ihr wirklich, dass der Tod neues Leben bringen kann?«

Es war so kalt. Die Kälte bereitete Aryn Kopfschmerzen, das Denken fiel schwer. »Ich bin mir nicht sicher. Nein. Vielleicht. Mit Sicherheit bringt der Tod dem, was gestorben ist, kein neues Leben. Das war die Lüge, die der Rabenkult seinen Anhängern erzählt hat – dass der Tod eine Erlösung ist, eine Belohnung, irgendwie besser als das Leben selbst. Aber das ist pervers. Das Leben ist alles. Es ist heilig. Aber es ist auch richtig, dass manche Dinge sterben müssen, damit andere leben können. Die Hirschkuh frisst das Gras, und der Wolf frisst die Hirschkuh. So ist das immer gewesen.«

»Aber Hirschkuh und Wolf sind Tiere«, sagte Mirda. »Sie haben keine andere Wahl, als nach ihrer Natur zu leben. Ist es nicht Sias Geschenk, dass eine Frau ihre eigene Natur auswählen kann? Es gibt viele Hexen, die kein Fleisch essen, sondern nur Pflanzen.«

Aryn schüttelte den Kopf. »Pflanzen sind lebendig. Ich kann es fühlen, selbst jetzt, wo der Winter naht. Die Bäume schlafen, aber in ihnen fließt das Leben wie das Wasser unter dem Eis eines zugefrorenen Flusses. Ich glaube, ganz egal, was wir tun, wir können ihm nicht entfliehen. Der Tod ist ein Teil des Lebens, die andere Seite der Münze.« Sie ging jetzt auf und ab, fühlte sich wärmer und auf seltsame Weise erregt. »Ja, natürlich. Ein Baum stirbt. Er verfault, und eine Zeit lang wachsen Pilze aus ihm. Aber sie sterben auch und machen den Boden fruchtbar. Und dann wächst ein neuer Baum, von der Erde genährt, wo zuvor andere gestorben sind. Es ist ein Kreislauf, genau wie der des Mondes. Licht wird zu Dunkelheit, die wiederum zu Licht wird. Es endet niemals. Solange ein Samenkorn in der Erde ist, eine Hoffnung, wird das Leben immer wiederkommen.«

Aryn hielt inne; sie wurde sich plötzlich Mirdas Blick bewusst. Ihre Wangen röteten sich. Wer auf Eldh war sie, um so zu plappern, als würde sie alle Antworten kennen? Sie war hier nicht die Lehrerin, sondern Mirda. »Verzeiht mir, Schwester. Ich wollte mir nicht so viel herausnehmen. Bitte, würdet Ihr mir sagen, worin meine nächtliche Lektion besteht?«

»Das war Eure Lektion, Schwester«, sagte Mirda leise. »Und Ihr habt sie gut gelernt.« Sie kam mit raschelndem Umhang näher. Über ihnen flatterten Fledermäuse in der Nacht vorbei. »Und jetzt glaube ich, dass Ihr bereit seid.«

Aryn konnte sie bloß anstarren. »Wofür bereit?«

»Für eine Wahrheit, die wenige Eurer Schwestern kennen. Es ist eine Wahrheit, für die wenige so bereit sind, wie Ihr es seid, oder sie überhaupt begreifen könnten, so wie Ihr sie begreifen werdet.«

Irgendwie wusste Aryn, dass das, was sie jetzt hören würde, sie für alle Zeiten verändern würde.

»Ihr kennt die Prophezeiungen«, fuhr Mirda fort, »von denen beim Großen Hexenzirkel gesprochen wurde. Die Prophezeiungen, die berichten, wie die Krieger von Vathris die Letzte Schlacht schlagen werden, und wie sie diese Schlacht verlieren. Wie ihre Handlungen daran schuld sind, dass der mit Namen Runenbrecher Eldh zerstört.«

Aryn konnte bloß nicken.

»Die Prophezeiungen sind wahr. Sie wurden vor langer Zeit von den weisesten und mächtigsten der Hexen gemacht, die über die Sicht verfügten, und sie werden sich erfüllen. Aber sie haben noch andere Prophezeiungen gemacht, Prophezeiungen, die schon in dem Augenblick unterdrückt wurden, in denen die Weisen sie sprachen, und in den seitdem vergangenen Jahrhunderten haben nur ganz wenige überhaupt je von ihnen gehört.«

Aryn fand ihre Stimme wieder. »Aber warum? Warum sollte man ihre Prophezeiungen ignorieren, oder sie sogar unterdrücken?«

»Weil die Hexen nichts von ihnen hielten. Und der Mensch hat die mächtige Gabe, das zu ignorieren oder zu verneinen, was nicht in sein Weltbild passt. Aber diese zweiten Prophezeiungen sind genauso wahr wie die ersten. Und sie sagen uns, dass der Runenbrecher Eldh retten wird.«

Die Welt und die Sterne über Aryn fingen an sich zu drehen. Wie konnte das sein? Das wandte sich gegen alles, was sie seit ihrer Initiation in den Kreis der Hexen gelernt hatte. Der Runenbrecher würde Eldh zerschmettern. Selbst Mirda hatte gesagt, dass diese Prophezeiung stimmte.

»Ich verstehe das nicht«, brachte Aryn mühsam hervor. »Wie kann der Runenbrecher Eldh gleichzeitig zerstören und retten? Wie können beide Prophezeiungen stimmen?«

Mirda breitete die Arme aus. »Diejenigen von uns, die beide Prophezeiungen kennen, würden viel darum geben, um die Antwort auf diese Frage zu wissen. Wir wissen nur, dass beides stimmt. Der Runenbrecher wird das Ende von Eldh sein. Und er ist seine einzige Hoffnung.«

»Aber das ist unmöglich!«

»Ist es das?« Mirda betrachtete die Statue von Vathris. »Und was habt Ihr mir noch eben erst gesagt, Schwester?«

Und in plötzlichem Begreifen, das so hell und klar wie das Mondlicht war, verstand Aryn. Sie streckte die Hand aus und berührte das kalte Wasser, das wie Blut aus dem Hals des Stiers sprudelte.

»Aus Tod entsteht Leben«, flüsterte sie.

13

Aryn erwachte mit den Flammen der Morgenröte und wusste, dass sich alles in ihrer Welt verändert hatte.

Mit klappernden Zähnen schlüpfte sie schnell in ein wollenes Gewand; die Diener waren noch nicht gekommen, um ein Feuer zu entzünden. Normalerweise wäre sie im Bett geblieben, bis das geschehen war, aber sie konnte nicht länger schlafen, nicht an diesem Tag, nicht mit dem Wissen, das sie nun in sich trug.

Der Runenbrecher wird das Ende von Eldh sein. Und er ist seine einzige Hoffnung ...

Mirdas Worte konnten unmöglich einen Sinn ergeben, sie widersprachen allem, was Aryn im letzten Jahr gelernt hatte. Trotzdem spürte sie im Herzen, dass das die Wahrheit war. Travis Wilder war der prophezeite Runenbrecher, und sie war dreimal Zeugin gewesen, wie er alles getan hatte, was in seiner Macht stand, um Eldh zu retten. Sie würde, sie konnte nicht glauben, dass er der Welt schaden würde.

Aber er wird Eldh zerstören. Du verfügst nicht über die Sicht, nicht wie Lirith, aber die Prophezeiungen können nicht falsch sein. Und selbst das Drachenweibchen hat gesagt, dass es so kommen würde.

Letzte Nacht, als sie im Bett gelegen hatte und viel zu aufgeregt gewesen war, um schlafen zu können, war sie im Geiste noch einmal alle ihre Reisen durchgegangen. Und erst da war ihr eingefallen, dass sie etwas Ähnliches wie Mirdas Worte schon zuvor gehört hatte.

Geh, Runenbrecher! Geh und zerstöre die Welt, indem du sie rettest!

Der uralte Drache Sfithrisir hatte in dem vergessenen Tal in den Morgenrotbergen diese Worte zu Travis gesprochen. Die

Worte des Drachen hatten es so klingen lassen, als wollte Travis Eldh retten, nur um es dabei trotz der guten Absicht zu zerstören. Aber Falken zufolge sagten Drachen zwar immer die Wahrheit, aber eine Wahrheit, die sorgfältig geschliffen war, um wie ein Messer zu schneiden.

Was steckte also hinter den Worten des Drachen? Aryn wusste, dass sich hier die Wahrheit verbarg, aber sie konnte sie nicht genau erfassen. Trotz der Unterhaltung mit Mirda war das alles so schwer zu verstehen. Wie konnte es die Welt retten, wenn sie zerschmettert wurde?

Sie wusste es nicht. Noch nicht. Aber sie würde es herausfinden. Und wenn sie Travis Wilder das nächste Mal sah, würde sie ihm alles sagen.

Aber verstößt das nicht gegen das Muster?

Diese Frage hatte sie Mirda gestellt, als sie zurück ins Schloss gegangen waren.

Oberflächlich gesehen mag das so erscheinen. Die Fäden, die sich mit der Forderung zusammenschlossen, den Runenbrecher zu vernichten, waren von großer Zahl, und sie wurden eng miteinander verwoben. Aber Ihr dürft nicht vergessen, dass das Muster im letzten Augenblick verändert wurde, und Ihr seid Teil dessen, was es verändert hat. Euer Faden, Eure Stimme sind ein Teil dessen, was die Hexen nun zusammenbindet. Seht tief in Euch hinein, Schwester, und Ihr werdet dort die Antwort auf Eure Frage finden.

Aryn war nicht davon überzeugt, dass es so einfach war. Sie hatte versucht, in sich hineinzuschauen, und sie hatte buchstäblich nichts gesehen; nun ja, mal ausgenommen das, was sie gegessen hatte, und einen ganzen Eimer voller Sorgen und Fragen, die sich wie Aale schlängelten. Allerdings ließ die Vorstellung, mit Travis zu sprechen, nicht die gleiche Übelkeit in ihr aufsteigen wie der Versuch, den Brief an Ivalaine nicht zu schreiben.

Aryn eilte in dem Moment aus dem Gemach, in dem eine Dienstmagd die Tür öffnete. Die Frau ließ das Feuerholz fallen, das sie mitgebracht hatte, um den Kamin anzuzünden.

»Tut mir Leid!«, rief Aryn über die Schulter. »Aber ich brauche heute Morgen sowieso kein Feuer.«

Bevor die Dienstmagd auch nur eine Entgegnung stottern konnte, rannte Aryn schon den Korridor entlang. Es war noch früh. Aber sie konnte nicht länger warten. Es gab so vieles, das sie Mirda fragen wollte; sie konnte nur hoffen, dass die ältere Hexe schon aufgestanden war.

Sie hatte Königin Ivalaines Gemächer fast erreicht, als sie voraus eine Stimme hörte. Sie kam aus einem offenen Torbogen, der in einen kleinen Warteraum führte. Etwas an der Stimme ließ Aryn stehen bleiben. Sie gehörte einer Frau, und es klang wie ein Streit. Aber mit wem sie sich auch immer stritt, sie musste flüstern, denn Aryn konnte nur die Frau hören. Sie wusste, sie hätte weitergehen sollen, es war nicht richtig, andere zu belauschen. Trotzdem fand sie sich von dem Torbogen angezogen.

»Du hast keine andere Wahl. Egal, wie unerträglich die Wahrheit auch sein mag, du musst sie ertragen. Du musst. Bist du schließlich nicht die Königin? Deine Pflicht gehört deiner Domäne, alles andere kommt erst an zweiter Stelle.«

Aryn verspürte Entsetzen und Furcht. Sie blieb direkt vor dem Torbogen stehen und spähte mit einem weit aufgerissenen Auge zu der Gestalt herüber, die in dem Warteraum auf und ab ging.

Es war Ivalaine. Sie trug bloß ein lose fallendes Nachthemd, und sie war trotz des kalten Steinbodens barfuß. Ihr Haar war zerzaust, ihre Haut sehr blass, und wieder stellte Aryn sich unwillkürlich die Frage, ob die Königin krank war. Dann fiel ihr wieder die Unterhaltung mit Mirda ein.

Ist sie krank?

Nein, Schwester. Nicht auf die Weise, wie Ihr vielleicht denkt.

Sie konnte einen flüchtigen Blick auf die Augen der Königin werfen; sie glänzten, als hätte sie Fieber.

»Das Muster bindet dich nicht in Staatsangelegenheiten.« Mit einer schnellen Bewegung ihrer Finger drehte sie eine Locke ihres Haars auf. »Das kann es nicht, das konnte es noch nie. Und davon abgesehen, was du getan hast, war richtig. Er musste es wissen, ob er nun ein Mann des Stiers ist oder nicht.« Sie stieß ein bitteres, abgehacktes Lachen aus. »Und ist das der einzige Grund? Oder gibt es da noch mehr? Vielleicht bist du ja weder Königin noch Hexe. Ist es nicht deine erste Pflicht, eine Mutter zu sein? Würdest du ihn wirklich so einfach den Bedürfnissen deiner Domäne opfern, und den Bedürfnissen deiner Schwestern? Würdest du das?«

Sie wickelte nicht länger ihr Haar auf. Jetzt zerrte sie daran, riss daran. Goldene Strähnen lösten sich, und sie starrte sie an, als würde sie nicht begreifen, worum es sich bei ihnen handelte oder wo sie herkamen. Aryn schlug eine Hand vor den Mund; das konnte nicht sein. Sie wich von dem Torbogen zurück, drehte sich um.

Schwester Mirda stand vor ihr.

»Geht«, sagte die Hexe mit sanfter, aber befehlender Stimme. »Wartet in Eurem Gemach auf mich.«

Aryn schluckte ein erschrockenes Keuchen herunter und nickte. Sie hob den Rocksaum und rannte den Korridor entlang, ohne zurückzusehen.

Eine Minute später stieß sie die Tür zu ihrem Gemach auf und schloss sie wieder hinter sich. Sie lehnte sich mit klopfendem Herzen gegen die Tür, dann gab sie sich einen Ruck und sackte auf einen Stuhl in der Nähe des Kamins. Die Dienstmagd hatte das Feuer geschürt, und jetzt war es zu heiß in dem Raum, aber das war Aryn egal. Ihre Gedanken rasten; was war gerade geschehen?

Als es eine halbe Stunde später leise an ihre Tür klopfte, hatte sie noch immer keine Antwort. Es war Schwester Mirda. Ihr schwarzes Haar war im Nacken zu einem glatten Knoten zusammengebunden, der von Holznadeln gehalten wurde. Die Hexe bedeutete Aryn sitzen zu bleiben, dann nahm sie auf dem Stuhl daneben Platz.

Beide schwiegen einen langen Augenblick, bis Aryn es nicht mehr aushalten konnte. »Ist die Königin verrückt geworden?«, fragte sie und blickte ins Feuer.

»Nein, sie ist nicht verrückt«, sagte Mirda. »Wenn es so wäre, könnte man es vermutlich leichter ertragen. Aber sie ist sehr wohl bei Verstand, darum ist das alles auch so bedrückend. Ich glaube, sie ist dort fast die ganze Nacht auf und ab gegangen und hat nachgedacht. Ich vermute, sie hat das Gemach verlassen, um mich und die Diener nicht zu stören. Selbst in ihrer Qual denkt sie an andere.«

Aryn wusste, dass es ihr nicht zustand, sich nach Ivalaines privaten Dingen zu erkundigen, aber sie konnte nicht anders. »Aber warum? Was macht der Königin so zu schaffen?«

»Der Mond hat drei Gesichter, nicht wahr? Und Ivalaine auch, obwohl sie doch nur eine Frau ist.«

Aryn nagte an einem Knöchel. Es hatte den Anschein, als hätte Ivalaine genau das zu sich selbst gesagt, dass sie zuerst Königin und dann Hexe war, und dass sie vielleicht vor allem anderen Mutter hätte sein sollen. Aber das ergab keinen Sinn. Die Königin war nicht verheiratet, und sie hatte keine Kinder. Vielleicht meinte sie ihre Untertanen. Waren sie für eine Königin nicht wie Kinder? Das musste sie damit gemeint haben.

»Es muss sehr schwer für sie sein«, sagte Aryn.

»Manchmal werden wir gezwungen, unerträgliche Entscheidungen zu treffen.« Mirda beugte sich vor und nahm Aryns linke Hand. »So wie Ihr eine Entscheidung zu treffen habt.«

Aryn spürte eine Wärme in sich aufsteigen, die nicht vom Feuer kam. Mirda hatte nicht mit Hilfe der Gabe in ihrem Bewusstsein gesprochen, trotzdem verstand Aryn.

»Ja«, sagte Mirda ernst. »Vor Euch liegt ein gefährlicher Weg. Ich habe Euch an Wissen teilhaben lassen, das einige der Hexen lange Jahre geheim halten wollten – ein Wissen, das sie noch immer verbergen, wenn nicht sogar zerstören wollen. Es bleibt Euch überlassen, was Ihr damit macht. Aber bevor Ihr Euch entscheidet, lasst mich Folgendes sagen: Es gibt jene unter den Hexen, die die Prophezeiungen der Weisen nie vergessen haben. Wir sind dieselben, die betrübt waren, dass die Alten an den Rand des Musters gedrängt wurden. Und auch wenn wir nur wenige sind, gibt es dennoch Dinge, die wir bewerkstelligen können, wie Ihr beim Weben des Musters gesehen habt. Seit vielen Jahren kommen wir im Verborgenen zusammen und arbeiten zusammen.«

Die Hitze des Feuers verschwand; es war, als würde ein kalter Luftzug durch den Raum wehen.

»Ihr gehört einem Schattenzirkel an!«, stieß Aryn hervor.

Mirda lächelte schmal. »Ich vermute, andere nennen uns so.«

Lirith hatte Aryn im Verlauf ihres Unterrichts von den Schattenzirkeln erzählt: kleine Gruppen von Frauen, die sich im Geheimen trafen und ihre Zauber außerhalb der Hexengemeinschaft wirkten, die ihre eigenen Muster webten. Viele der Schattenzirkel der Vergangenheit waren von ihrer Natur her dunkel gewesen; sie hatten nach Möglichkeiten gesucht, mit Hilfe der Weltenkraft andere zu kontrollieren und zu manipulieren. Als die Bevölkerung vor einem Jahrhundert von ihrer Existenz erfuhr, hatte das zu einer Hexenverfolgung geführt, bei der viele verbrannt und ertränkt worden waren.

Aryn zog ihre Hand zurück. »Aber alle Schattenzirkel

wurden aufgelöst. Darum kommen wir doch bei einem einzigen Großen Hexenzirkel zusammen, damit wir alle zusammenarbeiten.«

»Und würdet Ihr mit Schwester Liendra und ihrer Fraktion zusammenarbeiten?«

Mirda sprach in ihrem üblichen sanften Tonfall, trotzdem waren ihre Worte wie ein Schlag.

»Also hat ein Schattenzirkel überlebt.«

»Zumindest einer, von dem ich weiß«, bestätigte Mirda. »Aber wenn wir weiterbestanden haben, wer vermag dann schon zu sagen, ob es nicht noch andere gibt? Aber egal, Ihr steht jetzt vor einer Entscheidung. Ihr könnt Euch uns anschließen und werdet damit zur Renegatin, zur Häretikerin – Verbrechen, die damit bestraft werden, dass man Euren Faden aus dem größeren Muster der Hexen reißt. Und glaubt mir, das ist eine schreckliche Strafe, schlimmer, als Ihr es Euch vorstellen könnt. Wenn genug Hexen zusammenkommen, um diesen Zauber zu weben, könnt Ihr niemals wieder mit der Gabe die Weltenkraft berühren.«

Aryn erschauderte; allein schon der Gedanke bereitete ihr Übelkeit. Es würde wie der Tod sein, nur noch schlimmer. Denn sie würde jede Minute eines jeden Tages genau wissen, was ihr verwehrt war.

»Oder Ihr könnt unsere Existenz unseren Schwestern enthüllen«, fuhr Mirda fort. »Ihr könnt Schwester Liendra eine Botschaft schicken. Seid versichert, dass Euch das hoch in ihrer Gunst steigen lassen würde. Und dann könnt Ihr zusehen, wie man mich und meine Schwestern entlarvt und eine nach der anderen für alle Ewigkeit aus dem Muster und der Weltenkraft herausschneidet.«

»Und was ist, wenn ich nichts tue?«

»Das ist das eine, was Ihr nicht tun könnt.«

»Dann werde ich ...«

Mirda hielt die Hand hoch. »Nein, Schwester. Eine solche Entscheidung sollte nicht aus dem Augenblick heraus gefällt werden. Denkt darüber nach, bis der Mond voll ist, was in drei Tagen ist, und teilt mir dann Eure Entscheidung mit. Es sei denn natürlich, Ihr wollt auf der Stelle zu Liendra gehen.«

»Nein!«, stieß Aryn entsetzt hervor.

»Dann lasst uns in der Zwischenzeit mit dem Unterricht fortfahren.«

Nach Mirdas Erläuterungen war es so gut wie unmöglich, sich zu konzentrieren. Trotzdem zwang sich Aryn dazu, ihre Aufmerksamkeit auf die gestellten Aufgaben zu richten. An diesem Tag ging es darum, ihren Zauber in der Kunst der Illusion zu schulen, und bald verlor sie sich in dem Unterricht.

»Indem man die Fäden der Weltenkraft umgestaltet«, sagte Mirda, »könnt Ihr das Auge überzeugen, dass es etwas sieht, das in Wahrheit gar nicht vorhanden ist.«

Mirda gab Aryn einen silbernen Handspiegel. Aryns Aufgabe bestand darin, ihr Aussehen im Spiegel zu verändern. Es war schwer. Aryn starrte scheinbar eine Ewigkeit in den Spiegel, aber die einzigen Veränderungen in ihren Zügen bestanden in den schrecklichen Grimassen, die sie schnitt, wenn sie sich konzentrierte, und dem leichten blauen Schimmer, wenn sie die Luft zu lange anhielt.

Sie konnte es nicht tun. Wie sollte sie jemals einen anderen täuschen, wenn sie nicht einmal sich selbst täuschen konnte?

Aber das stimmt doch nicht. Du hast doch schon einmal jemanden getäuscht, nicht wahr?

Sie hatte den Gedanken noch nicht zu Ende gebracht, als der Spiegel wie ein glatter Teich, in den man einen Stein geworfen hatte, Wellen schlug. Eine Frau mit rotgoldenem Haar und scharf und berechnend blickenden Augen schaute Aryn entgegen. Aryn keuchte auf, und einen Herzschlag später war das

Bild der seltsamen Frau verschwunden; jetzt blickte ihr wieder ihr eigenes überraschtes Gesicht aus dem Spiegel entgegen.

»Sehr gut«, sagte Mirda und nahm ihr den Spiegel ab. »Das war ein schwieriger Zauber. Die wenigsten meistern ihn beim ersten Mal. Aber Ihr werdet noch viel Übung brauchen, wenn Ihr ihn aufrechterhalten wollt.«

Aryn registrierte diese Worte kaum. Was hatte sie noch einmal gedacht, bevor sich das Bild im Spiegel veränderte? Sie war davon überzeugt, dass es wichtig gewesen war, aber sie konnte sich jetzt einfach nicht mehr daran erinnern. Nur dass es sie aus irgendeinem Grund an Lirith und Grace denken ließ.

»Schwester?«

Mirdas Stimme klang besorgt. Aryn schüttelte den Kopf. »Es ist nichts. Ich habe gerade nur an Schwester Lirith und Lady Grace gedacht, das ist alles.« Sie seufzte aus ganzem Herzen. »Ich wünschte, ich könnte mit ihnen sprechen.«

»Warum tut Ihr es dann nicht?«

Aryn starrte die ältere Hexe an. Wovon sprach sie?

»Ihr kennt doch den Zauber, wie man durch die Weltenkraft spricht«, sagte Mirda. »Ich habe Eure Stimme gehört.«

»Aber ich weiß nicht, wo sich Lirith überhaupt befindet. Und Grace ist meilenweit weg. Ich kann nicht mit jemandem sprechen, der so weit entfernt ist.«

»Und warum nicht?«

Darauf wusste Aryn keine Antwort, mal davon abgesehen, dass es unmöglich erschien. Sie hatte einmal versucht, durch die Weltenkraft mit Lirith zu sprechen, als die Hexe in einem anderen Teil des Schlosses war, und war gescheitert.

Mirda ging zum Fenster; Sonnenlicht badete ihr Gesicht. »Die Weltenkraft ist ein großes Netz. Es umspannt die ganze Welt, spinnt sich zwischen allen Dingen und verbindet sie miteinander, ganz egal, wie weit sie voneinander entfernt sind. Wo auch immer Eure Freunde sind, wenn sie auf Eldh sind, dann sind sie in diesem Augenblick damit verbunden. Ihr müsst nur den richtigen Strang finden, und Ihr werdet sie finden.«

Es war Wahnsinn. Aryns Macht konnte unmöglich so weit reichen. Trotzdem ertappte sie sich dabei, wie sie sagte: »Ich möchte es versuchen.«

Mirda musterte sie einen Moment lang, und Aryn wusste nicht, was sie dabei sah, aber schließlich nickte die Hexe.

»Setzt Euch«, sagte Mirda. »Schließt die Augen und bildet im Bewusstsein ein klares Bild Eurer Freunde.«

Aryn gehorchte. Sie schloss die Augen und spürte die Sonne auf ihren Wangen. Sie stellte sich Grace vor – denn von beiden schien Grace im Augenblick irgendwie etwas näher zu sein.

»Fangt mit Eurem eigenen Lebensfaden an«, fuhr Mirda fort; ihre Stimme wurde zu einem leisen Singsang. »Folgt ihm hinaus, bis er einen anderen Strang kreuzt. Prüft diesen Strang, fragt ihn, ob er Euch näher zu Eurer Freundin bringt. Wenn ja, folgt ihm, wenn nicht, bleibt auf Eurem ursprünglichen Pfad. Prüft bei jeder neuen Kreuzung die Stränge erneut.«

»Aber woher weiß ich, dass mir die Stränge auch die Wahrheit sagen?«, wollte Aryn mit noch immer geschlossenen Augen wissen. »Was ist mit der Illusion, die ich gerade mit Hilfe der Weltenkraft zu Stande gebracht habe?«

»Ihr seid die Schöpferin des Zaubers. So wie Ihr gewusst habt, dass das Bild im Spiegel eine Illusion war, so werdet Ihr in der Weltenkraft wissen, was eine Lüge ist und was nicht. Das Leben kann Euch nicht täuschen, wenn Euer Herz rein ist.« Aryn spürte eine sanfte Berührung an den Schläfen. »Jetzt geht, findet Eure Freundin.«

Aryn sammelte ihren Willen, dann griff sie mit der Gabe zu. Ihr eigener blauer Lebensfaden schimmerte vor ihr. Sie folgte ihm in die Ferne und sah andere Fäden: Mirdas strahlend hellen perlweißen Faden, die Fäden der Diener, die an dem Gemach vorbeigingen, und das sanfte Gespinst der anderen Geschöpfe, die im Schloss lebten – Spinnen und Mäuse und Tauben. Dann war sie im Garten, das grüne blühende Leben.

Sie kam zu einer Stelle, wo sich mehrere Fäden kreuzten. Wo entlang? Sie prüfte einen der Fäden, wie Mirda gesagt hatte, berührte ihn ganz sanft, zeigte ihm das Bildnis von Grace in ihrem Bewusstsein. *Hier entlang,* schien ihr der Faden zu sagen.

Aryn folgte dem Strang eifrig. Bald kam sie zu einer weiteren Kreuzung mehrerer Fäden. Sie prüfte einen der Fäden, und in ihrem Kopf schienen Worte zu raunen. *Ja, das ist der Weg.* Wieder prüfte sie die Fäden, immer wieder. Jedes Mal führten sie sie weiter. Aufregung erfüllte sie.

Und dann Verwirrung. Warum befand sie sich noch immer im Garten? Hätte sie nicht schon längst außerhalb des Schlosses sein müssen? Und warum hatte sie bei jeder Kreuzung immer das Glück, sofort auf den richtigen Faden zu stoßen?

Sie kam an eine Kreuzung mit vielen Fäden. Sie prüfte einen. *Komm hier entlang,* schien er zu flüstern. Aber diesmal folgte sie ihm nicht. Stattdessen prüfte sie einen anderen Faden, und dann noch einen.

Hier entlang. Ja, hier ist es richtig. Folge mir!

Sie konnten unmöglich alle die richtigen Stränge sein, aber jeder behauptete es von sich. Aber wie war das möglich? Mirda hatte gesagt, dass das Leben nicht lügen konnte.

Nein, so hatte sie das nicht gesagt.

Das Leben kann Euch nicht täuschen, wenn Euer Herz rein ist ...

Der Zauber fiel in Aryns Händen auseinander, sie öffnete blinzelnd die Augen.

»Oh«, sagte sie.

Schwester Mirda sah sie mit traurigen Augen an. Dann wandte sich die Hexe ab. Die Tür öffnete und schloss sich, und Aryn war allein.

14

An diesem Nachmittag begab sich Aryn auf die Jagd nach einer Spinne.

Sie ging durch die leer stehenden Teile des Schlosses, schritt staubige Korridore entlang und suchte sowohl mit ihren Augen wie auch ihrem Bewusstsein. Diesmal leitete sie kein Glockenspiel, aber sie brauchte es auch nicht. Sie würde wissen, wo er war, sobald sie in seine Nähe gelangte. Denn sie wollte kein kleines Insekt finden, sondern einen Mann mit blondem Spitzbart und grauem Umhang.

Auf dem Weg jagten sich ihre Gedanken. Ihr wäre nicht im Traum eingefallen, dass von allen Hexen ausgerechnet Schwester Mirda einem Schattenzirkel angehörte. So wie sie nie gedacht hätte, sich jemals entscheiden zu müssen, ob sie ihm selbst beitreten wollte oder nicht. Führte Mirda sie auf einen Pfad der Dunkelheit? Schon möglich. In Gefahr? Mit Sicherheit. Sämtliche Schattenzirkel waren vor über einem Jahrhundert von den Hexen verboten worden, und das anscheinend aus gutem Grund, denn viele von ihnen hatten finstere Magie praktiziert und ihre Fähigkeiten dazu benutzt, andere zu binden und zu kontrollieren. Aber es fiel schwer zu glauben, dass Mirda sie auf Abwege führte.

War auch Ivalaine Mitglied eines Schattenzirkels? Aryn konnte sich das nicht vorstellen; schließlich hatte die Königin sich mit ihrem Faden beim Weben des Musters Liendras Fraktion angeschlossen. Ivalaine hatte keine andere Wahl gehabt, nicht wenn sie die Position der Frau hatte behalten wollen.

Aber vermutlich konnte man davon ausgehen, dass Ivalaine von Mirdas Schattenzirkel wusste, und wenn sie seine Ansichten teilte, konnte das eine Erklärung dafür sein, warum sie Boreas so viel über Aryn und die Hexen erzählt hatte.

Liendra und ihre Spießgesellinnen hielten die Krieger für den Feind, weil sie dazu bestimmt waren, in der Letzten Schlacht irgendwie dem Runenbrecher zur Hilfe zu kommen. Aber wenn der Runenbrecher nicht ihr Feind war, dann waren es die Männer von Vathris auch nicht. Vielleicht hatte sich Ivalaine aus diesem Grund Boreas anvertraut, nicht zuletzt deshalb, weil Calavan und Toloria von alters her enge Verbündete waren.

Aryn wandte sich anderen Dingen zu. Nachdem sie vergangene Nacht in ihr Gemach zurückgekehrt war, war ihr endlich klar geworden, was sie seit der ersten Unterhaltung mit Mirda gestört hatte. Es hatte mit dem Brief zu tun, den sie Ivalaine geschickt hatte, den Brief, den sie in Gendarra verfasst und in dem sie die Geschehnisse in Tarras beschrieben hatte. Ivalaine konnte den Brief nicht erhalten haben; sie hatte vor seinem Eintreffen Ar-Tolor verlassen müssen. Also wie hatten sie und Mirda von Liriths Verschwinden erfahren?

Vielleicht gibt es ja wirklich die Möglichkeit, über so weite Entfernungen durch die Weltenkraft zu sprechen, selbst wenn du es nicht kannst. Vielleicht hat jemand auf Ar-Tolor mit Mirda oder der Königin Kontakt aufgenommen.

Aber wer? Wer auf Ar-Tolor hätte in Ivalaines Abwesenheit den Brief entgegennehmen können?

Erschrocken wurde Aryn klar, dass sie die Antwort kannte.

»Liendra«, flüsterte sie laut.

Ja, das machte Sinn. Liendra hatte das Talent, Macht an sich zu reißen, die ihr nicht gehörte. In Abwesenheit der Königin würde sie sich mit Sicherheit über jede andere Hexe auf Ar-Tolor erhoben haben. Vermutlich sogar über Tressa, die Beraterin der Königin. Auch wenn es vermutlich Tressa gewesen war, die irgendwie über die vielen Meilen mit der Königin Kontakt aufgenommen und sie über den Brief informiert hatte.

Aber es konnte kein Zweifel bestehen, dass Liendra Aryns Brief zu Gesicht bekommen hatte; vielleicht hatte sie ihn sogar als Erste gesehen. Und das bedeutete, dass sie alles über Travis wusste.

Aber Travis ist zusammen mit den anderen verschollen. Ich weiß, du willst sie alle verzweifelt wieder sehen, aber vielleicht kommt er nicht zurück. Dann können Liendra und ihre Hexen ihn nicht gefangen nehmen.

Aber das würde nicht passieren, oder? Travis musste nach Eldh zurückkehren, weil er in der Letzten Schlacht irgendwie die Welt retten würde. Und wenn er nicht zurückkam, dann auch nicht Lirith und Sareth. Oder Durge.

Die Gedanken schwirrten wie aufgescheuchte Bienen in Aryns Verstand umher. Es war alles so verwirrend, und in weniger als drei Tagen sollte sie eine Entscheidung treffen, die ihr Leben auf jeden Fall verändern würde, die möglicherweise sogar dazu führen konnte, dass man ihren Faden für alle Zeiten von der Weltenkraft abschneiden würde. Wenn es doch nur die Möglichkeit gegeben hätte, vor ihrer Entscheidung mehr zu erfahren, etwas, das ihr dabei helfen würde.

Aber es gab eine Möglichkeit, wie sie mehr in Erfahrung bringen konnte, und darum war sie auch hier. In diesem Augenblick spürte sie es: eine Bewegung in den Fäden der Weltenkraft. Etwas – jemand – war in der Nähe.

»Spinnenmann!«, zischte sie in die staubige Luft. »Spinnenmann, ich weiß, dass Ihr da seid. Zeigt Euch!«

Zu ihrer Linken schien solider Stein zu schmelzen und plötzlich stand der schlanke blonde Mann neben ihr.

»Warum habt Ihr Euch vor mir versteckt? Ich bin sicher, dass Ihr gewusst habt, dass ich Euch suche.«

Aldeth glättete seinen grauen Umhang. »So wie ich gewusst hätte, wenn eine Herde Vieh durch den Korridor getrampelt kommt. Aber ich bin Spion, Mylady. Das Verbergen liegt mir im Blut.«

Aryn war sich ziemlich sicher, dass sie nicht so laut gewesen war, aber im Geiste des guten Willens entschied sie sich, die Beleidigung zu ignorieren. »Und, habt Ihr etwas erfahren, indem Ihr dem König hinterhergeschlichen seid?«

»Falls ich das hätte, müsste ich ein sabbernder Schwachsinniger sein, es seinem Mündel zu erzählen, die bald auch noch seine Schwiegertochter ist.«

»Interessant«, sagte Aryn und tippte sich ans Kinn. »Ihr wisst, dass ich Prinz Teravian heiraten werde. Das ist also schon mal eines der Dinge, die Ihr erfahren habt. Gibt es sonst noch etwas?«

Er schaute sie finster an. »Fragt nicht, Mylady. Geht und sprecht mit Eurer Hexenkönigin. Sie ist diejenige, die jede Nacht mit Boreas im Ratsgemach zusammengetroffen ist. Ich bin sicher, sie kann Euch alles über diesen kleinen Krieg verraten, den sie planen.«

»Also schmieden sie Kriegspläne?« Aryn kaute auf der Unterlippe. »Aber natürlich, das ergibt einen Sinn. Alle Zeichen deuten auf die Letzte Schlacht. Sie müssen überzeugt sein, dass sie bald kommt. Ihr steckt voller interessanter Informationen, Spinnenmann.«

Aldeth drohte ihr mit der Faust. »Hört auf damit!«

»Womit?«

»Das wisst Ihr genau. Ihr lest meine Gedanken mit einem Zauber, nicht wahr?«

»Nein, aber das könnten wir ausprobieren, wenn Ihr wollt. Ihr müsst nur wissen, ich habe diese Art von Zauber noch nie bei einem Menschen ausprobiert, nur bei Mäusen. Sie schienen immer nur an Käse zu denken. Das heißt, bis ihnen das Gehirn aus den Ohren tropfte. Und danach waren sie zu nichts mehr zu gebrauchen.«

Der Spinnenmann wich mit offenem Mund vor ihr zurück.

Sie verdrehte die Augen. »Das war ein Scherz.«

»Nun, das ist aber nicht komisch«, sagte er verletzt. »Manche von uns hängen an ihrem Gehirn. Es bietet uns Stunden voller Freude und Unterhaltung, und wir ziehen es wirklich vor, es in unseren Köpfen zu behalten.«

»Schön. Kein Gedankenlesen. Ich verspreche es.«

»Gut. Ich bin froh, dass wir das geklärt haben. Und jetzt verratet Ihr mir vielleicht auch, warum Ihr gekommen seid. Es sei denn, Ihr wolltet mich nur ärgern, und in dem Fall könnt Ihr die Mission als vollen Erfolg werten.«

Aryn trat einen Schritt vor. »Es geht um unsere Unterhaltung letztens.«

»Und hier kommt der Teil mit der Erpressung.«

»Nun, es war Euer Vorschlag.«

Der Spinnenmann warf ihr einen mürrischen Blick zu. »Macht schon. Ihr raubt mir kostbare Zeit zum Herumschleichen und Spionieren. Welch lästigen Gefallen wollt Ihr dafür, dass Ihr meine Anwesenheit nicht dem König verratet und mein Kopf nicht auf eine Lanze aufgespießt wird?«

Aryn konnte kaum glauben, dass sie die Worte wirklich aussprach. »Ich möchte, dass Ihr Königin Ivalaine überwacht.«

Der Ärger verschwand aus der Miene des Spinnenmanns; er hob eine Braue. »Anscheinend habt Ihr Euch meine Lektion, wie wichtig es ist, seine Freunde auszuspionieren, zu Herzen genommen. Was wollt Ihr über die Königin wissen?«

Aryn holte tief Luft. »Alles.«

Minuten später ging Aryn zurück in die dichter bevölkerten Teile des Schlosses; sie fühlte sich nicht sehr wohl in ihrer Haut. Es war falsch, Aldeth zu bitten, Ivalaine zu verfolgen, aber es schien die einzige Möglichkeit zu sein. Ivalaine wusste etwas, das ihr schlimme Qualen bereitete. Es musste mit dem Schattenzirkel und seiner Ansicht über den Runenbrecher zu tun haben, da war sich Aryn sicher. Wenn sie Ivalaines Gedanken in Erfahrung bringen konnte, half ihr das möglicherweise, die richtige Entscheidung zu treffen. Trotzdem fühlte sie sich dabei nicht wohl. Trotz Aldeths Belehrung war sie eigentlich der festen Überzeugung, dass wahre Freunde einander nicht nachspionierten.

»Hat es Spaß gemacht, mit Eurem kleinen Spion zu sprechen?«, fragte eine Stimme hämisch.

Aryns Herz setzte einen Schlang lang aus. Er hatte keinen Nebelumhang, um vor ihren Augen verborgen zu bleiben, aber in diesem dunklen Korridor reichte seine schwarze Kleidung dafür so gut wie aus. Aryn war in Gedanken versunken mit gesenktem Kopf gegangen und hatte ihn nicht gesehen, bevor er sie ansprach.

»Prinz Teravian!«, stieß sie hervor.

Ein Lächeln trat auf sein Gesicht. Offensichtlich genoss er es, sie erschreckt zu haben. »Ihr werdet doch wohl nicht vor Angst umfallen, oder? Nicht, dass das nicht komisch wäre ...«

Ihre Wangen röteten sich. »Tatsächlich, Mylord? Zweifellos würdet Ihr noch lauter lachen, wenn ich mir den Kopf aufschlagen und bluten würde. Nun, sobald Ihr mein Gemahl seid, könnt Ihr mich so viel herumkommandieren, wie Ihr wollt. Ich kann ja für Euch Purzelbäume schlagen, so oft Ihr wünscht. Vielleicht würde es der Prinz ja vorziehen, wenn ich bei unserer Trauung kein Hochzeitsgewand trage, sondern ein Narrenkostüm.«

Er verschränkte die Arme und lehnte sich gegen die Wand. »Ihr Götter, ich habe doch bloß einen Witz gemacht, Aryn. Habt Ihr überhaupt keinen Sinn für Humor? Ihr Hexen seid wirklich ein mürrischer, humorloser Haufen, nicht wahr? Ich verstehe nicht, wie Lirith eine von Euch sein kann. Sie weiß wenigstens, wie man lacht.«

Aryns Wut verrauchte. Vielleicht hatte Teravian Recht. Es

würde ihr nicht schaden, etwas mehr zu lachen. »Vielleicht würde es helfen, wenn Ihr bessere Witze macht.«

Das ließ ihn ein Schnauben ausstoßen, aber er sagte nichts.

Nun, da Aryn sich wieder gefangen hatte, wurde ihr erst die Bedeutung der ersten Worte des Prinzen bewusst. Sie verspürte einen Stich der Furcht in ihrem Herzen. »Was war das mit einem Spion?«

»Versucht erst gar nicht, Euch dumm zu stellen. Ich habe gesehen, wie Ihr Euch mit ihm unterhalten habt. Der Spion aus Perridon.«

»Wie ...?«

»Das war leicht. Ich wusste, dass Ihr diesen Teil des Schlosses besuchen würdet. Also habe ich in einem Alkoven gewartet, bis Ihr vorbeigegangen seid. Es war nicht schwer, Euch hinterherzuschleichen, ohne bemerkt zu werden. Ihr habt mehr als genug Krach für uns beide gemacht, also hat der Spion gar nicht bemerkt, dass ich auch da war.«

Aryn verspürte wachsende Empörung in sich aufsteigen. »Ich bin nicht laut«, sagte sie und zuckte zusammen, als ihre Stimme durch den Korridor hallte.

»Wie Ihr meint«, erwiderte er und grinste.

Aryn wandte sich ab; ihre Gedanken rasten. Das war schlimm. Dem Prinzen machte nichts mehr Spaß, als ihr Ärger zu machen. Was, wenn er Boreas von ihrem Treffen mit Aldeth erzählte? Wie sollte sie dem König erklären, dass sie einen Spion in seinem Schloss entdeckt, es aber nicht für nötig gehalten hatte, ihn darüber zu informieren? Und noch schlimmer, was, wenn er Ivalaine über ihren Wunsch aufklärte, sie von einem Spion überwachen zu lassen? Ivalaine hatte Teravian jahrelang aufgezogen. Und auch wenn sich Aryn nicht sicher war, ob die beiden sich nahe standen, so verspürte er doch sicherlich eine gewisse Loyalität zu ihr.

Sie konnte Teravians Blick spüren. Sie drehte sich um und

suchte nach Worten, irgendetwas, das ihn überzeugen würde, sie nicht zu verraten.

Es war zu spät. Schritte hallten den Korridor entlang. Aryn suchte nach einem Versteck, aber bevor sie sich bewegen konnte, erfüllten sich ihre schlimmsten Befürchtungen und Lord Farvel bog um die Ecke.

»Lady Aryn, da seid Ihr ja!«, sagte der alte Seneschall. »Und Prinz Teravian, Ihr seid auch da. Ein schöner Anblick. Schön zu sehen, dass ihr beiden euch versteht.«

Teravian zog eine Grimasse. »Oh, wir verstehen uns schon. So wie ein Wiesel und ein ...«

Aryn setzte sich schnell in Bewegung, bevor der Prinz seine Analogie vollenden konnte. »Guten Tag, Lord Farvel. Kann ich Euch irgendwie helfen?«

»Mylady, genau das Gegenteil trifft zu.« Der Seneschall schlug die Hände zusammen. »Seit Prinz Teravians glücklicher Ankunft hatte ich keine Gelegenheit, mit Euch zu sprechen. Jetzt, da er hier auf Calavere ist, bin ich sicher, Ihr könnt es kaum erwarten, mit der Hochzeitsplanung zu beginnen. Das Fest der Erneuerung wird schneller da sein, als Ihr glaubt, und ich würde gern mit den Vorbereitungen beginnen. Ich habe mich gefragt, ob Ihr Euch schon für etwas entschieden habt, was Ihr mir gern sagen würdet?«

Teravian stieß sich von der Wand ab, ein schmales Lächeln auf dem Gesicht. »Oh, ich habe da etwas, was ich Euch gern sagen möchte. Wisst Ihr, Lady Aryn hat schon einen Plan geschmiedet, und ich glaube, jeder im Schloss wird ihn gern hören wollen.«

Farvel legte den Kopf schief und hielt dem Prinzen sein gutes Ohr entgegen. Panik drohte Aryn zu übermannen. Sie rang nach Luft, suchte verzweifelt nach Worten, aber sie war zu langsam. Teravian kam ihr zuvor.

»Anscheinend möchte Lady Aryn ...« Der junge Mann

zögerte, dann warf er Aryn einen verstohlenen Blick zu. »Anscheinend möchte Lady Aryn, dass bei ihrer Hochzeit Orange die Hauptfarbe ist. Ist das klar, Mylord? Alles soll in Orange gehalten sein.«

Der Seneschall nickte eifrig, sein weißes Haar flatterte. »Ja, Euer Hoheit. Wenn Ihre Hoheit es wünscht, dann soll es Orange sein. Ich werde die Färber sofort an die Arbeit stellen. Wir werden meterweise Orange haben. Danke, Euer Hoheit.«

Anscheinend im höchsten Maße erleichtert, endlich etwas zu tun zu haben, verneigte sich Farvel steif vor ihnen und humpelte dann den Korridor entlang, bis er aus ihrer Sicht verschwand.

Aryn starrte hinter dem Seneschall her; sie konnte kaum glauben, was gerade passiert war.

»Nun, wollt Ihr mir nicht danken?«

Sie zwang sich, sich auf den Prinzen zu konzentrieren. »Warum?«, war alles, was sie hervorbrachte.

Er schaute sie finster an. »Bedankt man sich für gewöhnlich nicht bei der Person, die einem gerade einen Gefallen getan hat? Oder sind Hexen bequemerweise von solchen Höflichkeiten befreit?«

»Nein, Euer Hoheit. Ich meine, ja. Natürlich danke ich Euch, aus der Tiefe meines Herzens. Was Ihr getan habt, es ...« Sie holte tief Luft und zwang sich, mit dem Herumstottern aufzuhören. »Es ist nur, ich verstehe nicht, warum Ihr es getan habt. Ich wusste nicht, dass ihr etwas so ...«

»Dass ich etwas Nettes tun kann?« Er wandte sich ab und schaute aus einem Fenster. »Ich bin nicht böse. Ich weiß nicht, warum jeder das von mir glaubt.«

»Vielleicht solltet Ihr gelegentlich mal etwas anderes als Schwarz tragen.«

Er sah sie überrascht an. »Genau das hat sie auch gesagt.«

»Wer?«

»Lirith.« Er verschränkte die Arme. »Wir haben uns unterhalten, am letzten Abend Eures Aufenthalts auf Ar-Tolor. Sich mit ihr zu unterhalten hat Spaß gemacht, mehr Spaß, als ich seit Jahren hatte. Sie ist die Einzige, die ich je kennen gelernt habe, die mich nicht wie einen Gegenstand oder wie eine Art Ungeheuer behandelt hat. Sie versprach, sich wieder mit mir zu unterhalten. Aber ich wusste, dass es nicht dazu kommen würde. Ich wusste, sie würde verschwinden, und das tat sie auch.«

Seine Worte verblüfften Aryn aus zwei Gründen. Einmal leuchtete ein warmes Licht in Teravians Augen, während er sprach, und in seine Stimme stahl sich eine Sanftheit, die sie dort noch nie zuvor gehört hatte. Seine Miene entspannte sich, und ein leises Lächeln umspielte seine Lippen, das nicht spöttisch, sondern sehnsuchtsvoll war.

Bei Sia, er ist in sie verschossen. In Lirith. So hat er noch nie zuvor über eine andere Person gesprochen. Darum fängt er auch immer wieder von ihr an.

Es hätte süß und amüsant sein können. Schließlich war Lirith wunderschön, sowohl im Körper als auch im Geist; es war kaum eine Überraschung, dass sich ein junger Mann Hals über Kopf in sie verliebte. Und dass Teravian solche Gefühle für jemanden entwickeln konnte, war tröstlich. Aryn hatte befürchtet, dass er unfähig war, überhaupt etwas für jemanden empfinden zu können. Aber etwas anderes an seinen Worten hatte sie stutzen lassen.

Ich wusste, sie würde verschwinden ...

Das war unmöglich. Ein Junge mochte Spuren des Talents in sich tragen, aber kein Mann. Und auch wenn Teravian gerade erst achtzehn geworden war, hatte er, den Schatten auf seinem Kinn und der tiefen Stimme nach zu urteilen, die Kindheit hinter sich gelassen. Sie musste sich irren. Trotzdem stellte sie die Frage.

»Woher wusstet Ihr es, Mylord? Ihr habt gesagt, Ihr wüsstet, dass Ihr mich in diesem Teil des Schlosses finden würdet. Aber ich habe niemandem gesagt, wo ich hingehe, und ich glaube auch nicht, dass mich jemand gesehen hat. Woher also wusstet Ihr, dass ich hier vorbeigehe?«

Er runzelte ärgerlich die Stirn. »Keine Ahnung. Ich wusste es eben. Warum fragt ihr mich immer solche Dinge? Ivalaine. Tressa. Selbst Lirith. Nun, ich habe genug davon, in Ordnung? Ich bin kein Insekt, das ihr an einer Tafel aufspießen und nach Lust und Laune untersuchen könnt.«

Aryn fand seine Erwiderung aufschlussreich. Zuerst bedeutete sie, dass anderen einschließlich der Königin ähnliche Vorfälle aufgefallen waren. Also war es nicht das erste Mal, dass Teravian etwas wusste, das er nicht hätte wissen dürfen. Und seinem defensiven Tonfall nach zu schließen, war zweitens klar, dass er sich durchaus bewusst war, dass sie da etwas auf der Spur waren, und es machte ihm Angst.

Und warum auch nicht? Wenn es stimmt, wenn er wirklich einen Funken der Sicht hat, dann ist er anders als fast alle anderen Männer. Und wer will schon anders als alle anderen sein? Selbst du hast deinen rechten Arm die meiste Zeit deines Lebens versteckt.

Vielleicht fand sie ja eine Möglichkeit, das Thema bei Mirda zur Sprache zu bringen; möglicherweise war die ältere Hexe bereit, das mit ihr zu diskutieren.

»Es tut mir Leid, Mylord«, sagte sie. »Es stand mir nicht zu, Euch zu bedrängen. Ich danke Euch nochmals für das, was Ihr heute für mich getan habt. Ich werde ... ich werde es nicht vergessen, wenn wir verheiratet sind.«

Er verschränkte wieder die Arme. »Wenn wir verheiratet sind. Das klingt so lächerlich. Ich halte das für einen schlechten Scherz. Die Götter wissen, dass mein Vater keine anderen machen kann. Aber es ist die Realität, oder?«

Wieder entschied Aryn, die Beleidigung zu ignorieren. So wie sie am gestrigen Tag auf ihn im Großen Saal reagiert hatte, verdiente sie ein paar spitze Bemerkungen. »Wir sollten besser gehen«, sagte sie. »Das Essen wird bald aufgetischt, und Ihr wisst, dass es Euer Vater hasst, wenn Mitglieder seines Hofes sich verspäten.«

Sie streckte den linken Arm aus. Er starrte sie verständnislos an, aber nachdem sie ihm einen bedeutsamen Blick zugeworfen hatte, verschränkte er unbeholfen seinen Arm mit ihrem und führte sie den Korridor entlang.

»Übrigens«, sagte sie unterwegs, »ich verabscheue Orange von ganzem Herzen.«

Sein hämisches Lächeln blitzte wieder auf. »Ich weiß. Darum habe ich es Lord Farvel ja vorgeschlagen.«

15

Unter dem Licht kalter, nördlicher Sterne segelten sie über einen schwarzen Ozean.

Beltan hätte frieren müssen. Das wusste er. Eis trieb am Schiffsrumpf vorbei; sein Atem verwandelte sich in der Luft zu Nebel, an seinem Schnurrbart klebten Eisklumpen. Trotzdem war ihm unter seinem Wollumhang warm; seine Haut kribbelte, als hätte er sich nach Stunden in der rauchigen Hitze einer Schweißhütte in einer Schneebank gewälzt. Es war das gleiche Kribbeln, das er zum ersten Mal in seinem Gefängnis auf Travis' Welt gefühlt hatte, nachdem seine Wärter ihre Experimente mit ihm gemacht und seltsames Blut in seine Adern gepumpt hatten. Jedes Mal, wenn in der Nähe eine der schattenhaften Gestalten vorbeiging, wurde das Gefühl stärker.

Es fiel schwer, die Schiffsbesatzung im Sternenlicht genau ins Auge fassen zu können. Sie schienen nie still zu stehen, und ihre Bewegungen waren flüssig und unvorhersehbar, wie Schatten im Augenwinkel, die verschwanden, wenn er den Kopf wandte, um sie genau zu betrachten.

»Wer sind sie?«, fragte Vani neben ihm, deren schwarzes Leder mit der Dunkelheit verschmolz.

Wie gewöhnlich hatte er die Meuchelmörderin nicht kommen sehen. Konnte sie sich ihm nicht wie ein normaler Mensch nähern?

Natürlich nicht. Aus dem Nichts zu erscheinen ist viel geheimnisvoller, und sie kann es einfach nicht lassen, mit ihren Fähigkeiten zu protzen.

Obwohl, so gern er das auch geglaubt hätte, wusste er dennoch, dass das nicht stimmte. Sie bewegte sich auf diese Weise, weil eine jahrzehntelange Ausbildung das tief in ihr verwurzelt hatte. So wie er für den Rest seines Lebens immer so gehen würde, als hinge ein schweres Schwert an seiner Hüfte, ob er die Klinge nun umgeschnallt hatte oder nicht.

Er schluckte die ärgerlichen Worte herunter, die er hatte sagen wollen. »Das ist das Kleine Volk. Zumindest ist das meine Vermutung. Zur letzten Wintersonnenwende kam eine Truppe von ihnen nach Calavere und half uns, eine Verschwörung aufzudecken.«

Vani verschränkte die Arme. »Das Kleine Volk? Ihr meint, wie der Elf, den wir in Tarras gesehen haben?«

»So ähnlich.« Beltan kratzte sich am Kinn. »Ich bin mir ziemlich sicher, dass Elfen so eine Art Kleines Volk sind. Soviel ich weiß, gibt es verschiedene Arten von ihnen – Elfen, Zwerge, Grüne Männer und Ähnliches. Natürlich war ich immer der Meinung, das seien bloß Märchen, bis sie dann vergangenes Jahr im Schloss auftauchten. Aber Ihr solltet Falken danach fragen, nicht mich. Ich bin kein Elfenexperte.«

»Wirklich nicht?«, fragte Vani mit hochgezogenen Brauen.

Wieder verspürte Beltan das kribbelnde Gefühl seine Arme hoch und seinen Rücken wieder hinuntersteigen. »Kommt schon«, sagte er. »Lasst uns sehen, was sie zu Sindar sagen.«

Grace und Falken standen in der Nähe des Schiffshecks und sprachen mit dem grauhaarigen Mann. Er schien auf eine Frage zu antworten, die der Barde gestellt hatte.

» ... ich kann unmöglich sagen, wo ich sie gefunden habe. Ihr müsst wissen, sie waren es, die mich gefunden haben.«

Selbst im fahlen Licht war Falkens schockierter Gesichtsausdruck deutlich zu sehen. »Was meint Ihr damit, sie haben Euch gefunden?«

Sindar fuhr sich mit der Hand über die Augen. »Ich erinnere mich nicht mehr an viel. Ich war auf einer felsigen Küste gestrandet, war allein und verloren – mehr weiß ich nicht. Ich vermag nicht zu sagen, welche Ereignisse mich dort hinführten. Ich glaube, ich war zu einem wichtigen Ort unterwegs. Das heißt, ich sollte etwas Wichtiges tun. Ich glaube, ich war auch verletzt, und dass man mich geheilt hat, aber ich war noch immer viel schwächer als zuvor. Ich weiß, dass ich schwach war, dass ich mich irgendwie jenseits aller Grenzen verausgabt hatte und dass ich nicht die Kraft hatte, etwas anderes zu tun als am Strand zu sitzen und auf die See zu starren, bis mich die Wellen wie den Schaum fortspülten.«

Für Beltan ergaben die Worte nicht viel Sinn. Es klang fast so, als wäre Sindar in einen Schiffsuntergang geraten, genau wie sie auch. War er dabei verletzt worden und hatte seine Erinnerung verloren?

»Ich bin mir nicht sicher, wie lange ich dort war«, fuhr Sindar fort. »Nur dass das Zwielicht hereingebrochen war, als ich das Weiße Schiff entdeckte. So unmöglich das auch erscheinen mag, ich wusste, dass es meinetwegen gekommen war, dass das Schiff mich dorthin bringen würde, wohin ich unterwegs gewesen war, und dass es etwas gab, das ich dort zu erledigen hatte, etwas Wichtiges. Also ging ich hinaus ins Wasser, so weit ich konnte, und man warf mir vom Schiff ein Seil zu. Ich ergriff es, und sie zogen mich an Bord.«

Grace warf einen Blick auf die Schatten, die um sie herumflitzten. »Haben sie Euch gesagt, was Ihr eigentlich erledigen solltet?«

»Auf gewisse Weise schon. Sie sprechen nicht zu mir. Jedenfalls nicht mit Worten. Trotzdem wusste ich, dass wir nach Omberfell reisten, dass es dort jemanden gab, den ich treffen sollte, jemand, der mit uns kommen musste. Als ich dann zufällig eure Geschichte hörte, wusste ich, dass es sich um euch handeln musste.«

»Aber woher habt Ihr gewusst, dass wir im Silbernen Gral zu finden sind?«, fragte Falken mit gerunzelter Stirn.

Sindar lachte. »Das habe ich nicht. Ich habe mich einfach

in der Stadt erkundigt, wo ich am ehesten wichtige Reisende finde, und man hat mich zu dem Gasthaus geführt.«

»Und was ist mit der Geschichte, die Ihr uns erzählt habt?« Falken verschränkte die Arme. »Ich war der Annahme, Ihr wärt ein Schiffskapitän, der sich nur für Gold interessiert. Warum habt Ihr uns angelogen?«

Sindar zeigte auf das Schiff. »Hättet ihr mir geglaubt, wenn ich die Wahrheit gesagt hätte? Als ich in Omberfell eintraf, verbrachte ich eine Zeit lang auf den Docks, hörte den Seeleuten zu. So habe ich von dem Edikt des Herzogs erfahren, und von den finsteren Männern, die ihr die schwarzen Ritter nennt. Ich entschied mich, mich als Kapitän auszugeben, in der Annahme, das würde es für euch einfacher machen, mir zu glauben und zu folgen. Und es hat funktioniert, oder?«

Falken erwiderte nichts, war aber offensichtlich mit der Antwort unzufrieden. Beltan konnte es ihm nicht verdenken. Sindars Geschichte forderte mehr Fragen heraus, als sie beantwortete. Ein Schiffsuntergang war möglicherweise die Erklärung, warum er ohne Erinnerung gestrandet war. Aber warum hatte das geheimnisvolle Schiff ihn dort abgeholt? Beltan konnte sich vorstellen, dass sich das Kleine Volk entschieden hatte, Grace bei der Reise nach Toringarth zu helfen, so wie es zur Wintersonnenwende auf Calavere geholfen hatte. Aber welche Rolle spielte Sindar bei allem? Beltan verspürte ein Frösteln und wurde sich überrascht bewusst, dass Sindar ihn ansah.

»Ich muss zugeben, dass selbst wenn ich euch im Gasthaus nicht belauscht hätte, ich vermutlich gewusst hätte, dass ich nach euch Ausschau halte«, sagte der Mann mit den silbergrauen Haaren. »Irgendwie kommt ihr mir vertraut vor.« Er nickte Beltan zu, dann sah er Grace an. »Vor allem Ihr. Aber ich vermute, das ist unmöglich. Selbst wenn ich Euch vor meinem Gedächtnisverlust gekannt hätte, anscheinend kennt Ihr mich nicht.«

Grace legte eine Hand auf die Brust. Beltan erinnerte sich, dass sie genau das Gleiche über Sindar gesagt hatte.

»Wisst Ihr, wer Trifkin Moosbeere ist?«, fragte Grace leise.

»Nein. Aber dieser Name ... er klingt nach jemandem, den sie kennen.« Sindar zeigte auf ein paar undeutliche Gestalten, die vorbeieilten, eine mit einem Geweih, das aus der Stirn wuchs, die andere mit langem wallendem Haar, aus dem Blätter ragten.

Beltan kam ein Gedanke. »Da wir gerade von Namen sprechen, wie kommt es, dass Ihr Euren kennt? Ich dachte, Ihr hättet die Erinnerung verloren?«

»Das habe ich auch. Und ich kenne meinen Namen nicht. Jedenfalls meinen richtigen Namen.« Sein Blick folgte den Schatten. »Sie haben mich Sindar genannt.«

»Natürlich«, sagte Falken. »In der Sprache der Schöpfung bedeutet Sindar einfach Silber.«

Danach stellten sie Sindar keine Fragen mehr. Nicht weil sie keine gehabt hätten, sondern weil der Mann mit dem silbergrauen Haar offensichtlich mit seinen Gedanken allein sein wollte. Er begab sich zum Bug des Schiffes und blickte in die Nacht hinaus, so als könnte er sehen, wohin der Weg sie im Zwielicht führte.

Obwohl Beltan und Vani das Deck abgesucht hatten, konnten sie keinen Eingang ins Schiffsinnere finden, also setzten sich die vier einfach in der Schiffsmitte hin. Mit einem Zauber beschwor Grace eine kleine Kugel Hexenlicht, die zwar nicht für Wärme, aber für Licht sorgte. Nicht dass sie das Erstere gebraucht hätten; trotz der eisigen Luft war keinem von ihnen kalt.

Beltan starrte die grüne Lichtkugel an, die in der Mitte ihres Kreises tanzte. Sie erinnerte ihn an die Magie, die seine Mutter benutzt hatte, wenn sie spät in der Nacht arbeitete und ihn schlafen glaubte. Nur dass er das nie tat. Er hatte dann immer still wie eine Maus am Rand des Dachbodens gesessen, auf dem er schlief, und zugesehen, wie sie im Schein des zauberischen Lichts arbeitete und mit geschickter Hand Kräuter zermahlte und Tränke herstellte.

In dieser Nacht schliefen sie nicht. Aber irgendwie waren sie auch nicht richtig wach. Eine Unterhaltung aufrechtzuerhalten wurde einfach eine zu große Anstrengung, also saßen sie stumm da, während über ihnen die Sterne vorbeirasten. Es dauerte eine Zeit lang, bis Beltan sich bewusst wurde, dass die Morgendämmerung hereingebrochen und dichter Nebel vom Wasser aufgestiegen war, der das Schiff wie eine silberne Wolke einhüllte. Die Gänsehaut auf seinen Armen verriet ihm, dass die Sonne aufgegangen war.

Die anderen blinzelten, und Reif fiel wie weißer Staub von ihren Lidern. Auch ihre Gesichter, Haare und Kleidung waren mit Reif bestäubt. Doch als sie aufstanden, verwandelte er sich in Tautropfen und war dann verschwunden. Beltan war ein bisschen steif, aber das war es auch schon.

Es war am Tag keinesfalls leichter als in der Nacht, einen Blick auf die Mannschaft zu erhaschen. Der Nebel haftete an ihnen und dämpfte ihre verzerrten Gestalten. Trotzdem bemerkte Beltan gelegentlich das Schimmern edelsteinähnlicher Augen, die ihn beobachteten.

»Wo ist Sindar?«, fragte Grace.

Der Nebel wirbelte durcheinander, und sie sahen den Mann mit den silbergrauen Haaren am Bug stehen und in den weißen Dunst starren.

»Sieht so aus, als hätte uns jemand ein Geschenk gebracht«, sagte Falken.

Ein kleiner Tisch war auf dem Deck erschienen, wo zuvor keiner gestanden hatte. Darauf standen ein Tonkrug und fünf

Holzbecher. Falken füllte die Becher und gab jedem einen, den letzten ließ er für Sindar übrig.

Beltan betrachtete den Becher in seiner Hand. »Ist es nicht gefährlich, einen Elfentrank zu trinken?«

»Mit ziemlicher Sicherheit«, sagte Falken mit einem Grinsen, dann nahm er einen tiefen Schluck.

Grace lächelte zögernd und probierte einen kleinen Schluck, Vani nahm einen langen Zug und schaute dabei Beltan an. Er verspürte ein Kribbeln, von dem er wusste, dass es nichts mit Magie zu tun hatte, und hob den eigenen Becher an die Lippen.

Zuerst hielt er es für Wasser. Dann entschied er, dass es eine Art klarer Wein war. Als er den Becher geleert hatte, wusste er, dass keines von beiden stimmte. Aber was auch immer diese Flüssigkeit gewesen war, plötzlich fühlte er sich wach und lebendig. Zuvor hatte sein Magen geknurrt. Jetzt war der Hunger weg, obwohl er sich eher unbeschwert als voll fühlte.

Nach einem Ruf Falkens gesellte sich Sindar zu ihnen und nahm seinen Becher. Er wünschte ihnen einen guten Morgen, bevor er trank. Beltan fiel auf, dass er den Blick seiner grüngoldenen Augen oft verstohlen auf Grace richtete. Dann kehrte er ohne ein Wort der Erklärung zu seinem Platz am Bug des Schiffes zurück.

»Glaubt ihr, er ist in Ordnung?«, fragte Grace.

Falken stellte seinen Becher ab. »Ich bin mir nicht sicher. Vielleicht denkt er darüber nach, wer er wirklich ist, und warum ihn das Kleine Volk für seine Zwecke erwählt hat.«

»Da ist er nicht der Einzige«, sagte Beltan mit einem Schnauben.

Vani ging auf und ab. »Falken, wisst Ihr, wie lange es dauern wird, bis wir in Toringarth sind?«

»Bei diesem Nebel lässt sich unmöglich feststellen, wo wir sind. Aber ich habe den Eindruck, dass wir ziemlich schnell fahren. Schneller als ein gewöhnliches Schiff. Ich vermute, es wird nicht lange dauern. Einen Tag oder zwei, das ist alles. In der Zwischenzeit sind wir hier durchaus in Sicherheit.«

»Wirklich?« Grace verschränkte die Arme über der Brust. »Und ich dachte gerade, dass wir noch nie in größerer Gefahr geschwebt haben.«

Beltan wusste, dass Grace Recht hatte. Bis vor einem Jahr hatte er nicht an das Kleine Volk geglaubt. Und obwohl er seine Existenz nicht länger verleugnen konnte, würde er sich auf keinen Fall von ihm benutzen lassen. Diese Wesen waren seltsam und schrecklich alt. Was sie taten, taten sie aus ihren ureigenen Beweggründen. Und auch wenn sie vermutlich keine besondere Feindschaft gegen die Menschen hegten, brachten sie der Menschheit auch keine Liebe entgegen. Den größten Teil der Geschichte hatte Falengarth ihnen gehört. Dann, als sich vor über tausend Jahren die ersten Menschen auf dem Kontinent ausbreiteten, war das Kleine Volk gezwungen worden, sich ins Zwielichtreich zurückzuziehen, aus dem es erst jetzt in diesen finsteren Zeiten zurückkehrte.

»Sie wollen, dass du Fellring findest, Grace, nicht wahr?«, sagte er. »Darum helfen sie uns.«

Grace griff nach der Kette an ihrem Hals, und Falken nickte.

»Uns allen war klar, dass das Siegel, das Travis am Runentor angebracht hat, keine Ewigkeit halten würde«, sagte der Barde. »Alle Zeichen weisen darauf hin, dass das Tor wieder nachgibt. Wenn der Fahle König aus ihm herausgeritten kommt, dann kann ihn nur noch Ulthers Schwert aufhalten. Und die Einzige, die es schwingen kann, bist du, Grace.«

Sie schüttelte den Kopf, aber sie protestierte nicht. Beltan konnte ihre Angst verstehen. Vor einem Jahr hatte er zusammen mit Travis vor dem Runentor gestanden, und er hatte den Schrecken, die Macht und die Majestät gespürt, die durch diese eisernen Torflügel strömten. Er liebte Grace; er würde alles tun, um sie zu beschützen. Und er wusste, dass sie stark war. Auf ihre Weise vielleicht sogar stärker als jeder andere von ihnen. Aber sie war bloß eine Frau. Wie sollte sie gegen den uralten König eines riesigen Heers antreten können? Manchmal fragte er sich, ob Falken nicht zu sehr an seine eigenen Geschichten glaubte.

»Er will eine Tür für Mohg öffnen, nicht wahr?«, sagte Grace leise, an niemand Bestimmten gerichtet. »Der Fahle König. Berash hat seinen Meister nicht vergessen, der ihn erschaffen hat. Er will ein Tor öffnen, damit der Herr der Nacht nach Eldh zurückkehren und die Welt nach seinem Bildnis umgestalten kann.«

Vani runzelte bei diesen Worten finster die Stirn. »Ich verstehe nichts von den Alten Göttern. Aber ich verstehe etwas von Toren. Und die einzigen beiden, von deren Existenz ich weiß, sind verloren gegangen. Das eine wurde sicherlich bei der Zerstörung der Etherion verschlungen. Und das andere ist mit ...«

Sie hielt so kurz inne, dass Beltan überzeugt war, dass es den anderen nicht aufgefallen war.

»... unseren Gefährten verschwunden. Ich wüsste nicht, wie der Fahle König ohne ein Tor-Artefakt für seinen Meister ein Tor öffnen kann.«

»Das kann er«, sagte Falken. »Dazu braucht er nur die drei Großen Steine. Gelthisar hat er bereits in seinem Besitz. Und es besteht bereits ein Spalt zwischen unserer und Travis Wilders Welt. So haben Melia und die Neuen Götter vor dreißig Jahren Grace dorthin gesandt, und so hat der Fahle König auch seine Eisenherzen dorthin geschickt, vermutlich zur selben Zeit. Wenn Berash die eiserne Halskette Imsaridur mit den anderen beiden Imsari bestückt, hat er die nötige Macht, um den Spalt weit aufzureißen. Mohg wird durch ihn hindurchtreten, und er wird von dem Fahlen König die Großen Steine entgegennehmen und mit ihrer Macht die Erste Rune brechen.«

»Eldh«, murmelte Grace; ihr Gesicht war so grau wie der Nebel. »Er wird die Rune Eldh brechen und die Welt zerschmettern.«

Falken nickte grimmig. »Und dann wird Mohg sie nach seinem Ebenbild neu erschaffen. Er wird der neue Weltenschmied sein, und ganz Eldh wird für alle Ewigkeit unter seinen Schatten fallen.«

»Und die Erde auch«, sagte Grace. »Sie sind wie die zwei Seiten einer Münze – genau wie die Münze, die Bruder Cy mir und Travis gegeben hat. Erde und Eldh. Was mit der einen Welt geschieht, geschieht auch mit der anderen.«

Falken konnte dem nicht widersprechen.

Obwohl seine Mutter eine Hexe gewesen war, hatte Beltan Magie nie besonders geschätzt. Am Ende waren Elires Zauber nicht mächtig genug gewesen, um sie zu retten. Und dieses ganze Gerede von Göttern und Runen hinterließ ein mulmiges Gefühl in seinem Magen.

»Mohg kann das wirklich tun?«, fragte er. »Eldh neu erschaffen?«

Falken nickte. »Die Imsari haben die Macht, Runen zu brechen wie sie auch zu binden. Das haben wir ja selbst bei Travis erlebt. Wer auch immer alle drei in seinem Besitz hält, wird alles haben, was er braucht, um Eldh zu zerstören und es dann neu zu erschaffen.«

Vani stemmte die Hände in die Hüften. »Moment mal. Wie Ihr gesagt habt, haben wir gesehen, dass Travis Wilder mit dem Stein in seinem Besitz große Taten vollbracht hat. Wie habt Ihr ihn noch einmal genannt? Der Stein des Zwielichts?

»Er heißt Sinfathisar«, sagte Falken.

»Aber Travis ist verschollen.«

Eine kalte Hand schien nach Beltans Herz zu greifen. Er verstand, worauf Vani hinauswollte. »Das ist richtig. Travis hat den Stein des Zwielichts. Solange er verschollen bleibt, besteht keine Möglichkeit, dass Mohg an ihn herankommt.« Was bedeutete, dass es besser war, wenn Travis nie nach Eldh zurückkehrte. Er sah den Schmerz, der über Vanis Gesicht flackerte, und wusste, dass sie zu dem gleichen Schluss gekommen war.

»Woher willst du das wissen?« Grace fröstelte. »Woher willst du wissen, dass Mohg nicht an Travis herankommt, dort, wo er jetzt ist? Vielleicht hat Mohg Sinfathisar ja schon in seinen Besitz gebracht. Und Krondisar auch. Vielleicht ist Tiras Stern deshalb verschwunden.«

Falken legte ihr die Hand auf den Arm. »Nein, Grace. Was auch geschehen sein mag, das auf keinen Fall. Denn wenn das so wäre, hätten wir bereits verloren. Erinnere dich an die Worte in dem Buch – irgendwie hat Travis sie hineingeschrieben. Wir wissen, dass er das nicht vor seinem Verschwinden getan hat, also muss es irgendwie danach passiert sein. Und du hast noch immer den eisernen Schlüssel, den Himmel dir gegeben hat. Wir werden Fellrings Splitter finden, und dann reisen wir zum Schwarzen Turm. Wir werden Travis dort finden.« Er drückte ihren Arm. »Ich verspreche es dir.«

Grace presste die Lippen zu einem schmalen Strich zusammen und sagte nichts.

Und was ist mit dir, Beltan? Glaubst du auch, dass Falken Recht hat?

Er wusste es nicht. Einerseits schien es für Travis lebensbedrohlich zu sein, wenn er mit Sinfathisar nach Eldh zurückkehrte. Sie mussten alles tun, was in ihrer Macht stand, um zu verhindern, dass der Fahle König ihn in seine Hände bekam. Andererseits wusste Beltan, dass er jede Gefahr riskieren würde, ganz egal, wie schlimm sie auch war, um Travis wieder zu sehen, um ihm zu sagen, was er fühlte.

Wirklich? Selbst wenn das bedeutet, dass er dir sagt, dass er eine andere will und nicht dich?

Gefühle stiegen in ihm auf, ein unklarer Malstrom aus Furcht, Verlangen und Wut. Er sah zu Vani herüber. Sie erwiderte seinen Blick. Er konnte fühlen, wie er die Zähne fletschte, und er konnte nichts dagegen tun. Sie kniff die Augen zusammen, dann ging sie in den Nebel hinein.

Sie verbrachten den Rest des Tages damit, unruhig und ruhelos auf und ab zu gehen. Die Zeit verstrich so lautlos, wie das Weiße Schiff geisterhaft über das Wintermeer fuhr. Eine Zeit lang beugte sich Beltan über die Reling und sah zu, wie Eisbrocken vorbeischwammen. Im Laufe des Tages wurden die Eisbrocken größer und kamen öfters. Aber nicht einer von ihnen kam auch nur in die Nähe des Rumpfes.

Bei Einbruch der Nacht klarte der Nebel auf, und wieder funkelten Sterne wie Kristallsplitter am Himmel. Der Krug auf dem Tisch wurde mit der klaren Flüssigkeit aufgefüllt, und sie tranken erneut davon – auch wenn Sindar sich von ihnen fern hielt. Beltan hatte den Eindruck, dass etwas den Mann beschäftigte, und gelegentlich lief ein Zucken über sein Gesicht, für gewöhnlich, wenn er Grace mit seinen grüngoldenen Augen betrachtete. Kehrten seine zersplitterten Erinnerungen zurück?

Wieder hob die klare, süße Flüssigkeit Beltans Laune, auch wenn sie den Schmerz in seiner Brust nicht völlig lindern konnte. Es fühlte sich an, als würde ein Eissplitter in seinem Herzen stecken, der immer tiefer vordrang. Er war froh, als Vani, nachdem sie ihren Becher abgestellt hatte, fortging und wie eine der schattenhaften Gestalten verschwand, die auf dem Schiff herumschlichen und Arbeiten nachgingen, die er weder benennen noch sich vorstellen konnte.

Danach stellte er sich wieder an die Reling und hielt nach dunklen Silhouetten Ausschau, die am Horizont in die Höhe strebten und die Sterne verdeckten – ein Zeichen, dass Land in der Nähe war. Falken hatte gesagt, dass seit Jahrhunderten niemand mehr in Toringarth gewesen war. Was würden sie dort vorfinden? Doch obwohl Beltan die Augen anstrengte, sah er nichts außer den verschwommenen Umrissen von Eisbergen, die geisterhaften Inseln gleich dahertrieben.

»Was glaubst du, was ist mit ihr passiert?«, fragte Grace.

Beltan wäre beinahe zusammengezuckt. Er hatte sich so sehr konzentriert, dass er sie nicht hatte kommen sehen. Sie schaute zum Himmel. Nicht nach Norden, sondern nach Süden. Er begriff. Sie sah zu der Stelle, an der der rote Stern geleuchtet hatte.

»Ich weiß es nicht.«

Grace erschauderte, aber es konnte nicht wegen der Kälte sein, nicht hier auf diesem Schiff. »Glaubst du, Tira geht es gut?«

»Sie ist eine Göttin, Grace. Ich bin davon überzeugt, dass es ihr gut geht.«

Nur dass sie mittlerweile wussten, dass Götter nicht unverwundbar waren, dass man sie töten konnte. Das hatte sie der Dämon gelehrt.

Grace seufzte. Sie hielt etwas in der Hand. Beltan ging näher an sie heran; es war der Eisenschlüssel, den Himmel ihr in Tarras gegeben hatte, der Schlüssel zum Schwarzen Turm der Runenbrecher. Sie musste Beltans scharfes Einatmen gehört haben, denn sie sah zu ihm hoch.

»Wir werden ihn finden, Beltan.« Ihre Worte waren leise, aber überzeugt. »Wir finden ihn für die Welt. Und für dich.«

Er biss die Zähne zusammen; der Eissplitter in seinem Herzen bohrte sich ein Stück tiefer. »Ich bin mir nicht so sicher, dass er wegen mir gefunden werden will.«

»Er liebt dich«, sagte Grace schlicht.

»Was bedeutet Liebe verglichen mit dem Schicksal?«

Grace schloss die Finger um den Schlüssel. »Wenn die Mournisch Recht haben, dann hat er kein Schicksal.«

In der Nacht blitzten zwei goldene Funken auf, dann waren sie auch schon wieder verschwunden.

»Nein«, erwiderte Beltan schroff. »Aber sie hat ein Schicksal. Und ich vielleicht auch.«

Einer der seltsamen Schatten glitt in der Nähe vorbei, und er erschauderte.

Grace berührte seine Schulter. »Du kannst sie spüren, nicht wahr?«

»Ich spüre sie seit Omberfell. Aber hier ist das Gefühl stärker. Es ist wie Schnee.« Er schüttelte den Kopf. »Nein, es ist wie kaltes Feuer. Ich kann es in meinem Blut fühlen.«

Grace berührte ihre Kette. »Vielleicht haben wir alle etwas in unserem Blut. Wie ein Geheimnis, das darauf wartet, entdeckt zu werden. Etwas, dem wir nicht entkommen können, ganz egal, wie sehr wir es auch versuchen.« Sie senkte den Blick, ihre Worte schienen eher für sie selbst als für ihn bestimmt zu sein. »Nein, ich werde das nicht glauben. Ich weigere mich zu glauben, dass alles vorherbestimmt ist, dass es keine Möglichkeit gibt, dem Schicksal zu entkommen. Das alles hier, alles, was wir getan haben – es kann nicht umsonst gewesen sein.«

»Grace?«

»Versprich es mir, Beltan.« Sie sah ihn an. »Lass nicht das Schicksal entscheiden, was aus dir wird. Oder aus Travis. Versprich mir, dass du am Ende derjenige sein wirst, der die Entscheidung fällt.«

Beltan war sich nicht sicher, dass er verstand. Wie sollte er etwas entscheiden können, das nicht in seiner Macht lag? Aber ihr Blick schien ihn zu beschwören, und er versprach, sein Bestes zu tun. Das schien sie zufrieden zu stellen, und sie verließ ihn, um nach Falken zu sehen.

Beltan hatte keine Lust auf eine weitere Unterhaltung. Es hieß, Leid suche nach Gesellschaft, aber Beltan wusste, dass es am besten in Einsamkeit gedieh. Sindar stand wieder am Bug, und Grace und Falken würden sich vermutlich in der Deckmitte aufhalten, also wandte sich Beltan in Richtung Heck.

Er stolperte über etwas, das ein helles Klirren von sich gab. Er stieß einen Fluch aus, dann bückte er sich, um zu sehen, worüber er gestolpert war.

Es war ein in das Deck eingelassener Eisenring. Im schwachen Licht sah er die Umrisse eines Rechtecks – eine Falltür. Er wusste, dass sie zuvor nicht da gewesen war; er war jeden Quadratzentimeter des Schiffs abgegangen.

»Du solltest Falken holen«, flüsterte Beltan zu sich selbst. Das würde der Barde sehen wollen. Aber noch während er darüber nachdachte, ergriff er den Ring und zog. Die Falltür hob sich mühelos, verursachte keinen Laut. Jenseits von ihr herrschte Dunkelheit. Beltan tastete in die Öffnung und fühlte die erste Sprosse einer hölzernen Leiter. Er hielt einen Augenblick lang die Luft an, dann schwang er sich in die Öffnung und kletterte in die Tiefe.

Er vermochte nicht zu sagen, wann ihm das Licht das erste Mal auffiel. Zuerst war es ganz schwach, aber es wurde stärker, während er nach unten stieg. Das Licht wies nicht das rauchige Rot einer Fackel auf, sondern vielmehr ein Grüngold, das ihn an Graces Augen denken ließ. Ein Duft lag in der Luft, so frisch wie Wasser, und ihm wurde klar, dass er nun schon eine ganze Weile nach unten stieg, dass er schon etliche Faden tief geklettert sein musste, was unmöglich war, da kein Schiff über einen so tiefen Laderaum verfügte. Er schaute auf und konnte sehen, wie die Leiter nach oben zu dem schwarzen

Rechteck der Falltür führte, über der undeutlich winzige Sterne funkelten. Etwas beruhigt setzte er seinen Abstieg fort.

Die Leiter endete. Seine Stiefel traten nicht auf hartes Holz, sondern auf nachgiebigen Rasen. Beltan drehte sich um, und Staunen erfüllte ihn.

Er war in einem Garten. Um ihn herum wuchsen schlanke Bäume, ihre gebogenen Äste verflochten sich zu einem grünen Firmament, ihre Blätter bewegten sich in einer warmen Brise. Sonnenlicht sprenkelte den moosigen Untergrund, als hätte jemand Münzen auf den Boden geworfen. Gänseblümchen schauten feuchten Augen gleich zu ihm hoch; irgendwo sangen Vögel.

»Das ist unmöglich«, sagte Beltan, aber die Worte waren bloß eine Gewohnheit, so wie das Blinzeln. Alles an diesem Schiff und dieser Reise war unmöglich, trotzdem war er hier. Er holte tief Luft, und ein Gefühl des Friedens erfüllte ihn. Was auch immer dieser Ort darstellte, hier konnte sicherlich nichts Böses eindringen.

Er ging tiefer in den Garten hinein und strich mit den Fingerspitzen über Blumen. Da war ein Pfad, der durch eine Baumgruppe führte; er folgte ihm, und das Plätschern von Wasser wurde lauter. Ein Vorhang aus Farnen senkte sich über den Pfad. Beltan teilte die Wedel. Dahinter lag eine Lichtung, in der ein Bach über Steine in einen Teich sprudelte. Lilien trieben auf dem Wasser. Beltan verspürte plötzlich Durst, und er kniete nieder, um aus dem Teich zu trinken.

Er führte gerade die zusammengelegten Hände an den Mund, als hinter ihm ein leiser Laut ertönte; Schritte auf moosigem Untergrund. Er erstarrte. Vielleicht gab es in diesem Garten ja doch Gefahren. Beltan wartete ab, bereit, sofort zu handeln. Die Schritte verstummten. Im Spiegel des Teiches erschien ein Gesicht über seiner Schulter, direkt neben seinem Spiegelbild.

Sein Herz setzte einen Schlag lang aus. Wasser floss zwischen seinen Fingern hindurch, auf dem Teich breiteten sich Wellen aus, die das Bild undeutlich machten. Beltan erhob sich und drehte sich um.

Er sah genauso aus wie in Tarras, in jener Nacht, als sie sich jenseits des Lagerfeuers der Mournisch getroffen hatten: ganz in Schwarz gekleidet, den Kopf glatt rasiert, mit einem rötlichen Spitzbart und silbernen Ohrringen. Anders, als er bei ihrer ersten Begegnung ausgesehen hatte, blasser, älter, aber noch immer er selbst. Seine grauen Augen blickten ernst, aber dann lächelte er, und Beltans Herz schlug weiter, schneller als zuvor.

»Travis?« Das Wort war kaum ein Flüstern. Er schluckte. »Beim Blut von Vathris, bist du es wirklich?«

Travis lächelte, als er näher kam. Er roch sauber, lebendig, so wie der Wald. In Beltans Kopf drehte sich alles, er stolperte. Travis ergriff mit stützender Hand seinen Arm. Seine Berührung war warm und fest.

Beltan zitterte, er versuchte zu verstehen. »Wir dachten, wir hätten dich in der Etherion verloren – ich dachte, ich hätte dich verloren. Aber du warst nicht da. Das haben wir erfahren, als sie die Trümmer wegschafften, und seitdem sind wir auf der Suche nach dir und den anderen. Aber wir wussten nicht, wo ihr hin seid. Und jetzt bist du hier. Aber wie kann das sein? Wie kannst du ...?«

Travis legte einen Finger an die Lippen und schüttelte den Kopf. Er hatte Recht, es war sinnlos, das verstehen zu wollen. War dieses Schiff nicht unvorstellbar, genau wie dieser Garten? Warum sollte Travis nicht hier sein? Wie er an diesen Ort gekommen war, wo die anderen steckten – das waren Fragen, die warten konnten. Jetzt musste Beltan ihm das sagen, was er das ganze vergangene Jahr lang hatte sagen wollen, und diesmal konnte sie niemand dabei stören.

Beltans Stimme wurde energischer. »Ich habe nicht aufgegeben, nach dir zu suchen. Ich würde niemals aufgeben, ganz egal, wie weit weg du auch bist, ganz egal, wie viele Welten zwischen uns stehen. Ich wusste an dem Tag, an dem ich dir in Kelcior begegnet bin, dass ich dich lieben werde, dass ich mich nicht dagegen wehren kann. Du bist die eine Sache in meinem Leben, die mich wie ein besserer Mann fühlen lässt.« Beltan wagte es, eine Hand auf seine Wange zu legen, seinen rauen Bart mit dem Daumen zu streicheln. Travis sagte noch immer nichts.

»Ist schon gut. Du musst nichts sagen. Ich weiß, dass du so weit über mir stehst wie die Sterne über den Steinen. Schließlich bist du ein Runenmeister, und ich bin bloß ein Bastard. Und ich weiß ...« – die Worte waren bitter, aber Beltan zwang sich dazu, sie auszusprechen – »dass du Vani liebst und dass sie dich liebt. Ich war auf dieser Reise nicht besonders nett zu ihr, aber sie ist stark und mutig und gut. Du verdienst jemanden wie sie. Und ich halte mich von euch beiden fern, wenn es das ist, was du willst. Ich wollte dir schon die ganzen Monate sagen, was ich im Herzen fühle, und jetzt habe ich es getan.« Beltan spürte eine seltsame Entschlossenheit, sie war traurig, ja, aber zugleich auch tröstend. Er wusste, was er zu tun hatte. »Wenn du also willst, dass ich gehe, dann werde ich das tun. Sag mir nur, was ich tun soll.«

Travis lächelte wieder, dann küsste er ihn.

Beltan war nur einen Augenblick lang sprachlos, dann erwiderte er die Umarmung. Sie fühlte sich ungezwungen und ganz natürlich an, da Travis fast so groß wie er war. Sie standen eng beieinander, als wollten sie die Distanz ausgleichen, die sie zuvor getrennt hatte. Ein Kribbeln stieg in Beltan auf, das wärmer und drängender als das war, das er gefühlt hatte, wenn sich die Elfen an ihm vorbeibewegt hatten. Das war nicht die Antwort, die er erwartet hatte, aber bei allen Göttern, er würde sie akzeptieren.

Ein leiser enttäuschter Laut entfuhr ihm, als Travis zurücktrat, aber sein Entzücken kehrte zurück, als er das Hemd über den Kopf zog und zur Seite warf. Er war schmaler geworden seit dem Tag, an dem sie in dem kalten Fluss in Eredane zusammen gebadet und sich über Narben unterhalten hatten; die Strapazen auf zwei Welten hatten seinen Körper gehärtet. Beltan zog das Wams aus, und sie traten wieder aufeinander zu, standen Brust an Brust.

Diesen Augenblick hatte sich Beltan so oft vorgestellt, aber verglichen hiermit waren seine dummen Fantasien gar nichts gewesen. Es war weder peinlich noch überwältigend. Stattdessen fühlte es sich einfach an, richtig. Nicht, als wären sie füreinander bestimmt, als wäre dies ihr Schicksal. Es war, als würde man auf der Straße zufällig einen Schlüssel finden und dann entdecken, dass er, entgegen aller Wahrscheinlichkeit in das Schloss passte, das das Herz öffnete. Ob er den Schlüssel umdrehen würde, blieb ihm überlassen. Grace hatte Recht – es war nicht das Schicksal. Es war seine Entscheidung. Ihre Entscheidung.

»Ich liebe dich, Travis Wilder.« Beltan sagte die Worte wie einen Schwur, umarmte Travis, begegnete dem Blick aus seinen grauen Augen. »Ganz egal, was sein wird, ganz egal, wo wir sind, ich werde dich immer lieben.«

Travis lachte, dann ließ er sich auf das weiche Moos sinken und zog Beltan mit.

16

Vani erwachte, weil goldenes Licht durch ihre Wimpern drang.

Sie lag auf Moos, nackt, aber ihr war nicht kalt. Seine Arme hielten sie noch immer, zogen sie eng gegen seinen warmen Körper. Sie öffnete die Augen einen Spalt breiter und sah Lilien auf dem Teich treiben, an dem sie ihn gefunden hatte. Sie musste eingenickt sein. Wie lange hatte sie geschlafen? Es schien, als hätten sie stundenlang hier gelegen, aber der Winkel des einfallenden Lichts hatte sich nicht verändert.

Du solltest aufs Oberdeck zurückkehren. Du solltest die anderen finden und ihnen von diesem Ort erzählen, von dem, was du hier gefunden hast.

Nein, noch nicht. Sie wollte diesen Moment noch etwas auskosten, ihn andauern lassen. Schließlich hatte sie ihr ganzes Leben lang darauf gewartet.

Vani konnte sich noch immer an das erste Mal erinnern, als ihre Al-Mama ihr Schicksal vorhergesagt hatte. Sie war fünf Sommer alt – es hatte keinen Sinn, für eine noch jüngere Person die *T'hot*-Karten zu lesen, da das Schicksal eines kleinen Kindes noch nicht geformt war –, und sie hatten zusammen in ihrem voll gestellten, gemütlichen Familienwagen gesessen. Ihre Al-Mama hatte die Karten gemischt und sie dann von Vani teilen lassen – eine schwierige Aufgabe, da ihre Hände so klein waren. Dann hatte sie zugesehen, wie Al-Mama die Karten nacheinander legte und dabei leise mit der Zunge schnalzte.

»Verraten sie, wen ich heiraten werde?«, fragte Vani, denn eine ihrer älteren Cousinen hatte gerade geheiratet, und seitdem hatte sich ihre Fantasie mit nichts anderem als Heiraten beschäftigt.

»Es ist, wie ich vermutet habe, und wie dein Vater und deine Mutter befürchteten«, sagte Al-Mama und tippte auf zwei Karten: eine Frau mit einem Schwert lag quer über einer Zitadelle. »Du wirst deine Hochzeit mit Stahl feiern und mit Messern verheiratet sein.« Sie deutete auf drei Karten, die unter den beiden ausgelegt waren: Eine zeigte zwei Liebende, eine den Mond und die andere einen grinsenden Totenschädel. »Kein Mann wird dich zur Geliebten haben. In der Festung Golgoru wird der Tod dein einziger Begleiter sein.«

Das war das erste Mal, dass Vani den Namen Golgoru hörte, die Stumme Festung, auf der sie neun Jahre ihres Lebens damit verbringen würde, zur *T'gol* ausgebildet zu werden. Aber an diesem Tag, als sie fünf war, bedeutete ihr der Name nichts.

»Aber ich muss jemanden heiraten, Al-Mama«, sagte sie und runzelte die Stirn.

»Es ist nicht das Schicksal derer, die Golgoru betreten, dass sie heiraten«, erwiderte Al-Mama. »Ihr Schicksal ist es ... was ist das?« Die Finger der alten Frau glitten über ein weiteres Trio von Karten, die über den beiden aufeinander liegenden lagen. »Die Kaiserin, die Stadt, der Magier. Aber nein, das kann nicht sein, oder etwa doch?« Sie hatte nachdenklich aufgeschaut.

Ihre Al-Mama hatte nicht verraten, was die Karten bedeuteten, nicht an diesem Tag. Aber sie hatte mit ihren Eltern gesprochen, und Vani hatte sich in die Schatten geschlichen – schon als Kind konnte sie sich lautlos verhalten – und ihr Gespräch belauscht.

»Sie ist unsere einzige Tochter«, hatte ihr Vater mit vor Wut gerötetem Gesicht gesagt. »Ich werde sie nicht zu den Geiern der Stummen Festung schicken.«

»Du hast keine Wahl«, hatte Al-Mama ihn angefaucht. »Es ist ihr Schicksal.«

»Was ist mit den anderen Karten, Mutter?«, hatte Vanis Mutter mit ängstlichem Blick gefragt.

Die alte Frau war sich mit der Hand über die Augen gefahren. »Es ist ein Geheimnis, aber die Karten können nicht lügen. Eines Tages wird sie ihm ein Kind gebären.«

»Wem?«, hatte ihr Vater wissen wollen.

»Dem Magier, der Morindu die Finstere aus dem Sand der Zeit heben wird.« Und darauf hatten Vanis Eltern keine Antwort gewusst.

Ihr Vater hatte sich viele Jahre lang gesträubt, aber am Ende hatte er – frühzeitig ergraut und besiegt – dem Willen des Ältestenrats der Mournisch nachgegeben und Vani im Herbst ihres zwölften Jahres nach Golgoru geschickt. Vani hatte ihre Mutter und ihren Bruder nicht verlassen wollen. Und sie hatte gewusst, dass sie, wenn sie ging, ihren Vater nicht mehr lebend wieder sehen würde. Aber sie hatte genauso wenig eine Wahl gehabt wie er, und sie war allein auf einem Pony in die Leichentuchberge geritten, ohne zurückzuschauen. Und hatte auf dem ganzen Weg das Schicksal verflucht.

Aber als die Jahre vergingen, hatte sie ihre Ausbildung zuerst schätzen, dann lieben gelernt. Es lag Freude darin, sich dem Schicksal zu ergeben, diejenige zu sein, die man zu sein bestimmt war, und sie hatte sich in ihren Studien ausgezeichnet. Viele betraten die Stumme Festung; wenige verließen sie als *T'gol* und dann auch noch nach so wenigen Jahren wie Vani. Viele brauchten dreizehn und mehr Jahre. Sie bestand die schweren Prüfungen in neun.

Freudig war sie zu ihrem Volk zurückgekehrt, nur um erfahren zu müssen, dass ihre Mutter in ihrer Abwesenheit ihrem Vater ins Grab gefolgt war. Aber sie hatte noch immer Sareth und ihre Al-Mama. Und sie hatte noch immer ihr anderes Schicksal, das sich nicht verändert hatte. An ihrem einundzwanzigsten Geburtstag waren die Karten dieselben wie an ihrem fünften. Die Kaiserin. Die Stadt. Der Magier. *Eines Tages wird sie ihm ein Kind gebären.*

Die Karten konnten nicht lügen, das hatte Vani gelernt. Sie würde also doch heiraten – den Mann, der alle Geheimnisse wiederherstellen würde, die ihr Volk vor zwei Zeitaltern verloren hatte. Zehn weitere Jahre waren vergangen. Und dann ...

Vani verlagerte ihr Gewicht, schmiegte ihren Rücken gegen seine nackte Brust, und er seufzte im Schlaf. Sie hatte es gewagt, das Tor-Artefakt zu benutzen, um das Nichts zwischen den Welten zu durchqueren und ihn auf seiner Erde zu finden. Im Verlauf der Jahre hatte sie sich oft gefragt, wie er wohl sein würde. Er war ein mächtiger Magier, so viel war ihr klar gewesen. Würde er alt und bösartig sein, das Gesicht von Narben verunstaltet? In diesem Fall hätte sie sich ihm trotzdem hingegeben; das war ihr Schicksal. Dann hatte sie ihn gefunden, und er war sanft und freundlich und sah gut aus, und das ließ ihr Schicksal nur noch wahrhaftiger erscheinen. Alles war genauso gewesen, wie es sein sollte ...

... und dann hatten sie den blonden Ritter aus Durateks Gefängnis befreit.

Du hättest es wissen müssen. Du hast anderen oft genug die Karten gelesen. Das Schicksal ist immer wahrhaftig, aber oft ist es auch hart und gemein.

Sie hatte geglaubt, sie würden sich ineinander verlieben, sobald sie sich begegneten. Und das hatten sie auch; da hatten die Karten nicht gelogen. In dem Augenblick, in dem sie Travis Wilder das erste Mal gesehen hatte, hatte sie eine Schwäche in ihrem Inneren verspürt, wie sie sie in all ihren Jahren auf Golgoru nie erlebt hatte, aber es war kein beunruhigendes Gefühl gewesen. Stattdessen hatte sie es genossen, so als hätte sie sich ihr ganzes Leben danach gesehnt. Sie wollte sich ihm hingeben. Und sie konnte in seinen Augen lesen, dass er genauso fühlte. Was die Karten ihr nicht gesagt hatten, war, dass er bereits einen anderen liebte.

Was auch immer Beltan von ihr halten mochte, es war

nie ihr Wunsch gewesen, ihm Travis zu stehlen oder ihn zu verletzen.

Und tust du nicht genau das? Hat dich deine Ausbildung nicht in der Kunst geschult, Schmerz und Tod zu bringen?

Ja, aber Beltan war in diesem Handwerk in jeder Weise genauso versiert wie sie. Wäre er schwach oder dumm oder selbstsüchtig gewesen, wäre es leicht gefallen, ihm keine Beachtung schenken zu müssen; sie hätte nicht die geringste Scham empfunden, ihm Travis wegzunehmen. Aber er war mutig, hatte Sinn für Humor und verfügte über eine grenzenlose Loyalität, und genau aus diesen Gründen war sie auf der ganzen Reise so gemein zu ihm gewesen. Beltan hatte Travis Wilders Liebe verdient; ihr war sie bloß durch das Mischen eines Kartenspiels gewährt worden. Hätte sie jemand vor einem Jahr gefragt, ob Liebe wichtiger als Schicksal ist, hätte sie darüber nur gelacht. Aber jetzt ...

Er bewegte sich wieder; er wachte auf. Seine Lippen strichen sanft und zärtlich über ihren Nacken. Sie lächelte, legte ihre Hand auf die seine und drückte sie gegen ihren Leib. Vielleicht war es ja nicht nur das Schicksal. Vielleicht hatte sie seine Liebe auch verdient.

Sie hatte keine Ahnung, wie er in den Garten gekommen war. Sie war sich nicht einmal sicher, wieso sie hier war. Es war auf dem Schiff sehr eng geworden; sie hatte den Wunsch verspürt, irgendwie von den anderen – von Beltan – wegzukommen. Dann hatte sie die Falltür an Deck entdeckt – eine Falltür, von der sie überzeugt gewesen war, dass sie zuvor nicht da gewesen war. So seltsam sie auch war, sie hatte sie geöffnet und war auf den Garten gestoßen.

Vermutlich hatte irgendeine Magie des Kleinen Volkes diesen Ort im Inneren des Schiffes erschaffen, auch wenn der Garten mit Sicherheit zu groß war, um sich im Lagerraum befinden zu können. Das spielte keine Rolle. Es lag nicht in ihrer Natur, das Funktionieren von Magie in Frage zu stellen. Es gab Leute, die der festen Überzeugung waren, dass die Kunst der *T'gol* mit Magie ausgeübt wurde, aber alles – sogar die Fähigkeit, Materie in und aus der Realität phasen zu lassen – wurde durch Konzentration bewerkstelligt.

Sie war eine Zeit lang umhergewandert und hatte den Frieden und die Einsamkeit des Gartens genossen. Dann hatte sie ihn gesehen, wie er neben einem Teich kniete. Welche Magie auch immer ihre Umgebung erschaffen hatte, irgendwie musste sie auch ihn an diesen Ort gebracht haben. Sie war zu ihm gegangen, und er war aufgestanden und hatte sie angelächelt. Er sprach kein Wort, und in ihrer Überraschung war die Wahrheit aus ihr herausgesprudelt. Sie hatte ihm gesagt, dass sie ihn nicht nur wegen des Schicksals liebte; sie liebte ihn wegen dem, was er als Mann darstellte, und hätte ihn auch dann geliebt, wenn er nicht derjenige gewesen wäre, der eines Tages Morindu die Finstere aus der Wüste heben würde.

Er hatte sie bloß angelächelt, mit sanften Fingern ihr Haar gestreichelt, und andere Worte waren aus ihr herausgesprudelt, bittere Worte, die aber dennoch wahr waren.

»Mir ist egal, was die Karten sagen, was das Schicksal verlangt«, hatte sie gesagt. »Ich will nicht dafür verantwortlich sein, dass eine Liebe zerbricht. Ich weiß, dass du den Ritter Beltan liebst und dass er dich liebt, dass der Bund zwischen euch stark und tief ist. Ich würde mich nicht zwischen euch stellen. Wenn du willst, dass ich dich in Ruhe lasse, dann werde ich das tun. Für alle Zeiten.«

Die Worte waren wie Dolchstiche in ihrem Herzen gewesen, aber sie hatte sie ernst gemeint, und sie hatte stolz und mit erhobenem Haupt dort gestanden. Aber er hatte ihre Wange berührt, die Feuchtigkeit dort weggewischt und sich wortlos nach unten gebeugt, um sie zu küssen.

In diesem Augenblick zerschmolzen Furcht und Unsicherheit. Der grüne Duft des Gartens machte sie betrunken wie Wein. Ihre Kleider waren gefallen, und sie waren zusammen auf den weichen Boden gesunken.

Vani hatte nie zuvor die volle Berührung eines Mannes gespürt. Sie hatte Golgoru noch als Kind betreten, und in jenen Mauern wurden Männer und Frauen voneinander getrennt. In den neun Jahren, die sie dort verbracht hatte, hatte sie nur einmal Männer gesehen, bei ihrer letzten Prüfung. Seitdem hatte sie die Liebkosungen von Verehrern kennen gelernt, aber sie hatte sie immer vertrieben, bevor sie mit ihr bis zum Ende gehen konnten. Sie waren nicht die vom Schicksal für sie Ausersehenen. Mit dem ersten Liebhaber war man für alle Zeiten verbunden - ob man diesen Geliebten nun heiratete oder nicht -, und sie wollte mit ihm, dem Magier, verbunden sein.

Jetzt bestand keine Notwendigkeit mehr zu widerstehen. Nach einem Leben des Wartens wollte sie ihn so sehr, wie er sie wollte; mehr sogar. Als er das erste Mal in sie eindrang, spürte sie, wie etwas nachgab, und da waren Schmerz und auch etwas Blut. Aber er war zärtlich, und er nahm sie von hinten, was den Schmerz linderte. Bald hörte der Schmerz ganz auf, und dann war da nur noch Freude und schließlich ein Gefühl, das sie noch nie zuvor erlebt hatte und das sie in bebenden Wellen durchfuhr. Sie hörte seinen Aufschrei - der erste Laut, den er von sich gegeben hatte - und spürte seine Wärme sich tief in ihr ausbreiten.

Danach hatten sie erschöpft zusammengelegen, schweißfeucht, zufrieden, hatten träge Zärtlichkeiten ausgetauscht. Sie hatte ihm ein paar Dinge zugeflüstert - über das Schicksal und die Liebe und das Vergnügen -, und er hatte mit Küssen geantwortet. Und dann hatten sie nackt auf dem Boden des unmöglichen Gartens liegend geschlafen.

Hinter ihr ertönte sein leises Stöhnen. Er ließ sie los,

streckte die Arme aus. Also war der vom Schicksal für sie Ausersehene endlich wach. Mit einem Lächeln drehte sie sich zu ihm um.

Er starrte sie mit grünen Augen an, nicht mit grauen.

Einen Augenblick lang waren sie beide zu verblüfft, um sich zu bewegen. Er war nackt, genau wie sie. Blätter steckten in seinem blonden Haar, Moos klebte an seinem schlanken, sehnigen Körper. Sie konnte die roten Male an seinem Hals sehen, wo sie ihn liebkost hatte. Dann kam Bewegung in sie beide.

Sie brauchte einen Augenblick lang, um ihre Beine aus den seinen zu lösen, dann sprang sie auf die Füße und schnappte sich ihre Lederkleidung, mit der sie ihre Blöße bedeckte. Er rollte sich zur Seite, griff sich seine Hosen und zog sie sich mit ihr zugekehrtem Rücken hastig über. Als er sich wieder umdrehte, hatte sie es in der Zwischenzeit geschafft, ihr Leder überzustreifen, auch wenn nicht genug Zeit gewesen war, die Schnallen zu schließen.

»Was tut Ihr hier?«, knurrte Beltan. Er wischte sich Moos von der nackten Brust und den Armen.

Vani betrachtete ihn misstrauisch. »Das Gleiche könnte ich Euch fragen.«

»Ihr müsst mir alles Gute ruinieren, oder? Ihr könnt es einfach nicht lassen!« Er trat mit vor Wut rot angelaufenen Wangen auf sie zu. »Wo ist er geblieben? Ich war hier mit ihm zusammen, dann sind wir eingeschlafen. Was habt Ihr mit ihm gemacht?«

Empörung stieg in ihr auf. Warum beschuldigte er immer sie, etwas Falsches getan zu haben? »Ich habe gar nichts mit ihm gemacht. Und ich war diejenige, die hier mit Travis Wilder war. Ich weiß nicht, wie oder wann Ihr an diesen Ort gelangt seid.«

Er schüttelte verwirrt den Kopf. »Wovon sprecht Ihr da? Ich

bin die Leiter hinuntergeklettert. Ich fand ihn hier im Garten, und wir ...«

»Nein, *ich* bin die Leiter hinuntergeklettert.« Vani massierte sich die pochenden Schläfen. In ihrem Haar klebte Moos. »Ich war es, die ihn hier gefunden hat, und wir haben zusammen ...«

Ihr wurde eiskalt und das trotz der angenehm warmen Luft des Gartens. Beltan und sie starrten den leeren Platz auf dem Boden zwischen ihnen an, dann einander.

Er riss die Augen weit auf, machte einen Schritt zurück und hielt die Hand hoch. »Bei den Sieben ...«

Etwas krampfte sich in ihr zusammen, und sie wusste, dass ihre Augen genauso aufgerissen waren wie die seinen. »Nein, das kann nicht sein.«

Aber das war es doch.

»Es war nicht Travis«, sagte er mit erstickter Stimme. »Es war nicht Travis, mit dem ich ... das wart Ihr. Ich habe mit Euch ...«

Sie verschränkte die Arme über dem Leib und kämpfte gegen das plötzliche Verlangen an, sich übergeben zu müssen. »Ihr habt mich geliebt. Und ich Euch.« Sie hätte außer sich sein müssen, sie hätte sich auf ihn stürzen und ihn für das zusammenschlagen müssen, was er ihr angetan hatte, für diese Entehrung, diese Demütigung. Aber da war nur eine graue Leere in ihr und ein dumpfer Schmerz zwischen den Beinen. Sie hatte geglaubt, er wäre es gewesen, der für sie vom Schicksal Auserwählte, der Magier. Und stattdessen war es Beltan gewesen. Sie war verraten worden. Aber von wem?

»Sie sollen verflucht sein«, rief Beltan, ging im Kreis und drohte den Bäumen mit der Faust. »Sie waren es – das Kleine Volk. Das haben sie uns angetan. Sie haben uns mit ihrem Zauber hereingelegt.«

»Ja, aber warum?«

»Ich weiß es nicht. Aber sie werden dafür bezahlen. Hört ihr mich? Das wird euch noch Leid tun!« Er trat gegen einen Baum. Der schlanke Stamm beugte sich unter seiner Wut, dann richtete er sich anmutig wieder auf, ohne einen Kratzer. Blätter schüttelten sich mit einem Laut, der an leises, selbstzufriedenes Gelächter erinnerte.

»Das ist doch sinnlos«, meinte Vani leise und resigniert. »Gegen ihre Magie können wir nichts ausrichten. Und aus welchem Grund sie das auch immer wollten, es ist geschehen.«

Beltan wandte sich ihr zu. »Wie könnt Ihr nur so sein? Wie könnt Ihr so ruhig sein? Seid Ihr nicht wütend wegen dem, was sie uns angetan haben, was sie Euch angetan haben?«

»Ich bin mir zu bewusst, was mir angetan wurde«, sagte sie und spürte Hitze in ihren Wangen aufsteigen, aber sie hielt das Kinn emporgereckt. »Mehr als Euch vermutlich klar sein dürfte. Mein ganzes Leben lang habe ich mich für ihn aufgespart.«

Er wurde totenbleich, blieb wie angewurzelt stehen, die Hände baumelten schlaff herunter. »Blut und Asche, Vani. Es tut mir Leid. Bei den Göttern, das tut es wirklich. Ich hätte nicht derjenige sein dürfen, der Euch das nimmt, der Euch die ...«

Sie wandte sich ab. »Nein, das hättet Ihr nicht tun dürfen. Aber Ihr hattet keine Wahl in dieser Sache, genauso wenig wie ich. Es war ihr Wille.« Sie zeigte auf die Bäume.

In dem Garten kehrte Schweigen ein. Eine lange Minute verging, dann hörte sie Schritte hinter sich. Er legte ihr eine Hand auf die Schulter. Die Geste war zögernd, unbeholfen. Sie wollte wegzucken, beherrschte sich dann aber. Was sollte das jetzt noch?

»Seid Ihr in Ordnung?«, fragte er rau.

Sie schloss die Augen. Nein, sie war nicht in Ordnung. Sie würde nie wieder in Ordnung sein. Man hatte ihr gerade ihr

Schicksal geraubt. Stattdessen sagte sie: »Wir sind nun verbunden, Ihr und ich. Das Schicksal einer Frau ist für alle Ewigkeit mit dem Mann verbunden, der sie als Erster geliebt hat.«

Er schwieg. »Und was ist mit dem Mann?«, fragte er dann. »Ist sein Schicksal mit seiner ersten Frau verbunden?«

Sie öffnete die Augen und drehte sich um. Auf seinem Gesicht zeigte sich ein gequälter Ausdruck, aber in seinem Blick lag Entschlossenheit.

»Ihr seid vorher noch nie mit einer Frau zusammen gewesen?«

Er schüttelte den Kopf.

Sie seufzte. »Dann seid Ihr so verbunden, wie ich es bin.«

»Aber was bedeutet das?« Er betrachtete die Lilien, die im Teich schwammen.

»Ich weiß es nicht«, antwortete sie wahrheitsgemäß.

»Ich liebe ihn noch immer, Vani.« Er wandte sich wieder ihr zu. »Ich kann nicht aufhören, ihn zu lieben. Und ich werde es auch nicht.«

»Dann müsst Ihr schwören, ihm nie zu erzählen, was sich hier zugetragen hat.« Es war ihre einzige Möglichkeit; so würden ihre Schicksale für alle Zeiten miteinander verbunden sein, durch diesen Schwur, dieses Geheimnis.

Beltan nickte und streckte die Hand aus. »Ich schwöre es, beim Blut von Vathris. Ich werde es keinem Menschen erzählen.«

Sie ergriff die Hand und erwiderte fest ihren Druck. »Und ich schwöre es ebenfalls, beim Blut meiner Vorfahren.«

Sie ließen einander los und traten zurück.

»Und wie geht es jetzt weiter?«, fragte Beltan mit hängenden Schultern.

Vani holte tief Luft. »Jetzt leben wir eine Lüge«, sagte sie und ging in Richtung Leiter.

17

Der Morgen brach blau und silbrig herein, und diesmal versperrte kein Nebel Grace die Sicht auf die Welt. Sie stand am Bug und betrachtete die weißen Berge, die aus dem Ozean ragten. Neben ihrem Ellbogen kauerte ein Wesen auf der Reling – es war das erste Mal, dass sie einen aus dem Kleinen Volk aus der Nähe sah. Es war ein verdorrtes Ding, mit einem Antlitz wie eine Wurzel und einem Schopf Moos als Haar. Das Wesen zeigte mit dem Finger auf die Gipfel, als wüsste Grace nicht, dass ihre Zukunft genau dort lag.

Zuerst hatte sie sie für Eisberge gehalten. Dann waren sie größer geworden, ragten in den Himmel hinein. Jetzt konnte sie das unwirtliche graue Tiefland am Fuß der Berge ausmachen; weiße Punkte schwebten vor ihren Augen. Möwen.

Grace griff nach dem kalten Stück Stahl an ihrem Hals. Das Wesen tätschelte ihre Hand – seine Berührung war leicht und so trocken wie Jahre alte Blätter –, und sprang davon.

Schritte ertönten, dann blieb Falken neben ihr stehen. »Es ist Toringarth«, sagte der Barde, und das Staunen in seiner Stimme war so deutlich greifbar wie sein Atem, der in der Luft zu Nebel wurde.

Zum ersten Mal seit Betreten des Schiffes verspürte Grace Kälte. Sie fröstelte unter ihrem Umhang und drückte die Wange gegen den Fuchspelzkragen. »Ich weiß nicht, ob ich das schaffe, Falken.«

»Das wirst du, Grace. Du bist Ulthers Erbin. Selbst zerbrochen wird das Schwert dich erkennen.«

»Wie denn?«

»Durch dein Blut.«

Vielleicht, nur vielleicht verstand sie es ja doch. Hatte sie das schließlich nicht unzählige Male im Krankenhaus getan?

Einem Menschen Blut abgenommen und es zur Analyse ins Labor geschickt. Man konnte so viel aus den paar Tropfen Flüssigkeit erfahren – ob ein Mann betrunken war, ob er einen Herzinfarkt gehabt hatte, ob seine Nieren versagten. Fellring würde sie einfach auf die gleiche Weise testen.

Grace sah sich um. Das Kleine Volk war nirgendwo in Sicht, als würde es das helle Nordlicht meiden. Trotzdem raste das Schiff zielstrebig aufs Land zu. Sie entdeckte Sindar am Heck. Sein Gesicht war dem Meer zugewandt – nicht zu ihrem Ziel, sondern dorthin, wo sie hergekommen waren. Woran dachte er, jetzt, da sie ihr Ziel fast erreicht hatten? Fragte er sich, was aus ihm werden würde, sobald seine Aufgabe erfüllt war?

Grace verspürte plötzlich den Drang, zu ihm zu gehen, vielleicht sogar ihn zu trösten. Aber die Küste war jetzt so nahe, die Berge bissen förmlich weißen Zähnen gleich in den Himmel. Sie konnte die Umrisse einer Bucht erkennen, die tief und schmal wie ein Fjord war, und mit Möwenkot bespritzte Klippen.

»Hast du Beltan und Vani gesehen?«, fragte Grace stattdessen den Barden.

Sie hatte die beiden schon einige Zeit lang nicht mehr gesehen; sie hatte angenommen, dass sie sich irgendwo in der Dunkelheit verkrochen hatten, doch nun war es schon eine Weile hell. Aber sie hatte noch nicht zu Ende gesprochen, als sie Beltan eine halbe Schiffslänge entfernt entdeckte; er lehnte an der Steuerbordreling. Und da war Vani ihm genau gegenüber auf der anderen Seite des Schiffes; sie saß mit untergeschlagenen Beinen da, die Hände auf den Knien, die Augen geschlossen und das Gesicht der Sonne zugewandt.

»Ich hole sie«, sagte Falken. »Etwas sagt mir, dass wir alle bereit sein sollten.«

Als die drei zum Bug zurückkehrten, erwachte in Grace sofort die Ärztin. »Beltan, Vani, was ist? Seid ihr krank?«

Beltan war blass, seine Stirn schweißbedeckt. Sein Gesicht trug einen grünen Schimmer. Vani sah nicht viel besser aus. Die *T'gol* biss die Zähne so fest zusammen, dass ihre Kiefermuskeln hervortraten, und sie krümmte sich etwas.

»Mir geht es gut«, knurrte Beltan.

Vanis Worte waren genauso angespannt. »Es ist alles in Ordnung.«

Es ging ganz schnell, trotzdem entging es Grace nicht: Der Ritter und die Meuchelmörderin warfen einander einen flüchtigen Blick zu und sahen dann schnell wieder weg. Graces Herz setzte einen Schlag lang aus. Zwischen den beiden war etwas geschehen, da war sie sich sicher. Etwas Schreckliches. Aber was?

Das Schiff segelte wie eine Möwe, die über die Wasseroberfläche sauste, zwischen messerscharfen Steinklippen in den Fjord hinein. Falken stieß einen Fluch aus, und Grace drehte sich um. Und da sah sie die zu Eis erstarrte Stadt.

Sie stand auf einem Felsvorsprung über der Bucht, ihre Türme und Spitzen spiegelten sich im Jadespiegel des Wassers wider. Aber als das Schiff näher heranraste, erkannte Grace, dass die Stadt gar nicht auf der Klippe erbaut worden war; sie war aus ihr herausgemeißelt worden. An ihren Fundamenten verschmolzen die glatten Wände mit grauem Fels. Straßen schlängelten sich entlang natürlicher Spalten und Klüfte. Türme erhoben sich Wächtern gleich, nahtlos mit dem Rest der Stadt verbunden.

Schon einmal zuvor hatte Grace einen ähnlichen Turm wie diese hier gesehen. Der Graue Turm der Runensprecher war auf die gleiche Weise aus einer natürlichen Felsennadel herausgemeißelt worden. Möglicherweise hatten die Runensprecher ja diese Kunst von den Menschen Toringarths gelernt.

Das Schiff glitt über die glasige Oberfläche des Fjords und näherte sich der Küste. Über ihm drehten Möwen ihre Runden, während die schneebedeckten Berge in die Höhe wuchsen und nur einen kleinen Streifen Himmel freiließen. In dem abnormen Zwielicht schien die Stadt zu glühen.

»Das ist wunderschön«, sagte Grace.

Beltan runzelte die Stirn. »Wo sind die Menschen?«

»Und die Schiffe«, fügte Vani hinzu. »Müssten hier keine Schiffe sein?«

Falken rieb sich mit der Silberhand das Kinn. »Ich weiß es nicht. Ich habe immer geglaubt, Ur-Torin sei eine dicht bevölkerte Stadt. Und sie sieht ja auch beeindruckend aus. Aber ich kann niemanden entdecken.«

Das Weiße Schiff kam an einem steinernen Pier, der in die Bucht hinausragte, zum Stehen. Das Pfeifen des Windes und das Schäumen der Wellen verstummte, allein das Murmeln des an den Stein leckenden Wassers war zu hören, das von den hohen Klippen des Fjords immer wieder zurückgeworfen wurde und wie ein Totenchor klang.

»Seht«, sagte Vani.

Sie drehten sich rechtzeitig um, um zu sehen, wie mehrere verzerrte Umrisse durch eine Falltür in den Lagerraum des Schiffes verschwanden. Die Falltür schloss sich, und Grace konnte keine Spur mehr davon erkennen. Als sie wieder aufsah, erkannte sie, dass eine Planke aus grauem Holz vom Schiffsdeck zur Pier reichte. Sindar wartete am Ende der Planke. Grace begab sich zu ihm, und die anderen folgten.

»Ich dachte, vielleicht wollen sie, dass ich bleibe«, sagte der Mann mit dem silbergrauen Haar. »Ich dachte, vielleicht werde ich Teil ihrer Mannschaft. Aber ich vermute, das ist unmöglich. Ich bin nicht wie sie. Selbst wenn ich manchmal ...« Er schüttelte den Kopf. »Aber das spielt sowieso keine Rolle. Sie haben gesagt, dass ich euch begleiten soll.«

Grace ergriff seine Hand und drückte sie. »Das freut mich.«

Er sah sie überrascht an. Dann lächelte er, und der Ausdruck brachte sein Gesicht zum Strahlen. Grace hielt die Luft an. Seine Züge waren zart, fast schon fein geschnitten, aber ihr war zuvor nicht aufgefallen, wie scharf sie waren, wie stolz, wie stark. Zweifellos war Sindar das schönste menschliche Wesen, das sie je gesehen hatte.

Er beugte sich herunter und küsste sie auf die Stirn. Irgendwo aus der Ferne – vermutlich aus der Stadt – hörte sie das leise Echo eines Glockenspiels. Dann waren die anderen da. Grace drehte sich um und tat ihr Bestes, ihnen ein tapferes Lächeln zu schenken.

»Kommt«, sagte sie. »Finden wir mein Schwert.«

In dem Augenblick, in dem sie von der Planke traten, traf sie die bitterkalte Luft. Graces Gesichtshaut spannte sich, sie kniff bei jedem Atemzug die Nasenlöcher zusammen. Fast sofort bildete sich Eis an Beltans Schnurrbart. Sie zogen ihre Umhänge enger, schlugen die Kapuzen hoch oder setzten Mützen auf. Es gab keinen Wind, trotzdem schienen frostige Finger die Lücken in ihrer Kleidung zu finden und darunter zu schlüpfen, um die nackte Haut zu streicheln.

»Die kalte Luft kommt oben von der Hochebene«, sagte Falken und zeigte auf die schneebedeckten Gipfel, die sich über die Stadt erhoben. »Es heißt, in diesen Bergen ist es so bitterlich kalt, dass dort außer Trollen nichts leben kann.«

Grace fröstelte. »Trolle?«

»Keine Angst, Grace.« Der Barde grinste. »Ich bin sicher, sie sind nur eine Legende.«

»So wie magische Schwerter?«

Beltan stampfte mit den Stiefeln auf. »Können wir bitte weitergehen, bevor wir hier festfrieren?«

Jetzt, wo sie das Schiff verlassen und eine Aufgabe hatten, schien der Ritter sein altes Ich wiederzufinden. Auch Vani schien sich größtenteils von dem erholt zu haben, was auch immer ihr zu schaffen gemacht hatte.

»Ich gehe voraus«, sagte die *T'gol.* »Beltan, Ihr übernehmt die Nachhut.«

Grace rechnete mit Widerspruch, aber zu ihrer Überraschung nickte der blonde Mann.

In einer engen Gruppe gingen sie vom Pier auf die Stadtmauer zu: Vani an der Spitze, Sindar, Falken und Grace in der Mitte, und Beltan hinter ihnen. Aber soweit Grace es sagen konnte, gab es nichts, auf das man aufpassen musste. An diesem Ort schien es kein lebendes Wesen zu geben, wenn man von ihnen selbst und den Möwen absah, die wie Geister über ihnen schwebten.

Das Stadttor stand weit geöffnet, aber selbst wenn es geschlossen gewesen wäre, hätte es vermutlich keine schwierige Barriere dargestellt. Die dicken Eisenstangen waren rot, das Salz und Wasser zahlloser Jahre hatten sie verrosten lassen. Beltan ergriff eine Eisenspitze, und das Metall brach einfach ab. Er warf es zu Boden, dann gingen sie durch das Tor in die Stadt.

Sie fanden sich auf einer leeren Hauptstraße wieder. Sie wurde von rechteckigen Häusern gesäumt, von denen jedes aus einem einzelnen Felsblock gehauen war; die Wände waren dick, die Fenster schmal und die Türen niedrig, so konstruiert, dass sie ein Minimum an kalter Luft hereinließen. Aber von den Fensterläden und Türen, die die Öffnungen einst versperrt hatten, waren nur noch Berge von Splittern übrig. Beltan warf einen Blick in ein paar der Häuser und kam kopfschüttelnd zurück. Leer.

Sie gingen weiter, vorbei an weiteren leeren Häusern, stummen Türmen und einsamen Plätzen. Grace schaute in ein paar Fenster und entdeckte Eisentöpfe, die noch immer an ihren Ketten über Öfen hingen, da waren angelaufene Silbertassen auf Steinregalen, sorgfältig aufgereiht wie Erbstücke. Wo auch immer die Bewohner der Stadt geblieben waren, ihren Besitz hatten sie nicht mitgenommen

Sie kamen zu einer Quelle, deren sprudelndes Wasser gefroren war und eine fantastische Eisskulptur geschaffen hatte. Sie sahen noch immer keine Anzeichen von Menschen oder Tieren, nicht mal Knochen. Die Stadt war mehr als tot; es hatte den Anschein, als wäre sie nie lebendig gewesen.

»Was ist mit diesem Ort passiert?«, sagte Grace und wagte, die Stille zu brechen. »War es ein Krieg?«

Beltan schüttelte den Kopf. »Das war kein Krieg. Selbst wenn er vor langer Zeit stattgefunden hätte, würde es noch immer Anzeichen davon geben. Dinge wären verbrannt, zerstört. Es gäbe Knochen, vielleicht sogar Leichen.«

»Aber alles ist aus Stein«, sagte Falken. »Der würde nicht brennen. Und im Laufe der Zeit könnten Tiere die Knochen weggeschleppt haben. Ich kann mir nicht vorstellen, dass diese Stadt ohne Kampf fiel. Es heißt, einst waren hier tausend Wulgrim, und mit Sicherheit war kein Kämpfer in der Geschichte so stark oder wild wie die Wolfskrieger von Toringarth.«

Vani verschränkte die Arme. »Nein. Beltan hat Recht. Was auch immer hier geschehen ist, es geschah ohne Blut. Ohne Feuer. Diese Stadt ist keines gewaltsamen Todes gestorben.«

Grace biss die Zähne zusammen, um sie am Klappern zu hindern. Irgendwie waren Vanis Worte beunruhigender als die Vorstellung eines Krieges. Eine Stadt konnte erobert werden, ihre Bewohner getötet; das konnte sich Grace vorstellen. Aber wie konnte die Bevölkerung einer ganzen Stadt spurlos verschwinden?

Sie kamen zu einer Kreuzung. Grace sah Sindar an. »In welche Richtung sollen wir gehen?«

Der Mann mit dem Silberhaar zuckte mit den Schultern. »Das Kleine Volk hat mir bloß gesagt, ich soll Euch folgen.«

»Das habe ich befürchtet«, seufzte Grace. »Falken, hast du eine Idee, wo wir das Schwert finden könnten?«

»Ich habe gestern noch einmal in das Buch gesehen.« Der

Barde zog das schmale Bändchen unter dem Umhang hervor, das Grace in der Universitätsbibliothek von Tarras gefunden hatte – das Buch mit dem Titel *Heidnische Magie des Nordens*. Falken blätterte es durch, vorbei an der unmöglichen Botschaft, die nur Travis geschrieben haben konnte, bis er zu einem Absatz am Ende kam. Er las laut vor. »›Und so kam dieser Pilger zum Turm von Ur-Torin, und er war voller Freude, als er entdeckte, dass die Splitter des sagenhaften Fellring nicht verborgen lagerten, sondern in aller Öffentlichkeit zur Ansicht freilagen, so dass sich die Menschen an Lord Ulther erinnern konnten, der die berühmte Klinge als Letzter schwang und der der größte ihrer Könige war.‹«

Grace kaute auf der Unterlippe herum und versuchte, die Worte zu ergründen. »Was bedeutet das, Falken?«

»Ich bin mir da nicht ganz sicher.« Er ließ das Buch wieder unter dem Umhang verschwinden. »Aber der Verfasser, wer auch immer das war, begab sich zum Turm von Ur-Torin, nicht zur Stadt. Ich glaube, er meinte den Haupt-Turm.« Der Barde zeigte auf den großen, sperrigen Turm, der den Gipfel des Felsens krönte, aus dem man Ur-Torin herausgeschlagen hatte.

»Könnte man die Schwertteile seitdem an einen anderen Ort gebracht haben?«, fragte Beltan. »Vielleicht haben die Leute sie ja mitgenommen, als sie gegangen sind.«

»*Wenn* sie gegangen sind«, sagte Grace leise. Sie hatte die Worte nicht laut aussprechen wollen. Sie ergaben keinen Sinn; wenn die Bewohner nicht gegangen waren, wo steckten sie dann?

Vani ging die Straße hinauf, die zur Stadtmitte führte. Unterwegs fühlte Grace, wie ein Schrei in ihr aufstieg. Es fing als Unbehagen im Leib an und wurde dann zu einem würgenden Gefühl im Hals. Jetzt lauerte er direkt hinter ihren Lippen, und sie konnte ihn nur zurückhalten, weil sie die Zähne zusammenbiss. Die Stille, die Leere, war zum Verrücktwerden.

Weitere verlassene Gebäude glitten vorbei, ihre Fenster wie tote Augen. Sie erklommen eine breite Treppe mit hundert oder mehr Stufen. Als sie oben waren, rang Grace keuchend nach Atem, und die kalte Luft stach in ihren Lungen. Sie hustete, ein metallischer Geschmack füllte ihren Mund.

In vielerlei Hinsicht erinnerte sie Ur-Torins Zentralturm an den Bergfried von Calavere. Er war hoch und breit, beinahe ein Viereck; aus demselben grauen Stein wie die Stadt gebaut, wies er zahllose Schlitze als Fenster auf. Aber wo Calavere von blauen Fahnen geschmückt wurde, wurde der Bergfried von Ur-Torin von vier Hörnern aus Fels gekrönt, die genau wie die Hörner aussahen, die auf allen Turmspitzen der Stadt in die Höhe ragten. Aber diese hier waren größer, waren gefährlich gekrümmt wie Krallen.

»Drachen«, sagte Sindar. »Die Hörner würden Drachen davon abhalten, auf den Türmen zu landen.« Er hatte die Richtung ihres Blicks bemerkt.

Falken kniff die Augen zusammen. »Ich dachte, Ihr könntet Euch an nichts erinnern.«

Sindar lächelte bloß. »Ich kann nicht sagen, wer ich bin oder wo ich herkomme. Aber ich weiß, dass der Himmel blau, Feuer heiß und Eis kalt ist. Und ich weiß, dass diese Hörner dazu bestimmt waren, Drachen abzuwehren.«

»Das ist schon möglich«, sagte Falken. Obwohl Sindars Worte ihn nicht überzeugt zu haben schienen. »Ur-Torin ist eine alte Stadt – fast so alt wie Tarras. Ich glaube, dass in jenen Tagen noch immer eine stattliche Zahl von Drachen im Norden lauerte.«

Beltan beschattete die Augen. »Ich kann keine Verfolger entdecken.«

»Dann lasst uns reingehen«, sagte Vani, »und aus dieser elenden Kälte raus.«

Das Tor des Zentralturms bestand schon wie das Stadttor

aus brüchigem Eisen, und mit vereinten Kräften zerrten Falken und Beltan es weit genug auf, damit sie sich hindurchquetschen konnten, auch wenn Sindar sich davor zu scheuen schien. Erst nachdem Grace ihm aufmunternd zugewunken hatte, schob sich der schlanke Mann durch den Spalt, wobei er sorgfältig darauf achtete, dabei nicht mit dem Eisentor in Berührung zu kommen.

Leider hatte Vani mit ihrem dünnen südlichen Blut Pech, genau wie die anderen – im Gebäude war es noch kälter als draußen. Die dicken Steinmauern hielten die Kälte fest. Trotz der niedrigen Temperatur hing ein übler Gestank in der Luft. Grace fand sich an ihre Tage beim Medizinstudium erinnert und an den kalten Stahlraum neben dem Anatomielabor, wo die Leichen lagerten, bis sie mit Formaldehyd gefüllt wurden, damit sie sich nicht zersetzten.

Wie die Stadt war der Turm leer. Auf dem Boden lagen Überreste verfaulter Möbel herum, über ihnen hingen die Fetzen von Wandteppichen so grau und fein wie Spinnennetze und schwangen umher, als die fünf darunter vorbeigingen. Sie folgten einem breiten Korridor zur Mitte des Turms und kamen zu einem großen Eisentor. Die Torflügel waren geschlossen.

Sie waren nicht so verrostet wie der Eingang und auch nicht so leicht zu öffnen. Grace und Beltan packten den Eisengriff des einen Torflügels, Falken und Vani nahmen den anderen, und nach einigen Anstrengungen schafften sie es, das Tor aufzustemmen. Ein lautes Dröhnen ertönte, gefolgt von einem eiskalten Luftschwall. Der Laut hallte wie ein Donnerschlag durch das Gebäude.

Grace betrat den großen Raum als Erste. Ihr kam zwar der Gedanke, dass sie Vani hätte vorgehen lassen sollen, um sicherzugehen, dass keine Gefahren drohten, aber irgendwie wusste sie, dass es richtig war, wenn sie die Gruppe anführte. Schließlich war es ihr Erbe, nicht wahr?

Zwei Reihen von Bäumen nachempfundenen Säulen erstreckten sich voraus; ihre steinernen Äste vereinigten sich hoch oben und bildeten die Deckenkuppel. Sonnenlicht strömte durch schmale Fenster, und in den Strahlen tanzten winzige Eiskristalle, die das Öffnen des Tores aufgewirbelt hatte. Der Boden war mit Reif bedeckt, der so dick und fedrig wie weißes Moos war. Er zerfiel unter ihren Schritten zu Staub.

Grace blickte sich um, konnte außer den Säulen und einem Thron aber nichts entdecken. »Bist du sicher, dass das Schwert hier ist, Falken? Könnte es nicht woanders sein?« Weiße Flocken regneten in die Tiefe, losgerissen vom Klang ihrer Stimme.

»Nein«, sagte der Barde leise. »Das hier war das Herz des Königreiches. Falls die Teile des Schwertes für alle zur Schau gestellt wurden, dann nur hier.«

Aber als sie den Saal durchsuchten, fanden sie keine Spur von dem zerbrochenen Schwert. Vani entdeckte im Kamin ein Stück verrostetes Eisen, aber es sah aus wie die Spitze eines Schürhakens, und Beltan fand die Angeln einer schon vor langer Zeit zu Staub zerfallenen Seitentür. Sie wischten Reif vom Boden und den Säulen, fanden aber nur Stein. Es gab auch keine Alkoven, in denen man solch kostbare Gegenstände wie die Reste des Schwertes hätte aufbewahren können.

»Vielleicht sind sie in einer geheimen Kammer«, meinte Beltan.

Falken stieß die Luft aus und produzierte eine weiße Wolke. »Das würde aber nicht zu dem ›in aller Öffentlichkeit zur Ansicht freiliegen‹ passen.«

»Vielleicht sind die Schwertsplitter zu Staub verrostet«, schlug Vani vor und wog das Eisenstück in der Hand.

»Nein«, sagte Falken. »Selbst zerbrochen ist Fellring von großer Magie erfüllt, die ihm das Blut der Elfen verliehen hat, die sich in die Klinge gestürzt haben.«

Sindar drehte sich um und starrte den Barden an. »Was habt Ihr gerade gesagt?«

Der Barde legte den Kopf schief. »Kennt Ihr nicht die Geschichte von Fellring?«

Sindar schüttelte den Kopf, und Falken erzählte schnell die Geschichte, die Grace schon kannte: wie vor tausend Jahren König Ulther allein vor dem Runentor gestanden und darauf gewartet hatte, dass der Fahle König herausritt und ihn tötete. Dann waren drei Elfen über das Schlachtfeld, auf dem seine erschlagenen Männer lagen, auf ihn zugeschwebt. Die leuchtenden Wesen hatten sich auf Fellring geworfen, und ihr Blut hatte sich mit dem Schwert verbunden und es verzaubert. Darum war die Klinge, als Ulther auf den Fahlen König einhieb, in die Brust gedrungen und hatte sein Eisenherz in zwei Teile gespalten und ihn besiegt – wenn ihn auch nicht getötet. Gleichzeitig war das Schwert zerbrochen. Ulther fiel auf die Knie, und die Nekromanten des Fahlen Königs kamen heran. Aber in diesem Augenblick trafen die Heere aus Tarras in der Schattenkluft ein, angeführt von Kaiserin Elsara. Die Streitkräfte des Fahlen Königs, die beim Anblick ihres gestürzten Meisters der Mut verließ, wurden von ihnen vernichtet. Die meisten Nekromanten wurden erschlagen, und ein paar von ihnen flohen zusammen mit ihrem verletzten Herrn zurück nach Imbrifale. Und Elsara kam zu Ulther und rettete sowohl den König wie auch sein zerbrochenes Schwert.

Als Falken geendet hatte, durchfuhr Sindar ein sichtlicher Schauder. Er fuhr sich mit der Hand über die Augen.

»Was ist?«, fragte Grace und berührte seine Schulter.

»Ich weiß es nicht. Nichts.« Er senkte die Hand und erwiderte ihren Blick. »Die Geschichte des Barden klingt nur vertraut, das ist alles.«

»Vielleicht habt Ihr sie schon zuvor gehört«, sagte sie. »Vielleicht erinnert Ihr Euch an sie.«

»Vielleicht.«

Vani stemmte die Hände in die Hüften. »Was machen wir jetzt?«

»Ich sage, wir durchsuchen den Turm«, sagte Beltan.

Die Meuchelmörderin und der Ritter fingen an, mit Falken Pläne zu schmieden, während Sindar bloß in Gedanken versunken zu sein schien. Grace war es zu kalt, um einfach bloß dazustehen; sie musste sich bewegen. Ohne darüber nachzudenken, näherte sie sich dem Thron. Sie erklomm die erste Stufe des Podestes, dann zögerte sie.

Und warum solltest du nicht weitergehen? Wenn Falken Recht hat, bist du die einzige Person auf der Welt, die behaupten kann, von Ulther abzustammen. Das bedeutet, du bist sowohl die Königin von Toringarth als auch von Malachor.

Großartig. Nun konnte sie zwei untergegangene Königreiche unter ihren Namen setzen. Sie stieg die Stufen hinauf, wobei sie aufpasste, nicht auszurutschen. Vielleicht würde ein anderer Blickpunkt auf den Saal ihr ja eine Eingebung verschaffen, wo das Schwert sein konnte.

Die Hoffnung war vergeblich. Der Saal sah oben vom Thronpodest nicht anders aus. Falken, Vani und Beltan unterhielten sich noch immer leise. Sindar hatte sich ein Stück von ihnen entfernt und starrte auf seine gefalteten Hände. Grace seufzte und richtete ihre Aufmerksamkeit auf den Thron.

Sie überlegte, den gewaltigen Stuhl auszuprobieren, aber er war mit einer dicken Reifschicht bedeckt, was das Sitzen zu einer kühlen Angelegenheit machen würde. Aus der Lehne ragten sogar richtige Eissplitter. Neugierig berührte sie einen davon.

Und stieß einen leisen Schrei aus. Blut quoll aus ihrer Fingerspitze. Sie riss den Handschuh herunter. Der Schnitt war sauber und tief, wie von einem scharfen Skalpell verursacht.

»Alles in Ordnung, Grace?«, sagte jemand. Vermutlich war es Beltan. Grace hörte ihn kaum. Sie starrte mit gerunzelter Stirn auf ihren blutenden Finger und vergaß den Schmerz.

Vielleicht war es eine wissenschaftliche Ahnung, vielleicht war es auch die Weltenkraft, die ihr sagte, dass etwas nicht das war, wonach es aussah. Was es auch war, Grace beugte sich vor und hauchte das Eisstück an, an dem sie sich geschnitten hatte.

Reif schmolz unter ihrem warmen Atem und verwandelte sich in Tropfen, die auf einer glatten, mit rechteckigen Symbolen versehenen Oberfläche hafteten. Sie blinzelte, und einen kurzen Augenblick lang – bevor sich das Wasser wieder in Reif verwandelte – sah sie ihre Augen, die von poliertem Stahl widergespiegelt wurden.

Trotz der Kälte verspürte sie Wärme in sich aufsteigen. Sie nahm den Saum ihres Umhangs und rieb einen der Eissplitter ab, dann noch einen, und einen weiteren. Dann trat sie einen Schritt zurück.

Es handelte sich gar nicht um Eis. Es waren gezackte Stahlstücke, die in die Stuhllehne eingelassen worden waren. Hätte sie sich auf den Thron gesetzt, hätten sie wie eine Krone direkt über ihrem Kopf geschwebt, wo jeder im Saal sie hätte sehen können. Mit zitternder Hand ergriff Grace den Anhänger an ihrem Hals, zog ihn bis ans Ende der Kette und hielt ihn an eines der aus dem Thron herausragenden Metallstücke.

Die Ränder passten perfekt, die Runen flossen ungebrochen von einem Stück zum anderen. Grace glaubte in ihrem Inneren einen hohen, schwingenden Ton zu hören, wie der einer Stimmgabel. Schritte ließen sie aufblicken, und sie sah die anderen am Fuß des Thronpodestes stehen. Tränen liefen aus Falkens Augen und gefroren auf seinen Wangen, aber irgendwie lächelte der Barde.

»Du hast Fellring gefunden, Grace.«

18

Grace entfernte die Stahlsplitter aus der Thronlehne. Sie lösten sich mühelos mit einem leichten Ruck, als wären sie nur lose in den Stein gedrückt worden, aber Grace war davon überzeugt, dass das nicht der Fall war. Es war, wie Falken gesagt hatte: die Schwertsplitter kannten ihr Blut. Sie summten unter ihrer Berührung, bis sie ein Dutzend Töne in ihrem Kopf hören konnte. Aber der Akkord war disharmonisch, bedeutungslos; die Stimme des Schwertes war vor langer Zeit gebrochen worden.

Nachdem Grace die Splitter befreit hatte, legte sie sie wie die Teile eines Puzzles auf den Thronsitz und benutzte die auf der Klinge eingravierten Runen als Muster. Jedes Teil verband sich mit einem deutlich hörbaren Schnappen miteinander, so als wäre das Metall magnetisch. Grace konnte zwei Teile hochheben, und sie blieben verbunden; allerdings konnte sie sie mit geringer Anstrengung voneinander lösen.

Als Grace fertig war, war das Schwert vollständig. Die letzte Lücke wurde gefüllt, als sie ihre Kette abnahm, den Anhänger von dem Draht löste, mit dem er an der Kette befestigt war, und das letzte Stück an Ort und Stelle einpasste. Das Schwert war überraschend zierlich. Die Schneide hatte etwa die Breite von zweien ihrer Finger und endete in einer schlanken Spitze. Es fiel schwer zu glauben, dass das die Waffe war, mit der Ulther den Fahlen König besiegt hatte. Trotzdem, selbst zerbrochen haftete ihm eine tödliche Schönheit an.

An dem einen Endstück war eine Stahlstange, aber Holz und Leder, die den Griff gebildet hatten, waren vor Jahrhunderten verfault, also wickelte Grace stattdessen ein Taschentuch darum. Sie hob das Schwert hoch. Trotz der Sprünge, die die Oberfläche entstellten, fiel die Klinge nicht wieder auseinander. Sie bewegte es vorsichtig hin und her. Ja, das Schwert würde halten, solange sie damit vorsichtig umging. Aber ein guter Schlag, und es würde auseinander brechen, das war ihr klar. Welche Magie die Splitter auch zusammenhielt, sie reichte nicht aus, um die Klinge zu reparieren.

Grace drehte sich mit dem Schwert in der Hand um und sah Falken an. »Und jetzt?«

Der Barde stieg die Stufen des Podestes hoch; in seinen Augen lag ein Funkeln, wie Grace es noch nie zuvor bei ihm gesehen hatte. »Wir müssen einen Weg finden, die Klinge neu zu schmieden.«

»Ich glaube nicht, dass wir hier eine Schmiede finden werden«, sagte Beltan. »Nicht, dass ich im Moment etwas dagegen hätte, neben einem Schmelzofen voller glühender Kohlen zu stehen.« Er rieb sich den Schnurrbart und versuchte das Eis zu entfernen.

»Nein«, sagte Falken und studierte das Schwert, achtete aber darauf, es nicht zu berühren. »Fellring wurde von Zwergenhand geschmiedet und von Elfenblut durchdrungen. Kein normaler Schmied wird diese Klinge reparieren können. Er könnte vielleicht die Stücke aneinander befestigen, aber er könnte niemals die Magie heilen.«

»Wenn die Klinge nicht repariert werden kann«, sagte Vani und stützte die Hände in die Hüften, »warum sind wir dann den ganzen Weg gereist, um es wieder zu finden?«

Falken wollte antworten, aber Sindar, der die ganze Zeit in seinen Umhang gehüllt geschwiegen hatte, unterbrach ihn. »Wir müssen zum Schiff zurück.«

Grace senkte das Schwert. »Was ist?«

Der Mann mit dem Silberhaar schüttelte den Kopf. »Ich hörte ... ich bin mir nicht sicher.« Er verschränkte die Hände und löste sie wieder. »Ich glaube, wir sollten zurückkehren, das ist alles.«

»Hier gibt es nichts mehr für uns«, sagte Falken. »Auf dem Schiff wird es wärmer sein, wir können dort entscheiden, wie es weitergeht.«

Grace riss aus einem der Wandbehänge einen Fetzen und wickelte ihn um das Schwert. Beltan bot an, es zu tragen, aber Falken schüttelte den Kopf, und Grace wusste, dass der Barde Recht hatte. Fellring *wollte,* dass sie es trug. Davon abgesehen war das Schwert erstaunlich leicht. Sie trug es mühelos mit beiden Händen, als sie den Saal verließen.

»Bitte«, sagte Sindar. »Wir müssen uns beeilen.«

Das helle Licht ließ Grace die Augen zusammenkneifen, als sie den Turm verließen. Sie hatte angenommen, dass es noch immer Morgen sein würde – in dieser Stadt schien alles eingefroren, sogar die Zeit –, aber das blasse Auge der Sonne starrte aus seinem Zenit herab. Seit sie das Schiff verlassen hatten, waren Stunden vergangen.

Und was das Schiff anging, wo war es? Oben auf der Treppe zum Turm hatten sie freien Blick auf den Fjord, aber die Bucht lag verlassen da; sogar die Möwen schienen geflohen zu sein. *Du kannst den Pier von hier nicht sehen, das ist alles. Er ist zu nahe bei der Stadt.*

Zum Umsehen blieb keine Zeit; Sindar ging bereits die Treppe hinunter. Die anderen eilten ihm hinterher. Sie suchten sich ihren Weg durch Ur-Torin, stumm und ohne Pause, konzentrierten sich darauf, mit Sindars langen Schritten mitzuhalten. Als sie die Prachtstraße betraten, die zum Stadttor führte, erscholl ein heiseres Krächzen. Grace schaute nach oben. Zuerst war es nur eine Silhouette, die auf einem Schieferdach hockte und sich vom Himmel abhob. Dann breitete sie ihre dunklen Schwingen aus und öffnete den Schnabel, um ein weiteres Krächzen auszustoßen. Schwarze Augen richteten sich auf Grace. Der Rabe schwang sich empor und flog in Richtung Stadt.

»Das gefällt mir nicht«, sagte Falken. »Ich glaube, Sindar hat Recht. Wir sollten uns beeilen.«

»Das Tor ist frei«, verkündete Vani und trat aus einem schimmernden Luftwirbel, und erst in diesem Augenblick wurde sich Grace bewusst, dass die Meuchelmörderin die ganze Zeit fort gewesen war.

Beltan ergriff sein Schwert. »Dann lasst uns gehen.«

Sindar schritt durch das Tor. Grace fasste Fellring fester und eilte hinter ihm her. Der steinerne Torbogen blieb zurück, dann befanden sie sich jenseits der Mauer. Sindar bewegte sich nicht länger, sondern stand an der Stelle, an der sich die Straße zum Ufer der Bucht absenkte.

Sie erreichten ihn, und Grace konnte endlich den Pier sehen, der nicht weit unter ihnen aus dem felsigen Ufer ragte. Ein Schiff hatte dort angelegt, genau wie sie erwartet hatte. Aber das Schiff war nicht klein und weiß. Es war gewaltig, der Rumpf war aus dunklem Holz gefertigt, das wie Eisen aussah, aus dem Deck ragten drei Masten mit blutroten Segeln. Auf dem Hauptsegel war ein Symbol: eine schwarze Krone, die einen silbernen Turm umgab. Von dem Weißen Schiff war nichts zu sehen.

Graces Herz erstarrte. »Nein«, flüsterte sie und wiegte Fellring in den Armen. »Nicht, nachdem wir so weit gekommen sind.«

Falken stieß eine Verwünschung in einer blumigen Sprache aus. Grace hielt es für uraltes Malachorianisch, aber die Magie der Münze ließ es sie verstehen. *Möge das Licht uns beschützen.* Vani drehte sich, die Hände bereit, die goldenen Augen aufmerksam.

»Zurück in die Stadt!«, knurrte Beltan. »Jetzt! Wir müssen einen Ort finden, den wir verteidigen können.«

Sindar schüttelte den Kopf. »Nein. Es ist schon zu spät.«

Beltan starrte Sindar böse an. Er wollte Graces Arm ergreifen und sie auf das Tor zuziehen. Dann sprach eine tiefe Stimme ein Wort.

»Reth.«

Vor ihnen zersplitterte die Luft wie ein von einem Stein getroffener Spiegel. Fragmente aus Himmel, Wasser und Stein flogen in alle Richtungen und verschwanden dann, um an ihrer Stelle ein neues Bild zu enthüllen. Grace konnte noch immer die Küste, die Bucht und das Schwarze Schiff sehen. Aber jetzt war da auch der Mann, der kein Dutzend Schritte von ihnen entfernt stand, und die Männer in den schwarzen Rüstungen, die in präzisen Reihen auf dem Pier standen. Es waren mindestens hundert Ritter.

Der Mann machte einen Schritt auf sie zu. Er war wie die Ritter gekleidet, allerdings wies seine Rüstung mehrere Verzierungen auf. Aus seinen Schultern wuchsen gekrümmte Stacheln in die Höhe, sein schwarzer Helm wurde von zwei Hörnern gekrönt. Ein Umhang flatterte hinter ihm wie ein Schatten, den der Wind vergeblich fortzureißen versuchte. Auf seinem Harnisch leuchteten fünf Silberkronen.

Mit einem Aufschrei riss Beltan das Schwert heraus und warf sich nach vorn. Aber der schwarze Ritter war bereit. Er krümmte einen Finger und sprach ein weiteres Wort.

»Hadeth.«

Einen Herzschlag, bevor Beltans Klinge den Harnisch des schwarzen Ritters berührte, schossen Reifkristalle das Schwert empor. Es zersplitterte wie eine in flüssigen Stickstoff getauchte Rose, und Grace kniff die Augen zusammen, um sich vor den umherwirbelnden Eisensplittern zu schützen. Als sie die Augen wieder öffnete, sah sie Vani, die neben dem Ritter aus dem Nichts heraustrat.

»Gelth«, sagte die Stimme hinter dem Visier.

Diesmal war es Eis, kein Reif. Es schien sich auch aus der Luft zu bilden, umgab Vanis Stiefel mit einer dicken Schicht und schoss ihre Beine bis zu den Knien hinauf. Ein Schrei entfuhr der *T'gol.* Sie wehrte sich, aber das Eis hielt sie fest. Der Ritter machte einen Schritt zur Seite und entfernte sich aus ihrer Reichweite. Mit einem Knurren griff sie in ihre Lederjacke, ließ das Handgelenk vorschnellen. Drei Stahldreiecke rasten auf den Ritter zu.

»Dur«, sagte er, und die Dreiecke blieben mitten in der Luft stehen, machten kehrt und zischten auf Vani zu. Die Meuchelmörderin war von dem Eis an Ort und Stelle gefesselt; sie konnte nicht aus dem Weg springen. Stattdessen duckte sie sich, um den drei Projektilen zu entgehen – die mit Sicherheit vergiftet waren.

Beltan fletschte die Zähne, dazu bereit, sich auf den schwarzen Ritter zu werfen, aber Falken ergriff seinen Arm.

»Warte, Beltan. Ich weiß nicht, wie er es macht, so viel wir wissen, verabscheuen die schwarzen Ritter Magie, aber er spricht Runen. Und er macht es besser als jeder, den ich in meinem Leben gehört habe, selbst Travis Wilder. Er wird dich niederstrecken, bevor du ihn auch nur berühren kannst.«

Beltans Körper war angespannt, aber er schüttelte Falkens Hand nicht ab. »Er wird uns sowieso töten.«

Falken schüttelte den Kopf. »Ich vermute, er hat mit uns etwas vor, sonst wären wir schon längst tot. Er würde nur ein Wort brauchen, um uns alle zu töten.«

Gelächter hallte aus dem schwarzen Helm. »Gut gesprochen, Falken von Malachor. Aber von allen Leuten weißt du ja am besten, wie tödlich bloße Worte sein können.«

Sindar bewegte sich noch immer nicht. Er schien die See anzustarren statt den Ritter. Grace zitterte am ganzen Leib; sie konnte nicht damit aufhören. Sie wollte zu Vani gehen, um ihr zu helfen. Das Gesicht der *T'gol* war bleich vor Schmerzen. Wie lange würde es dauern, bis die Erfrierungen einsetzten, bis die Hülle aus magischem Eis ihren Füßen und Beinen irreparablen Schaden zufügte? Aber Grace konnte bloß den schwarzen Ritter anstarren und flüstern: »Wer seid Ihr?«

»Ich weiß, wer er ist«, stieß Beltan hervor. »Sieh dir seine Rüstung an – fünf Kronen. Ich erkenne einen Kriegsgeneral, wenn ich ihn sehe, und ich würde mein Schwert verwetten, dass das Gorandon ist, der Mann, der diesen Bastardorden von Rittern anführt.« Er starrte den Ritter böse an. »Seid Ihr es?«

Der Mann nickte knapp. »Ich glaube, Ihr seid hier der Bastard, Sir Beltan. Aber ansonsten habt Ihr Recht. Womit Ihr Glück habt, denn Ihr habt kein Schwert mehr, um die verlorene Wette zu begleichen. Gorandon ist der Name, mit dem mein Volk mich anspricht. Aber ich glaube, Falken kennt mich unter einem anderen Namen.«

Das Gesicht des Barden war rot vor Wut und Kälte. »Wovon sprecht Ihr? Ich kenne Euch nicht.«

»Wirklich nicht, Falken? Lässt dich nach so vielen Jahrhunderten dein Erinnerungsvermögen im Stich? Oder hat Dakarreths Zauber dein bereits verwirrtes Gehirn noch weiter gestört? Dann lass mich deine Erinnerung auffrischen.« Der Ritter nahm den Helm und zog ihn sich vom Kopf.

Er war älter, als Grace nach seiner kräftigen Stimme geschätzt hätte; sein weißes Haar wehte im Wind, sein Gesicht wurde von tiefen Furchen durchzogen. Trotzdem sah er gut aus und war offensichtlich noch immer kräftig; für die Breite seiner Schultern war nicht nur die Rüstung verantwortlich. Die Augen über der scharf geschnittenen Nase hatten die Farbe von Eis in der Abenddämmerung. Sein Ausdruck war nicht streng, sondern eher spöttisch, intelligent. Grausam.

Aber schockierender als das Alter des Mannes war Falkens Reaktion. Der Barde drückte die Silberhand an die Brust und stolperte zurück. Sein Gesicht war so weiß wie Schnee.

»Das kann nicht sein«, flüsterte er, und der Mann in der schwarzen Rüstung grinste wölfisch, ein Ausdruck, der dem üblichen Grinsen des Barden sehr ähnelte. Wenn man sie so betrachtete, waren sie sich sehr ähnlich; der Mann hätte Falkens Onkel oder Cousin sein können. Nur dass Falken über siebenhundert Jahre alt war: Seine Familie war schon vor langer Zeit zu Staub zerfallen. »Kelephon«, murmelte der Barde.

»Also erinnerst du dich doch an mich«, sagte der schwarze Ritter.

Falken öffnete den Mund, aber er schien keinen Ton hervorbringen zu können. Worte waren immer seine Macht und sein Stolz gewesen, aber jetzt schien ihm nichts mehr einzufallen.

Beltan warf dem Barden einen harten Blick zu. »Kelephon? Der Name sagt mir nichts.«

Grace schon. Sie erinnerte sich an eine Geschichte, die Falken ihnen einmal erzählt hatte, von den drei Runenmeistern, die mit den drei Imsari, den Großen Steinen, vor dem Untergang von Malachor geflohen waren. Jakabar nahm den Stein des Zwielichts und floh durch das Nichts zwischen den Welten zur Erde, wo er Travis' Freund Jack Graystone wurde. Mindroth folgte ihm Jahrhunderte später, nachdem der Nekromant Dakarreth ihm den Stein des Feuers gestohlen hatte. Aber der dritte Runenmeister, der den Stein des Eises genommen hatte, verschwand. Keiner wusste, was aus ihm geworden war. Und sein Name war ...

»Kelephon«, sagte Grace. »Ihr seid der letzte der drei Runenmeister, die dem Untergang Malachors mit den Großen Steinen entgingen.«

Der Mann verneigte sich vor ihr. »Ihr kennt Euch gut in Geschichte aus, Euer Majestät. Aber ich schätze, das ist nur zu natürlich.« Er betrachtete das Schwert in ihrer Hand. Das Tuch war von der Klinge gerutscht, und Grace hatte den Eindruck, dass in seinen Augen ein Funkeln aufblitzte – nur einen winzigen Augenblick lang. Ein Funkeln der Angst.

»Das ist also das legendäre Schwert Fellring«, höhnte er. »Ich muss sagen, es sieht nicht nach viel aus.«

Trotz seines spöttischen Tonfalls entging Grace nicht, dass er keine Anstalten machte, ihr das Schwert abzunehmen. Es war völlig idiotisch – offensichtlich hatte dieser Mann die Macht, sie mit einem Wort zu vernichten –, aber die Wissenschaftlerin in ihr konnte einem Experiment nicht widerstehen. Sie hob die Klingenspitze ein paar Zentimeter in Kelephons Richtung. Unwillkürlich trat er einen Schritt zurück, dann warf er ihr einen vernichtenden Blick zu, so als wäre ihm bewusst geworden, was sie gerade getan hatte.

Falken krümmte sich, als hätte ihn jemand in den Magen geschlagen. »Ich verstehe es nicht, Kelephon. Ich habe dich für verschollen gehalten. Ich weiß, dass der Fahle König Gelthisar, den Stein des Eises, in seinen Besitz gebracht hat, dass er ihn schon seit Jahrhunderten hat. Aber wie hast du es überlebt, dass er ihn dir abgenommen hat? Was hast du all die Jahre gemacht? Und warum bist du wie der Anführer dieser Ritter gekleidet?«

»Er *ist* ihr Anführer, Falken«, sagte Beltan, nahm Falken bei den Schultern und stützte den Barden. »Und er lebt, weil er dem Fahlen König den Stein des Eises im Austausch für sein Leben überlassen hat. Das heißt, im Austausch für Unsterblichkeit. Es gibt keine andere Antwort – jedenfalls fällt mir keine ein.«

Grace wusste, dass Beltan Recht hatte. Kelephon war mit Gelthisar nach dem Untergang von Malachor geflohen, und kurz darauf kam der Stein in den Besitz des Fahlen Königs. Jetzt, sieben Jahrhunderte später, stand der Runenmeister gesund und munter vor ihnen.

Aber lebt er auch wirklich?

Sie zögerte, dann griff sie mit der Gabe zu und tastete nach seinem Lebensfaden. Da war er – so heiß und hell wie der

Faden in einer Glühbirne. In seiner Brust steckte kein dunkler Klumpen aus Eisen, sondern ein warmes, pochendes Herz. Er lebte, genau wie Falken lebte.

Vielleicht hat er den Stein des Eises nicht dem Fahlen König persönlich übergeben. Vielleicht hat er ihn Dakarreth gegeben. Schließlich hat der Nekromant Falken mit dem Fluch der Unsterblichkeit belegt, damit er nie vergaß, wie er bei der Zerstörung von Malachor half. Dakarreth hätte die gleiche Magie bei Kelephon wirken können, als Belohnung für den Stein. Und dann hätte der Nekromant dem Fahlen König den Stein geben können.

Sie ließ seinen Faden los. Und bemerkte überrascht, dass er sie beobachtete.

»Zufrieden, Euer Majestät? Ich bin genauso lebendig wie Ihr und Eure Freunde. Aber wenn Ihr mich noch einmal mit Eurer Hexenmagie berührt« – er zuckte mit einem Finger, flüsterte ein Wort und Vani stöhnte auf, als das Eis ihre Beine ein paar Zentimeter höher kletterte – »wird die *T'gol* herausfinden, wie es ist, durch einen Eisblock zu atmen.«

»Lasst sie los«, sagte Beltan.

»Oder was?«, sagte Kelephon abwertend. »Ihr macht einen feuchten Fleck auf meine Rüstung?«

Beltan ballte die Fäuste. Vani war gefangen, Sindar regte sich noch immer nicht, und Falken schien wie betäubt. Grace wusste, dass sie etwas unternehmen musste. Sie legte Beltan die Hand auf die Schulter, berührte seinen Lebensfaden und sprach in seinem Bewusstsein beruhigende Worte.

Beltan, nicht. Er ist ein Runenmeister. Ich weiß nicht, was er will, jedenfalls nicht genau. Aber ich weiß, dass er Runen sowohl binden und brechen als auch sprechen kann. Du hast gesehen, zu was Travis im Stande ist, und Kelephon hat siebenhundert Jahre länger Erfahrung darin. Mit Gewalt können wir ihn nicht aufhalten. Wir müssen mit ihm sprechen, herausfinden, was er wirklich von uns will. Das ist unsere einzige Hoffnung.

Grace war sich nicht sicher, dass die letzten Worte stimmten; sie war sich nicht sicher, ob überhaupt noch Hoffnung bestand. Aber Falken hatte Recht – Kelephon musste etwas wollen, sonst wären sie schon längst tot gewesen. Sie ließ Beltan los, und er grunzte zustimmend.

Kelephon kniff die Augen zusammen. »Was habt Ihr gerade zu ihm gesagt, Hexe?«

Trotz ihrer Angst verspürte Grace eine kleine Befriedigung. Also konnte Kelephon durch das Gefüge der Weltenkraft geschickte Worte nicht verstehen. Vielleicht konnte das für sie von Vorteil sein. Sie bemühte sich um einen, wie sie hoffte, majestätischen Ausdruck und stellte sich zwischen Beltan und den Runenmeister. »Hier ist es kalt, Lord Kelephon. Wollt Ihr uns sagen, was Ihr mit uns vorhabt, oder nicht?«

»Wollt Ihr behaupten, Ihr wüsstet das nicht bereits, Euer Majestät?«

Etwas von Graces Furcht verwandelte sich in Frustration. »Nein, das tue ich nicht. Es ergibt keinen Sinn. In Embarr haben wir erfahren, dass der Fahle König mich aus irgendeinem Grund lebendig in seine Gewalt bekommen will. Aber es ist klar, dass mich Eure schwarzen Ritter tot sehen wollen. Dann ist da die Tatsache, dass Eure Männer offensichtlich nichts für die *Feydrim* des Fahlen Königs übrig haben; sie haben auf Meerwacht eine Horde dieser Kreaturen getötet. Das alles erweckt den Eindruck, dass die schwarzen Ritter Feinde des Fahlen Königs sind. Aber jetzt erfahren wir, dass Ihr sein Verbündeter seid.«

Kelephons Blicke tasteten ihren Körper ab. »Ihr von allen Leuten solltet wissen, dass das äußere Erscheinungsbild täuschen kann, Euer Majestät. Schließlich würde man, wenn man Euch sieht, kaum glauben, dass Ihr die wahre Erbin von Malachor seid.«

Vielleicht lag es daran, wie er diese Worte sagte, oder es war etwas in seinem Blick. Vielleicht war es auch ein Gefühl, das ihr unwissentlich durch die vibrierenden Fäden der Weltenkraft zugetragen wurde. Was es auch war, plötzlich verstand Grace.

»Es ist alles eine Lüge«, sagte sie atemlos. Sie deutete mit zitternder Hand auf die Männer, die aufgereiht auf der Pier standen. »Ihr lügt sie seit Jahrhunderten an. Sie glauben, sie bekämpfen den Fahlen König, nicht wahr? Dass sie gegen das Böse kämpfen. Sie glauben, dass sie das Königreich von Malachor wieder aufbauen, dass das Licht seiner Pracht wieder leuchten wird. Aber Ihr benutzt sie bloß. Darum steht Ihr allein dort. Ihr wollt nicht, dass Eure Männer Euch Runen sprechen hören. Sie glauben, dass nur Häretiker Magie benutzen, dabei ist ihr eigener Anführer ein Runenmeister.«

Falken, Vani und Beltan konnten ihn nur anstarren, aber Kelephon lachte.

»Sehr gut, Euer Majestät. Ich glaube nicht, dass der Barde darauf gekommen wäre, selbst wenn er weitere sieben Jahrhunderte Zeit hätte. Was er übrigens nicht hat.« Seine Stiefel knirschten auf dem Stein, als er näher kam. »Ihr seid klug, Ralena. Das waren die Angehörigen des Königlichen Hauses von Malachor immer, seien sie alle verdammt. Diese Klugheit hat mich beinahe alles gekostet. Aber diesen Fehler werde ich nicht noch einmal machen.«

Wieder stieg in Grace Furcht empor. Der Mann vor ihr war uralt, mächtig und grausam jenseits aller Vorstellungskraft. Es gab nichts, das er nicht tun würde. Egal wem, ihr oder sonst jemandem.

»Warum?«, krächzte sie. »Warum habt Ihr das alles getan?«

Es war Falken, der schließlich das Wort ergriff, mit müder,

brechender Stimme. »Er will dein Schwert, Grace. So kann er der neue König von Malachor werden.«

»Und wieder irrt sich der Barde. Ich will nicht nur Euer Schwert, Euer Majestät.« Kelephon hob die Hand und strich sanft mit dem Panzerhandschuh über Graces Wange. »Ich will auch Euer Blut.«

Beltan stieß einen Schrei aus. »Fass sie nicht an, du Hund!«

Der blonde Mann warf sich auf den Runenmeister. Grace wollte ihn aufhalten, aber es war zu spät.

»Shen«, flüsterte Kelephon, und die halbe Silbermünze in Graces Tasche wirkte ihre Magie, so dass sie nicht nur die Rune hörte, sondern auch ihre Bedeutung.

Schlaft.

Wie durch einen grauen Schleier sah sie, dass Beltan auf die Knie sackte und dann neben Falken zum Liegen kam. Vani schwankte, aufrecht gehalten von dem Eis, das ihre Beine gefangen hielt. Von ihnen allen blieb bloß Sindar aufrecht. Aber bevor sich Grace darüber wundern konnte, kippte der Himmel, und der Boden raste auf sie zu.

ZWEITER TEIL

Das Duell

19

Es ging auf Mitternacht zu, und Castle City war dunkel und still, als Travis Jack die Veranda des Bluebell hinaufführte.

Travis stieß einen erleichterten Seufzer aus, als er das warme Licht hinter den Wohnzimmerfenstern leuchten sah. Der Weg vom Silver Palace Hotel war friedlich verlaufen, aber das war reines Glück gewesen, denn Jack hatte ununterbrochen und lautstark geredet und sich hauptsächlich über die Bahnfahrt und die Kutschenfahrt vom Depot in die Stadt beschwert.

»Denver ist keine Stadt, das sage ich Ihnen«, verkündete Jack und wedelte mit den Armen, »es ist ein Barbarenlager. Als ich den Zug aus Kansas City verließ, war ich gezwungen, mein Gepäck über den ganzen Bahnsteig zu schleppen. Und als ich einen Träger fragte, ob er wohl so freundlich wäre, mir zu helfen, da hat er mich ignoriert. Können Sie sich das vorstellen? So eine Unverschämtheit.«

»Ich glaube, ich kann es erahnen«, sagte Travis, biss die Zähne zusammen und verlagerte die unförmige Tasche, um sie besser im Griff zu haben. Er war sich nicht sicher, wie es passiert war, aber irgendwo unterwegs hatte er plötzlich Jacks Gepäck getragen. Travis wusste nicht, was die Tasche enthielt, aber im Moment vermutete er Bleibarren. Und zwar eine ganze Menge.

»Und der Kutscher hat nichts unternommen, um meine Meinung über den Charakter der Bevölkerung dieses Staates zu verbessern«, fuhr Jack munter fort. »Er konnte keine zwei Worte sprechen, ohne zwischendurch Tabaksaft ausspucken zu müssen. Ich musste förmlich einen Jig tanzen, um meine Stiefel sauber zu halten. Prometheus gebe mir Standhaftigkeit, aber ich weiß nicht, wie ich es in einem Land aushalten soll, wo die Menschen so wenig Achtung vor ihren Mitmenschen haben.« Er stand neben der Eingangstür und wartete, dass Travis sie öffnete.

Travis griff nach dem Türknauf, aber die Tasche drohte aus seinen Armen zu rutschen. Er hob ein Knie, fing die Tasche ab und drückte sie dann zwischen Körper und Tür, um sie fest zu halten. Er fummelte blindlings herum, fand den Türknauf und schaffte es, ihn zu drehen. Die Tür öffnete sich, und augenblicklich fiel der Halt der Tasche weg. Travis stolperte nach vorn und konnte gerade noch verhindern, kopfüber auf die Tasche zu stürzen.

»Eine Schande, Mr. Wilder«, schalt ihn Jack und betrat nach ihm die Eingangshalle. »Wissen Sie nicht, dass es ungehörig ist, den Älteren nicht den Vortritt zu lassen? Ich hoffe, die Ungehobeltheit des amerikanischen Westens färbt nicht auf Sie ab.«

Das Einzige, was hier abfärbte, war die Haut von Travis' Händen, weil er noch immer versuchte, die Tasche zu halten. Er ließ sie auf den Boden sacken, wo sie mit einem dumpfen Knall landete.

»Vorsicht damit«, sagte Jack mit finsterem Blick. »Der Inhalt ist sehr zerbrechlich.«

Offensichtlich nicht so zerbrechlich wie Travis' Rücken, der knirschende Geräusche von sich gab, als er sich aufrichtete. Ein Pfad aus Lampenlicht fiel in die Halle. Sie folgten ihm ins Wohnzimmer und fanden Maudie, die, Miss Guenivere auf dem Schoß, eine Tasse Tee trank.

»Maudie, ich bin froh, dass Sie noch auf sind. Das ist Jack Graystone. Er braucht eine Unterkunft.«

Maudie schaute auf. »Ist das der alte Freund, auf den Sie gewartet haben, Mr. Wilder?«

Woher wusste sie das? Maudie musste in der Zeit, die

sie hier verbracht hatten, mehr mitbekommen haben als gedacht.

»Nein, Madam. Mr. Wilder und ich haben uns gerade erst kennen gelernt. Zumindest glaube ich das.« Er warf Travis einen neugierigen Blick zu.

»Nun, Sie sind trotzdem willkommen.« Maudie blinzelte ihm zu. »Das heißt, solange Sie einen Dollar pro Tag zahlen können. Ich hoffe, es stört Sie nicht, wenn ich nicht aufstehe, um Sie zu begrüßen.« Sie zeigte auf die schlafende Katze auf ihrem Schoß. Aber Travis sah das zerknüllte Taschentuch in ihrer Hand; eine Ecke ragte heraus. Sie war blutverschmiert.

Sie wird schwächer; Travis. Im Moment erledigt Liza die meiste Arbeit in der Pension.

Travis wurde das Herz schwer, aber daran konnte er im Moment nicht denken. Jack war endlich da. Er hätte Lirith vom Saloon abholen sollen; es war nicht sicher für sie, nachts allein in die Pension zurückzukehren. Aber er hatte den Gedanken noch nicht zu Ende gebracht, als die Hexe bei Durge untergehakt das Haus betrat.

Maudie lächelte. »Miss Lily, Mr. Dirk, ich bin so froh, dass Sie wieder zurück sind, zusammen mit Mr. Wilder. Der Gedanke, dass einer von ihnen im Moment nach Einbruch der Dunkelheit draußen unterwegs ist, bereitet mir Unbehagen.«

»Stimmt in dieser Stadt etwas nicht?«, fragte Jack. Seine buschigen Augenbrauen hoben sich.

»Ich werde es den dreien überlassen, es Ihnen zu erklären. Ich bin zu müde, um heute Abend über solche Dinge zu sprechen. Miss Lily, würden Sie mir den Gefallen tun und Mr. Graystone ein Zimmer zeigen? Ich glaube, wir bringen ihn im Blauen Zimmer unter, in der ersten Etage.«

»Natürlich«, sagte Lirith.

Maudie stemmte sich von dem Sofa hoch, und Durge eilte los, um ihr zu helfen. Sie tätschelte dankbar seinen Arm, dann schlurfte sie auf ihren Stock gestützt aus dem Wohnzimmer. Vor ein paar Tagen war sie in ein Zimmer im Erdgeschoss umgezogen, im hinteren Teil des Hauses; Travis und Durge hatten ihre Sachen aus der ersten Etage heruntergeholt. Sie hörten ein gedämpftes Husten, als sich die Tür schloss.

Nachdem die Vorstellungen erledigt waren, setzten sie sich, und Lirith und Durge holten Tee aus der Küche.

»Ich muss Ihnen dafür danken, dass Sie mich hergebracht haben, Mr. Wilder«, sagte Jack und blies auf seinen Tee. »Dieses Etablissement scheint wesentlich gastlicher zu sein als ein normales Hotel. Und ich muss gestehen, dass der Preis für meine geschrumpfte Geldbörse leichter erschwinglich sein wird. Sie müssen wissen, mein Geschäft in London, wo ich lange Zeit auch mein Heim hatte, hat ein Missgeschick erlitten. Ich fürchte, ich habe so viel verloren.«

»Sie meinen in dem Feuer?«, sagte Travis.

Jack stellte die Teetasse ab und kniff die blauen Augen zusammen. »Woher wissen Sie, dass mein Geschäft einem Feuer zum Opfer gefallen ist?«

Es war sinnlos, die Sache weiter herauszuzögern. Travis griff in die Tasche und holte Sinfathisar hervor. Der Stein schimmerte im Lampenlicht graugrün.

»Oh«, sagte Jack überrascht. Und dann noch einmal, diesmal nur tiefer und wissender. »Oh.«

Er griff in die Tasche seiner grünen Weste und zog ein kleines, mit Runen bedecktes Eisenkästchen hervor. Travis erkannte es; einst hatte er genau dieses Kästchen dazu benutzt, um Sinfathisar sicher aufzubewahren. Jack öffnete den Deckel. In dem Kästchen funkelte ein Stein, der das Spiegelbild des Steins auf Travis' Handfläche war.

Sie sehen nicht nur gleich aus, Travis. Sie sind derselbe. Sie sind beide Sinfathisar. Nur meiner ist aus der Zukunft.

Er musste an Filme über Zeitreisen denken, die er als Kind

im Spätprogramm gesehen hatte. Wenn sich der Held selbst begegnete, passierten alle möglichen schrecklichen Dinge; meistens hatte es damit zu tun, dass er versehentlich seinen Vater tötete und darum niemals geboren wurde. Aber die beiden Steine waren reglos, stumpf. Travis beugte sich vor und brachte seinen Sinfathisar näher an den im Kästchen heran. Sie berührten einander.

Etwas geschah. Travis fühlte es mehr, als dass er es hörte; es war wie die Vibration einer Minensprengung unter der Erde.

Jack riss das Eisenkästchen zurück und klappte den Deckel zu. »O je. Das ist gar nicht gut.«

»Was denn?«, fragte Travis mit trockenem Hals.

Jack schüttelte den Kopf. »Etwas hat sich gerade ... verändert. Ich bin mir nicht sicher, was es war, aber ich glaube nicht, dass wir die Steine noch einmal miteinander in Kontakt kommen lassen sollten. Oder den Stein, Einzahl. Denn sie sind beide ein- und derselbe.« Er musterte Travis, Durge und Lirith mit einem durchdringenden Blick. »Ihr kommt aus der Zukunft, nicht wahr?«

»Das stimmt«, sagte Travis und gab sich alle Mühe, seine Stimme ruhig zu halten. »Unsere Zeit liegt mehr als hundert Jahre in der Zukunft.«

»Und wo haben Sie den Stein her?«

»Von Ihnen.«

»Und ich vermute, Sie geben mir eins über den Schädel, wenn ich nicht aufpasse, und stehlen ihn mir«, sagte Jack mit gerunzelter Stirn. »Natürlich bin ich jetzt auf der Hut. Von jetzt an gerechnet in hundert Jahren werde ich nach Ihnen Ausschau halten. Diesmal werden Sie mich nicht so leicht reinlegen, junger Mann!«

Travis krümmte die Finger um den Stein. »Nein, Sie verstehen nicht. Sie haben ihn mir gegeben. Oder werden ihn mir geben.«

»Unsinn«, prustete Jack. »Ich glaube kaum, dass ich dem Erstbesten den Großen Stein in die Hand drücke.«

Travis hatte vergessen, wie schwierig eine Unterhaltung mit Jack sein konnte. »Ich bin nicht der Erstbeste. Ich bin Travis, und wir sind die besten Freunde. Oder werden es zumindest sein. Und Sie hatten sehr gute Gründe, mir den Stein zu geben.«

»Ja«, sagte Jack nun leiser. »Anscheinend hatte ich die.«

Sein Blick war auf Travis' Hand mit dem Stein gerichtet. Travis schaute nach unten. Zwischen seinen Fingern quoll silbriges Licht auf. Hastig schob er Sinfathisar zurück in die Tasche. Er rieb sich die rechte Hand, und die Rune in seiner Handfläche verblasste.

Jack lehnte sich in das Sofa zurück. Er sah abgezehrt und älter aus, als Travis ihn in Erinnerung hatte. Aber Jack war jetzt ein Jahrhundert jünger, als Travis ihn das letzte Mal gesehen hatte.

Lirith berührte Jacks Hand. »Alles in Ordnung, Mylord?«

Er lächelte schwach. »Das ist es, wenn ich Euch betrachte, Mylady. Ihr kommt von Eldh, nicht wahr? Aus dem Süden, richtig? Und Ihr, Sir, seid sicher ein Ritter.«

Durge nickte. »Ich bin der zwölfte Graf von Steinspalter.«

Jack lächelte. »Dann bin ich in weitaus besserer Gesellschaft, als ich es mir in diesem barbarischen Land je hätte vorstellen können. Eine Tochter Sias, ein Ritter und« – sein Blick richtete sich auf Travis – »ein Runenmeister.«

Travis schnürte es den Hals zu. »Ich habe dich vermisst, Jack. Es gab so viele Gelegenheiten, bei denen ich mit dir sprechen wollte, Gelegenheiten, bei denen ich nicht wusste, was ich tun sollte.«

Nur, *dass* er mit Jack gesprochen hatte. Zumindest in seinem Bewusstsein, denn in jener schrecklichen Nacht im Antiquitätengeschäft hatte Jack Travis einen Teil von sich gegeben. *Und vielleicht ist Jack darum so schwach. Er ist genau wie der Held in diesen Zeitreisefilmen. Wenn ein Teil von Jack in mir steckt, dann existiert er zu dieser Zeit in zwei verschiedenen Formen.*

Jack klopfte ihm auf Schulter. »Na, na, junger Mann ... Travis, hast du gesagt? Wir sind jetzt ja alle hier, also ist anscheinend alles gut ausgegangen.«

Davon abgesehen, dass du in meiner Zeit tot bist, wollte Travis sagen. Aber stattdessen nickte er nur.

»Nun, es ist spät«, fuhr Jack energisch fort. »Aber wegen der Schmerzen, die mir meine raue Reise bereitet hat, werde ich heute Nacht doch kein Auge zumachen können, und eure grimmigen Mienen vermitteln mir das Gefühl, dass ihr mir viel sagen wollt. Wenn also einer von euch so nett wäre, mir meine Tasse aufzufüllen, können wir anfangen.«

Lirith wollte aufstehen, aber Durge bat sie, sitzen zu bleiben, und bot sich an, mehr Tee zu holen.

»Und vielleicht einen Biskuit zum Knabbern, guter Sir«, rief Jack ihm hinterher.

Es war einer der seltsameren Anblicke, von denen Travis im Verlauf des letzten Jahres Zeuge geworden war: Durge kam vorsichtig mit einem Tablett ins Wohnzimmer, auf dem eine dampfende Teekanne, Milch, Zitrone, Honig und ein Teller mit in militärischer Präzision aufgereihter Kekse standen. Der Ritter stellte das Tablett ab, und Travis ging davon aus, dass er nicht mitbekommen sollte, wie Durge verstohlen eine Untertasse mit Milch für Miss Guenivere auf den Boden stellte.

»Ich muss gestehen«, sagte Jack über seinen Tee gebeugt, »dass mir die Dinge bereits klarer werden. Ich hatte es für eine reine Laune gehalten, die mich dazu brachte, mich an der Grenze von Colorado niederzulassen, aber jetzt begreife ich, dass mich keinesfalls der Zufall hergeführt hat. Du und dein

Stein haben mich angezogen, Travis, ob mir das nun bewusst war oder nicht.«

»Da gibt es noch mehr, das du wissen musst, Jack.« Travis sah Durge und Lirith an. »Viel mehr. Wie wir hergekommen sind, nach Castle City. Und was uns gefolgt ist – wer uns gefolgt ist.«

Jack stellte mit ernstem Gesicht die Tasse ab. »Ich glaube, es ist Zeit, dass du mir deine Geschichte erzählst.«

Travis holte tief Luft. Er war sich nicht sicher, was er Jack sagen sollte und was nicht. Konnte es womöglich die Zukunft verändern, wenn er Jack zu viel Wissen mitteilte? Aber sobald Travis einmal angefangen hatte, sprudelten die Worte nur so aus ihm heraus. Er erzählte Jack alles, begann mit dem späten Oktoberabend, als Bruder Cy nach Castle City kam und sich alles veränderte. Schließlich berichtete er, was seit ihrer Ankunft in Castle City passiert war, und wieso sie wussten, dass der Scirathi ihnen durch das Tor gefolgt war.

Jack setzte sich kerzengerade auf, und seine Teetasse – die er auf dem Knie balanciert hatte – wäre durchs Zimmer geflogen, hätte Lirith sie nicht rechtzeitig dort weggeschnappt.

»Bei Hades!« Jack schlug mit der Faust auf die Stuhllehne. »Das hat also meinen Laden angegriffen – ein Zauberer. Ich bekam ihn nicht zu Gesicht, mir blieb nur die Zeit zur Flucht, aber ich hätte den Gestank seiner Blutmagie erkennen müssen. Aber ich habe niemals damit gerechnet, einem von seiner Art zu begegnen, nicht hier, so weit von Eldh entfernt.«

Travis beugte sich vor. »Erzähl es uns, Jack. Erzähl uns, was in London geschehen ist.«

»Ich fürchte, es – er – hat mich überrascht.« Jack ließ sich mit einem gehetzt wirkenden Ausdruck in den Augen in den Stuhl zurücksinken. »Aber ich war krank. Nicht, dass ich in sieben Jahrhunderten krank gewesen wäre, nicht seit ich die Last auf mich genommen habe, den Stein zu behüten. Doch vor anderthalb Monaten überkam mich eine schreckliche Schwäche, als wäre mir plötzlich mein halbes Leben genommen worden.«

Lirith wechselte besorgt mit Travis einen Blick. »Das wäre etwa zu dem Zeitpunkt gewesen, als wir hier eingetroffen sind.«

»Ich glaube, es ist meine Schuld, Jack«, sagte Travis. »Ich glaube, ich bin der Grund, warum du dich so schwach fühlst. Du hast mir so viel von dem gegeben, was dich ausgemacht hat, und jetzt ...«

»Und jetzt bist du hier«, sagte Jack leise. »Natürlich – meine Magie kann nicht gleichzeitig an zwei Orten sein.«

Durge räusperte sich. »Auf welche Weise hat der Scirathi angegriffen, Lord Graystone?«

»Es war vor zwei Wochen«, sagte Jack. »Ich war in meinem Buchladen. Es war mitten in der Nacht, und ich arbeitete an einem kleinen Bändchen, an dem ich seit Jahrhunderten gelegentlich schreibe. Es ist eine wissenschaftliche Abhandlung über die Magie von Falengarth. Ich habe sie in meiner Tasche – eines der wenigen Dinge, die ich aus meinem Laden retten konnte. Möchtet Ihr sie sehen, Lord Steinspalter?«

Durge nickte. »Aber nicht jetzt. Ihr habt gerade erzählt ...«

»Ah, ja. Der Angriff. Er kam völlig unvermutet.« Jacks Augen funkelten, und er setzte sich wieder auf, als wäre alles nur ein Abenteuer gewesen, jetzt, wo es vorbei war. »Die Fenster zersplitterten, überall flog Glas umher. Dann flatterte ein Schwarm Fledermäuse herein, hüllte mich ein, und an ihrem Gestank konnte ich erkennen, dass sie trotz ihres Flatterns und Kratzens eigentlich tot waren. Das hätte mein erster Hinweis sein müssen, dass es ein Zauberer war. Aber da war keine Zeit zum Nachdenken. Normalerweise hätte ich eine Rune gesprochen und« – er gestikulierte mit den Fäusten – »die Kreaturen wären Staub gewesen. Aber dann fühlte ich ...«

Das Licht in seinen Augen verblasste, er ließ die Hände in den Schoß sinken.

Lirith berührte seinen Arm. »Was habt Ihr gefühlt?«

»Den Tod.« Er seufzte. »Ich fühlte eine Macht – finster und voller Hass. Es war, als hätte eine Hand mein Herz ergriffen und würde es zusammenquetschen, es zum Stillstand bringen. Ich war zu schwach, ich konnte nicht kämpfen. Ich konnte bloß noch die Rune des Feuers flüstern. Das reichte aus, um den Zauber meines Angreifers einen Augenblick lang zu brechen. Es gelang mir, in die Nacht zu flüchten, während mein Buchladen in Flammen aufging. Danach wusste ich, dass ich nicht in London bleiben konnte, dass mich mein Angreifer nur erneut aufspüren würde. Also bestieg ich ein Schiff, dann einen Zug, und jetzt bin ich hier. Zweifellos genau da, wo mich der Zauberer haben wollte.«

Daran hatte Travis noch gar nicht gedacht. Der Zauberer musste Castle City verlassen haben, nachdem er ihre Unterhaltung in der alten Hütte belauscht hatte. Er musste nach London gereist sein, wo er dann Jack aufgespürt hatte. Aber warum solche Anstrengungen unternehmen, um Jack zu finden und anzugreifen? Der Zauberer hätte doch genau wie sie bloß zu warten brauchen, bis Jack nach Castle City kam.

Du kapierst es nicht, oder? Darum ist Jack 1887 nach Castle City gekommen. Nur wegen dir. Und dem Zauberer. Und weil Jack hergekommen ist, wirst du in hundert Jahren nach Eldh gehen.

Bei dem Gedanken drehte sich in seinem Kopf alles. Aber er konnte später darüber staunen. Jack war in der Stadt, aber der Zauberer auch, und er plante etwas. Travis war sich nicht sicher, was es war, aber zweifellos wollte der Scirathi Jack dazu benutzen, einen Weg zurück in die Zukunft zu finden. Und er wollte vor seiner Abreise Sareth töten.

»Darf ich ihn sehen, Travis?«, fragte Jack begierig. »Den

Skarabäus, von dem du erzählt hast? Ich habe von solchen Artefakten gehört, aber ich habe noch nie eines mit eigenen Augen gesehen.«

Travis griff in die Tasche und zog das goldene Insekt heraus. Der in ihm enthaltene Blutstropfen war ihr Schlüssel zurück nach Eldh – zusammen mit dem Tor-Artefakt, das oben in ihrem Zimmer zwischen den Deckenbalken versteckt lag.

»Streck die Hand aus«, sagte Travis. Er ließ das Insekt auf seine Fingerspitzen krabbeln und dann weiter auf Jacks Hand.

»Hach, das kitzelt!«, sagte Jack lachend.

Lirith lächelte. »Ich glaube, er mag Euch.«

»Ja, das glaube ich auch.« Er hob die Hand und studierte den Skarabäus. »Wie großartig ist doch die Vorstellung, in meiner Hand das Blut eines Gottes zu halten.«

Das ließ Durge die Stirn runzeln. »König Orú war kein echter Gott. Wir haben die Geschichte von den Mournisch gehört, den Nachkommen seines Volkes. Orú war ein Zauberer, in dessen Adern dreizehn Geister schlüpften. Er war mächtig, ja. Aber er war nur ein Mensch, kein Gott wie Jorus, Yrsaia oder Vathris.«

»Mein guter Mann«, sagte Jack und schaute auf, »Jorus, Yrsaia und Vathris sind aus Orús Blut erst entstanden. Sie und die ganzen Neuen Götter der Mysterienkulte.«

Durge starrte ihn ungläubig an. »Aber das ist unmöglich.«

»Habt Ihr die Herkunft der Götter studiert, Lord Steinspalter? Erzählt mir doch mehr davon.«

Durge schloss den Mund.

Lirith beugte sich vor und streichelte den Skarabäus mit einem Finger. »Wie kann das sein, Lord Graystone? Wie kann Orú der Vater der Neuen Götter gewesen sein?«

Jack lächelte die Hexe an. »Ich fürchte, auch ich kenne nicht alle Antworten, meine Liebe. Das alles geschah vor vielen, vielen Jahren, weit vor meiner Zeit. Und es war nicht nur Orú – es waren alle Zauberer. Habt Ihr von den Städten von Amún gehört, die vor vielen Zeitaltern im Süden errichtet wurden?«

Sie nickte. »Sie waren die Heimat der Zauberer und wurden von Gottkönigen beherrscht. Eine der mächtigsten Städte war Morindu die Finstere, in der Orú herrschte. Aber nachdem dreizehn *Morndari* in seinen Körper schlüpften, fiel Orú in einen endlosen Schlaf, und seine Priester herrschten in seinem Namen. Und dann kam es zu einer großen Krise, bei der sich die Zauberer gegen die Gottkönige erhoben, und die Gottkönige wollten sie zerschmettern. Ganz Amún wurde dabei zur Wüste.«

»Ja, das stimmt«, sagte Jack. »Und bei der Zerstörung von Amún wurde das Blut zahlreicher Zauberer vergossen, so dass sich der große Fluss Emyr rot färbte, und das Land verfärbte sich schwarz. Am Ende wurde der Lauf des Emyr verändert, so dass er nach Norden und nicht mehr nach Süden floss. Amún wurde zur Wüste, und die Überlebenden flohen. Aber das Blut der Macht blieb im Boden haften. Und der Boden wurde zu Staub. Der Staub verteilte sich über die ganze Welt, und die Menschen atmeten ihn im Verlauf der Jahrhunderte ein und aßen ihn und nahmen ihn Körnchen für Körnchen auf.«

Lirith sah ihn staunend an. »Aber was hat er mit den Menschen gemacht?«

»Ich nehme an, er verlieh ihnen die Macht zu glauben.« Jack ließ den Skarabäus auf die andere Hand krabbeln. »Natürlich hätte eine Person allein niemals genug von dem Staub einatmen können, um etwas zu erreichen. Auch kein Dutzend Leute, nicht mal hundert. Aber wenn Tausende zusammenkamen und an dasselbe glaubten ... nun, meine Liebe, dann geschah Magie.«

Langsam verstand Travis. »Also wenn genug Leute an einen Gott glaubten, dann wurde der Gott real.«

»In gewisser Weise«, sagte Jack. »Obwohl ich glaube, dass es etwas komplizierter ist. Weißt du, das Mysterium eines jeden dieser Kulte berichtet, wie ein Mann oder eine Frau zur Göttin transformiert wurde. Ich glaube, diese Menschen müssen irgendwie anders gewesen sein. Vielleicht waren sie anfälliger für den alten Staub, oder nahmen mehr davon auf. Leute wie König Vathris und die junge Jägerin Yrsaia.«

Und Melia, dachte Travis, *die der Vermählung mit einem Tyrannen entging, indem sie den Mond heiratete.*

Das goldene Insekt blieb auf Jacks Fingerspitze hocken. »Das Blut der Mysterien ist genau hier in meiner Hand«, sagte er leise. »Und es ist in jedem von uns und wartet nur darauf, zu etwas Wunderbarem zu werden, wenn wir nur daran glauben können.«

Travis verspürte ein Kribbeln am ganzen Körper. Er sah Lirith und Durge an, aber die Hexe schien in ihren Gedanken versunken zu sein, und der Ritter schaute auf seine knorrigen Hände. Travis ließ den Skarabäus wieder auf seine Handfläche spazieren.

»Jack, da gibt es etwas, das wir wissen müssen – besteht die Möglichkeit, dass wir in unsere eigene Zeit zurückkehren können?«

»Warum, gefällt dir die hier nicht?«

Travis biss sich auf die Lippe. »Sie ist prima. Es ist nur nicht unsere, das ist alles. Es gibt Menschen, die uns vermissen werden.« Vor seinem inneren Auge tauchte ein großer blonder Mann mit einem strahlenden Lächeln auf. Aber dann verwandelte sich das Bild in eine Frau mit goldenen Augen, bevor es wieder den Mann zeigte. »Bitte.«

»Nun, das ist eigentlich ganz einfach. Du bist ein Runenmeister, Travis. Und ein guter, möchte ich hinzufügen, da du meine Fähigkeiten übernommen hast. Du musst nur die Rune der Zeit brechen.«

»Und wo finde ich die Rune der Zeit?«

»Du hast keine?«

»Sind mir gerade ausgegangen«, sagte Travis durch die zusammengebissenen Zähne.

»O je«, sagte Jack. »Die war immer schwierig herzustellen. Man brauchte eine stattliche Anzahl von uns, um sie zu binden, darum hatten wir nie viele davon. Lass mich nachdenken.« Er klopfte sich gegen die Schläfe. »Das ist alles so lange her – nach siebenhundert Jahren können die Dinge etwas verschwommen werden. Und nicht lange nach unserer Flucht aus Malachor habe ich den Stein dazu benutzt, um herzukommen. Aber ich habe mal mit einer Gruppe Lehrlinge gesprochen, die sich für die Kunst des Runenbrechens interessierten. Sie haben mir erzählt, sie würden an der westlichen Spitze der Fal Sinfath einen Turm erbauen. Sie besaßen eine Menge Artefakte. Ich bin mir ziemlich sicher, dass eine gebundene Rune der Zeit dabei war. Du könntest zu ihrem Turm gehen.«

»Zum Schwarzen Turm der Runenbrecher?«, sagte Travis, und Lirith warf ihm einen überraschten Blick zu.

»Waren sie nicht böse?«, meinte die Hexe. »Die Runenbrecher. Haben sie nicht Dinge zerstört?«

Jack runzelte die Stirn. »Also wirklich, meine Liebe, ich finde, gerade eine Tochter Sias sollte wissen, dass es ohne Ernte keine Aussaat geben kann, und keine Schöpfung ohne Zerstörung.«

Lirith schwieg, aber Travis konnte ihren durchdringenden Blick noch immer fühlen.

»Ist es nicht gefährlich, Runen zu brechen?«, wollte Durge wissen.

»O ja«, sagte Jack aufgeregt. »Ziemlich gefährlich. Die Lehrlinge, die ich da getroffen habe, die, die den Turm bauen und das Runenbrechen studieren wollten, hatten ein paar Artefakte von schrecklicher Macht, die hochgradig gefährlich waren. Eigentlich ist es ein Wunder, dass sie nichts Schreckliches angerichtet haben.«

Durge runzelte die Stirn. »Zum Beispiel?«

»Sagen wir, die Rune des Himmels zu brechen und einen Spalt in der Welt zu öffnen. Glaubt mir, guter Mann, das ist etwas, das Ihr lassen solltet. Direkt jenseits der Grenzen der Welt lauern alle möglichen schrecklichen und namenlosen Dinge. Sie sind da schon seit Ewigkeiten und warten nur auf die Gelegenheit, hereinkommen zu können.«

Travis sah Durge und Lirith an. »Wir müssen zum Schwarzen Turm der Runenbrecher. Wenn die Rune der Zeit irgendwo ist, dann dort ...«

Er hielt inne.

Oben ertönte das gedämpfte Geräusch zersplitternden Glases. Alle schauten auf. Ein dumpfes Dröhnen folgte, dann wieder ein Klirren.

»Bei Vesta, das hört sich nicht gut an«, sagte Jack.

Durge war bereits auf den Füßen und ging auf die Treppe zu. Travis eilte hinter ihm her.

»Lirith«, rief er über die Schulter. »Passt auf Jack auf.«

Die Hexe nickte. Jack streichelte nervös Miss Guenivere, denn die kleine Katze war bei dem Lärm auf seinen Schoß gesprungen.

Travis folgte Durge die Treppe hinauf. In der Pension herrschte wieder Stille. Travis wünschte sich, er hätte sein malachorianisches Stilett, aber es lag in seinem Zimmer. Und Durge hatte nur seinen ungeladenen Revolver.

Sie kamen in den Flur des zweiten Stocks. Alle Türen waren geschlossen. Durge öffnete die Tür zu Liriths Raum, aber da war nichts. Dann öffnete der Ritter die Tür zu dem Zimmer, das er sich mit Travis teilte.

Nachtluft wehte ihnen kühl in die Gesichter. Glas knirschte unter ihren Stiefeln; das Fenster war eingeschlagen worden.

Man hatte die Betten umgekippt, die Kommodenschubladen lagen herausgerissen auf dem Boden.

Durge schaute aus dem Fenster. »Anscheinend ist der Dieb weg.«

Travis sah sich um. Es schien nichts zu fehlen. Der Beutel mit dem Geld, das sie angespart hatten, befand sich noch immer in der Kommode. Also was hatte der Dieb gesucht?

Durge musste denselben Gedanken gehabt haben. Wie ein Mann wandten sie sich den Deckenbalken zu. Dann kam Bewegung in sie. Durge holte einen Stuhl, und Travis sprang mit einem Satz darauf, streckte die Hand aus und tastete den Balken ab.

Seine Finger stießen ins Leere. Er suchte noch ein paar Augenblicke lang, aber in seinem Herzen kannte er die Wahrheit, und Durges Gesichtsausdruck nach zu urteilen der Ritter ebenfalls. Plötzlich drehte sich alles um Travis, und der Schwindel war so stark, dass er gestürzt wäre, hätte Durge ihn nicht gehalten.

»Das Tor-Artefakt ist verschwunden«, sagte er.

20

Der Morgen brachte Helligkeit, aber keinen Trost. Travis, Lirith, Durge und Jack saßen in grimmigem Schweigen am Esstisch. Die anderen Mieter waren zur Arbeit in die Minen gegangen, und dem Geklapper des Geschirrs und dem Husten nach zu schließen, das durch die Tür drang, waren Maudie und Liza in der Küche.

Als die Großvateruhr im Wohnzimmer drei geschlagen hatte, waren sie endlich zu Bett gegangen, nachdem Travis und Durge das zerbrochene Glas in ihrem Zimmer weggeräumt und das Fenster verrammelt hatten. Lirith hatte einen Zauber um das Bluebell gewebt, der sie alarmieren würde, sollte jemand versuchen einzudringen, aber nicht einmal Durge hatte daran geglaubt, dass der Zauberer in dieser Nacht noch einmal zurückkehren würde. Der Scirathi hatte alles bekommen, weswegen er gekommen war.

Oder doch nicht? Travis schob die Hand in die Tasche und spürte den Skarabäus. Ohne das in dem Schmuckstück befindliche Blut war das Tor wertlos. *Woraus folgert, dass er zurückkommen wird. Der Zauberer wird nicht aufhören, bis er das Tor-Artefakt und den Skarabäus hat.*

Lirith runzelte die Stirn. »Ist der Kaffee zu stark, Travis?«

Er musste das Gesicht verzogen haben. »Ich glaube nicht, dass das heute überhaupt möglich wäre.«

Lirith nickte und nahm einen Schluck aus der Tasse. Travis bezweifelte, dass einer von ihnen den Rest der Nacht ein Auge zubekommen hatte. Liriths Augen wiesen dunkle Ringe auf, und Durges Gesicht war noch schwermütiger als sonst.

Nur Jack schien guter Laune zu sein. Die graue Färbung seiner Haut war verschwunden, seine Wangen waren rosig, und seine Augen funkelten lebendig. Was nicht überraschend war. Jack hatte sich seit Travis' Eintreffen im Jahr 1887 krank und schwach gefühlt; seine Macht als Runenmeister war Tausende von Meilen über einen Ozean gedehnt worden. Aber jetzt saß Travis nur wenige Meter weit weg.

»Ich muss sagen, Travis«, sagte Jack und kaute an einem dick mit Marmelade bestrichenen Toast, »ich hatte nicht die geringste Idee, womit ich mich in Castle City eigentlich beschäftigen sollte. Aber dein Vorschlag mit dem Antiquitätenladen gefällt mir. Diese Stadt ist viel zu neu – etwas Geschichte würde ihr gut tun.«

Travis rieb sich den stoppeligen Kopf. »Das war kein Vorschlag, Jack. Du *wirst* ein Antiquitätengeschäft eröffnen. Ich weiß das, weil ich dich dort kennen gelernt habe. Oder dich kennen lernen werde. Eines Tages kommst du in den Mine Shaft Saloon und fragst mich, ob es im Lager ... oh.« Er machte den Mund zu. Hatte er zu viel gesagt?

Vielleicht sollst du ja die Zukunft beeinflussen. Vielleicht würde nichts von dem, was geschehen soll, auch tatsächlich stattfinden, wenn du jetzt nicht hier wärst. Denn hätte Jack dich 1887 hier nicht kennen gelernt, wäre er möglicherweise an diesem Tag niemals in den Mine Shaft gekommen, und ihr hättet euch nicht angefreundet, was wiederum bedeutet, dass du Sinfathisar niemals bekommen hättest oder nach Eldh gegangen wärst.

Travis fühlte sich unwohl. Da gab es etwas, etwas Wichtiges, es lag ihm auf der Zungenspitze. Es hatte mit der Beeinflussung der Zukunft zu tun. Aber bevor es ihm einfiel, meldete sich Durge zu Wort.

»Ich vermute, der Zauberer hat letzte Nacht jedes unserer Worte belauscht. Aber ich begreife nicht, wie er so nahe kommen konnte, ohne dass ich es bemerkt habe. Oder Ihr, Mylady.« Der Ritter wandte den Kopf Lirith zu.

Jack tröpfelte Honig in seinen Tee. »Der Zauberer musste

nicht nahe herankommen. Ich weiß nicht viel über die Magie des Südens, aber ich vermute, er beherrscht bestimmt einen Zauber, der ihm erlaubt, andere aus der Ferne zu belauschen.«

»Dann bedeutet das, dass er uns jetzt in diesem Augenblick zuhören könnte«, sagte Durge mit finsterem Blick.

Jack nickte. »Mit ziemlicher Wahrscheinlichkeit.«

»Nein«, sagte Lirith und stellte ihre Tasse ab. »Wenn er zuhört, wird er eine Unterhaltung hören, aber es wird nicht die unsere sein. Dafür habe ich gesorgt.«

Jack lächelte Lirith an. »Das ist klug, meine Liebe – sogar sehr klug. Wir können ihn nicht davon abhalten, uns zu belauschen, aber dank Euch können wir auswählen, was er hören wird, wenn er es tut. Ihr seid sehr bewandert in der Kunst der Illusion.«

Durge warf Lirith einen überraschten Blick zu. Aber bevor er etwas sagen konnte, kam Maudie durch die Küchentür. Durge stand auf und zog für sie einen Stuhl zurück.

»Wie schmeckt Ihnen Ihr Tee, Mr. Graystone?«, fragte sie, als sie sich setzte. »Ich habe ihn bei McKay gekauft, aber ich weiß nicht, wie er heißt. Ist er so gut wie der Tee, den sie so sehr mögen – Ihr Prince Green?«

»Earl Grey«, korrigierte Jack sie sanft. »Und ich glaube, genau das ist es sogar. Also ist er sehr gut, vielen Dank.«

Maudie sah heute etwas besser aus. Dank eines von Liriths Tränken hatte sie die ganze Nacht durchgeschlafen. Und das bedeutete, dass sie von dem Einbruch nichts mitbekommen hatte. Travis war klar, dass er sie darüber informieren musste, aber Durge kam ihm zuvor.

»Gütiger Gott!«, sagte Maudie und hielt eine Hand an die Brust, als Durge geendet hatte. »Die Strolche in dieser Stadt werden jeden Tag unverschämter. Ist etwas gestohlen worden?«

Jack wollte antworten, aber Travis warf ihm einen scharfen Blick zu.

»Nein«, sagte Travis.

Maudie lehnte sich in den Stuhl zurück; sie sah erleichtert aus. »Nun, dann waren es vermutlich gar keine Diebe. Nur Störenfriede – junge Männer, die mehr Whiskey getrunken hatten, als sie vertragen können. Vermutlich haben sie das Fenster mit einem Stein eingeworfen.«

»Wie geht es Lord Barrett heute Morgen?«, wechselte Lirith energisch das Thema.

Maudies Lächeln war zugleich sanft und traurig. »Liza sagt, dass er noch immer schläft. Seine Verletzungen fangen an zu heilen, was gut ist. Einige werden Narben hinterlassen, aber er ist nie ein besonders gut aussehender Mann gewesen. Sein Charme lag in seinen Worten.«

Lirith ergriff Maudies Hand. »Er hat eine wunderschöne Stimme.«

»Ich frage mich nur, ob wir sie je wieder hören werden.« Maudie schüttelte den Kopf. »Armer Niles. Er hat in seinem ganzen Leben niemandem etwas getan. Es ist nicht richtig, dass ein so sanfter Mann so leiden muss, und das völlig grundlos. Nur weil Gott der Herr sich entschied, ihn aus anderem Lehm zu formen als andere Männer.«

Ein Hustenanfall erschütterte Maudie, und Lirith half ihr hoch und in die Küche, damit sie etwas trinken konnte. Sie kehrte eine Minute später mit frisch aufgebrühtem Kaffee zurück.

»Ich vermute, er wird bald wegen des Skarabäus kommen«, sagte Travis. Ihm war klar, dass er sich ein bisschen wie Durge anhörte, aber er konnte nichts dagegen tun. Niles Barrett wachte nicht auf, Maudie starb langsam, und der Zauberer war mit dem Kreuzzug für Anstand verbündet. »Das ist das Einzige, was er noch braucht, um in die Zukunft zurückkehren zu können.«

»Du denkst nicht nach, Travis«, sagte Jack und zog die buschigen Augenbrauen unwirsch zusammen. »Unser Feind ist ein Zauberer, kein Runenmeister. Er kann die Rune der Zeit nicht benutzen, um in sein eigenes Jahrhundert zurückzukehren. Das ist schlichtweg unmöglich. Und das weiß er auch.«

Daran hatte Travis gar nicht gedacht. Und den überraschten Mienen von Durge und Lirith nach zu urteilen sie auch nicht.

»Ich weiß nicht, was er will«, fuhr Jack fort. »Aber was auch immer es ist, ich vermute, es ist das Gleiche, weswegen er nach London gereist ist. Unser Feind führt etwas im Schilde, und ich bin mir ziemlich sicher, dass es nichts Gutes sein kann.«

Das war eine echte Untertreibung. »Kannst du denn nichts tun, Jack? Kannst du ihn nicht aufhalten?«

Wieder zeigte sich ein Anflug von Müdigkeit auf Jacks Gesicht. »Ich glaube nicht, dass ich dazu fähig bin. Selbst wenn meine Macht dazu ausreichen würde, solange du hier bist, kann ich nicht darüber gebieten. Ich fürchte, Travis, du bist jetzt der Runenmeister, nicht ich.«

Travis spürte Verzweiflung in sich aufsteigen. Bis jetzt hatte er sich nicht als toller Runenmeister erwiesen. Er würde mit seiner Macht vermutlich eher Schaden anrichten als Gutes tun. Aber er spürte Durges und Liriths Blicke auf sich ruhen.

»Ich muss nur eine Möglichkeit finden, das Tor-Artefakt von dem Zauberer zurückzubekommen«, sagte er, aber diese Worte klangen nicht mal in seinen Ohren besonders überzeugend.

Jack nahm noch ein Stück Toast. »Warum wegen dem alten Ding überhaupt solche Anstrengungen unternehmen? Warum benutzt du nicht einfach den Stein, um nach Eldh zurückzukehren?«

Travis' Blut drohte zu Eis zu erstarren. »Was?«

»Du brauchst nicht so überrascht zu tun«, sagte Jack mit

gerunzelter Stirn. »Was glaubst du denn, wie ich hergekommen bin? Die drei Großen Steine stürzten *auf* Eldh nieder, aber sie sind kein Teil davon. Ich glaube, in gewisser Weise gehören sie allen Welten. Und mit einem der Steine ist es möglich, zwischen den Welten zu reisen. Oder zumindest zwischen dieser Welt und Eldh, da sie einander ziemlich nahe zu sein scheinen. Und sich die ganze Zeit weiter näher kommen.«

Travis bereute es, so viel Kaffee getrunken zu haben. Er schien ihm ein Loch in den Magen zu brennen.

»Könnt Ihr das tun, Travis?«, fragte Durge. »Könnt Ihr den Stein dazu benutzen, um uns nach Eldh zurückzubringen?«

Jack fuchtelte mit dem Buttermesser vor dem Ritter herum. »Habt Ihr kein Wort von dem verstanden, was ich gesagt habe? Bei den Göttern dieser Welt und allen anderen, er ist ein Runenmeister. Und ein guter, da ich ihn gemacht habe. Es liegt ihm im Blut. Der Stein wird seinen Befehlen gehorchen.«

»Bitte, Travis«, sagte Lirith. »Wir müssen zurück. Wir müssen Sareth nach Hause bringen. Ich glaube, ich weiß, warum er immer kränker wird. Es ist sein Bein. Der Dämon hat sein Bein genommen. Der Dämon wurde aus den *Morndari* erschaffen, und die *Morndari* existieren im Nichts zwischen den Welten. Ich glaube, der Durchgang durch das Nichts hat irgendwie seine Wunde entzündet. Ich glaube, sie frisst ihn irgendwie auf, und das wird nicht aufhören ...« Sie holte stockend Luft. »Es wird nicht aufhören, bis er tot ist.«

Sie reichte über den Tisch und ergriff seine Hand. »Bitte, Travis. Wenn wir ihn nach Eldh zurückschaffen können, dann kann ich ihn heilen. Zumindest glaube ich das. Aber hier ist mir das unmöglich. Die Weltenkraft ist zu schwach, und hier gibt es keine Schwester, die mir ihre Kraft leihen könnte.«

Ihr war nicht klar, was sie da von ihm verlangte. Er war

nicht Jack. Und er war kein Runenmeister, ganz egal, was ihm alles zugestoßen war. Er hatte nicht um diese Macht gebeten, und er hatte alles getan, was ihm möglich gewesen war, um sie zu verbergen. Denn es hatte den Anschein, als würden jedes Mal, wenn er sie benutzte, Menschen sterben.

Das stimmt nicht, Travis. Mit deiner Macht hast du Gutes getan. Du hast das Runentor versiegelt.

Und er hatte Menschen verbrannt.

Er zog die Hand weg. Wenn es keine andere Wahl gegeben hätte, hätte er vielleicht in Erwägung gezogen, den Stein zu benutzen. Aber noch hatte er den Skarabäus. Sie mussten dem Scirathi nur das Tor-Artefakt abnehmen. Und die Vorstellung, sich dem Zauberer zu stellen, war weniger Furcht einflößend als die Vorstellung, wie ein Runenmeister zu handeln. Weil der Augenblick, an dem er wirklich glaubte, Kontrolle über seine Macht zu haben, der Augenblick war, an dem er verloren war.

Bevor er ihr das alles erklären konnte, keuchte Lirith auf. Sie schoss mit weit aufgerissenen Augen in die Höhe und blieb stocksteif stehen.

»Sareth!«, rief sie.

Durge erhob sich von seinem Stuhl. »Was ist, Mylady?«

»Etwas ist geschehen«, stieß sie atemlos hervor. »Etwas Schlimmes.«

Durge runzelte die Stirn. »Nein, Mylady, ich bin sicher, es geht ihm gut. Sheriff Tanner hat vergangene Nacht im Gefängnis Wache gehalten, und der junge Wilson wollte bleiben und ihm behilflich sein. Ich glaube, Sareth war sicherer, als wir es waren.«

»Nein, Ihr irrt Euch«, beharrte Lirith in gequältem Tonfall.

So wie sie ins Leere starrte, war Travis klar, dass sie etwas gesehen hatte, was dem Rest von ihnen verborgen bleiben würde – es hatte mit der Sicht zu tun. »Was ist denn?«

Lirith hatte sich bereits in Bewegung gesetzt. »Ich muss zum Gefängnis.«

Travis wusste, dass keiner sie aufhalten konnte. »Durge, lasst sie nicht aus den Augen. Jack, du bleibst hier bei Maudie. Verlass auf keinen Fall das Bluebell, hast du verstanden?«

Vielleicht hatte Travis ja doch eine bessere Kontrolle über seine Macht als angenommen, denn Jack nickte bloß und hielt seine Teetasse fester. Lirith und Durge waren bereits aus der Tür, und Travis schnappte sich seinen Hut und eilte hinter ihnen her.

Die Sonne hatte gerade die Höhe der Signal Ridge erreicht, und Travis fing auf der Stelle an zu schwitzen. Er holte Durge und Lirith ein, und sie rannten stumm die unbefestigte Straße entlang. Als sie das Gefängnis erreichten, sah alles aus wie immer; auf der Straße war es ruhig. Durge übernahm die Führung und polterte die Stufen hinauf, zusammen platzten sie hinein.

Sheriff Tanner saß zusammengesunken auf dem Schreibtischstuhl, die Arme baumelten an seinen Seiten herunter, das Gesicht lag auf dem Schreibtisch in einer Pfütze aus Erbrochenem. Er regte sich nicht.

»Sareth!«, rief Lirith. Die Tür zum Zellentrakt stand einen Spalt weit geöffnet, und sie stieß sie weit auf. Travis brauchte nicht hineinsehen, um zu wissen, dass Sareths Zelle leer war. Lirith stieß ein Wimmern aus und fiel auf die Knie.

Durge stand bereits an Tanners Seite und drückte zwei Finger gegen den Hals des Sheriffs. »Er lebt, aber sein Herz schlägt schwach.«

Travis zwang seine Beine, ihn vorwärts zu tragen. Was stimmte nicht mit Tanner? Neben seinem Kopf stand eine zur Hälfte geleerte Tasse Kaffee. Durge brachte den Sheriff in eine aufrechte Position; Tanners Kopf kippte zur Seite.

»Lirith«, sagte der Ritter. »Ihr müsst Euch um Tanner kümmern.«

Die Hexe wiegte sich weinend vor und zurück, die Hände gegen den Leib gedrückt.

Etwas fiel Travis ins Auge. Die Tür zum Schuppen stand offen. Er ging hinein. Es gab nicht viel zu sehen. Nur den kleinen Ofen, auf dem Tanner und die Deputys Kaffee in einer Blechkanne kochten. Ofen und Kanne waren kalt. Dann sah Travis das Funkeln.

Er kniete nieder. Zwei kleine Glasfläschchen lagen auf dem Boden. In einer klebten noch immer die Reste einer sirupartigen Flüssigkeit. Er nahm die Flaschen, und als er aufstand, sah er, dass die Ofenklappe ein Stück offen stand. Darin befand sich zusammengeknülltes Papier. Das meiste war verbrannt, aber ein paar Seiten waren nur an den Rändern angesengt. Travis zog ein Blatt heraus. Er stellte die Fläschchen auf den Ofen, dann glättete er das Papier. Darauf befand sich die Zeichnung eines Mannes mit einem schwarzen Hut, der einen anderen Mann mit einem Stern auf der Brust erschoss.

Travis fröstelte, als sein Schweiß plötzlich eiskalt wurde. Er nahm die Fläschchen und das Papier und kehrte zurück in das Büro. Lirith schien sich gefasst zu haben, auch wenn sie noch immer totenblass war. Sie untersuchte Tanner, während Durge zusah. Sie hob eines von Tanners Lidern: Seine Pupille war weit gedehnt. Sie nahm die Kaffeetasse und schnupperte, dann schaute sie auf.

»Der Kaffee ist mit Mohntinktur versetzt«, sagte sie. »Viel mehr, als für gewöhnlich erforderlich ist.«

Durge schaute sie finster an. »Was sagt Ihr da?«

»Ich glaube ... ich glaube, Sir Tanner hat sich das selbst angetan.«

»Nein«, ergriff Travis das Wort, bevor Durge protestieren konnte. »Das war ein anderer.« Er stelle die Laudanum-

Fläschchen auf den Tisch und legte das Blatt Papier daneben. Er hatte das Bild sofort erkannt; es stammte aus der Dime Novel, die er Deputy Wilson hatte lesen sehen.

»Verrat!«, zischte der Ritter und ballte die Faust.

»Seht nur«, sagte Lirith und beugte sich über Tanner. »Da ist etwas in seiner Tasche.«

Die Hexe zog einen Zettel heraus und entfaltete ihn. Sie schaute ihn sich flüchtig an, dann seufzte sie. »O Sareth. Vergib mir, dass ich nicht früher da war.«

Der Zettel fiel ihr aus den Fingern und landete auf dem Schreibtisch. Travis sah ihn an und wünschte sich das erste Mal in seinem Leben, nicht des Lesens mächtig zu sein, dass ihn seine Dyslexie daran hindern würde. Aber er konnte lesen, und er tat es auch. Die sauber geschriebenen Buchstaben landeten alle an Ort und Stelle.

Bringt den Goldkäfer am Freitag bei Sonnenuntergang zur Bar L Ranch, wenn ihr den Zigeuner noch mal lebend sehen wollt.

21

Travis und Durge trugen Tanner ins Bluebell. Sie benutzten ein Brett als provisorische Trage, und Lirith bedeckte Tanners ohnmächtige Gestalt mit einer Decke, um seine Identität verborgen zu halten. Zuerst befürchtete Travis, dass die Strecke viel zu weit sein würde, um diese Last tragen zu können. Aber der Sheriff schien nichts zu wiegen – eine Tatsache, die Travis eher Sorgen bereitete als Erleichterung –, und er und Durge konnten den größten Teil der Strecke im Laufschritt zurücklegen.

Maudie zu erklären, was geschehen war, war viel schwieriger. Sie schrie nicht auf. Stattdessen wurde ihr Gesicht so weiß wie das saubere Taschentuch, das sie mit der Hand umklammerte, und sie sackte auf das Sofa im Wohnzimmer und starrte ins Leere.

»Ich will ihn nicht sehen. Ich will ihn so nicht sehen, wie er auf einer Trage liegt. Nicht Bart.« Ein schlimmer Hustenanfall ließ ihren Körper erbeben, und Liza hielt ihre Schultern und rieb ihr den Rücken, während Travis und Durge in Richtung Treppe gingen, um Tanner nach oben zu bringen.

»Nein, nicht da rauf!«, schaffte es Maudie während des Hustens hervorzustoßen. »Legt ihn in mein Bett.«

Sie brachten Tanner in Maudies Zimmer, während Lirith nach oben rannte. Augenblicke später kehrte die Hexe mit der Tasche voller Arzneien zurück, die sie in der Apotheke gekauft hatte. Sie drehte Tanner auf die Seite, legte ihm den Kopf in den Nacken und säuberte seinen Mund und seinen Hals mit den Fingern. Danach klang sein Atmen weniger mühsam, obwohl er noch immer schnell und oberflächlich war. Lirith entfaltete ein Stück Papier und maß Pulver in eine Tasse ab, dann füllte sie die Tasse mit warmem Wasser.

»Helft mir«, sagte sie und schob einen Arm unter Tanners Kopf.

Durge half ihr, den Sheriff aufzusetzen, und die Hexe schüttete die Flüssigkeit vorsichtig in seinen Mund.

»Was ist das?«, fragte Travis.

»Der Apotheker nannte es Fingerhut, aber ich kenne diese Kräuter als Herzwurzel.«

»Was machen sie?«

Lirith flößte Tanner noch immer von der Flüssigkeit ein. »Ich glaube, Sir Tanner hat das meiste von dem Laudanum erbrochen. Das ist gut, denn hätte er das nicht getan, fürchte ich, wäre er bereits tot. Trotzdem ist zu viel davon in sein Blut gelangt. Der Mohn hat den Rhythmus seines Herzens beschleunigt. Sollte es noch schneller schlagen, wird es überlastet. Dieser Trank wird sein Herz dazu bringen, langsamer und stärker zu schlagen.«

»Das hört sich gut an«, sagte Travis und erlaubte sich einen Funken der Hoffnung.

»Das sollte es auch. Aber ich weiß nicht, wie viel von dem Laudanum in seinen Adern kreist. Ist die Dosis zu klein, wird ihm das nicht helfen können.«

Durge räusperte sich. »Und wenn sie zu hoch ist?«

»Sein Herzschlag wird sich so sehr verlangsamen, dass es schließlich stillsteht.«

Lirith stellte die leere Tasse ab; sie hatte dem Sheriff den größten Teil der Flüssigkeit eingeflößt. Durge half ihr, ihn wieder hinzulegen.

»Und jetzt?«, fragte Travis.

Sie schaute auf. »Jetzt warten wir.«

Travis biss sich auf die Lippe. Warum hatte er bei seinen Studien der Runenmagie niemals die Rune des Heilens gelernt? Aber vielleicht gab es ja keine. Und vielleicht war das auch der Grund, warum Eldh Hexen und Runenmeister brauchte – um die Welt zu heilen, nachdem die Zauberer sie zerstört hatten.

Was ist mit Sinfathisar? Du weißt doch, dass der Stein die Macht hat, zwischen zwei Alternativen zu wählen. Leben oder Tod, Licht oder Dunkelheit. Das ist seine Magie. Er hat den Dämon in einen Stein verwandelt. Und er hat die Feydrim zurück in Elfen verwandelt.

Aber was würde er mit einem Menschen machen? Soweit Travis wusste, waren die Runenmeister die einzigen menschlichen Wesen, die je gelernt hatten, die Großen Steine zu berühren und zu überleben.

Sie verließen das Schlafzimmer und gingen zurück ins Wohnzimmer.

Maudie schaute nicht auf. »Wie geht es ihm?«

Lirith seufzte. »Das werden wir bei Sonnenuntergang wissen.«

»Nun, es ist sinnlos, hier herumzusitzen, wenn Arbeit getan werden muss.« Maudie stützte sich auf ihren Stock und stand auf. »Komm schon, Liza. Ich helfe dir, das Abendessen vorzubereiten.«

Travis' Magen schien sich zu verknoten. Sonnenuntergang – das würde Tanners Stunde der Wahrheit sein. Und in zwei Tagen würde es Sareths sein. Aber warum ließ der Zauberer sie insgesamt drei Tage warten? Warum hatte er nicht verlangt, ihm den Skarabäus heute noch zu bringen?

»Er plant etwas, darum«, sagte Jack und betrat das Wohnzimmer.

Travis wäre beinahe an die Decke gesprungen. »Kannst du etwa meine Gedanken lesen?«

»Es ist nicht meine Schuld, dass du so laut denkst«, sagte Jack gereizt. Etwas klemmte unter seinem Arm. »Wenn du mich fragst, hast du die unerfreuliche Neigung, weinerlich zu sein.«

»Und was plant der Zauberer?«

Jack runzelte die Stirn. »Ich bin mit dir verbunden, Travis, nicht mit ihm. Ich habe nicht die geringste Ahnung, was er will. Aber eines ist sicher – er fürchtet dich.«

»Er fürchtet sich vor mir?«, wiederholte Travis ungläubig.

»Und das sollte er auch. Schließlich bist du ein Runenmeister. Wärst du das nicht, hätte er den Skarabäus schon vor langer Zeit gestohlen. Der Scirathi hat Angst, dich direkt zu konfrontieren, also plant er den Austausch für den Skarabäus sehr genau.«

Jacks Worte machten Sinn. Aber was hatte der Zauberer nur vor? Travis hätte alles dafür gegeben, das zu wissen. Wenn sie sich hätten vorbereiten können, hätten sie vielleicht eine Chance gehabt, Sareth zu retten. Denn eines war Travis klar: Sareths einziger Wert für den Scirathi bestand darin, dass er als Druckmittel dienen konnte. Sobald der Zauberer den Skarabäus in seiner Hand hatte, würde Sareth sterben.

Jack setzte sich auf das Sofa, nahm den Gegenstand, den er sich unter den Arm geklemmt hatte, und faltete ihn auseinander. Es war eine Ausgabe des *Castle City Clarion.*

Travis warf einen Blick auf die Zeitung. »Wo hast du die her?«

»Von einem Jungen auf der Straße.« Jacks Stimme nahm einen gereizten Tonfall an. »Und du brauchst dir keine Sorgen zu machen – ich habe deinen, wie ich finde, barschen Befehl nicht missachtet und die Pension auch nicht verlassen. Er kam zur Veranda, und ich habe mich über das Geländer gebeugt. Also ich glaube nicht, dass das als Übertretung gilt. Ich dachte, ich sehe mal, was es Neues gibt.« Er blätterte die Zeitung durch. »Aber in dieser scheußlichen Publikation gibt es keine einzige Geschichte über London.«

Travis nahm Jacks Worte kaum bewusst wahr. Er konnte bloß auf die Schlagzeile starren:

Mit zwei Schritten hatte Travis den Raum durchquert und Jack die Zeitung aus der Hand gerissen.

»Bei allen Göttern, hast du überhaupt keine Manieren?«, rief Jack aus, aber Travis hörte nicht zu. Die Zeitung trug das heutige Datum. Travis überflog den Artikel unter der Schlagzeile, während Lirith und Durge näher kamen und über seine Schultern lasen. Travis konnte bloß ein paar Sätze aufnehmen, bevor seine Sicht verschwamm.

... ein kaltblütiger Killer ... muss als bewaffnet und gefährlich betrachtet werden ... wird man keinem Mann einen Vorwurf machen können, wenn er ihn sofort erschießt, da das Selbstverteidigung wäre ...

Travis warf die Zeitung zu Boden. »Jack, wann hast du sie gekauft?«

»Kurz nach eurem eiligen Aufbruch«, sagte Jack. »Warum?«

Travis sah Durge und Lirith an. »Diese Zeitung muss vor Stunden gedruckt worden sein. Das bedeutet, dass sie bereits wussten, was im Gefängnis passiert ist. Es muss Mortimer Hale sein – er ist der Verleger dieser Zeitung. Er muss hinter dem Kreuzzug stecken. Und mit dem Zauberer verbündet sein.«

Durge zögerte, dann legte er Lirith die Hand auf die Schulter. »Wir holen Sareth da raus, Mylady.«

Sie hob das Kinn, und ihre Stimme war so hart wie der Ausdruck in ihren Augen. »Ja. Das werden wir.«

Aber wie? Travis kam ein Gedanke. »Durge, wisst Ihr, wo die Bar L Ranch ist? Und ob sie Mortimer Hale gehört?«

Der Ritter verschränkte die Arme. »Dazu kann ich nichts sagen. Aber ich kann es herausfinden.«

Travis nickte; im Augenblick konnten sie nichts mehr tun. Lirith begab sich in das hintere Schlafzimmer, um über Tanner zu wachen, und Jack ging nach oben, weil er etwas für Travis holen wollte, wie er sagte.

»Es ist eine Falle«, sagte Durge, sobald er mit Travis allein war. »Keiner kann sagen, wie viele Männer der Zauberer auf der Ranch versammelt hat – auf jeden Fall sind es Gentry, Ellis, Hale und Wilson.«

Travis schluckte. »Es sind nicht die Männer, die mir Sorgen bereiten.«

Seinem grimmigen Blick nach zu urteilen, war Durge klar, worauf Travis hinauswollte. Hatte der Zauberer genug Zeit gehabt, um weitere Experimente wie das an Calvin Murray durchzuführen?

»Ich muss jetzt ins Sheriffbüro«, sagte Durge.

Travis griff nach seinem Arm und hielt ihn fest. »Das müsst Ihr nicht tun, Durge. Ihr seid nicht der Sheriff dieser Stadt.«

»Das bin ich, bis Tanner erwacht.« Durge wollte sich losreißen, hielt dann aber inne. »Ich werde vorsichtig sein, Freisasse Travis.«

Travis fehlten die Worte. Er drückte Durges Arm, dann ließ er den Ritter gehen.

Eine Minute später kam Jack herein. Er hielt ein in Leder gebundenes Buch und streckte es Travis entgegen.

»Was ist das?«

»Das ist das Buch, das ich erwähnte. An dem ich gearbeitet habe. Es ist ein schmaler Band, hauptsächlich habe ich es zu meinem eigenen Vergnügen geschrieben. Hier und da stehen ein paar Geschichtsdaten, aber hauptsächlich dreht es sich um Magie. Ich dachte, du würdest es vielleicht inspirierend finden.« Jack grinste ihn an. »Du weißt schon, wenn du dich für den Kampf gegen den Zauberer bereitmachst.«

Travis presste die Lippen zusammen, weil er dagegen ankämpfen musste, sich nicht zu übergeben, aber Jack musste den Ausdruck für ein Lächeln gehalten haben. Er drückte Travis das Buch in die Hand.

»Pass gut darauf auf, Travis. Es ist das einzige Exemplar, das ich habe.«

Jack ging nach oben, um sich auszuruhen. Travis sah nach Lirith, aber sie stand über Tanner gebeugt, fühlte seinen Puls und bemerkte ihn nicht mal. Maudie und Liza waren in der Küche beschäftigt, und Travis war klar, dass er ihnen nur im Weg stehen würde, also ging er ins Esszimmer. Da er nicht wusste, was er sonst hätte tun können, schlug er Jacks Buch auf und fing an zu lesen.

Ihm war unklar, in welcher Sprache das Buch geschrieben war, aber er hatte den Eindruck, dass sie alt und sehr formell war. Aber mit Hilfe der halben Silbermünze in seiner Tasche und einem Bleistift, den er auf die Seite legte, damit sich seine Augen besser auf jede Zeile konzentrieren konnten, gelang es ihm, sich durch den Text zu kämpfen.

Das Buch war faszinierend. Und Furcht einflößend. Es gab Passagen über den ersten Krieg der Steine und die Geschichte von Malachor, aber es waren die Geschichten über die Runenmeister, die Travis' Aufmerksamkeit auf sich zogen. Als Jack ihnen vergangene Nacht von der Rune der Zeit erzählt hatte, war Travis der Meinung gewesen, dass das Binden einer solchen Sache zu den größten Taten der Runenmeister gehört haben musste – von ihrem Brechen ganz zu schweigen. Jetzt wurde ihm klar, dass das nicht stimmte.

Dem Buch zufolge waren die Eisenzahnberge – die Gipfel, die die südliche Grenze Imbrifalcs bildeten – einst kaum mehr als eine Reihe von Hügeln gewesen. Aber nach dem Sieg Ulthers über den Fahlen König hatten einhundert Runenmeister gemeinsam die Rune *Fal* gesprochen, und die Berge schossen in den Himmel und wurden zu einer unüberwindbaren Mauer; sie verwandelten Imbrifale in ein Gefängnis.

Aber das war nur eines der Wunder, die die Runenmeister wirkten. Sie bauten Schlösser, indem sie bloß die Rune *Sar* sprachen, dann banden sie die Rune des Steins, so dass die Festungen viel stärker waren als jene, die bloß durch Menschenhand errichtet worden waren. Sie fingen das Licht der Sterne ein und banden es in die Steine von Malachors höchstem Turm, so dass er in der Nacht hell wie ein Leuchtturm strahlte. Und sie wirkten ihre Zauber an sich selbst, so dass selbst der Kurzlebigste von ihnen fast zweihundert Jahre alt wurde.

»Kann ich diese Dinge zu Stande bringen?«, flüsterte Travis.

Ein Chor aus Stimmen schien ihm in seinen Gedanken zu antworten. *Ja, das können wir ...*

Travis las weiter von den vielen Wundern, die die Runenmeister vollbracht hatten. Er blätterte um – und die Aufregung in seinem Inneren verpuffte und hinterließ nur Leere. Die Worte auf der Seite brannten förmlich in seinen Augen.

Es ist den Runenmeistern bekannt, dass Götter, Drachen und Hexen, die über die Sicht verfügen, allesamt sein Kommen vorhergesagt haben. Der mit Namen Runenbrecher wird die Rune Eldh zerschmettern, die die Erste Rune war, die der Weltenschmied sprach und dann am Anfang der Welt in den Dämmerungsstein band. Und so wird die Erste Rune auch die Letzte Rune sein, denn wenn sie zerbricht, wird die Welt enden, und in diesem Augenblick hören alle Dinge auf zu existieren.

Nichts davon spielte eine Rolle. Die Wunder, die schönen Dinge, die Runenmagie geschaffen hatte. Nichts davon spielte eine Rolle, wenn er am Ende dazu verdammt war, alles zu zerstören.

Konnte er dem denn nirgendwo entkommen? Nicht einmal hier in Castle City war es ihm vergönnt, nicht an sein vorherbestimmtes Schicksal erinnert zu werden. Vani und Sareths Al-Mama hatten behauptet, er gehöre zu den Schicksalslosen, aber wie konnte das stimmen? War es denn nicht das Schicksal, das alle Dinge bestimmte? Er ergriff den Bleistift und setzte ihn verbissen auf der Seite an, als wollte er die Worte durchstreichen. Stattdessen schrieb er wütend etwas an den Rand des Absatzes. Dann warf er den Bleistift weg und klappte das Buch zu.

Er stand auf. In dem Zimmer war es heiß; er konnte nicht atmen. Er musste nach draußen. Travis wandte sich ab, dann zögerte er, schnappte sich das Buch und steckte es in seine Gesäßtasche. Er stürmte aus der Vordertür, die Stufen hinunter, und ging die Grant Street dann so schnell entlang, wie ihn seine Beine trugen.

Du solltest das nicht tun. Du weißt nicht, wem du begegnen könntest – Gentry, Ellis, vielleicht sogar Hale. Vermutlich lässt dich der Zauberer von ihnen überwachen.

Aber sie würden nicht angreifen, oder? Der Scirathi stellte ihm auf der Bar L Ranch eine Falle, und er war viel zu klug, das durch einen seiner Henkersknechte zu gefährden, indem sie zu früh zuschlugen. Travis fühlte sich mutig, fast schon leichtsinnig; er bog zweimal ab, dann marschierte er über die staubige Elk Street.

Die Hauptstraße lag ziemlich verlassen da. Es hatte den Anschein, als wüsste jeder Bewohner, dass etwas geschehen würde, etwas Schreckliches, und sie waren in Deckung gegangen, bis der Sturm vorüber war. Die für gewöhnlich so betriebsamen Läden waren leer, und viele der Fassaden – in der Hauptsache Saloons – waren verbarrikadiert. Der Kreuzzug für Anstand hatte seine Arbeit gut gemacht. In dieser Stadt hatten sie die Sünde ausradiert. Und mit ihr jedes Anzeichen von Leben.

Ein an einen Pfosten genageltes Blatt Papier erregte seine Aufmerksamkeit. War das eines ihrer Gebote? Aber als er näher kam, sah er, dass es sich um einen alten Steckbrief handelte, der gleiche, den er hinten im Saloon gefunden hatte.

GESUCHT: TOT ODER LEBENDIG:
TYLER CAINE, DER MÖRDER.

Travis riss den Steckbrief ab, faltete ihn zusammen und schob ihn sich in die Hemdentasche. Er überlegte, beim Sheriffbüro vorbeizugehen und nach Durge zu sehen. Andererseits hatte er seine Zweifel, dass sich der Ritter um viele Gesetzesverstöße kümmern musste. Langsam hatte er den Eindruck, dass Castle City so gut wie verlassen war.

Dann entdeckte er die kleine Menschenmenge und den schwarzen Wagen.

Er ging darauf zu. Der Wagen war an einer Gassenmündung abgestellt worden. Es handelte sich um ein rechteckiges Gefährt mit einem kleinen Fenster auf der Seite; die schwarz lackierten Paneele waren staubig und voller Blasen. Zuerst hielt Travis es für eine Postkutsche. Dann betrachtete er die Form, die Farbe und das kleine Fenster, und ihm wurde klar, dass das Gefährt zwar zur Passagierbeförderung gedacht war, aber nicht aufrecht sitzend, sondern in einem Sarg.

Zwci Pferde mit Senkrücken waren an den Wagen angeschirrt; mit ihren gesenkten Köpfen sahen sie aus, als wäre nicht genug Leben in ihnen, um den Leichenwagen zehn Meter zu ziehen, geschweige denn durch einen Bergpass. Die zwanzig Leute, die sich halbkreisförmig um den Wagen versammelt hatten, sahen nicht viel besser aus. Nach ihren schäbigen Klamotten zu urteilen, handelte es sich um Minenarbeiter und Waschfrauen. Sie schauten mit schmutzigen Gesichtern nach oben, die zu abgezehrt für Hoffnung und zu müde für Verzweiflung waren.

Travis hatte gerade den Rand der Menge erreicht, als sich

der Wind drehte, und das war der Augenblick, in dem er die Stimme hörte. Sie dröhnte und krachte wie ein Donnerschlag aus heiterem Himmel. Erkennen blitzte in Travis auf. Er ging an der Menge entlang, bis der Sprecher in Sicht kam.

Die Türen des Wagens standen weit geöffnet, und der Mann stand auf der obersten Stufe einer kleinen Holztreppe vor der Öffnung. Er sah genauso aus, wie Travis ihn in Erinnerung hatte. Seine Haut war wie gelbes Pergament, das sich über seine knochige Gestalt dehnte, und der schwarze Anzug, den er trug, sah aus, als wäre er gerade eben aus einem Grab gestohlen worden. Der Mann hielt den breitkrempigen Pastorenhut mit einer langfingerigen Hand fest, während die andere zur Faust geballt war und im Rhythmus seiner Ansprache Löcher in die Luft hieb.

»... die Hoffnung ist sinnlos, dass die Dinge besser werden«, verkündete Bruder Cy mit dröhnender Stimme. »Die Hoffnung hat den letzten Zug nach Denver genommen, und sie hat nicht zurückgeschaut. Ihr seid jetzt alle auf euch selbst gestellt, und es gibt niemanden, der euch helfen kann.« Ein durchtriebenes Licht funkelte in den schwarzen Augen des Predigers. »Es sei denn, ihr alle entscheidet euch dafür, euch selbst zu helfen.«

»Aber was können wir tun?«, rief einer der Minenarbeiter. »Ich kann keine Hacke mehr schwingen. Meine Lungen – es ist, als würden sie ständig brennen. Aber wenn ich nicht in den Minen arbeite, werden meine Frau und die Kinder verhungern.«

»Was du tun kannst?«, brüllte Bruder Cy und streckte sich zu seiner vollen, schrecklichen Größe, und die Menge machte unwillkürlich einen Schritt zurück. »Nun, du kannst dem Tod ins Gesicht spucken, das kannst du tun. Du kannst dir deine Grabstelle aussuchen und dann darauf tanzen. Du kannst lachen, solange du noch atmen kannst, und wenn das nicht mehr geht, dann weißt du wenigstens, dass du jeden dir noch verbliebenen Atemzug für etwas Vernünftiges gebraucht hast.«

Eine Frau hob ihre Hände. »Das klingt ja alles gut und schön, aber wie soll das unsere Bäuche mit Brot füllen?«

Bruder Cy lachte. »Das wird es auch nicht, Madam. Das kann es nicht. Nichts, was ich sagen könnte, wird euch heilen oder füttern oder euch reich machen oder etwas geben, das ihr noch nicht habt.«

»Und warum sollten wir Ihnen dann überhaupt zuhören?«, brüllte ein Mann und drohte mit der Faust.

»Weil er die Wahrheit sagt, die in dieser Stadt die meisten Leute fürchten«, sagte da eine leise, lispelnde Stimme. »Allein ihr habt es gewagt, herzukommen und zuzuhören.«

Die Menge verstummte. Bruder Cy stieg die Treppe hinunter, und ein Mädchen und eine Frau traten aus dem hinteren Teil des Leichenwagens. Das Haar des Mädchens war so schwarz wie sein Kleid, sein Gesicht war engelsgleich, und seine Augen waren violett. Das Kleid der Frau glich dem des Mädchens, es war streng und wies einen hohen Kragen auf, aber ihr Haar war ungebändigt und rot, und seine Strähnen fielen ihr wie die Flammen eines Feuers in das ovale Gesicht. In ihren Augen lag ein gehetzter Ausdruck.

Das Mädchen faltete die kleinen Hände. »Nur ein Betrüger bietet Hoffnung an, wenn keine Hoffnung mehr da ist. Nur ein Teufel nimmt euch bei der Hand, um euch auf einen Pfad zur Freude zu führen, wenn doch der einzige Pfad aus dieser Welt hinaus mit Dornen versehen ist.«

»Das Kind Samanda spricht weise«, sagte Bruder Cy heiser, aber nicht weniger aufmerksamkeitsgebietend als zuvor. »Ich sage nur, dass ihr alle bald genug Zeit habt, um tot zu sein. Also benehmt euch nicht so, als wärt ihr schon tot, bevor ihr es wirklich seid. Darum hat man euch dieses Leben nicht geschenkt. Ich kann euch nicht von euren Krankheiten heilen.

Ich kann euch kein Geld geben. Aber ich kann euch helfen, die Wahrheit zu finden, und in diesen Tagen ist das mehr wert als Gold und willkommener als Wasser in der Wüste.«

Bruder Cy verstummte.

»Aber was ist sie?«, fragte der Mann, der zuvor gebrüllt hatte, und senkte die Faust.

»Was ist was?«, schnaubte der Prediger.

»Die Wahrheit, an der Sie uns teilhaben lassen wollen.«

Wieder grinste Bruder Cy sein kadaverhaftes Grinsen. »Ich habe euch nicht versprochen, euch die Wahrheit zu enthüllen. Ich habe euch gesagt, ich würde dabei helfen, sie zu finden. Und das habe ich auch, wenn ihr zugehört habt. Alles, was ihr jemals haben könnt, ist bereits in euch – sei es Liebe oder Furcht, Lachen oder Trauer, Wahnsinn oder Frieden. Sie sind in eurem Blut. Sie werden mit euch geboren, und sie werden mit euch sterben. Ganz egal, was das Leben austeilt, keiner kann euch diese Möglichkeiten nehmen.« Bruder Cys Grinsen verschwand, und überrascht wurde Travis klar, dass der Prediger ihn anstarrte. »Und das ist die Wahrheit.«

»Der Wind!«, rief Schwester Mirrim mit leerem Blick. »Der Wind verändert die Richtung. Ich kann es sehen!«

In diesem Augenblick jagte eine Böe die Elk Street entlang. Staubteufel erwachten zu knirschendem Leben. Die Leute drehten sich um und eilten fort; sie hielten ihre Hüte oder einander fest, und dann – so als hätte der Wind sie alle fortgeweht – waren sie verschwunden. Travis stand allein vor dem Wagen.

Er blinzelte, damit sich seine brennenden Augen wieder klärten. Das Kind Samanda und Schwester Mirrim waren verschwunden; sie mussten sich in den Wagen zurückgezogen haben. Bruder Cy stand wie ein krummer Pfahl da und beobachtete ihn.

»Wer sind Sie?«, fragte Travis. Aber kannte er nicht bereits die Antwort auf diese Frage? Er trat einen Schritt näher heran. »Ihr seid welche der Alten Götter, nicht wahr? Die, die geholfen haben, Mohg jenseits des Kreises von Eldh gefangen zu setzen. Nur, dass ihr mit ihm gefangen gesetzt wurdet.«

In die schwarzen Augen des Predigers trat ein trauriger Ausdruck, trotzdem lächelte er. »Es spielt keine Rolle, wer wir sind, mein Sohn. Nur eines ist wichtig: Was du sein wirst.«

Travis gab nicht auf. »Aber wie seid ihr hergekommen?«

»Ein Weg ist geöffnet worden. Die Welt wurde gespalten.«

»Wovon sprechen Sie da?«

Bruder Cy legte die spinnenhaften Hände aneinander. »Zwei Dinge können nicht am selben Ort sein, mein Sohn, das weißt du. Ihm ist nur diese Möglichkeit eingefallen: eine Öffnung zu schaffen, einem von ihnen beiden eine Richtung zum Rückzug zu zeigen. Die Steine sind mächtig, aber sie sind nicht besonders klug, wenn du weißt, was ich meine.«

Travis griff in die Tasche und berührte den glatten Umriss Sinfathisars. Als sein Sinfathisar Jacks Stein berührt hatte, hatte er es gespürt; es war wie Gewitterdonner in der Ferne gewesen. Hatten Melia und Falken nicht von einem Spalt gesprochen? Der es den Neuen Göttern erlaubt hatte, Grace zur Erde zu transportieren – und dem Fahlen König die Gelegenheit gab, ihr sein Gefolge hinterherzuschicken.

Es war Travis' Fehler; er war derjenige gewesen, der mit dieser unbedachten Handlung den Spalt geschaffen hatte.

»Ich kann alles nur zerstören«, sagte Travis gequält.

Der Prediger zuckte mit den Schultern. »Manche Dinge sollte man zerstören.«

»Nicht eine ganze Welt. Ich kann das nicht tun. Ich werde es auch nicht tun. Ich werde Eldh nicht zerschmettern.«

»Und wenn das dein Schicksal ist?«

Er erwiderte den harten Blick des Predigers. »Ich habe kein Schicksal.«

»Jeder hat ein Schicksal, mein Sohn.«

»Ich nicht.« Travis hielt die Hand hoch. »Sehen Sie? Sie ist glatt. Keine Linien, also kein Schicksal.«

Der Prediger seufzte. »Das bedeutet lediglich, dass du dein Schicksal nicht kennst. Und begreifst du nicht, was für ein Geschenk das ist? Es bedeutet, du entscheidest, wie dein Schicksal aussehen wird.«

Als sie das erste Mal miteinander geredet hatten, damals, in jener Nacht in dem Erlösungszelt, hatte Bruder Cy von Entscheidungen gesprochen. Und später am Runentor hatte Travis gelernt, dass es besser war, die falsche Wahl zu treffen als gar nichts zu tun. Trotzdem verspürte er noch immer Entsetzen.

»Ich will das nicht tun. Ich will die Welt nicht zerstören.«

»Das ist gut, mein Sohn. Denn wenn du das tun wolltest, würdest du dich kein bisschen von ihm unterscheiden.«

Irgendwie wusste Travis, von wem Bruder Cy da sprach. »Sie haben gesagt, ein Spalt wäre geöffnet worden. So sind Sie zur Erde gelangt. Und das bedeutet, dass Mohg ebenfalls hier ist, nicht wahr? Und hier muss er nur ein offenes Tor finden, um nach Eldh zurückkehren zu können. Das ist sein Plan. Oder wird es sein.«

Bruder Cy nickte. »Mein Bruder muss sein, was er sein muss. Das ist seine Natur. Und was wirst du sein, mein Sohn?«

Plötzlich war alles so klar. Die Furcht, die Travis verspürte, wurde von Entschlossenheit verdrängt. Bruder Cy hatte Recht; es nutzte einem nichts, wenn man hoffte. Also konnte er, solange noch ein Atemzug in ihm steckte, genauso gut etwas tun, egal was. Er zog den Steckbrief aus der Tasche und entfaltete ihn. Hinter der Nickelbrille starrte ihm sein Gesicht entgegen.

»Ich werde ein Gesetzloser«, sagte Travis.

Und Bruder Cys dröhnendes Gelächter stieg in den Himmel.

22

Aryn genoss das Abendessen wesentlich entspannter als noch am Vorabend. Ihre Pläne mit Aldeth waren um Haaresbreite der Entdeckung durch den König entgangen – dank der unvermuteten Hilfe von Teravian. Sie versuchte ein paarmal, den Prinzen anzulächeln, aber der schaute wieder nur finster drein. Ständig betrachtete er die Schatten in den Saalecken, fast schon so, als würde er dort nach etwas Ausschau halten.

Sie verbrachte die meiste Zeit des Essens damit, sich mit den zu Besuch gekommenen Grafen zu unterhalten, die um sie herum saßen; sie waren ein unglaublich langweiliger Haufen. Nicht, dass sie ihnen das zum Vorwurf machte. Alle sprachen von den Kriegsgerüchten in den Domänen, und einer von ihnen – dessen Ländereien sich in der Nähe der Grenze zu Brelegond befanden – behauptete, einen Trupp Männer in schwarzer Rüstung auf schwarzen Rössern gesehen zu haben.

Melias Platz an der Hohen Tafel war unbenutzt; keiner schien zu wissen, wo die Lady war. Aryn vermutete, dass sie sich um ihre eigenen Interessen kümmerte. Aber vielleicht hatte sie auch keine Lust gehabt, ihr Gemach zu verlassen, und arbeitete an ihrer Stickarbeit. Sogar Melia hatte Spaß an einfachen Dingen. Wenn einer zweitausend Jahre lang jeden Tag etwas Geheimnisvolles und Wichtiges tun musste, konnte das schon an die Substanz gehen.

Im Gegensatz zum Vorabend wechselte Boreas kaum ein Wort mit Ivalaine. Stattdessen machte er eine finstere Miene, ohne jemand Besonderen anzusehen, und die Königin neigte oft den Kopf, um Mirda etwas zuzumurmeln. Aryn hätte gern gewusst, was die Königin sagte; sie überlegte sogar, einen Zauber auszuprobieren, um es herauszufinden, aber sie hatte den Gedanken noch nicht zu Ende gebracht, als sie auch schon Mirdas besonnenen Blick auf sich ruhen spürte. Sie hob schnell ihren Weinpokal und verwarf die Idee.

Nach dem Essen begab sie sich zu Melias Gemach, um nach der Lady zu sehen. Dabei machte sie sich nicht die Mühe anzuklopfen, sondern wartete, bis die helle Stimme sie hereinbat.

»Woher wisst Ihr immer, dass ich vor der Tür stehe?«, fragte Aryn und setzte sich auf den Stuhl am Feuer.

Melia lächelte. »Ich bin keine Hexe, so wie Ihr eine seid, meine Liebe, aber ich habe meine Fertigkeiten.«

Das war eine Untertreibung. Genau wie Aryn vermutet hatte, lag die Stickarbeit auf ihrem Schoß. Aber es sah nicht so aus, als hätte sie große Fortschritte damit gemacht. Die bernsteinfarbenen Augen der Lady wiesen dunkle Ringe auf, und ihr Gesicht erschien uncharakteristisch verkniffen.

»Seid Ihr krank, Melia?«, fragte Aryn, ohne darüber nachzudenken, was sie sagte.

Natürlich war die Frage absurd. Melia war eine ehemalige Göttin. Sie konnte keiner Erkältung zum Opfer fallen. Andererseits war es durchaus möglich, dass sie erkrankte. Das hatten sie auf Spardis erlebt, nachdem Melia die Büste des Nekromanten Dakarreth, in der ein Splitter des Steins des Feuers verarbeitet worden war, berührt hatte. Aryn wusste, dass manche Arten der Magie so wie Runen und Große Steine der Lady schaden konnten.

Melia setzte sich aufrecht hin. »Ich danke Euch für Eure Besorgnis, meine Liebe. Mir geht gut, wirklich. Aber ...«

»Was ist denn?« Ein winziges schwarzes Fellknäuel landete auf Aryns Schoß und verlangte mit einem Miauen nach Aufmerksamkeit. Automatisch streichelte Aryn das weiche Fell. »Bitte, ich wünschte, Ihr würdet es mir sagen.«

Melia sah Aryn an, als würde sie sie mustern, dann nickte sie. »Es fällt mir schwer, das in Worte zu kleiden. In gewisser

Weise ist es ein Gefühl, als würde man beobachtet. Aber wenn man sich umdreht und in die Schatten blickt, kann man dort nichts entdecken.«

»Haltet Ihr es für möglich, dass es das Kleine Volk ist?«

»Wie kommt Ihr denn da drauf?«

Aryn dachte einen Augenblick lang nach, dann erzählte sie Melia alles – das Glockenspiel, wie sie Aldeth gefunden hatte, sie ließ nicht einmal aus, dass sie den Spinnenmann gebeten hatte, Ivalaine zu überwachen. Falls sie erwartet hatte, dass sich die Lady schockiert zeigte, wurde sie enttäuscht. Allerdings blitzte in Melias Augen Neugier auf.

»Ich frage mich, ob ich mich nicht mal mit Ivalaine unterhalten sollte«, sagte sie nachdenklich und stützte das Kinn auf die Hand. »Die Königin und ich waren nicht immer die besten Freundinnen, aber zwischen uns besteht ein gewisses – Einvernehmen. Vielleicht spürt Ivalaine dieselbe Unruhe, die ich wahrnehme, und das ist der Auslöser für ihre Qual.«

Es war eine gute Theorie. Ivalaines Verhalten erschien ungewöhnlich, ganz egal, wie sehr sie auch zwischen ihren Pflichten als Hexe und Königin hin- und hergerissen war. Aber wenn Melia mit Ivalaine sprach ...

Die Panik in ihren Augen musste deutlich sichtbar gewesen sein, denn Melia tätschelte ihr beruhigend das Knie. »Keine Sorge, meine Liebe. Ich werde sie nicht über die Anwesenheit Eures kleinen Freundes, des Spinnenmannes, unterrichten. Wenn sich schon ein Spion im Schloss aufhält, dann ist es weitaus besser, er arbeitet für uns. Was das angeht, so habt Ihr das gut gemacht.«

Aryns Wangen röteten sich, und sie senkte den Kopf; allerdings nicht schnell genug, um das Lächeln zu verbergen. Aber nach einem Moment verblasste das Lächeln. Etwas an Melias Worten beunruhigte sie. Warum kamen sie ihr so bekannt vor?

Dann fiel es ihr ein. Tharkis, der verrückte Hofnarr – und

vorige König von Toloria –, hatte ihr etwas Ähnliches zugeflüstert, bevor man ihn aufgehängt fand, etwas von Augen in den Schatten, die ihn beobachtet hatten. Und da war noch etwas. Die unzusammenhängenden, gesummten Worte klangen erneut in ihrer Erinnerung auf.

Fürchtet die, die lebt und doch tot ist. Ihr könnt ihrem Netz nicht entkommen …

Aber was war damit gemeint? Sie erzählte Melia alles, an das sie sich über ihre Unterhaltung mit Tharkis erinnern konnte.

»Das ist sehr seltsam«, sagte Melia. »Andererseits war Tharkis verrückt. Es gibt keinen Grund zu der Annahme, dass das, was er zu sehen glaubte, irgendetwas mit dem zu tun hat, das ich jetzt fühle. Schließlich ist Ar-Tolor fast fünfzig Meilen von hier entfernt.«

Aryn schaute ins Feuer. Zweifellos hatte Melia Recht. Tharkis' wirres Gerede konnte unmöglich etwas bedeuten. Es sei denn …

Sie schaute auf. »Melia, wann hattet Ihr zum ersten Mal das Gefühl, beobachtet zu werden?«

Die Lady runzelte die Stirn. »Lasst mich nachdenken. Ich glaube, es war gestern. Am Morgen. Ja, ich erinnere mich – ich frühstückte gerade, und es kam so plötzlich über mich, dass ich meine Tasse *Maddok* verschüttet habe. Warum fragt Ihr?«

Aryns Mund war trocken geworden. »Ivalaine ist gestern Morgen auf Calavere eingetroffen. Aus Ar-Tolor.«

»Ah«, sagte Melia mit funkelnden Augen.

Sie unterhielten sich noch eine Weile, während das Feuer niederbrannte, aber ihnen fiel nicht ein, was es sein könnte, das Melia spürte. Trotzdem war es schön, auf diese Weise miteinander zu sprechen. Nicht wie Gleichgestellte; das waren sie mit Sicherheit nicht. Aber so ähnlich wie Freundinnen.

»Vielleicht könnte Euer kleiner Spion uns helfen«, schlug Melia vor.

Aryn war schon der gleiche Gedanke gekommen. »Ich sage es ihm. Aber Aldeth arbeitet nur hier im Schloss, und Tharkis sah den Schatten bei einem Ausritt. Daher glaube ich, dass wir jemanden brauchen, der auch außerhalb der Schlossmauern die Augen offen hält.«

»Und an wen habt Ihr da gedacht, meine Liebe?«

»Einen Freund«, sagte Aryn mit einem Lächeln.

Sie fand ihn am nächsten Morgen auf dem Oberen Burghof. Er stand vor den Ställen und überprüfte den Sattel seines Schlachtrosses. Tarus sah auf und grinste, als sie näher kam. Er trug Reitkleidung aus Leder und Wolle. Der Tag war grau und windig, Eis lag in der Luft. Aber sie hatte ihn von einem Fenster aus gesehen und war nur mit einem über das Gewand gelegten Schal hinausgeeilt. Ihre Zähne klapperten bereits.

»Wollt Ihr heute Morgen mit Gewalt erfrieren, Mylady?«, fragte er fröhlich.

Sie zitterte. »Nein, das ist bloß ein netter Zufall, weil ich rausgekommen bin, um mit Euch zu sprechen. Immerhin erspart es mir die Qual und Demütigung, ein orangefarbenes Hochzeitskleid anzuprobieren.«

Er kratzte seinen roten Bart. »Soll das irgendeinen Sinn ergeben?«

»Eigentlich nicht. Kann ich mit Euch sprechen? Ich meine, allein?«

Sie sah zu den anderen Männern herüber, die in der Nähe ihre Pferde sattelten. Es waren Angehörige von Boreas' Wache. Tarus zögerte, dann nickte er und lenkte sie zur Seite in den Schutz der Ställe. Der Geruch nach Pferden hing schwer in der Luft.

»Stimmt etwas nicht, Mylady?«, fragte der Ritter neugierig. »Oder habt Ihr Euch entschieden, einen anderen Zauber an mir auszuprobieren?«

»Ja«, sagte sie. »Ich meine, nein. Was das Zweite angeht. Aber ja zum Ersteren.«

»Ich glaube, die Kälte hat Euren Verstand verwirrt.«

»Das ist mehr als wahrscheinlich«, gestand sie ein. »Wo geht Ihr bei diesem Wetter denn hin?«

»Nach draußen.«

»Das ist ziemlich unbestimmt, nicht wahr?«

»Mylady ...«

»Egal, Sir Tarus. Es ist mir wirklich herzlich egal, mit welcher Mission Euch der König betraut hat. Aber da gibt es etwas, das Ihr wissen müsst, etwas über mich. Über uns, die Hexen.« Sie ging auf dem Stroh auf und ab, sprach schnell, denn das war die einzige Möglichkeit, alles herauszubekommen. »Wisst Ihr, wir sind keine Feinde. Wir stehen nicht einmal auf verschiedenen Seiten. Ich kann euch das jetzt nicht genau erklären. Tatsache ist, dass ich selbst nicht alles verstehe. Aber es stimmt.«

Nacheinander spiegelten sich Verblüffung, Misstrauen und dann Erleichterung auf seinem Gesicht. »Das höre ich gern, Mylady. Ich wollte nie, dass die Hexen unsere Feinde sind.«

»Aber das sind sie«, sagte Aryn. »Ich meine, die meisten von ihnen sind genau das. Sie tun alles, was in ihrer Macht steht, um Euch und den Kriegern von Vathris Steine in den Weg zu legen. Denn sie glauben ...«

Er winkte ab. »Ja, ja, wir wissen, was sie über uns sagen. Sie glauben, dass wir in der Letzten Schlacht dabei helfen werden, Eldh zu zerstören.«

»Dann wisst Ihr über den Runenbrecher Bescheid?«, fragte sie entsetzt.

Er runzelte die Stirn. »Ich habe noch nie von einem Runenbrecher gehört. Unsere Geschichten erzählen von dem Hammer und dem Amboss.«

Aryn schmunzelte. »Man sollte annehmen, dass alle diese

Prophezeiungen wenigstens gelegentlich mal jemanden mit seinem Namen bezeichnen könnten.«

Tarus schnaubte. »Das wäre hilfreich, nicht wahr?« Er trat einen Schritt näher an sie heran. »Aber ich bin verwirrt, Mylady. Zuerst sagt Ihr mir, dass wir keine Feinde sind, aber dann behauptet Ihr, dass Eure Schwestern gegen meine Brüder kämpfen werden.«

»Nicht alle von uns.« Aryn zwang sich dazu, das Kinn zu heben.

Er erwiderte ihren Blick, dann nickte er. »Also verratet Ihr die Hexen.«

Sie zuckte zusammen, dann erinnerte sie sich an die Worte des Drachens Sfithrisir. *Und hier sind zwei Töchter Sias, beide dazu verdammt, ihre Schwestern und ihre Herrin zu verraten ...*

»Nein, ich verrate die Hexen nicht«, sagte sie und bemühte sich, dass ihre Stimme nicht brach. »Das tun die anderen, die es mittlerweile viele Jahre getan haben, indem sie die Wahrheit ignorieren.«

Sein Blick war traurig und wissend. »Ich glaube, ich verstehe Euch, Mylady. Beim Kult von Vathris gibt es jene, die so viel Zeit mit Beten und dem Tanz ums Feuer verbringen, dass ich glaube, der Rauch ist ihnen zu Kopf gestiegen. Sie haben vergessen, was es bedeutet, ein Krieger zu sein – Krieg nicht um des Krieges willen zu führen, sondern um zu schützen und zu bewahren.«

Aryn ertappte sich bei einem Lächeln. Ja, er hatte verstanden.

»Ich muss jetzt gehen«, sagte er und stampfte mit den Stiefeln auf. »Meine Mission durchführen, wie Ihr es genannt habt. Also warum habt Ihr das Schloss verlassen? Und tut nicht so, als wolltet Ihr nichts von mir. Wir haben einen Pakt geschlossen, so ehrlich zueinander zu sein, wie es geht, erinnert Ihr Euch?«

»Ihr sollt für mich die Augen offen halten.«

»Das ist nicht schwer, Mylady. Ich habe herausgefunden, dass ich mit offenen Augen viel seltener beim Gehen hinfalle.«

Sie versuchte gar nicht erst, ihren gequälten Gesichtsausdruck zu verbergen. »Das habe ich nicht gemeint.« Sie erklärte ihm, dass er in der Umgebung des Schlosses nach ungewöhnlichen Dingen Ausschau halten sollte. Nach allem, was aus den Schatten heraus beobachtete.

»Und wer ist diese Person, von der Ihr befürchtet, dass sie uns beobachtet?«

»Ich bin mir nicht sicher. Tatsächlich weiß ich nicht mal, ob es überhaupt eine Person ist. Oder ob sie lebendig ist.«

Der Ritter stöhnte. »Nun, das ist alles schön und gut. Ich soll also nach einem Ding Ausschau halten, das kein Mensch ist, nicht lebt und aus den Schatten heraus alles beobachtet. Als Nächstes wollt Ihr mir weismachen, dass das Kleine Volk tatsächlich existiert.«

Sie schnippte mit den Fingern. »Stimmt, das hätte ich beinahe vergessen. Könntet Ihr nach ihm ebenfalls Ausschau halten? Vor allem in der Nähe des Dämmerwaldes. Ich glaube, es rührt sich wieder, und das kann nur bedeuten, dass Gefahr droht, genau wie bei der letzten Wintersonnenwende.«

Tarus sah sie gequält an. »Das ist Euer Ernst, nicht wahr?«

»Auf jeden Fall.«

Er seufzte, dann verneigte er sich tief vor ihr. »Also gut, Mylady. Für Euch jage ich auch hinter Elfen und Schatten her. Und nachdem mich meine Bruderschaft ins Feuer geworfen hat, weil sie mich für einen Häretiker hält, wird mich das Wissen, dass alles, was ich tat, nicht idiotisch, sondern nützlich war, bestimmt mit großem Frieden und Trost erfüllen.«

»Davon bin ich überzeugt«, sagte Aryn und überließ den jungen Ritter seiner Mission.

Der Rest des Tages verging schnell, wie auch der folgende

Tag. Farvel stellte ihr endlose Fragen über ihre Hochzeit (Wie viele Brautjungfern sollten es denn sein? Was waren ihre Lieblingsblumen? Zog sie Met oder Wein an der Tafel vor?), und Aryn bemühte sich, sie ihm zu beantworten. Ein glücklicher Zufall wollte es, dass die Färber des Königs Probleme hatten, so viel orangefarbenen Stoff herzustellen, da die besten Zutaten für die Farbe aus Eredane kamen, mit dem man schon seit einem Jahr keinen Handel mehr trieb. Aryn täuschte mit aller Kraft Enttäuschung vor, während sie Farvel darüber informierte, dass sie Orange nur als zusätzliche Farbe nehmen und sie es irgendwie verkraften würde, wenn die vorherrschende Farbe für ihre Hochzeit Blau war.

Nach einer ihrer Unterhaltungen mit dem Seneschall entfalteten sich die Schatten hinter einer Statue, und Aldeth trat hervor. Aryn stolperte unwillkürlich zurück.

»Ihr erschreckt gern Leute, nicht wahr?«

»Ist das falsch?«, entgegnete der Spinnenmann.

Sie starrte ihn böse an, und sein Lächeln verschwand schnell.

Unglücklicherweise hatte der Spion seit ihrer letzten Begegnung nur wenig herausfinden können. Ivalaine hatte die meiste Zeit des Tages in ihren Gemächern verbracht, wo es schwierig war, an sie heranzukommen.

»Eure Schwestern können Dinge sehen, die anderen verborgen bleiben«, sagte er angewidert. »Die ganzen Jahre, in denen ich meine Fertigkeiten vervollkommnet habe, sind nutzlos, wenn Ihr bloß mit den Fingern zu schnippen braucht, damit ich aufleuchte.«

»So leicht ist das auch wieder nicht«, sagte Aryn, aber sie wusste, dass der Spinnenmann Recht hatte. Wenn er zu lange in Ivalaines und Mirdas Gemächern herumschlich, würde eine von ihnen unweigerlich seine Anwesenheit spüren.

Trotzdem hatte Aldeth ein paar interessante Dinge aufgeschnappt. Zuerst hatten König Boreas und die Königin noch einmal im Ratsgemach miteinander gesprochen, und das Treffen hatte mit einer Art Auseinandersetzung geendet.

»Ich konnte nicht nahe genug heran, um alles zu hören«, sagte Aldeth ärgerlich. »An der Tür standen Wachen, mit denen ich natürlich gerechnet hatte, aber auch an der Geheimtür zum Ratsgemach waren Wächter postiert. Und ich frage Euch, Mylady, was soll eine Geheimtür, wenn man Wächter davor stellt? Das ist eine Beleidigung für alle Spione. Eigentlich sollte ich König Boreas ...«

»Aldeth«, sagte Aryn und unterbrach den Spinnenmann. »Die Besprechung.«

Der Spion beherrschte sich so weit, dass er ihr sagen konnte, was er von seiner Position unter einem der hohen Fenster des Gemachs gehört hatte. Der König und die Königin hatten vom Krieg gesprochen, aber das war kaum eine Überraschung, da Brelegond von den schwarzen Rittern kontrolliert wurde.

»Das war alles?«, fragte Aryn.

»Auf den Fensterbänken nisten Tauben. Die verdammten Vögel haben mir die Ohren voll gegurrt. Aber da war noch eine Sache. Der König hat Teravian erwähnt, seinen Sohn. Ist das nicht Euer zukünftiger Gemahl? Nun, ich weiß nicht, was er über den Prinzen gesagt hat, aber damit fing die Vorstellung an. Ivalaine hat Boreas geschlagen.«

Aryn starrte ihn ungläubig an. »Sie hat ihn *geschlagen?*«

»Mitten ins Gesicht. Seine Wange verfärbte sich blutrot und das nicht nur durch den Schlag. Er zitterte und sah bereit aus, sie auf der Stelle zu erwürgen. Sie sagte ein paar Dinge, die ich nicht mitbekommen habe. Aber dann sagte sie etwas, das laut durch den Raum hallte. Danach drehte sie sich um und ging.«

»Und was hat sie gesagt?«

»Sie sagte: ›Ich werde nicht zulassen, dass Ihr ihn wie einen Eurer verdammten Stiere opfert‹.«

Aryn schritt auf und ab, dachte nach. Hatte die Königin da noch von Teravian gesprochen oder doch von einer anderen Person? »Sagtet Ihr nicht, dass Ihr noch etwas herausgefunden habt?«

Der Spion nickte. »Die Königin schreibt jeden Tag einen Brief nach Ar-Tolor. Ich glaube, sie sind an ihre Ratgeberin gerichtet, Lady Tressa.«

»Das ist merkwürdig. Ich frage mich, warum sie sich nicht direkt an Tressa wendet, über die ...« Aryn machte den Mund zu, aber es war schon zu spät.

»Also könnt ihr Hexen mit Hilfe eines Zaubers miteinander sprechen, selbst wenn ihr Meilen voneinander entfernt seid.«

Aryn seufzte. »Das können nicht alle.« Trotz mehrerer Versuche in den letzten beiden Tagen hatte sie noch immer nicht weiter in die Weltenkraft hinausgreifen können als bis zum Schlossgarten. Die Fäden verleiteten sie immer dazu, im Kreis zu gehen.

Nur dass sie dich nicht täuschen können. Mirda hat gesagt, die Magie der Weltenkraft ist nicht zur Lüge fähig.

Was bedeutete, dass die Täuschung in ihr selbst lag.

Schritte dröhnten durch den Korridor. Aryn erkannte den schleifenden Schritt von Lord Farvel.

»Bis zum nächsten Mal, Mylady«, sagte Aldeth, und bevor sie noch ein Wort sagen konnte, hüllte sich der Spinnenmann in seinen Umhang ein und war verschwunden.

Nachdem sie Lord Farvel und seine Fragen abgewimmelt hatte – diesmal erkundigte er sich danach, ob ihr Schwäne oder Tauben lieber waren, und da sie nicht wusste, ob er die Dekoration oder die Mahlzeit meinte, erklärte sie ihm, sie würde beide mögen –, begab sie sich zu Mirdas und Ivalaines Gemächern. Es war Zeit für die nächste Unterrichtsstunde.

Unterwegs sah sie Teravian, aber nur aus der Ferne, und er war schnell verschwunden. Seit ihrer letzten Unterhaltung schien er sie zu meiden. Zweifellos genoss er seine letzten Tage in Freiheit. Morgen in der Vollmondnacht – derselben Nacht, in der Aryn Schwester Mirda ihre Entscheidung mitteilen sollte – sollte ein Fest stattfinden, bei dem man dem Hof die Verlobung des Prinzen und Aryn offiziell verkündete.

Aryn dachte noch immer darüber nach, wieso Teravian ihr hatte folgen können. Gebot der Prinz tatsächlich über die Sicht? Wenn Ivalaine das glaubte, war das möglicherweise die Erklärung für ihren Streit mit Boreas. Vielleicht hatten die beiden ja unterschiedliche Pläne für den Prinzen. Aber welche?

Aryn vermochte es nicht zu sagen. Aber die Briefe, die Ivalaine an Tressa schrieb, würden es ihr vermutlich sagen können. Es konnte nur einen Grund geben, warum die Königin ihre Worte Papier anvertraute: Sie befürchtete, belauscht zu werden, wenn sie die Weltenkraft benutzte. Was wiederum bedeutete, dass sich Liendra tatsächlich immer noch auf Ar-Tolor aufhielt.

Vielleicht enthalten die Briefe etwas über den Schattenzirkel, dachte Aryn mit wachsender Aufregung. Aber was hatte das alles mit Teravian zu tun? Aryn hatte nicht die geringste Idee. Trotzdem wünschte sie sich, sie könnte einen der Briefe lesen; möglicherweise konnte ihr das bei der vor ihr liegenden Entscheidung helfen – ob sie sich nun dem Schattenzirkel anschließen sollte oder nicht.

Als Aryn das Gemach der Königin betrat, war von Ivalaine nichts zu sehen, aber Mirda wartete auf sie. Wieder endete der Unterricht in einer Enttäuschung, als Aryn versuchte, weit durch die Weltenkraft hinauszureichen, sich aber bloß im Schafstall auf dem Unteren Burghof verirrte.

»Ich begreife das nicht, Mirda. Was stimmt denn nicht mit mir? Ich weiß, dass Ihr Recht habt, dass die Weltenkraft nicht lügen kann. Aber wieso täusche ich mich selbst und irre dann umher?«

»Niemand hat mehr Macht, uns zu täuschen, als wir selbst«, sagte die ältere Hexe und goss sich eine Tasse Rosentee ein. »Wie oft reden wir uns ein, dass alles in Ordnung ist, obwohl wir tief im Innersten wissen, dass das nicht stimmt? Der Wahrheit der Weltenkraft zuzuhören heißt, der Wahrheit in uns selbst zu lauschen. Ich fürchte, das ist etwas, zu dem Ihr anscheinend noch nicht bereit seid.«

Aryn schüttelte frustriert den Kopf. »Aber ich *will* es ja. Ich weiß, dass ich alles andere als perfekt bin, Mirda. Ich weiß, dass mich andere wegen meines Arms anstarren, und dass sie ihn für schrecklich halten, aber das ist mir mittlerweile egal. Er ist ein Teil von mir, wer ich bin, und ich akzeptiere das. Darum verberge ich ihn auch nicht mehr. Ist das nicht ehrlich?«

»Das ist es. Und ich bin deswegen stolz auf Euch.« Mirda trank ihren Tee. »Aber da muss noch etwas anderes sein, etwas, das Ihr selbst vor Euch verbergt. Etwas, das Ihr vergessen habt.«

Vor dem Fenster sank die Sonne hinter den Horizont, und ein Schatten stahl sich in den Raum. Die Dunkelheit ließ eine Erinnerung in Aryn aufsteigen – Worte, die man ihr in einem der engen Mournisch-Wagen vor Ar-Tolor gesagt hatte.

Siehst du, wie die Frau so stolz reitet? Alle lieben ihre Schönheit, obwohl sie ihr Schwert fürchten. Und doch verlangt Macht immer einen Preis. Siehst du es? Sie nimmt den armen Mann im Gras überhaupt nicht wahr, der von den Hufen ihres Pferdes zertrampelt wird …

Ja, Aryn erinnerte sich an die Karte: eine stolze Königin in Blau, die mit dem Schwert in der Hand aus einem Schloss mit sieben Türmen geritten kam. Sie war wie die Vision gewesen, die ihr Königin Ivalaine enthüllt hatte. Nur dass es dabei den Mann im Gras mit den geschlossenen Augen nicht gegeben hatte.

Wieder erklangen die gekrächzten Worte der alten Mournisch in ihren Ohren. *Du hast die Person vergessen, die für dich Qualen erlitt ...*

Und plötzlich war alles wieder da und drohte wie eine schreckliche Flutwelle über Aryn zusammenzuschlagen. Der unerträglich heiße Tag im Sommer, an dem sie sich aus Calavere fortstahl, um Grace nach Osten nachzureiten, als sie Lirith davon überzeugt hatte, bei ihrem Plan mitzumachen. Aber man würde ihre Abwesenheit schnell entdecken. Sie mussten eine Möglichkeit finden, die Ritter des Königs von ihrer Spur abzubringen. Mit ihrer wachsenden Macht war es so einfach gewesen. Sie hatte bloß mit einem jungen Diener sprechen und eine kleine Saat in sein Bewusstsein pflanzen müssen, so dass er, wenn er später befragt wurde, aussagen würde, dass er Lady Aryn vom Schloss hatte wegreiten sehen. Nach Westen.

Übelkeit erfasste sie, und zwar so stark, dass sie befürchtete, sich übergeben zu müssen. Darum war er ihr so bekannt vorgekommen, und das trotz des leeren Blicks und der Delle in seinem Kopf.

Bitte. Lasst ihn nicht wieder prügeln. Mein Bruder hat es nicht so gemeint. Ich flehe Euch an, Mylady ...

Und in diesem Augenblick wusste Aryn, was sie vor sich selbst und der Welt verborgen hatte. Es war nicht die Hässlichkeit ihres Arms. Es war die Hässlichkeit in ihrem Inneren.

Sie sank auf die Knie und schluchzte. »O Mirda, was habe ich getan?«

In den Augen der Hexe lag Trauer, aber ihre Berührung an Aryns Stirn war warm und sanft.

»Ihr habt Euch gerade die Wahrheit gesagt, Schwester.«

23

Aryn saß am Fenster, als sich draußen Dunkelheit über die Welt senkte.

»Ich habe immer sie für die Grausamen gehalten, Mirda. Diese jungen Hexen – Belira und ihre Freundinnen, die mich beim Großen Hexenzirkel verspottet haben. Als ich mich gegen sie gewehrt habe, habe ich mich gefühlt, als wäre ich so viel besser als sie. Aber das bin ich nicht, oder? Sie haben nur mit Worten verletzt. Aber ich habe meine Magie benutzt, um sie zu verletzen, als sie mich ausgelacht haben. So wie ich damit den Diener verletzt habe.«

»Ihr habt nicht wie Schwester Lirith die Sicht«, sagte Mirda, die beim Feuer stand. Ihr Gesicht war so gelassen wie immer. »Ihr habt nicht wissen können, dass er so zu Schaden kommt. Hat seine Schwester nicht gesagt, dass der Schlag auf den Kopf ein Unfall war?«

Aryn ballte die linke Hand zur Faust. »Nein – das macht es nicht besser. Hätte ich nachgedacht, wäre mir klar gewesen, dass er eine Prügelstrafe bekommt, weil er die Männer des Königs getäuscht hat. Aber ich habe bloß daran gedacht, hinter Grace herzulaufen.«

»Und ist nicht daraus, dass Ihr Eurer Schwester Grace nach Osten gefolgt seid, viel Gutes entstanden? Habt Ihr nicht dem Runenbrecher geholfen, der Flammenpest ein Ende zu machen?«

»Das spielt keine Rolle. Was auch immer später geschah, es ändert nichts an dem, was ich davor getan habe. Ich habe es getan, und ich werde es nicht abstreiten. Denn das wäre noch grausamer.«

Mirda nickte, und obwohl ihre Miene ernst blieb, lag ein leises Lächeln auf ihren Lippen. Endlich erkannte Aryn, was

Mirda getan hatte. Mit jeder ihrer Fragen hatte ihr die ältere Hexe einen Ausweg aus ihrer Zwangslage geboten, eine Möglichkeit, ihre Handlungen wegzuerklären. Aber Aryn hatte den Köder nicht geschluckt, so verführerisch er auch war. Mehr als alles wollte sie den Schmerz in ihrem Inneren betäuben. Aber dieser Schmerz war nichts im Vergleich zu dem, was sie anderen angetan hatte. Wenn Mirdas Vorschläge eine Art von Test gewesen waren, hatte sie ihn wohl bestanden, aber das spielte jetzt keine Rolle.

»Ihr habt die Täuschung in Euch erkannt, Schwester.« Mirda legte Aryn die Hand auf die Schulter. »Und jetzt kann sie Euch nicht länger täuschen. Ihr solltet noch einmal versuchen, durch die Weltenkraft in die Ferne zu greifen. Jetzt kann nichts mehr Eure Macht behindern.«

Diese Worte ließen Aryn zittern. Nein, es gab nichts mehr, das ihre Macht zurückhalten konnte. Aber hätte es das nicht geben sollen? Seit der Wintersonnenwende hatte sie gewusst, dass sie Macht besaß, jemandem zu schaden; mit einem Gedanken hatte sie Lord Leothan getötet. Aber er war ein Eisenherz gewesen, und er hatte sie angegriffen. Genau wie Belira und ihre Busenfreundinnen mit ihrem Spott. Aber was hatte der Diener – Alfin, er hatte einen Namen –, was hatte Alfin je getan, um ihre Grausamkeit zu verdienen? Und zu was war ihre Macht gut, wenn sie sie nur dazu benutzte, anderen zu schaden? Vielleicht hatten Belira und der Rest ja Recht. Nicht sie waren die Ungeheuer; sie war es.

»Nein, solche Gedanken dürft Ihr nicht denken.« Mirda stellte sich vor Aryns Stuhl und sah sie streng an. »Ihr habt jetzt viele Entscheidungen zu treffen. Aber eines könnt Ihr nicht: Ihr könnt das Talent in Euch nicht verleugnen. Ihr seid stark, Schwester – stärker als jede Hexe seit einem Jahrhundert.«

Aryn sah aus dem Fenster in die Nacht hinaus. »Aber ich habe nicht um diese Macht gebeten. Und ich will sie nicht.«

»Und Ihr könnt daran genauso wenig ändern, wie Ihr die Form Eures rechten Arms ändern könnt. Die Macht ist in Eurem Blut. Und je stärker Ihr versucht, sie zu verleugnen, desto weniger Kontrolle werdet Ihr darüber haben, und desto mehr Kontrolle wird sie über Euch haben.«

»Aber welcher Sinn steckt dahinter?« Aryn sah ihr Spiegelbild im Fenster; es war so bleich und verloren wie das eines Geistes. »Wozu ist diese ganze Macht überhaupt gut?«

»Das bleibt Euch überlassen«, sagte Mirda entschieden.

In diesem Augenblick erkannte Aryn, dass Mirda Recht hatte. Macht selbst war nicht gut oder böse. Es kam auf denjenigen an, der darüber gebot, ob sie sich entweder in das eine oder das andere verwandelte. Sie verspürte den Schmerz in ihrer Brust, aber es war ein gutes Gefühl. Es war, als würde etwas zerbrechen, als würde ein kleines Stück von ihr abfallen. Aryn wusste, was es war; es war der Stolz geglaubt zu haben, besser als die anderen zu sein – dass sie freundlicher und anständiger als sie war. Aber von diesem Augenblick an würde sie ihre Macht so klug benutzen, wie es nur möglich war. Und nicht nur ihre Macht als Hexe, sondern auch ihre Macht als Baronesse – und bald als Königin.

Aryn stand auf und erwiderte Mirdas Blick. »Ich muss sofort mit dem König sprechen.«

Mirda nickte bloß.

Eine Viertelstunde später betrat Aryn das Gemach des Königs. Sie war nicht nervös, so wie sie es bei jeder früheren Gelegenheit gewesen war, wenn sie einen Fuß in diesen Raum gesetzt hatte; sie wusste, was sie zu tun hatte. Boreas saß am Tisch und brütete über einem Pergament; schließlich schaute er auf und sah sie müde mit zusammengekniffenen Augen an.

»Ich bin beschäftigt, Mylady.«

»Verzeiht mir die Störung, Euer Majestät. Da gibt es etwas, das ich Euch sagen muss. Etwas, das nicht warten kann.«

Der König legte den Kopf schief und legte das Pergament zur Seite. »Was denn, Mylady?«

»Euer Majestät, es gibt noch andere, die es ebenfalls hören müssen. Dürfen sie eintreten?«

Der König war offensichtlich von ihren Worten überrascht, aber er nickte, und sie ging zur Tür und winkte die beiden, die draußen gewartet hatten, ins Zimmer. Sie gehorchten, die eine nur zögernd und sich mit großen Augen umsehend – der andere mit schlurfendem Schritt.

Die Dienstmagd keuchte auf, als sie den König erblickte, und machte hastig einen Hofknicks.

»Alfin!«, flüsterte sie und riss am Ärmel des jungen Mannes. »Alfin, du musst dich vor dem König verbeugen!«

Sie zerrte erneut, und er verbeugte sich langsam.

»Erhebt euch«, brummte der König.

Die junge Frau schoss in die Höhe und zerrte wieder am Wams ihres Bruders, damit er sich aufrichtete. Er blickte gelassen nach vorn. Die Delle an seinem Kopf war deutlich zu sehen.

Boreas runzelte die Stirn, auch wenn sein Blick nicht unfreundlich war. »Was soll das, Aryn?«

Sie holte tief Luft in der Erwartung, dass es schwierig sein würde, die Worte zu formulieren, aber das war es nicht. »Ich habe an diesem jungen Mann ein ernsthaftes Unrecht begangen. Und an seiner Familie auch.«

Die junge Frau – ihr Name war Alfa, wie Aryn erfahren hatte, als sie die beiden bei ihrer Arbeit in der Küche gefunden hatte – schlug die Hand vor den Mund. »Mylady, nein, es ...«

Der König hob einen Finger und brachte sie zum Schweigen. Er wandte sich Aryn zu. »Erklärt das, Mylady.«

Sie erzählte alles mit nüchternen Worten, ließ nichts aus, versuchte nicht, die Gemeinheit ihrer Tat oder das Leid, das sie angerichtet hatte, zu beschönigen. Der König hörte ihr mit unbewegtem Gesicht zu. Schließlich kam sie zum Ende und stand gerade und mit erhobenem Kopf da und wartete, dass er Gerechtigkeit übte.

»Was Ihr mir da erzählt, ist bedauerlich, Mylady«, sagte er und ging zum Feuer. »Aber Ihr seid Baronesse. Es ist Euer Recht, mit den Dienern so zu verfahren, wie Ihr es wünscht. Ihr habt kein Verbrechen begangen, das ich bestrafen könnte.«

Aryn wollte es nicht glauben. Es war sehr wohl ein Verbrechen geschehen – ein schreckliches sogar, und sie hatte es verübt. Dann wurde sie sich seines durchdringenden Blicks bewusst, und sie verstand seine Bedeutung. Da war kein Verbrechen, das *er* bestrafen konnte.

»Dann werde ich selbst für meine Taten gerade stehen, Euer Majestät.«

»Was wollt Ihr tun, Mylady?«

Sie dachte darüber nach. »Zur Wiedergutmachung erhalten Alfin und seine Familie eintausend Goldstücke. Aber das Geld soll nicht aus dem Haushalt der Domäne kommen, sondern aus meiner Mitgift. Zusätzlich soll er ein Haus bekommen und einen Diener, der ihm immer zur Seite steht. Es soll einer meiner Diener sein, und ich werde immer einen weniger haben, als ich sonst hätte. Zusätzlich sollen er und seine Schwester bei allen Festen im Großen Saal essen, und beim Fest der Erneuerung jedes Jahr soll man ihm das Fleisch vor mir servieren, damit ich nie vergesse, dass ich ihm Unrecht getan habe.«

Alfa war mittlerweile jenseits aller Furcht. Die junge Frau konnte Aryn nur anstarren; ihr Mund stand so weit offen wie der ihres Bruders.

»Es soll so geschehen, wie Ihr es gesagt habt, Mylady.«

»Danke, Euer Majestät.« Aryn wandte sich der Dienstmagd zu. »Du darfst deinen Bruder jetzt nach Hause bringen, Alfa. Ich werde euch morgen besuchen, damit wir die Einzelheiten für euer neues Haus und die Zahlung der Wiedergutmachung besprechen können.«

Alfa war noch immer zu verblüfft, um mehr als ein heiseres »Ja, Mylady« flüstern zu können.

Aryn zögerte, dann hob sie die Hand und berührte Alfins Wange. Seine Haut fühlte sich warm und schlaff an. »Vergib mir«, sagte sie.

Der junge Mann starrte bloß ins Leere, sein Blick war friedlich und leer.

Aryn senkte die Hand. Alfa nahm ihren Bruder beim Arm und zog ihn aus dem Gemach. Aryn könnte hören, wie sie ihm aufgeregt etwas zuflüsterte, während sie ihn fortführte.

»Das habt Ihr gut gemacht, Mylady«, sagte Boreas hinter ihr schroff. »Ihr werdet eines Tages eine gute Königin sein.«

Sie holte tief Luft. »Ich werde zuerst versuchen, eine gute Tochter zu sein, Euer Majestät.«

Dann entschuldigte sie sich und kehrte in ihr Gemach zurück. Zu ihrer Überraschung wartete Sir Tarus vor ihrer Tür. Er trug Reitkleidung, und sein rotes Haar war vom Wind zerzaust.

»Was gibt es, Tarus?«, fragte sie, als sie ihr Zimmer betreten hatten.

»Mylady, Ihr habt mir gesagt, ich soll meine Augen aufhalten. Nun, ich war auf dem Rückweg von ...«

Ein Laut unterbrach den jungen Ritter: Jemand räusperte sich. Tarus wandte sich dem Laut zu, seine Hand glitt zu dem Schwert an seiner Hüfte. Auch Aryn drehte sich um, und ihr stockte der Atem. Sie waren nicht allein im Zimmer. Eine schlanke, ganz in Schwarz gekleidete Gestalt saß auf dem Stuhl vor dem Feuer.

»Hallo«, sagte Teravian mit einem spöttischen Lächeln.

Tarus ließ auf der Stelle das Schwert los und verbeugte sich.

»Euer Majestät!«, sagte Aryn schockiert. »Was tut Ihr in meinem Gemach?«

»Ich habe ihm gesagt, er soll uns hier treffen«, sagte eine kühle Stimme.

Jetzt konnte Aryn nichts mehr überraschen. Sie drehte sich um und sah Melia durch die Tür gleiten.

»Melia, was auf Eldh geht hier vor?«

Die Lady schloss die Tür. »Ich glaube, unser braver Sir Tarus hat uns etwas zu sagen. Und ich glaube, dass wir alle das hören sollten.«

Der Ritter runzelte die Stirn. »Aber ich bin eben erst eingetroffen. Wie könnt Ihr ...?«

Aryn berührte seinen Arm. »Tarus, was habt Ihr uns zu berichten?«

Er seufzte, da er offensichtlich eingesehen hatte, wie sinnlos es war, sich dagegen zu wehren. »Es geschah vor kurzem, in der Abenddämmerung. Ich war auf dem Rückweg zum Schloss, nachdem ich etwas für den König erledigt hatte, und mein Weg führte mich nicht weit an dem alten Kreis aus Menhiren vorbei. Ihr kennt sie vielleicht, am Rand des Dämmerwaldes?«

Er fing an, auf und ab zu gehen, dabei schüttelte er den Kopf. »Es war seltsam. Ich dachte, ich sei vielleicht müde, dass mir meine Augen einen Streich spielten, aber ich wusste, dass das nicht der Fall war. Es sah aus, als würde es in dem Kreis einen Schatten geben – einen Fleck, der dunkler als der Rest des Zwielichts war. Mir fiel ein, was Ihr über Schatten gesagt habt, also wollte ich näher heranreiten. Erst da sah ich die Lichter.«

»Lichter?«, wiederholte Aryn verblüfft.

Tarus' Blick schien in die Ferne zu schweifen. »Es ist schwer, sie zu beschreiben. Sie waren wie die Funken eines Feuers. Nur heller und viel schöner. Sie schienen aus dem Wald zu kommen, und sie tanzten auf den Steinkreis zu, umringten und betraten ihn. Und dann ... Mylady, das scheint unmöglich zu sein!«

»Wenn es nur unmöglich erscheint, dann *ist* es möglich, nicht wahr?«, sagte Melia. »Berichtet, Sir Tarus.«

Er schluckte und nickte. »Die Funken bewegten sich auf das Zentrum des Kreises zu, und als sie dies taten, erscholl ein Schrei. Er war so hoch, dass ich mir nicht sicher war, ob ich ihn tatsächlich gehört hatte, aber um mich herum flogen Vögel auf, die sich für die Nacht in ihre Nester zurückgezogen hatten, und mein Pferd scheute. Da wusste ich, dass die Tiere es genau wie ich gehört hatten.«

Melia verschränkte die Arme. »Und was geschah dann?«

»Ich bin mir nicht sicher. Es war so schnell vorbei, und ich versuchte, mein Pferd zu beruhigen. Aber ich hatte den Eindruck, dass die Lichter zurück in den Dämmerwald strömten und verschwanden, und danach war die Dunkelheit in dem Steinkreis die gleiche, die sich überall aufs Land legte. Trotzdem ritt ich auf den Kreis zu. Wie vermutet war er leer. Außer ...« Der Ritter erschauderte sichtlich. »Sämtliche Pflanzen in dem Kreis waren tot.«

Teravian schnaubte. »Das kommt daher, weil es Valdath ist. Alles ist tot.«

»Nein, das stimmt nicht«, sagte Aryn und begab sich ans Feuer. Plötzlich war es kalt im Raum. »Die *Melindis*-Büsche, die im Kreis wachsen, sind Immergrün.«

Tarus holte einen Zweig unter dem Umhang hervor und gab ihn Aryn. Er war schwarz und verdorrt. »Ich habe den hier von einem *Melindis*-Busch.«

Melia nahm Aryn den Zweig aus der Hand. »Ich bin nicht überrascht. Der Tod folgt ihr überallhin.« Sie warf den Zweig ins Feuer. Er flammte auf und war verschwunden.

Aryn sah die Lady überrascht an. »Von wem sprecht Ihr da?«

Melia sah Teravian an. Aber der junge Mann starrte bloß ins Feuer. Schließlich seufzte sie. »Ich weiß jetzt, wer das Schloss die letzten Tage beobachtet hat. Sie hat sich vor mir verborgen, aber bei Sonnenuntergang fühlte ich, wie sie ging. Es war genauso, wie Sir Tarus beschrieben hat. Sie wurde von den Mächten des Dämmerwaldes angegriffen, und in diesem Augenblick war sie nicht auf der Hut, und ich konnte ihre Gegenwart spüren, bevor sie flüchtete.«

»Ich verstehe nicht, Melia«, sagte Aryn. »Wer ist geflohen?«

»Ach, seid doch nicht so schwer von Begriff«, sagte Teravian und verdrehte die Augen. »Sie meint natürlich die Nekromantin.«

24

Aryn fand sich auf dem Stuhl Teravian gegenüber wieder, obwohl sie sich nicht daran erinnern konnte, sich gesetzt zu haben. Jemand drückte ihr einen Pokal in die Hand. Sir Tarus.

»Versucht das, Mylady. Es wird Euch beruhigen.«

Aryn schluckte den gewürzten Wein herunter, hustete und trank noch mehr. Wie konnte das sein? Wie konnte ein Nekromant auf Calavere sein?

»Ich verstehe das nicht, Melia«, krächzte sie schließlich und senkte den Pokal. »Dakarreth wurde in den Flammen von Krondisar vernichtet. Wir alle haben das gesehen. Wie kann er jetzt hier sein?«

»Ist er nicht, meine Liebe.« Melia glättete ihr weißes Überkleid, während sie auf und ab schritt. »Falken und ich haben viele Jahre den Verdacht gehabt, dass Dakarreth nicht der einzige von Berashs Totenmagiern war, der den Krieg der Steine überlebt hat. Und jetzt weiß ich endlich, dass das stimmt.«

Tarus verschränkte die Arme. »Ich werde nicht mal so tun, als würde ich verstehen, wovon hier die Rede ist. Aber ich glaube, ich würde gern wissen, wer diese Person, diese Nekromantin ist.«

Melia lächelte, aber es war ein bitterer Ausdruck. »Sie ist keine Person, Sir Tarus. Und war auch nie eine. Einst waren die Nekromanten alle Götter – dreizehn Götter des Südens –, aber der Fahle König verführte und verdarb sie mit Hilfe von Mohg, dem Alten Gott. Die Nekromanten nahmen körperliche Gestalt an, um auf der Welt zu wandeln und die Befehle des Fahlen Königs auszuführen Ich glaube, Shemal ist jetzt die Letzte ihrer Art. Aber selbst eine Nekromantin stellt eine unvorstellbare Gefahr dar.«

Tarus öffnete den Mund, sagte aber nichts. Aryn wusste, dass es den Ritter noch mehr verblüfft hätte, hätte ihm Melia auch den anderen Teil der Geschichte erzählt: Wie neun weitere Götter aus dem Süden ihre himmlischen Gefilde verlassen hatten, um auf Eldh zu wandeln und gegen die Nekromanten zu arbeiten. Und von jenen neun gab es nur noch Melia und Tome, den alten Mann mit den goldenen Augen.

»Shemal.« Aryn murmelte den Namen. Schon allein der Klang verschaffte ihr eine Gänsehaut. »Melia, was will diese Nekromantin? Warum war sie hier auf Calavere?«

»Ich würde viel darum geben, das zu wissen; wäre doch Falken hier, damit ich ihn nach seiner Meinung fragen könnte. Shemal gehörte seit jeher zu den subtilsten und intrigantesten ihrer Art. Es könnte sein, dass sie mich bloß beobachten will. Wenn dem so ist, besteht vielleicht kein Grund zur Sorge. Aber es könnte genauso gut sein, dass sie etwas anderes plant.«

Wieder richtete sich der Blick der Lady auf Teravian. Der Prinz lümmelte sich auf seinem Stuhl herum und starrte ins Feuer.

Aryn kam ein Gedanke. »Teravian, woher wusstet Ihr, dass einer der Nekromanten hier auf Calavere ist?«

Ohne den Blick von den Flammen zu nehmen, wedelte er mit der Hand in Melias Richtung. »Sie hat es mir gesagt.«

Alle Blicke richteten sich auf Melia.

»Ich dachte, vielleicht hat der Prinz etwas gesehen oder gehört«, sagte Melia. »Etwas, das helfen könnte, meinen Verdacht zu bestätigen. Ich weiß, dass er die Angewohnheit hat, andere ... unbemerkt zu beobachten.«

Teravian schaute auf; auf seinem Gesicht lag ein bösartiges Grinsen. »Schon gut. Ihr könnt ruhig sagen, er schleicht herum. Das ist mir egal.«

Melia hob eine Braue. »Nun gut. Ich wollte sagen, ich weiß, dass der Prinz die Angewohnheit hat, ganz in Schwarz wie ein

Fuchs durch das Schloss zu schleichen, genauso neugierig und mit Ohren, die genauso gespitzt sind.«

Teravian klatschte in die Hände. »Ich liebe es, wenn jemand die Dinge beim Namen nennt.«

»Tatsächlich, Mylord?«, sagte Aryn. »Dann könnt Ihr uns ja vielleicht sagen, was Ihr bei Eurem Herumgeschleiche erfahren habt.«

Der Prinz gähnte übertrieben, als würde ihn das ganze Thema langweilen. »Warum fragt Ihr nicht Euren kleinen Spion? Er steht da drüben in der Ecke.«

Alle Köpfe drehten sich, und aus der dunklen Ecke, in die sie starrten, kam ein Schwall von Flüchen. Aldeth schlug den schimmernden Umhang zurück und erschien.

Tarus zog das Schwert und sprang vor; die Spitze stoppte nicht mal einen Zentimeter vor der Halsgrube des Spions. »Ich kann Euch auf der Stelle töten.«

»Und Ihr wärt tot, bevor Ihr Euch bewegen könntet.«

Aldeth sah nach unten, und Tarus folgte dem Blick. Der Spion hielt eine lange Nadel in der behandschuhten Hand, und ihre Spitze ruhte leicht auf Tarus' Hüfte. Die Nadel wies eine grüne Schicht auf.

»Das reicht, ihr beiden«, sagte Melia gereizt. »Wir sind alle sehr beeindruckt davon, wie schnell ihr euch gegenseitig umbringen könntet. Aber würdet ihr bitte eure kleinen Spielzeuge wegstecken? Wir haben wichtige Dinge zu besprechen.«

Tarus schnaubte und trat einen Schritt zurück, dann schob er das Schwert in die Scheide. Der Spinnenmann ließ die Nadel unter seinem Umhang verschwinden.

»Wer ist das?«, wollte Tarus wissen und starrte den Spinnenmann böse an.

Aryn stand auf. »Ein Freund. Aus Perridon.«

Der Spinnenmann verneigte sich tief.

»Aus Perridon?« Tarus kniff die Augen zusammen. »Dann

ist er also ein Spion, Mylady. Wir müssen sofort dem König Bescheid geben.«

Aryn legte dem jungen Ritter die Hand auf den Arm. Es wäre so leicht gewesen, einen Zauber zu weben; sie konnte das Vibrieren seines Lebensfadens fühlen. Sie hätte ihn nur ganz kurz mit ihrem Lebensfaden umschlingen müssen, und sie hätte ihn davon abhalten können, es dem König zu sagen.

Nein. Nur weil sie die Macht dazu hatte, rechtfertigte es das noch lange nicht. Um ihr das beizubringen, hatte Alfin so teuer bezahlt. Sie würde Worte und keine Magie benutzen müssen, um ihn zu überzeugen.

Es dauerte, aber schließlich war sie erfolgreich. Sie erzählte Tarus, wie sie dem Spinnenmann begegnet war, und warum sie sich dazu entschlossen hatte, es dem König zu verschweigen, um einen diplomatischen Zwischenfall zwischen Perridon und Calavan zu vermeiden. Tarus sah nicht glücklich aus, aber am Ende gab er nach.

»Ich werde dem König nichts von seiner Anwesenheit sagen«, sagte er und warf Aldeth einen finsteren Blick zu. »Für den Augenblick.«

Aryn seufzte erleichtert. Da das erledigt war, wandte sie sich wieder Teravian zu, da sie wissen wollte, ob er nun etwas gesehen hatte oder nicht, aber der Stuhl des Prinzen war leer.

»Wo ist er?«

Melia lächelte. »Schleicht wieder herum. Er muss gegangen sein, während wir alle von Euch abgelenkt waren, Sir Tarus.«

Der Ritter errötete.

»Nicht schlecht«, sagte Aldeth voller Bewunderung. »Gar nicht schlecht. Der Junge hat das nötige Talent für einen Spinnenmann.«

Melia warf dem Spion einen scharfen Blick zu. »Kommt bloß nicht auf Ideen. Ich glaube, es ist bereits für ihn entschieden worden, welchen Weg er einschlägt.«

Am nächsten Tag war Aryn schrecklich nervös. Nach dem Aufstehen wollte sie sich das Haar bürsten, brachte die Locken aber so durcheinander, dass ihre Dienerin eine Stunde brauchte, um den Schaden zu beheben. Beim Frühstück verschüttete sie ihren *Maddok* und musste das Gewand wechseln. Und sie rutschte, unfähig sich zu konzentrieren, auf ihrem Stuhl herum, während Lord Farvel mit ihr verschiedene, quälend detaillierte Pläne für ihre Hochzeit durchging und eine Entscheidung von ihr haben wollte.

»Keine Sorge, Mylady«, sagte der alte Seneschall. »Es wird eine wunderbare Hochzeit werden.«

Aryn zwang sich zu einem Lächeln. Lord Farvel war ein gütiger Mann, und er verdiente ihre Aufmerksamkeit und ihren Respekt. Aber er irrte sich, was den Grund für ihre Aufregung anging. Es hatte nichts mit der Hochzeit oder dem Fest am Abend zu tun, bei dem ihre Verlobung verkündet werden würde. Ihr Blick glitt zum Fenster. Wenn der Mond aufging, würde er voll sein. Und die Zeit würde gekommen sein, Mirda eine Antwort zu geben. Aryn wollte der geheimnisvollen Hexe vertrauen, aber ihre sämtlichen Instinkte warnten sie, dass auf diesem Weg große Gefahren lauerten.

Am Nachmittag hatte sie sich noch immer nicht entschieden, und es war Zeit, sich für das Fest vorzubereiten. Sie stand stundenlang unbeweglich da, während ihre Dienerinnen um sie herumschwirrten, sie badeten, mit Blüten parfümierten, ihr Haar zu aufwändigen Türmen aus Locken und Strähnen arrangierten und ihr in ein pompöses, himmelblaues Gewand hineinhalfen. Als sie den Großen Saal betrat, kam sie sich weniger wie eine Person als vielmehr wie eine übergroße Puppe vor.

»Ihr seht großartig aus, Mylady«, sagte eine brummige Stimme hinter ihr.

Es war der König. Aryn stützte sich dankbar auf seinen starken Arm – mit dem schweren Gewand und der aufgetürmten Frisur kämpfte sie gegen das Gefühl an, jeden Augenblick umfallen zu müssen – und ließ sich von ihm zur Hohen Tafel führen. Teravian stand am Fuß des Podestes, wie gewöhnlich ganz in Schwarz gekleidet. Allerdings war seine Kleidung kostbarer als sonst, und die Silberbrosche an seinem Hals sorgte für einen auffälligen Kontrast. Seine Miene war ernst, und er sah älter aus als am Vorabend.

Aryn machte einen Hofknicks vor dem Prinzen, und er verneigte sich tief, aber sie berührten einander nicht. In den Saal kehrte Ruhe ein, als König Boreas eine Ansprache hielt – die Aryn viel zu lang fand, während sie dort mit schmerzenden Beinen stand und wünschte, sich setzen zu können –, in der es um die Freude der kommenden Hochzeit ging und wie glücklich diese Verbindung doch war. Die ganze Zeit war sich Aryn bewusst, dass Königin Ivalaine an der Hohen Tafel saß und den Blick nicht etwa auf Boreas oder sie gerichtet hielt, sondern auf Teravian.

Schließlich kam der König zum Ende, und der ganze Saal applaudierte. Dann geleitete der König Aryn und Teravian zur Hohen Tafel, setzte sie in der Mitte links und rechts neben sich und befahl, mit dem Festmahl zu beginnen. Sofort füllte sich der Saal mit lautstarken Unterhaltungen, Lachen und Musik.

Aryn war wie betäubt. Sie schmeckte kaum das Essen, das man vor sie hinstellte, und obwohl ihr bewusst war, dass Boreas ihr Fragen stellte und sie sie auch beantwortete, konnte sie sich kurz darauf nicht mehr daran erinnern, was sie beide gesagt hatten. Immer wieder glitt ihr Blick zu den Fenstern oben im Saal. Sie konnte ihn nicht sehen, aber sie wusste, dass er durch den abendlichen Himmel schwebte: der Vollmond. Mirda saß nicht neben Ivalaine, sie hielt sich auch nicht im Saal auf.

»Mylady«, zischte eine Stimme neben ihr. »Das ist für Euch.«

Ein Diener beugte sich vor; er hielt ein mit einer Serviette bedecktes Silbertablett. Sie winkte ab, ohne ihn auch nur anzusehen. »Nein, danke. Ich habe schon zu viel gegessen.«

»Vertraut mir, Mylady. Das werdet Ihr haben wollen.«

Jetzt drehte sie sich zu dem Diener um, aber er hatte sich so tief verneigt, dass sie sein Gesicht nicht erkennen konnte. Er war so wie die anderen Diener gekleidet – auch wenn das Wams etwas zu groß für ihn zu sein schien. Dann schaute er auf. Aryn sah den blonden Spitzbart, dann seine grauen Augen.

Sie öffnete verblüfft den Mund, aber er schüttelte unmerklich den Kopf, und sie verstummte. Plötzlich war sie sich König Boreas' Gegenwart neben ihr geradezu schmerzlich bewusst. Aber er schien in eine Unterhaltung mit seinem Sohn vertieft zu sein.

»Wir haben nur einen Augenblick, Mylady«, sagte Aldeth. »Ich gehe das schreckliche Risiko ein, entdeckt zu werden. Aber mir war klar, dass das hier nicht warten kann.« Er hielt ihr das Tablett hin. »Unter der Serviette ist ein Pergament. Nehmt es.«

Sie gehorchte, nahm das zusammengefaltete Blatt und verbarg es unter dem Tisch.

»Was ist das?«, wagte sie zu flüstern.

»Die Kopie eines Briefes, den Königin Ivalaine vor kurzem geschrieben hat. Ich konnte ihn aus der Tasche des Kuriers entwenden, während er sein Pferd reisefertig gemacht hat. Verzeiht meine schlechte Schrift, aber mir blieben nur Minuten, um eine Kopie anzufertigen.«

Aryn wollte den Spinnenmann fragen, was in dem Brief stand, aber er hatte sich bereits verbeugt und eilte fort, um durch eine Seitentür zu verschwinden. Boreas unterhielt sich noch immer mit Teravian, und der Graf neben Aryn hatte zu tief in den Pokal geschaut und hockte zusammengesunken auf seinem Stuhl. Sie wandte dem König den Rücken zu und wagte es, das Pergament auf ihrem Schoß zu entfalten.

Schnell warf sie einen Blick auf die hastig hingekritzelten Worte. Als sie zum Ende kam, raste ihr Pulsschlag nicht länger, sondern hielt eine eiskalte Faust ihr Herz umfangen. Sie faltete die Seite wieder zusammen.

»Mylady, ist Euch schlecht?«

Es war der König. Er sah sie an, genau wie Teravian. Aryn knüllte das Pergament in ihrer Hand zusammen. Ihr war schwindelig, und sie wusste, dass ihre Wangen gerötet waren. Aber vielleicht konnte sie das zu ihrem Vorteil nutzen. »Ich bin müde, Euer Majestät, das ist alles. Wärt Ihr sehr enttäuscht, wenn ich mich für den Abend zurückziehe?«

Boreas schnaubte. »Ganz im Gegenteil, Mylady, es würde eine erstaunliche Zurückhaltung und Diskretion Eurerseits zeigen, wenn Ihr geht, bevor die Mitglieder meines Hofes noch betrunkener werden.«

Aryn lächelte ihn an und stand auf. »Ich glaube, dann sollte ich gehen. Gute Nacht, Euer Majestät.« Sie nickte Teravian zu. »Euer Hoheit.«

Der Prinz sah sie neugierig an – er wusste, dass sie etwas vorhatte –, aber bevor er etwas sagen konnte, verließ sie die Hohe Tafel hastig und eilte aus dem Saal.

Sie bog um eine Ecke und fing an zu laufen, sobald sie sich davon überzeugt hatte, dass sie außer Sicht war. In der Faust hielt sie noch immer die Kopie des Briefes. Die Worte auf dem Papier hatten alles verändert; sie wusste jetzt, was sie zu tun hatte. Mondlicht drang durch die schmalen Fenster, während sie zu Ivalaines Gemächern lief. Sie pochte an die Tür. Sie öffnete sich.

»Kommt rein, Schwester«, sagte Mirda.

Aryn sah sich in alle Richtungen um, dann eilte sie in das Gemach, und Mirda schloss hinter ihr die Tür.

»Was geht hier vor?«, fragte Aryn, von neuem schockiert. Ein Dutzend Holztruhen standen sauber in einer Reihe aufgebaut; sämtliche Besitztümer der Königin waren gepackt.

»Ivalaine hat ihre Pflicht getan«, sagte Mirda. »Sie hat den Sohn des Königs zurückgebracht, nachdem sie ihn an ihrem Hof als Pflegekind großgezogen hat, und sie war dabei, als seine Verlobung verkündet wurde. Sie wird morgen nach Ar-Tolor zurückkehren.«

»Und was ist mit Euch, Mirda? Geht Ihr auch?«

Der Blick der Hexe war so gelassen wie immer, aber da war auch ein Funken Neugier zu erkennen. »Das kommt auf das an, was Ihr mir zu sagen habt.«

Aryn kämpfte um Worte. Aber es gab einen leichteren Weg, als es selbst zu erklären. Sie öffnete die Faust und entfaltete das zerknüllte Pergament.

»Lest das«, sagte sie heiser.

Mirda nahm das Blatt vorsichtig. Sie las, zuerst mit höflicher Neugier, dann immer schneller. Aryn sah die Worte erneut vor ihrem inneren Auge, als hätten sie sich in ihr Gehirn gebrannt.

Meine liebste T.
Ich trete morgen Früh bei Einbruch der Dämmerung meine Rückreise nach Ar-Tolor an, und ich bin froh darüber. Ich fürchte, ich bin schon zu lange fort gewesen, und ich muss unbedingt erfahren, was sich in meiner Abwesenheit zugetragen hat. Vor allem will ich wissen, was Schwester L getan hat.
Ich bin mir jeden Tag sicherer, dass sie sich mit jemandem verbündet hat, der uns oder unseren Schwestern unbekannt ist. Aber wer ist diese Person, mit der L spricht? Ich würde viel dafür geben, dies herauszufinden, und ich hoffe, du hattest in dieser Angelegenheit Erfolg.

Ich muss gestehen, dass meine Furcht jeden Tag, den ich hier auf Calavere verbracht habe, noch gestiegen ist. Ich kann nicht sagen, warum das so ist. Seit ich meine Reise angetreten habe, scheint sich eine Dunkelheit wie eine schwarze Wolke auf meinen Verstand gelegt zu haben. Allerdings ist es heute plötzlich viel erträglicher als zuvor. Trotzdem weiß ich, dass meine Befürchtungen nicht unbegründet sind. Wie Schwester L entdeckt hat, dass es nicht den einen Runenbrecher gibt, von dem wir gewusst haben, sondern noch einen zweiten, weiß ich noch immer nicht. Aber viel schlimmer ist, dass sie den Zweiten zu benutzen scheint, ihn kontrolliert, und zwar zu einem Zweck, den wir nicht ergründen können.

Laut den Prophezeiungen wird ein Runenbrecher am Ende aller Dinge sein, und die Prophezeiungen können sich nicht irren. Vielleicht arbeitet Schwester L auf ein höheres Ziel hin, vielleicht glaubt sie ja, dass sie mit dem Befehl über diesen zweiten Runenbrecher dafür sorgen kann, dass die Dinge am Ende den von den Hexen gewünschten Verlauf nehmen und Eldh nicht zerstört wird. Ich will ihr das zugute halten, ganz egal, was sie mir angetan hat.

Aber was ist, wenn ihre Macht über diesen zweiten Runenbrecher nicht so perfekt ist, wie sie glaubt? Wenn sich unsere geheimen Quellen nicht irren, hat sie ihn mit einem Auftrag zum Schwarzen Turm geschickt, der einst die Heimstatt aller Runenbrecher war. Gibt es in diesem Turm noch Magie, die ihm helfen könnte, falls es sein Ziel sein sollte, Unheil zu säen? Ich fürchte um uns, liebe Schwester. Ich fürchte um die Welt.

Ich muss jetzt zum Ende dieser hastig geschriebenen Zeilen kommen. Die Zeit ist gekommen, meine letzte

Pflicht dem König gegenüber zu erfüllen, indem ich ihm seinen Sohn übergebe, damit er heiraten kann. Und doch vermute ich, dass das gar nicht meine letzte Pflicht sein wird, oder? Vielleicht, was den Vater betrifft, aber nicht dem Sohn gegenüber.

Ich verabscheue es, auf diese Weise mit dir zu sprechen, liebe T., aber es ist die einzige Möglichkeit, sicher zu gehen, dass wir nicht belauscht werden. Wenn alles gut geht und ich so schnell reise wie mein Kurier, sehen wir uns einen Tag, nachdem du diese Zeilen gelesen hast.

Deine Schwester
I

Mirda hob den Kopf und faltete das Blatt zusammen. Mit drei Schritten war sie am Kamin und warf das Pergament in die Flammen. Es verbrannte sofort.

»Das sind ernste Neuigkeiten«, sagte die Hexe und drehte sich um. »Wisst Ihr, von wem die Königin in ihrem Brief gesprochen hat?«

Aryn schluckte, dann nickte sie. Die Königin hatte mit I unterschrieben, und Schwester T war zweifellos Tressa. Was bedeutete, dass Schwester L nur ...

»Liendra«, flüsterte sie. »Irgendwie hat Liendra einen zweiten Runenbrecher gefunden. Ich wusste nicht, dass es mehr als einen geben kann, aber das tut es, und sie versucht ihn zu kontrollieren. Aber er wird sie verraten und sich etwas aus dem Schwarzen Turm nehmen, etwas, mit dem er Eldh Schaden zufügen kann.«

Mirda nickte grimmig. »Ich fürchte, es ist so, wie Ihr sagt. Es hat den Anschein, als läge viel Arbeit vor mir und meinen geheimen Schwestern.« Sie legte den Kopf schief, ihre braunen Augen richteten sich auf Aryn. »Es sei denn, Ihr hättet

Euch entschieden, die Existenz unseres Schattenzirkels zu verraten.«

Aryn brauchte nicht länger darüber nachdenken, was sie tun sollte. Liendra verfolgte einen gefährlichen Plan, und auch wenn sie nicht das Amt der Frau in dem Hexenzirkel bekleidete, war sie es doch und nicht Ivalaine, die die Fäden der meisten Hexen kontrollierte. Aryn verspürte einen Stich der Furcht, der von Entschlossenheit sowie Aufregung ersetzt wurde.

»Ich will mich euch anschließen«, sagte sie und trat vor. »Ich will ein Teil dessen sein, was ihr tut.«

»Das ist kein kleiner Schritt, zu dem Ihr Euch da entschieden habt, Schwester. Seid Ihr sicher?«

In ihrem ganzen Leben war sich Aryn bei einer Sache noch nie so sicher gewesen. »Ja.«

Mirdas Miene blieb ernst, aber es hatte den Anschein, als würde sie flüchtig lächeln. »Wenn die Königin morgen Calavere verlässt, werde ich als Eure Lehrerin hier bleiben. Es gibt andere auf Ar-Tolor, die meine Arbeit fortsetzen können.«

Bei dieser Nachricht tat Aryns Herz einen Sprung – sie konnte sich keine bessere Lehrerin als Mirda vorstellen –, aber dann erschrak sie aufs Neue. »Der Schwarze Turm!«, stieß sie hervor, als zwei Dinge in ihren Gedanken zusammenkamen.

Mirda sah sie fragend an, und Aryn erklärte schnell, dass Grace und die anderen in der Hoffnung, Travis Wilder zu finden, zum Schwarzen Turm aufgebrochen waren.

Aryn zitterte nun förmlich. »Aber dieser andere Runenbrecher, der loyal zu Liendra steht, könnte sich auch dort aufhalten. Vielleicht ist er sogar schon da.«

»Dann fürchte ich, dass Eure Schwester Grace und ihre Freunde sich in schrecklicher Gefahr befinden.«

»Ich muss sie warnen.« Aryn ging auf und ab. »Aber das ist unmöglich, oder? Der Schwarze Turm steht meilenweit von hier entfernt mitten in der Wildnis. Ich könnte niemals einen Kurier so weit schicken.«

»Warum geht Ihr dann nicht selbst, Schwester?«

Sie starrte die Hexe an. »Ich kann nicht zum Schwarzen Turm reisen.«

»Vielleicht nicht im Körper. Aber im Geist?«

Jetzt begriff Aryn, worauf Mirda hinauswollte. Sie zögerte, aber sie musste es versuchen, um Graces willen. Für Eldh.

Benutze deine Macht. Benutzte sie für das Gute.

»Helft mir«, sagte sie laut.

Mirda zeigte auf einen Stuhl vor dem Feuer. »Setzt Euch. Jetzt schließt die Augen.«

Aryn gehorchte. Sie spürte Mirdas leichte Berührung an den Schläfen.

»Jetzt ergreift die Weltenkraft. Folgt den Lebensfäden, und an jeder Kreuzung fragt Ihr sie nach dem Weg zu Euren Freunden. Vergesst nicht, das Leben kann Euch nicht belügen. Nicht wenn Ihr Euch treu seid.«

Aryn zögerte, hielt den Atem an. Dann griff sie mit der Gabe zu und erblickte das schimmernde Netz des Lebens um sie herum. Sie folgte ihrem Faden und kam schnell zu einer Kreuzung verschiedener Stränge. Sie überprüfte sie. *Hier entlang,* summte einer der Fäden. Sie eilte weiter, kam zur nächsten Kreuzung. *Folge mir.*

Immer wieder prüfte sie die Stränge des Netzes und folgte ihnen; sie war sich dabei nur undeutlich bewusst, dass sie nicht im Garten stecken geblieben war, dass das Schloss weit hinter ihr lag und dass ihr Bewusstsein durch tiefe Wälder und über einsame, sternenerhellte Berge flog.

Grace, ich komme!, rief sie mit ihrem ganzen Wesen.

Und Aryn folgte den schimmernden Strängen, und die Meilen blieben hinter ihr zurück.

25

Eine Stimme rief sie.

Grace strengte sich an, versuchte zuzuhören. Sie hatte den Eindruck, dass sie die Stimme kennen musste, aber sie war so schwach und so weit weg, dass sie sich nicht sicher sein konnte, ob sie sie tatsächlich gehört hatte. Die Welt war dunkel und leer, und sie war ganz allein. Aber das stimmte nicht, oder? Irgendwie war sie doch nicht allein.

Grace ... sagte die Stimme, und sie wachte auf.

Das Erste, was ihr bewusst wurde, war, dass sie noch immer Fellring umklammert hielt; sie drückte das zerbrechliche Schwert an die Brust. Das Zweite war, dass der Boden unter ihr schwankte. Ein Erdbeben? Dann sprühte kalte Gischt auf ihr Gesicht, und sie wusste, dass es das nicht war.

Grace setzte sich auf. Die grauen Turmspitzen von Ur-Torin schrumpften bereits in der Ferne zusammen; das Schwarze Schiff raste aus der Bucht, die blutroten Segel vom schneidenden Wind aufgebläht. Graces Herz machte einen Freudensprung, als sie einen weißen Schimmer sah – das Elfenschiff? –, aber nein, es war nur ein Eisberg, der weit an Steuerbord vorbeitrieb.

Sie und die anderen befanden sich auf dem vorderen Teil des Schiffes. Beltan und Vani waren die Rücken zueinander an den Vormast gefesselt worden. Ihre Arme und Beine wurden von dicken Tauen gehalten, ihre Köpfe waren nach vorn gesackt; sie schliefen noch immer. Falken lag mit geschlossenen Augen in der Nähe auf dem Deck.

Grace streifte sich das Haar aus dem Gesicht. Warum war sie erwacht, wenn die anderen noch immer unter der Magie des Runenzaubers standen? Dann fiel ihr die Stimme ein, die sie gehört hatte. Vielleicht war es gar kein Traum gewesen, vielleicht hatte die Stimme tatsächlich zu ihr gesprochen und ihr geholfen, aufzuwachen. Aber wem hatte sie gehört?

Bevor sie darüber nachdenken konnte, bemerkte sie, dass sie nicht die Einzige war, die wach war. Ein paar Schritte entfernt hockte Sindar auf den Deckplanken und schaute mit seinen grüngoldenen Augen auf die See hinaus, die Knie an die Brust gedrückt, die Arme um die Beine geschlungen.

Grace sah sich verstohlen um. Drei schwarze Ritter standen in der Formation eines Dreiecks um den Mast. Sie wendeten den Gefangenen ihre Rücken zu, aber Grace glaubte keinen Augenblick lang, dass den Wächtern nicht bewusst war, was sie gerade tat. Überall an Deck standen weitere Ritter herum. Ein paar brüllten zerlumpten Sklaven, die die Taue bedienten und in die Wanten kletterten, um die Segel zu richten, Befehle zu. Von Kelephon war keine Spur zu entdecken.

Fellring an die Brust gedrückt, schlich Grace auf den silberhaarigen Mann zu. »Sindar.« Er rührte sich nicht. *»Sindar.«*

Er drehte den Kopf, erwiderte ihren Blick und lächelte, aber es war einer der traurigsten Ausdrücke, die Grace je gesehen hatte.

»Etwas geschieht mit mir, Grace.«

»Was meint Ihr damit? Seid Ihr verletzt?« Er schien blasser als sonst auszusehen. Hatten die schwarzen Ritter ihm etwas angetan?

Er schüttelte den Kopf, hörte aber nicht auf zu lächeln. »Ich glaube ... ich glaube, ich fange an, mich zu erinnern, das ist alles. Das erste Mal ist es mir im Thronraum von Ur-Torin aufgefallen. Die Dinge kommen zurück. Nur aufblitzende Bilder, das ist alles. Wie Splitter. Aber sie kommen immer schneller.«

Grace presste die Lippen aufeinander. Im Krankenhaus hatte sie Menschen mit Gedächtnisverlust betreut; sie wusste, welchen Schaden Kopfverletzungen dem Gehirn zufügen konnten und wie verzweifelt die Opfer versuchten, ihre Identität wieder zu finden. Sie berührte mit der freien Hand seine Wange; sie fühlte sich kühl an.

Er tätschelte ihre Hand. »Ich kenne Euch, Grace. Ich weiß nicht, warum, aber ich war mir da von Anfang an sicher. Das muss der Grund sein, warum das Kleine Volk mich ausgewählt hat, euch alle zu finden. Es sind Eure Augen. Sie sind die gleichen. Daran habe ich es erkannt. Vielleicht teilen wir dasselbe Blut.«

Grace musste lächeln. »Vielleicht tun wir das.«

Bevor ihr klar wurde, wie ihr geschah, beugte sich Sindar nach vorn und küsste sie. Er roch wie von der Sonne gewärmtes Gras.

Ein Stöhnen ertönte hinter ihr; Beltan. Grace lehnte sich zurück; sie war nicht mal schockiert, eher überrascht. »Ich muss die anderen aufwecken.« Sindar nickte bloß.

Sie schloss die Augen und griff mit der Gabe zu. Die Lebensfäden der anderen stiegen sofort vor ihrem inneren Auge auf und glühten im vertrauten Licht. Sie konnte auch die Fäden der schwarzen Ritter und der Sklaven sehen, sowie einen grellen Faden in der Nähe des Schiffshecks: Kelephon.

Grace arbeitete schnell, berührte nacheinander Beltans, Vanis und Falkens Faden und flüsterte ihnen zu. *Aufwachen*. Es war schwer. Die noch immer präsente Runenmagie schien an ihren Händen zu ziehen und machte es beinahe unmöglich, die Fäden der Weltenkraft zu ergreifen, aber sie biss die Zähne zusammen und konzentrierte sich.

Es funktionierte. Falken setzte sich auf. Beltan schüttelte benommen den Kopf, Vani blinzelte mit den goldenen Augen. Nach wenigen Augenblicken waren sie alle wach.

»Ich wusste gar nicht, dass Hexerei Runenmagie außer Kraft setzen kann«, sagte Beltan, nachdem Grace erklärt hatte, was sie gerade getan hatte.

»Ich auch nicht«, musste Grace zugeben. Sie war sich Falkens neugierigem Blick bewusst. »Was glaubt ihr, wo bringen sie uns hin?«

Falken ballte die Silberhand zur Faust. »Ich bin mir nicht sicher. Vermutlich zu einer ihrer Festungen. Er braucht einen sicheren Ort, wo er die Rune des Blutes an dir vollziehen kann.«

»Hat er das damit gemeint? Als er sagte, er wolle mein Blut?«

»Da bin ich mir sicher«, sagte Falken grimmig. »Kelephon ist ein mächtiger Zauberer. Er kann dir mit der Rune des Blutes deine Essenz aus den Adern stehlen und sie dann in etwas binden, einen Gegenstand – sagen wir, einen Panzerhandschuh. Mit diesem Panzerhandschuh kann er dann Fellring führen, und das Schwert wird sich nicht gegen seine Berührung wehren.«

Grace verspürte Übelkeit in sich aufsteigen. »Und was passiert mit mir, nachdem er mein Blut gestohlen hat?«

»Du wirst sterben.«

Ihre Finger schlossen sich fester um den Griff des Schwertes. Darum hatte sie Fellring also noch immer in ihrem Besitz. Kelephon wagte es nicht, es zu berühren; er konnte es ihr nicht abnehmen, bevor er die Rune des Blutes angewendet hatte. Aber er konnte vor seinen Männern keine Runenmagie wirken. Grace schaute auf und sah, dass Sindar sie betrachtete. Nein, nicht *sie*. Er betrachtete das Schwert in ihren Händen.

»Wir müssen uns befreien«, sagte Beltan und kämpfte gegen die Taue an.

»Hört auf!«, zischte Vani. »Oder wollt Ihr mich zerquetschen?«

Die Taue waren so geschnürt, dass wenn einer der Krieger daran zog, die Fesseln des anderen enger wurden.

»Könnt Ihr nicht einfach Euren kleinen Verschwindenstrick machen?«, fauchte er zurück.

Vanis Blick war wie geschmolzenes Gold. »Wenn Ihr Euren Fettwanst etwas einziehen könntet, hätte ich vielleicht etwas mehr Platz zum Arbeiten, aber dazu scheint Ihr ja nicht bereit zu sein. Oder fähig. Davon abgesehen seid Ihr doch angeblich so stark, Krieger. Warum zerreißt Ihr nicht einfach die Fesseln?«

»Vielleicht könnte ich das ja tun, wenn Ihr nicht jedes Mal, wenn ich an den Tauen ziehe, herumjammern würdet, dass Ihr einen blauen Fleck bekommt. Ich wusste gar nicht, dass Meuchelmörderinnen so zimperlich sein können.«

»Hört auf«, sagte Grace. Sie stand auf, schwankte einen Augenblick lang, bis ihre Seebeine wieder funktionierten, und ging dann zum Mast. Sie schenkte Beltan und Vani den gleichen eisigen Blick, den sie für Patienten reserviert hatte, die nicht kooperierten. »Ich weiß nicht, was auf dem Weißen Schiff zwischen euch vorgefallen ist. Aber was auch immer es war, es wird warten müssen. Im Moment brauche ich euch beide.«

Der Ritter und die Meuchelmörderin sahen sie einen Augenblick lang an, dann ließen sie die Köpfe hängen.

»Es spielt ohnehin keine Rolle, ob wir frei sind«, sagte Beltan mürrisch. »Auf dem Schiff müssen hundert Ritter sein.«

»Und vergesst nicht die Magie des Runenmeisters«, sagte Vani. »Er hat uns mühelos allein besiegt.«

Ihre Wangen glühten, und Grace wurde klar, dass sich die *T'gol* schämte; Beltan auch. Grace hatte die Krieger wegen ihres Versagens nicht kritisieren, sondern ihnen nur klar machen wollen, dass sie alle zusammenhalten mussten, jetzt noch mehr als je zuvor. Sie wollte ihnen das sagen, aber dann brachte sie keinen Ton heraus.

Was spielt das noch für eine Rolle? Sie haben Recht. Kelephon wird uns irgendwohin bringen, er wird die Rune des Blutes an dir vollziehen, und er wird die anderen töten. Und wir können nichts dagegen tun.

Aber eben das konnte sie nicht glauben. Sie vermochte nicht genau zu sagen, was es war; vielleicht war es derselbe Stolz, der sie daran gehindert hatte, einen Patienten aufzugeben, wenn jeder vernünftige Arzt die Todeszeit festgestellt hätte. Sie würde nicht einfach hier sitzen bleiben und Kelephon mit ihr machen lassen, was er wollte, jedenfalls nicht kampflos.

Ihre Beine waren wieder sicherer. Bevor Falken sie aufhalten konnte, trat sie vor einen der drei Ritter, die sie bewachten.

»Ich will mit Kelephon sprechen«, sagte sie und versuchte zu ignorieren, wie gewaltig der Mann in seiner schwarzen Rüstung aussah.

Seine Stimme grollte unter dem Helm. »Auf diesem Schiff gibt es niemanden, der auf diesen Namen hört, Gefangene.«

»Gorandon«, sagte sie. »So nennt ihr ihn. Ich will mit ihm sprechen. Auf der Stelle.«

»Setz dich hin. Du hast kein Recht, solche Forderungen zu stellen.«

Wut schoss in ihr hoch wie ein Stromstoß aus einem Defribilator. »Was soll das heißen, ich habe kein Recht, Forderungen zu stellen? Ich bin die verdammte Königin von Malachor, du Blechbüchse voller Scheiße. Das heißt, du dienst mir.«

Sie hörte, wie er hinter dem Visier zischend Luft holte. »Ich sollte dich für diese Worte erschlagen, Usurpatorin. Aber der General ist viel gnädiger, als ich es bin. Er sagt, bevor man dich hinrichtet, darfst du um Verzeihung bitten für all die schrecklichen Taten, die du und deine Vorfahren angerichtet haben. Und dann, wenn das gesegnete Schwert von Lord Ulther von dem Fluch befreit ist, mit dem es deine Vorfahren belegt haben, wird Gorandon die Klinge nehmen, so wie es sein heiliges Geburtsrecht ist, und das Licht von Malachor wird wieder hell erstrahlen.«

Grace entging nicht die stupide Inbrunst in seiner Stimme. Das also hatte Kelephon seinen Rittern gesagt. Kein Wunder, dass sie versucht hatten, ihre Familie auszurotten. Nicht einmal die Tatsache, dass sie das Schwert hielt, reichte aus, um sie von der Wahrheit zu überzeugen. Kelephon hatte mit seinen Lügen an alles gedacht.

Der Ritter nahm Haltung an und schlug salutierend eine Faust gegen den Brustpanzer. Kelephon kam auf sie zugeschritten, noch immer ohne Helm, und sein weißes Haar und der Umhang flatterten im Wind.

»Lasst uns allein«, befahl er den Rittern.

Wortlos marschierten der Wächter und seine beiden Kameraden weg. Zweifellos wollte Kelephon vermeiden, dass seine Männer etwas mitbekamen, was seine Autorität untergraben konnte. Andererseits, bei dem Fanatismus, mit dem der Ritter gesprochen hatte, war sich Grace nicht sicher, ob das überhaupt möglich war. Er hätte einen mit Runen verzierten Pyjama tragen können, und seine Männer hätten seine Taten nicht in Frage gestellt.

Aber vielleicht ist das so nicht richtig. Du hast gehört, was in Eredane passiert ist – wie die schwarzen Ritter alle Runensprecher und Hexen getötet haben. Kelephon hat die Ritter darauf abgerichtet, jeden zu hassen, der Magie wirken kann. Und das mit gutem Grund, da sie die Einzigen waren, die etwas gegen die Ritter hätten ausrichten können. Aber vielleicht hat Kelephon seine Männer zu gut ausgebildet. Wenn sie seine wahre Natur kennen lernen würden, dann würden sie ihn erschlagen. Zweifellos würden sie das für den einzigen Ausweg halten, ihn vor der Häresie zu retten.

Furcht hinterließ einen schlechten Beigeschmack in Graces Mund, aber sie schluckte sie herunter. Sie war bereits eine Gefangene; sie hatte nichts zu verlieren, wenn sie in die Offensive ging. »Seid Ihr gekommen, um mit Eurer Magie mein Blut zu stehlen?«, sagte sie und hob die Stimme. Aber nicht einmal der am nächsten stehende Ritter reagierte auf ihre Worte.

Kelephon kicherte. »Brüllt so laut, wie Ihr wollt, Euer Majestät. Sie werden Euch nicht hören.«

»Die Rune der Stille«, sagte Falken, kam auf die Füße und stellte sich neben Grace. »Er hat sie hier irgendwo gebunden.«

»In der Tat«, sagte der Runenmeister zu dem Barden. Er wandte sich wieder Grace zu. »Nicht, dass das notwendig ist. Selbst wenn meine Männer Euch hören könnten, wären sie kaum dazu geneigt, Euch zu glauben. Schließlich seid Ihr eine Häretikerin und Usurpatorin – kaum vertrauenswürdig, oder? Und noch schlimmer, Ihr verkehrt mit Leuten, die Magie ausüben.«

Grace verschränkte die Arme in der Hoffnung, damit ihr Zittern zu verbergen. »Ihr scheint ja eine Menge über mich zu wissen.«

»Oh, das tue ich, Euer Majestät. Ihr müsst wissen, ich habe Euch beobachtet, seit Ihr ein Säugling wart.«

»Damit Ihr mich töten konntet?«

»Ganz im Gegenteil, damit ich Euch zu mir holen und als meine Tochter aufziehen konnte.«

Grace war auf alles vorbereitet gewesen, nur darauf nicht. »Was?«

Kelephon beugte sich nahe an sie heran; sein Atem roch nach Steinen. »Ja, Ralena. Eure Eltern waren hoffnungslos – ich hätte sie an jenem Tag auf jeden Fall getötet. Aber ich hätte Euch mitgenommen. Ich hätte Euch wie mein eigenes Kind erzogen.«

»Du meinst, du hättest sie vergiftet.« Falken spuckte aus. »Du hättest Ralena gestohlen, ihr Lügen eingetrichtert, um sie zu deiner Sklavin zu machen, und wenn sie dann älter gewesen wäre, hättest du sie für dich Fellring holen lassen. Dann hättest du ihr befohlen, dir ihr Blut zu geben, und sie hätte es aus freiem Willen getan.«

Kelephon zuckte mit den Schultern. »Du musst zugeben, das wäre doch recht elegant gewesen. Aber du hast alles mit deiner Einmischung verdorben, Falken, du und diese Hure

Melindora. Dir Unsterblichkeit zu verleihen war nur ein weiteres Beispiel für Dakarreths Dummheit. Du hast Ralena irgendwo jenseits meiner Reichweite versteckt. Aber jetzt ist sie zurück. Und obwohl die Dinge schwieriger sind, als wenn mein ursprünglicher Plan funktioniert hätte, spielt das keine große Rolle mehr.« Er richtete seinen kalten Blick auf Grace. »Ob Ihr nun meine willige Sklavin seid oder nicht, Ralena, Euer Blut und Euer Schwert werden mir gehören!«

Er ist gekommen, um anzugeben, erkannte Grace. *Er ist nicht gekommen, um uns etwas Bestimmtes zu sagen – er will uns bloß zeigen, wie viel Macht er über uns hat. Darum sind wir auch hier, wo uns jeder sehen kann, statt in einer Kerkerzelle unter Deck.* Ein bitteres Gefühl stieg in ihr auf, und es dauerte einen Augenblick lang, bis ihr klar wurde, dass es Verachtung war.

»Wie hast du uns gefunden, Kelephon?«, wollte Falken wissen. »Soweit du wusstest, war Grace doch nicht mal mehr auf Eldh.«

Die Stimme des Barden war schroff, seine Haltung ablehnend, aber Grace entging das Funkeln in seinem Blick nicht, und sie war davon überzeugt, dass er zu dem gleichen Schluss über Kelephon gekommen war wie sie. Das war ihre Chance, Informationen von dem Runenmeister zu bekommen.

»Es war ein glücklicher Zufall«, sagte Kelephon; seine Stimme wurde zu einem höhnischen Säuseln. »Du musst wissen, ich bin zufällig einem alten Freund von dir und Melindora begegnet. Wie war noch mal sein Name? Wie hieß er doch gleich? Ach ja – sein Name war Tome.«

Falken riss die Augen auf. »Nein!«

»Dein Freund war sehr hilfreich.« Kelephons schmale Lippen verzogen sich zu einem Lächeln. »Bevor ich ihm begegnete, hatte ich schon angefangen zu verzweifeln, dass ich

Fellring niemals bekommen würde, dass ich eine Möglichkeit finden musste, meine Pläne ohne das Schwert zu realisieren. Dann stieß ich im Winterwald auf euren Freund Tome. Findest du nicht, dass es für einen so gebrechlichen alten Mann ziemlich leichtsinnig war, dort allein umherzuwandern? Und weißt du, ich glaube, er hat dich gesucht, Falken. Nach einer gewissen Aufmunterung hat Tome enthüllt, dass Ralena wieder auf Eldh war. Danach war alles ganz einfach. Der Fahle König hat überall seine Spione, und sie erhielten eine Beschreibung, wonach sie Ausschau halten mussten. Bald wusste ich, dass Ralena in Galspeth gesehen worden war.«

Grace hielt sich die Stirn; sie fühlte sich fiebrig. »Esolda«, sagte sie. »Die Nichte des Kleiderverkäufers. Sie hat meine Kette gesehen. Sie muss es dem örtlichen Anführer des Rabenkultes erzählt haben. Darum haben uns die schwarzen Ritter verfolgt.«

»Tome.« Falkens Stimme war ein Krächzen. »Was hast du mit ihm gemacht?«

Kelephon seufzte dramatisch. »Es war dumm von ihm, meinen Runen zu widerstehen. Was er mir aus freien Stücken hätte geben können, war ich gezwungen, mir zu nehmen. Am Ende hatte er nicht mehr Substanz als ein alter Lappen. Er hat sich unter meinen Augen in Luft aufgelöst, und der Wind hat ihn in alle Richtungen davongetragen.«

Falken senkte den Kopf, und Beltan lehnte sich gegen den Mast und stieß ein Brüllen aus. Nur Vani sah verblüfft aus; die *T'gol* hatte den sanften alten Mann mit den goldenen Augen nicht kennen gelernt. Tome war einer der weniger bedeutenden Neuen Götter gewesen, die ihre himmlische Heimat aufgegeben hatten, um in menschlicher Gestalt auf Eldh zu wandeln und gegen die Nekromanten zu kämpfen. Jetzt war er nicht mehr, und Melia war die Letzte ihrer Art. Grace verspürte einen Stich der Trauer, aber einen Augenblick später wurde er von Zorn ersetzt. Wer, glaubte Kelephon eigentlich, dass er war, ein so freundliches Wesen vernichten zu können?

Aber was galt dem Runenmeister schon ein Leben – ob es nun ein ehemaliger Gott war oder nicht. Hatte er nicht eine ganze Nation verdorben?

»Wie habt Ihr das angestellt?«, fragte sie in dem Wissen, dass er es ihr begeistert erzählen würde. »Wie habt Ihr die schwarzen Ritter dazu gebracht, dass sie Euch für den Erben von Malachor halten?«

Kelephon lachte fröhlich. »Das war leichter, als ich es mir je hätte vorstellen können. Jahrhunderte lang hausten sie in Ewigsee, jammerten ihrem verlorenen kostbaren Königreich hinterher und schwelgten im Mitleid. Sie hielten es für ihren Fehler, dass Malachor unterging. Sie fanden, dass sie es hätten retten müssen. Also flohen sie nach Ewigsee, und dort erfanden sie Geschichten und schmiedeten Pläne für den Tag, an dem sie nach Malachor zurückkehren und das Königreich wieder aufbauen würden. Es war alles ziemlich traurig, ehrlich. Aber ganz egal, was sie auch planten, eine Sache fehlte ihnen: ein königlicher Erbe.«

Falken wischte sich über die Augen. »Also hast du ihnen den gegeben. Und zwar dich selbst.«

»Ganz genau«, sagte Kelephon. »Und sie waren nur allzu bereit, mir meine Geschichte zu glauben. Ich sagte ihnen, ich könnte ihnen den Weg zurück nach Malachor zeigen. Ich gab ihnen eine neue Rüstung und einen neuen Daseinszweck. Und ich erzählte ihnen, dass die Runensprecher und Hexen für den Untergang von Malachor verantwortlich waren, dass sie sich auf die Seite des Fahlen Königs geschlagen und das strahlende Königreich verraten hatten. So nahm der Kreuzzug seinen Anfang, das heilige Land wieder in Besitz zu nehmen. Zuerst nahmen wir Eredane, dann Brelegond. Embarr wird uns auch bald gehören, und dann wird der Rest der Domänen vor uns niederfallen.«

Grace konnte ein Schaudern nicht unterdrücken. Die schwarzen Ritter glaubten, gegen den Fahlen König zu kämpfen, und die ganze Zeit machten sie für Berash nur den Weg frei.

»Aber trotzdem brauchst du Fellring«, sagte Falken. »Ohne das Schwert würden auch die schwarzen Ritter dir nur bis zu einem gewissen Punkt folgen.«

Kelephons Blick huschte kurz zu der fragmentierten Klinge in Graces Hand. »Ich habe schon einmal versucht, es zu bekommen, vor dreihundert Jahren, und da habe ich erfahren, dass nur jemand von Ulthers Blut es berühren kann. Ein Dutzend meiner Ritter verbrannte bei dem Versuch, die Splitter aus dem Thron in Ur-Torin zu ziehen, zu kleinen Stücken. Das war ziemlich bemerkenswert.«

»Ich verstehe das nicht«, sagte Falken verwirrt. »Wie konntest du einen Fuß in den Thronsaal setzen? Ich weiß nicht, was in Toringarth passiert ist, aber bestimmt war Ur-Torin vor dreihundert Jahren noch immer eine Stadt voller Leben. Die Wolfskrieger des Königs hätten dich aufgehalten.«

Kelephon grinste hämisch. »Welche Wolfskrieger?« Er tat so, als würde er etwas mit den Händen zerbrechen.

Falken wurde blass. »Nein«, flüsterte er. »Du Ungeheuer. Du hast die Rune des Lebens gebrochen?«

Grace bemühte sich, das alles zu verstehen. »Was meinst du, Falken?«

Die Stimme des Barden war heiser. »Alle Runenmeister waren erforderlich, um eine Rune zu binden, die so mächtig wie die Rune des Lebens war. Nur wenige dieser Scheiben wurden überhaupt hergestellt. Dann erkannten die Runenmeister den Wahnsinn ihres Tuns, und alle Runen wurden ungeschehen gemacht.« Er sah Kelephon an. »Aber du musst eine verborgen haben.«

»Ich verstehe es nicht, Falken«, sagte Vani; die Enge ihrer Fesseln ließ ihre Stimme ganz atemlos klingen. »Warum ist es wichtig, dass er diese Rune des Lebens gebrochen hat?«

»Eine Rune zu brechen macht ihre Macht unwirksam. Wenn man also die Rune des Lebens bricht ...« Falken schwankte.

Grace konnte es nicht glauben, wollte es nicht glauben. »Es hat jedes Leben in der Stadt vernichtet. Alle Tiere, alle Menschen – alles Lebendige verschwand einfach.«

»Und vermutlich im Umkreis von zehn Meilen«, sagte Falken mit aschfahlem Gesicht. »Eine so mächtige Rune muss eine große Reichweite haben.«

»Darum haben wir also keine Anzeichen für einen Krieg gefunden«, sagte Beltan leise.

»Aber die Magie war verschwendet«, sagte Kelephon ärgerlich. »Niemand konnte die Metallsplitter anfassen.« Er sah Falken an. »Erst danach erfuhr ich von einem meiner Spione, dass es dir und Melia gelungen war, die ganzen Jahrhunderte das Königsgeschlecht von Malachor im Verborgenen zu bewahren. Schlauer Barde. Ich hätte nicht geglaubt, dass du so viel Kraft in dir hast. Du musst doch den Säugling aus Königin Agdalas Leiche geschnitten haben. Als würde die Rettung ihres Kindes den Mord an ihr wirklich wieder gutmachen.«

Falken öffnete den Mund, aber es kam nur ein erstickter Laut heraus. Er senkte den Blick.

Beltan starrte den Runenmeister finster an. »Wovon spricht er da, Falken?«

»Was denn?« Kelephon drückte einen Panzerhandschuh an die Brust und täuschte Überraschung vor. »Ich dachte, du wärst ein Geschichtenerzähler, Falken. Wie konntest du deinen lieben Freunden eine so wichtige Geschichte vorenthalten – du weißt schon, die Geschichte, wie du den König und die Königin von Malachor mit einem Lied getötet hast? Nun, wenn du die Geschichte nicht erzählt hast, dann werde ich es tun.«

Grace wollte sich abwenden. Sie wollte es nicht hören. Aber sie konnte sich nicht dagegen wehren, den spöttischen Worten des Runenmeisters zu lauschen.

»Als ich Falken kennen lernte, war er ein unbedeutender reisender Barde, der in jeder Taverne spielte, die ihn ließ. Natürlich war sein Name damals noch nicht Falken. Er hieß Tythus Mandalor. Er war der Sohn von Madrus Mandalor, den man zwanzig Jahre zuvor wegen Hochverrats verbannt hatte. Ihr müsst wissen, dass sich Madrus Mandalor für Gold an die Spione des Fahlen Königs verkauft hatte, der sich schon damals wieder zu regen begann. Aber Madrus Mandalor wurde ertappt, und nur die Gnade des Königs rettete ihm den Hals – auch wenn er kurz darauf in der Wildnis südlich von Malachor sein Ende fand.«

Falken gab ein Stöhnen von sich. Graces Hals fühlte sich so eng an, dass sie nicht schlucken konnte.

Kelephon umkreiste den Barden. »Ich vermute mal, Falken hat euch nie erzählt, dass er der Sohn eines Verräters war. Der Verrat lag ihm im Blut – das habe ich an dem Tag erkannt, an dem ich ihn kennen lernte, in einer Taverne in der Stadt unterhalb von Schloss Malachor, auch wenn er selbst es nicht wusste. Er erzählte mir, dass er nur eines wollte, er wollte ein Barde des Königs werden und für König Hurthan und Königin Agdala spielen. Da er wusste, dass ich ein Runenmeister von großer Macht bin, fragte er mich, was er tun sollte. Ich sagte ihm, um Erfolg zu haben, würde er einen neuen Namen brauchen, der nicht von Verrat beschmutzt war, und eine neue Laute.

Den Namen zu finden war nicht schwer, und er nannte sich Falken Flinkfinger. Die Laute, die stellte ein Problem dar. Er besaß nicht das nötige Gold, um sich ein Instrument zu kaufen, das eines Königs Ohr wert war. Also erzählte ich ihm eine Geschichte über eine verzauberte Laute, die angeblich in einer Höhle tief im Winterwald lag, die ein Barde in den ersten Tagen von Malachor dort zurückgelassen hatte. Ich warnte ihn, dass in der Magie Gefahr lag, dass es vermutlich einen guten Grund dafür gab, dass der alte Barde die Laute dort verborgen hatte, aber das Funkeln in Falkens Augen verriet mir, dass er meine Warnungen nicht ernst nahm.

Natürlich fand Falken die Laute und kehrte voller Triumph nach Malachor zurück. Wieder warnte ich ihn vor den Gefahren der Magie, aber er wollte nicht auf mich hören. Er ging auf direktem Weg zum Schloss und erbat eine Audienz beim König und der Königin. Sie wurde ihm gewährt. Im Thronsaal spielte Falken Flinkfinger für die Majestäten, und die Zuhörer hatten noch nie eine Musik wie die gehört, die das Instrument in seinen Händen machte. Sie war wunderschön, so schön, so strahlend und so bewegend wie die mit Tau benetzten Fäden eines Spinnennetzes.

Vor allem die Königin war begeistert von der Unterhaltung, denn sie trug schwer an ihrem ersten Kind und war erschöpft von der Last. Und sie bat den Barden, doch weiterzuspielen. Und weiterzuspielen. Und weiterzuspielen. Und der Tag wurde zur Nacht, und die Nacht wurde wieder zum Tag, die Höflinge gähnten und sackten auf ihren Stühlen zusammen, und Falkens Finger fingen an zu bluten. Und noch immer bat die Königin um neue Lieder, jede Bitte wurde drängender und energischer, ihre Stimme wurde schriller, ihr Blick starrer. Der König fing an, sich Sorgen zu machen, und schließlich legte er ihr die Hand auf den Arm und bat sie, den Barden aufhören zu lassen. Aber als er das tat, warf sie sich außer sich vor Zorn auf König Hurthan, den Mann, den sie mehr liebte als ihr Leben. Königin Agdala riss sich eine lange Haarnadel aus der Frisur und rammte sie dem König durch sein Auge tief in sein Gehirn, während der ganze Hof zusah.«

Trotz der Kälte war es Grace heiß. Falken stand reglos da, wie aus Stein gemeißelt. Beltan sah ihn gequält an, aber Vani betrachtete den Barden mit Neugier. Kelephon grinste.

»Die Königin starrte auf die Leiche des Königs und die Nadel in ihrer Hand, als würde sie nicht begreifen, was da passiert war. Die Höflinge starrten sie verblüfft an. Ich war der Erste, der handelte. Ich setzte mich in Bewegung und entriss Falken die Laute. Ich brach sie auf, dann zeigte ich allen im Thronsaal Anwesenden die Rune, die klein und versteckt ins Innere der Laute geschrieben worden war. Es war die Rune des Wahnsinns. Als Falken die Laute gespielt hatte, hatte sie ihre Magie bei dem bewirkt, der am aufmerksamsten zuhörte – Königin Agdala. Die Musik des Barden hatte sie in den Wahnsinn getrieben, und in ihrem Wahnsinn hatte sie den König getötet. Aber sobald die Musik verstummt war, kam sie wieder zu Sinnen. Sie stieß einen furchtbaren Schrei aus und rannte aus dem Schloss, bevor sie jemand aufhalten konnte. Erst am nächsten Tag fand man ihre Leiche im Wald, ihr war die Kehle herausgerissen worden, wie man annahm von Wölfen.« Kelephon breitete die Arme aus. »Und so hat Falken den König und die Königin von Malachor ermordet.«

Stille kehrte ein, die nur von dem Schlagen der Segel und dem Pfeifen des eiskalten Windes in der Takelage gebrochen wurde. Schließlich schaute Falken auf, am Boden zerstört. »Ich hatte die Laute untersucht, als ich sie in der alten Höhle fand, aber ich bin nicht auf die Idee gekommen, in ihr Inneres zu sehen. Ich hätte ... ich hätte ...« Er ließ den Kopf hängen; der Wind wirbelte sein schwarzes und graues Haar durcheinander.

Es war vor so langer Zeit gewesen. Das Entsetzen, das Grace verspürte, fühlte sich hohl und fern an, trotzdem war es nicht weniger schrecklich. Die Königin hatte den König geliebt, und dann hatte sie ihn getötet. Der wahre Wahnsinn musste über sie gekommen sein, als ihr klar geworden war, was sie getan hatte. »Was ist danach geschehen?«, fragte sie, aber sie war sich ziemlich sicher, dass sie den Rest der Geschichte bereits kannte.

Kelephon schlich um sie herum. »Man warf Falken in den Kerker, aber bevor der Hüter des Königs über sein Schicksal entscheiden konnte, umzingelte ein Heer das Schloss – ein Heer aus *Feydrim* und Phantomschatten, angeführt vom Nekromanten Dakarreth. Ohne seinen König herrschte in Malachor das Chaos. Das geheiligte Königreich des Lichts, das drei Jahrhunderte lang das Runentor und das Tal der Schattenkluft bewacht hatte, fiel an nur einem Tag. Abgesehen von ein paar Hundert Menschen, die nach Westen fliehen konnten, wurde seine Bevölkerung ausgerottet.« Der Atem des Runenmeisters traf heiß und feucht auf Graces Nacken. »So viel zum Ruhm Eures Königreichs, Euer Majestät.«

Beltan stieß ein Knurren aus. »Geht weg von ihr.«

Kelephon warf dem blonden Ritter bloß einen verächtlichen Blick zu und richtete seine Aufmerksamkeit dann wieder auf Grace. »Was danach geschah, das wird Euch Falken erzählen müssen. Ich weiß nur, dass Dakarreth in einer übereilten Entscheidung, die perfekt seinem fehlerhaften Charakter entsprach, Falken aus dem Kerker befreite. Gleichermaßen zur Strafe als auch zur Belohnung schnitt Dakarreth Falken die Hand ab – die Hand, mit der er die verfluchte Laute gespielt hatte – und gewährte ihm Unsterblichkeit. Ich kann nur vermuten, dass Falken danach irgendwie auf die Leiche der Königin stieß und das Baby aus ihrem Schoß schnitt, bevor es starb.«

Alle sahen Falken an, aber der Barde schüttelte bloß den Kopf und ließ die Schultern hängen. »Es war meine Schuld. Malachor fiel durch meine Hand. Es war alles meine Schuld.«

Graces Herz füllte sich mit Trauer. Und dann mit Wut. Es war Zeit, diese Scharade zu beenden. Siebenhundert Jahre waren eine viel zu lange Zeit, um an eine so gemeine Lüge zu glauben. Sie legte dem Barden die Hand auf die Schulter.

»Nein, Falken«, sagte sie leise und voller Überzeugung. »Du hast den Untergang von Malachor nicht verschuldet.«

Falken schaute auf, seine Augen waren voller Schmerz und Verwirrung. »Du hast die Geschichte gehört, Grace. Es ist alles wahr. Ich habe die verfluchte Laute gespielt, ich habe die Königin in den Wahnsinn getrieben. Es war meine Schuld.«

Kelephon schnaubte angewidert. »Komm schon, Falken. Glaubst du allen Ernstes, dass der Untergang von Malachor allein dir zu verdanken ist? Was für eine Arroganz. Hast du in siebenhundert Jahren nicht einmal die Wahrheit erahnt? Selbst Ralena erkennt sie.«

Falken starrte den Runenmeister an, der sich ihm näherte.

»Ist dir nie in den Sinn gekommen«, sagte Kelephon mit Worten so scharf wie Messer, »wieso Dakarreth in genau dem Augenblick sein Heer bereitstehen hatte, in dem der König und die Königin starben? Und wieso, glaubst du, hast du die Laute überhaupt gefunden? Nun, wenn du dazu zu dumm bist, dann lass mich es sein, der es dir erklärt. Ich war derjenige, der die Laute in der Höhle versteckt hat. Ich war es, der die Rune des Wahnsinns in sie gebunden hat. Und ich war es, der Dakarreth gesagt hat, sich bereitzuhalten. Du, Falken, warst kaum mehr als ein Werkzeug in meinen Händen.«

Falken taumelte zurück. »Was ...?«

Der Runenmeister stieß mit seinem Zeigefinger gegen die Brust des Barden. »Nicht du hast den Untergang von Malachor ausgelöst, Falken. Das war ich.«

26

Eine Minute lang hatte Grace die Befürchtung, dass Kelephons Worte bei Falken wie die Rune des Wahnsinns gewirkt hatten. Er sackte auf die Knie, und sein Gesicht schien auf seltsame Weise erschlafft, wie bei einem Schlaganfallpatienten.

»Es hat den Anschein, als wäre der Barde zu Grunde gerichtet«, sagte Kelephon mit hämischem Grinsen.

Grace kniete neben Falken nieder und befühlte seine Stirn. Er war fiebrig.

Beltan starrte den Runenmeister an; in seinen grünen Augen lag reine Mordlust. »Was habt Ihr mit ihm gemacht?«

»Ich habe gar nichts mit ihm gemacht. Alles, was Falken getan hat, hat er aus freiem Willen getan.«

Grace biss die Zähne zusammen. Welchen Nutzen hatte freier Wille, wenn alles, was man gesagt bekam, eine Lüge war? Sie packte den Barden an den Schultern. »Falken, bitte.«

»Lasst ... lasst es mich versuchen.«

Sindar war näher gerutscht, sein Gesicht lag in nachdenklichen Falten. Gingen ihm noch immer Erinnerungen durch den Kopf? Bevor Grace fragen konnte, was er vorhatte, legte Sindar die Hände auf Falkens Schläfen und schloss die Augen. Einige Augenblicke lang bewegte sich keiner der beiden Männer, dann holte Falken zitternd Luft.

»Bei den Sieben«, krächzte er. »Grace, was habe ich getan?«

Grace hätte viel lieber gewusst, was Sindar mit dem Barden gemacht hatte, aber der schlanke Mann senkte die Hände und ging ohne jede Erklärung zur Seite.

»Es ist in Ordnung, Falken.« Grace wusste, dass es nichts zu verzeihen gab, dass er wie alle anderen auch ein Opfer gewesen war. Dennoch war ihr klar, dass er Absolution brauchte, und dass sie die Einzige auf der ganzen Welt war, die sie ihm geben konnte. »Ich vergebe dir. Hast du verstanden. Im Namen von Malachor, wenn ich wirklich seine Königin bin, vergebe ich dir für alle deine Taten.«

Die Qual in Falkens Blick verwandelte sich langsam in Staunen. Dann riss er sie an sich und umarmte sie stürmisch. »Ich schulde dir mein Leben, Ralena.«

Die Absurdität des Ganzen ließ Grace lachen, obwohl sie das gar nicht wollte. »Nein, Falken. Ich bin mir ziemlich sicher, dass ich es bin, die dir das Leben schuldet. Und Melia.«

Zusammen kamen sie auf die Füße, und irgendwie wusste Grace – ob durch die Gabe oder ihren Instinkt als Ärztin –, dass Falken trotz der Tiefe seiner Wunden überleben würde.

Vorausgesetzt, sie alle würden das hier überleben.

»Wie traurig«, sagte der Runenmeister höhnisch, »einen Mann so gebrochen und besiegt zu sehen.«

Trotz ihrer Furcht fühlte Grace den Funken des Widerstands in sich aufflackern. Sie hob das Kinn und musterte den Runenmeister mit einem strengen Blick. In diesem Augenblick fühlte sich Grace wie eine Königin – zum ersten Mal in ihrem Leben.

»Ihr werdet mich niemals besiegen«, sagte sie.

Kelephon machte einen Schritt zurück, als hätte sie ihn geschlagen. Seine Stimme wurde schrill. »Schweigt, Hexe! Ich habe Euch bereits besiegt. Ihr seid genauso stolz wie Eure verfluchten Vorfahren. Sie glaubten sich so überlegen, so hoch über allen anderen. Die Runenmeister waren die größten Zauberer der Welt, und ich war der Erste unter ihnen, und doch glaubten Königin Agdala und König Hurthan, mich wie einen Diener herumkommandieren zu können. Aber ich habe es ihnen gezeigt, so wie ich es jedem zeigen werden; mich kann man nicht herumkommandieren.«

Als er diese Worte sprach, verstand Grace alles. Sie hatte im Krankenhaus Ärzte gekannt, die ihren Wert so sehr anzweifelten, dass sie sich nur dann sicher fühlten, wenn sie andere herumkommandierten. Sie unterschieden sich in keiner Weise von Schulhofrüpeln. Und Kelephon unterschied sich nicht von ihnen. Nur dass er ein Rüpel mit unvorstellbarer Macht war.

»Ihr werdet ihn verraten, nicht wahr?«, sagte Grace in klinischem Tonfall. »Den Fahlen König. Das ist von Anfang an Euer Plan gewesen. Ihr wolltet Malachor beherrschen, aber Euch ist nur ein Weg eingefallen, wie Ihr das bewerkstelligen konntet, Ihr musstet es zuvor zerstören. Ihr habt dem Fahlen König den Stein des Eises im Austausch gegen Unsterblichkeit gegeben. Dann habt Ihr die Kontrolle über die Ritter von Ewigsee übernommen, da Euch klar war, dass Ihr sie dazu benutzen konntet, Fellring zu bekommen. Und sobald Ihr Ulthers Schwert habt, habt Ihr alles, was Ihr braucht, um den Fahlen König zu vernichten und seinen Platz einzunehmen.«

Sie hielt die gesprungene Klinge hoch. Automatisch griff Kelephon danach, dann riss er die Hand zurück.

»Das ist richtig, Euer Majestät. Und sobald ich Berash getötet habe, werde ich meinen Stein wieder an mich nehmen. Genau wie die anderen der Großen Steine, denn ich werde abwarten, bis er sie alle zusammenhat, bevor ich zuschlage. Dann werde ich die eiserne Kette Imsaridur von seiner Leiche nehmen, und ich werde nicht nur das wieder geborene Malachor beherrschen, sondern ganz Falengarth.«

»Das kannst du nicht«, sagte Falken heiser.

»Warum nicht? Was für einen Unterschied macht es, welchem Herrn ihr dient, dem Fahlen König oder mir? Ihr werdet in jedem Fall Sklaven sein. Aber eigentlich ist das nicht ganz richtig. Denn während Berash davon träumt, dich und Ralena zu willigen Dienern mit Eisenherzen zu machen, ziehe ich es vor, euch alle tot zu sehen. Und bald werdet ihr das auch sein. Keiner von euch wird die Herrlichkeit meiner ewigen Herrschaft erleben, aber ihr könnt euch an dem Wissen erfreuen, dass ohne eure Hilfe mein Aufstieg niemals stattgefunden hätte.«

Der Runenmeister drehte sich auf dem Absatz um und schritt über das Deck davon. Beltan stieß einen Wutschrei aus und warf sich gegen die Fesseln, aber ein Zischen von Vani ließ ihn innehalten.

»Also will er wirklich den Fahlen König verraten?«, sagte Beltan, nachdem er sich wieder unter Kontrolle hatte.

Vani verzog das Gesicht. »Nein, ich bin mir sicher, er hat nur Spaß gemacht, um uns zu amüsieren.«

Falkens wölfisches Gesicht sah abgezehrt aus, aber er stand aufrecht da. »Vermutlich konnte Kelephon darum nicht in Omberfell an Land gehen. Seine Ritter hätten die Anhänger des Rabenkultes getötet, und das hätte den Fahlen König auf seinen Verrat aufmerksam gemacht.«

Grace ging zu Vani und Beltan und zupfte an den Tauen, um zu sehen, ob sie sie lockern konnte, aber sie saßen zu fest, und man hatte ihr das Messer in ihrem Stiefel abgenommen. Vielleicht hätte sie das Schwert benutzen können, aber was hätte sie davon gehabt? Auf dem Schiff waren über hundert Ritter, und wenn sie über Bord sprangen, würden sie innerhalb weniger Minuten an Hypothermie sterben. Kelephon hatte Recht, es gab keine Hoffnung mehr. Entweder würde der Fahle König wieder auferstehen oder Kelephon würde ihn ermorden und seinen Platz einnehmen. Auf jeden Fall würde ein Schatten auf Eldh fallen. Für alle Ewigkeit.

»Es ist sinnlos«, sagte sie und war sich nicht sicher, ob sie die Fesseln oder alles meinte. Die ganze Wut, die ganze Furcht, alle Gefühle strömten aus ihr heraus. Sie lehnte sich an Beltan und legte den Kopf auf seine Brust.

Grace ...

»Was ist denn, Vani?«

Die *T'gol* verdrehte den Kopf. »Ich habe nichts gesagt.«

Grace schaute auf. Sie hatte eine Stimme gehört. Und es war auf keinen Fall Beltan oder Falken gewesen. Es war eine

Frauenstimme gewesen. Sie öffnete den Mund, aber da sprach die Stimme erneut. Es war die gleiche Stimme, die sie in der Dunkelheit gehört hatte, bevor sie aufgewacht war, aber diesmal wusste sie, dass die Stimme real war. Und sie wusste, wem die Stimme gehörte.

Grace, bitte, du musst mich hören können.

Fast war sie zu verblüfft, um denken zu können. Dann, zögernd, griff sie mit der Gabe zu. *Aryn?*

Da war Dunkelheit, dann das helle Gleißen der Verbindung.

Ja, Grace. Ich bin es. Bei Sia, ich kann dich hören, als stündest du neben mir!

O Aryn. Trauer erfüllte Grace. Dann Staunen. Und Freude.

Grace, was ist? Geht es dir gut? Was geschieht mit dir? Wir haben uns solche Sorgen gemacht.

Sie wusste nicht, was sie darauf antworten sollte. *Aryn, wo bist du?*

Ich bin auf Calavere. Ich habe so lange nach dir gesucht, die ganze letzte Nacht und den heutigen Tag. Ich hatte fast schon die Hoffnung aufgegeben, es zu schaffen, aber jetzt habe ich dich endlich gefunden.

Was? Aber wie kannst du ...?

Ich weiß jetzt, wie man durch die Weltenkraft sprechen kann, ganz egal, wie groß die Entfernung ist. Aber da gibt es etwas, das ich dir zuerst erzählen muss. Du musst es wissen, bevor du zum Schwarzen Turm reist. Ich habe erfahren, dass es einen zweiten ...

»Grace!«

Diesmal war es wirklich Vanis Stimme. Grace öffnete die Augen, und ihr blieb fast das Herz stehen. Kelephon kam mit großen, zielstrebigen Schritten auf sie zu. Er hielt etwas in der Hand: eine kleine Scheibe aus cremefarbenem Stein. Von den schwarzen Rittern war keiner zu sehen, nur die Sklaven, die die Segel bedienten, waren da.

»Bei dem Turm und dem Licht«, murmelte Falken. »Nein.«

Beltan stand in der falschen Richtung. Er versuchte den Kopf zu verdrehen. »Was ist? Was passiert da?«

Grace konnte den Blick nicht von dem Gegenstand in Kelephons Hand nehmen.

Was passiert da, Grace? Ich kann es spüren – etwas läuft schrecklich falsch.

Sie zwang ihren Verstand, die Worte zusammenzusetzen, sie über das summende Netz der Weltenkraft zu schicken. *Aryn, wir stecken in Schwierigkeiten* ... Es war keine Zeit mehr für Worte. Stattdessen packte sie alles, was seit der Abreise in Tarras geschehen war, in einen einzigen Gedanken und stieß ihn die Stränge entlang. Zurück kam Entsetzen, dann Verstehen.

O Grace ...

Kelephon war näher gekommen. Sie konnte auf der Scheibe in seiner Hand ein kantiges Symbol ausmachen.

»Seht jetzt nicht hin«, murmelte Beltan. »Das würde ihm auffallen. Aber es ist an Steuerbord gerade sichtbar geworden.«

»Was ist es?«, flüsterte Falken und schob sich näher an den blonden Ritter heran.

»Das Weiße Schiff«, sagte Beltan. »Es kommt auf uns zu. Schnell.«

Vani erstarrte. »Wir müssen uns befreien, egal wie.«

Graces Gedanken rasten. Es kam für sie, das Weiße Schiff, das sie über das Wintermeer gebracht hatte. Aber selbst wenn es längsseits ging, wie sollten sie an Bord gehen? Kelephon konnte sie mit einer Rune aufhalten.

Oder doch nicht? Hatte nicht ihre Magie die anderen von der Rune des Schlafes befreien können? Runen waren die Magie der Schöpfung, der Erhaltung und der Zerstörung. Aber Hexerei war die Magie des Lebens. Bestimmt war sie auf ihre Weise genauso stark. Und diesmal würde sie Hilfe haben.

Aryn, hör mir zu – ich brauche dich. Worte waren zu langsam; wieder schickte sie ein ganzes Gedankengebäude durch die Weltenkraft. Aryn schien sich zurückzuziehen, und einen schrecklichen Augenblick lang befürchtete Grace, dass die Verbindung abgerissen war. Dann spürte sie zu ihrer Erleichterung das vertraute strahlende, saphirblaue Licht ihrer Freundin. Nur dass diesmal ein anderes, tiefgründiges und stilles Bewusstsein bei ihr war.

Wir sind hier, Grace.

Kelephon blieb vor ihr stehen. Grace zwang sich, seinen Blick zu erwidern. Der Runenmeister konnte durch die Weltenkraft gesprochene Worte nicht hören; so lange sie die Augen geöffnet und die Konzentration auf ihn gerichtet hielt, konnte er nicht wissen, dass sie einen Zauber webte.

»Warum habt Ihr Eure Männer unter Deck geschickt?«

Sein Habichtsgesicht verzog sich zu einem Lächeln. »Ich glaube, Euer Majestät, das wisst Ihr. Ich habe entschieden, dass Warten sinnlos ist. Ich kann die Magie genauso gut hier wirken wie in einer unserer Festungen.« Er fasste die Rune des Blutes fester.

»Lass sie in Ruhe!«, brüllte Falken.

Kelephon sagte das Wort in einem gelangweilten Tonfall. *»Meleq.«* Ein Dutzend Planken lösten sich aus dem Deck und bildeten einen hölzernen Käfig um den Barden. Vani und Beltan kämpften gegen die Fesseln an, aber es war sinnlos. Sindar stand ein Stück abseits, ihnen allen den Rücken zugewandt.

»Es ist Zeit, Euer Majestät.« Kelephon kam näher. Die Luft schien noch kälter zu werden. »Jetzt werden Euer Blut und Euer Schwert mir gehören.«

Grace zwang sich dazu, ganz still dazustehen, beide Hände um den Schwertgriff gelegt. Kelephon hob die Scheibe hoch. Sie konnte die Rune ganz klar erkennen: fünf kurze, parallele Linien, die an dunkle, fallende Tropfen erinnerten. Dann drückte ihr der Runenmeister die Scheibe auf die Stirn. Sie fühlte sich kühl an. Triumph glitzerte in seinen Augen, er öffnete den Mund, um ein letztes Wort zu sagen.

Jetzt!, rief Grace in Gedanken, und sie fühlte, wie sich die beiden anderen Stränge mit dem ihren verbanden.

Energie schoss durch ihren Körper, mehr, als sie je in ihrem Leben verspürt hatte. Es war so viel, dass sie sie beinahe wie ein Blatt in einer Flutwelle fortspülte, aber irgendwie gelang es ihr, die Energie fest zu halten, sie zu formen und auf den Mann vor ihr zu schleudern.

Sie traf ihn wie ein Schlag. Das Wort, das Kelephon sagte, verwandelte sich in einen Aufschrei des Schmerzes und der Überraschung. Er taumelte zurück, warf die Arme in die Höhe, und die Rune flog aus seinen gespreizten Fingern. Alle sahen gebannt zu, wie sie weiß und schimmernd einen Bogen durch die Luft beschrieb. Dann raste die Rune in die Tiefe, an der Reling vorbei, und landete mit einem leisen Klatschen im Meer.

»Nein!«, rief Kelephon. »Blut ist der Schlüssel zu allem!« Er warf sich gegen die Reling und streckte beide Hände aus. *»Sharn!«*

Das Meer kochte und brodelte. Eine Wassersäule stieg wie die Fontäne eines Springbrunnens in die Höhe. Oben auf ihr tanzte eine weiße Steinscheibe. Aber das Schiff hatte sich bereits weit von ihr entfernt.

»Wendet das Schiff!«, kreischte Kelephon. »Wendet es!«

Sklaven eilten umher. Taue ächzten, Segel rissen. Das Schiff fing an zu drehen, aber es war eine schwerfällige Bewegung.

Grace trat zu Beltan und Vani. *Aryn, hilf mir.* Wieder spürte sie die Welle leuchtender Energie. Sie berührte die Fesseln, und sie fielen in losen Schlingen um den Mast herum aufs Deck. Beltan und Vani sprangen von ihm fort. Grace drehte sich um und strich mit der Hand über die Planken, die Falken gefangen hielten; polternd fielen sie zurück. Tau und Holz waren tot, aber sie erinnerten sich noch immer an das Leben.

Kelephon wirbelte außer sich vor Zorn herum. *»Gelth!«*

Grace wurde von Kälte eingehüllt, es war wie ein eisiger Windstoß, aber er war schnell vorbei, vertrieben von der Wärme der Lebensenergie, die aus der Weltenkraft und von Aryn in sie hineinströmte. Vani, Beltan und Falken erstarrten jedoch auf der Stelle. Jeder von ihnen war von Kopf bis Fuß in Eis gehüllt. Panik drohte Graces Herz stillstehen zu lassen.

Nein, Schwester, sagte da eine ruhige Stimme in ihrem Bewusstsein – es war nicht Aryns Stimme. *Wenn Ihr ihnen helfen wollt, dann müsst Ihr die Furcht gehen lassen.*

Grace wusste nicht, wem die Stimme gehörte, aber sie hatte Recht. Kelephon hatte sich wieder umgedreht. Er hatte nicht abgewartet, um zu sehen, ob seine Rune bei ihr die gewünschte Wirkung zeigte; in seinem Stolz war er einfach davon ausgegangen. Jetzt beugte er sich über die Reling und murmelte dabei ständig die Rune des Wassers, damit die weiße Scheibe weiter auf der Wassersäule tanzte. Das Schiff hatte gewendet. Es fuhr auf die brodelnde Säule zu.

Sie musste etwas tun. Aber was? Vielleicht konnte sie ihn in den Ozean stoßen, aber was hätte das bewirkt, wenn er dem Wasser befehlen konnte? Grace machte einen unsicheren Schritt nach vorn, Fellring in den Händen.

Sindar stellte sich ihr in den Weg.

»Nein, haltet mich nicht auf«, sagte sie. Hätte der Zauber des Runenmeisters ihn nicht erstarren lassen müssen? »Ich muss etwas tun.«

»Ich weiß.«

Seine Worte erklangen leise, aber in ihnen schwang ein Unterton mit – eine Klarheit, eine Macht –, die sie den Blick von dem Runenmeister losreißen und auf den schlanken Mann richten ließ. Sie keuchte auf.

»Sindar – Ihr leuchtet ja!«

Er lächelte. Licht flackerte um seine Gestalt wie die Korona einer Sonne. »Ich habe mich endlich wieder erinnert, Grace. Wer ich bin und was ich tun soll. Ich war so müde. Was ich im Wasser getan hatte, es war zu viel für mich gewesen. Es ließ mich alles vergessen. Aber jetzt bin ich kräftiger, die Worte des Runenmeisters haben mir geholfen.«

Grace schüttelte den Kopf. »Wovon sprecht Ihr? Welche Worte?«

»Blut ist der Schlüssel zu allem!«

»Ich verstehe nicht.«

»Das wirst du, Grace. Du hast mich einst gerettet, Grace. Und dafür habe ich dich geliebt. Jetzt bin ich an der Reihe, dich zu retten.«

Fellring zuckte in Graces Griff. Das Schwert hob sich, als hätte es ein eigenes Leben, bis es direkt geradeaus zeigte. Sindar schloss die Augen – grüngolden, genau wie die ihren – und machte einen Schritt nach vorn.

Die Schwertspitze drang mühelos in seinen Körper. Die zerbrechliche Klinge zersplitterte nicht in ihre Teile.

»Nein!« Grace konnte sich nicht bewegen, konnte das Schwert nicht zurückziehen. Qual flackerte über Sindars Gesicht, dann Verzückung. Die Korona wurde immer heller, wie ein diamantenes Feuer, dann war der Mann mit den silbergrauen Haaren verschwunden. An seiner Stelle befand sich ein graziöses Wesen aus reinem Licht.

Aus Entsetzen wurde Staunen. »Ihr seid das«, sagte Grace und starrte in große, uralte Augen. »Ihr seid derjenige, den wir auf der Erde gefunden haben. Und Ihr wart das, der uns nach dem Schiffsuntergang aus dem Meer gerettet hat, nicht wahr? Aber warum? Warum tut Ihr das?«

Es war mehr die Musik eines kristallenen Glockenspiels als eine Stimme, trotzdem verstand sie jedes Wort des Elfen.

Es war nicht der Barde Falken, der der toten Königin den Säugling entnahm. Es war einer meiner Brüder. Das Baby war zu klein, um leben zu können, also trug der Elf den Säugling so lange in sich, bis er stark genug war. Dann wurde das Kind auf einem Felsen zurückgelassen, wo es der Barde fand. Aber im Blut des Kindes verblieb eine Erinnerung an das Licht des Elfen, und sie wurde vom Vater an die Tochter und von der Mutter an den Sohn vererbt, und sie lebt auch in dir fort.

Nachdem du mich aus dem unerträglichen Eisengefängnis befreit hattest, wie konnte ich dich da nicht lieben, als ich das Licht meiner Brüder in deinen Augen leuchten sah? Es brennt hell in dir, so wie mein Blut hell in deinem Freund, dem Ritter, erstrahlt. Und ja, meine Art kann lieben, auch wenn das Wort uns nicht das bedeutet, was es bei eurer Art bedeutet. Für uns heißt einander zu lieben zu wissen, dass man nichts anderes als zwei Strahlen derselben Lichtquelle darstellt.

Also bin ich dir gefolgt, und als dein Schiff im Ozean versank, habe ich dich gerettet. Aber die Anstrengung war zu groß, und ich war noch immer geschwächt durch das, was man mir auf der grauen Welt jenseits des Nichts angetan hatte, und ich wäre beinahe verloren gewesen. Mein Licht wäre für alle Ewigkeit erloschen, aber im letzten Augenblick kleidete ich mich in eine sterbliche Gestalt, damit mein Funken eine Hülle hatte, in der er heilen konnte. Aber diese Gestalt war so einschränkend. Ich konnte mich nicht an meinen Daseinszweck erinnern. Aber jetzt weiß ich wieder alles.

Grace nahm die Worte in nur einem Augenblick auf; sie wurden von einem Gefühl begleitet, das so tief, so allumfassend war, dass sie unmöglich hätte ausdrücken können, was es war; so musste es vermutlich sein, wenn man ein Stern war: so winzig am Nachthimmel, aber so hell und rein, so als wäre alles das, was perfekt war, auf einen einzigen, schimmernden Punkt reduziert.

»Aber was ist er?«, flüsterte Grace, während ihr Tränen die Wangen hinunterströmten. »Was ist Euer Daseinszweck?«

Das hier, Ralena. Das Blut meines Volkes hat es geschmiedet. Mit meinem Blut wird es neu erschaffen. Halte dieses Schwert immer nahe bei dir, denn wenn du das tust, dann werden wir immer zusammen sein.

Die Gestalt des Elfen wurde noch heller, so dass Grace glaubte, erblinden zu müssen, wenn sie nicht den Kopf abwandte. Nur dass sie nicht wegschauen konnte und das Licht nicht ihre Augen verbrannte. Stattdessen schrumpfte es zu einer lodernden Linie zusammen. Dann begriff sie, dass die Linie das Schwert in ihrer Hand war.

Das Licht verschwand. Grace hob Fellring. Sämtliche Spuren der Bruchkanten, die es verunstaltet hatten, waren verschwunden. Das Schwert funkelte unversehrt, die Runen, die vom Griff bis zur Spitze verliefen, bildeten eine ungebrochene Reihe.

Da war so vieles, über das sie nachdenken musste, so vieles zu verstehen, aber dazu war jetzt keine Zeit. Das dunkle Schiff hatte sich der Fontäne genähert. Die Wassersäule wippte wie eine Kristallschlange nach unten. Kelephon riss die Rune des Blutes an sich. Mit ihr in Händen drehte er sich um.

Und riss die Augen auf, starrte das Schwert in Graces Hand an. Sie stand drei Schritte vor ihm.

»Aber das ist unmöglich«, sagte er mit leiser, verwirrter Stimme.

Grace fühlte Kraft in sich aufsteigen; es war nicht die Kraft einer Hexe oder einer Königin, nicht mal die einer Ärztin, sondern einfach die Kraft einer Frau, die wusste, dass derjenige, der sie geliebt hatte, alles für sie aufgegeben hatte. Sie würde nicht zulassen, dass dieses Geschenk verschwendet wurde.

»Ich werde dich nahe bei mir halten, Sindar«, murmelte sie. »Das verspreche ich.« Sie trat einen Schritt vor und stach mit dem Schwert zu.

Vielleicht erinnerte sich ihr Körper an Bruchteile ihres Unterrichts mit Beltan, vielleicht verstand Fellring auch einfach ihre Wünsche und gehorchte ihnen ohne zu zögern, denn seine Spitze fuhr durch einen schmalen Spalt in Kelephons Rüstung und drang mühelos in seine rechte Schulter ein. Blut spritzte. Es benetzte die Rune in seiner Hand, und der weiße Stein trank es und wurde so blutrot wie die Segel des Schiffes. Noch mehr Blut floss in die Rune, und noch mehr, so als würde die Flüssigkeit von ihr angezogen.

Kelephon starrte die Rune an, in seinen Augen stand blankes Entsetzen geschrieben. *»Reth!«* stieß er erstickt hervor. Die Steinscheibe in seiner Hand zersplitterte, die zerbrochenen Stücke fielen aufs Deck.

Grace zog die Klinge aus seinem Körper, und Kelephon schrie erneut auf. Sie hielt die Spitze an seine Kehle. »Lasst sie frei«, sagte sie. »Sofort.«

Der Runenmeister krümmte einen Finger. *»Reth«,* sagte er erneut, und das Eis blätterte von Beltan, Vani und Falken ab. Die drei taumelten, brachen in die Knie, aber sie waren am Leben.

»Seht nur«, sagte Vani und zeigte mit zitternder Hand.

Grace warf einen Blick zur Seite. Das Weiße Schiff kam längsseits, so schlank und anmutig wie ein Schwan. Ziegenmänner und Baumfrauen eilten über Deck. Eine Planke aus silbrigem Holz schob sich nach oben zum Deck des Schiffes mit den roten Segeln. Sie wandte sich wieder Kelephon zu.

»Was wirst du mit ihm machen?«, fragte Beltan.

Falkens Miene war hart. »Du solltest ihn töten, Grace. Jetzt, wo du die Gelegenheit hast.«

»Nein, ich will, dass er lebt«, sagte sie, erstaunt über die eigenen Worte. »Ich will, dass er nach Imbrifale zurückkriecht, dass er dem Fahlen König sagt, dass ich Fellring besitze und dass egal, was er auch tut, mich nichts davon abhalten wird, ihm das Eisenherz aus dem Leib zu schneiden und es einzuschmelzen.« Sie ließ das Schwert tanzen und zeichnete einen schmalen roten Strich auf Kelephons Hals. »Habt Ihr verstanden?«

Die kalten Augen des Runenmeisters waren hasserfüllt. »Ich habe genau verstanden.«

Grace wartete, bis die anderen auf der silbrigen Planke standen, dann wich sie rückwärts darauf zu, Fellring die ganze Zeit hoch erhoben. Kelephon bewegte sich nicht. Er sah reglos zu, wie die vier die Planke hinunter auf das Weiße Schiff gingen. Grace fühlte noch immer Aryns Anwesenheit in ihrem Bewusstsein. Sie hatte keine Ahnung, wie Aryn es geschafft hatte, so weit durch die Weltenkraft zu reichen. Aber es spielte keine Rolle, ihre Neuigkeiten würden noch eine kleine Weile warten müssen, bis sie in Sicherheit waren.

Auf dem Deck huschten Gestalten umher. Die Planke wurde eingezogen. Das Weiße Schiff raste los, weder von Segeln noch von Rudern angetrieben. Kelephons Schiff schrumpfte zu einem schwarzen Fleck, dann war es zusammen mit dem Runenmeister in der Ferne verschwunden.

»Ich glaube, das war ein Fehler, Grace«, sagte Falken leise. Die Lippen des Barden waren von dem Eis noch immer blau angelaufen, aber auf dem Elfenschiff war es warm. Er würde sich erholen, genau wie Vani und Beltan. Der Ritter legte der Meuchelmörderin einen Arm um die Schultern, als wollte er sie stützen; es war eine seltsam zärtliche Geste.

Grace richtete den Blick auf Falken. »Du glaubst also, Kelephon hätte noch immer die Macht, uns zu schaden?«

»Ich weiß es.«

Ihr entfuhr ein Seufzer. Sie war völlig erschlagen. »Ich schätze, du hast Recht. Aber ich musste es tun. Ich will, dass der Fahle König weiß, dass Fellring wieder wie neu ist.«

Falken musterte sie. »Warum, Grace?«

»Weil ich will, dass er genauso viel Angst hat wie ich in diesem Augenblick.«

Sie schwiegen, während das Weiße Schiff sie nach Süden brachte, fort von dem Eis und den toten Ländern des Nordens.

27

Als Travis wieder in der Pension eintraf, war Sheriff Tanner aufgewacht.

»Kurz nachdem Ihr weg ward, hat er die Augen aufgeschlagen«, sagte Lirith, die ihm in der Vorhalle begegnete. Sie hatte gerade einen Topf mit heißem Wasser aus der Küche geholt.

Travis holte tief Luft. »Ist er ...?«

»Es geht ihm gut. Das heißt, es wird ihm wieder gut gehen. Im Augenblick ist er noch sehr schwach. Es wird noch ein paar Tage dauern, bis er sich völlig erholt hat.«

»Aber das Laudanum ...?«

Lirith seufzte. »Ja, selbst jetzt wird sein Körper noch immer danach verlangen. Aber ich kann ihm Kräuter geben, die das Verlangen dämpfen. Mit ihnen und viel Zeit glaube ich, dass er es schaffen kann, das Laudanum hinter sich zu lassen. Er hat einen starken Willen.«

Und selbst ein starker Mann braucht manchmal Hilfe. Travis musste an die Worte denken, die Niles Barrett im Saloon zu ihm gesagt hatte. *Nur ein Mann, der außerhalb des Gesetzes steht, kann jene aufhalten, die das Gesetz in die eigenen Hände genommen haben. Aber jede Hoffnung ist sinnlos. Tyler Caine war der letzte große Friedensstifter in diesem Teil des Westens. Und alle Geschichten behaupten, dass er tot ist ...*

Genau das Gleiche hatte Bruder Cy gesagt. *Hoffnung ist sinnlos.* Also konnte man genauso gut etwas tun.

»Was ist, Travis?« Lirith berührte seinen Arm. »Ihr seht so verändert aus. Ist da draußen etwas passiert?«

Travis dachte an die Begegnung mit Bruder Cy. Wie der Prediger am Ende den Leichenwagen geschlossen hatte und auf den Kutschbock gestiegen war.

Ich nehme mal an, ich sehe Sie wieder, hatte Travis gesagt.

Bruder Cy hatte ihn mit seinen schwarzen Augen angesehen. *Das wirst du, mein Sohn, das wirst du.* Dann hatte der Prediger die Zügel schnalzen lassen, und der Wagen war losgerattert und in einer Staubwolke verschwunden.

»Ich muss mit dem Sheriff sprechen. Darf ich zu ihm?«

Lirith ging voraus. Tanner saß aufrecht im Bett. Seine Haut war leichenblass, und die Brust unter dem weißen Unterhemd war eingesunken, aber seine blauen Augen blickten klar, wenn auch vielleicht etwas zu strahlend. Travis hatte Tanner zuvor noch nie ohne seinen Hut gesehen; der Sheriff hatte einen dichten Schopf sandfarbener Haare, die im Augenblick in alle Himmelsrichtungen abstanden. Maudie saß neben dem Bett, die Hand auf der Decke; ihre Finger lagen direkt neben Tanners Handgelenk, ohne es jedoch zu berühren. Durge stand am Fuß des Bettes.

»Mr. Wilder«, sagte Tanner. Seine Stimme war etwas leiser als gewöhnlich, aber sein Akzent war noch immer breit und ruhig. »Wie ich gehört habe, haben Sie und Mr. Dirk mich hergetragen. Ich schätze, das bedeutet wohl, dass ich Ihnen beiden mein Leben schulde.«

Travis konnte ein Grinsen nicht unterdrücken. »Nein, Ihr Leben schulden Sie Lirith. Mir und Durge schulden Sie einen Drink.« Er machte sich nicht länger die Mühe, ihre Decknamen zu benutzen; die Magie der Münze verwandelte die Namen der Eldher ganz automatisch.

»Ich bin so froh, dass Sie wieder hier sind«, sagte Maudie und schaute zu Travis auf. »Ich kann mir nicht vorstellen, dass es da draußen sicher ist. Nicht, solange der Kreuzzug in der Stadt die Zügel hält. Sie haben sogar das Sheriffbüro mit Brettern zugenagelt. Als würde ihnen Castle City gehören!«

Vermutlich ist das auch so, dachte Travis. Darum also war Durge ins Bluebell zurückgekehrt.

»Sie können mich nicht von meiner Pflicht abhalten«, sagte

der Ritter und verschränkte die Arme. »Ich bin nur zurückgekehrt, um mir eine Brechstange zu holen, damit ich die Bretter abreißen und das Büro wieder öffnen kann.«

»Ich helfe Ihnen, Mr. Dirk«, sagte Tanner und fing an, sich vom Bett zu erheben.

Lirith war mit zwei Schritten heran und stieß ihn zurück. »Ich werde nicht zulassen, dass meine Arbeit von Stolz und Dummheit zunichte gemacht wird.«

Tanner sah sie erstaunt an. »Miss Lily, ich bin der Sheriff.«

»Nicht in diesem Zimmer«, sagte sie und stemmte die Hände in die Hüften. »Hier sind Sie mein Patient und sonst nichts. Und Sie gehen nicht eher, bis ich Ihnen sage, dass die Zeit gekommen ist.«

»Aber Miss Lily, machen Sie sich denn wegen Mr. Samson keine Sorgen? Er sitzt doch in der Zelle. Wir müssen ihn dort raus holen.«

Travis sah Durge an. »Er weiß es noch nicht?«

»Ich weiß, dass Wilson mich hereingelegt hat«, sagte Tanner. »Er hat mir diesen Kaffee gebracht. Ich hätte wissen müssen, dass etwas nicht stimmt. Wilson ließ sogar das Wasser anbrennen, von einer Kanne Kaffee ganz zu schweigen. Er muss ihn von Mrs. Vickery gekauft haben. Aber wo hatte er das Laudanum her? Der Kreuzzug hat die China Alley geschlossen.«

»Dr. Svensson«, sagte Maudie in hartem Tonfall. »Da hat er es her.« Sie ergriff Tanners Hand. »O Bart, ich glaube, sie wollten es so aussehen lassen, als hättest du es mit Absicht gemacht. Was wäre gewesen, wenn Miss Lily und die anderen dich nicht rechtzeitig gefunden hätten?«

Er drückte ihre Finger. »Sie haben mich gefunden, Maudie.« Er drehte den Kopf Travis zu. »Was weiß ich noch nicht, Mr. Wilder?«

Travis holte tief Luft und fragte sich, wie viel er wohl sagen konnte. »Sareth ist nicht im Gefängnis. Der Kreuzzug für

Anstand hat ihn entführt, und auf dem Zettel, den sie zurückgelassen haben, steht, dass er eine Geisel ist. Sie müssen wissen, es gibt da jemanden, der mit dem Kreuzzug verbündet ist, und er will etwas – etwas, das ich habe. Und sie benutzen Sareth, um es zu bekommen.«

Tanner runzelte die Stirn. »Sie glauben, der Kreuzzug ist nur Mittel zum Zweck?«

»Ich weiß es.«

»Aber was in aller Welt könnte er von ihnen wollen?«, fragte Maudie.

Travis zögerte, dann schob er die Hand in die Tasche und nahm sie wieder heraus. »Er will das hier.«

Er öffnete die Hand. Der Skarabäus krabbelte langsam über seine Handfläche und ertastete sich mit schlanken goldenen Beinen seinen Weg.

»Gütiger Gott!« Maudie hielt eine Hand an die Wange.

Tanners Miene war neugierig. »Ist das mechanisch?«

Travis strich mit einem Finger über das Insekt, dann schob er es zurück in die Tasche. »Ich kann nicht erklären, was es ist. Zumindest jetzt noch nicht. Aber ich kann Ihnen sagen, dass es wichtig ist, und dass ganz egal, was auch passiert, ich es ihm nicht geben kann.«

Tanner strich sich den Schnurrbart – eine Geste, die Travis an Durge erinnerte. »Ich will nicht so tun, als würde ich alles verstehen, was Sie da sagen, Mr. Wilder. Andererseits spielt es auch keine Rolle. Nichts davon ändert etwas an der Tatsache, dass Mr. Samson in Gefahr ist. Ich habe versagt, denn es war meine Pflicht, ihn zu beschützen, und jetzt muss ich einen Weg finden, ihn zu befreien. Kann ich diesen Zettel sehen, den Sie erwähnt haben?«

Lirith hatte ihn. Sie entfaltete ihn und gab ihn dem Sheriff.

Tanner grunzte überrascht. »Sie wollen, dass Sie zur Bar L Ranch kommen?«

Travis nickte. »Wissen Sie, wo das ist?«

»Südlich von der Stadt«, erwiderte Tanner. »Neben dem Besitz von Dominguez.«

Durge fluchte. »Ich hätte es wissen müssen, dass der Feind in der Nähe lauert. Dort habe ich die gerissenen Lämmer gefunden. Aber zu dieser Zeit wussten wir nicht, dass er uns gefolgt ist. Das große Herrenhaus, das ich dort sah, muss seinem Verbündeten gehören, dem Anführer des Kreuzzuges. Diesem Lord Hale.«

»In einem haben Sie Recht, Mr. Dirk. Die Männer des Kreuzzugs werden Sie auf ihrem Territorium treffen wollen. Und ich vermute, dass die Bar L dem Mann gehört, der sie anführt.« Tanner senkte den Zettel. »Aber die Ranch gehört nicht Mortimer Hale. Nicht mal Hale hat so viel Geld.«

Travis wollte schlucken, aber sein Mund war wie ausgetrocknet. »Wem gehört die Ranch dann?« Aber er hatte die Frage noch nicht zu Ende formuliert, als er die Antwort auch schon kannte. Die Ranch hieß Bar L. Und das L konnte nur für einen stehen, für ...

»Aaron Locke«, sagte Tanner. »Besitzer der Ersten Bank von Castle City. Und der reichste Mann der Stadt. Mortimer Hale haben nur die Kleider am Leib gehört, bevor Locke ihn aufnahm und ihm die Zeitung überließ.«

Und im Gegenzug hatte Hale den *Clarion* dazu benutzt, Locke dabei zu helfen, die Stadt an sich zu reißen – und dabei die ganze Zeit makellos und unverdächtig zu bleiben. Travis musste an all die Gelegenheiten denken, bei denen Aaron Locke und seine Bankangestellten in den Saloon gekommen waren. Travis war immer froh gewesen, sie zu sehen, hatte ihnen ihre Drinks gebracht. Locke hatte immer einen so fröhlichen Eindruck gemacht, auf seinem jungenhaften Gesicht war stets ein fröhliches Lächeln gewesen.

»Warum jetzt?«, sagte Lirith. »Wenn sich Lord Locke so viel

Mühe gegeben hat, uns zu täuschen, warum hat er sich dann jetzt mit diesem Zettel als der Anführer des Kreuzzugs entlarvt?«

»Stolz«, sagte Durge. »Ein Mann, der stolz auf sein Werk ist, kann nicht widerstehen, es als das seine zu präsentieren.«

Tanner nickte. »Mr. Dirk, ich glaube, da haben Sie Recht.«

»Wenigstens wissen wir jetzt, gegen wen wir kämpfen«, meinte Travis.

Maudie rang die Hände. »Aber Sie können nicht gegen sie kämpfen, Mr. Wilder. Nicht gegen sie alle. Aaron Locke ist ein mächtiger Mann. Wer weiß, wie viele Männer für ihn arbeiten?«

Travis machte in Gedanken eine Liste. Gentry. Ellis. Wilson. Die Kreatur, die einst Calvin Murray gewesen war. Maudie hatte Recht, er konnte nicht gegen sie alle kämpfen. Aber vielleicht war das auch gar nicht nötig. Wie war noch mal die Idee gewesen, zu der Bruder Cy ihm den letzten Anstoß gegeben hatte?

»Was ist, wenn wir nicht gegen sie alle kämpfen, Maudie?«, sagte er. »Was ist, wenn wir nur gegen einen von ihnen kämpfen?«

Die anderen sahen ihn begriffsstutzig an, mit Ausnahme von Tanner. »Sie reden davon, Aaron Locke zu einem Duell herauszufordern.«

»Er ist ein stolzer Mann, das wissen wir. Glauben Sie, er würde sich darauf einlassen?«

»Ihm wird nichts anderes übrig bleiben«, sagte Tanner. »Die Art Männer, die für ihn arbeiten, respektieren nur eines: Macht. Wenn ein Mann Locke herausfordert, werden sie von ihm erwarten, dass er die Herausforderung annimmt. Aber das bedeutet nicht, dass es ein faires Duell sein wird. Lockes Männer würde es nicht stören, wenn dabei betrogen wird. Davon abgesehen habe ich gehört, dass Locke ein Meisterschütze sein soll.«

Travis machte sich weniger Sorgen wegen Lockes Geschick mit einem Revolver, als er sich wegen des Zauberers machte. Aber Sareth hatte berichtet, dass der Scirathi sich nicht selbst die Hände schmutzig machen würde, dass er die grobe Arbeit seinen Henkersknechten überließ. Und das bedeutete, dass sie vielleicht eine Chance hatten, selbst wenn Locke und seine Männer betrogen.

»Also könnte das funktionieren«, sagte er.

»Nein, Mr. Wilder. Das wird es nicht.« Tanner hob die rechte Hand. Sie zitterte so stark, dass ihre Umrisse verschwammen. »Ich kann kein Duell bestehen.«

»Nein, aber ich.« Travis griff in die Hemdentasche und zog den zusammengefalteten Steckbrief hervor. Er holte außerdem die Nickelbrille hervor und schob sie sich auf die Nase. Augenblicklich sah alles in dem Zimmer seltsam und verschwommen aus, als würde er unter Wasser sehen. Jeder der Anwesenden wurde von einer blitzenden Lichtaura umgeben, aber jetzt war nicht die Zeit, sie zu studieren. Travis entfaltete den Steckbrief und hielt ihn hoch, so dass alle ihn sehen konnten.

Maudie erhob sich – sie vergaß vor Überraschung ihren Stock – und drückte mit offen stehendem Mund beide Hände an die Brust. »Ich wusste, dass an Ihnen etwas Seltsames ist, Mr. Wilder, etwas, das Sie verborgen haben. Aber die Angelegenheiten eines Mannes gehen niemanden etwas an, also habe ich nie danach gefragt. Aber ich wusste es!«

Tanner musterte ihn nachdenklich. »Ganz egal, was Miss Lily sagt, ich bin noch immer der Sheriff dieser Stadt. Und soweit mir bekannt ist, sind Sie in fünf Staaten ein gesuchter Mann, Mr. Caine.«

Travis faltete den Steckbrief sorgfältig zusammen. »Werden Sie mich also verhaften, Sheriff?«

Tanner grinste bloß.

28

An diesem Abend begannen sie, im Mine Shaft Saloon das Gerücht zu verbreiten.

Als Travis und Lirith den Saloon betraten, war er leerer, als sie ihn je gesehen hatten. Ein einsamer Minenarbeiter stand an der Theke, an einem Ecktisch saßen zwei Rancharbeiter, aber das war es auch schon. Travis bezweifelte, dass genug Leute im Saloon gewesen wären, um einen aggressiven Grippevirus in der Stadt zu verbreiten, geschweige denn eine Geschichte.

Lirith seufzte. »Ich fürchte, die Leute kommen aus Angst vor dem Kreuzzug nicht.«

»Uns hat das doch nicht davon abgehalten«, sagte Travis mit einem grimmigen Lächeln.

Als aus dem Feuerrot des Tageslichts dann Aschengrau wurde, füllte sich der Saloon langsam. Es war ein hart gesotten aussehender Haufen mit schmutzigen Händen und eingefallenen Gesichtern. Sie tranken ihren Whiskey freudlos und spielten ohne ein Lachen oder einen Fluch an Liriths Farotisch. Das waren die Leute, die nichts mehr zu verlieren hatten.

Bei Einbruch der Dunkelheit war der Saloon zwar nicht brechend voll, aber immerhin nicht mehr verlassen. Hinter der Bar ging Manypenny die Seiten des Kassenbuches durch. »Bei Jasons Goldenem Vlies, selbst wenn dieser verfluchte Kreuzzug mein Etablissement nicht niederbrennt, werden sie mich trotzdem um mein Geschäft bringen.«

Travis sah dem Saloonbesitzer über die Schulter. Den Zahlen in der letzten Reihe zufolge reichten die täglichen Einnahmen nur noch an ein Drittel dessen heran, was noch vor einem Monat hereingekommen war.

Mr. Manypenny knallte das Buch zu. »Diese Verbrecher haben sämtliche Stammgäste verschreckt. Nicht mal Mr. Locke und die Jungs aus der Bank sind heute reingekommen.«

Eine Tatsache, um die Travis froh war. Vermutlich hatte der Zauberer Locke alle möglichen Belohnungen versprochen, wenn er den Skarabäus in seine Hände bekam. Sobald Locke das Schmuckstück übergab, würde der Scirathi ihm das geben, was er brauchte, um die Stadt ein für alle Mal zu übernehmen. Travis war sich nicht sicher, was das sein würde. Aber ein Bild der Kreatur, die einst Calvin Murray gewesen war, blitzte vor seinem inneren Auge auf, und er erschauderte.

Durge trat um neun Uhr durch die Schwingtür – genau nach Plan. Der Ritter blieb im Eingang stehen und kontrollierte den Raum; sein Deputy-Abzeichen funkelte im Licht. Nach einer Minute kam er an die Bar.

»Habe ich das richtig gemacht?«, fragte Durge leise, während Travis ihm einen Sarsaparilla eingoss.

Travis tat so, als würde er den Tresen polieren. »Sie waren perfekt. Jeder hat Sie reinkommen sehen, und so, wie Sie sich umgeschaut haben, wird jeder glauben, dass Sie jemand bestimmten gesucht haben.«

Travis ging ans andere Ende der Bar, und Durge trank langsam seinen Drink. Dann, eine Minute später, schloss Lirith ihren Farotisch, um eine Pause zu machen, und schlenderte zur Bar, wo sie sich neben Durge stellte. Der Ritter gab Manypenny ein Zeichen, der einen zweiten Sarsaparilla brachte, diesmal für Lirith. Sie lachte und dankte Durge mit einem Kuss auf die zerfurchte Wange. Das zog mehr als nur die Blicke eines Augenpaares auf sich. Travis wusste, dass viele der Gäste nichts gegen einen Kuss der hübschen Miss Lily einzuwenden gehabt hätten und sich zweifellos fragten, wieso der Deputy das Glück hatte.

»Sie haben Ihr Glas ja kaum angerührt, Deputy.« Sie legte Durge den Arm um die Schulter. Das zog noch mehr Blicke auf sich. »Stimmt etwas nicht?«

»Ich fürchte ja«, sagte Durge gerade laut genug, dass die in seiner unmittelbaren Nachbarschaft es hören konnten. »Sie haben gehört, dass der Sheriff krank ist? Anscheinend haben das auch andere gehört und wollen die Situation ausnutzen.«

Durge war ein besserer Schauspieler, als Travis gedacht hätte. Seine Worte klangen angemessen grimmig, aber es lag auch etwas Privates in ihnen, so als seien sie nur für Lirith bestimmt. Aber Travis entging nicht, dass sich einige Ohren auf den Ritter konzentrierten.

Lirith nippte an ihrem Glas. »Wovon sprechen Sie?«

»Mir sind da Geschichten zu Ohren gekommen«, sagte Durge. »Es heißt, ein Revolvermann würde in die Stadt kommen, und dass er plant, den Anführer des Kreuzzugs für Anstand zu einem Duell herauszufordern.«

Lirith legte eine Hand an den Hals. Die Hexe hatte auch ein Talent fürs Dramatische. »Ein Revolvermann?«

»Das ist richtig. Ich muss auf der Hut sein. Man erzählt sich, er würde übermorgen nach Sonnenuntergang in der Stadt eintreffen – ein Mann namens Tyler Caine.«

Der Saloon war so still, dass Liriths nächste Worte beinahe wie ein Aufschrei klangen.

»Tyler Caine der Killer? Er kommt nach Castle City?«

Das Echo von Liriths Worten verhallte. Sie und Durge warfen misstrauische Blicke um sich – Travis hielt das für eine gelungene Geste.

»Ich sollte lieber gehen«, sagte Durge. »Ich muss nach Caine Ausschau halten. Ich weiß nicht, wer der Anführer des Kreuzzugs ist, aber das spielt auch keine Rolle. Ich kann nicht zulassen, dass dieser Caine ihn zum Duell herausfordert. Ganz egal, was die Ehre eines Mannes auch verlangt, Schießereien verstoßen gegen das Gesetz.«

Lirith berührte seine Hand. »Seien Sie vorsichtig.«

Durge tippte sich an die Hutkrempe, dann verließ er den

Saloon. Einen Augenblick später hörte man wieder Konversation, nur diesmal viel lauter als zuvor.

»Haben Sie das gehört?«, sagte Manypenny in einem Bühnenflüstern, das man noch eine Meile entfernt hätte hören können.

»Was denn?«, fragte Travis unschuldig und sammelte leere Whiskeygläser ein.

Manypenny starrte ihn finster an. »Kommen Sie schon, Mr. Wilder, Sie müssen doch gehört haben, was der Deputy gesagt hat. Er kommt her, nach Castle City – Tyler Caine!«

»Gerüchten kann man nicht glauben«, sagte Travis, obwohl ziemlich offensichtlich war, dass Manypenny genau das tat.

Der Wirt strich sich über den gewachsten Schnurrbart, sein Blick funkelte begierig. »Wer auch immer hinter diesem verfluchten Kreuzzug für Anstand steckt, er kann unmöglich ein Duell gegen einen Revolverhelden wie Tyler Caine gewinnen. Himmel, Caine ist ein richtiger Held.«

»Ich dachte, er sei ein Mörder«, sagte Travis, aber anscheinend konnte Manypenny ihn nicht hören, weil die Gäste lautstark nach Whiskey verlangten.

Eine Stunde später hatte Travis endlich Gelegenheit, mit Lirith zu sprechen. Der Whiskey hatte sein Werk vollbracht, und die Männer im Saloon, die zuvor still und mürrisch gewesen waren, stürzten ihn nur so herunter. Niemand hörte Travis und Lirith zu.

»Es funktioniert, nicht wahr?«, sagte sie.

Travis nickte. »Ich nehme an, im Moment macht das Gerücht in der ganzen Stadt die Runde. Ich glaube, die Leute sind verzweifelt. Sie klammern sich an jede nur erdenkliche Hoffnung. Es sieht so aus, als würde sich Ihre Vision bewahrheiten. Tyler Caine kommt nach Castle City.«

Sie erwiderte seinen Blick. »Tatsächlich?«

»Was meinen Sie?«

»Tyler Caine ist ein Krieger, der darin sehr geschickt ist, diese Revolver zu bedienen, die die Männer dieser Welt als Waffe benutzen. Und Sie ...«

Travis grinste schwach. »Und ich habe zwei Tage, um zu lernen, wie man schießt.«

Am nächsten Morgen stand Travis in aller Frühe auf. Er wusch sich das Gesicht in der Waschschüssel, nahm das Rasiermesser, das Maudie Durge geliehen hatte, und blickte in den Spiegel. In den vergangenen Wochen hatte er sich beim Barbier rasieren lassen, aber er trug noch immer seinen Spitzbart, und das war eine Arbeit, die er selbst machen musste. Er konzentrierte sich darauf, die Hand still zu halten, hob das Rasiermesser und kratzte die Barthaare vom Kinn.

Als er fertig war – und die Blutung aufgehört hatte –, war von dem Spitzbart nur noch ein rotblonder Schnurrbart übrig geblieben. Er nahm die Nickelbrille von der Kommode, klappte die Bügel zur Seite und setzte sie auf. Schließlich hob er den schwarzen Filzhut vom Bettpfosten, den Maudie am Vortag in ihrem Kleiderschrank gefunden hatte, formte die Krempe und setzte ihn auf. Er drehte sich um, und Tyler Caine blickte ihm aus dem Spiegel entgegen.

Nur dass du nicht Tyler Caine bist. Du siehst aus wie das Bild auf dem Steckbrief, aber wer kann schon sagen, wie authentisch dieses Bild ist? Es ist mit Sicherheit keine gute Zeichnung. In Wahrheit sieht Tyler Caine dir vermutlich nicht mal ähnlich.

Andererseits sah Tyler Caine vermutlich nicht mal mehr lebendig aus. Die Geschichten stimmten; er war tot. Aber Travis lebte, zumindest im Augenblick. Er ging nach unten.

Er war nicht der einzige Frühaufsteher. Lirith und Maudie waren in der Küche und bereiteten das Frühstück vor. Durge und Jack saßen am Küchentisch und tranken Tee. Als Maudie ihn erblickte, stieß sie einen Schrei aus und ließ die Bratpfanne mit den Eiern auf den Ofen knallen. Sie fing an zu husten, erholte sich und lachte.

»Aber Mr. Caine, es schaudert mich ja schon, wenn ich Sie nur ansehe.« Sie blinzelte Travis zu. »Oder sollte ich sagen Mr. Wilder?«

Travis hatte angenommen, Maudie würde aufgebracht sein, nachdem er ihr den Steckbrief gezeigt hatte. Stattdessen war sie aufgeregter, als er sie je zuvor gesehen hatte.

»Der Himmel selbst hat Sie geschickt, Mr. Caine«, hatte sie strahlend gesagt. »Sie werden die Dinge regeln, das weiß ich. Zuerst werden Sie Mr. Samson retten, und dann werden Sie diesen Kreuzzug aus der Stadt schießen.« Sie hatte die Hände wie Pistolen gehalten, die Daumen gespannt und mit den Fingern in alle Richtungen geschossen.

Travis hatte es nicht über sich gebracht, Maudie zu gestehen, dass er in seinem ganzen Leben noch keine Waffe abgefeuert hatte. Aber so verrückt das auch erschien, es war der einzige Ausweg. Sie konnten es unmöglich mit dem ganzen Kreuzzug aufnehmen. Travis konnte nur hoffen, dass Locke den Köder schluckte und sich auf das Duell einließ.

Und was, wenn du es irgendwie schaffst, das Duell zu gewinnen? Was dann? Dann musst du noch immer dem Zauberer gegenübertreten.

Aber wenn der Kreuzzug aus dem Weg war, hatte der Scirathi keine Diener mehr, die für ihn die Schmutzarbeit erledigten. Und er würde auch den Skarabäus nicht haben. Vielleicht würde ihnen das die Chance verschaffen, das Tor-Artefakt zurückzugewinnen. Natürlich brauchten sie das eigentlich gar nicht, wenn das, was Jack gesagt hatte, so stimmte. Er hätte bloß Sinfathisar benutzen müssen.

Nein. Er wagte es nicht, den Stein einzusetzen; es war unmöglich zu sagen, was geschehen würde, wenn er seine Magie entfesselte. Und es war mehr als das. Er konnte diese

Stadt und diese Menschen nicht einfach verlassen. Es war seine Schuld, dass die Dinge so schlimm standen; er hatte den Zauberer durch das Tor gebracht. Und das bedeutete, dass er die Dinge wieder in Ordnung bringen musste, genau wie Maudie gesagt hatte. Wenn er das nicht konnte, wozu war seine ganze Macht dann überhaupt gut?

Travis nahm von Lirith eine Tasse Kaffee entgegen und setzte sich an den Tisch.

Jack schnaubte und schüttelte die Zeitung in seiner Hand. »Ich begreife nicht, wie sie das hier eine Zeitung nennen können. Seit ich in diese Stadt gekommen bin, habe ich nicht einen Artikel über London gelesen. Ist hier denn keiner auch nur annähernd zivilisiert?« Er faltete die Zeitung zusammen und warf sie auf den Tisch.

Travis starrte sie an. Auf der Titelseite des *Clarion* war das Bild eines Mannes, dieselbe Zeichnung wie auf dem Steckbrief. HALTET NACH DIESEM MANN ALIAS TYLER CAINE AUSSCHAU, lautete die Schlagzeile. ER GILT ALS BEWAFFNET UND GEFÄHRLICH. SOLLTE IHM JEMAND BEGEGNEN, SOFORT SCHIESSEN ...

Durge nahm die Zeitung, ging zum Ofen und warf sie ins Feuer. »Vielleicht sollten Sie den Hut und die Brille abnehmen, Travis, zumindest für den Augenblick.«

Travis gehorchte.

Lirith stellte einen Teller mit Toast auf den Tisch; auf dem Rückweg zum Ofen stolperte sie.

Maudie drehte sich mit klirrenden Sporen zu ihr um. »Alles in Ordnung, Süße?«

Lirith brachte ein tapferes Lächeln zu Stande. »Mir geht es gut, wirklich.«

Nur dass sie nicht gut aussah. Sie sah aus, als hätte sie zwei Tage lang nicht geschlafen.

»Ich muss sagen«, verkündete Jack mit seiner lauten Stimme, während er ein Stück Toast in seinen Tee tunkte, »diese

Stadt ist ganz schön barbarisch mit ihren schmutzigen Straßen, den Raufbolden und Wegelagerern, dieser schrecklichen Möchtegern-Zeitung und den rumlaufenden Zauberern.« Er wedelte mit der Hand in Travis' Richtung. »Du bist ein Runenmeister. Weißt du, du solltest wirklich etwas dagegen unternehmen.«

»Ich arbeite daran«, sagte Travis durch die zusammengebissenen Zähne. Er sah Lirith an. »Wie geht es Sheriff Tanner heute Morgen?«

»Er lebt, wenn es das ist, was Sie meinen«, sagte eine langsame Stimme.

Tanner stand in der Tür. Er war angezogen und frisch rasiert.

»Und ich nehme an, es heißt Mr. Tanner«, sagte er und trat in die Küche, »da ich laut Miss Lily kein Sheriff mehr bin, bis sie es erlaubt.«

»Das ist richtig«, sagte die Hexe energisch. Sie trat vor Tanner hin, legte ihm die Hand auf die Stirn und schloss die Augen. »Ihnen geht es besser!«

»Vielleicht ist in mir ja doch noch Leben, Miss Lily.«

Sie lächelte. »Ich schätze schon. Aber heute sind Sie noch ein *Mister* und kein *Sheriff*. Es geht Ihnen besser, aber Sie sind alles andere als gesund.«

»Ich glaube, das war mir bereits klar.« Tanner legte die Hand auf den Hinterkopf und kniff die Augen zusammen. »Das fühlt sich an, als hätte ich mit einem Muli einen Walzer tanzen wollen.«

»Kann ich dir einen Kaffee bringen, Bart?«, fragte Maudie.

»Danke, Maude. Das wäre nett.« Er ging steif zum Tisch und sank auf einen Stuhl.

Liza kam hinunter. Sie hatte sich um Niles Barrett gekümmert – der Engländer war noch immer bewusstlos –, und jetzt half sie Maudie, im Speisesaal das Frühstück für die Pensionsgäste aufzutragen. Aber der Rest von ihnen aß an dem kleinen Tisch in der Küche, wo sie frei sprechen konnten.

»Ich brauche wohl einen Revolver«, sagte Travis.

Maudie sah ihn mit gerunzelter Stirn an. »Warum das denn? Sie haben doch bestimmt eine Waffe, Mr. Cai... ich meine, Mr. Wilder.«

Travis öffnete den Mund, aber Lirith war schneller. »Er hat sie verloren. Stimmt das nicht?«

»Nun, Sie können meinen Revolver haben, da ich ihn ja doch nicht gebrauchen kann.« Mit zitternder Hand zog Tanner die Waffe aus dem Holster an seiner Hüfte und legte sie auf den Tisch. Sie schimmerte silbern; der Griff war aus Elfenbein geschnitzt. »Das ist ein 45er Colt Single Action Army. Ein Peacemaker. Als ich noch bei den US Marshals war, nannten ihn einige der Männer auch Daumenbrecher.«

Travis schaute den Revolver an, berührte ihn aber nicht. Er war groß, der Lauf war fast so lang wie seine Hand, trotzdem wirkte er schlank. Er sah mächtig aus. Und gefährlich.

»Ich habe noch nie zuvor mit einem geschossen«, sagte Travis.

Tanner warf ihm einen unbestimmbaren Blick zu. »Mit einem Peacemaker, meinen Sie? Der unterscheidet sich nicht sehr von jedem anderen Sechsschüsser, den Sie je benutzt haben. Er ist schwer, die Mechanik hart, aber das ist es auch schon. Obwohl es nicht schlecht wäre, wenn Sie etwas damit üben, um ein Gefühl für ihn zu bekommen.«

»Das wäre gut«, sagte Travis und stieß die Luft aus. »Ich bin etwas ... eingerostet.«

Tanner nickte. »Ich kenne einen Ort, an dem wir schießen können. Das heißt, wenn die Frau Doktor mir erlaubt, das Haus zu verlassen.«

Lirith verschränkte mit strenger Miene die Arme. »Solange Sie reiten statt gehen.«

»Ja, Ma'am«, sagte Tanner.

Aber anscheinend vertraute Lirith dem Sheriff dann doch nicht vollständig, denn sie entschied sich, sie zu begleiten, genau wie Durge. Der Embarraner holte Pferde aus dem Stall, und Lirith und Tanner ritten, während Travis und Durge zu Fuß gingen. Travis hatte die Befürchtung, dass jemand sehen würde, wie sie die Stadt verließen, aber die Straßen lagen verlassen da, und niemand stellte sich ihnen in den Weg, als sie in Richtung Granite Creek ritten.

In einer kleinen Schlucht hielten sie an. Auf der einen Seite lagen verbeulte Konservendosen und die zersplitterten Überreste von Flaschen verstreut. Also waren sie nicht die Einzigen, die diesen Ort als Schießstand benutzten.

Durge stellte mehrere der weniger durchlöcherten Dosen in einer Reihe auf und kehrte dann zu den anderen zurück. Tanner reichte Travis den Sechsschüsser.

»Versuchen Sie es«, sagte Tanner. »Er ist geladen.«

Travis versuchte sich in Erinnerung zurückzurufen, was er über Revolver wusste. Das war nicht viel. Er nahm ihn in die Hand und versuchte, ihn nicht fallen zu lassen. »Ist er entsichert?«

Tanner runzelte die Stirn. »Sicherung? Was ist das?«

»Nichts«, murmelte Travis. Er hob den Revolver und war sich Tanners Blick bewusst. Er biss die Zähne zusammen und zog den Abzug durch. Nichts geschah.

Tanner stieß einen leisen Pfiff aus. »Sie sind aber wirklich eingerostet«, sagte er. »Sie haben vergessen, ihn zu spannen. Nun machen Sie schon – es ist leichter, wenn Sie es alles in einer schnellen Bewegung mit Ihrem Daumen zusammen machen. So ist es richtig. Jetzt halten Sie den Arm gerade. Verkrampfen Sie Ihre Schulter nicht. Und drücken Sie den Abzug durch, nicht reißen.«

Travis versuchte alles im Kopf zu halten. Er zielte, schoss.

Donner hallte durch die Schlucht. Lirith und Durge zuckten zusammen. Die Dosen schienen jedoch nicht beeindruckt zu sein. Travis feuerte immer wieder, bis der Revolver nur noch klickte, wenn er den Abzug betätigte.

»Vergessen Sie nicht, Ihre Schüsse mitzuzählen«, sagte Tanner, als Travis den Revolver senkte. »Sie haben nur sechs Kugeln, bevor Sie nachladen müssen.« Er gab Travis eine Hand voll Patronen.

Travis starrte sie an; sie fühlten sich heiß an. Tanner warf ihm einen scharfen Blick zu, dann nahm er Revolver und Patronen und zeigte Travis, wie man sie in die Kammern einfüllte. Er gab Travis die Waffe zurück. »Bereit für den nächsten Versuch, Mr. Caine?«

Travis traf eine Entscheidung. »Ich bin nicht Tyler Caine.«

»Ich weiß«, sagte Tanner.

»Meine Schießkünste haben mich verraten?«

»Das ist es nicht.« Tanner schien sich seine Worte genau zu überlegen. »Nun, es ist auch das. Sie sind ein schrecklicher Schütze. Aber ich wusste es schon, bevor Sie den Revolver nahmen. Sie sehen aus wie er. Aber Sie gehen nicht wie ein Revolverheld.«

»Wie geht ein Revolverheld?«

»Als wenn der Tod an seiner Hüfte wartet.« Tanner deutete mit dem Kopf auf Durge. »So wie unser Mr. Dirk hier geht.«

Durge sah ihn überrascht an.

Tanner grinste. »Sie wissen nicht mehr über Revolver als Mr. Wilder hier, aber ich würde mein Leben darauf verwetten, dass Ihnen Waffen nicht unbekannt sind, Mr. Dirk. Auch wenn ich nicht die geringste Ahnung habe, um was für eine Waffe es sich handeln könnte.«

»Ein Schwert«, sagte Durge mit seiner tiefen Stimme.

Tanner hob die Brauen.

»Können Sie es mir beibringen?«, fragte Travis. »Das Schießen?«

Tanner nickte. »Sie haben eine ruhige Hand. Und Sie haben etwas an sich, Mr. Wilder, ich kann nur nicht sagen, was es ist. Sie gehen nicht wie ein Revolvermann, aber Sie kennen sich mit Macht aus, und wie man sie unter Kontrolle hält. Das müsste Ihnen helfen können. Ein Mann muss seine Waffe beherrschen, und nicht umgekehrt.«

»Also können Sie es mir beibringen.«

»Das kann ich. Aber nicht in zwei Tagen. Sie würden zwei Monate brauchen, bevor Sie es einigermaßen können. Und zwei Jahre, bevor Sie jemanden gegenübertreten können, der so schnell ziehen kann wie Aaron Locke.«

Travis' Hoffnung zerstob. »Also habe ich eine ruhige Hand, aber mir fehlt das Können.«

»Und ich habe das Können und eine Hand, die wie ein erschreckter Hase zittert«, sagte Tanner. »Zusammen würden wir einen tollen Revolverhelden abgeben, Mr. Wilder. Zu schade, dass man uns nicht miteinander verschmelzen kann.«

»Kann man das nicht?«, fragte Durge.

Alle starrten den Ritter an. Er scharrte mit den Füßen und schaute dann Lirith an. »Können Sie nicht etwas tun, Mylady? Wie das, was Sie ... was Sie in der Ödnis getan haben?« Ein seltsamer Ausdruck lag in den Augen des Ritters. Zuerst hielt Travis es für Furcht. Dann wurde ihm klar, dass es Ehrfurcht war.

Lirith erwiderte Durges Blick. »Es könnte funktionieren.«

»Wovon sprecht ihr da?«, fragte Travis verwirrt.

Lirith trat an seine Seite. »Es gibt die Möglichkeit, dass ich Ihnen einen Teil von Sir Tanners Wissen verleihe. Falls er einverstanden ist.« Sie schaute den Sheriff an.

Er zuckte mit den Schultern. »Ich will nicht mal so tun, als würde ich verstehen, wovon Sie da überhaupt sprechen, Miss

Lily, aber wenn es eine Möglichkeit gibt, Travis zu helfen, alles schneller zu lernen, dann bin ich nur zu gern dazu bereit.«

»Nun gut«, sagte Lirith und nahm Tanners Handgelenk in die eine und Travis' in die andere Hand.

Travis wollte die Hexe fragen, was sie eigentlich vorhatte, aber bevor er dazu kam, schloss sie die Augen und murmelte etwas, das er nicht genau verstehen konnte. Travis hörte – nein, fühlte – ein Rauschen, dann blitzten Bilder vor seinem inneren Auge auf. Aber es waren nicht nur Bilder, denn er konnte hören und fühlen und riechen.

Er stand in einem Tal zwischen zwei bewaldeten Hügeln, seine zu großen Stiefel schmatzten im dicken Schlamm. Die heiße Luft dröhnte vom Lärm der Kanonen, zerrissene Rauchwolken trieben wie Nebel vorbei. Dann erscholl eine Trompete, und er rannte an der Seite von Männern in blauen Uniformen.

Er warf sich hinter einem umgestürzten Baumstamm in Deckung, dann stemmte er sich auf die Ellbogen, das Gewehr im Arm. Eine Reihe von Männern in Grau zertrampelte ein Bohnenfeld und rannte auf ihn und die anderen zu. Schüsse peitschten auf. Die Männer in den grauen Uniformen fielen wie Weizen vor der Sense. Travis feuerte, lud nach, und feuerte erneut, bis das Gewehr in seinen Händen heiß wurde.

Mehr Schüsse knallten, jetzt hinter ihm, Männer schrien. Ein Schatten fiel über ihn, und er schaute auf und blickte in ein Paar furchterfüllter Augen. Der Soldat konnte nicht älter als siebzehn sein, seine schmutziggraue Uniform hing von seinen knochigen Schultern. Travis fing an nachzuladen, aber der Soldat stach mit seinem Bajonett zu. Schmerz setzte seine Schulter in Flammen, doch das Aufbrüllen eines Gewehrs übertönte seinen Aufschrei. Der Kopf des jungen Soldaten löste sich in einem roten und grauen Nebel auf, seine Leiche fiel auf Travis.

Das Bild wurde verschwommen, dann wieder scharf. Jetzt stand Travis auf dem Gehsteig einer bevölkerten Stadt. Gebäude aus Stein erhoben sich mehrere Stockwerke über ihn. Pferde galoppierten steile Kopfsteinpflasterstraßen hinunter. In der Ferne sah er eine Bucht schimmern.

Ein Schrei. Ein Mann lief auf ihn zu. Travis' Hand hob sich. Aber es war gar nicht seine Hand. Sie war kleiner, knubbeliger, stärker. Sie hielt einen silbernen Sechsschüsser mit Elfenbeingriff. Der Mann, der auf ihn zukam, zog einen Revolver, zielte. Travis wusste, was er zu tun hatte. Sein Revolver brüllte auf, der Mann stürzte tot zu Boden.

Weitere Bilder blitzten vor Travis auf. Er erschoss zwei Männer, die vor ihm auf Pferden wegritten. Ein Sack fiel auf den mit Beifuß bewachsenen Boden; grüne Bündel Papiergeld platzten hervor. Ein anderer Mann, dessen Gesicht mit einem umgebundenen Taschentuch maskiert war, lief mit aufblitzendem Revolver aus einer Bank. Travis fällte ihn mit einem einzigen Schuss zwischen die Augen. Er drehte sich um, und einen Augenblick lang sah er im Schaufenster eines Ladens das Spiegelbild eines Mannes. Er war schmal, auf eine nüchterne Weise attraktiv, mit einem sandbraunen Schnurrbart und wässrigen blauen Augen.

Die Sonne spiegelte sich im Fenster wider, so dass Travis gezwungen war, wegzusehen. Als sich seine Sicht klärte, fand er sich demselben Gesicht gegenüber, nur dass es älter und müder war. Tanner stand vor ihm. Lirith ließ ihre Handgelenke los. Der Sheriff machte einen taumelnden Schritt zurück. Er starrte erst sie, dann Travis an.

»Wer seid ihr?«, fragte er.

Travis sah auf den Revolver in seiner Hand und fuhr mit dem Daumen darüber. Noch vor einer Minute hatte er sich schwer und fremd angefühlt. Jetzt schien er sich in seinen Griff zu schmiegen, und er konnte die ausgeklügelte Weise fühlen, auf die sein Gewicht ausbalanciert war. Mit einer glatten Bewegung hob er den Peacemaker, spannte ihn und feuerte. Eine Dose flog in den Himmel und polterte zur Erde zurück. Er feuerte wieder und wieder. Vier, fünf, sechs. Jedes Mal schleuderte eine der Dosen fort. Er senkte den Revolver und erwiderte Tanners staunenden Blick.

»Wir sind nicht die, für die Sie uns halten.«

Sie erzählten ihm alles: dass Durge und Lirith von einer anderen Welt kamen und Travis aus der Zukunft dieser Welt stammte, und wie der Zauberer ihnen durch das Tor gefolgt war. Als sie geendet hatten, schwieg Tanner. Er starrte die zerschossenen Dosen an. Schließlich nickte er.

»Vielleicht hat Maudie Recht. Vielleicht sind Sie wirklich Tyler Caine.«

Travis hielt den Revolver fester.

Lirith warf Tanner einen besorgten Blick zu. Das Gesicht des Sheriffs war grau. »Wir sollten zurückgehen.«

»Ich hole die Pferde«, sagte Durge.

Sie ritten schweigend in die Stadt zurück und erreichten das Bluebell gegen Mittag. Tanner und Lirith stiegen ab, und Durge nahm die Zügel der Pferde, um sie zum Mietstall zurückzubringen. Aber bevor er gehen konnte, flog die Eingangstür auf und Maudie eilte auf die Veranda. »Dem Himmel sei Dank, dass ihr zurück seid!«

Tanner schien seine Müdigkeit zu vergessen. Er lief die Stufen hinauf und nahm ihren Arm. »Maudie, was ist?«

»Es ist ...« Ein Hustenanfall schüttelte sie. Er hielt ihre Schulter, bis er vorüber war. »Es ist Mr. Barrett.«

Mittlerweile waren auch die anderen auf der Veranda.

»Was ist denn?«, fragte Lirith. »Ist Lord Barrett endlich aufgewacht?«

»Nein«, sagte Maudie keuchend. »Er ist tot.«

29

Sie begruben Niles Barrett am nächsten Tag.

Am späten Morgen holte Durge einen Wagen aus dem Mietstall und fuhr sie den Hügel außerhalb von Castle City hinauf zum Castle Heights Cemetery. Als Durge den Wagen anhielt, trat ein hoch gewachsener Mann in einem schwarzen Anzug heran. Einen Augenblick lang fragte sich Travis, ob es sich wohl um Bruder Cy handelte.

Aber er war es nicht. Der Bestattungsunternehmer war etwa in Travis' Alter, und sein Gesicht war so staubig wie sein Anzug. Tanner sprach mit ihm, und er zeigte über den Friedhof. Durge half Maudie vom Wagen herunter und führte sie auf dem unebenen Untergrund. Tanner bot Lirith höflich seinen Arm an. Aber Travis konnte sehen, wie sich der Sheriff auf dem Weg auf sie stützte. Travis ging als Letzter, zusammen mit Jack, und hielt den kleinen Strauß Wildblumen, die Lirith am Morgen gepflückt hatte. Travis, Durge und Tanner hatten ihre besten Hemden angezogen und Lirith ihr graues Kleid, das zu Jacks Anzug passte. Maudie ging ganz in Schwarz.

»Er hat keine Frau, die um ihn trauert«, hatte sie im Bluebell gesagt. »Also bleibt diese Aufgabe wohl mir überlassen.«

Sie fanden sein Grab auf der anderen Seite des Friedhofs, es war eine hastig ausgehobene Grube. Darin lag ein Sarg aus Kiefernholz. Das einzige Gedenkzeichen bestand aus einem einfachen Holzkreuz.

»O Niles«, sagte Maudie und wischte sich Tränen von der Wange. »Ich werde deine Stimme vermissen.«

Tanner legte ihr die Hand auf die Schulter, und sie lehnte sich an seine Brust an.

»Was ist passiert?«, hatte Travis am vergangenen Nachmittag Lirith gefragt, nachdem sie mit der Untersuchung seiner Leiche fertig gewesen war.

Liriths Miene war verschlossen gewesen. »Seine Verletzungen waren zu schwer. Ich wünschte, Grace wäre hier – ich kann mir da nicht so sicher sein wie sie –, aber ich glaube, es war eine Blutung in seinem Kopf.«

Ein Aneurysma. Verursacht von den Schlägen auf den Kopf. »Aber habt Ihr nicht gesagt, dass er aufwacht?«

»Nein, ich habe gesagt, er versucht es, und dass er kräftig ist. Aber manchmal ...« Liriths Stimme hatte versagt. »Manchmal reicht Stärke eben nicht aus.«

Diese Worte gingen Travis jetzt wieder durch den Kopf. Was war mit ihm? Würde er stark genug sein, um das zu tun, was er an diesem Tag tun musste? Im Mine Shaft hatte er am Vorabend genug Leute verstohlen belauscht, um zu wissen, dass ihr Plan funktioniert hatte. In der ganzen Stadt ging das Gerücht um, dass Tyler Caine den Anführer des Kreuzzugs für Anstand zu einem Duell herausgefordert hatte, und dass der Showdown abends auf der Bar L Ranch stattfinden würde.

Es war unmöglich, dass Locke die Gerüchte nicht gehört hatte. Aber kannte er auch ihren Ursprung? Wenn die Schwingtüren aufgestoßen wurden, hatte Travis mehr als einmal in der Erwartung aufgeschaut, Lionel Gentry und Eugene Ellis oder Locke höchstpersönlich eintreten zu sehen. Aber sie kamen nicht. Sie warteten, genau wie er wartete. Warteten auf den heutigen Sonnenuntergang.

»Wo ist der Prediger?«, fragte Maudie und sah sich um.

Gute Frage, dachte Travis. Wo war Bruder Cy? Er war sich nicht sicher. Nur dass er das Gefühl hatte, Cy nicht wieder zu sehen, zumindest nicht in diesem Jahrhundert. »Ich glaube, es wird keinen Prediger geben«, meinte er.

»Dann müssen wir eben selbst für ihn die Gebete sprechen«, sagte Lirith.

Abwechselnd sprach jeder von ihnen davon, wie er Niles Barrett kennen gelernt hatte, und erzählte von seinen Erinnerungen; von seinem sardonischen Lachen, seinem intelligenten Blick, wie er eine Zeitung hatte gründen wollen, die die Konkurrenz für den *Clarion* hatte sein sollen.

»Ich wünschte, ich hätte Gelegenheit gehabt, diesen Burschen kennen zu lernen«, sagte Jack sehnsuchtsvoll. »Es klingt, als wäre er in Castle City der einzige zivilisierte Mann gewesen.«

Als sie fertig waren, legte Travis die Blumen auf den Sarg. Maudie lächelte, obwohl auf ihren Wangen Tränen glitzerten. »Er ist gegangen, um sich mit seinem Lieutenant zu vereinen. Ich glaube nicht, dass ich Ihnen das erzählt habe, Miss Lily. Niles hat es vergangenen Herbst herausgefunden, mehr als ein Jahr, nachdem sein Schiff an der Küste von Australien gesunken ist. Aber jetzt segeln sie zusammen fort, oder nicht?« Ihr Lächeln verblasste, und sie sah Tanner an. »Nicht wahr, Bart?«

Tanner nahm ihre Hand. »Für alle Ewigkeit, Maude.« Er legte ihr den Arm um die Schulter, und sie gingen langsam zum Wagen zurück, während ihnen die anderen folgten.

Der Nachmittag war lang und heiß. Als sie ins Bluebell zurückgekehrt waren, hatte keiner von ihnen Appetit gehabt, aber Liza hatte mit dem letzten Eis aus dem Keller Limonade gemacht, und die bot wenigstens etwas Erleichterung. Tanner ging nach oben, um sich auszuruhen, aber Maudie schien nicht stillsitzen zu können. Sie ging von einem Zimmer ins andere, putzte Staub und räumte auf, bis sie schließlich ein Hustenanfall erschütterte.

»Bitte, Madam«, sagte Jack, als sie wieder atmen konnte, »würden Sie mir im Wohnzimmer Gesellschaft leisten?«

Maudie tupfte sich mit dem Taschentuch die Lippen ab. »Ich kann mir nicht vorstellen, dass ich angenehme Gesellschaft abgebe, Mr. Graystone. Aber wenn Sie es gern möchten, setze ich mich zu Ihnen.«

Travis warf Jack einen dankbaren Blick zu. Er verbrachte den Rest des Nachmittags zusammen mit Durge und Lirith auf der Veranda. Sie sprachen nicht viel, aber Travis wusste, dass sie alle das Gleiche dachten. Würden sie Sareth lebendig zurückbekommen? Und dann, als die Schatten gerade die Länge der Grant Street entlangkrochen, öffnete sich quietschend die Eingangstür. Tanner trat auf die Veranda hinaus.

»Es ist Zeit«, sagte er.

Travis ging nach oben, schnallte sich das Holster um die Hüften und setzte den schwarzen Hut auf. Zuletzt schob er sich die Nickelbrille auf die Nase. Wie gewöhnlich sah alles seltsam aus. Nicht verschwommen oder verzerrt, sondern zu klar. Travis erwiderte seinen Blick im Spiegel, dann ging er hinunter, um sich zu verabschieden.

»Wir kommen mit«, sagte Durge.

Der Ritter hatte sich sein Schwert auf den Rücken geschnallt, allerdings war es noch immer in die Decke gehüllt. Tanner hielt eine abgesägte Schrotflinte in Händen, und auch wenn Lirith nichts trug, verkündete ihre Miene eindeutig, dass auch sie mitkommen wollte.

»Ich soll allein kommen«, sagte Travis.

Tanner schüttelte den Kopf. »Bei jedem Duell muss ein Mann seine Sekundanten haben.«

Travis' Brust fühlte sich plötzlich ganz eng an, und er wusste nicht, ob es aus Freude oder Furcht war. »Aber Durge, Ihr Revolver ist nicht geladen. Und Sheriff, Ihre Hand ...«

»... muss nicht ruhig sein, um das hier abzufeuern«, sagte Tanner und hob die Schrotflinte. »Ich muss nur nahe dran sein.«

Travis schüttelte den Kopf. »Und Lirith ...«

»Kommt mit.« Sie legte Travis die Hand auf den Arm, und

ihre Miene wurde weicher. »Ich liebe ihn, Travis. Ich kann nicht hier bleiben.«

Trotz der Furcht, die sich wie ein eiskalter Ball in seinen Eingeweiden zusammenzog, verspürte Travis eine gewisse Erleichterung. Ganz egal, was auch passierte, wenigstens würde er nicht allein sein.

Maudie saß noch immer im Wohnzimmer und weigerte sich, zu ihnen herauszukommen.

»Ich werde mich nicht verabschieden«, rief sie durch die Tür. »Ich werde es nicht sagen, weil ihr gleich zurückkommt, habt ihr mich verstanden? Ihr kommt sofort zurück!«

»Ja, Ma'am«, sagten Tanner, Durge und Travis wie aus einem Munde.

Glücklicherweise war Jack nicht auf die Idee gekommen, sie zur Bar L Ranch zu begleiten. »Ich habe vor, hier zu bleiben, die Füße hochzulegen und Tee zu trinken«, sagte er. »Nach dem, was in London passiert ist, habe ich meinen Appetit auf Abenteuer verloren.«

Travis schluckte. »Was glaubst du, was wird der Zauberer tun, Jack?«

»Ich weiß es nicht, Travis.« Zum ersten Mal trat so etwas wie Sorge in Jacks blaue Augen. »Aber sei auf der Hut. Die von seiner Art sind geschickte Täuscher. Nichts wird das sein, was du glaubst. Und denk an die Runen. Sie sind alle in dir – du musst nur zuhören.«

»Ich muss jetzt gehen«, sagte Travis.

»Du wirst aufpassen, nicht wahr? Ich finde dich ganz nett, und ich freue mich auf unsere zukünftige Freundschaft. Ich fände es schrecklich, wenn sie nicht zu Stande käme, so wie du gesagt hast.«

Trotz der Hitze verspürte Travis einen Schauder. Etwas an Jacks Worten gab ihm zu denken, etwas Wichtiges. Aber was war es nur?

»Travis«, sagte Durge. »Die Sonne geht gleich unter.«

Was es auch war, es lag Travis auf der Zunge, aber er kam nicht drauf. Er ging durch die Tür. Sie hatten noch immer den Wagen, und Durge kutschierte sie schweigend. Auf dem Weg aus der Stadt begegnete ihnen niemand.

Die Sonne stand noch immer eine Handbreit über der Kuppe des Castle Peak, als die Giebel des aufwendigen Ranchhauses im viktorianischen Stil in Sicht kamen, also hielt Durge den Wagen an, und sie gingen den Rest des Weges zu Fuß. Travis war das nur recht. Stillzusitzen fiel schwer. Seine Nerven vibrierten und ließen ihn zucken wie einen toten Frosch, den man an eine Batterie angeschlossen hatte.

Sie kamen zum Tor der Ranch. Es stand offen.

Tanner blickte sich um. »Seid auf der Hut.«

»Wegen was?«, grollte Durge.

»Wegen allem.«

Durge griff nach oben und nahm das Bündel vom Rücken. Er wickelte die Decke ab, und das rote Licht flackerte die Klinge des Breitschwertes wie Blut entlang.

Tanner riss die Augen auf. »Mein Gott, Mr. Dirk. Sie haben das ernst gemeint, oder?«

»Durge scherzt niemals«, sagte Lirith und schenkte dem Ritter ein liebevolles Lächeln.

Durge schob das schwere Schwert in die Scheide auf seinem Rücken, als würde es nichts wiegen.

»Gehen wir«, sagte Travis, und sie schritten zusammen durch das Tor.

Sei wachsam. Das wird kein fairer Kampf. Locke wird alles tun, um dich zu überrumpeln.

Wo war das denn hergekommen? Dann begriff Travis: Das war nicht sein Gedanke gewesen, sondern der von Tanner. Das gehörte zu dem Wissen des Sheriffs, das Lirith ihm mit dem Zauber gewährt hatte.

Vergiss nicht deinen Rücken. Und halt die Hand in der Nähe deines Revolvers.

Da war sie bereits.

Die vier folgten dem staubigen Weg, während der Himmel im Westen Feuer fing. Der einzige Laut war das Zischen des Windes durch das von der Sonne verbrannte Gras. Auf dem halben Weg zum Ranchhaus wurde der Weg breiter. Rechts befand sich ein Korral, der bis auf ein paar verstreut stehende Fässer und Tröge leer stand. Links befand sich eine lange Reihe von Ställen; sämtliche Tore waren geschlossen.

»Sieht so aus, als würden sie uns Spießrutenlaufen lassen.«

Eine Sekunde lang glaubte Travis, wieder Tanners Gedanken zu hören, aber dann wurde ihm bewusst, dass der Sheriff laut gesprochen hatte. Langsam passierten sie ein paar der Ställe, dann blieben sie stehen. Ein Tumbleweed rollte vorbei, sonst regte sich nichts.

Lirith schloss die Augen, sie machte kreisende Bewegungen mit den Fingern. »Wir werden beobachtet.«

Travis trat näher an die Hexe heran. »Wie viele sind es, Lirith?«

»Ich weiß es nicht. Ich ...« Sie öffnete die Augen. »Hier stimmt etwas nicht. Jedes Mal, wenn ich die Fäden der Weltenkraft weben will, ziehen sie sich zurück. Es ist, als würden sie vor etwas zurückschrecken.«

»Der Zauberer?«

»Das glaube ich nicht. Der Scirathi ist trotz seiner ganzen Macht ein ganz normaler lebender Mann. Er müsste deutlich zu sehen sein. Aber das hier ist anders. Es ist, als wäre es zugleich lebendig und ...«

Zwanzig Meter entfernt schwang das Tor des letzten Pferdestalls auf, und Calvin Murray trat heraus. Oder das, was von Calvin Murray übrig geblieben war, denn selbst aus der Ferne konnte Travis die dunklen Flecken des Verfalls sehen.

Schwarzer Sabber tropfte aus der wolfsartigen Schnauze, die man Murray ins Gesicht montiert hatte; die Berglöwenpranke baumelte am Ende seines Arms. Mit schlurfenden Bewegungen griff Murray in den Stall hinein und zerrte etwas hervor.

Lirith streckte zitternd eine Hand aus. »Sareth!«

Der Mournisch war geknebelt, man hatte ihm die Hände auf den Rücken gefesselt; seine Stirn wies eine verkrustete Schramme auf. Sie hatten ihm das Holzbein weggenommen, darum war er gezwungen, auf einem Bein zu hüpfen. Er riss die Augen auf, als er Lirith sah.

Die Hexe wollte loseilen, aber Durge schnappte ihren Arm. »Man wird Sie töten, wenn Sie sich ihm nähern.«

»Da haben Sie Recht, Mr. Dirk«, sagte eine Stimme hinter ihnen. »Und ich würde nur ungern zusehen müssen, wie eine so hübsche Frau getötet wird, ganz egal, welche Hautfarbe sie hat.«

Sie mussten aus einem der ersten Ställe gekommen sein, dachte Travis, als er und die anderen sich umdrehten. Lionel Gentry kam mit langsamen Schritten auf sie zu. Er wurde von Eugene Ellis und Deputy Wilson flankiert. Revolver funkelten an ihren Hüften. Ein süßer, widerlicher Duft erfüllte die Luft.

Travis versuchte so zu tun, als würde er mehr Wut als Angst verspüren. »Ich bin nicht gekommen, um gegen Sie zu kämpfen.«

Ellis sog an seiner Zigarre; der Rauch quoll aus seinem Mund. »Sie müssen gegen niemanden kämpfen, Mr. Caine. Für einen angeblich Toten sehen Sie ganz gut aus. Ich bin sicher, Sie wollen nichts tun, was daran etwas ändert. Dazu müssen Sie uns nur das geben, was wir verlangen.«

Travis musste sich zwingen, die Hand von der Hosentasche zu lassen; er konnte die Wärme des Skarabäus an seinem Bein fühlen.

Durge warf Wilson einen strengen Blick zu. »Deputy, warum haben Sie sich auf die Seite dieser bösen Männer geschlagen?«

Der junge Mann konnte ihn nur anstarren, sein schwammiges Gesicht war aschfahl. Gentry lachte und wirbelte sein Haar durch. »Sagen Sie es ihm schon, Mr. Wilson. Sie wollen das Leben eines Abenteurers führen, nicht wahr? Genau wie die Männer, von denen Sie in Ihren Dime Novels gelesen haben. Nun, es ist so weit. Ist das nicht toll?«

»Wo ist Locke?«, fragte Travis laut. »Ist er ein zu großer Feigling, um seine Ehre zu verteidigen? Oder hat er keine?«

»Ehre wird überschätzt, Mr. Caine«, sagte eine Stimme hinter ihnen. »Und ich bin mir sicher, dass Sie da zustimmen.«

Travis drehte sich um. Aaron Locke stand ein paar Schritte vor Sareth und Calvin Murray. Er trug einen schicken braunen Anzug, zu dem auch ein eleganter Hut gehörte. Sein jungenhaftes Gesicht war frisch rasiert. Er sah aus als wolle er in die Oper. Das Einzige, das nicht zu diesem Bild passte, war der Sechsschüsser an seiner Seite.

»Aber niemand nennt mich einen Feigling«, fuhr Locke fort. »Sie mögen ein kaltblütiger Killer sein, aber ich habe Dinge gesehen, die selbst Ihr Blut zu Eis gefrieren lassen würden.«

Darauf wette ich, dachte Travis und sah an Locke vorbei zu Murray, der noch immer Sareth hielt. Die Augen des Mournisch waren schmerzverschleiert. In Travis rührte sich ein Instinkt, von dem er wusste, dass es nicht seiner war. Wie Tanner war ihm klar, dass er ihnen mehr Zeit erkaufen musste, so dass er die Situation richtig einschätzen konnte.

»Wo steckt denn Ihr Diener, Mortimer Hale?«, rief Travis, und machte ein paar Schritte auf Locke zu.

Locke hielt bei jedem Schritt mit und kam näher. »Hale? Das war wirklich ein Feigling, Mr. Caine. Er schrieb so gern über Gewalt, hatte aber nicht den Mut, sie selbst auszuüben. Einige der Dinge, die mein neuer ... Kompagnon tat, bereiteten ihm Unbehagen. Genau wie die Dinge, die einige meiner Männer taten.«

»Also haben Sie ihn ermordet«, sagte Travis und ging weiter.

Locke blieb ebenfalls nicht stehen. »Nein, das habe ich nicht. Dafür haben Mr. Gentry, Mr. Ellis und Mr. Wilson gesorgt. So konnte ich mich vergewissern, dass auch sie keine Feiglinge sind. Und dafür sind sie belohnt worden.« Er lächelte, und es war ein sympathisches Lächeln. »O ja, und der gute Mr. Murray hat auch geholfen.«

Die Kreatur hinter ihm grunzte, als hätte sie ihren einstigen Namen erkannt. Es war ein schrecklicher, bemitleidenswerter Laut. Das Ding drückte seine verfaulende Schnauze gegen Sareths Wange und leckte sie. Der Mournisch stöhnte.

Mittlerweile trennten Travis und Locke nur noch ein Dutzend Schritte. Travis richtete seine Brille. Es hatte den Anschein, als würde Locke von einem Schatten umgeben. Die Sonne hatte den Grat des Castle Peak berührt; das Tageslicht schwand, das war alles.

Travis wollte einen weiteren Schritt machen, blieb aber stehen, als sich Lockes Hand dem Revolver näherte. Das war es also. Travis war sich Durges, Liriths und Tanners Anwesenheit hinter sich bewusst. Er würde sich darauf verlassen müssen, dass sie Gentry und seine Männer daran hinderten, sich einzumischen. Was Murray betraf, die Befehle der Kreatur schienen darin zu bestehen, Sareth fest zu halten. Das alles bedeutete, dass sich Travis allein um Locke Gedanken machen musste.

Vergiss nicht, Locke ist schnell. Vermutlich kannst du ihn nicht beim Ziehen schlagen. Du kannst nur hoffen, dass sein Schuss dich verfehlt, und dann sorgst du dafür, dass deiner trifft.

Er wusste nicht, ob das seine oder Tanners Gedanken waren. Es spielte auch keine Rolle, er wusste, dass sie stimmten.

Er fuhr mit den Fingern über den Griff des Peacemakers an seiner Hüfte und hielt den Blick auf Locke gerichtet.

Das kannst du nicht machen, Travis.

Das waren seine eigenen Gedanken. Aber sie hatten Unrecht. Er *konnte* das tun, weil Tanner es konnte, und Travis verfügte über die Fertigkeiten und das Wissen des Sheriffs. Aber es war mehr als das. Travis hatte vor dem Tor von Imbrifale gestanden. Er hatte sich einem Nekromanten gestellt. Er hatte in das leere Herz eines Dämons gestarrt und überlebt. Was bedeutete es da schon, einem einzigen Mann gegenüberzutreten?

Jetzt wurde er übermütig, und das war der sichere Weg in den Tod. Er zwang sämtliche Gedanken aus seinem Verstand. Das Einzige, auf das es jetzt ankam, war der Revolver an seiner Hüfte.

»Sind Sie so weit, Mr. Caine?«, sagte Locke mit ruhiger, ja, sogar freundlicher Stimme. Der Schatten um ihn schien dichter zu werden. »Ich versichere Ihnen, diesmal werden die Gerüchte über Ihren Tod der Wahrheit entsprechen.«

»Ich bin bereit«, sagte Travis. »Aber nicht zu sterben.«

Die Zeit blieb stehen. Der letzte Splitter der Sonne schwebte über der Bergkuppe und warf einen blutigen Schein auf die Welt. Ein leiser Donner rollte über das Land, und Travis wusste, dass das sein eigener Herzschlag war.

Dann sah er es: Ein rotes Funkeln, als Lockes Hand nach dem Sechsschüsser griff und ihn aus seinem Holster zog. Travis war klar, dass er sich bewegen musste, dann wurde ihm bewusst, dass er den Revolver bereits in der Hand hielt, sein Arm bereits in die Höhe schnellte.

Es hätte schwer sein müssen, aber das war es nicht. Es war eine ganz natürliche Bewegung. Travis zog den Hahn zurück, zielte und drückte den Abzug. Wieder grollte Donner, nur viel lauter als zuvor, und Travis verspürte Hitze und einen Schlag, als die Kugel aus dem Revolver abgeschossen wurde.

Locke war noch dabei, den Hahn seines Sechsschüsser zu spannen. Irgendwie hatte Travis es geschafft, als Erster zu schießen. Seine Zielsicherheit war einwandfrei; die Kugel raste direkt auf Lockes Herz zu.

Und prallte mit einem lauten *Ping* ab!

Die Zeit nahm wieder ihren normalen Rhythmus an. Hinter sich hörte Travis einen Fluch - Tanner? - und Gelächter. Lockes Lächeln wurde breiter, er zielte anmutig.

Darum hast du schneller als er gezogen, Travis. Er hat sich Zeit gelassen. Er wusste, dass deine Kugel ihn nicht treffen kann.

Das war unmöglich. Sie schrieben 1887. Es gab keine kugelsicheren Kevlarwesten.

Höchstens etwas weitaus Besseres als Kevlar. Travis kniff die Augen zusammen. Ja, jetzt, wo die Sonne untergegangen war, konnte er es viel deutlicher sehen. Der Schatten umgab Locke wie schwarze Watte. Aber was war er wirklich? Travis senkte den Kopf, schaute über den Brillenrand. Als er das tat, verschwand der Schatten.

Magie. Der Scirathi hatte Locke mit einem Zauber belegt, der ihn beschützte. Jack hatte Recht gehabt, er hätte mit einem Trick rechnen müssen.

»Travis!« Das war Lirith.

Ein wütender Aufschrei ertönte, gefolgt von hell klirrendem Metall, und Travis war davon überzeugt, dass, hätte er sich umgedreht, er Durge sein Schwert hätte ziehen sehen. Was würde er noch sehen? Sareth riss die Augen weit auf, aber was auch immer er rief, der Knebel verschluckte es.

»Zurück!«, ertönte Tanners strenge Stimme.

Metall traf auf Metall. Schüsse ertönten. Travis wollte sich umdrehen, etwas unternehmen, aber er konnte den Blick nicht von dem Sechsschüsser in Lockes Hand wenden.

»Goodbye, Mr. Caine«, sagte Locke freundlich. Und schoss.

30

Es konnte nur die Magie der Brille sein. Travis sah, wie die Kugel aus der Rauchwolke schoss, die aus dem Lauf von Lockes Sechsschüsser hervorbrach. Die Kugel flog auf ihn zu, rotierte um ihre Achse, während sie durch die Luft raste. Sie sauste direkt auf seine Brust zu. Ganz egal, wie lange diese Sekunde dauerte, wenn sie vorbei war, war es auch um Travis geschehen.

Sprich eine Rune, sagte Jacks Stimme in seinem Kopf.

Aber das war unmöglich. Jack war nicht hier. Er war in Sicherheit, im Bluebell, bei Maudie.

Hörst du nicht? Uns bleibt keine Zeit. Ich glaube, Dur *müsste perfekt sein.*

Nein, das hier war ein Revolverkampf. Es gewann derjenige, der am schnellsten ziehen und am besten schießen konnte, und nicht Magie.

Bei dem verschollenen Auge von Olrig, du bist kein Revolvermann, Travis. Du bist Runenmeister! Jetzt sprich die Rune des Eisens, bevor es zu spät ist!

Es war unmöglich. Es hätte keine Zeit dafür sein dürfen; er hätte schon längst tot sein müssen. Trotzdem öffnete Travis den Mund und sprach das Wort.

»Dur!«

Die Zeit verging schneller. Travis griff sich mit der Linken an die Brust, in der Erwartung, einen blutigen Krater zu fühlen. Aber da war nichts, er war nicht verletzt. Das schrille Sirren der Kugel hallte noch immer in der Luft nach. Sie hatte ihn weit verfehlt und einen Zaunpfahl getroffen.

Travis hörte einen weiteren Schuss hinter sich, dem ein schmerzerfülltes Stöhnen folgte. »Nein, rühren Sie ihn nicht an!«, rief eine Frau. Lirith. Aber es blieb keine Zeit, sich umzudrehen. Locke starrte stirnrunzelnd seinen Revolver an, dann streckte er den Arm aus und feuerte erneut.

»Dur«, sagte Travis und schlenkerte die Hand nach links. Die Kugel pfiff an seinem Kopf vorbei und war verschwunden.

Travis setzte sich in Bewegung. Locke fluchte, spannte seinen Sechsschüsser, schoss. Wieder sprach Travis die Rune des Eisens, wieder gehorchte die Kugel seinem Befehl. Er ging weiter auf Locke zu und sprach jedes Mal, wenn der andere feuerte, die Rune.

Schließlich war Travis so nahe herangekommen, dass er einen Finger hätte ausstrecken und in den Lauf von Lockes Revolver stecken können. Lockes jungenhaftes Gesicht war schweißüberströmt; seine sorgfältig rasierte Oberlippe zitterte. Er fasste den Revolver fester, spannte den Hahn, drückte ab.

Diesmal machte sich Travis nicht die Mühe, eine Rune zu sprechen.

Klick.

»Sie haben das Zählen vergessen, Mr. Locke«, sagte Travis, und ein Grinsen breitete sich auf seinem Gesicht aus, dabei war ihm nicht im Mindesten zum Lachen zumute. »Sie haben keine Kugeln mehr.«

»Aber noch andere Waffen«, knurrte Locke. Er warf den Sechsschüsser zu Boden, griff in die Brusttasche seiner Anzugjacke und zog einen kleinen Derringer hervor. Bevor Travis reagieren oder etwas sagen konnte, zog Locke den Abzug durch.

Es fühlte sich an, als hätte jemand Travis auf beide Ohren geschlagen. Seine rechte Hand schien in Flammen zu stehen, der Peacemaker flog aus seinem Griff und schlitterte ein paar Meter entfernt durch den Staub. Travis bereitete sich auf den Schuss vor, bereit, diesmal *Dur* zu sprechen, aber Locke hatte sich bereits umgedreht und war losgelaufen.

»Töte sie, Murray!« rief er über die Schulter. »Töte sie alle!«

Die Kreatur, die einst Calvin Murray gewesen war, öffnete die Wolfsschnauze und stieß ein feuchtes Knurren aus. Sareth riss sich von dem Ungeheuer los, verlor aber das Gleichgewicht und stürzte zu Boden. Das Ding beugte sich über ihn und riss die Löwenpranke hoch.

Mit geübten Bewegungen, die Travis noch nie in seinem Leben gemacht hatte, warf er sich auf den Peacemaker, rollte sich ab und kam feuernd wieder hoch. Noch zwei Kugeln, dachte Travis und zählte weiter mit. Beide trafen das, was einmal Calvin Murray gewesen war, mitten in die Brust. Die Bestie taumelte zurück und landete mit einem dumpfen Aufprall am Boden.

Travis schaute nach unten. Aus einem roten Riss auf seinem rechten Handrücken strömte Blut, aber es war nur ein Kratzer. Er hielt den Peacemaker fester und ignorierte den Schmerz.

Sareth lag auf der Seite, kämpfte mit seinen Fesseln und versuchte, die Arme von hinten über die Hüften zu bekommen. Travis warf einen Blick über die Schulter. Die Dämmerung brach herein, und es lag zu viel Rauch in der Luft; er konnte nicht sehen, was passierte. Jemand lag auf dem Boden. Aber wer? Tanner versuchte mit seiner Flinte zu zielen, aber er hatte keine freie Schussbahn. Liriths Augen waren geschlossen, ihre Finger webten.

Travis wollte ihnen helfen, sie brauchten ihn, genau wie Sareth. Dann biss er die Zähne zusammen, drehte sich um und lief in die andere Richtung, Locke hinterher.

Er wird den Zauberer holen. Ganz egal, was auch geschieht, das darfst du nicht zulassen.

Locke war hinter dem letzten Stall verschwunden. Keuchend erreichte Travis das Gebäude, dann schob er sich um die Ecke. Ein Schuss peitschte auf, neben Travis' Wange splitterte das Holz. Er zuckte zurück. Locke musste Reservemunition haben.

Aber der Derringer hat nur eine Patrone im Lauf. Er muss nach jedem Schuss nachladen.

Woher wusste er das? Aber das tat er ja gar nicht; Tanner wusste es. Liriths Zauber wirkte noch immer. Er warf sich um die Ecke. Voraus lagen Werkzeugschuppen und Nebengebäude. Er nahm den Kopf runter und rannte los.

Als er sich gegen die Wand des ersten Gebäudes drückte, kam der nächste Schuss. Anscheinend war Locke flink, was das Nachladen anging.

Travis spähte um die Ecke. Da – ein Schatten im dunklen Durchgang zwischen zwei Schuppen. Der Revolvergriff war schlüpfrig vom Blut, aber Travis fasste ihn nur fester, spannte den Hahn und schoss. Die Kugel raste direkt auf ihr Ziel zu ...

... und prallte erneut mit einem hellen Sirren ab. Der Schatten drehte sich um und floh.

Travis lief auf die beiden Gebäude zu, zwischen denen er den Schatten gesehen hatte. Als er die Schuppen erreichte, war der Weg zwischen ihnen menschenleer. Er bog um die Ecke und erwischte beinahe eine Kugel mitten ins Gesicht, aber diesmal war er schnell genug, um *Dur* zu sprechen, und das Metall krachte stattdessen in eine Holzwand. Er richtete die Brille, dann sah er, dass der Schatten, von dem er wusste, dass es Locke war, aus der Deckung einer umgekippten Tränke auf ein großes Windrad zustürzte. Travis verfolgte die Gestalt einen Moment lang mit dem Revolverlauf – wieder Tanners Instinkt – und feuerte.

Ein Sirren verriet Travis, dass der Zauber des Scirathi noch immer funktionierte. Vielleicht würde eine Kugel den schattenhaften Umhang durchdringen können, wenn er nahe genug herankam. Aber er hatte mitgezählt und wusste, dass fünf

Kammern seines Revolvers leer waren. Ihm blieb nur noch eine Chance.

Travis spurtete los und warf sich hinter die Tränke. Eine Sekunde später bohrte sich eine Kugel tief in das morsche Holz. Er hatte seine Chance, solange Locke den Derringer nachlud. Travis sprang auf und lief.

Er rannte nicht auf direktem Weg auf das Windrad zu, sondern hielt auf die rechte Seite zu, dann drehte er, um sich von der Seite heranzupirschen. Es fiel schwer, in dem Zwielicht etwas zu sehen, aber er konnte den offenen Holzschuppen ausmachen, in dem der Mechanismus des Rades sowie die große Zisterne, in der das von der Mühle aus dem Boden gepumpte Wasser gespeichert wurde, untergebracht waren.

»Sirith«, murmelte Travis, als er näher kam. Stille hüllte ihn ein. Er achtete darauf, außer Sicht zu bleiben, und umkreiste den hinteren Teil des Windradschuppens.

Zwischen Schuppenwand und Wasserbehälter kauerte ein kaum sichtbarer Umriss und fummelte an etwas herum. Locke lud den Derringer. Er schoss in die Höhe, feuerte über die Zisterne hinweg – genau in die entgegengesetzte Richtung von Travis – und duckte sich wieder.

Die Rune der Stille hatte funktioniert. Locke hatte ihn nicht gehört; er glaubte noch immer, dass sich Travis hinter der alten Tränke verbarg. Locke fummelte wieder an dem Derringer herum und lud nach. Dann erstarrte er, als das Klicken eines sich spannenden Revolverhahns ertönte. Travis spürte ein verwegenes Grinsen im Gesicht. Er hatte die Rune der Stille aufgelöst; er wollte, dass Locke den Tod kommen hörte.

Locke kam auf die Füße und drehte sich um. Im Zwielicht war das Weiße seiner Augen zu sehen. Travis richtete den Peacemaker auf seine Brust. Der leere Derringer rutschte aus Lockes Fingern und fiel in den Staub.

»Sie können mich nicht töten«, sagte er.

Travis fasste den blutverschmierten Revolver fester. »Wie wollen Sie das wissen?«

»Weil Sie nur ein Mann sind, und er ...« Locke erschauderte, aber im Halbdunkel schimmerten seine Zähne wie eine Mondsichel. »Er ist stark. So etwas wie ihn haben Sie noch nie gesehen. Stark und klug und gerecht. Nachdem er aufgetaucht war, war es so leicht, die Stadt zu übernehmen, wie mit allen Assen auf der Hand eine Partie Poker zu gewinnen. Wenn wir Sie erledigt haben, werden wir die nächste Stadt übernehmen, und dann noch eine. Und in kürzester Zeit werde ich der Gouverneur von Colorado sein. Dann kann ich die Sünde aus dem ganzen Staat tilgen, so wie ich es in der Stadt gemacht habe.«

Travis verspürte weder Mitleid noch Bedauern. »Er benutzt Sie, Locke. Er will bloß den Skarabäus haben. Sobald er ihn hat, wird er sich Ihrer entledigen, so wie Sie sich von Hale befreit haben.«

»Sie wissen ja nicht, wovon Sie da reden«, erwiderte Locke. Aber selbst im Dämmerlicht konnte Travis sehen, wie in seinem Blick Furcht aufflackerte. »Er braucht mich, um auf dieser Welt seinen Weg zu machen.«

»Diese Welt ist ihm egal«, sagte Travis. »Es ist nicht seine. Er will nur hier weg, das ist alles.«

Irgendwo schrie eine Eule und begann mit ihrer nächtlichen Jagd. Locke kniff die Augen zusammen. »Na los doch, Mr. Caine. Sie sind ein Revolvermann. Schießen Sie auf mich. Dann werden Sie sehen, wie stark er wirklich ist.« Er breitete die Arme aus. »Machen Sie schon. Er hat einen Mantel um mich gelegt, einen Mantel, der stärker als jede Rüstung ist. Einen Mantel der Rechtschaffenheit. Keine Kugel ist stark genug, ihn zu durchbohren.«

Travis wusste, dass Locke Recht hatte. Allein war keine Kugel stark genug, die Magie des Zauberers zu durchbrechen.

Aber Jack hatte ebenfalls Recht behalten. Travis war kein Revolvermann. Er war ein Runenmeister.

Er richtete den Revolver auf Lockes Brust.

»Reth«, sagte er.

Und drückte ab.

Ein gleißender Lichtstrahl versengte das Zwielicht. In dem Blitz sah Travis, wie der Schatten um Locke wie billiger Stoff zerriss. Dann hüllte das Zwielicht wieder alles ein.

Travis blinzelte, dann holte er zischend Luft. Locke stand noch immer vor ihm; war der Zauber des Scirathi so mächtig? Schwache Funken schienen vor Locke zu tanzen. Nachbilder des aufblitzenden Schießpulvers auf der Netzhaut? Travis blinzelte erneut, aber die Funken verschwanden nicht.

Es waren Sterne. Die Funken, die er sah, waren nichts anderes als Sterne, die ein Stück über dem Horizont am Himmel erschienen. Sie tanzten nicht vor Travis' Augen in der Luft. Er sah sie durch das Loch in Lockes Brust.

Travis streckte den Arm aus und berührte die Schulter des anderen Mannes. Aaron Locke kippte rücklings zu Boden. Es hatte funktioniert. Die Rune des Zerbrechens hatte den von dem Zauberer erschaffenen Schild zerstört. Der leer geschossene Revolver glitt aus Travis' feuchten Fingern. Er trat von der Leiche weg und drehte sich um.

Mit einem Aufbrüllen schlug die Bestie, die einst Calvin Murray gewesen war, mit ihrer menschlichen Faust zu und traf Travis' Wange.

Ein Laut wie zersplitterndes Glas ertönte. Blut schoss in Travis' Mund. Er stolperte zurück, dann landete er hart auf dem Boden. Die Kreatur erhob sich hoch über ihm im Zwielicht, bleckte Wolfszähne, streckte Löwenkrallen aus. Aus zwei Löchern in ihrer Brust rann dunkle Flüssigkeit. Travis wollte eine Rune sprechen. Aber in seinem Mund war zu viel Blut und scharfe Splitter von irgendetwas Hartem.

Er wird dir die Kehle rausreißen.

Licht und Donner zerrissen die Nacht. Im Licht des Blitzes verwandelte sich Calvin Murrays Kopf in eine nasse Wolke aus Blut, Knochen und Gehirn. Die Kreatur fiel vor Travis zu Boden, zuckte noch einmal und blieb dann reglos liegen.

Travis schaute auf. Eine andere Gestalt war im Sternenlicht sichtbar: ein schmaler Mann mit einem Schnauzbart und einer Schrotflinte in den Händen.

»Alles in Ordnung, Mr. Wilder?«, fragte Tanner.

Travis betrachtete die beiden Leichen am Boden, die zu seinen beiden Seiten lagen, dann drückte er die Hand an die Brust. Sie blutete etwas, das war alles. »Ich glaube schon.«

»Dann sollten Sie besser kommen. Es ist Mr. Samson. Miss Lily und Mr. Dirk sind bei ihm.«

Sorge schoss in Travis empor und machte seinen Kopf klar. Er kam auf die Füße und setzte sich in Bewegung. Tanner hob den Peacemaker auf und folgte ihm.

Travis erreichte die Ställe und sah Durge über Lirith stehen, die neben Sareth auf dem Boden kniete. Nicht weit davon entfernt lagen drei Körper im Staub, und er registrierte dunkel die Tatsache, dass keiner von ihnen noch einen Kopf zu haben schien. Dann richtete er seine Aufmerksamkeit auf Lirith.

»Was ist?« Das Sprechen fiel schwer. Sein Kiefer funktionierte nicht richtig. »Stimmt etwas nicht mit Sareth?«

Der Mournisch schüttelte den Kopf. »Mir geht es gut. Ich bin schwach, das ist alles. Sie haben mir nichts getan.«

»Lord Locke?«, fragte Durge.

»Er ist tot«, sagte Tanner und humpelte heran. »Travis hat ihn mit einem sauberen Schuss erwischt.«

Die Worte ließen Travis zusammenzucken. Wie konnte ein Schuss sauber sein? Das genaue Gegenteil traf zu. Er hatte einen Mann getötet. Das war eine schreckliche Tat, ganz egal, wie böse Locke auch gewesen sein mochte.

»Und das Ungeheuer?«, fragte Lirith. »Wir haben gesehen, wie es Travis verfolgt hat.«

Tanner hob die Schrotflinte. »Darum hat sich die hier gekümmert.«

Travis ging in die Hocke und sah über die Schulter zu den drei Leichen. »Gentry?«

Durge nickte. »Und Ellis und Wilson. Es wäre nicht so schwer gewesen, mit ihnen fertig zu werden, aber ich musste sie köpfen.«

»Sie waren keine lebenden Menschen mehr«, erklärte Lirith, als sie Travis verwirrten Blick bemerkte. »Der Zauberer hat sie getötet und sie mit seiner Magie neu erschaffen.«

Travis verspürte Übelkeit. Das war also die Belohnung für ihre Loyalität gewesen. »So wie Murray?«

»In gewisser Weise. Er hat nicht ihre Körper verändert. Aber ihr Blut war ... falsch. Sie waren verseucht. Ich wusste, dass es nicht klug gewesen wäre, mit ihnen in Berührung zu kommen.«

»Es fiel mir schwer, einen Schuss anzubringen«, sagte Tanner. »Glücklicherweise ist Mr. Dirk sehr geschickt mit seinem großen Messer.«

Travis' Blick richtete sich auf das Schwert, das Durge hielt, die Spitze im Boden versenkt. Die Klinge war schwarz vor Blut.

»Also ist der Kreuzzug für Anstand vorbei«, sagte er. »Es ist alles vorbei.«

»Nein, Travis, das ist es nicht«, sagte Sareth. Ein Schauder durchfuhr ihn. Angeblich hatten sie ihm nichts getan, aber Travis hatte da seine Zweifel. Es war nicht allein die hereinbrechende Dunkelheit, die für die Schatten unter seinen Augen und seine eingefallenen Wangen verantwortlich war. Ihrer grimmigen Miene nach zu urteilen, sah Lirith es auch. Sie hielt Sareths Hand fest, als wollte sie sie nie wieder loslassen.

»Was meinen Sie?«

Sareth befeuchtete sich die Lippen. »Der Zauberer. Ich habe ihn gehört, wie er sich vorher mit Lord Locke unterhalten hat. Ich habe ihn nicht gesehen, aber ... diese Stimme. Wie das Zischen einer Schlange. Er muss es gewesen sein. Ich konnte nicht alles verstehen, aber er hat das Bluebell erwähnt. Und dann sprach er einen Namen, den ich erkannt habe.«

Plötzlich war es Travis kalt, das schweißdurchtränkte Hemd klebte auf seiner Haut. »Wessen Namen?«

»Jack Graystone.«

Travis sprang auf die Füße. Er hatte das Gefühl, sich übergeben zu müssen. Aber er spuckte nur einen Mund voll Blut und die Reste eines Zahns aus.

»Travis, Sie sind verletzt«, sagte Lirith. »Ihr Kiefer. Und Ihre Hand ...«

»Es ist nichts. Wir müssen ins Bluebell zurück. Sofort.«

Durge ging in die Knie, legte die Arme um Sareth und hob den Mournisch so mühelos hoch, als wäre er ein Kind. Es war bezeichnend für Sareths Zustand, dass er nicht protestierte. Lirith bot Tanner den Arm, damit er sich auf sie stützen konnte, und Travis führte den Weg an, als sie zum Wagen zurückeilten.

Es schien eine Ewigkeit zu dauern. Als sie den Wagen erreichten, war es völlig dunkel. Sie legten Sareth hinten hinein, und Lirith bettete seinen Kopf auf ihren Schoß. Tanner setzte sich erschöpft und mit hängenden Schultern neben sie.

Sie waren in einem schlimmen Zustand, sie alle. Sogar Durge. Er blutete aus einer oberflächlichen Wunde in der Seite; eine Kugel musste ihn gestreift haben. Nur ein paar Zentimeter weiter, und sie hätte sein Herz getroffen.

»Warum, Travis?«, wollte Durge wissen, als er auf den Kutschbock kletterte. »Was sollte der Zauberer von Lord Graystone wollen?«

Travis stieg neben ihm hoch. »Ich weiß es nicht, Durge, ich ...«

Der metallische Geschmack von Blut füllte seinen Mund, tröpfelte in seinen Hals, füllte seinen Leib mit Furcht.

»Was ist, Travis?«

Er irrte sich, er wusste genau, was der Zauberer von Jack wollte. Jack hatte es selbst gesagt, als sie das Bluebell verließen; darum hatten seine Worte Travis auch so gestört.

Ich finde dich ganz nett, und ich freue mich auf unsere zukünftige Freundschaft. Ich fände es schrecklich, wenn sie nicht zu Stande käme ...

»Gott«, sagte Travis leise. Er zitterte. »Das ist es, was er die ganze Zeit tun wollte. Der Zauberer. Nicht zurückgehen, sondern sie verhindern.«

»Sie reden Unsinn, Travis.«

Aber das stimmte nicht. »Aber verstehen Sie denn nicht, Durge? Er will versuchen zu verhindern, dass sie eintrifft.«

Der Ritter schüttelte den Kopf. »Dass was eintrifft?«

»Die Zukunft.«

31

Durge hielt die Zügel fest umklammert, während der Wagen durch die Nacht polterte. Travis wusste, dass es leichtsinnig war, in der Dunkelheit so schnell zu fahren. Eine tiefe Furche konnte zu einem Achsenbruch führen, der den Wagen einen Abhang hinunterrasen ließ. Trotzdem hielt er sich bloß fester, als Durge die Zügel knallen ließ und die Pferde zu einem noch schnelleren Galopp antrieb.

Als sie über einen Teil der Straße fuhren, die von zahllosen Rädern in ein Waschbrett verwandelt worden war, ertönte hinten ein schmerzerfülltes Aufstöhnen. Travis warf einen Blick über die Schulter. Der Mond hatte sich gerade über die Signal Ridge geschoben, und in seinem blassen Licht sah er, wie sich Lirith über Sareths Kopf beugte und seine Schläfen erfasste.

»Wie geht es ihm?«, rief Travis über das Rattern der Räder.

»Mal ist er ansprechbar, dann wieder nicht«, erwiderte Lirith. »Hunger und Durst haben ihn schwach gemacht. Aber das bereitet mir keine Sorgen. Es ist seine Krankheit. Sie wird ... schlimmer.«

Travis verstand. Es war, als würde der Dämon die Arbeit fortsetzen, die er vor zwei Jahren begonnen hatte, als er ihm das Bein gestohlen hatte, und ihn jetzt stückweise verschlingen.

Lirith sah auf, ihre Augen waren so dunkel wie die Nacht. »Wir müssen nach Eldh zurück. Dort ist die Weltenkraft viel stärker als hier. Ich glaube, ich kann seinen Lebensfaden zusammenhalten, während er gesund wird. Aber nicht auf dieser Welt.«

Darauf fand Travis keine Antwort. Er sah Tanner an. »Und Sie ...?«

»Mir geht es gut«, sagte der Sheriff, obwohl er wirklich

nicht so aussah. Er lehnte an der Wagenseite, das Mondlicht ließ seine Züge scharf hervortreten. »Machen Sie sich um mich keine Sorgen, Mr. Wilder. Helfen Sie nur Ihrem Freund, Mr. Graystone.«

Travis drehte sich wieder um. In der Ferne tanzten goldene Funken. Castle City. »Wie lange noch?«

»Nicht lange.« Der Ritter sah ihn an. »Der Zauberer will also Lord Graystone töten, glauben Sie?«

»Ich weiß es. Darum ist der Scirathi nach London gegangen. Wir haben uns geirrt ... er ist nicht daran interessiert, in die Zukunft zurückzukehren. Er will verhindern, dass sie eintritt. Oder zumindest ihren Lauf verändern.«

»Und wieso würde der Mord an Lord Graystone das bewirken?«

»Wenn er Jack 1887 tötet, dann wird Jack in mehr als hundert Jahren nicht in Castle City sein, um mir Sinfathisar zu geben. Und ohne den Großen Stein hätte ich unmöglich den Dämon in der Etherion besiegen können. Die Scirathi hätten gewonnen.«

Durge schnaubte. »Nicht unbedingt. Xemeth hat die Zauberer verraten. Dieser Zauberer konnte doch bloß überleben und uns folgen, weil Sie den Dämon vernichtet haben, den Xemeth von der Leine gelassen hat.«

»Das ist wahr.« Travis setzte im Kopf die Stücke zusammen. »Aber der Zauberer konnte unmöglich von Xemeths Verrat wissen. In der Etherion stand er unter dem Einfluss des Dämons. Und während er uns belauscht hat, haben wir nie über Xemeth gesprochen.«

Durge zog an den Zügeln, und der Wagen fuhr um eine Kurve. »Ich verstehe es jetzt. Der Zauberer hält Sie für den Grund, dass seine Brüder in der Etherion gescheitert sind. Er glaubt, Sie und der Große Stein sind für seine und die Niederlage der anderen Scirathi verantwortlich.«

»Aber das will er alles ändern«, sagte Travis, »indem er dafür sorgt, dass es nie geschehen ist.«

Sie hatten die Außenbezirke der Stadt erreicht; die Straßen lagen verlassen da. Der Wagen ratterte um eine Ecke auf die Grant Street, und Durge zog hart an den Zügeln. Der Wagen kam rutschend zum Stehen.

»Es sieht alles ruhig aus«, sagte Travis. Die Fenster der Pension waren alle dunkel.

»Ich würde Lärm bevorzugen«, sagte Durge, als sie vom Kutschbock stiegen.

»Ich muss bei ihm bleiben«, sagte Lirith, die ihre Hände noch immer gegen Sareths Schläfen drückte. Im Mondlicht hatte ihr Gesicht einen gehetzten Ausdruck. Die Augen des Mournisch waren geschlossen.

Travis sah Tanner an. »Sheriff, können Sie auf sie aufpassen?«

Tanner tätschelte die Schrotflinte auf seinen Knien. »Ich sorge dafür, dass keiner dem Wagen zu nahe kommt. Hier, den sollten Sie lieber mitnehmen. Ich habe ihn nachgeladen.« Er streckte den Peacemaker aus.

Der Revolver leuchtete im Mondlicht wie flüssiges Silber. Travis griff danach, aber dann zog er die Hand zurück. Dieses Duell würde man nicht mit einem Sechsschüsser gewinnen.

»Passen Sie auf sich auf, Sheriff«, sagte er, und ging auf die Pension zu. Durge war mit ein paar schnellen Schritten an seiner Seite, das Breitschwert in den Händen. Travis kam gar nicht erst auf die Idee, den Ritter zu bitten, im Wagen zu bleiben.

»Durge, ich möchte, dass Sie Maudie und Liza finden und für ihre Sicherheit sorgen. Das gilt auch für die anderen Pensionsgäste.«

»Was ist mit Ihnen?«

»Ich werde Jack aufspüren.«

»Wird nicht der Zauberer bei ihm sein?«

Travis holte tief Luft. »Damit rechne ich ja.«

Gemeinsam stiegen sie die Stufen zur Veranda hinauf. Travis war sich eines jeden Quietschens der Planken unter seinen Stiefeln bewusst. Wusste der Zauberer, dass er hier war?

Nein, er glaubt bestimmt, dass du noch immer auf der Bar L Ranch bist. Das war die ganze Zeit sein Plan. Vermutlich hat er nicht einen Augenblick lang damit gerechnet, dass Locke und der Kreuzzug von dir den Skarabäus bekommen. Er hat sie lediglich dazu benutzt, dich abzulenken, dich von Jack wegzulocken, damit er zuschlagen konnte. Er braucht den Skarabäus nicht. Er hat das Tor-Artefakt nur gestohlen, um sicherzugehen, dass wir nicht aufbrechen. Sobald er Jack getötet hat, wird sich die Zukunft verändern, und keiner von euch wird dann noch hier sein.

Travis griff in die Tasche und spürte die Wärme des lebenden Schmuckstücks. Dann öffnete er die Tür. Dahinter lag nur Finsternis. Durge und er sahen sich an, dann betraten sie die Vorhalle.

Etwas Weißes schoss wie ein Geist durch die Dunkelheit und flog auf Durges Brust zu. Durge fluchte, nahm das Schwert in die andere Hand und wehrte den Angreifer mit der nun freien ab.

Der Geist stieß ein protestierendes Miauen aus. Travis' Herz schlug weiter. Durge seufzte erleichtert auf und schloss den Arm um die kleine Katze. Sie musste vom Treppenabsatz in die Tiefe gesprungen sein.

»Sie bleiben hier, Miss Guenivere«, flüsterte Durge und stellte die Katze auf dem Boden ab. Sie schnurrte und rieb sich an seinem Bein.

Sie blieben eine Minute in der Vorhalle stehen. Travis konnte in dem Zwielicht mühelos sehen, aber er wusste, dass sich Durges Augen an das schwache Mondlicht gewöhnen mussten, das durch die Fenster einfiel. Durge nickte, und sie gingen ins Wohnzimmer, dann ins Esszimmer, die Küche und Maudies Schlafzimmer. Alle Räume waren leer. In wenigen Augenblicken standen sie wieder am Fuß der Treppe. Miss Guenivere war verschwunden.

Durge zeigte mit dem Schwert. Nach oben. Travis erklomm die Stufen, Durge direkt hinter ihm. Seine Hand glitt zur Tasche – nicht zur linken, wo er den Skarabäus aufbewahrte, sondern zur rechten, die Sinfathisar enthielt. Mit reiner Willenskraft zog er die Hand zurück; die oberflächliche Schusswunde blutete noch immer.

Auf dem Weg nach oben begegneten ihnen bloß Schatten. Am Treppenabsatz des ersten Stocks blieben sie stehen. Stille. Sie gingen den Korridor entlang, öffneten Türen, schauten in alle Schlafzimmer. Sie waren leer. Sie kamen zur letzten Tür. Durge drehte den Knauf. Abgeschlossen.

Durge kniete nieder, um durch das Schlüsselloch zu spähen. Er holte zischend Luft. »Lady Maudie!«

»Was sehen Sie?«, flüsterte Travis. *Geht es ihr gut?,* wollte er fragen, aber dann hörte er einen leisen, verängstigten Laut durch die Tür dringen.

»Lady Maudie!«, raunte Durge durch das Schlüsselloch.

Ein Kratzen ertönte, dann ein schwaches Husten. »Mr. Dirk! Sind Sie das wirklich?«

»Ja. Und Travis ist bei mir.«

Ein Schluchzen erklang. »Oh, Mr. Caine. Sie müssen ihn aufhalten. Er will Mr. Graystone etwas Schreckliches antun.«

»Wer, Maudie?«, wisperte Travis, dabei kannte er die Antwort bereits.

»Der Mann mit der goldenen Maske. Gehört er zum Kreuzzug für Anstand?«

Travis wusste nicht, was er darauf antworten sollte. »Maudie, können Sie die Tür aufmachen?«

»Sie geht nicht auf«, kam die gedämpfte Antwort. »Ich glaube, er hat etwas damit gemacht, etwas, das sie versperrt.«

Ein Zauber. Der Zauberer hatte sie mit Magie gebunden.

»Maudie«, sagte Durge. »Was ist passiert? Und wo sind die anderen?«

»Liza und ich waren in der Küche und machten nach dem Abendessen sauber. Alle Pensionsgäste sind in die Saloons gegangen. Dann hörten wir, wie die Vordertür aufschlug. Ich glaubte, es wäre der Wind gewesen. Aber als ich in die Vorhalle ging, sah ich ihn. Er sprach mit einer schrecklichen Stimme, wie eine Schlange, und sagte: ›Wo ist Graystone?‹. Ich rief Liza zu, aus dem Haus zu flüchten, dann drehte ich mich um und eilte nach oben, in der Hoffnung, dass er mir folgen und Liza in Ruhe lassen würde, und das tat er dann auch.«

Wieder ertönte ein Husten hinter der Tür, diesmal nur schlimmer. Sie hätte nicht die Stufen hinaufgehen dürfen.

»Ich lief in dieses Zimmer und schloss die Tür«, sagte Maudie dann. »Ich rechnete damit, dass sie zersplittern würde, aber das tat sie nicht. Stattdessen wurde es richtig still im Haus, und ich entschied, wieder herauszukommen, aber ich konnte die Tür nicht aufbekommen. Auch das Fenster nicht.«

Travis schluckte. »Maudie, wissen Sie, wo Jack ist?«

»Er ist nach dem Essen auf sein Zimmer gegangen. Da habe ich ihn das letzte Mal gesehen.«

Jacks Zimmer befand sich im ersten Stock, aber von dem Raum abgesehen, in dem sich Maudie befand, waren sie alle leer. Die Pension hatte nur noch ein weiteres Stockwerk: der Dachboden.

Wieder drang ein Schluchzen durch das Schlüsselloch. »Oh, Mr. Caine, Mr. Dirk, er war so schrecklich. Diese Maske – sie sah aus wie das Angesicht des Todes. Ich glaubte, er wäre gekommen, um mich zu holen, dass meine Zeit gekommen ist.

Ich bin so schwach. Mein Herz schlägt nicht richtig. Und ich konnte Bart nicht sagen, was ... und ich habe solche Angst, dass ich nicht mehr dazu komme ...« Ihre Worte endeten in einem weiteren Hustenanfall.

Travis legte Durge die Hand auf die Schulter. »Brechen Sie die Tür auf, Durge. Bleiben Sie bei ihr.«

»Und Sie?«, fragte der Ritter.

»Ich gehe hinauf.«

Ihm fiel nichts mehr ein, was er noch sagen sollte, also drehte er sich um und ging in Richtung Treppe. »Lady Maudie, gehen Sie von der Tür weg«, hörte er Durge hinter sich sagen. Dann stieg er die Stufen hinauf.

Er erreichte den Treppenabsatz. Im zweiten Stock war es so still wie im Rest der Pension. *Vielleicht kommst du zu spät. Vielleicht hat der Zauberer sein Werk vollendet und Jack ist bereits tot.*

Aber wäre Jack schon tot gewesen, dann hätte Travis unmöglich hier sein können, weil sich die Zukunft verändert hätte. Irgendwie musste noch Zeit sein.

Travis betrat den Korridor. Er stieß die erste Tür auf: ein leerer Lagerraum. Daneben war die Tür zu Liriths Zimmer, aber dort war niemand. Noch ein leerer Raum folgte, und dann war da nur noch eine Tür, die Tür zu dem Raum, den sich Travis in den letzten Wochen mit Durge geteilt hatte. Travis ergriff den Türknauf, fest davon überzeugt, dass er durch einen Zauber verriegelt war.

Das war er nicht. Travis drehte den Knauf, die Tür öffnete sich. Er betrat das Zimmer, und Entsetzen ergriff ihn.

»Jack!«

Jack kniete auf dem Boden, die linke Hand in der Brust verkrallt. Seine Haut war grau, sein Haar durcheinander, das Gesicht vor Qual verzerrt. Der Zauberer stand ein Stück entfernt von ihm. Die goldene Maske des Scirathi zeigte das heitere Lächeln des Todes; sein schwarzes Gewand saugte das Mondlicht ein. Die Hand des Zauberers – die Haut bestand aus dichtem Narbengewebe – war auf Jacks Brust gerichtet. Travis hatte die schreckliche Wirkung dieses Zaubers einst am eigenen Leib erfahren. Der Zauberer brachte Jacks Herz zum Stillstand.

»Nein!«, rief Travis. Er wusste nicht, was er tun sollte, nur, dass er den Scirathi ablenken, seinen Zauber brechen musste. »Lass ihn in Ruhe. Du willst mich, nicht ihn!«

Der Zauberer bewegte sich nicht. Sein Körper war reglos, sein Arm ganz steif, als bestünde sein ganzer Körper aus Metall und nicht nur die Goldmaske. Jack regte sich ebenfalls nicht. Seine Augen starrten ohne zu blinzeln, sein Mund stand in einem lautlosen Schmerzensschrei offen.

»Ich sagte, weg von ihm!« Travis griff nach dem Zauberer.

Es war ein seltsames Gefühl, als würde man in dickem Sirup stecken. Je näher Travis' Hand dem Zauberer kam, desto schwerer fiel jede Bewegung. Er biss die Zähne zusammen, kämpfte, aber als seine rechte Hand einen Zentimeter von dem Gewand des Scirathi entfernt war, konnte er sie nicht mehr weiter bewegen. Schließlich zog Travis die Hand mit einem Grunzen zurück. Sie brannte wie Feuer, und einen Augenblick lang leuchtete die Rune der Runen auf seinem Handteller auf.

Noch immer hatten sich weder Jack noch der Zauberer bewegt. Hier stimmte etwas nicht. Das schwarze Gewand des Scirathi schien sich hinter ihm aufzublähen, als wäre er gerade dabei, den Raum schnell zu durchqueren. Aber er stand reglos da. Und Jack nahm eine ungewöhnliche Position ein. Er hätte sich unmöglich auf den Knien halten können, nicht in dem Winkel, in dem sich sein Körper befand. Er hätte fallen müssen.

Dann begriff Travis. Jack *fiel.* Der Zauberer *eilte* mit ausgestreckter Hand durch den Raum und tötete Jack. Aber irgendetwas hatte die beiden mitten in der Bewegung eingefroren.

Travis umkreiste die beiden reglosen Gestalten, betrachtete sie aus allen Winkeln. Er versuchte Jack zu berühren, aber das war genauso unmöglich wie der Versuch, Hand an den Zauberer zu legen. Was auch immer sie verharren ließ, es beeinflusste auch Travis, wenn er zu nahe herankam. Aber was konnte es nur sein? Ein von dem Scirathi verursachter Zauber?

Ein Zauber, ja. Aber keine Blutmagie.

Auf dem Bett lag ein aufgeschlagenes Buch. Travis erkannte es wieder, es handelte sich um das Buch, das Jack ihm zu lesen gegeben hatte. Er nahm es auf, ganz vorsichtig, um die Seite nicht zu verschlagen. Er überflog die Zeilen im Dämmerlicht, zwang die Worte dazu, die richtige Reihenfolge einzunehmen, damit sie Sinn ergaben.

Aber sie ergaben keinen Sinn. Da stand etwas über einen Runenmeister, und wie er allein in der Ödnis gegen einen Drachen gekämpft hatte. Am Ende hatte der Runenmeister erkannt, dass es unmöglich war, dass es keine Möglichkeit für ihn gab, diese Schlacht zu gewinnen.

Das war nicht hilfreich; Travis musste erfahren, wie er eine nicht zu gewinnende Schlacht gewinnen konnte. Er fing an, das Buch zurückzulegen – und hielt inne, als sein Blick auf die letzten paar Zeilen fiel.

... und in dem Wissen, dass er nicht siegen konnte, sprach Handerul die Rune der Zeit, und die Zeit unterstand seinem Befehl, und er befahl: »Stehe still!«. Und es heißt, dass, könnte man nur das geheime Tal entdecken, in dem die beiden vor langer Zeit miteinander rangen, man den Zauberer Handerul und den Drachen Grash im tödlichen Zweikampf verstrickt auffinden würde, so wie sie miteinander vor tausend ...

Travis warf das Buch aufs Bett und drehte sich um. Jack und der Zauberer hatten sich noch immer nicht bewegt, so als wären sie in einem Augenblick der Zeit gefangen.

Und das war die Botschaft, die Jack ihm hinterlassen hatte. Jack war schwach; er hatte gewusst, dass er keinen Kampf gewinnen konnte, dass der Scirathi ihn töten würde. Aber er musste noch genug Kraft gehabt haben, um die Rune der Zeit zu sprechen, und er hatte das Buch Travis als Hinweis zurückgelassen. Damit hatte Travis eine Chance.

Aber wie sah sie aus? Sobald die Zeit wieder ihren normalen Fluss angenommen hatte, wie lange blieb ihm, bevor der Scirathi seinen Zauber vollendete und Jack umbrachte? Eine Sekunde? Weniger? Travis musste eine Möglichkeit finden, die Aufmerksamkeit des Zauberers auf sich zu lenken, ihn von Jack fortzulocken. Aber was konnte er tun?

Ja, natürlich.

Travis nahm eine Position neben Jack ein, wo ihn der Zauberer sehen musste. Er griff in die Tasche, dann hob er die Hand und öffnete die Finger. Der Skarabäus krabbelte auf schlanken goldenen Beinen über seine Handfläche. Selbst wenn der Zauberer nicht geplant hatte, sich das Schmuckstück anzueignen, würde er seiner Verlockung nicht widerstehen können, nicht, wenn es direkt vor ihm war.

Jetzt, Travis. Sprich die Rune der Zeit.

Aber wie hieß sie? Diese Rune war ihm unbekannt.

Doch, du kennst sie. Jack hatte Recht – das Wissen ist bereits in dir. Du musst bloß zuhören.

Er hörte die Stimmen im Chor sprechen: sämtliche Runenmeister, die es vor Jack gegeben hatte. Als sie sprachen, sah er sie in seinem Verstand wie von blauem Feuer umzüngelt brennen: zwei Dreiecke, deren Spitzen sich berührten.

»Tel«, sagte Travis.

Und die Zeit strömte wie ein Fluss ohne Damm.

Der Zauberer vollendete seinen Schritt und kam direkt vor Jack zum Stehen. Sein schwarzes Gewand glättete sich. Jack gab einen erstickten Laut von sich, während er zu Boden fiel. Die gespreizten Finger des Zauberers fingen an, sich zu einer Faust zu schließen.

Heiße Wut ließ Travis' Furcht verschwinden. »Lass ihn in Ruhe!«, befahl Travis in energischem Tonfall.

Der Zauberer riss den Kopf hoch. Der heitere Ausdruck auf der Maske veränderte sich nicht, dennoch konnte Travis Verwirrung spüren. Der Scirathi konnte unmöglich wissen, dass Jacks Rune die Zeit gestoppt hatte. Für ihn würde es so aussehen, als wäre Travis aus dem Nichts aufgetaucht.

Der Skarabäus kroch auf Travis' Fingerspitzen, und der Zauberer verdrehte leicht den Kopf, seine Hand senkte sich. Ja, er hatte ihn gesehen.

Jack holte keuchend Luft. Er rollte sich einmal auf dem Boden herum, dann kroch er in Richtung Zimmerecke. »Travis!«, rief er heiser. »Die Maske ...«

Ein Hustenanfall verschluckte den Rest seiner Worte, aber Travis hatte ihn verstanden. Die Maske war der Schlüssel zur Macht des Zauberers; das hatte er schon damals in Denver erfahren. Der Scirathi schaute in Jacks Richtung und zögerte. Travis konnte förmlich spüren, wie er eine Entscheidung traf. Dann wandte der Zauberer sein goldenes Gesicht Travis zu.

Er hatte nur eine Sekunde, das war ihm klar. Er öffnete den Mund, um *Kel* zu sprechen, die Rune des Goldes, denn er wusste, dass er dem Scirathi damit die Maske vom Gesicht reißen konnte.

Er war zu langsam. Der Zauberer hob die Hand, und Travis' Herz setzte einen Schlag lang aus. In seinem Kopf dröhnte es, Funken tanzten in seinem Blickfeld. Er taumelte.

Die Rune, Travis. Sprich die Rune. Sofort.

Aber ihm fehlte die Luft zum Sprechen. Er konnte fühlen,

wie sein Herz langsamer wurde, wie jeder neue Schlag eine noch schrecklichere Anstrengung erforderte als der vorherige. Es war ihm unmöglich, den Blick von dem lächelnden goldenen Antlitz vor ihm zu wenden.

Jack rief irgendetwas. Etwas über Blut. Oder war das der Stimmenchor in seinem Kopf? Es spielte keine Rolle. Das Dröhnen in seinen Ohren übertönte alles. *Bumm.* Zwischen jedem Schlag schien eine Ewigkeit zu vergehen. *Bumm.*

Der Skarabäus. Du musst nicht sprechen, benutze einfach das Blut. Es ist deine einzige Hoffnung.

Der Donner seines Herzens verklang; er konnte die Worte wieder verstehen. Aber konnte er den Skarabäus benutzen? Das Denken fiel so schwer; sein Verstand setzte aus.

Travis zwang sich, den Blick von der Goldmaske des Zauberers zu wenden. Der Skarabäus tauchte gerade seine schlanken Beine in einen Blutstropfen auf seiner Handfläche. Die Flüssigkeit schien ihn in Erregung zu versetzen, er bewegte sich schneller. Vielleicht musste Travis gar nicht wissen, was er tun sollte; vielleicht wusste es ja der Skarabäus. Vielleicht war das sein Geheimnis.

Bumm.

Jede Bewegung war eine Qual, trotzdem drehte Travis die Hand. Der Skarabäus krabbelte von der Handfläche auf den Handrücken. Noch immer sickerte Blut aus dem Schnitt direkt unterhalb der Knöchel. Das goldene Insekt folgte ihm begierig, bis es die offene Wunde erreichte.

Bumm ...

Der Zauberer ballte die Faust, und das Dröhnen von Travis' Herz erstarb. Seine Sicht schwand, und er beobachtete wie durch einen Schleier, wie der Skarabäus mit goldenen Beißzangen nach der Wunde auf dem Handrücken tastete. Ein einziger Tropfen blutrote Flüssigkeit bildete sich zwischen den Beißzangen, ein funkelnder, winziger Rubin.

Der Zauberer stieß ein Zischen aus, und die unsichtbare Hand, die Travis' Herz umklammert hielt, verschwand. Er taumelte zurück, als das Organ wieder schmerzhaft seine Funktion aufnahm. Mit einem Schrei riss ihm der Scirathi den Skarabäus von der Hand, kippte den Kopf nach hinten, hielt das lebende Schmuckstück über den Mundschlitz der Maske und zerquetschte es.

Es kam nichts heraus.

Travis hob die Hand und starrte sie an. Der Skarabäus hatte noch einen Tropfen Blut enthalten; er hatte es gesehen. Wo war der Blutstropfen hin?

Goldenes Feuer schoss durch seine Adern, und er hatte die Antwort.

Sein Rückgrat bog sich durch. Er warf den Kopf zurück und schrie auf. Als Krondisars Feuer ihn verschlungen hatte, hatte er Schmerzen erlitten, die schlimmer als alles waren, was er je im Leben hatte erdulden müssen. Aber das hier war schlimmer als Schmerz. Er konnte es als Kettenreaktion in seinem Blut fühlen. Wenn sich eine Zelle veränderte, brachte sie die nächste dazu, die gleiche Metamorphose durchzumachen. Es war wie Krebs, nur schneller als ein Feuersturm, und er raste durch seine Arme, die Brust, die Beine. Dann erreichte das Feuer sein Gehirn. Die Welt verwandelte sich in einen Kessel aus geschmolzenem Gold. Er fiel auf die Knie, seine Hände verzerrten sich zu Krallen.

Das Feuer ließ nach. Ihm fehlte die Nahrung; die Verwandlung war vollendet. Langsam streckte Travis die Finger. Goldene Funken schwammen direkt unter der Haut, kaum zu sehen, aber vorhanden. Dann waren sie verschwunden.

Was geschieht mit dir, Travis?

Aber er wusste es. Er hatte gesehen, wie Xemeth in der Etherion die gleiche Transformation durchlaufen hatte. Aber Xemeths Verwandlung war nicht von Qualen begleitet worden; sie war fast augenblicklich vonstatten gegangen. Andererseits hatte Xemeth drei Tropfen von Orús Blut in sich aufgenommen, während in seinen Adern nur einer schwamm.

»Travis, jetzt!«, brüllte Jack. »Halte ihn auf, bevor er seinen Zauber vollendet.«

Travis riss den Kopf hoch. Der Zauberer war ein paar Schritte zurückgegangen und warf die zerdrückten Überreste des Skarabäus zur Seite. Dann zog er ein kleines Messer und brachte sich am linken Arm einen Schnitt bei. Dunkles Blut quoll hervor. Hinter der Goldmaske ertönte eine Beschwörungsformel. Der Blutstrom auf dem Arm verschwand, als wäre er verdampft. Ein Krampf schüttelte seinen Körper, aber er murmelte weiter unzusammenhängende Worte.

Und jetzt sah Travis es, es war wie ein Schatten aus dem Nichts. Der Schatten verdrehte sich ineinander und gewann an Substanz und Stärke, während er das Blut des Zauberers trank. Mit einem Aufschrei stieß der Scirathi die Hand nach vorn, und der Schatten stach wie eine Viper zu; er entrollte sich und hielt direkt auf Travis' Kehle zu.

Travis' Gesicht verzog sich zu einem wilden Lächeln. Wenn der Schatten Blut wollte, dann würde er ihm welches geben – Blut, das viel mächtiger war, als es das des Zauberers je sein würde. Er hielt die verletzte Hand hoch.

Der Schatten hielt mitten im Schlag inne. Er flimmerte, peitschte durch die Luft und schlängelte sich um Travis' Arm. Übelkeit stieg in Travis auf, denn er fühlte, wie der Schatten an der Wunde saugte. Die schwarze Masse pulsierte, wurde größer, schlanker und viel stärker, als sie vorher gewesen war.

»Ja, so ist gut«, flüsterte Travis. »Trink.«

Der Scirathi bewegte sich nicht, starrte mit leeren goldenen Augen ...

... und wirbelte herum, um aus dem Zimmer zu fliehen.

Mit einem Ruck des Handgelenks schickte Travis den Schatten los, um seine Arbeit zu tun. Die Viper traf den Zauberer wie ein schwarzer Speer in den Rücken. Etwas Goldenes flog durch die Luft und landete dann klappernd auf dem Boden. Der Scirathi schrie auf, riss die Arme hoch und bäumte sich auf, als der Schatten ihn durchdrang. Dann war er verschwunden.

Der Zauberer stürzte zu Boden. Sein schwarzes Gewand war dort, wo ihn der Schatten getroffen hatte, unversehrt. Trotzdem regte er sich nicht mehr.

»Nun«, sagte eine heisere, aber schockierend fröhliche Stimme, »das war ein bemerkenswertes Schauspiel.«

Jack kroch über den Boden, hob etwas auf und zog sich an der Kommode auf die Füße. Er war aschfahl, aber seine blauen Augen strahlten.

»Jack«, krächzte Travis. In seinem Körper schmerzte jeder Muskel und jede Sehne, so als würde er sich von einem schweren Fieber erholen. »Jack, alles in Ordnung?«

»Ich wollte dich das Gleiche fragen. Du bist so weiß wie ein Laken. Mir geht es wieder gut, danke. Obwohl, wenn es mir nicht gelungen wäre, die Dinge mit der Rune der Zeit anzuhalten, ginge es mir gar nicht gut. Mein Herz fühlte sich an, als wollte es aus der Brust springen. Ein schöner Zauber, den dieser Bursche da weben konnte.«

Jack hob den Gegenstand hoch. Es war die Goldmaske des Scirathi. Er drehte sie um, dann hob er sie höher. »Ich frage mich, ob ich es wohl schaffen würde ...«

»Versuch es erst gar nicht«, sagte Travis.

Jack seufzte, dann warf er die Maske zurück auf den Boden. »Ich vermute, du hast Recht. Eine Art Zauberei reicht völlig für mich aus.« Er hob eine Braue. »Obwohl ich nicht glaube, dass das für dich noch länger zutrifft.«

Travis hob die Hand. Die Wunde hatte sich geschlossen, nur eine kaum sichtbare weiße Narbe war geblieben. Von dem Blut war keine Spur mehr zu sehen. Er verspürte Angst. Aber da war auch ein anderes Gefühl, das noch unbehaglicher war. Es war Aufregung.

Travis ging zu dem zusammengefallenen schwarzen Körper. Er drehte ihn mit dem Stiefel um. Die Ruine eines Gesichts starrte ihm entgegen, es war so von Narben übersät, dass es kaum noch menschlich war. Allein die Augen enthüllten, dass dies einst ein Mann gewesen war; sie starrten ins Leere. Travis ging auf die Knie, griff in das Gewand des Zauberers und holte das Tor-Artefakt hervor.

Jack trat neben ihn. »Ich schätze, das bedeutet, dass du bald aufbrichst.« Seine Stimme klang traurig, aber schicksalsergeben.

Travis lächelte seinen alten Freund an. »Keine Sorge, Jack. Ich werde dich wieder sehen.«

»Nein, ich sehe dich wieder. In etwa einem Jahrhundert oder so. Aber ich fürchte, es wird nicht andersrum sein.«

Travis nahm die Brille ab. Beide Gläser waren gesprungen; in der ganzen Aufregung hatte er es nicht einmal bemerkt. »Ich glaube, die sollte ich dir geben. Zur sicheren Aufbewahrung.«

Jack nahm die Nickelbrille, klappte sie zusammen und schob sie in eine Westentasche. »Ich gebe sie dir zurück, wenn wir uns wieder sehen.«

Travis fröstelte. Wie konnte man sich von jemandem verabschieden, von dem man wusste, dass man ihn niemals lebendig wieder sehen würde? Aber manchmal blieb einem nichts anderes übrig. »Danke, Jack.« Er nahm Jacks Rechte mit beiden Händen und drückte fest zu. »Für alles.«

Jacks Lächeln war etwas verwirrt, trotzdem lag Fröhlichkeit darin. »Bei der Liebe von Isis und Osiris, natürlich, mein Junge. Keine Ursache. Findest du nicht, wir sollten die anderen finden und sehen, wie es ihnen geht? Ich vermute, sie haben alle einen ganz schönen Schreck bekommen. Wir sollten mit ihnen eine Tasse Tee trinken, bevor ihr geht.«

DRITTER TEIL

Der Schwarze Turm

32

Travis hatte immer gehört, die Zeit sei wie ein Fluss: ein großer Strom, der unerbittlich auf sein Ziel zufloss und auf dessen Strömungen man nur treiben konnte. Aber für Travis war die Zeit eher wie ein Korridor mit vielen abzweigenden Räumen – Räumen, in denen man eine Zeit lang verweilte, entweder kurz oder lang, bevor man die Tür öffnete, hindurchtrat und sah, was als Nächstes kam.

Auf dem Weg zum Schwarzen Turm passierten sie viele solcher Türen und Räume – viele solcher Zeitabschnitte.

Da war ihre Zeit in Castle City, ihre letzten Stunden dort. Es schien seltsam zu sein, dass sie sich beeilen mussten. Denn wenn Jack Recht hatte mit dem, was sie im Turm der Runenbrecher finden würden, dann hatten sie alle Zeit der Welt. Es gab keinen Grund, warum sie nicht bei Maudie und Tanner in der Pension bleiben konnten, zumindest noch eine Weile lang. Kein Grund außer den dunklen Ringen unter Sareths Augen, die Schatten in seinen eingefallenen Wangen, sein keuchendes Atmen.

»Wir müssen jetzt gehen«, sagte Lirith und zog Travis ins Esszimmer; sie sah erschöpft aus. Die anderen waren im Wohnzimmer versammelt, wo Sareth bewusstlos auf dem Sofa lag. »Ich kann seinen Lebensfaden nicht länger zusammenhalten.«

»Aber die erneute Reise durch das Nichts – wird sie seinen Zustand denn nicht verschlimmern?«

Sie schüttelte den Kopf. »Der Schaden ist bereits angerichtet. Ich glaube, dass ich auf Eldh seinen Faden heilen kann. Aber hier nicht.«

Sie brauchten nicht lange mit ihren Vorbereitungen. Sie holten ihre spärlichen Besitztümer, und Travis stellte das Tor-

Artefakt in die Mitte des Wohnzimmers. Der Onyx-Tetraeder absorbierte das Licht, aber Travis wusste, was er wirklich wollte. Blut.

»Was soll das?«, fragte Maudie mit einem Anflug von Panik in der Stimme. »Was geht hier vor?«

Tanner ergriff ihre Hand. »Ich werde versuchen, dir das später zu erklären, Maude.«

»Ich glaube, da kann ich Ihnen helfen«, sagte Jack.

Maudie schüttelte den Kopf; sie war jetzt ruhiger. »Nein, ich glaube, ich verstehe.« Sie sah Travis, Durge und Lirith an. »Sie gehen irgendwohin, nicht wahr?«

Travis nickte. »Es ist eine andere Welt.«

Einen Augenblick lang stand Verwirrung in ihre grünen Augen geschrieben, die dann aber verschwand. Sie legte eine Hand an die Brust. »Ich nehme an, ich werde auch bald reisen. In eine andere Welt.«

Sie verabschiedeten sich schnell, als würde es das irgendwie weniger schmerzhaft machen. Travis schüttelte Tanner die Hand. Was konnte er schon sagen, um das auszudrücken, was er fühlte? Er begnügte sich mit den Worten: »Danke für alles, Sheriff.«

»Keine Ursache, Mr. Wilder. Aber Miss Lily hat Recht. Es heißt jetzt Mr. Tanner.« Er warf Maudie einen Blick zu, die Lirith stürmisch umarmte. »Ich habe vor über einer Woche den Gouverneur aufgefordert, einen neuen Sheriff zu schicken. Wenn er in ein paar Tagen eintrifft, werde ich meinen Stern abgeben.«

»Aber was wollen Sie tun?«

Tanner zuckte mit den Schultern. »Mr. Manypenny hat immer gesagt, dass bei ihm ein Job auf mich wartet, also werde ich ihn wohl beim Wort nehmen. Und ich brauche einige Zeit, um mich an Miss Lilys Anweisungen zu halten und vom Laudanum loszukommen. Aber hauptsächlich will ich sie mit Maude verbringen. Die Zeit, die ihr noch bleibt.«

Travis sah zu Maudie hinüber. Sie umarmte gerade Durge, hielt ihn fest, als ginge es um ihr Leben, aber der stoische Ritter wehrte sich nicht. »Das freut mich«, sagte er.

Es war Mitternacht. Durge und Travis legten Sareth neben dem Tor-Artefakt auf den Teppich, und Lirith kniete neben ihm nieder. Travis entfernte das dreieckige Oberteil des Artefakts und enthüllte das darin befindliche Reservoir. Er nahm das malachorianische Stilett und brachte sich am linken Arm einen kleinen Schnitt bei. Blut floss, tropfte in das Artefakt und füllte das Reservoir.

Travis befestigte das Onyx-Dreieck wieder auf dem Artefakt. Eine Sekunde lang befürchtete er, nichts würde passieren. Schließlich war nur ein einziger Blutstropfen des Gottkönigs Orú in seine Adern eingedrungen. Dann erwachte das Tor knisternd zum Leben: ein dunkles, von blauen Flammen umzüngeltes Oval. Das Letzte, was Travis hörte, war Jacks Stimme. »Bei Jovus, das wird ein tolles Abenteuer!«

Und es war, als würde sich eine Tür öffnen und schließen und sie von einem Zimmer ins nächste schaffen.

Danach kam ihre Zeit in Tarras. Es war eine langsame, ruhige Zeit, erwärmt von der sanften, südlichen Sonne, duftend nach Gewürzen, Orangen und dem Meer. Eine Zeit des Heilens.

Sie mieteten im Vierten Kreis von Tarras einen Monat lang ein kleines weißes Haus. Es war Durges und Liriths Idee gewesen, in diese Stadt zu kommen. Durge hatte argumentiert, dass sich Tarras verglichen mit den Domänen in hundert Jahren weniger verändert und sie deshalb eine bessere Chance haben würden, ihr Ziel intakt zu erreichen, wenn sie beim Durchgang durch das Tor die uralte Stadt visualisieren würden. Lirith Begründung war anders, aber nicht weniger zwingend:

Sie wusste, wo sie in Tarras die von ihr benötigten Kräuter und Medizin finden würde.

Die ersten drei Tage waren die schlimmsten. Sareth verlor immer wieder das Bewusstsein, er hatte Schüttelfrost und schwitzte, und Lirith kümmerte sich ohne Pause um ihn. Sie schickte Durge und Travis auf viele Besorgungen, um Kräuter, Gewürze und Öle zu holen. Ihre Medizin zeigte Wirkung, senkte das Fieber und die Stärke der Krämpfe. Trotzdem hatte es den Anschein, als sei ihre Arbeit umsonst. Seine Wangen fielen noch mehr ein, auf seinem Beinstumpf bildeten sich dunkle Striche, die sich über seinen ganzen Körper ausbreiteten.

Als in der dritten Nacht sich der Vollmond über das Meer erhob, klopfte es an der Tür. Durge öffnete sie, und drei Frauen in grünen Gewändern rauschten herein. Travis sah sofort, dass es sich um Hexen handelte. Hatte Lirith nicht einst erzählt, in Tarras einen Zirkel gefunden zu haben? Doch sie benahmen sich merkwürdig und lebten im Untergrund, ganz anders als die Hexen im Norden. Aber sie waren gekommen.

Die drei Frauen sagten kein Wort. Oder zumindest nichts, das Travis oder Durge mithören konnten. Aber Lirith stand schnell auf und sah die Hexen gebannt an. Die drei Frauen fassten sich an den Händen und bildeten zusammen mit Lirith einen Kreis um Sareth. Sie schlossen die Augen, und es schien sich nichts zu tun, während sie eine Stunde reglos dastanden.

Dann setzte sich Sareth auf, und sein Blick war klar.

Wortlos drehten sich die drei Frauen in Grün um und verschwanden wieder in der Nacht. Lirith lag auf den Knien, die Arme um Sareth geschlungen, und schluchzte.

»*Beshala*«, sagte er leise und lehnte seinen Kopf an den ihren. »Ich bin hier, *Beshala*. Ich werde dich nie mehr verlassen.«

Sie rückte von ihm ab, sah ihn ängstlich an. »Nie mehr, Sareth?«

»Nein«, sagte er. Und dann erneut: »Nein.«

Sie stieß ein Keuchen aus. Der Augenblick war zu intim, zu sehr mit neuem Schmerz beladen. Travis und Durge zogen sich in das andere Zimmer zurück und schlossen die Tür hinter sich.

Danach gewann Sareth jeden Tag an Kräften. Nach einer Woche machte er Musik mit einer Schilfflöte, die er sich gebastelt hatte. Nach zwei Wochen ging er mit dem neuen Holzbein, das Durge für ihn gemacht hatte, im Haus umher, und nach drei Wochen machte er seine ersten Schritte draußen. Farbe kehrte in seine kupferfarbenen Wangen zurück. Er lachte oft, vor allem, wenn Lirith in der Nähe war.

Ihre Liebe war ihm in seinem Lächeln und seinen Augen anzusehen. Trotzdem spürte Travis, dass es da etwas gab, das die beiden voneinander fern hielt. Ihre Berührungen waren zärtlich, aber verstohlen, flüchtig. Den Grund dafür kannte Travis nicht, und es ging ihn auch nichts an, also fragte er nicht.

Sareth war nicht der Einzige, der sich in den Wochen erholte. Sie alle waren nach den schrecklichen Geschehnissen in Castle City schwach und erschöpft gewesen. Aber die Wunde in Durges Seite heilte unter Liriths Pflege, und Lirith selbst schien in der warmen tarrasischen Sonne wie eine Blume aufzublühen.

Die Verletzungen, die Travis bei der Schießerei davongetragen hatte, waren geheilt worden, als er den Blutmagiezauber gegen den Scirathi gewendet hatte – obwohl er nicht aufhören konnte, mit der Zunge nach dem ausgeschlagenen Zahn zu tasten. Was den Schnitt anging, den er sich auf seinem Arm beigebracht hatte, der war beim Passieren des Tores verschwunden. Manchmal fuhr er mit dem Finger über die blasse

Narbe. Wie viele würde sein Körper in den kommenden Jahren noch aufweisen? Würde er eines Tages gezwungen sein, eine Maske zu tragen, um sein zerstörtes Gesicht zu verbergen?

So beunruhigend diese Gedanken auch waren, er brütete nicht darüber nach. Tatsache war, dass er sich trotz des fremden Blutes in seinen Adern gut fühlte. Nicht mächtig oder seltsam oder schrecklich. Einfach nur gut. Die Stimmen der Runenmeister in seinem Kopf schwiegen, und selbst Tanners Wissen über Revolverduelle – das ihm Lirith verschafft hatte – war verschwunden, als der Zauber verblasst war. Er war Travis: nicht mehr und nicht weniger.

Ihre einzige richtige Sorge war das fehlende Geld. Die Miete musste gezahlt werden, und das Essen, und bald würden sie Pferde und Proviant für eine lange Reise kaufen müssen. Sie hatten aus Castle City noch ein paar Golddollar, die sie ausgeben konnten. Lirith stellte Kräutertränke her und verkaufte sie in der Nachbarschaft, und sowohl Travis wie auch Durge verdingten sich als Tagelöhner. Am Ende war Travis allerdings dann doch gezwungen, ein paar seiner Sachen zu verkaufen. Von dem malachorianischen Stilett konnte er sich nicht trennen. Aber er verkaufte den Nebelmantel, den Falken ihm überlassen hatte, an einen Kaufmann, und er verkaufte Jacks handgeschriebenes Buch an einen interessierten Gelehrten der Universität von Tarras.

»Meine Forschung ist auf die heidnische Mythologie des Nordens konzentriert«, sagte der Gelehrte mit begierigem Blick. »Sie ist so barbarisch und primitiv, das ist recht faszinierend, findet Ihr nicht?«

Travis schenkte ihm bloß ein schmales Lächeln. Er verkaufte das Buch nur gezwungenermaßen. An diesem letzten Abend in Castle City hatte Jack ihm gesagt, er solle es als Erinnerung an ihn behalten, und es war die einzige Ausgabe, die Jack hergestellt hatte. Aber der Gelehrte hatte eine große

Summe Gold dafür geboten, und er hatte versprochen, es der Universitätsbibliothek zu stiften, wenn er es nicht mehr brauchte, wonach Travis sich etwas besser fühlte.

Beim nächsten Vollmond war die Zeit gekommen, die nächste Tür zu passieren; es war Zeit, die Reise nach Norden anzutreten.

Das Reisen war zuerst ganz einfach. Sie folgten dem Königinnenweg nach Norden, übernachteten in den sauberen, wenn auch schlichten tarrasischen Herbergen, die genau in einem Abstand von einem Tagesritt entfernt standen. Als sie Gendarra und die anderen Freien Städte erreichten, wurde es ungemütlicher, wenn auch nicht so ungemütlich wie schließlich in den Domänen.

»Im Verlauf des nächsten Jahrhunderts werden Calavan und die anderen Domänen doch beträchtlich zivilisierter, oder?«, fragte Travis, als sie an der zigsten Gruppe von zerlumpt aussehenden Bauern vor einer Ansammlung primitiver Lehmhütten vorbeikamen.

»Glücklicherweise«, sagte Durge, der wegen des Gestanks die Nase rümpfte.

»Natürlich werden ein paar Domänen den anderen immer einen Schritt voraus sein«, sagte Lirith fröhlich.

Durge warf ihr einen scharfen Blick zu, und Sareth musste lachen. »Sei vorsichtig, *Beshala.* Du wolltest doch Embarr zu den zivilisierteren Domänen zählen, oder?«

»Aber natürlich.«

In den Domänen gab es keine Herbergen und nur wenig Schenken. Gelegentlich übernachteten sie im Haus eines örtlichen Lords, aber immer häufiger kampierten sie in freier Natur. Travis störte das nicht. Es war Spätsommer, und während die Tage golden und warm waren, waren die Nächte kühl und voller Sterne. Er beobachtete sie, wie sie sich langsam am Himmel drehten, bis der Schlaf kam.

Tage vergingen, dann Wochen, während sie durch das hügelige Land Calavans und Brelegonds ritten. Dann, am ersten Tag des Revendath in einem Jahr, das keiner von ihnen beziffern konnte, erreichten sie die Grenze der Domänen. Im Norden erhoben sich die felsigen Gipfel der Fal Sinfath, der Zwielichtberge. Travis wusste, dass der Schwarze Turm an der westlichen Spitze ihrer Ausläufer lag.

»Von jetzt an reiten wir durch wildes, menschenleeres Land«, sagte Durge. »Ich glaube, wir sollten Führer anheuern, die sich in dieser Ecke der Welt auskennen.«

Aber sie befanden sich in einem schmutzigen Dorf im Westen Brelegonds, und die einzigen Führer, die sie finden konnten, waren die beiden Söhne eines Freisassen. Sie waren freie Bauern wie ihr Vater, stämmige Männer mit rauen Händen und dumpfem Blick. Travis entging keineswegs der Blick, der der Vater seinen Söhnen zuwarf, als er von Durge eine Hand voll Gold entgegennahm und den beiden Jungs befahl, die Reisenden dorthin zu bringen, wo immer sie hinwollten.

Die Brüder schienen die Wildnis gut zu kennen. Sie führten die Reiter durch dichte Wälder und über Heideland, mieden Moore und tiefe Schluchten, fanden immer einen vernünftigen Weg und achteten stets darauf, dass die Berge zu ihrer Rechten blieben.

Der Mordversuch geschah in der fünften Nacht. Den Sternen nach zu urteilen, war es Mitternacht, als Travis erwachte und einen Schatten über sich sah. Auf einer Messerklinge spiegelte sich das Mondlicht.

Sprich eine Rune, sagte er sich. Aber konnte er das wagen? Wie würde es sein, Runenmagie auszuüben, wo doch das Blut der Zauberei in seinen Adern pulsierte?

»Geh weg von ihm«, knurrte Durge.

Der junge Mann kam hastig auf die Beine. Durge stand fünf Schritte entfernt, die Beine leicht gespreizt, das Breitschwert –

das er in den letzten Tagen in einer Decke verhüllt getragen hatte – blankgezogen. Die Klinge funkelte im silbernen Mondlicht, fast anderthalb Meter scharfer Stahl. Die Augen des Ritters waren gnadenlose dunkle Abgründe aus Schatten.

»Und jetzt verschwindet, bevor ihr meinen Zorn zu spüren bekommt.«

Der Bauernsohn starrte ihn an, als hätte er ein sagenhaftes Ungeheuer aus den Tiefen der Wälder kommen sehen. Er ließ das Messer fallen und rannte laut jammernd los. Sein Bruder, der sich über Sareth gebeugt hatte, folgte seinem Beispiel. Eine Minute später verklangen ihre Schreie.

»Glaubt Ihr, sie kommen zurück?«, fragte Sareth.

Durge schnaubte, als er das Schwert in die Scheide stieß. »Würdet Ihr das tun?«

»Jetzt, wo Ihr das so sagt, nein.«

Nur um sicher zu sein, hielten sie die ganze Nacht Wache, aber von ihren Führern war keine Spur zu entdecken. Schließlich brach die Morgendämmerung herein.

»Ich mache es Euch nicht zum Vorwurf, dass Ihr unsere Führer weggejagt habt, Durge«, sagte Lirith, als sie das Lagerfeuer schürte und eine Kanne *Maddok* aufsetzte. »Aber glaubt Ihr, dass wir den Weg auch allein finden?«

In diesem Augenblick stieg die Sonne über die niedrigen Hügel, die die Reste der Fal Sinfath darstellten, und Travis entdeckte den schwarzen Steinfinger, der in den Himmel ragte.

»Das haben wir schon«, sagte er.

Eine weitere Tür, ein weiterer Raum. Ihre Reise war vorbei. Ein neuer Zeitabschnitt hatte begonnen.

Im Gegensatz zum Grauen Turm der Runensprecher war der Schwarze Turm nicht aus dem Hügel herausgehauen, auf dem er stand. Man hatte ihn aus einem Stein erbaut, den es in dieser Region nicht zu geben schien. Er hatte keine Ähnlichkeit mit dem grauen Felsen der Fal Erenn, sondern wies ein grünstichiges Schwarz auf und fühlte sich ölig an. Der Turm erhob sich hundert Meter in die Höhe und endete in einer mit Hörnern versehenen Spitze, die Wände waren fensterlos.

An der Basis des Turms gab es eine einzelne Tür. Obwohl aus Eisen, wies sie nicht den geringsten Rost auf. Zu Travis' Überraschung waren keine Runen eingraviert. Bis auf ein kleines Schlüsselloch in der Mitte war sie ganz glatt.

»Ich fürchte, wir haben den ganzen Weg umsonst gemacht«, sagte Durge. »Es sei denn, Lord Graystone hat Euch einen Schlüssel gegeben.«

Travis schüttelte den Kopf. Aber das spielte keine Rolle; irgendwie glaubte er nicht, dass er einen Schlüssel brauchte, dass dieser Ort ihn erkennen würde. Er drückte die Hand gegen die Tür.

Ein tiefer, knirschender Laut ertönte. Die Tür schwang auf. Ein trockener Luftstrom blies ihnen ins Gesicht.

»Lasst uns reingehen«, sagte Travis.

Was die Zeit anging, die dann folgte, so war sich Travis später nie sicher, wie viel sie davon im Turm verbracht hatten. Bestimmt Tage. Vielleicht Wochen. Er verlor beim Studium des Runensteins jedes Gespür für die Zeit.

Sie fanden ihn am ersten Tag ihrer Suche. Er schwebte im obersten Raum des Turms: eine dreieckige Säule aus schwarzem Stein, deren Oberfläche mit Runen übersät war. Travis hatte seine Lektion im Grauen Turm gelernt, und er berührte nie mehr als eine oder zwei Runen gleichzeitig und ließ den Schimmer der Magie immer verblassen, bevor er die nächste Rune berührte und ihrem Namen lauschte, der in seinem Verstand erklang.

Während Travis die meiste Zeit im höchsten Gemach verbrachte, zogen die anderen es vor, im untersten Gemach zu bleiben, und sie schlugen dort ihr Lager auf. Es war eine große

Halle, die zweifellos vor langer Zeit als Versammlungsort aller Runenbrecher gedient hatte. An der Wand führte eine geländerlose Wendeltreppe in die Höhe zu den anderen Etagen. Der untere Teil der Halle wurde von einem Säulengang umgeben, der zahllose Alkoven und Nischen bot; hier verstauten sie ihre Vorräte und bereiteten sich ihre Nachtlager.

Mit Durges Hilfe baute Lirith draußen vor dem Turmeingang eine Küchenstelle, und Sareth stellte aus Weidenästen Sitzgelegenheiten her, so dass sie beim Essen am Feuer sitzen konnten. Sie hatten ihre Vorräte in Brelegond aufgefrischt, und es gelang Durge, ein paar Hasen zu fangen. Trotzdem war ihnen allen klar, dass ihr Proviant nicht für alle Zeiten reichen würde, auch wenn keiner davon sprach.

Obwohl sie die vielen Räume des Turms durchsuchten, fanden sie außer dem Runenstein so gut wie nichts. Travis hatte keine Ahnung, wie lange es her war, dass die Runenbrecher verschwunden waren, aber dem Staub und den Spinnenweben nach zu urteilen, war der Turm vor mehr als einem Jahrhundert aufgegeben worden. Aber wo waren sie hin? Die Runenbinder hatten sich durch ihren dummen Stolz selbst zerstört, aber das schien hier nicht der Fall zu sein. Der Turm war leer, so als hätten die Runenbrecher alles mitgenommen. Das deutete nicht auf einen hastigen oder gewaltsamen Aufbruch hin.

Der Runenstein selbst gab keine Antwort auf dieses Geheimnis; er war vor langer Zeit entstanden, zur Zeit Malachors. Trotzdem erfuhr Travis viel, indem er ihn studierte, und das Wissen, das er erlangte, versetzte ihn in Erregung und machte ihm zugleich Angst. Kein Wunder, dass die Hexen den Runenbrecher fürchteten. Aus dem, was Travis las, ergab sich zweifellos, dass die Runenbrecher der bei weitem mächtigste der drei Orden der Runenmagie waren.

Und doch haben sie mit dieser Macht nicht versucht, die Domänen unter Kontrolle zu bringen. Sie hätten eine Festung mit einer einzigen Rune zu Fall bringen können. Sie hätten sämtliche Wassermoleküle in einem See in Wasserstoff und Sauerstoff spalten können, und mit einem Funken hätten sie eine verheerende Explosion auslösen können. Es ist genau, wie Jack sagte. Sie hätten den Himmel selbst zerbrechen können.

Aber die Rune des Himmels konnten Travis und seine Gefährten nicht finden. Oder eine der anderen gebundenen Runen, die Rune der Zeit eingeschlossen. Sie durchsuchten jeden Raum, wieder und wieder. Durge und Sareth tasteten jede Wand ab auf der Suche nach geheimen Verstecken. Lirith versuchte mit der Macht der Weltenkraft zu suchen. Und Travis wagte es, die Rune *Sar* zu flüstern und von den Steinen des Turms selbst Hilfe zu erbitten.

Es war sinnlos. »Sie ist nicht hier«, sagte Travis, als sie sich um das Lagerfeuer versammelten und den Rest ihrer Lebensmittel verzehrten. Er sah nacheinander Durge, Lirith und Sareth an und erwiderte ihre grimmigen Blicke. »Wir müssen es akzeptieren, wir werden sie nicht finden.«

»Nun«, sagte Lirith munter, »es war einen Versuch wert. Vielleicht wird es ja gar nicht so schrecklich sein, in diesem Jahrhundert leben zu müssen.«

Sareth drückte ihre Hand. »Das wird es auch nicht, solange du da bist, *Beshala.*«

»Aber wir müssen nicht alle hier bleiben, oder?«, fragte Durge mit leiser Stimme und nachdenklichem Blick. Er hielt etwas in den Händen; überrascht erkannte Travis, dass es sein silbernes Deputy-Abzeichen war. »Hat Sir Tanner nicht gesagt, dass Castle City einen neuen Sheriff braucht? Und hat Lord Graystone nicht behauptet, dass Sinfathisar einen von einer Welt zur anderen schicken kann?« Er schaute auf und erwiderte Travis' Blick.

Furcht wallte in Travis auf, und es war nicht nur der Gedanke, dass Durge eine Welt weit weg war. Der Ritter wusste ja nicht, was er da verlangte. Travis wollte ihm erklären, dass er das nicht tun konnte, dass er es nicht wagte, den Stein zu benutzen. Nicht jetzt, nachdem das Blut des Skarabäus in seinen Adern floss.

Aber bevor er etwas sagen konnte, zerbrach krachend ein Stück Holz, und die Wand des Turms warf das Echo zurück. Sie alle drehten sich um und erblickten einen Mann, der auf ihr Feuer zukam. Sie waren alle so schockiert, in dieser Wildnis einen anderen Mann zu sehen, dass sie ihn bloß anstarren konnten.

Er war klein und muskulös, und einen Augenblick lang hielt Travis ihn für einen der beiden Bauernsöhne, der gekommen war, um sie erneut zu berauben. Dann war der andere näher heran. Er war ein junger Mann mit einem unscheinbaren, fröhlichen Gesicht, mit einer breiten, schiefen Nase und dicken Lippen. Er trug eine einfache braune Kutte und hielt etwas in den Händen. Es war im schwindenden Licht schwer zu erkennen.

Travis stand auf, als der junge Mann ein paar Schritte entfernt stehen blieb. Das war unmöglich; er konnte unmöglich hier sein. Das letzte Mal hatte Travis ihn im Grauen Turm gesehen, hundert Meilen und hundert Jahre von diesem Ort, dieser Zeit, entfernt. Trotzdem war er hier.

»Himmel?«, sagte Travis.

Der junge Mann grinste, und das Grinsen enthüllte den dunklen Stummel seiner fehlenden Zunge. Er hielt den Gegenstand hoch, den er getragen hatte. Es war eine Scheibe aus cremig weißem Stein, darauf war ein Symbol eingraviert: zwei Dreiecke, die sich an der Spitze berührten.

33

Sie unterhielten sich bis spät in die Nacht – auch wenn *unterhielten* nicht unbedingt das richtige Wort dafür war. So ausdrucksstark sie auch waren, es erschien unmöglich, dass Himmels Gesten so viele Informationen vermitteln konnten, wie sie es taten. Aber das war nicht das Einzige, das an Himmel unmöglich erschien. Der junge Mann sah genauso aus wie zu dem Zeitpunkt, als Travis ihm begegnet war – oder ihm begegnen würde? –, im Grauen Turm der Runensprecher mehr als hundert Jahre später.

»Wer bist du, Himmel?«, fragte Travis, als sich rings um ihr Lagerfeuer die Dunkelheit niedersenkte.

Himmel machte eine Bewegung, als würde er mit einem Hammer auf einen Gegenstand schlagen. *Ich bin ein Diener, ein Werkzeug, das ist alles.*

Durge schaute ihn finster an. »Ein Diener? Für wen? Vermutlich doch wohl für einen unserer Feinde.«

Himmel schüttelte energisch den Kopf. Mit einem Stock malte er ein paar Symbole in die Erde neben dem Feuer.

»Wisst Ihr, was das bedeutet?«, fragte Sareth.

Travis studierte die beiden Symbole, dann deutete er auf das Linke. »Das da kenne ich. Ich habe es von Rin und Jemis gelernt. Das ist die Rune für Olrig Einauge. Er war einer der Alten Götter, der, der am loyalsten zum Weltenschmied stand. Aber ich bin mir nicht sicher, was das andere Symbol bedeutet. Es ...«

Stimmen erklangen in seinem Verstand. Er kannte die Rune doch; er musste nur zuhören.

»Das ist die Rune für Sia.«

Lirith gab einen verblüfften Laut von sich. »Eine Rune für Sia? Aber das ist unmöglich.«

Doch Himmel lächelte bloß und nickte.

»Also dient Ihr beiden?«, wollte Durge mit einem skeptischen Blick wissen.

Himmel hielt einen Finger an die Brust. *Ich diene nur einem.*

Sie unterhielten sich weiter, bis der Mond hinter dem Turm in die Höhe stieg, aber Himmels Antworten blieben alle ähnlich frustrierend.

»Aber wie hast du uns gefunden?«, fragte Travis zum bestimmt zwanzigsten Mal. »Und warum?«

Aber Himmel gähnte bloß und lehnte die Wange an die zusammengefalteten Hände. *Es ist Zeit zum Schlafen.*

Aber es dauerte lange, bis Travis einschlief. Er lag in der Dunkelheit und strich mit dem Finger über die glatte weiße Scheibe. Damit hatten sie alle Zeit der Welt. Warum kam es ihm dann nur so vor, als würde ihnen die Zeit davonlaufen?

Am nächsten Morgen führte Himmel sie nach einer Tasse *Maddok* in das oberste Gemach des Turms. Durch ein kleines Fenster direkt unterhalb der hohen, gewölbten Decke strömte Sonnenlicht herein.

»Was ist, Himmel?«, fragte Travis. »Sollen wir etwas mit dem Runenstein machen?« Das war das Einzige, was sie in diesem Raum je gefunden hatten.

Der junge Mann schüttelte den Kopf. Er zeigte auf die Rune der Zeit in Travis' Händen, dann nach oben, und dann machte er eine Bewegung, als würde er etwas in zwei Teile brechen.

»Was sagt er?«, fragte Sareth.

Travis war völlig verwirrt. »Ich weiß es nicht.«

»Ich glaube, ich verstehe«, meinte Lirith. Sie berührte Himmel an der Schulter. »Ihr wollt, dass wir oben auf den Turm hinaufgehen, nicht wahr? Dort soll Travis die Rune der Zeit brechen.«

»Aber dort führt kein Weg hin, Mylady«, sagte Durge und

legte den Kopf in den Nacken. »Bis zu dieser Öffnung müssen es drei Faden sein. Und es gibt keine Stufen.«

Travis schaute plötzlich auf. Das war eine ... Möglichkeit. »Lasst es mich versuchen.«

Er drückte eine Hand gegen die Wand und schloss die Augen. *»Sar«*, flüsterte er. Die Steine gehorchten. Zuerst ertönte ein Grollen, gefolgt von einem knirschenden Geräusch. Als es verklang, hörte Travis überraschtes Aufkeuchen. Er öffnete die Augen.

Steinblöcke ragten aus den Turmwänden und bildeten eine primitive Wendeltreppe, die sich die Wände entlang zu dem kleinen Fenster zog.

Travis lächelte Durge an und zeigte auf die Stufen. »Nach Euch, Mylord.«

Der Ritter sah ihn staunend an. Aber er holte tief Luft und betrat die erste Stufe. Die anderen folgten ihm. Das Fenster war gerade groß genug, dass sie hindurchpassten, und draußen lag ein schmaler Sims, der zu einer noch schmaleren Treppe führte, die auf halsbrecherische Weise an der Turmwandung klebte; sie waren also nicht die Ersten, die diesen Weg genommen hatten.

Sie stiegen die Stufen hinauf und betraten das Dach. Am Rand des breiten Steinkreises ragten vier spitz zulaufende Onyxsäulen in die Höhe; das waren die Hörner, die sie von unten gesehen hatten. In der Mitte stand eine größere Säule, die wie ein Obelisk geformt war. Über allem erstreckte sich der blaue Himmel.

Sie betraten den Kreis. In den Stein unter ihren Füßen waren Symbole eingraviert. Von dem Obelisken gingen konzentrische Ringe aus; gerade Linien führten zu den vier äußeren Säulen. Travis fand es seltsam, dass die Säulen nicht in gleichmäßigen Abständen an der Außenkante des Kreises angebracht waren. Zwei standen nahe beieinander im Osten, während die anderen beiden im Westen aufragten. Er blieb mit verschränkten Armen vor dem Obelisken in der Mitte stehen und dachte nach. Warum kam ihm dieser Ort nur so vertraut vor?

»Es ist eine Uhr!«, sagte Durge aufgeregt.

Darum war es ihm vertraut vorgekommen. *Das ist wie Stonehenge oder andere Steinkreise. Erinnerst du dich an die Dokumentation im Fernsehen, die du und Max auf dem Wonder Channel gesehen habt? Erreichten nicht an bestimmten Tagen des Jahres Schatten die Mitte des Kreises?*

Ja, und als sie den Kreis auf dem Dach des Turms näher untersuchten, kamen sie zu dem Schluss, dass das mit Sicherheit der Zweck war.

»Durge«, sagte Lirith und berührte den Arm des Ritters. »Ihr habt doch die Bewegungen des Himmels studiert, oder?«

Der Ritter nickte. »Gewisse alchemistische Prozeduren können nur dann ausgeführt werden, wenn Sonne, Mond und Sterne in günstigen Umständen zueinander stehen.« Er schritt den Kreis ab. »Wenn ich mich mit meinen Berechnungen nicht irre, wird dieser Stein bei Sonnenuntergang der Sommersonnenwende den Zentralobelisken berühren.« Er zeigte auf die nordwestliche Säule. »Und dieser Stein« – er zeigte auf die ihm am nächsten stehende Säule – »wird seinen Schatten bei Sonnenuntergang am Herbstfest in die Mitte werfen.«

»Ich verstehe es jetzt«, sagte Sareth. Er stand zwischen den beiden östlichen Säulen. »Diese Steine werfen ihre Schatten bei der Morgendämmerung in die Mitte, der eine zum Fest der Erneuerung, der andere bei der Wintersonnenwende.«

Herbstfest, Fest der Erneuerung – Travis wusste, dass es sich hierbei um die Tagundnachtgleiche im Herbst und Frühling handelte. Und Wintersonnenwende und Sommersonnenwende stellten ebenfalls astronomische Daten dar. Er erkannte aufgeregt, was das bedeutete, aber Lirith sprach es als Erste aus.

»Wir können das zum Zählen benutzen, nicht wahr?« Sie wandte sich Travis zu. »Wir können die vergehenden Jahre zählen, um sicherzugehen, dass wir auch in unsere Zeit zurückkehren.«

Himmel nickte und lächelte. Wieder zerbrach er etwas Imaginäres mit den Händen.

Es gab keinen Grund abzuwarten. Sie versammelten sich nahe beieinander am nördlichen Rand des Kreises. Von dort konnte Travis alle vier Säulen und den Obelisken sehen. Er packte die Rune der Zeit mit schweißnassen Händen. Nach Erdzeit gemessen schrieb man 1887. Er musste nur bis zu dem Jahr zählen, an dem sie ihr Zuhause das letzte Mal verlassen hatten. Aber wie es zum richtigen Tag schaffen?

Wie gewöhnlich kannte Durge die Lösung. »Wir haben den Dämon Ende Revendath besiegt. Zählt bis zum Herbstfest, was eine Woche später sein müsste. So können wir vermeiden ...« Der Ritter sah unbehaglich aus.

»... dass wir uns selbst begegnen«, führte Lirith den Satz zu Ende, und Durge nickte.

Sareth grinste. »Ihr zählt doch besser, als Ihr lest, Travis, oder?«

Travis schluckte hart. »Ja. Und danke für Euer völlig mangelndes Vertrauen.«

Himmel grinste und machte eine Geste. *Viel Glück, Meister Wilder.* Dann setzte er sich in Bewegung.

»Warte!«, rief Travis voller Panik. »Begleitest du uns nicht, Himmel?«

Der junge Mann gestikulierte. *Ich habe in der Zwischenzeit viel zu tun. Keine Sorge – ich erwarte euch bei eurer Rückkehr.*

Aus der Furcht wurde Staunen. Natürlich konnte Himmel

sie nicht begleiten. Da war die Zeit, die er im Grauen Turm verbringen musste. Und wer wusste schon, was er sonst noch zu erledigen hatte? Der junge Mann winkte, dann verschwand er die Wendeltreppe hinunter und ließ die vier auf dem Turm allein zurück. Travis holte tief Luft, dann streckte er die Steinscheibe aus.

Durge warf ihm einen scharfen Blick zu. »Ihr wisst, was Ihr da tut, oder?«

»Eigentlich nicht«, erwiderte Travis und brach die Rune.

Es war ganz leicht. Schrecklich leicht. Er sprach *Reth,* die Rune des Zerbrechens, nicht aus, sondern dachte sie bloß, und ein Spalt schoss durch die Steinscheibe in seiner Hand und teilte sie mit einem Donnern in zwei Teile. Licht flackerte um ihn herum; es war wie bei einem Stroboskop, abwechselnd golden und schwarz.

Zähle, Travis! Bei Olrigs Auge, du musst zählen!

Der Klang von Jacks Stimme riss ihn aus seiner Verwunderung. Er sah zu, wie die Sonne über den Himmel raste, gefolgt vom Mond. Schatten wuchsen in die Länge, fielen zurück, wuchsen wieder. Sterne kreisten wild, verblichen zu schwachem Blau, erschienen wieder. Die Tage rasten immer schneller vorbei, einer bei jedem Herzschlag, bis Travis nur noch einen Sonnenuntergang über den vorherigen gelegt sah. Es war wie eine Reihe von Fotos, von denen jedes im Abstand von einem Tag aufgenommen worden war, als die Sonne im Westen starb; dann hatte man sie in der richtigen Reihenfolge auf einen Stapel gelegt, so dass er sie mit dem Daumen durchblättern konnte.

Lange Schatten schienen sich von Norden nach Süden durch den Kreis zu bewegen. Dann passierte es, so schnell, dass er es beinahe verpasste. Der Schatten der westlichsten Säule huschte über den Mittelobelisken. Das Herbstfest. Dann bewegte sich der Schatten weiter.

Achte nicht auf die anderen Säulen, Travis. Konzentriere deinen Blick auf die ganz im Westen. Jedes Mal, wenn ihr Schatten die Mitte berührt, musst du ein weiteres Jahr hinzuzählen.

Es war schwerer, als er gedacht hätte. Die Geschwindigkeit nahm stetig zu. Zuerst schien es eine Minute zu dauern, bis der Schatten die Position wieder erreichte. Dann eine halbe. Dann nur noch Sekunden.

Manchmal wurden die Dinge grau; an manchen Tagen musste die untergehende Sonne von Wolken verdeckt worden sein. Aber Travis wurde mit dem Muster und dem Rhythmus der Bewegung vertraut; er wusste, wann die Tagundnachtgleiche vergangen war, denn dann schwang der Schatten der westlichen Säule wie ein dunkles Pendel aus.

Er war sich der anderen neben sich nur dunkel bewusst. Aber er konnte sich nicht umdrehen, um nach ihnen zu sehen. Standen sie in Regen und Schnee? Wäre jemand auf das Turmdach gestiegen, hätte er dann vier Menschen erblickt, die selbst wie Steinsäulen dort standen? Er war sich nicht sicher; irgendwie glaubte er es aber nicht.

Travis zählte weiter. Er war an neunzig vorbei, und noch immer vergingen die Jahre schneller. Einhundert. Einhundertzwanzig. Er hielt die Augen geöffnet, er wagte es nicht zu blinzeln.

Jetzt!

Der Schatten berührte die Zentralsäule. Travis schob die beiden Hälften der Scheibe zusammen. Aber dabei hätte er eine davon beinahe verloren, konnte sie gerade noch fest halten. Der Schatten setzte an, an der Zentralsäule vorbeizuschwingen ...

Sei unversehrt!, rief Travis in Gedanken.

Die beiden Hälften der Rune vereinigten sich mit einem blauen Blitz. Der wirbelnde Schattentanz hörte auf. Travis taumelte und wäre gefallen, wäre da nicht Durges starker Griff an seiner Schulter gewesen.

Sareth machte ein paar Schritte vor, sein Holzbein schlug auf dem Stein ein hartes Stakkato. »Hat es geklappt?«

Es war Nacht. Aber welcher Tag? Welches Jahr?

Durge starrte in den sternenübersäten Himmel und studierte ihn. »Nach den Konstellationen zu urteilen, würde ich sagen, dass das Herbstfest mindestens einen Monat vorbei ist.«

Travis strich über die Rune in seiner Hand; sie war wieder unversehrt. »Ich hatte ein kleines Problem, die Dinge wieder anzuhalten.«

»Ich hoffe, nicht zu sehr«, meinte Sareth. »Was glaubt ihr, in welchem Jahr sind wir? Sind wir weit genug in die Zukunft gereist?«

»Ja«, sagte Lirith und streckte den Arm aus. »Seht doch.«

Sie folgten ihrem Blick, dann sahen sie es. Der Stern pulsierte wie ein funkelnder Rubin tief am südlichen Horizont.

»Das ist Tiras Stern«, sagte die Hexe. »Er ist vor unserem Aufbruch im Sommer erschienen. Also müssen wir im richtigen Jahr sein.«

Es sei denn, wir sind zu weit gegangen, wollte Travis sagen, *und sind Jahre nach unserem Aufbruch eingetroffen.* Aber bevor er es sagen konnte, keuchten alle auf.

Der rote Stern verschwand.

»Was ist passiert?«, fragte Sareth und rieb sich die Augen. »Wir haben uns das doch nicht bloß eingebildet, oder? Vielleicht war das ja nur ein Wunschtraum. Schließlich wollten wir etwas sehen, das uns wissen ließ, dass wir das richtige Jahr erreicht haben.«

Durge warf dem Mournisch einen mürrischen Blick zu. »Ich habe keine Wunschträume. Er war da.«

»Er hat Recht«, sagte Travis. »Wir haben Tiras Stern gesehen.«

Aber nur einen Augenblick lang. Wo war er hin? Bevor sie weiter darüber nachdenken konnten, hörten sie Schritte. Sie drehten sich um und sahen eine Gestalt durch den Kreis kommen.

»Himmel!«, sagte Travis von plötzlicher Erleichterung erfüllt.

Der junge Mann schob die Kapuze seiner braunen Kutte zurück und grinste. Himmel sah genauso aus wie vor dem Augenblick, in dem Travis die Rune der Zeit gebrochen hatte. Also vor mehr als hundert Jahren.

Himmel machte eine Reihe von Gesten. *Ich habe gewartet.*

Travis grinste verlegen. »Es tut mir Leid. Es ist mein Fehler, dass wir uns etwas verspätet haben.«

Himmels Grinsen verblasste. Er warf einen besorgten Blick über die Schulter, sah dann wieder Travis an. *Vielleicht hättest du noch später kommen sollen. Es nähert sich Gefahr.*

Es gab so vieles, das Travis fragen wollte. Was hatte Himmel das vergangene Jahrhundert gemacht? Aber anscheinend würde das warten müssen. »Was für eine Gefahr?«

Himmel verformte seine Hände zu Krallen, eine Geste, die deutlicher als alle Worte war.

»Ich sehe Schatten, die sich nähern«, sagte Durge. Der Ritter war an den Rand des Kreises getreten und schaute nach unten in die Dunkelheit. Die anderen eilten an seine Seite. »Ich kann es nicht genau erkennen, aber ich glaube, es sind *Feydrim.*«

Travis' Augen funktionierten in der Dunkelheit einwandfrei. »Ihr habt Recht. Es sind *Feydrim.* Das müssen mindestens hundert sein, und sie kommen schnell heran. Aber warum sind sie hier?«

Jemand tippte auf Travis' Schulter. Es war Himmel. Der junge Mann machte eine komplizierte Reihe von Gesten.

Ich hätte damit rechnen müssen. Er wusste, dass du kommst. Und jetzt weiß es der Fahle König anscheinend auch.

»Wer wusste, dass ich hier sein werde?«

Himmel gestikulierte weiter. *Ich werde Lady Grace eine Botschaft überbringen. Ich kann sie ... schnell erreichen. Aber sie wird viele Wochen brauchen, um an diesen Ort zu reisen. Am besten reist ihr zum Tag der Wintersonnenwende und trefft sie dann.*

Travis bemühte sich, diese Worte zu verstehen. Warum sollte Grace zum Turm reisen?

»Sie haben den Turm erreicht«, sagte Durge. Es klirrte metallisch, als er das Breitschwert zog.

Lirith warf Sareth einen furchterfüllten Blick zu. »Die Tür. Haben wir sie offen gelassen?«

Der Mournisch nickte.

Keine Angst, gestikulierte Himmel. *Ich werde die Tür abschließen, wenn ich gehe.*

»Aber Ihr werdet allein nichts gegen sie ausrichten«, sagte Durge.

Ich glaube auch nicht, dass ich das tun muss. Wenn ihr weg seid, werden auch sie verschwinden. Sie sind hinter dem Stein des Zwielichts her. Himmel machte mit den Händen eine brechende Bewegung. *Geht jetzt, Meister Wilder. Zum Tag der Wintersonnenwende.*

Dann drehte er sich um und verschwand die Stufen hinunter. In diesem Augenblick flog ein Schatten über sie hinweg. Alle rissen die Köpfe hoch und sahen einen Raben davonfliegen.

Lirith sah Travis ängstlich an. »Und was machen wir jetzt?«

»Genau das, was Himmel gesagt hat.« Und wieder brach Travis die Rune der Zeit.

Diesmal war er vorbereitet. Er hielt den Blick auf die Säule im Südosten gerichtet und konzentrierte sich nicht auf die Sonnenuntergänge, sondern auf die Sonnenaufgänge. Er sah zu, wie sich der Schatten der Säule dem Stein in der Mitte entgegenstreckte und mit jedem aufblitzenden Wechsel von Hell und Dunkel näher kam.

Es war so weit. Travis schob die beiden Hälften der Rune zusammen, befahl ihnen mit der Kraft seines Willens, wieder eins zu sein. Diesmal gab es einen merkwürdigen Widerstand, aber er drückte härter. Blaues Licht quoll durch seine Finger; zwei Hälften wurden zu einer. Die Sonne beendete ihren wilden Lauf durch den Himmel. Jetzt schwebte sie über dem westlichen Horizont und sank langsam.

Durge trat vor, schätzte die Position der Sonne. »Ich glaube, diesmal hattet Ihr es etwas zu eilig, Travis. Wir haben den Abend der Wintersonnenwende. Morgen ist Wintersonnenwendtag.«

Der Atem des Ritters verwandelte sich in der Luft in Nebel. Lirith zitterte, und Sareth legte die Arme um sie. Es herrschte bitterliche Kälte. Sie waren für den Herbst gekleidet, nicht für die Mitte des Winters.

»Ich wollte diesmal nicht über den Tag hinausschießen«, sagte Travis. »Ich wollte sogar früher anhalten, aber diesmal hatte ich ein paar Probleme mit der Rune der Zeit. Irgendwie fiel es schwer, sie ...«

Die Steinscheibe zerbröckelte. Weißer Staub rieselte wie Schnee aus seinen Fingern.

Sareth stieß einen Mournischfluch aus. »Was habt Ihr damit gemacht?«

»Ich ... ich bin mir nicht sicher.« Der eiskalte Wind blies den letzten Staub aus Travis' Händen. »Vielleicht war es zu viel für sie, gebunden und dann wieder gebrochen zu werden.«

Lirith schüttelte den Kopf. »Das spielt keine Rolle. Wir brauchen die Rune der Zeit nicht mehr. Himmel sagte, dass wir jetzt, zu diesem Zeitpunkt, da sein müssen.«

Aber wo steckte Himmel? Travis hatte damit gerechnet, den

jungen Mann auf sie zukommen zu sehen, aber von ihm war keine Spur zu entdecken.

»Travis«, rief Durge, »das solltet Ihr Euch besser ansehen.«

Der Ritter schaute über die Begrenzungsmauer am Rand des Kreises. Sie gingen zu ihm. Die Bäume in der Tiefe waren kahl, der Boden war mit Schnee bedeckt. Es fiel nicht schwer, die dunklen Gestalten zu sehen, die aus allen Richtungen auf den Turm zukamen.

Sareth schaute auf. »Hatte Himmel nicht gesagt, sie würden verschwinden?«

»Vielleicht sind sie zurückgekommen.« Travis musste an den Schatten des Raben denken, der über den Turm geflogen war, kurz bevor er die Rune der Zeit wieder zerbrochen hatte. »Vielleicht wussten sie, wann sie uns erwarten mussten. Mich erwarten mussten.« Er fühlte den harten Stein in der Tasche.

Die Sonne sank tiefer. Rotes Licht befleckte den Schnee wie Blut.

»Die Tür«, sagte Lirith. »Glaubt ihr, Himmel hat sie tatsächlich versperrt?«

Die vier starrten sich an. Dann stürmten sie zur Treppe.

Sie erreichten das schmale Fenster und schlüpften hinein. Die Stufen, die Travis mit der Rune des Steins herbeigezaubert hatte, waren noch immer da. Sie gingen sie vorsichtig hinunter, erreichten das Gemach mit dem Runenstein und rannten zu der durchgehenden Wendeltreppe des Turms. Durge hielt die Hand hoch; sie mussten vorsichtig sein.

Sie stiegen die Treppe langsam hinunter. Auf der Hälfte hörten sie von unten Kampflärm. Ein Krachen ertönte. Etwas stieß einen schrillen, tierhaften Schrei aus. Dann ertönte ein anderer Schmerzensschrei, diesmal menschlich. Ein Mann.

»Himmel«, sagte Travis und sah die anderen entsetzt an.

Sie gingen schneller. Durge machte die Vorhut, dann kam Travis, gefolgt von Sareth und Lirith. Sie passierten einen

Torbogen und betraten einen Treppenabsatz. Unter ihnen war die große Halle im Erdgeschoss des Turms.

Himmel stand am Fuß der Treppe und wehrte mit bloßen Händen mindestens fünf *Feydrim* ab. Die Kreaturen schlichen knurrend und fauchend vor ihm auf und ab, ihre Krallen schabten über den Steinboden. Himmel schaffte es mühsam, aus ihrer Reichweite zu bleiben. Aber er hinkte. In seiner Kutte war ein Riss, dessen zerfetzte Ränder dunkel vom Blut waren.

Zwei weitere *Feydrim* schlichen auf den jungen Mann zu. Wo kamen sie her? Die eiserne Tür des Turms war verschlossen. Es hatte den Anschein, als wären die Kreaturen aus dem Schatten einer der Alkoven gekommen, die die Halle säumten. Die beiden *Feydrim* näherten sich Himmel von links. Er konnte sie nicht sehen.

»Himmel!«, rief Travis. Seine Stimme hallte durch den Raum.

Der junge Mann fuhr herum, sah die Kreaturen, und stieß mit beiden Händen zu. Die *Feydrim* flogen quiekend zurück. Einer von ihnen blieb ausgestreckt am Boden liegen und stand nicht wieder auf. Der andere schüttelte den Kopf und setzte sich wieder in Bewegung, diesmal aber langsamer.

»Wir müssen ihm helfen«, sagte Durge. Er nahm das Schwert und lief die Treppe hinunter. Travis folgte ihm. Aber als sie sich gerade in Bewegung gesetzt hatten, trat eine andere Gestalt aus dem Schatten eines der Alkoven.

Es war kein *Feydrim,* sondern ein von Kopf bis Fuß in eine schwarze Kutte gekleideter Mann. Er ging mit schnellen Schritten direkt auf Himmel zu. In der Hand hielt er einen schmalen Dolch. Die *Feydrim* sahen den Mann und wichen wimmernd zurück. Himmel drehte sich in genau dem Augenblick um, in dem der Mann in Schwarz den Dolch hob.

»Himmel!«, rief Travis erneut.

Der junge Mann sah zu Travis hoch. Es hatte fast den Anschein, als würde er lächeln.

Der Dolch stieß hinab, die Klinge durchbohrte Himmels Kutte und versank tief in der Mitte seiner Brust. Der junge Mann riss die Augen auf. Seine Hände griffen nach dem Dolchgriff, dann fielen sie herab an seine Seiten.

Travis stieß gegen Durge; der Ritter war auf der Treppe stehen geblieben.

»Nein!«, schrie Travis.

Die fünf *Feydrim* kamen bereits die Treppe emporgestürmt. Der Mann in Schwarz zog den Dolch aus Himmels Brust. Ein blauer Lichtstrahl blitzte auf. Als er verblich, war Himmel verschwunden. Etwas schepperte, Stein auf Stein, und Himmels leere Kutte sackte zu Boden. Der Mann in Schwarz kniete nieder und wühlte mit beiden Händen in dem braunen Stoff herum.

»Travis, Durge!«, rief Lirith hinter ihnen.

Travis riss den Blick von dem Mann in der schwarzen Kutte los. Die *Feydrim* rasten die Stufen hinauf. Sie waren noch zehn Schritte entfernt. Dann fünf.

»Haltet Euch bereit!«, stieß Durge zwischen den zusammengebissenen Zähnen hervor und hielt das Breitschwert vor den Körper.

Travis zog das malachorianische Stilett aus dem Gürtel. Der Rubin im Griff loderte hell. Die *Feydrim* bleckten gekrümmte Reißzähne; in ihren gelben Augen leuchteten Hunger und Schmerz.

Und die Eisentür knallte mit dem Laut eines Kanonenschusses auf und eine silberne Lichtflut strömte in den Turm.

34

Grace kam die ganze Reise wie ein *Traum* vor.

Zum einen verging die Zeit auf seltsame Weise, eben so wie in einem Traum. In dem einen Augenblick stand sie am Bug des Weißen Schiffes und sah dem Sonnenaufgang zu. Dann war die Sonne zwischen zwei Lidschlägen verschwunden, und der Mond segelte auf dem schwarzen Ozean des Himmels. Manchmal wirbelten die Sterne auf Schwindel erregende Weise um die unsichtbare Achse des Himmels, dann hing die Sonne wieder scheinbar stundenlang über dem Horizont und verwandelte die See in geschmolzenes Kupfer.

Die Leute vom Kleinen Volk, die das Schiff steuerten, waren mit Sicherheit wie Wesen aus einem Traum. Es war so gut wie unmöglich, sie von Angesicht zu Angesicht sehen zu können. Am besten konnte man sie aus dem Augenwinkel erkennen, aber wenn Grace schnell den Kopf drehte, um einen von ihnen anzusehen, dann war da nur ein silbernes Schimmern in der Luft und dann gar nichts mehr.

Es gab ein paar Gelegenheiten, bei denen sie die Schiffsbesatzung deutlicher sehen konnte. Einmal stand sie neben Beltan in der Nähe des Hecks und sah im Licht des Vollmondes zu, wie ein Kreis aus Ziegenmännern um ein Trio aus schlanken Frauen herumtänzelte, die Zweige als Finger und Blätter als Haare hatten. Als die zotteligen Ziegenmänner den Kreis um die Baumfrauen schlossen, musste sich Grace mit brennenden Wangen abwenden. Aber Beltan lachte nur und sah fröhlich einer anderen Art von Tanz zu.

Es gab noch andere Begegnungen. Als Grace einmal allein dastand, kam das verschrumpelte kleine Geschöpf mit dem Mooshaar erneut zu ihr und berührte ihre Hand. Bevor es ging, betrachtete es sie mit Augen, die in dem knorrigen Gesicht wie schwarze Steine wirkten, und Grace kam es so vor, als läge sowohl Trauer wie auch Hoffnung in dem Blick.

Ein anderes Mal brachte ein grüner Mann – er war klein und stämmig, der Bart war aus Eichenblättern und die Augen so braun wie Haselnüsse – Falken einen Holzbecher; an diesem Tag fühlte sich der Barde nicht sehr wohl. Die darin befindliche Flüssigkeit brachte wieder Farbe in seine Wangen, obwohl es nur Wasser zu sein schien. Bei mehreren anderen Gelegenheiten brachte der grüne Mann Vani ebenfalls einen Becher.

Der *T'gol* schien es oft übel zu sein. Mehr als einmal konnte Grace beobachten, wie Vani zur Reling stürzte. Ihre Haut wies oft einen grünlichen Schimmer auf, und einen Großteil der Zeit ging sie mit gekrümmten Schultern und auf den Leib gelegter Hand daher. Grace vermutete, dass die *T'gol* seekrank war. Allerdings schienen die Tränke des grünen Mannes ihr immer zu helfen.

Das Meer, das sie durchsegelten, war ebenfalls wie aus einem Traum. Sie passierten schwimmende Inseln aus blaugrünem Eis, von den Elementen zu fantastischen Umrissen geformt, die wie Schlösser und kuppelbedachte Paläste aussahen. Dann wendete das Schiff nach Süden, und die Küste, die an Backbord erschien, war mehr Albtraum als Traum.

Steile schwarze Klippen ragten dreihundert Meter aus dem Ozean, das Meer rannte schäumend gegen sie an, als würde es an den scharfen Felsen zerschnitten. Manchmal entdeckte Grace oben auf den Klippen schwarze Felsfinger in die Höhe ragen. Sie hielt sie für natürliche Formationen. Dann sah sie aus einer der Spitzen gelben Rauch aufsteigen.

»Wachtürme«, sagte Falken hinter ihr. »Und Gießereien.«

Auf dem Schiff war es warm, trotzdem war Grace plötzlich kalt. »Was ist das für ein Land, Falken?«

»Das ist Imbrifale.« Der Blick des Barden war grimmig. »Die Domäne des Fahlen Königs.«

Danach hielt sie den Blick nach Nordosten gerichtet, bis sie die Felsenküste schließlich hinter sich gelassen hatten.

Obwohl auf dem Schiff immer dieselbe angenehme Temperatur herrschte, war Grace davon überzeugt, dass das Meer wärmer wurde. Sie sahen keine Eisberge mehr, und über den dichten Wäldern an der Küste flatterten Vögel. Trotzdem spürte sie, dass der Winter seinen Zauber über das Land geworfen hatte. Einmal segelte das Schiff nahe an der Küste, und sie konnte sehen, dass der Wald grün war, denn seine Bäume setzten sich aus Nadelhölzern zusammen. Oft waren sie auch weiß, mit Schnee bestäubt. Aber ganz egal, wie sehr sich das Schiff auch dem Land näherte, es kamen weder Bauernhöfe noch Festungen in Sicht. Das war ein wildes Land.

Unterwegs sprach Grace noch zweimal mit Aryn über das Netz der Weltenkraft und staunte über die Weise, wie die junge Baronesse sie über diese Entfernung erreichen konnte. Grace hörte fasziniert zu, als Aryn alles erzählte, was sie seit ihrer Trennung erlebt hatte – und was sie alles gelernt hatte. Grace war klar, dass sie Falken über die Neuigkeiten informieren musste, die Aryn aus Ivalaines Brief erhalten hatte. Aber es war besser, damit noch zu warten. Nach sieben Jahrhunderten der Sorge verdiente der Barde etwas Frieden.

Im Laufe der Zeit sprachen die Reisenden immer weniger miteinander. Es lag weder an Müdigkeit noch an der Belastung; es schien einfach keine Notwendigkeit für eine Unterhaltung zu geben, so als würde die Stille ihre Gefühle mit größerer Klarheit übermitteln, als es Worte je gekonnt hätten. Manchmal setzte sich Grace zu Falken und nahm seine warme und glatte Silberhand, während sie die Wälder vorbeigleiten sahen. Oder sie machte mit Vani einen schweigenden Spaziergang an Deck oder ruhte mit an Beltans Brust geschmiegtem

Kopf an Deck. Sie schliefen nicht mehr richtig; sie verspürten keine Müdigkeit, aber manchmal war es einfach gut, sich hinzulegen und zu ruhen.

Grace sah Vani und Beltan oft zusammen. Anscheinend hatten sie ihre Feindschaft in Toringarth zurückgelassen. Jetzt beobachtete Grace, wie sich zwischen ihnen etwas anderes ergab. Es war nicht von romantischer Natur. Das war unmöglich; sie beide liebten Travis Wilder von ganzem Herzen. Aber es bestand Sympathie zwischen ihnen, sogar eine gewisse Zärtlichkeit. Was hatte diese Veränderung bewirkt? Hatte die seltsame Atmosphäre des Schiffes etwas damit zu tun? Es blieb Grace ein Rätsel, trotzdem war sie froh darüber.

Genau wie Sprechen und Schlafen war auch Essen unnötig. Sie tranken die kühle Flüssigkeit, die das Kleine Volk gelegentlich auf dem Tisch servierte, und das reichte mehr als aus, um sie bei Kräften zu halten. Doch so seltsam das alles auch war, es gab noch einen anderen Grund, warum Grace alles wie ein Traum vorkam. Dieser Grund lag kühl und schimmernd auf dem Tisch in der Mitte des Decks und war immer begierig auf ihre Berührung. Fellring.

Das muss ein Traum sein. Es kann nichts anderes sein. Du kannst keine Königin sein, und das kann nicht dein Schwert sein.

Aber sie war es, und es gehörte ihr.

Manchmal wagte sie es, das Schwert in die Hand zu nehmen, und es schien in ihrem Griff zu summen. Irgendwann war daran ein polierter Holzgriff erschienen – ein weiteres Geschenk des Kleinen Volkes. Das Holz war blass und hart, dabei aber sehr leicht; Falken zufolge handelte es sich um *Valsindar*. Der Griff schmiegte sich perfekt in ihre Hand, und die Klinge war so geschickt ausbalanciert, dass sie sich von allein zu schwingen schien.

Jedes Mal, wenn sie das Schwert ergriff, drängten sie

Fragen. Was bedeuteten die eingravierten Runen? War sie wirklich stark genug, es zu schwingen? Und wie und warum hatte sich Sindar geopfert, um es zu reparieren?

»Er wusste es, Grace«, sagte Beltan an einem Abend, als die Sterne am purpurnen Himmel erschienen. Er hatte sie wieder im Schwertkampf unterrichtet, und sie wurde besser darin.

Sie senkte die Klinge und sah ihn an. »Wer wusste was?«

»Sindar. Er wusste, dass Liebe manchmal bedeutet, alles aufzugeben, was man ist.«

Graces Knöchel verfärbten sich weiß, als sie den Griff umklammerte. Nein, es war zu viel. »Ist dieses Schwert wirklich ein Leben wert gewesen, Beltan?«

»Stoße es ins Herz des Fahlen Königs, Grace. Hindere seine Heere daran, in die Domänen einzufallen. Hindere ihn daran, die Großen Steine zu finden und Mohg zu übergeben. Dann stell dir diese Frage noch einmal.«

Beltan wandte sich ab und ging, und erst als sie seinen breiten Rücken im Zwielicht verschwinden sah, fragte sie sich, ob seine Worte wirklich für sie bestimmt gewesen waren. Was, wenn er sie auf sich gemünzt hatte?

... dass Liebe manchmal bedeutet, alles aufzugeben, was man ist ...

»Nein, Beltan«, flüsterte sie. »Gib dich nicht auf. Für nichts. Für niemanden.«

Aber ihre Worte waren zu leise, um gehört zu werden.

Das Schiff segelte weiter nach Osten, bis sie eines Tages einen silbrigen Ozean erreichten. Es wendete nach Süden und passierte eine felsige Küste, an der riesige Bäume ihre Äste einem grauen Himmel entgegenstreckten. Sie kamen zu einer großen Flussmündung, und am nördlichen Ufer sahen sie eine Stadt.

Die Stadt war aus weißem Stein geschlagen, und in ihrer

Mitte erhob sich ein schlanker Turm, der so silbern wie der Ozean war. Zuerst starrten sie die Stadt staunend an. Dann nahm der Wind zu, und auf dem Turm entfaltete sich ein Banner. Das Banner war so rot wie Blut.

»Ewigsee«, murmelte Falken mit vor Trauer erstickter Stimme.

Grace legte dem Barden die Hand auf die Schulter. An diesen Ort waren die Flüchtlinge nach dem Untergang von Malachor gekommen, zu dem Turm, den König Merandon Jahrhunderte zuvor mit Hilfe der Elfen erbaut hatte. Sie hatten eine strahlende Stadt gebaut, die den Geist und die Erinnerung an das Königreich ehrte, aus dem sie gezwungenermaßen flüchten mussten.

Dann war der Runenmeister Kelephon gekommen, wie eine Schlange in den Garten, und das Paradies war von innen heraus verfault.

Eine Zeit lang hielten sie den Atem an, da sie befürchteten, die Schwarzen Schiffe würden den Hafen verlassen und sie verfolgen. Aber das Weiße Schiff tauchte in eine Nebelbank ein, und als sich der Nebel geklärt hatte, waren sie den großen Fluss schon weit hinaufgesegelt, und die Stadt hinter ihnen war aus der Sicht verschwunden.

Falken war davon überzeugt, dass es sich bei dem Fluss um den Farwander handelte, dessen Quellen Hunderte von Meilen im Osten lagen, in der Nähe von Kelcior in den Fal Erenn. Zuerst war der Fluss so breit, dass Grace kaum die Ufer sehen konnte. Aber als die Tage und Meilen verrannen, kamen die Ufer immer näher.

Schließlich gelangten sie eines schneeverhangenen Tages an eine Stelle, an der ein Fluss aus dem Süden seine stürmischen Fluten mit dem Farwander vereinigte. Das Schiff segelte diesen Fluss hinauf.

»Das ist der Silberflut«, sagte Falken, als das Schiff flussaufwärts navigierte, angetrieben von seiner unbekannten Kraft. »Im Osten liegt Eredane.«

Der Silberflut war schmal und rauer als der Farwander, aber für das kleine, flinke Schiff befahrbar. Hinter dem rechten Ufer begann eine große Ebene, und in der Ferne war der dunkle Rand eines Waldes zu sehen, der jeden Tag ein Stück näher ans Wasser rückte. Im Osten sahen sie Städte und Schlösser. Sie alle waren trostlos, von Ruß geschwärzt und von Wolken aus beißendem Rauch eingehüllt.

»Bei Vathris, Eredane war nie so«, sagte Beltan, als sie eine dieser schrecklichen Städte passierten. »Was ist mit dieser Domäne geschehen?«

Aber seine Frage wurde beantwortet, als sie die lange Prozession aus Menschen in schwarzen Kutten erblickten, die auf die Stadt zuschlängelte. Grace konnte den Gesang hören, aber sie waren zu weit weg, um die Worte verstehen zu können. Aber sie kannte sie trotzdem; in Omberfell hatte sie eine ähnliche Prozession erlebt, die das Gebet an den Raben intonierte.

Von Zeit zu Zeit sahen sie weitere dieser Prozessionen. Wo sie hinmarschierten und welchem Zweck sie dienten, vermochte Grace nicht zu sagen, aber es hatte den Anschein, als würden die meisten Einwohner der Domäne an der Pilgerschaft teilnehmen, denn das Schiff kam ständig an verlassenen Höfen und Dörfern vorbei, in denen man die Felder und die sich darauf befindliche Ernte sich selbst überlassen hatte. Sie entdeckten mehrere Gruppen von Männern in schwarzen Rüstungen, die eine Straße entlangritten, die dem Ostufer des Flusses folgte. Anscheinend übten Kelephons Ritter in Eredane noch immer die Macht aus.

Manchmal hatte Grace die Befürchtung, dass die Ritter Alarm schlagen würden, wenn das Weiße Schiff vorbeifuhr. Aber wenn die Ritter das Schiff sahen, ließen sie es sich nicht anmerken.

Endlich ließen sie Eredane glücklicherweise hinter sich. Der Wald im Westen kam nahe an den Fluss heran, der noch schmaler wurde und sich mit spitzen Felsen und schäumenden Stromschnellen füllte, um die das Weiße Schiff vorsichtig herummanövrierte. Doch dann kam es nicht weiter, so klein es auch war.

Es hielt an einer Stelle an, an der drei kleine Flüsse aufeinander trafen und zum Silberflut wurden. Keiner von ihnen war breit genug für das Schiff. Stattdessen schwamm es ans Westufer. Undeutliche Gestalten eilten im schwindenden Tageslicht umher, und die weiße Planke erreichte das Ufer.

Falken schulterte seine Laute. »Von hier an gehen wir zu Fuß weiter.«

Grace nahm Fellring, und Vani und Beltan nahmen Provianttornister, die plötzlich da gewesen waren, als sie gerade nicht hingesehen hatten. Dann ließen sie das Schiff zurück.

Sie marschierten nach Süden und hielten sich an den schmalen Landstreifen zwischen Fluss und Wald. Es war nicht so kalt wie in Toringarth, aber die Luft war feucht und kühl, und es schien fast ständig zu schneien. Aber die Kleider, die sie in Galspeth gekauft hatten, hielten den Wind fern, das Marschieren hielt sie so warm wie der klare Elfenwein, von dem sie gelegentlich tranken.

Als sie am ersten Abend im Schutz der Bäume kampierten, sahen sie im Wald silberne Lichter aufblitzen.

»Wir sind nicht allein«, sagte Beltan.

Vani spähte in die Nacht. »Ich habe sie beobachtet. Sie folgen uns, seit wir das Schiff verlassen haben, und halten sich in den Schatten.«

Aber warum? Sie hatten Grace nach Toringarth gebracht. Was wollten sie noch?

»Ich glaube, sie wollen sichergehen, dass du dein Ziel erreichst, Grace«, sagte Falken als Antwort auf ihre unausgesprochenen Fragen. »Diese Reise ist noch nicht zu Ende. Und ich glaube, dass am Schluss etwas passieren wird. Etwas Wichtiges.«

Grace fragte sich, was das sein könnte. Sie polierte Fellring mit einem Stück Stoff, nur um bereit zu sein.

Zwei Tage später kamen sie zu der Stelle, an der der Flusszulauf, dem sie gefolgt waren, einigen Felsen entsprang. Darüber erhob sich eine Reihe heidegrauer Berge. Das waren die Fal Sinfath, wie Falken erklärte. Sie hatten ihr Ziel fast erreicht. Am Tag folgten sie den niedrigen Gipfeln nach Südosten und achteten darauf, die Berge immer zu ihrer Linken zu halten. Bei Sonnenuntergang tanzten Lichtfunken im Wald zu ihrer Rechten.

»Was glaubt ihr, welcher Tag heute ist?«, fragte Beltan, als sie sich abends ums Feuer versammelten.

Seine Frage überraschte Grace völlig. Die Zeit war auf so seltsame Weise vergangen, dass sie sie völlig vergessen hatte. Aber Zeit war wichtig, nicht wahr?

»Das ist schwer zu sagen«, sagte Falken. »Aber ich habe mir alle Mühe gegeben, die Tage zu zählen.« Er zeigte ihnen einen Stock, auf dem er eine Reihe von Markierungen gemacht hatte. »Und ich habe auch die Sterne beobachtet. Ich bin mir ziemlich sicher, dass wir in zwei Tagen die Wintersonnenwende haben. Was bedeutet, dass morgen der Abend der Wintersonnenwende ist.«

Grace wurde von Panik erfasst. Sie stand auf. »Wir können nicht hier sitzen. Wir müssen gehen! Wir müssen ...«

Vani nahm ihren Arm und zog sie nach unten. Sie hielt einen Finger an die Lippen.

»Was ist?«, sagte Beltan leise.

Vani blickte sich um. »Seht ihr es nicht?«

»Ich sehe nur Dunkelheit«, flüsterte Falken.

»Genau.«

Die silbernen Lichtfunken, die sie jede Nacht seit Verlassen des Schiffes gesehen hatten, waren verschwunden. Der Wald war dunkel und still.

»Wo sind sie?«, murmelte Grace, aber keiner wusste auf die Frage eine Antwort.

Die Morgendämmerung war so rot wie Blut. Der Himmel war klar, die Luft eiskalt, der Boden mit einer harten Schneekruste bedeckt. Keiner von ihnen hatte geschlafen; die Dunkelheit war bedrückend gewesen. Trotzdem schritten sie schnell aus.

Der Tag zog sich quälend langsam dahin oder verging im Fluge; Grace konnte sich nicht entscheiden. Beltan stapfte einen Pfad in den Schnee, und die anderen folgten seinen Fußspuren. Jeder Schritt, den Grace machte, war quälend langsam. Im Gegensatz dazu schien die Sonne über den Himmel zu rasen. Zeit. Sie brauchten mehr Zeit.

Die Sonne stieg in den Zenit und begann wieder mit ihrem Abstieg. Kein Wind regte sich; die Welt war still. Keine Vögel sangen; keine Tiere huschten umher.

»Das gefällt mir nicht«, murmelte Beltan mehr als nur einmal.

Vani verschwand und erschien wieder wie ein Schatten. Grace wusste, dass sie die Gegend erkundete, aber wenn die *T'gol* etwas entdeckte, dann behielt sie es für sich. Die Sonne versank im Westen und entzündete eine Wolkenbank. Furcht stieg in Grace auf und drohte sich in einem Aufschrei zu entladen. Sie mussten sich beeilen. Sie warf sich vorwärts, versuchte schneller zu gehen, aber ihre Lungen brannten und der Schnee behinderte ihre Schritte.

Schließlich verlor sie erschöpft und zitternd den Halt und stürzte einen verschneiten Abhang herunter. Sie hörte Beltans Ruf, wie er ihr befahl, die Füße in den Schnee zu rammen, um ihren Sturz aufzuhalten, aber sie konnte es nicht tun, sie war zu müde. Unter ihr ragten Felsen auf. Sie würde gegen sie prallen.

Der Abhang wurde flacher; sie kam nur wenige Meter vor den Felsen zum Halt.

Grace erhob sich auf die Knie. Ihr war kalt, und sie war nass, und ihr Rücken schmerzte, aber das Einzige, was einen Schaden davongetragen zu haben schien, war ihr Stolz. Mit einem Grunzen zog sie sich an einem der Felsen in die Höhe.

Und starrte in hungrige gelbe Augen.

»Oh«, sagte Grace.

Sie war so erstaunt, dass sie ihn nur anstarren konnte. Der *Feydrim* entblößte gelbe Reißzähne. Gestank schlug über Grace zusammen. Zwischen den Felsen schlichen weitere spinnenhafte graue Gestalten. Die Kreatur war nicht allein.

Sie glaubte Rufe hinter sich zu hören, die näher kamen. Aber sie waren zu weit weg; sie würden sie nicht rechtzeitig erreichen. Ein Knurren drang aus dem Rachen des *Feydrim;* die anderen vernahmen den Ruf. Sie duckten sich, zum Sprung bereit.

Helles Glockenspiel ertönte. Die *Feydrim* knurrten, hoben die Schnauzen, witterten. Die kristallene Musik wurde lauter, klarer. Die *Feydrim* zischten. Sie fingen an zurückzuweichen.

Überall um sie herum blitzte silbernes Licht auf. Es war so hell, dass Grace gezwungen war, die Augen mit den Händen zu bedecken. Durch die leicht gespreizten Finger sah sie seltsame Gestalten. Ein Chor aus schrillem Quieken ertönte und brach abrupt ab. Das Licht erlosch, und Grace blinzelte, um wieder sehen zu können.

»Grace!«, sagte eine Stimme neben ihr. »Grace, alles in Ordnung?« Eine starke Hand stützte sie. Beltan.

»Die Kreaturen sind weg«, sagte Vani. »Ich glaube, die, die uns gefolgt sind, haben sich darum gekümmert ...«

Die *T'gol* verstummte, dann hörte Grace ein überraschtes Keuchen.

»Seht nur«, sagte Falken leise.

Grace rieb sich die Augen, wischte die Tränen weg. Dann keuchte auch sie auf. Die Bäume oben auf dem Hang mussten ihnen den Blick versperrt haben. Jetzt hatten sie freie Sicht. Er erhob sich über ihnen auf einem niedrigen Hügel: ein Turm aus schwarzem Stein.

»Wir sind da«, sagte Grace und verspürte eine Erleichterung, die so stark war, dass sie glaubte, gleich in Tränen ausbrechen zu müssen.

»Beim Blut des Stiers!«, fluchte Beltan. »Seht euch das an!«

Die Erleichterung verschwand, ersetzt von neuer Angst. Dunkle, sehnige Gestalten eilten geduckt den Hügel zum Schwarzen Turm der Runenbrecher hinauf. Es waren Dutzende. Hunderte. Die Sonne war fast untergegangen; der verschneite Boden war so rot wie Blut.

Falken ballte die Silberhand zur Faust. *»Feydrim.«*

»Aber warum sind sie hier?«, fragte Grace fröstelnd.

»Vielleicht waren wir nicht die Einzigen, die hofften, Travis hier zu finden«, sagte der Barde. »Vielleicht weiß der Fahle König Bescheid und er hat seine Helfer geschickt, um Sinfathisar zu holen.«

»Hinter uns könnten noch mehr *Feydrim* sein«, sagte Vani und drehte sich.

Grace packte Beltan. »Was sollen wir tun?«

»Ihnen folgen«, sagte der Ritter und zeigte.

Die Sonne verschwand hinter den Bäumen; blaues Zwielicht senkte sich auf die Welt. In dem Dämmerschein waren die silbernen Lichtfunken deutlich zu sehen, es waren zu viele, um sie zählen zu können. Sie strömten aus allen Richtungen auf den Turm zu und näherten sich den schattenhaften Gestalten, die den Hügel hinaufliefen.

»Komm!«, sagte Beltan und zog an ihrem Arm. »Dort drinnen ist Travis!«

Sie rannten los wie die Verrückten, Vani und Falken kamen hinter ihnen her. Die Sicht war schlecht; das Zwielicht wurde tiefer. Als sie den Hügel in Angriff nahmen, hatte es den Anschein, als würden Schatten den Turm einschließen, ihn in einem perfekten Ring aus Dunkelheit umgeben. Beltan zog härter und riss ihr dabei beinahe den Arm aus.

Sie vergaß den Schmerz. Der Ring aus funkelndem Silberlicht wurde heller. Er schloss sich um den dunkleren Kreis und hüllte ihn ein. Dürre Schatten wanden sich im Licht. Schrille Schreie der Qual und der Erlösung hallten durch die Luft, während das Licht zusehends greller wurde.

»Grace!«, rief Beltan. »Der Schlüssel!«

Der helle Schein ließ sie die Augen zusammenkneifen. Dann schien sich die Lichtwand vor ihnen zu teilen, und sie sah ihn: der dunkle Torbogen und in der Mitte der Tür ein kleines Loch. Grace griff unter ihren Umhang und zog den Eisenschlüssel hervor, der um ihren Hals hing, und zwar genau in dem Augenblick, in dem sie alle die Tür erreichten.

Beltan trommelte mit beiden Fäusten gegen die eiserne Fläche. »Travis!«

Das Licht loderte noch immer um sie herum, aber die Schatten rannten dagegen an und stießen es zurück. Dann wurde das Licht heller, reiner, und drückte die Schatten gegen die Turmmauern. Unmenschliche Schreie schrillten auf. Grace fummelte mit dem Schlüssel herum.

»Bitte, Grace«, sagte Vani. »Du musst dich beeilen.«

»Lass mich dir helfen«, sagte Falken, und seine silbernen Finger schlossen sich um die ihren, beruhigten sie, führten sie.

Der Schlüssel glitt in das Loch, dann drehte er sich. Wie eine Person warfen sich Beltan und Vani gegen die Tür, und sie flog krachend auf.

Einen Herzschlag lang leuchtete überall das Licht. Dann wurde es schwächer, und Grace konnte wieder sehen.

Keine fünf Schritte vor ihnen kniete ein Mann in einer schwarzen Kutte auf dem Turmboden. Entweder hatte er nicht gehört, dass sich die Tür geöffnet hatte, oder es war ihm egal. Er durchwühlte einen braunen Stoffhaufen, dann schien er zu finden, was er gesucht hatte. Er stand auf. In seinen Händen hielt er eine Scheibe aus cremigweißem Stein. Er drehte sie um, und eine Sekunde lang sah Grace das Symbol, das in ihre Oberfläche eingraviert war, ein Punkt, über dem eine Linie verlief.

»Travis, Durge!«, rief Beltan. »Haltet aus!«

Grace schaute auf, und Freude und Entsetzen rissen so wild an ihrem Herzen, dass sie glaubte, die Gefühle würden sie entzwei reißen. An der Wand der riesigen Halle zog sich eine Wendeltreppe in die Höhe. Zwei vertraute Gestalten standen dort oben. Durge schwang sein Breitschwert, während ein Rudel *Feydrim* zischte und aus dem Weg sprang. Travis stieß mit seinem Stilett zu, der Rubin in seinem Griff funkelte wie ein rotes Auge. Direkt über ihnen hielten sich Sareth und Lirith im Arm.

Die Gestalt in der schwarzen Kutte schien sie endlich bemerkt zu haben. Sie schaute auf, aber es war unmöglich, das Gesicht im Schatten der Kapuze zu erkennen. Beltan setzte sich in Bewegung.

»Sar«, sagte der Mann in Schwarz und streckte die Hand aus.

Der Boden unter Beltans Füßen wogte, wurde weicher und verwandelte sich in Schlamm. Seine Stiefel sanken mehrere Zentimeter tief ein, dann senkte der Mann die Hand, und der Stein wurde wieder fest.

Beltan kam abrupt zum Stehen; er zerrte, aber seine Stiefel steckten im Boden fest. Er wollte noch zugreifen, aber der

Mann in der schwarzen Kutte hatte bereits die Flucht ergriffen. Er passierte zwei Säulen und erreichte die gegenüberliegende Turmwand. *»Sar!«* In der Turmwand öffnete sich ein Loch. Der Mann schlüpfte hindurch, und die Öffnung schloss sich hinter ihm wie ein Rachen.

Beltan riss die Füße aus den Stiefeln. Er stürmte weiter, direkt hinter Vani, die bereits die Stufen hinauflief. Einer der *Feydrim* wirbelte herum und sprang sie an. Sie packte mit beiden Händen seinen Kopf und drehte ihn mit einem Ruck herum. Von den Steinen hallte ein Krachen wider; die Kreatur erschlaffte.

Ein anderer *Feydrim* sprang Beltan an. Er duckte sich und schoss wieder in die Höhe, als das Ding ihn passiert hatte. Es flog ins Leere und krachte zwanzig Meter tiefer auf den Boden, wo es als regloser grauer Haufen liegen blieb.

Durge zog das Breitschwert aus einer Kreatur, und Travis verwundete die letzte von ihnen mit dem Stilett. Vani erledigte sie mit einem präzisen Schlag in den Nacken.

Es war vorbei. Die letzten Spuren des silbernen Lichts verblassten außerhalb des Turms. Die Nacht brach herein, still und leer.

Beltan stieg eine Stufe höher, seine Brust hob und senkte sich, als er nach Atem rang. »Travis«, sagte er heiser. »Ich habe niemals aufgegeben. Nicht mal, nachdem die Etherion eingestürzt ist. Ich habe niemals den Glauben daran verloren, dich wieder zu sehen.«

Travis starrte ihn staunend an. Dann grinste er plötzlich. »Ich kam so schnell ich konnte.«

Beltan lachte. Dann rannte Travis die letzten Stufen herunter. Er riss den blonden Mann in die Arme, und sie hielten einander mit ungestümer Kraft fest. Schließlich legte Travis den Kopf schief, seine Lippen berührten Beltans ...

... und der blonde Mann zog sich zurück.

Travis runzelte die Stirn. Beltan trat eine Stufe herunter; plötzlich sah er unbehaglich aus. Er warf Vani einen Blick zu, nickte dann. Sie ging zögernd eine Stufe höher.

Travis' Lächeln kehrte zurück, und in diesem Augenblick wusste Grace, dass er wirklich sie beide liebte.

»Ich bin froh, dich zu sehen«, sagte die *T'gol,* und der Blick in ihren goldenen Augen sagte deutlich mehr als ihre Worte. »Euch alle.«

Travis überbrückte schnell die Distanz zwischen ihnen und nahm sie in eine Umarmung, die zwar sanfter als die, die er Beltan hatte zukommen lassen, aber nicht weniger drängend war. Aber als er sie hielt, wanderte sein Blick zu Beltan. Der Ritter erwiderte ihn nicht, und wieder blitzten auf Travis' Miene Schmerz und Verwirrung auf.

Grace seufzte. Sie würde später mit Travis sprechen. Sie würde ihm sagen, was Beltan befürchtete – und was Travis' Verhalten gerade bestätigt hatte. Aber das konnte warten.

»Ich glaube, hier sind noch andere, die gern eine Umarmung hätten«, sagte sie und stemmte die Hände in die Hüften. »Von euch allen.«

Dann rannten Travis und Durge die Stufen hinunter, und die anderen folgten ihnen. Durge wagte es tatsächlich, vor Grace zu knien, aber sie konnte es noch rechtzeitig verhindern, legte die Arme um ihn und drückte ihre Wange gegen die seine.

»Durge.« Sie sagte das Wort wie ein Gebet.

»Meine Elfenkönigin«, murmelte er und griff mit seinen starken Armen fester zu, und zum ersten Mal seit langer Zeit fühlte sie sich wirklich sicher.

»Ist Lady Aryn nicht bei Euch?«, fragte Durge, als sie ihn schließlich losließ.

Grace lächelte und dachte an die vertraute Stimme, die sie

über eine so lange Distanz gehört hatte. »In gewisser Weise schon.«

Durge sah sie verwirrt an, aber das konnte sie später erklären. Dann umarmte sie Lirith. »Schwester«, sagte die Hexe voller Zuneigung. Dann wurde Grace zu ihrer Überraschung und ihrem Entzücken von Sareth herumgewirbelt. Er kam ihr ein bisschen schmal vor, als wäre er krank gewesen und noch immer auf dem Weg der Besserung. Noch etwas, wonach sie sich erkundigen musste. Genau wie die Frage, wo sie die ganze Zeit gewesen waren. Irgendwie hatte sie das Gefühl, dass sie viel erlebt hatten.

So wie du, Grace.

Sie drehte sich um. Travis starrte den braunen Stoff am Boden an, aus dem der Mann in Schwarz die Steinscheibe gezogen hatte. Travis' eben noch strahlender Blick war jetzt voller Trauer.

»Ich weiß nicht, ob ihr es gesehen habt«, sagte er leise. »Das war Himmel.«

Falken nickte. »Ganz kurz. Du hast Recht, es war die Rune des Himmels.«

Travis schaute überrascht auf. »Nein, Falken. Ich spreche nicht von der Rune. Ich meine die Person. Das war Himmel. Du wirst dich an ihn erinnern, aus dem Grauen Turm.«

Grace verspürte einen Stich. Es war kein brauner Stoffhaufen. Es war eine braune Kutte.

Falken schüttelte den Kopf. »Du musst dich irren. Ich habe es deutlich gesehen. Es war eine gebundene Rune. *Tal,* die Rune des Himmels. Der Mann in der schwarzen Kutte hat sie dort herausgeholt.« Er zeigte auf das Kleidungsstück.

Alle starrten die braune Kutte an, dann einander. Das war schwer zu verstehen.

»Aber er war es«, sagte Travis etwas kläglich.

Falken nickte nachdenklich. »Und es war eine Rune.«

»Himmel und Himmel«, sagte Durge grollend. »So seltsam das auch erscheint, es scheint nur einen logischen Schluss zu geben. Rune und Mann waren ein- und dasselbe.«

»Himmel tauchte in Tarras auf«, sagte Grace zu Travis, »an dem Morgen, nachdem Tiras Stern verschwunden war. Er war verwundet, und er hat uns aufgetragen, bei der Wintersonnenwende nach dir hier Ausschau zu halten. Dann ist er verschwunden.«

»Wir haben gesehen, wie Tiras Stern verschwand«, sagte Travis. »Und wir sind Himmel in derselben Nacht hier im Schwarzen Turm begegnet. Er sagte uns, dass er dir eine Botschaft übermitteln würde, dass er dich schnell erreichen könnte.«

»Sogar sehr schnell«, grollte Durge. »Anscheinend hat er nur wenige Stunden bis nach Tarras gebraucht. Obwohl die *Feydrim,* die den Turm belagerten, versucht haben müssen, ihn aufzuhalten. Er muss heute hierher zurückgekehrt sein, um uns zu helfen.«

Lirith ging neben der Kutte in die Knie; ihr dunkles Gesicht trug einen sorgenvollen Ausdruck. »Der Mann in der schwarzen Kutte, wir haben gesehen, wie er mit einem Dolch auf Himmel einstach. Wir haben ihn sterben sehen.«

»Wir haben nur geglaubt, ihn sterben zu sehen, *Beshala«,* sagte Sareth und legte die Hände auf ihre Schultern. »Eigentlich haben wir nur einen blauen Lichtblitz gesehen, dann war Himmel verschwunden.«

Sie schaute zu ihm hoch. »Was willst du damit sagen?«

»Vielleicht ist er ja gar nicht gestorben, als der andere ihn erstach. Vielleicht wurde er transformiert.«

»Vom Menschen in eine Rune«, murmelte Lirith. »Aber der Mann in der schwarzen Kutte, wer war das?«

Grace fühlte sich schwach; die Anstrengung, die Furcht und die Freude nahmen ihre letzten Energien in Anspruch.

Sie konnte nicht aufhören zu zittern. »Es war der Runenbrecher.«

Lirith riss die Augen auf.

Travis sah sie ungläubig an. »Aber ich bin der Runenbrecher, Grace. Das wissen wir doch. Der Drache hat es gesagt.«

Grace nickte steif. »Und er ist es tro”!tzdem. Ich kann das später erklären, aber Aryn hat von ihm erfahren, und sie hat mir während unserer Reise auf dem Weißen Schiff übermittelt, dass er hier sein würde. Ich wollte dich warnen, Travis, aber es war zu spät.«

»Mich wovor warnen?«

Sie holte tief Luft. »Es gibt nicht nur einen Runenbrecher. Es gibt zwei.«

Sie starrten sie verblüfft an.

»Du sprichst von Kelephon, richtig?«, sagte Beltan schließlich. »Er ist ein Runenmeister, und wir haben gesehen, wie er Runen bricht. Also muss er der zweite Runenbrecher sein.«

Falken schüttelte den Kopf. »Es geht da um mehr, als nur Runen zu brechen. Der Runenbrecher ist derjenige, dem prophezeit wurde, die Erste Rune zu brechen und Eldh zu zerstören.«

»Es kann nicht Kelephon sein«, sagte Grace und dachte an den Mann in der schwarzen Kutte. »Kelephon war viel größer als dieser Mann. Und ich glaube kaum, dass er es geschafft hätte, vor uns hier zu sein. Sein Schiff hätte unmöglich mit dem Weißen Schiff mithalten können.«

»Außerdem will Kelephon den Fahlen König verraten, die Steine nehmen und Eldh selbst beherrschen. Er würde die Welt nicht zerstören wollen. Es muss jemand anders sein.«

Durge verschränkte die Arme. »Aber wer ist es dann?«

»Ich weiß es nicht«, sagte Falken besorgt. »Aber wer auch immer der zweite Runenbrecher ist, er hat die Rune des Himmels ...«

»... mit der er einen Spalt in der Welt öffnen und Mohg zurückbringen kann«, sagte Travis.

Grace trat neben ihn. »Du weißt über Mohg Bescheid? Wie er nach Eldh zurückkehren will?«

Travis nickte. »Und wie er mit den Imsari die Erste Rune brechen will.«

Sie berührte ihn am Arm. »Aber woher weißt du das?«

»Es war Bruder Cy. Ich bin ihm begegnet, Grace, in ...«

Rubinrotes Licht strömte in den Turm. Alle drehten sich um. Eine kleine Gestalt trat mit nackten Füßen durch die offen stehende Tür. Das Mädchen trug dasselbe einfache graue Kleid, das Grace in Erinnerung hatte, und sein feuerrotes Haar war so wild und ungebändigt wie immer. Ein Stein lag auf seinen ausgebreiteten Händen.

Kein Stein. *Der Stein.* Krondisar. Der Stein des Feuers.

Das Licht entströmte dem Stein. Es tanzte blutroten Glühwürmchen gleich in der Luft, und seine Berührung war warm und sanft. Darum also war ihr Stern verschwunden. Sie war hier.

Graces Herz schmolz. »Tira«, sagte sie lächelnd, obwohl ihr Tränen die Wangen hinunterliefen.

Das kleine Mädchen lachte und kam auf sie zu. Nein, nicht auf sie. Auf Travis. Er kniete vor Tira nieder, und sie hielt ihm den glühenden Stein hin.

»Runenbrecher«, sagte sie und lachte erneut.